Das Netz der Schattenspiele

© Iris Bach

Ralf Isau wurde 1956 in Berlin geboren. Er lebt mit seiner Familie in der Nähe von Stuttgart und arbeitet neben dem Schreiben als Computer-Fachmann. Sein erster Roman war eigentlich nur als Geschenk für seine damals neunjährige Tochter gedacht, inzwischen sind von Ralf Isau viele Romane erschienen und in mehrere Sprachen übersetzt worden. Sein Roman *Museum der gestohlenen Erinnerungen* wurde 1997 als bestes Jugendbuch mit dem »Buxtehuder Bullen« ausgezeichnet.

Ralf Isau

Das Netz der Schattenspiele

CARLSEN

Für Jürgen

Veröffentlicht im Carlsen Verlag
April 2004
Mit freundlicher Genehmigung
des Thienemann Verlages

Umschlagbild: Peter Gric
Umschlaggestaltung: Doris K. Künster / Britta Lembke
Corporate Design Taschenbuch: Dörte Dosse
Gesetzt aus der Minion und Dax
von H & G Herstellung, Hamburg
Druck und Bindung: GGP Media, Pößneck
ISBN 3-551-35323-9
Printed in Germany

Wenn das menschliche Gehirn so simpel wäre,
dass wir es verstehen könnten,
wären wir so simpel,
dass wir es nicht könnten.

Emerson Pugh

Phase I
Das Spiel

Kagee

Die Tür zum *Chaos* war nur angelehnt. Von Salomon fehlte jede Spur. Unfassbar! Stella starrte ungläubig auf den Spalt, der ihren Blick wie magisch anzog. Sie konnte im Raum dahinter bunte Lichter erkennen. Einige von ihnen blinkten. Ein leises Summen war zu hören. Vorsichtig näherte sie sich der Öffnung, jederzeit bereit sich aus dem Staub zu machen.

»Salomon?« Argwohn lag in ihrer Stimme. Das *Chaos* unbewacht! Allein die Vorstellung schien ihr ungeheuerlich. Sie lauschte. Aber keine Antwort kam.

Langsam, mit einem leisen Knarren, schwang die Tür auf. Stella bot sich ein durchaus vertrautes Bild. Sie sah einen massiven Schreibtisch, der sich aber durch das Wirrwarr der darauf befindlichen Gerätschaften drastisch von herkömmlichen Arbeitsmöbeln unterschied. Eher schon glich das ganze Arrangement einer bizarren Computerlandschaft, aus der hier und da noch hölzerne Relikte »prähistorischen Ursprungs« ragten. C.H.A.O.S. – eine wirklich treffende Bezeichnung für diesen Ort. Die einzelnen Buchstaben des Namens standen für *Computerized Home Approved Office Section* und belegten eine von Salomons größten Schwächen: seinen nahezu manischen Hang zur Bildung immer neuer Akronyme.

Zaghaft betrat Stella das »verbotene Reich«. In den Händen hielt sie einen Teller mit einem ihrer turmartigen Spezialsandwiches. Wenn Salomon davon Wind bekam, dass sie in seiner »computergesteuerten heimtauglichen Büroeinheit« herumschnüffelte, würde er sie vermutlich vierteilen oder am Spieß rösten – irgendwas in der Art.

Salomon, der eigentlich Mark hieß, war Stellas Vater. Ihrer Meinung nach frönte er einer übertriebenen Furcht vor Sabotage, insbesondere durch Familienangehörige. Selbst Viviane, Stellas Mutter, durfte in dem Büro nichts anfassen. Und für seine einzige Tochter war dieser Ort sogar völlig tabu. Als sie kleiner gewesen war, hatte sie einmal ihren Ball ins *Chaos* kullern lassen – natürlich absichtlich –, noch ehe sie dem Spielzeug nachsetzen konnte, hatte Salomon sie abgeblockt, wie ein Fullback beim American Football seinen Gegner.

Nicht wenige hielten Mark Kalder für einen der fähigsten Wissenschaftler im Bereich der Biokybernetik, der Biometrie, der Computerkryptografie, der neuronalen Netzwerke und noch einiger anderer Disziplinen, von denen selbst Stella nicht genau wusste, wozu sie überhaupt gut waren. Irgendwer hatte ihn eines Tages »ob seiner Weisheit« *Salomon* genannt. Und der war dann nicht eher aus seinem *Chaos* herausgekommen, bis er sich diesen Spitznamen auf seine Weise erschlossen hatte. S.A.L.O.M.O.N. – das stehe für *Scientific Academic Labourer Or Man Of Networks*, hatte Mark Kalder stolz der Familie verkündet. Wer sich selbst nur als »Hilfsarbeiter« betrachtet, wenn auch als einen »wissenschaftlich-akademischen«, der nimmt sich nicht allzu ernst. Gerade das schätzte Stella an ihrem Vater. Beim *Chaos* jedoch hörte jeder Spaß auf.

Stella hatte inzwischen den altehrwürdigen Eichenschreibtisch umrundet und ihren Proviant darauf abgeladen. Vater schätzte dieses Möbelstück wegen seiner enormen Belastbarkeit. Auf der Tischplatte standen nämlich drei Bildschirme, einer so groß wie ein Backofen und vermutlich ebenso schwer.

Die anderen beiden Monitore waren flach wie Bilderrahmen. In der linken Flunder blinkten verschiedene Kontrollanzeigen. Stella wusste, dass der zum Bildschirm gehörende PC ständig eingeschaltet war – daher auch das permanente Summen. Über diesen Kommunikationsrechner konnte sich der Universitätsprofessor Mark »Salomon« Kalder jederzeit und von jedem Punkt der Welt aus in sein Privatlabor einklinken.

Aber warum hatte er sein Büro so fluchtartig verlassen? Die offen stehende Tür verriet deutlich, in welch großer Eile er gewesen sein musste. Mit der Geschicklichkeit einer Meisterdiebin suchte Stella den Raum ab. Wenn sie schon in das »verbotene Reich« eindrang, dann sollte es sich wenigstens lohnen. Vielleicht entdeckte sie irgendetwas, das sie ihrer Mutter am Telefon brühwarm auftischen konnte. Eines von Salomons streng gehüteten Geheimnissen. Stella lächelte in stiller Vorfreude.

Doch zunächst entdeckte sie nichts Neues. Eskortiert von ihrem Vater hatte sie diesen Raum schon Dutzende Male erforscht. Ihr Blick streifte die Steuergeräte im Regal hinter dem Schreibtisch. Sie waren die Quelle des Flackerns und Blinkens, das sie schon vom Flur aus gesehen hatte. Sie musterte beiläufig die beiden Drucker und den Flachbettscanner, mit dem Dokumente oder Fotos in den Computer eingelesen werden konnten. Ihre Augen kehrten zur Tischplatte zurück, übergingen die Digitalkameras oberhalb der mittleren Tastatur, verschmähten die kabellosen Funkmäuse und erreichten schließlich die Tischkante. Von dort aus bewegten sie sich abwärts.

Unter der braunen Arbeitsfläche schlug das eigentliche Herz des *Chaos*. Hier standen die voluminösen, prall mit Elektronik gefüllten Gehäuse, gewissermaßen Schmelztiegel, die Salomon benötigte, um seine glühenden Ideen und Visionen aufzufangen, bevor er ihnen Gestalt gab. Diese graugelben Kästen waren mehr als PCs – Vater nannte sie schlicht *Workstations*. Hier formte und schmiedete er seine neuen Konzepte und Programme. Er tat es in Wort, Bild und Ton. In Bits und Bytes. Mark Kalder stand kurz davor, der Computersoftware eine neue Dimension zu eröffnen – so viel wusste Stella, aber nicht viel mehr.

Zwielicht beherrschte das *Chaos*. Die Maisonne wurde wirksam von einer Jalousette abgewehrt. Nur einzelne Lichtspeere drangen ein ins geheime Reich des *Man of Networks*, der sich in Computernetzwerken so sicher bewegte wie eine Spinne über ihre Fäden. Unter dem Schreibtisch waren die Schatten nahezu undurchdringlich. Einige grüne Leuchtdioden hatten sich im Kampf gegen die Finsternis dennoch durchgesetzt. Ihnen verdankte Stella die Entdeckung.

Es war nur ein einziges, unscheinbares Detail. Einem anderen wäre diese graue Plastikscheibe vielleicht gar nicht aufgefallen. Doch Stella kannte ihren Vater gut genug, um dem Fund eine gewisse Bedeutung beizumessen. Salomon war nämlich längst nicht so unordentlich, wie man es einem x-beliebigen begnadeten Professor zugestanden hätte. Im Gegenteil, Mark Kalder galt sogar als ausgesprochen ordnungsliebend. Das scheinbare Durcheinander seines häuslichen Arbeitsplatzes gründete sich in Wirklichkeit auf eine innere Logik, die sich nicht sofort jedermann erschloss. Die überall sichtbaren Kabel und technischen Gerätschaften täuschten erfolgreich darüber hinweg, dass kaum Unnützes herumlag, weder Papierschnipsel und abgekaute Bleistifte noch verbogene Büroklammern oder irgendwelcher andere Kreativmüll. Beinahe alles, was Mark zum Schmieden seiner Ideen brauchte, war in den Computern auf Festplatten gespeichert. Oder auf auswechselbaren Datenträgern, klein und handlich wie der, der da aus Salomons Lieblings-Workstation herausragte.

Stella war wie elektrisiert. Ihr Blick wanderte noch einmal zur offenen Tür. In der Diele draußen war alles still. Sie strich ihre blonden Haare aus dem Gesicht und beugte sich hinab. Zielsicher wie die lange Zunge eines Chamäleons schnellte ihre Hand unter den Schreibtisch und wieder zurück. An ihren Fingern klebte die Beute: ein graues Plastikviereck mit einem weißen Aufkleber. Stella kniff die Augen zusammen, um Salomons Handschrift im Dämmerlicht des Büros entziffern zu können. Mit schwarzem Filzstift standen nur wenige Worte auf dem Etikett: *Kagee – Das Netz der Schattenspiele.*

»Das Netz der Schattenspiele«, wiederholte Stella nachdenklich. Das klang geheimnisvoll, aufregend. Offenbar hatte sie eine Testversion von Salomons neuem Spiel in der Hand. Mehrmals hatte er gewisse Andeutungen gemacht – etwas wirklich Revolutionäres sei es, eine Verbindung letzter Forschungsergebnisse mit einer genialen Spielidee –, aber immer wenn Stella mehr wissen wollte, hatte er abgeblockt. Genauso wie damals ihren Versuch mit dem Ball.

»Du wirst schon noch früh genug erfahren, was es damit auf sich hat«, war Salomons lapidare Antwort gewesen. »Außerdem habe ich mir eine kleine Überraschung einfallen lassen, und wenn ich dir vorher schon davon erzähle, dann ist es ja schließlich keine mehr, oder?«

Warum waren Professoren nur immer so schrecklich logisch?

Grübelnd blickte Stella auf den Datenträger, der sich in ihren Fingern drehte. Es handelte sich um eine magnetooptische Disk. Sie glich einer dieser altmodischen Disketten, kaum größer als zwei nebeneinander liegende Kreditkarten, konnte aber weit mehr als das Neunhundertfache jener veralteten Datenspeicher fassen. Auf diesem kleinen Ding ließ sich eine ganze Bibliothek abspeichern. Oder noch viel aufregendere Dinge. Aber welche?

Stellas Neugierde steigerte sich mit jeder Sekunde, die sie auf die quadratische Plastikscheibe starrte. Eine innere Stimme machte ihr ernstliche Vorhaltungen. Immerhin hatte Salomon das *Chaos* zur absoluten Sperrzone erklärt. Sie hatte kein Recht, hier zu sein. Doch ihre Neugierde war längst zu einer Flutwelle angeschwollen, die derlei Bedenken einfach fortzuschwemmen drohte. Noch einmal machte der Verstand ihr die unangenehmen Konsequenzen bewusst, die mit der Verletzung von Salomons Territorium einhergehen mochten: Er wird dich zum Frühstück verspeisen, dir anschließend für ein Jahr das Taschengeld streichen, dir eine saftige Haftstrafe aufbrummen (mindestens vier Wochen Stubenarrest) und zuletzt wird er dir auch noch deinen PC wegnehmen …

Stella hielt inne. Nein, den Computer würde er ihr lassen, schon aus rein praktischen Erwägungen. Stellas PC war Marks Notnagel – er selbst bevorzugte den Begriff *Backup-Workstation.* Sollten seine *Chaos*-Rechner jemals kollektiv die Arbeit verweigern, dann konnte er immer noch auf Stellas Computer zurückgreifen. Salomon hatte ein ausgeprägtes Sicherheitsbedürfnis. Diesem Umstand verdankte seine Tochter die technologisch überdurchschnittliche Ausstattung ihres mit Plüschtieren voll gestopften Jugendzimmers.

Solange er ihr den PC ließ, war sie nicht völlig von der Welt abgeschnitten. Übers Internet konnte sie Kontakt aufnehmen, mit wem immer sie wollte. Im Moment fiel ihr nur keine Vertrauensperson ein, mit der sie ihr mögliches Los hätte teilen wollen.

Was ist schon dabei, wenn ich mir das Spiel mal ansehe?, dachte Stella und riss damit alle Barrieren ein, die ihr Verstand errichtet hatte. Ich bringe die Disk ja zurück – das ist also kein Diebstahl. Außerdem bleibt es ja in der Familie. Niemand wird davon erfahren. Möglich, dass ich sogar den einen oder anderen Fehler im Spiel entdecke und Salomon helfen kann sein Programm zu perfektionieren. Erstaunlich, wie viele vernünftige Argumente ihr einfielen, die *für* ein kurzes Ausleihen des Spieles sprachen.

Bepackt mit dem essbaren Modell des schiefen Turms von Pisa zog sich Stella in ihr eigenes Reich zurück. Ein einziger Gedanke beherrschte sie: *Kagee – Das Netz der Schattenspiele.* Sie hatte so viele Andeutungen darüber gehört und so wenig erfahren. Jetzt würde sie selbst erforschen können, was sich hinter diesem geheimnisvollen Namen verbarg. Stellas Herz klopfte vor Aufregung. Ihr Mund war ganz trocken. Warum hatte sie auch vergessen aus der Küche ein Glas Cola mitzunehmen?

Salomon

Mark konnte sich überhaupt nicht konzentrieren. Wenn die Vorlesung nicht bald zu Ende ging, dann würde sich bestimmt wieder sein Körper melden, mit Hautausschlag, Fieber oder Ähnlichem. Mit seinen siebenunddreißig Jahren musste er auf diese Signale Acht geben. Zu viel Aufregung war Gift für ihn.

Er erinnerte sich noch gut, wie Professor Landrup vor drei Jahren im Institut einen Schlaganfall erlitten hatte. Zugegeben, Landrup war damals schon einundsechzig gewesen, aber vierundzwanzig Jahre Altersunterschied sollte man nicht überbewerten. Die Welt war schnelllebig. Es konnte jeden treffen. Jederzeit. Und überall.

Wenn er nur wüsste, ob er die Tür zum *Chaos* abgeschlossen hatte! Die Ungewissheit nagte an Marks Nerven. Angenommen, Sternchen – wie er seine Tochter Stella liebevoll nannte – kam mit jemandem aus ihrer Klasse nach Hause und diese Person schnüffelte in dem Büro herum! Würde vielleicht auch etwas anfassen. Möglicherweise sogar kaputtmachen …!

»Erinnern Sie sich noch an die Herleitung dieser Formel?« Mark warf die Frage in den großen Hörsaal wie Brotkrumen auf einen Teich. Er hoffte, seine Studenten würden wie Enten danach schnappen, möglicherweise ein wenig um die richtige Lösung rangeln, damit er selbst Zeit hatte, um die Antwort auf seine eigene quälende Frage zu finden.

Alles war drunter und drüber gegangen, nachdem ihm siedend heiß eingefallen war, was er Jürgen vor zwei Tagen hoch und heilig versprochen hatte. »Natürlich übernehme ich deine Vorlesung am Mittwoch. Kein Problem!« Nur noch schemenhaft erinnerte er sich, von seiner Workstation aufgesprungen und aus dem Haus gestürzt zu sein. Nicht einmal sechzig Minuten war das jetzt her! Irgendwie hatte er den Weg durch den Straßenverkehr zur Uni gefunden und auf irgendeine Weise hatte er mit der Vorlesung in Vertretung seines Freundes tatsächlich pünktlich begonnen. Aber in welchem Zustand mochte sich das *Chaos* jetzt befinden …?

Das Audimax war der größte Hörsaal an der Technischen Universität Berlin. Wie in einem antiken Amphitheater saßen die Studenten auf ansteigenden Sitzreihen und blickten auf den Dozenten herab, der sich redlich mühte ihre Aufmerksamkeit nicht nur zu erhaschen, sondern auch möglichst lange zu fesseln.

Im Augenblick beschäftigten sich einige der jungen Leute noch hingebungsvoll mit Kaffeepötten und Coladosen. In der ersten Reihe saß eine wasserstoffblonde Studentin, die Mark wie hypnotisiert anstarrte. Innerlich seufzte er. Bei den Hochschülern galt er als ausgesprochen beliebt, wobei es ein gewisses Ungleichgewicht zu Gunsten der Damen des Semesters gab. Nicht wenige von ihnen himmelten ihn an. Mark Kalder galt an der TU als ein äußerst engagierter Wissenschaftler, nichts anderes ließ er als Grund für derartige Schwärmereien gelten. Fragte man dagegen seine Verehrerinnen, so wussten diese an ihm durchaus noch weitere Attribute aufzuzählen, die einen Mann für eine Frau anziehend machten.

Sein längliches Gesicht war zwar nicht perfekt, dafür aber markant. Die quer liegende Narbe auf dem Kinn kaschierte er (außer bei wichtigen gesellschaftlichen Anlässen) mit einem Dreitagebart. Von der Statur her war Mark das, was man gemeinhin mit »gut in Form« umschrieb. In jüngeren Jahren hatte er ernsthaft trainiert, um im Schwimmsport Karriere zu machen. Einer (fast immer) konsequent gesunden Lebensführung verdankte er seine hervorragende Konstitution. Oben breit, in den Hüften schlank, ragte er einen Meter achtzig vom Boden auf, hatte zudem volle braune Haare und Funken sprühende dunkle Augen.

Ganz automatisch zog Mark seine Brille aus der äußeren Brusttasche des grauen Fischgrätensakkos und setzte sie sich auf die Nase. Normalerweise benötigte er die Sehhilfe nur bei längerer Arbeit am Computerbildschirm oder wenn er einmal das Kleingedruckte unter einem Vertrag lesen musste. Aber unbewusst setzte er die Brille auch zur Abschreckung ein, im Stillen hoffend, seine Verehrerinnen mochten dadurch leichter den Gelehrten in ihm erkennen, was er im Kampf gegen ihre romantischen Gefühle für ausgesprochen nützlich hielt.

Jetzt konnte er die Studentin in der ersten Reihe deutlicher sehen. Sie kaute ohne Unterlass – das fettige Papierpaket auf dem Sitz neben ihr ließ ihn an Wurstbrote, Pommes mit Majonäse und ähnlich ungesunde Kost denken. Mark versuchte die hungrigen Blicke der jungen Dame zu ignorieren.

Auf der Empore des Auditoriums saß eine abgesprengte Gruppe von Störenfrieden, die ihre Berufung offenbar besonders ernst nahm. Die Erstsemester gaben sich überhaupt keine Mühe, ihre Stimmen zu senken, sie sprachen so laut miteinander, als befänden sie sich nicht in einer Vorlesung, sondern in einer diskussionsfreudigen Selbstfindungsgruppe.

Mark rückte das Umhängemikrofon zurecht und räusperte sich vernehmlich. Er konnte kaum verbergen, wie sehr ihn dieses undisziplinierte Verhalten nervte.

»Meine Damen und Herren in den oberen Rängen, ich wäre Ihnen sehr verbunden, wenn auch Sie mir Ihre Aufmerksamkeit schenken würden. Sollte Ihnen das nicht möglich sein, so habe ich auch hierfür vollstes Verständnis. Es ist schließlich nicht jedermanns Sache, sich mehr als fünf Minuten lang zu konzentrieren. Aber dann möchte ich Sie doch bitten draußen vor der Tür nach Zerstreuung zu suchen.«

Mark hielt nicht viel von derartigen Maßregelungen. Im Grunde waren sie nur ein Zeichen von Schwäche. Er hatte sich einfach von seiner Nervosität hinreißen lassen. Umso erstaunter stellte er fest, dass seine Rüge dennoch Wirkung zeigte. Die geschwätzigen Studenten warfen ihm zwar verächtliche Blicke zu, schwiegen nun aber.

Noch ganze dreißig Minuten quälte er sich durch die Vorlesung. Er war kaum bei der Sache. Über Grundlagenphysik zu referieren war für ihn etwa so aufregend wie das Umgraben eines Ackers für einen Gärtner. Wenn er über das mathematische Fundament der Heisenberg'schen Unschärferelation sprach und die Studenten ihn bloß noch anstarrten, als trüge er Gedichte in der Eskimo-Sprache vor, hasste er seinen Beruf. Mark ärgerte es, dass er sich von Jürgen hatte breitschlagen lassen.

Physik gehörte nicht gerade zu den Schwerpunktgebieten Mark Kalders. Salomon, wie ihn die Kollegen halb scherzhaft, halb bewundernd nannten, war bei seiner Berufung einer der jüngsten Professoren an der TU gewesen. Inzwischen schmückten sich andere hier mit diesem Etikett. Im Mittelpunkt von Marks Forschungen standen neue Verfahren zum Schutz von Computern und den darin gespeicherten Daten. Seine Professur an der TU war der momentane Höhepunkt einer bald zwanzigjährigen Universitätslaufbahn.

Anfangs hatte ihn die Bionik gefesselt, jene Wissenschaftsrichtung, die sich hauptsächlich die »Konstruktionspläne« der Tiere als Vorbild nimmt, um bessere Düsentriebwerke, Tragflächen oder Bootsrümpfe zu entwickeln. Dann war Mark in den Bann des wohl faszinierendsten menschlichen Organs geraten: des Gehirns. Er wollte unbedingt seine Funktionsweise verstehen lernen und, wenn möglich, sogar mit einem Computer nachbilden. Daher widmete er sich jahrelang der Entwicklung von neuronalen Netzen. Je tiefer er sich jedoch in die Wunder der Natur hineinarbeitete, umso klarer wurde ihm, wie armselig die Möglichkeiten eines Computers im Vergleich zum Gehirn des Menschen waren und noch auf Jahrzehnte hinaus bleiben würden.

Die Frustration darüber verunsicherte Mark und ließ ihn zwei Jahre lang auf wissenschaftliche »Nebenwege« geraten. Jene, die seine akademische Laufbahn verfolgten, mochten das vielleicht anders sehen. Mark beschäftigte sich in dieser Zeit mit der Biometrie. Diese Wissenschaft erforscht, in welchen persönlichen Merkmalen sich Menschen voneinander unterscheiden und wie man diese Kriterien technisch auswerten kann. Ein praktisches Forschungsergebnis der Biometrie ist zum Beispiel der *elektronische Pförtner*, der einen Menschen an seiner Gesichtsform, dem Stimmprofil, den Fingerabdrücken, seiner Iris oder Netzhaut identifizieren kann. Obwohl Marks Engagement in diesem Wissenschaftszweig eher kurz ausfiel, erzielte er doch beachtliche Erfolge. Er hatte maßgeblichen Anteil an der Entwicklung eines Systems, dem er den märchenhaften Namen S.E.S.A.M. gab, Marks Akronym für die komplizierte Bezeichnung »Synergetische Erkennung mittels Standbild, Akustik und Motorik«. Ein – nicht immer ganz zuverlässiger – Prototyp dieses elektronischen Torwächters überwachte den Zugang zu seinem eigenen Haus. Später wurde Marks Entwicklung unter dem Namen BioID von der Berliner Firma DCS AG zur Marktreife gebracht.

Die Erfolge in der Biometrie konnten für Mark nicht die Leere füllen, welche die Ernüchterung bei seinen Forschungen auf dem Gebiet der neuronalen Netze hinterlassen hatte. Doch in gewisser Hinsicht wurden in dieser Zeit die Weichen für das Danach gestellt. Zu Beginn seines dritten Biometrie-Jahres kam es zu einem fast schon banalen Vorfall: Ein Computerfreak aus Schweden hatte sich in das Campusnetz der TU eingeschlichen. Dem Hacker war es gelungen, etliche Zugangscodes herauszubekommen und dann einiges Durcheinander anzurichten. Eher durch Zufall wurde Mark in die Diskussion um einen zuverlässigen Schutz für die zahlreichen untereinander vernetzten Computer der Universität hineingezogen. Lehranstalten wie die TU sind natürlich um weitestgehende Offenheit bemüht. Wie konnte man sich da wirkungsvoll vor Übergriffen von Hackern schützen?

Mark Kalder war von dieser Fragestellung fasziniert. Er wusste natürlich, dass jede neue Verschlüsselung, die sich ein begnadeter Kryptograf ausdachte, und jedes neue Sicherheitssystem, das mit viel Aufwand entwickelt wurde, nur so lange Bestand hatten, wie ein mehr oder weniger genialer Cracker benötigte, um sie zu knacken.

Die Zeitabstände zwischen Einführung und Überwindung der jeweiligen Schranken waren oft genug erschreckend kurz. Unzählige Beispiele belegten diese Tatsache. Selbst amerikanische Behörden wie der Geheimdienst CIA oder das Pentagon, das Verteidigungsministerium, waren schon Opfer von Hackerangriffen geworden.

Man müsste ein System entwickeln, das einerseits alle Tricks der Hacker kannte, zugleich aber über die Flexibilität und Kombinationsgabe des menschlichen Gehirns verfügte, um auch völlig neuartige Angriffsvarianten entdecken und selbstständig Strategien zu deren Abwehr finden zu können. Eigentlich war diese Idee nur eine konsequente Fortsetzung all jener Forschungen, die Mark in den Jahren zuvor betrieben hatte.

Bald entwickelte er selbst »Viren«, die einzelne Computer befallen konnten, »Würmer«, die sich von allein in Computernetzwerken verbreiteten, und einige andere »giftige« Spezies, die einem elektronischen Organismus ebenso wirksam den Garaus machen konnten wie das Ebolafieber dem menschlichen. Das alles diente zunächst nur einem Zweck: der Erprobung von S.K.U.L.L. Natürlich stammte auch dieser Name aus Marks Akronymen-Schmiede. Er stand für *Security Keeping Universal Learning Lock*, also etwa für ein die »Sicherheit gewährendes, universell lernfähiges Schloss«. So wie der Schädel des Menschen das empfindliche Gehirn vor Schaden bewahrt, sollte SKULL Computer schützen, vor allem solche, die über das Internet oder andere Wege miteinander verbunden waren.

Später gelangte Mark zu der Einsicht, dass manche Übergriffe nur mit einer aktiven Verteidigung abgewehrt werden konnten. Deshalb integrierte er Teile seiner aggressiven Testsoftware direkt in das »lernfähige Schloss«. Heraus kam ein digitales Immunsystem, das den elektronischen Organismus nicht nur gegen Angreifer abschirmte, sondern wie die weißen Blutkörperchen im Menschen gegen diese auch vorgehen konnte. Wenn also jemand versuchte in einen von SKULL geschützten Computer einzudringen, dann schlug das Sicherheitssystem zurück. Es befiel seinerseits den Rechner des Hackers und konnte ihn, je nach Schwere des Angriffs, für Sekunden lähmen oder mit Hilfe eines so genannten CIH-Virus sogar dessen gesamte Elektronik nachhaltig außer Kraft setzen.

Marks bahnbrechendes Sicherheitssystem stand kurz vor der Fertigstellung. Es war nur noch eine Frage von wenigen Wochen, bis es im harten Alltagsgebrauch seine Fähigkeiten würde unter Beweis stellen können. SKULL und *Kagee* – das waren die beiden Fundamente, auf denen er seine Zukunft gründen wollte. Das eine wie das andere Ergebnisse seiner Forschungsarbeit. Doch während SKULL ein Produkt des Verstandes war, pochte in *Kagee* gewissermaßen das ungestüme Herz eines Kindes.

Und doch ... Vielleicht kam das alles zu spät. Über der ganzen Arbeit hatte er Viviane sträflich vernachlässigt ... ja, und auch Stella. Mit dem Tod seines Schwiegervaters wurde dann alles nur noch schlimmer. Gemeinsam machte sich die Familie auf den Weg nach Branford, Connecticut. Nach der Beisetzung ihres Vaters hatte Viviane dann die Gelegenheit ergriffen und sich eine »Auszeit« genommen. Der Nachlass könne schließlich nur vor Ort geregelt werden, hatte sie gesagt. Sie war noch immer in den Vereinigten Staaten – seit nunmehr fast vier Monaten!

Endlich hatte Mark die letzte Folie auf den Tageslichtprojektor gelegt. Die Vorlesung näherte sich dem Ende. Gleich danach würde er sich wieder in den Verkehr stürzen. Soweit er sich erinnern konnte, hatte er Stella nicht einmal eine Nachricht hinterlassen. Am Morgen noch war ihm sein Tagesablauf fest gefügt erschienen: Mittags gemeinsames Essen in der Pizzeria an der Ecke, dann einige Stunden Arbeit im *Chaos* und abends zusammen mit Sternchen im Kino der neue Science-Fiction-Film. Jetzt, wo er nicht da war, würde sie bestimmt vor Wut und Enttäuschung kochen und ihn vermutlich wieder den ganzen Abend durch Nichtachtung strafen.

Mark entließ die Studenten, die an diesem Tag einem ungewöhnlich unkonzentrierten Professor zugehört hatten. Im Sturmschritt eilte er dem Ausgang des Audimax zu, den vorwurfsvollen Blick seiner Tochter vor dem geistigen Auge. Vermutlich würde sie ihn bereits an der Haustür empfangen, ihn traurig und schweigend ansehen und sich dann wortlos auf ihr Zimmer zurückziehen. Eine gehörige Standpauke wäre ihm tausendmal lieber als diese stille Anklage. Doch wie er Stella kannte, würde sie ihn so leicht nicht davonkommen lassen.

Eiertanz

Der obere Teil des Turms rutschte träge zur Seite. Eine Scheibe Toastbrot und ein Salatblatt landeten auf dem Schreibtisch. Stella unterdrückte einen Fluch, griff hastig nach einem Papiertaschentuch und wischte die Majonäse von der Schreibunterlage. Doch schon im nächsten Moment ließ sie das Krähen eines Hahns hochfahren.

Stella blickte auf den Bildschirm. Eine neue E-Mail war für sie eingegangen. Der PC lief schon, seit sie aus der Schule zurück war. Wie jeden Tag suchte der Computer für sie selbstständig im Internet nach neuer Post. Diese Prozedur wiederholte er automatisch alle drei Stunden.

An diesem Mittag wurde auf dem Bildschirm nur eine einzige Nachricht angezeigt. Stella seufzte erleichtert. Eine ellenlange Liste von Briefen wäre das Letzte gewesen, was sie jetzt hätte gebrauchen können. Sie wollte endlich das Kagee-Spiel ausprobieren. Als sie den Absender der elektronischen Mitteilung las, stöhnte sie auf.

Die E-Mail kam von Tim Schröder, einem Jungen aus ihrer Klasse. Tim war eine Nervensäge. Mindestens einen Kopf kürzer als Stella, konnte er reden, als ob er sieben davon hätte. Stella traute ihm nicht. Die meisten Jungen in der Klasse hatten schon eine Freundin, Tim nicht. Der starrte nur sie unentwegt an. Selbst heute bei der Mathearbeit hatte sein Blick ihr wie ein Blutegel im Nacken gesessen. Was er sich davon versprach, war Stella schleierhaft.

Sie war mit ihren ein Meter zweiundsiebzig nicht nur deutlich größer als er, auch sonst hatte sie nur wenig von dem, was ein Mädchen für einen Jungen attraktiv machte – das jedenfalls war Stellas Selbsteinschätzung, die sie jeden Morgen vor dem Spiegel auffrischte. Ihr weit über die Schultern reichendes Haar besaß zwar die Farbe sommerreifer Gerste, fiel aber so dünn und glatt herunter wie Spinnenfäden. Sie war, trotz verzweifelter Fressattacken, ekelhaft gleichförmig gebaut. Weder an den Hüften noch der Oberweite ließ sich in nennenswerter Weise ihre Weiblichkeit ablesen.

Und dann das Gesicht! Stella führte einen verzweifelten Kampf gegen Pickel und Mitesser. Manchmal gelang es ihr zwar, den gegnerischen General Akne in ein Rückzugsgefecht zu verwickeln, aber immer wenn es den Anschein hatte, der Gegner sei durch massiven Einsatz chemischer Kampfstoffe endlich in die Knie gezwungen, zeigte der Spiegel neue Kriegsschauplätze. Es gab Tage, da glich ihr Gesicht einer kraterübersäten Mondlandschaft, und Stella empfand es als persönliche Niederlage, dass der elektronische Torwächter SESAM sie gerade in diesen trüben Zeiten mit beinahe hundertprozentiger Sicherheit erkannte.

Was also, bitte schön, brachte diesen Tim Schröder dazu, sich mit solcher Beharrlichkeit um ihre Aufmerksamkeit zu bemühen? Stellas allgegenwärtiges Misstrauen vermutete hinter diesem Verhalten irgendeine niederträchtige Verschwörung. Vielleicht eine Wette der Jungen untereinander. Zum Beispiel, wenn es Tim gelänge, ihr Vertrauen zu gewinnen, würde er in den harten Kern der Rosaroten Panther aufgenommen, oder wie auch immer sich dieser verschworene Kreis von Jungen nannte, die ständig auf dem Schulhof die Köpfe zusammensteckten.

Vor einem halben Jahr waren Tims Sondierungsbemühungen in eine neue Phase eingetreten. Damals hatte er einen Computer geschenkt bekommen. Seitdem schickte er ihr unentwegt E-Mails. Aber es waren nicht etwa Liebesbriefe, die Stella von ihm bekam. Sie kniff misstrauisch die Augen zusammen. Tims Vorgehensweise war wesentlich subtiler.

Da! Die neueste Mail schien dafür der beste Beweis zu sein.

Schnuppe!

Bin in einer Notlage. :-(
Du weißt doch, dass der Schmeichel mir da dieses Referat über die Philosophie Chinas aufgebrummt hat. Morgen ist Ultimo. Wenn ich

Schmeichel nicht beeindrucken kann, sieht's mit meiner Versetzung schlecht aus. Du bist doch ein Ass in Geschichte. Kannst du mir nicht weiterhelfen?
Bitte, lass mich nicht hängen. ____:-(

Gruß,
Tim

Stella schnaubte verächtlich. Jetzt täuschte dieser Gauner sogar einen Notfall vor! Wenn er sich schon bei ihr einschleimen musste, dann sollte er sie wenigstens nicht »Schnuppe« nennen. So originell war dieser Spitzname nun auch wieder nicht – der Name Stella kam vom lateinischen Wort für Stern, von da bis zur Stern*schnuppe* war es nicht weit –, zumal er für Stella einen unangenehmen Beigeschmack hatte. Wenn sie alle so nannten, dann war sie doch wohl auch allen »schnuppe«. Offenbar selbst den eigenen Eltern! Ihre Mutter hielt sich jetzt schon monatelang in Connecticut auf und ihr Vater arbeitete, als müsste er tot umfallen, sobald er nur eine Pause einlegte.

Stella zog die Tastatur näher zu sich heran und tippte.

Tim,
mir kommen die Tränen. :'-(
Du bist doch selbst dran schuld, wenn du bis heute nichts für dein Referat getan hast. Im Übrigen sind mir Fantasystorys und Artussagen immer noch lieber als chinesische Philosophie. Sieh doch mal im Web unter der Adresse http://www.schulhilfen.com nach. Da findest du Referate bis zum Abwinken. ;-)
Also, ich hoffe, es bereitet dir nicht zu viel

```
Mühe, dein Referat von dieser Website
herunterzuladen.   :-|
Wünsche, gut gelitten zu haben.   :-]

Stella
```

Stella klickte mit der Maus auf den »Senden«-Button am Bildschirm. Der PC ging für wenige Sekunden online: Er stellte eine Verbindung zum Internet her und schickte die E-Mail durch den Cyberspace. Wenige Augenblicke später würde sie Tim auf seinem Bildschirm lesen können.

Zuletzt hatte er ihr doch Leid getan. Vielleicht steckte er ja wirklich in der Klemme. Wenn Stella auch nicht vorhatte seine Faulheit zu unterstützen, wollte sie ihm wenigstens einen Tipp geben, wie er seinen Kopf noch aus der Schlinge ziehen konnte: Mit dem Geschichtslehrer Schmeichel war wirklich nicht gut Kirschen essen.

Stella lächelte einen Moment, als sie in ihrer Mail zwei Smileys mehr als in der von Tim zählte. Im Internet waren diese kleinen Zeichenkombinationen gang und gäbe, die – wenn man den Kopf etwas zur Seite neigte – zu Gesichtern wurden. Durch einen Smiley konnte man auch in einer geschriebenen Mitteilung Gefühle ausdrücken, ein Lächeln, eine Träne oder auch einen Kuss abbilden. Wenn man so wollte, waren die Smileys, zusammen mit einigen anderen Sonderzeichen, so etwas wie die Neuauflage der alten ägyptischen Bildsymbole im Cyberspace.

Tim hatte die *Netiquette* – die Konventionen und Umgangsformen in der virtuellen Welt des Internets – noch nicht in derselben Weise verinnerlicht wie Stella, für die das Surfen durch das *World Wide Web* so selbstverständlich war wie die Fahrt in der U-Bahn. Tim kannte bisher nur wenige Smileys, wusste vielleicht auch, dass man ein stark zu betonendes Wort in Sternchensymbole einzuschließen hatte, aber in einem echten Chat würden ihn alle sofort als Neuling erkennen.

Stella leckte sich den kleinen Finger ab. Er war beim Verschieben der Maus versehentlich in die Majonäse geraten. Tims E-Mail war vergessen: In ihrer Hand drehte sich wieder die magnetooptische Disk, der Datenträger aus dem *Chaos*. Sie zögerte. Sollte sie das *Kagee*-Spiel wirklich ausprobieren? Vater könnte es als Vertrauensbruch ansehen ...

Ach was! Stella atmete hörbar aus. Sie nahm ihm ja nichts weg. Und außerdem war *er* es doch, der ständig große Versprechungen machte und nie sein Wort hielt. Sie hätten längst zusammen in der Pizzeria sitzen können, aber er hatte sich wieder einmal aus dem Staub gemacht – ziemlich fluchtartig sogar. Was blieb ihr da anderes übrig, als sich selbst um ihre Angelegenheiten zu kümmern? Mit sechzehn war man ja wohl auch alt genug dafür. Vor ein paar Stunden, während dieser einigermaßen unerquicklichen Auseinandersetzung mit Herrn Leibold, dem Mathelehrer, hatte sie auch allein zurechtkommen müssen. Jetzt befand sie sich wirklich nicht in der Stimmung für eine weitere Standpauke – und wenn die Vorhaltungen auch nur von ihrem Gewissen kamen.

Heftiger als nötig schob sie die Disk in das dafür vorgesehene Laufwerk am PC-Gehäuse. Mit gezielten Mausklicks und Tastatureingaben suchte sie den Inhalt des Speichermediums ab. Noch bevor sie in die Schule gekommen war, hatte sie schon mit dem Computer umgehen können. Stella empfand schon lange kein ehrfürchtiges Prickeln mehr, wenn der PC genau das tat, was sie von ihm verlangte, eher hin und wieder mitfühlende Anteilnahme, wenn dieser Hochgeschwindigkeitsidiot seinen Dienst quittierte, weil sie wieder einmal bis an die Grenzen seiner Leistungsfähigkeit gegangen war. Doch nun lief alles glatt. Stella wurde schon nach kurzer Zeit fündig.

Sie entdeckte ein Verzeichnis mit dem Namen »Kagee«. Darin befand sich ein Programm namens »Setup«. Nach einem Doppelklick, also dem zweimaligen Antippen der Maustaste in kurzer Folge, erschien am Bildschirm ein Dialogfeld mit der für Computerspiele gewohnt überschwänglichen Begrüßung: »Willkommen zur Installation von *Kagee*, dem Netz der Schattenspiele.«

Schnell überflogen ihre Augen den weiteren Text in dem rechteckigen Rahmen, den das Installationsprogramm auf den Bildschirm gezogen hatte. Die Anweisungen waren klar und unmissverständlich. Stellas Mauszeiger huschte über den Bildschirm, klickte auf einige Knöpfe, wählte die ein oder andere Option aus. Dann wurde die beruhigende Nachricht angezeigt: »Setup hat Ihr *Kagee* erfolgreich installiert. Um das *Netz der Schattenspiele* zu nutzen, müssen Sie Ihren Computer neu starten.«

Stella folgte auch dieser Angabe. Gleich darauf wurde der Monitor schwarz. Der PC piepte. Dann erschienen verschiedene, zumeist englischsprachige Hinweise. Sie hätte jede einzelne dieser Meldungen im Schlaf hersagen können. Durch das *Booten* – so nannte man diesen Vorgang – wurden alle Programme in den Computer geladen, die zur Steuerung seiner Grundfunktionen nötig waren. Anschließend konnte man dann nach Belieben zusätzliche Programme starten.

Während des Bootens erinnerte sich Stella an das Wenige, was ihr Vater über sein neues Spiel verraten hatte. Vor einigen Jahren war er von einem Kongress aus Tokio zurückgekehrt. Dort, in Japan, hatte er dieses Wort aufgeschnappt: *Kagee.* Übersetzt bedeutete es so viel wie »Schattenspiel« oder besser »Schattenbild«. Wenn man mit den Händen vor einer Lampe eine fliegende Taube formte und diese Figur als Schatten an die Wand geworfen wurde, dann war das ein Kagee.

Plötzlich tat sich vor Stella eine Höhle auf. Das Bild füllte den ganzen Monitor aus. Es war dreidimensional und wirkte ungemein plastisch. Weit oben in der Höhlendecke musste es eine Öffnung geben, ein gleißender Sonnenstrahl durchschnitt den Raum und bohrte sich in den steinernen Boden. Die Lautsprecher, die zu beiden Seiten des Bildschirms angebracht waren, verbreiteten leise sphärische Musik. Aufgeregt griff Stella nach den Kopfhörern, um den Eindruck, Teil dieses Spiels aus Licht und Schatten zu sein, noch zu verstärken. Der schwebende Klang war nun mitten in ihrem Kopf. Mehr als nur eine bestimmte Abfolge von Tönen wirkte er auf sie wie eine verführerische Einladung in eine andere Dimension und ließ so das Bild, welches die Augen wahrnahmen, nur noch realistischer erscheinen.

Als Stella die Maus bewegte, wurde am Bildschirm ein Symbol sichtbar, wie es in der Mitte einer Spielkarte, genauer gesagt, eines Pikasses zu finden ist. Das Pik stand auf dem Kopf und sein Stiel war etwas länger als gewöhnlich. Wenn man das Symbol – es handelte sich natürlich um den Mauszeiger des *Kagee* – an den Bildschirmrand schob, veränderte sich der Blickwinkel, ein bisher nicht einsehbarer Teil der Höhle tat sich auf. Viele Spiele funktionierten so. Stella trat sofort einen Rundgang durch die Höhle an und begann schon bald ein Gefühl für die Ausmaße des Gewölbes zu entwickeln.

Die bizarren Felsformationen ließen auf eine gewaltige Grotte schließen. Imponierende Grate und Spalten wechselten mit Durchlässen und Tunneln in weitere Höhlenteile ab. Sie konnte sogar durch das Drehen eines Rädchens, das sich an ihrer Computermaus befand, ihren Blick nach oben oder nach unten lenken. Zu ihren Füßen gab es nur kahlen Fels, aber über sich entdeckte sie ein gezacktes Loch mit einem Stück Himmel, an dem immer wieder Vögel vorbeizogen … Nein, keine Vögel. Die Silhouetten waren seltsam … Es musste sich um fliegende Echsen handeln, Pteranodons oder andere Flugsaurier.

Stella widmete sich wieder der Höhle. Da der riesige Felsraum wenig Aufregendes bot, beschloss sie die Höhlengänge zu erkunden. Ohne den Blick vom Bildschirm zu nehmen schob sie sich eine Gurkenscheibe in den Mund und entschied sich für ein Felsentor, von dem ein kaum wahrnehmbarer Schimmer ausging. Als sie das Pik mitten in die leicht fluoreszierende Öffnung schob, begann es ebenfalls zu glimmen.

»Da versteckst du dich also«, flüsterte Stella. Sie kannte sich mit Computerspielen aus. Da gab es jene, bei denen man eine möglichst große Zahl von irgendetwas mit einer Waffe erledigen musste – Stella verabscheute Ballerdramen. Andere Games luden zum Knobeln ein oder verlangten Geschicklichkeit im Umgang mit der Maus oder dem Joystick – für Stella meist Auslöser von Gähnattacken. Und dann waren da noch die Abenteuerspiele. Man konnte sich in fremde Welten versetzen und musste dort mehr oder weniger schwierige Aufgaben lösen. Die besten dieser Programme forderten alles vom Spieler, seine Geschicklichkeit, sein Wissen, seine Fantasie und natürlich seine Zeit.

Nicht selten hatte erst Vivianes energisches Eingreifen bewirkt, dass ihre Tochter aus einer dieser fantastischen Welten wieder in die Wirklichkeit zurückgekehrt war. Doch jetzt befand sich Mutter mehr als sechstausend Kilometer weit weg. Stellas Fantasie aber – im Laufe der zurückliegenden Jahre durch Dutzende von Abenteuerbüchern, Heldenepen, Rittergeschichten und Fantasyromanen geschult – verlangte hier und jetzt nach neuer Nahrung. Ihre Vorstellungskraft gab den

Bildern auf dem Monitor Tiefe und Leben, die Welt des *Kagee* war für Stella nun nicht mehr virtuell, also nur dem Anschein nach echt. Für sie wurde die Höhle, durch die sie wanderte, innerhalb weniger Minuten zur einzig wahren Welt.

Das Leben im Reich des *Kagee* war ein ständiger Kampf. In diesem Höhlenreich gab es keine asphaltierten Straßen und auch keine U-Bahn. Um tiefer in das Labyrinth aus Gängen und Gewölben einzudringen, musste Stella unablässig neue Hindernisse überwinden: einen Abgrund, in dessen Tiefe ein feuriger Lavastrom brodelte, einen unterirdischen See, aus dem dicke Blasen aufstiegen, einen wuchernden Garten, dessen Pflanzen Jagd auf sie machten, schließlich eine Höhle, von deren Decke messerscharfe Stalaktiten herabfielen – eben das Übliche, wenn man sich auf fantastischem Terrain bewegte.

Aber dann entdeckte sie etwas wirklich Ungewöhnliches. Der Gegenstand fiel ihr sofort ins Auge. Er passte nicht zur Umgebung. Stella konnte nicht sagen, wie lange sie nun schon die verschiedenen Tunnel und Höhlenabschnitte erkundet hatte. Aber so etwas war ihr bisher noch nicht aufgefallen.

Vorsichtig bewegte sie sich näher an das rundliche Objekt heran. Längst hatte sie die Maus zur Seite geschoben und zum Joystick gegriffen. Ähnlich dem Steuerknüppel eines Düsenjets konnte man sich, wenn man ihn geschickt handhabte, in alle Richtungen drehen und wenden, die Welt des *Kagee*, wenn nötig, sogar auf den Kopf stellen ... Im Moment ging es zielstrebig geradeaus.

Als sie an den riesigen Gegenstand bis auf vielleicht zehn Schritte herangekommen war, blieb sie stehen. Das runde Ding erinnerte sie an einen großen Findling, dessen Oberfläche mit zahlreichen Flecken überzogen war. Vielleicht Moos. Mehr konnte man im herrschenden Dämmerlicht nicht erkennen. Außerdem war es halb von einem schroffen Felsen verdeckt. Stella musste auf etwas Bedeutendes gestoßen sein, das sagte ihr der Instinkt der erfahrenen Cybernautin.

Wachsam suchten ihre Augen noch einmal die Umgebung ab. Noch immer hatte sie nichts Schleimiges angesprungen, keine Pfeile waren aus unsichtbaren Öffnungen auf sie zugeschossen und auch kein siedender Ölsee hatte sich plötzlich unter ihren Füßen gebildet. Stella konnte es also wagen, sich dem Gegenstand weiter zu nähern.

Während sie langsam den Felsbrocken umrundete, wurde ihr mit einem Mal klar, was sie da vor sich hatte. Ein Ei! Nicht weiß oder braun wie ein Hühnerei, sondern, wie sich jetzt aus der Nähe zeigte, ein graubraunes Riesending, das mit einem blassgrünen Netz überzogen war. Stella hatte eine Idee ...

Schnell schob sie den Joystick zur Seite, griff nach dem VR-Handschuh und verband ihn mit dem PC. Mit diesem *Virtual Reality Glove* konnte sie Gegenstände, die nur im Cyberspace existierten, berühren, ertasten und sogar manipulieren – vorausgesetzt, der Spieleprogrammierer hatte beim Entwurf seiner Software auch den Einsatz dieser mit Kabeln und Sensoren voll gestopften Fingerlinge berücksichtigt.

Es funktionierte! Stella lächelte anerkennend. Salomon hatte wirklich etwas auf dem Kasten. Sie konnte die Oberfläche des Eies nun tatsächlich erfühlen. Das *Kagee* übermittelte Impulse an den Datenhandschuh, die jener in spürbare Oberflächenveränderungen übersetzte. Umgekehrt konnte Stella nun auch mit dem Handschuh navigieren: Wenn sie mit dem Finger nach links zeigte, bewegte sie sich nach links, wenn sie eine Faust machte, blieb sie abrupt stehen, und wenn sie nach einem Gegenstand griff, dann konnte sie ihn auch festhalten.

Das Ei hatte eine zwar unebene, aber nicht wirklich raue Oberfläche. Mit den Fingern über die Schale einer um das

Hundertfache vergrößerten Orange zu fahren musste sich in etwa ebenso anfühlen. Was mochte sich wohl in dieser gepanzerten Kinderstube befinden, so groß wie ein Kleintransporter? Vielleicht ein Pteranodon oder irgendein anderer Flugsaurier? Oder ein riesiges Entenküken? Abenteuerspiele nutzten oft das Element der Irreführung. Man wurde einfach auf eine falsche Fährte gelockt, weg vom Hauptweg. Aber was war eigentlich das Spielziel des *Kagee*? Bisher hatte Stella sich so sehr von der realistischen Darstellung der fremden Welt bezaubern lassen, dass ihr die Frage nach dem Sinn des Ganzen überhaupt nicht gekommen war.

Sie lachte unvermittelt. Salomon saß dauernd der Schalk im Nacken. Seine Souveränität in wissenschaftlichen Fragen nutzte er nicht selten, um aufgeblasene Möchtegernexperten an der Nase herumzuführen, ihr Halbwissen zu entlarven. Nein, je länger Stella über ihren Vater nachdachte, umso überzeugter war sie, dass sich in diesem Ei eben kein Fleisch fressendes Monstrum befand, das nur darauf wartete, ausgebrütet zu werden, um sich dann auf den Spieler zu stürzen. So einfach und banal konnte es nicht sein.

Und doch – das war wohl ihre nächste Aufgabe: Sie musste das Ei ausbrüten. Aber wie? Stella lehnte sich nachdenklich zurück, hob den Teller mit dem zusammengebrochenen Sandwichturm vor das Kinn und schob einige der Trümmer in ihren Mund. Ein dicker Majonäsetropfen stahl sich über den Tellerrand und stürzte in die Tiefe, mitten auf ihr weißes T-Shirt. Sie achtete nicht darauf, denn in diesem Augenblick war ihr die Erleuchtung gekommen.

Der Lavastrom! Sie hatte doch zuvor einen Abgrund überquert, aus dessen Tiefe bedrohlich ein rotgelbes Glühen herauffunkelte. Das Ei in diesen Strom zu werfen wäre vielleicht etwas zu viel des Guten, aber wenn die Höhle vulkanischen

Ursprungs war, dann würde sie möglicherweise noch andere, warme Orte finden, an denen sich das Ei ausbrüten ließ, ohne dass es gleich gar gekocht wurde.

Nun wurde Stella sehr geschäftig. Sie setzte unsanft ihren Teller mit dem verwüsteten Sandwich auf dem Schreibtisch ab, entledigte sich der Kopfhörer und des Handschuhs und sprang aus dem Stuhl. Hinter ihr stand der Schrank, in dem sie verschiedenes Computerzubehör aufbewahrte. Sie öffnete die Tür. Ihre Augen durchsuchten das Gewirr aus Steckern, Kabeln und allen möglichen elektronischen Gerätschaften. Immer wenn Salomon einen neuen Prototyp entwickelt hatte, war Stella sein »Versuchskaninchen«. Sie testete seine technischen Neuerungen, die dem, was man im Laden kaufen konnte, in der Regel zwei bis drei Jahre voraus waren. Ihre Hände hoben ein Knäuel aus Kabeln an, schoben ein Rudel von Mäusen beiseite. Salomons Erfindungsreichtum verdankte sie auch die ungewöhnliche Ausstattung ihres PCs, den Datenhandschuh und ... die *VR-Brille*!

Endlich hatte sie sie gefunden. Stella befreite das wertvolle Stück aus der Verschlingung mit einem Interlink-Kabel. Durch diese Sehhilfe konnte man sich in der *virtuellen Realität* (abgekürzt: *VR*) orientieren. Stella ließ sich wieder in ihren Bürostuhl fallen, setzte sich die Kopfhörer auf, zog den Datenhandschuh über und platzierte zuletzt die VR-Brille auf der Nase. Vor jedem ihrer Augen befand sich nun ein kleiner Farbbildschirm aus Flüssigkristallen, der so geformt war, dass man von der wirklichen Welt praktisch nichts mehr mitbekam. Die Illusion war perfekt!

»Du bist ein Genie«, flüsterte Stella, womit sie ihren abwesenden Vater meinte. Er hatte sogar daran gedacht, die VR-Brille ins Spiel einzubinden. Stella konnte den Blickwinkel nun durch die Bewegungen ihres Kopfes verändern. Wie im realen Leben war sie im Stande, sich im dreidimensionalen Raum ungehindert umzusehen sowie nach oben oder unten zu schauen, ohne dazu wie bisher die Position ihres virtuellen Körpers durch den Einsatz des Datenhandschuhs verändern zu müssen. So war sie noch beweglicher.

Stella begann sogleich die benachbarten Höhlengänge zu erkunden. Mit ihrem VR-Handschuh konnte sie Markierungen in die Höhlenwände ritzen, um später daran entlang zum Ei zurückzukehren.

Wieder verging eine für Stella schwer abschätzbare Zeitspanne, bis sie endlich fündig wurde. Sie hatte eine Quelle entdeckt! Bestimmt war das Wasser warm und gewiss konnte sie darin das Ei ausbrüten. Nachdenklich musterte Stella das runde, erstaunlich glatte Becken, in dem das klare Nass an die Oberfläche trat. Immer wieder stiegen dicke Gasblasen auf. Menschen umgaben wichtige Quellen gerne mit steinernen Einfassungen. Ähnlich verhielt es sich hier, wobei diese Riesenschüssel wohltuend schlicht ausfiel. Am gegenüberliegenden Ende des Beckens entdeckte Stella einen Abfluss. Hörbar rauschte das Wasser durch die Öffnung und verlor sich dann als Bachlauf in der Dunkelheit.

Stellas Verstand arbeitete auf Hochtouren. Das abgeflachte Bassin schien ein idealer »Eierbecher« zu sein – Brutbehälter war vielleicht der passendere Ausdruck. Doch woher sollte sie wissen, ob das Wasser in dem Becken die richtige Temperatur besaß? Ihr VR-Handschuh konnte leider noch keine Wärmeunterschiede spürbar machen. Da bemerkte sie die Pflanzen.

Auf der anderen Seite der steinernen Schale schimmerten breite Halme unter der Wasseroberfläche. Wenn in deren Nähe eine Blase aufstieg, bewegten sie sich sogar. Also konnten hier Pflanzen gedeihen! Stella beschloss es mit dem Höhlenteich zu versuchen. Ihren Markierungen folgend, kehrte sie ohne sich ein einziges Mal zu verlaufen zum Ei zurück.

Als sie wieder vor der graubraunen Schale stand, wurde ihr bewusst, dass es da noch ein weiteres Problem gab. Wie sollte sie das riesige Ei durch die Tunnel und Gänge bis zu dem Bruttümpel befördern? Stella grübelte. Ein VW-Bus ließ sich ja auch nicht so einfach huckepack nehmen und ein paar Querstraßen weiter tragen. Schon allein der inneren Logik des Spiels nach durfte dies nicht möglich sein. Salomon würde sich einen solchen Patzer niemals erlauben.

Stella versuchte es dennoch. Sie legte die Hand an das Ei und schob. Obgleich ihre Finger ja eigentlich nur durch die Luft glitten, spürte sie einen deutlichen Druck, ja, einen regelrechten Widerstand im Datenhandschuh. Bestätigt wurde diese Illusion noch durch das Bild der VR-Brille: Das Ei rührte sich nicht von der Stelle. Es war also gar nicht daran zu denken, es anzuheben und bis zur Quelle zu tragen …

»Wenn der Prophet nicht zum Berg kommt, muss der Berg sich eben zum Propheten bemühen«, murmelte Stella. Schlagartig war ihr die Lösung des Problems eingefallen: Sie konnte zwar nicht das Ei zur Quelle transportieren, aber vielleicht gab es eine Möglichkeit, das Wasser in den Gang zu leiten, der in diese große Höhle führte.

Ohne Zögern setzte sich Stella wieder in Bewegung. Zum dritten Mal durchquerte sie jetzt das Gangsystem zwischen der Eierhöhle und dem Quellbecken. Diesmal achtete sie besonders auf den Boden. Sie war sich nicht sicher, aber offenbar fiel der Weg zur Höhle hin wirklich ein wenig ab. Manchmal entdeckte sie sogar regelrechte Rinnen darin – ein ideales Bachbett.

Bald hatte sie wieder das kreisrunde Bassin erreicht. Sogleich balancierte sie auf dem flachen Rand der Einfassung entlang, bis sie sich oberhalb des Abflusses befand. Sie beugte sich hinab und stocherte zwischen den Pflanzen im Wasser herum. Wenig später hatte sie die Öffnung entdeckt, die den Bach speiste. Stella richtete sich wieder auf und blickte sich um. Das Loch war nicht sehr groß; wenn sie ihre beiden Fäuste zusammenlegte, würden sie vermutlich gerade noch durch die Öffnung passen. Doch womit sollte sie den Durchlass verschließen?

Leider lagen nirgendwo Korken oder andere nützliche Dinge herum. Sie dachte an Spiele, bei denen man scheinbar wertlose Objekte einsammeln musste, um sie später sinnvoll einsetzen zu können. Aber so angestrengt sie auch ihren bisherigen Weg durch die Höhlenwelt des *Kagee* Revue passieren ließ, sie erinnerte sich an keinen Gegenstand, mit dem dieser Abfluss zu verstopfen war.

»Also hast du ihn entweder übersehen oder er muss sich hier irgendwo verbergen!«

Sie suchte noch einmal das Quellbecken ab, stieg sogar hinein und tastete nach irgendwelchen Pfropfen, aber nichts dergleichen ließ sich finden. Während sie noch im Wasser stand und beinahe schon aufgeben wollte, streifte ihr Blick die Pflanzen, die den Abfluss umwucherten. Mit einem Mal war ihr klar, wie sie den Strom der Quelle umleiten konnte.

Stella watete bis zum Beckenrand und begann mehrere der langen Stiele auszureißen. Sie waren ungefähr so dick wie ihr kleiner Finger und hatten jeweils zwanzig bis dreißig schmale, lanzettförmige Blätter. Stella drückte die Ruten zusammen und verknotete sie miteinander. Dann nickte sie zufrieden. In ihrer Hand lag eine kleine grüne Kugel, noch zu klein, um den Wasserabfluss verstopfen zu können, aber auf diese Weise musste es gehen. Sie rupfte weitere Wasserpflanzen aus und formte einen immer größer werdenden Ballen.

Endlich hatte die grüne Kugel die richtige Größe. Vom Rand des Quellbeckens scharrte sie noch etwas Geröll zusammen und stopfte es dann gemeinsam mit dem Pflanzenpfropf in die Öffnung.

Schnell versiegte der starke Strahl, der den Bachlauf speiste. Nur ein schwaches Rinnsal kam noch hervor. Stella nickte zufrieden. Der Pfropfen erfüllte seinen Zweck – jedenfalls für eine gewisse Zeit. Er hielt genügend Wasser zurück, um den Pegel im Becken schnell ansteigen zu lassen.

Stella kletterte aus dem Bassin und beobachtete den trockenen Streifen zwischen der Wasserfläche und dem oberen Beckenrand, der nun stetig schmaler wurde. Wie sie bereits vermutet hatte, neigte sich die steinerne Schüssel unmerklich zur Eierhöhle hin. Zuerst war es nicht mehr als ein Wasserfinger, der das Becken überwand und den Boden berührte. Bald jedoch schwappte das warme Nass auf einer Breite von mindestens anderthalb Metern über die Einfassung. Ein neuer Quellbach war entstanden.

Es dauerte nicht lange und Stella musste vor dem Wasser herlaufen, das zielstrebig durch das Gangsystem gurgelte. Bald erreichte der Bach die Höhle mit dem großen Ei und hielt wie selbstverständlich darauf zu. Wer immer es genau in dieser Höhle exakt an diese Stelle gelegt hatte – Stella war mittlerweile so tief in das *Kagee* eingetaucht, dass sie gar nicht auf den Gedanken kam, dieser Jemand könne ihr Vater gewesen sein –, er hatte damit voll ins Schwarze getroffen. Am Boden unter dem Ei befand sich eine Wölbung, in der sich das warme Wasser des Baches sammelte. Als das felsige »Nest« voll gelaufen war, suchte sich der Quellstrom wieder seinen Weg aus der Höhle.

»Passt genau«, beglückwünschte sich Stella leise und lehnte sich entspannt zurück. Jetzt erhielt das Ei die Wärme, die es brauchte, um sein Geheimnis heranreifen zu lassen. Was würde wohl dieser voluminösen Kinderstube entsteigen? Hoffentlich keine Reinkarnation dieser öden Tamagotchis. Stella hatte diesen virtuellen Tierchen noch nie viel abgewinnen können, diesen plumpen Plastikeiern, die man ständig füttern, medikamentös versorgen oder mit langweiligen Spielen beschäftigen musste, damit sie nicht vorzeitig an irgendwelchen Mangelerscheinungen eingingen. Aber nein, diese geheimnisvolle Welt aus Höhlen, Gängen und unterirdischen Flüssen war viel zu aufregend, um Heimat von etwas ähnlich Simplem zu sein. Dieses Ei war ein Schlüssel, so viel stand fest. Vielleicht gelangte sie mit dessen Hilfe auf einen neuen Spiellevel. Ja, so musste es sein. Wenn es erst ausgebrütet war, dann würde alles ganz anders werden ...

Plötzlich fuhr Stella hoch und riss sich erschrocken die VR-Brille vom Gesicht. Sie hatte ein Motorengeräusch gehört, ein unverkennbares Aufheulen, wie es nur ein zahmer Volvo hervorbringen konnte, der mit weit über fünftausend Umdrehungen pro Minute in die Einfahrt gejagt wurde.

Ihr Vater war im Anmarsch!

Mit einem Mal wurde Stella regelrecht übel – vielleicht eine Folge des schnellen Wechsels von der *Kagee*-Welt in die wirkliche. Doch sie hatte keine Zeit, um sich über virtuelle Reisekrankheiten Gedanken zu machen. Wenn Salomon von ihrer Schatzsuche im *Chaos* Wind bekam, dann ...

Sie warf einen letzten Blick auf den Monitor. Er zeigte ein großes graubraunes Ei in einer Wasserlache. Dann drehte sie die Helligkeit des Bildschirmes herunter und schaltete ihn sicherheitshalber ganz ab. Sollte ein zufälliger Blick ihn streifen, würde ihr Geheimnis unentdeckt bleiben. Da der PC selbst jedoch noch lief, konnte das Ei weiter im warmen Strom des Quellwassers heranreifen.

Jetzt durfte sie keine Zeit mehr verlieren. Hastig holte Stella den Datenträger aus dem Laufwerk und rannte damit die Treppe zum Erdgeschoss hinunter.

Die Kalders bewohnten ein großzügiges Haus in Nikolassee. Salomon hatte es von seinen Eltern geerbt. Bis er den Volvo sicher in der Doppelgarage verstaut, den Garten durchquert und die Haustür geöffnet hätte, würden ziemlich genau einhundertfünfzig Sekunden vergehen. Stella hatte dies schon bei früheren Gelegenheiten herausgefunden. Zum Glück musste sie in diesem Augenblick nicht gegen ihre Mutter antreten. Viviane schaffte die gleiche Aufgabe in knapp der Hälfte der Zeit.

Als Stella, vom schlechten Gewissen geplagt, die Diele erreichte, erschien ein Schatten vor der gläsernen Eingangstür. Die schlanke, präzise ein Meter achtzig hohe Silhouette war unverkennbar.

Stella keuchte. Unmöglich! Es konnten doch höchstens erst hundert Sekunden vergangen sein.

Die verschwommene Gestalt hinter der gläsernen Tür rührte sich nicht. Stella wusste, was das bedeutete. SESAM prüfte das Gesicht des Ankömmlings. Der elektronische Pförtner litt heute wieder einmal unter Kurzsichtigkeit – Stella jedenfalls hatte er Stunden zuvor weder am Aussehen noch an der Stimme oder ihren Lippenbewegungen erkannt. Zum Glück besaß das Haus noch ein ganz normales Sicherheitsschloss.

»Nun mach schon auf!«, drang eine verärgerte Stimme durch die Haustür.

Stella war unfähig einen Vorteil aus SESAMs getrübter Wahrnehmung zu ziehen. Wie angenagelt stand sie in der Diele und starrte auf den Schemen hinter dem Glas.

Schon klimperte ein schwerer Schlüsselbund am Türschloss. Stella blickte gehetzt auf den Datenträger in ihrer Hand, dann auf die noch immer offen stehende Tür des *Chaos*. Sie würde es nicht schaffen, die Disk zurückzubringen und sich wieder davonzumachen.

Angesichts der drohenden Entdeckung schwebte seltsamerweise noch einmal das letzte Bild vom Monitor durch Stellas Geist. Sie nickte wissend. Ohne Frage, das Ei war wirklich ein Schlüssel. Vielleicht würde sie ihn nie gebrauchen können, wenn ihre Schnüffelei jetzt ans Tageslicht kam. Nein, das *durfte* nicht geschehen. Nur wenn sie den Schlüssel benutzte, konnte sie das Tor zu einer neuen Welt aufstoßen.

Verpasst

Das Audimax lag schon hinter ihm. Mark war gerade in den Altbau des großen Hauptgebäudes an der Straße des 17. Juni hinübergewechselt und erreichte nun den Ausgang, der in den grünen Innenhof des Campus führte. Er sah auf die Armbanduhr. Sternchen musste längst zu Hause sein. Aus dem versprochenen gemeinsamen Mittagessen war nichts geworden. Vermutlich hatte sie längst eines ihrer nitratgeschwängerten, nährstofflosen, fast völlig aus künstlichen Farb- und giftigen Konservierungsstoffen bestehenden Sandwiches zusammengebaut und verabreichte sich dieses nun in kleinen Dosen. Das machte sie nur, um ihn zu treffen. Stella wusste schon, wo er am empfindlichsten war.

Mark eilte mit wehenden Rockschößen unter den ehrwürdigen Bäumen des Campus entlang. Das neue Physikgebäude lag gleich gegenüber. Der Weg war mit gelben Flecken gesprenkelt. Das Blätterdach der Bäume glühte an diesem schönen Maitag unter der strahlenden Sonne in den verschiedensten Grüntönen. Doch für all das hatte Mark keinen Blick. Längst hätte er bereits die TU durch die Vordertür verlassen haben können. Aber er musste ja unbedingt kurz vor Beginn der Vorlesung noch Professor Rass in die Arme laufen! Der grauhaarige Physiker hatte dem jungen Informatiker für die schnelle und institutsübergreifende Hilfe gedankt, ohne welche die Veranstaltung hätte ausfallen müssen. Nachdem Mark wieder einmal vom Charme des altgedienten Wissenschaftlers dahingerafft worden war, hatte dieser ihm noch schnell einen Packen Unterlagen für die Kollegen im Institut für Theoretische Physik in die Hand gedrückt. Mark war ein höflicher Mensch. Er hatte gelächelt. Der Neubau läge nicht gerade auf seinem Weg, aber es sei überhaupt kein Problem, noch schnell hinüberzugehen und die Dokumente im Sekretariat abzuliefern.

Hinterher hätte er sich am liebsten geohrfeigt. Nun war er selbst einer der angesehensten Professoren der ganzen Universität, und nur wegen eines Altersunterschieds von ein, höchstens zwei Jahrzehnten glaubten die Kollegen ihn als Laufburschen einsetzen zu können. Am meisten ärgerte er sich jedoch über seine eigene Gutmütigkeit. Es war immer das Gleiche: Erst konnte er einfach nicht Nein sagen, und am Ende musste es dann seine Familie ausbaden. Zum Glück hatte er die Notbremse gezogen. In gut zwei Monaten war die Vorlesungszeit des Sommersemesters vorüber. Dann würde sich vieles entspannen. Er gönnte sich ein erleichtertes Aufatmen – gewissermaßen als Vorschuss auf seine zukünftige Tätigkeit als selbstständiger Unternehmer. Bald würde für ihn ein neues Leben beginnen.

Gerade als Mark durch die Tür zum Physik-Neubau schießen wollte, stellte sich ihm eine junge Frau in den Weg, eigentlich eher noch ein Mädchen. Sie sah aus wie höchstens neunzehn, hatte rotblonde Haare und besaß ein hübsches, vielleicht etwas burschikoses Gesicht.

»Hallo, Salomon«, begrüßte sie den Professor. »Dacht ich's mir doch, dass ich Sie hier treffen würde.«

Mark sah die Studentin an, als sei er gerade aus tiefem Schlaf erwacht. Er kannte sie nur zu gut. Sie war seine Lieblingsschülerin, und weil er sie inzwischen wie eine diplomierte Assistentin behandelte, war zwischen den beiden so etwas wie ein kameradschaftliches Verhältnis entstanden. Im Institut für Kommunikations- und Softwaretechnik war Jessica Pollock seine größte Hoffnung. Ein wahres Naturtalent in der Kryptografie!

»Jessi, ich habe Sie gar nicht bemerkt.«

»Das bin ich nun schon von Ihnen gewohnt.« Jessica lachte. Dabei zeigten sich zwei tiefe Grübchen auf ihren Wangen.

»Ich habe wirklich keine Zeit, Jessi. Ich muss die Dokumente hier noch im Sekretariat abgeben und dann schnellstens nach Hause. Meine Tochter hat Hunger und ich bin nicht da.«

»Müssen Sie sie denn füttern?«

»Unsinn, Stella ist sechzehn!«

»War nur ein Scherz.«

Mark blinzelte verwirrt. »Seien Sie mir nicht böse. Ich bin praktisch schon nicht mehr da.«

»Sie sehen aber noch sehr präsent aus, Professor Kalder. Falls ich die Unterlagen für Sie abliefere, darf ich Ihnen dann jetzt und hier eine Frage stellen?«

Mark atmete erleichtert auf. »Das wäre wirklich nett, Jessi. Worum geht's denn?«

»Um die jüngsten Gerüchte von den Cypherpunks. Es heißt, sie hätten eine ›Abkürzung‹ für den Blowfish-Algorithmus gefunden.«

»Sie kennen meine Meinung dazu. Ihre Hacker-Kollegen brauchen genauso Publicity wie diejenigen, die sich die Verschlüsselungsmethoden ausdenken. Ich glaube nicht, dass an der Sache was dran ist.«

»Ohne es vorher geprüft zu haben?«

»Weder die Cypherpunks noch unsere Cracker von Digicrime haben bisher irgendwelche konkreten Aussagen gemacht, die man wirklich untersuchen könnte.«

»Und wenn ich etwas Konkretes, Nachprüfbares hätte?« Jessicas Grübchen waren jetzt wieder deutlich zu erkennen.

Marks Augen schienen um das Doppelte anzuwachsen. »Sie haben wohl wieder Ihre Kontakte zur kriminellen Szene genutzt, was?«

Jessica verstand den Scherz und lachte. »Für die NSA mag es ja durchaus ›kriminell‹ sein, wenn man eines der sichersten Verschlüsselungsverfahren unbrauchbar macht – dabei stammt der Algorithmus nicht einmal von der Behörde.«

»Das hat man anfangs von den S-Boxen des DES-Algorithmus auch gedacht. Aber um die Sache abzukürzen: Wenn Blowfish wirklich geknackt werden kann, ohne dass man den gesamten Schlüsselraum absuchen muss ...«

»... dann könnte ein böswilliger Cracker einige Millionen Jahre früher an seine Beute gelangen«, vervollständigte Jessica lächelnd.

»Also gut, Sie haben gewonnen. Warten Sie, heute haben wir Mittwoch, den Dreizehnten. Morgen ... Nein, übermorgen, am Freitag, kann ich nachmittags etwas Zeit für Sie erübrigen. Aber um sechs muss ich zu Hause sein.«

»Die Tochter füttern?«

»Sie könnten Ihrem Professor gegenüber ruhig ein wenig respektvoller sein.«

Jessica schmunzelte. »Ich weiß, ich weiß, Salomon. Ich bin

gerade zwei Jahre älter als Stella. Ich könnte die ältere Schwester Ihrer Tochter sein. Ich bin jünger als jede Mitarbeiterin, die je ein Professor an der TU gehabt hat, und besitze nicht einmal ein Diplom ... Habe ich noch irgendetwas vergessen?«

»Sie haben die wichtigsten Punkte präzise aufgezählt.«

»Also dann am Freitag?«

»Ist gut. Sagen wir, um drei in meinem Büro. Ich bin schon gespannt. Machen Sie's gut, Jessi.«

Während Mark seinen Volvo durch den Berliner Straßenverkehr lavierte, dachte er lächelnd an Jessica Pollock. Er hatte nichts dagegen, wenn sie ihn ab und zu neckte. Das Mädchen hatte wirklich eine Menge auf dem Kasten. Schon während ihrer Schulzeit hatte sie Computerkurse für Erwachsene abgehalten. In einer Fachzeitschrift für Kryptografie hatte er zum ersten Mal ihren Namen gelesen. Mit gerade einmal vierzehn Jahren war sie im Stande gewesen, ein Programm zu entwickeln, das die Entschlüsselung eines alten mesopotamischen Keilschrifttextes ermöglichte. Er erinnerte sich deshalb noch so gut daran, weil er exakt zur selben Zeit den ersten Kontakt mit diesen nichts sagenden Gesichtern gehabt hatte ...

Ein lautes Hupen ließ Mark das Lenkrad herumreißen. Gerade noch rechtzeitig. Ohne dass er es gemerkt hatte, war sein Wagen nach rechts abgedriftet. Ein paar Meter weiter und er hätte das Fahrzeug in der Nebenspur angerempelt. Als er den Volvo wieder zwischen den weißen Fahrbahnmarkierungen auf Kurs gebracht hatte, glitten seine Gedanken erneut in die Vergangenheit ab.

Er hatte es noch nie besonders gern gesehen, wenn Sternchen sich seiner Computerized Home Approved Office Section näherte. Selbst für Viviane war das *Chaos* mehr oder weniger tabu. Aber nachdem ihm vor knapp vier Jahren von diesen ausdruckslosen Herren ein Besuch abgestattet worden war, hatte sich seine anfängliche Überempfindlichkeit regelrecht in eine Manie verwandelt.

Die Männer waren vom Bundesnachrichtendienst gekommen. Irgendjemand im Institut musste geplaudert haben. Mark betätigte den Blinker und bog links in den Messedamm ein. Er lächelte und berichtigte sich: Unsinn, eine Universität war kein Geheimdienst wie der BND oder die amerikanische National Security Agency. Ohne Frage gab es auch einen Wettbewerb zwischen den verschiedenen Hochschulen und anderen Forschungseinrichtungen rund um den Globus. Wissenschaftler, die nicht im Sold des Militärs, eines Geheimdienstes oder Wirtschaftsunternehmens standen, waren eine äußerst geschwätzige Gattung. Sobald einer dieser Spezies einen bedeutenden Schritt vorangekommen war, drängte es ihn, einen Fachartikel oder ein Buch über seine Forschungsergebnisse zu veröffentlichen. Selbst wenn der Bundesnachrichtendienst oder die international tätige National Security Agency keine Telefonleitungen oder Internetverbindungen anzapften, konnten sie sich ohne großen Aufwand Informationen über sein Projekt SKULL beschaffen.

Als die BND-Beamten damals das Interesse ihrer Behörde an Marks Forschungsergebnissen zum Ausdruck gebracht hatten, glaubte dieser zunächst in einen schlechten Agentenfilm geraten zu sein. Sein Security Keeping Universal Learning Lock sollte ja gerade dazu dienen, sensible Daten zu schützen. Und nun saßen da zwei Männer in seinem Büro, deren Lächeln so unecht wirkte wie das von Finanzbeamten und die ihm schonend beizubringen versuchten, dass der BND gern die SKULL-Technologie für »gewisse eigene Zwecke« einsetzen würde.

Mark hatte rundweg abgelehnt. Er war einem Tobsuchtsanfall nahe gewesen – gesundheitlich nicht ganz unbedenklich. Zwar unübersehbar brüskiert, aber dennoch einen letzten Rest unterkühlter Höflichkeit wahrend, hatte er die beiden Beamten aus dem Institut komplimentiert. Aber sie waren zurückgekommen. Diesmal hatten sie mit Professor Landrup, dem Dekan des Fachbereichs Informatik, gesprochen. Irgendwie musste es ihnen gelungen sein, diesen eigentlich integren Wissenschaftler zur Mitarbeit zu bewegen.

Jedenfalls war Mark der ganze Umfang der Verschwörung erst fünf Wochen später aufgefallen. Durch Zufall erhielt er Einsicht in den Briefwechsel zwischen Landrup und dem Bundesnachrichtendienst. Der BND hatte um Klärung einiger technischer Details gebeten. Mit anderen Worten: Den Herren Geheimdienstlern waren Marks Forschungsergebnisse nicht verständlich genug dokumentiert. Als Landrup ihn damals zu einem zwangslosen Gespräch in sein Büro eingeladen und für kurze Zeit den Raum verlassen hatte, war Marks ziellos umherwandernder Blick auf ein Schriftstück mit seinem Namen gefallen. Der Briefkopf stammte vom BND. Es war für Mark unmöglich gewesen wegzusehen. Er hatte den Bogen aus einem Stapel anderer Post gezogen und schnell überflogen. Als Professor Landrup wieder in sein Büro zurückkam, empfing ihn ein sehr ungehaltener Mitarbeiter.

Mark hatte weiter geblockt, sogar damit gedroht, seine gesamte Forschungsarbeit einzustellen oder an ein anderes Institut zu wechseln, das seine ethischen Prinzipien eher zu würdigen wisse. Der Streit war nie bis zu Ende ausgefochten worden. Nur wenige Tage später erlitt Landrup im Franklingebäude der TU einen Schlaganfall. Er verstarb noch auf dem Weg ins Krankenhaus.

Während der Volvo über die Avus sauste, wunderte sich Mark einmal mehr über die seltsame Funkstille, die sich danach eingestellt hatte. Weder der Nachfolger von Professor

Landrup noch der Bundesnachrichtendienst waren in der Angelegenheit wieder bei ihm vorstellig geworden.

Damit hatte die Zeit begonnen, in der Marks Misstrauen fast mit jedem Tag anwuchs. Wochenlang blickte er beim Autofahren öfter als notwendig in den Rückspiegel. Am Telefon vermied er jedes vertrauliche Wort. Nie erhielt er für seinen Verdacht eine Bestätigung und dennoch fühlte er sich beobachtet, belauscht, beschnüffelt. Sogar zu Hause.

Während dieser Wochen erhielt das *Chaos* seine gegenwärtige Ausstattung, es wurde zur Hightech-Festung. Weil jedes elektronische Gerät verräterische Strahlung aussendet, verwandelte Mark sein Büro kurzerhand in einen Faradaykäfig und installierte zudem einen Störsender. Er investierte auch eine nicht unerhebliche Summe in so genannte Tempest-Computer, die allgemein als abhörsicher galten. Natürlich wusste er, dass für einen mit praktisch unbegrenzten Mitteln ausgestatteten Geheimdienst selbst diese Schutzmaßnahmen nur ärgerliche Hindernisse waren, die sich mit entsprechendem technischem Aufwand überwinden ließen. Aber der Gedanke, seine Forschungsergebnisse könnten vielleicht zu einem Zweck verwendet werden, der seinen Zielen genau entgegengesetzt war, erschien ihm unerträglich. Jeder Mensch und – vielleicht mit einigen Einschränkungen – auch jedes Wirtschaftsunternehmen hatte ein Recht auf eine geschützte eigene Sphäre. Keine Institution dieser Welt sollte so mir nichts, dir nichts in diesen Privatbereich eindringen dürfen. Und schon gar nicht mit Marks Hilfe! Deshalb wollte er nichts unversucht lassen, damit seine Arbeit nicht in falsche Hände geriet.

Mark betätigte den Blinker, wechselte auf die Abbiegespur und ließ das Tempo des Wagens auf fünfzig herabsinken. Vielleicht war er manchmal Viviane und vor allem Sternchen gegenüber zu schroff gewesen, wenn er ihnen den Zugang zum *Chaos* verwehrte. Dieser quälende Gedanke hatte sich allmählich zu einem richtigen Schuldkomplex verfestigt. Auch deswegen war er zu dem Entschluss gekommen, sich beruflich zu verändern und dadurch vielleicht sogar dem BND ein Schnippchen zu schlagen.

Hoffentlich hatte er den Absprung in ein neues Leben nicht bereits verpasst. In den vergangenen Jahren war er mehr mit seiner Forschung als mit Viviane verheiratet gewesen. Nicht zuletzt deswegen hielt sich seine Frau nun schon über ein Vierteljahr auf dem Anwesen ihrer Familie in Branford auf. Seinen Beteuerungen, es würde alles anders werden, hatte sie immer weniger Vertrauen entgegengebracht. Er konnte es ihr kaum verdenken. Aber wenn Viviane jetzt nicht mehr zurückkäme …!

Ein weiterer Beinaheunfall ließ Mark den Gedanken entgleiten. Nein, noch hatte er alles im Griff, den Straßenverkehr und auch sein Leben. Für eine gemeinsame Zukunft der Familie war es noch nicht zu spät. Die finanzielle Grundlage hierfür hatte er bereits geschaffen. Sie bestand hauptsächlich aus SKULL, dem Sicherheitssystem, das auf seiner bisherigen Forschungsarbeit fußte. Aber wenn seine neue Firma am 1. Oktober erst ihre Arbeit offiziell aufnahm, würde es neben diesem seriösen Produktzweig ja noch den anderen geben, einen im wahrsten Sinne des Wortes »spielerischen«. Und an diesem hing Marks Herz.

Mit *Kagee* wollte er eine neue Generation von Computerspielen ins Leben rufen. Kagee war eine Art Such- und Abenteuerspiel, das seinen Anfang im eigenen PC nahm und auf das gesamte Internet ausgedehnt werden konnte. Auf unterschiedlichsten Rechnern rund um den Globus ließen sich dann so genannte »Schattenworte« oder Kagees verstecken, die es zu finden galt. Jeder dieser Begriffe war der Schlüssel für weitere Verstecke. Das Ziel des Spiels bestand darin, über eine Kette von Kagees einen Mitspieler, Schatz oder ein anderes Suchobjekt ausfindig zu machen. Dabei konnte sich ein Teilnehmer allein auf die Suche begeben oder mit und gegen andere Partner antreten, die sich an einem beliebigen Punkt des Erdballs befanden. Jeder, der einen entsprechend ausgestatteten PC und einen Anschluss ans Internet hatte, konnte sich an einer *Kagee*-Runde beteiligen.

Mark schmunzelte. Als Abschiedsgeschenk für seine Kollegen an der Uni hatte er sich eine besondere Überraschung ausgedacht. Er wollte eine speziell präparierte Version von *Kagee* in das Uni-Netz einschleusen. Dem Anwender – neugierige Sekretärinnen oder gelangweilte Studenten – würde es sich zunächst als ganz normales Computerspiel präsentieren. Aber *diese Kagee*-Version war mehr als nur das. Sie gehörte zu einer Gattung von Programmen, die man als »trojanische Pferde« bezeichnete. Solche Trojaner verbargen unter der Tarnhaut ihrer offensichtlichen Funktion ein geheimes Innenleben.

Marks Spezial-*Kagee* war ein Virus. Nein, kein Computervirus, der irgendwelche Daten zerstören oder andere Schäden anrichten sollte. Es war nur ein Abschiedsgruß, der am letzten Vorlesungstag auf allen Bildschirmen erscheinen würde. Nach einem dramatischen Vorspiel allerdings: Zuerst würden sämtliche Buchstaben und Ziffern in den Bildschirmfenstern zerbröckeln und zu Boden rieseln, dann sollten sich die Fenster wie leckgeschlagene Schiffe zur Seite neigen, worauf der Buchstabengrieß durch ein Loch aus dem Rahmen rann. Danach würden alle Monitore für genau elf Sekunden so finster sein wie das Meer in einer sternlosen Nacht. Zuletzt konnten die erschrockenen Bildschirmbenutzer seine persönliche Grußkarte lesen, die sich aus der dunklen See an die Oberfläche der Monitorscheibe gehoben hatte, erst unklar und verschwommen, aber am Ende deutlich lesbar.

Anschließend sollten die Geräte wieder funktionieren wie bisher. Vom Spiel selbst blieb in den Rechnern nur eine Signatur zurück, gewissermaßen eine Visitenkarte, die schlicht aus dem japanischen Wort *Kagee* bestand. Dieser Hinweis lag Mark ganz besonders am Herzen, wollte er doch mit seinem Versuchsvirus keinen Schaden anrichten, sondern nur auf die Verletzlichkeit von Computersystemen hinweisen – so ganz nebenbei war diese Demonstration noch eine Werbemaßnahme, sowohl für sein neuestes Sicherheitsprogramm SKULL wie auch für das *Kagee*-Spiel selbst.

Endlich bog der Volvo in die Tristanstraße ein. Marks Gedanken kehrten zu dem zurück, was ihn bereits während der Vorlesung beschäftigt hatte. Wenn er sich nur erinnern könnte! Hatte er das *Chaos* nun abgeschlossen oder nicht? Sein kleiner Überraschungsgruß für die TU-Kollegen war noch nicht ganz fertig. Im gegenwärtigen Stadium durfte das Programm auf keinem Rechner aktiviert werden, der eine Verbindung zum Internet besaß.

Von unguten Vorahnungen getrieben jagte Mark den Volvo über den Asphalt. Er betätigte den Sender für das automatische Tor der Auffahrt. Als er die sich öffnenden Flügel erreichte, stieß er den ersten Gang hinein und bog mit aufheulendem Motor auf das Grundstück. Er parkte den Wagen – schneller als sonst – in der Garage, und während er durch den Garten zum Haus eilte, spielte er verschiedene Szenarien des zu erwartenden Empfangs durch.

Er hatte Stella versetzt, so viel stand fest. Und das nicht zum ersten Mal. Sie würde nicht gerade bester Stimmung sein. Wenn er in einer solchen Situation das Haus wie üblich gut gelaunt und federnden Schrittes betrat, dann machte er das Ganze nur noch schlimmer. Vielleicht war es besser, sich leise anzuschleichen und den Überraschungsmoment zu nutzen. Er konnte möglicherweise auf Gnade hoffen, wenn er sogleich ein Geständnis ablegte.

Ein Rahmen aus Sandstein, etwa einen halben Meter breit, umgab die Haustür. Zu Marks Rechter war in das weiche Gestein eine Edelstahlplatte mit verschiedenen Öffnungen eingelassen. Es handelte sich um SESAM, den elektronischen Pförtner. Mark positionierte sich vor einem kleinen viereckigen Fenster, hinter dem ihn ein Kameraauge anlinste. Normalerweise hätten nun rechts daneben eine Reihe von Leuchtdioden seine Identifizierung anzeigen müssen, doch keines der roten Lämpchen erwachte zum Leben.

Mark seufzte. In letzter Zeit bereitete das biometrische Zugangssystem immer häufiger Schwierigkeiten. Immerhin war es so ausgelegt, dass es den Zugang zum Haus auch dann freigeben musste, wenn von den drei möglichen Merkmalen mindestens zwei erkannt wurden. Neben dem Gesicht des Ankömmlings gehörten dazu auch die Stimme und die Lippenbewegungen beim Aussprechen einer bestimmten Parole. Noch war Mark zuversichtlich, dass SESAM ihn nicht im Stich lassen würde.

»Sesam öffne dich«, sagte er gelöst.

Nichts tat sich. Die Leuchtdioden blieben dunkel.

»Sesam *öffne* dich!« Eine gewisse Verärgerung schwang nun in seiner Stimme mit.

Der Torwächter hatte auf stur geschaltet. Die mit einer Glasfüllung versehene Haustür blieb geschlossen.

»Nun mach schon auf!«, blaffte Mark das ihn gleichgültig anstarrende Auge in der Edelstahlplatte an, das sich durch seinen Ärger jedoch nicht beeindrucken ließ.

Mark verkniff sich einen Fluch. Gute Laune musste er nun jedenfalls nicht mehr unterdrücken. Er stocherte in der Brusttasche seines Sakkos herum und förderte einen schweren Schlüsselbund zu Tage. Unbeholfen bohrte er den Schlüssel in das Schloss und öffnete die Tür.

Die Maisonne ergoss sich in die Diele. Der Schatten von Marks hoch gewachsener Gestalt zeichnete sich deutlich auf dem Terrazzoboden ab. Er lauschte. Von oben, aus Stellas Zimmer, drang nicht der geringste Laut herab. Wenn sie nicht gerade Hausaufgaben machte oder sich ernsthaft mit ihrem Computer beschäftigte, liebte sie es, die Leistungsfähigkeit ihrer Stereoanlage zu erproben. Doch alles war still. Das Haus wirkte verlassen.

Plötzlich ertönte eine Stimme von links, von der Küche oder dem Esszimmer her.

»Salomon? Bist du das?«

Also war Stella doch zu Hause! Jetzt hieß es, Ruhe bewahren.

»Hast du etwa jemand anderen erwartet?« Mark biss sich auf die Unterlippe. Das klang provozierend.

»Wie wäre es mit Mutter?«, kam Stellas prompte Antwort.

Der Hieb saß. Mark musste unbedingt mit Stella über Viviane sprechen. Er betrat langsam das Esszimmer, einen lang gezogenen Raum, ganz in Kirschholz gehalten, an der Außenwand flutete das Licht durch drei eher kleine Fenster. Von Stella fehlte jede Spur.

»Bist du in der Küche, Sternchen?«

»Kannst mich ja suchen kommen.«

»Was soll das, Stella? Ich weiß, dass du mir böse bist. Du hast auch allen Grund dazu. Aber sollte ich nicht wenigstens die Chance zu einer Verteidigung bekommen?«

Mark lauschte, aber es kam weder eine Antwort noch war da

die Geräuschkulisse, die sich gewöhnlich immer dann erhob, wenn Stella an einem ihrer ungesunden Snacks herumbastelte. Er ging an dem langen rötlichen Tisch vorbei auf die Küche zu.

»Stella? Findest du nicht, jeder Angeklagte hat ein Recht auf eine faire Verhandlung?«

Mark betrat die Küche. Sie war leer. Auf der Arbeitsplatte in der Mitte des Raumes waren Reste eines furchtbaren Gemetzels zu sehen, das einem Salatkopf, einigen Tomaten und mehreren hart gekochten Eiern das Leben gekostet hatte. Obwohl er auch Spuren von Schinken, Salami, Majonäse und anderen Zutaten entdeckte, schloss Mark – nun doch etwas beruhigt –, dass Stellas Laune wahrscheinlich noch nicht ihren Tiefpunkt erreicht hatte. In solch einem Fall wäre er mit Sicherheit auf Reste von Kartoffelchips und Marshmallows gestoßen.

Von der Küche aus konnte man durch einen kleinen Zwischenflur zur Speisekammer, in den Keller sowie in weitere Räume gelangen, unter anderem auch zurück zur Diele. Die Tür dorthin stand offen.

»Sternchen, wo bist du denn?«, rief Mark ungeduldig. Das seltsame Versteckspiel war ein Zug, den er an seiner Tochter noch gar nicht kannte.

»Ich bin hier, in der Diele«, kam Stellas Stimme dumpf zurück.

Mark seufzte und folgte seiner Tochter in den Eingangsbereich des alten Hauses.

Stella empfing ihn mit einem großen Glas Cola in der Hand. Auf ihrem Gesicht zeichnete sich eine Mischung aus Ungeduld und unverhohlenem Groll ab. Als sie den Mund öffnete, wusste Mark, dass sich seine schlimmsten Befürchtungen bewahrheiten würden.

»Hi, Salomon. Unser gemeinsames Mittagessen in der Pizzeria war ein unvergessliches Erlebnis. Das müssen wir unbedingt bald wiederholen. Leider habe ich jetzt keine Zeit mehr für dich. Ich muss noch einiges erledigen.«

Mark schluckte. Jetzt eine laute Antwort und alles würde nur noch schlimmer werden. Er kannte seine Tochter nur zu gut. »Sternchen, hör mal. Du hast ja Recht. Ich hab dir versprochen, dass wir zusammen essen gehen, aber es ist wieder einmal etwas dazwischengekommen.«

»Es kommt *immer* etwas dazwischen.«

»Das stimmt nicht, Sternchen ...« Mark stockte. »Doch, vermutlich hast du Recht. Deshalb will ich ja auch meine Situation ändern. Bald schon werde ich viel mehr Zeit zu Hause verbringen können als bisher. Dann können wir fast jeden Tag in die Pizzeria gehen, wenn du möchtest.«

»Jetzt machst du schon wieder Versprechungen, die du nachher nicht halten kannst«, platzte Stella mit Tränen in den Augen heraus.

»Wir holen es heute Abend nach«, sagte Mark eindringlich. Er kannte diese Stimmung seiner Tochter. Manchmal war dann tagelang mit ihr kein vernünftiges Wort mehr zu wechseln. »Ich schwöre es bei allem, was mir heilig ist, Sternchen. Wenn du noch willst, gehen wir heute Abend ins Kino und verdrücken nachher eine Riesenpizza. Einverstanden?«

Stella funkelte ihren Vater an. Für einen Moment hörte man nur das leise Prickeln der Kohlensäure im Colaglas.

»Ich hab jetzt zu tun«, wiederholte sie nur. Dann wandte sie sich abrupt um und stapfte die Treppe zu ihrem Zimmer hoch.

Mark stand wie ein begossener Pudel in der Diele. Normalerweise sollte sich ein Vater ein derartiges Benehmen nicht bieten lassen, aber das Bewusstsein seiner eigenen Schuld machte ihm eine angemessene Reaktion unmöglich. Viviane hatte ihm unmissverständlich zu verstehen gegeben, wie wenig

Lust sie im Augenblick verspürte, zu ihm nach Berlin zurückzukehren. Und jetzt war auch noch Stella drauf und dran, sich von ihm abzuwenden. Er hatte einfach zu lange gewartet ... Vielleicht war es doch schon für eine Umkehr zu spät.

Betrübt ließ Mark den Blick durch die Diele wandern. Da stockte sein Atem. Die Tür zum *Chaos* stand offen. Mit vier schnellen Schritten durchquerte er den Eingangsbereich und stieß die schwere Eichentür auf. Das Arbeitszimmer sah noch genauso aus, wie er es vor Stunden verlassen hatte. Die Jalousetten waren heruntergelassen, der Raum lag in einem schummrigen Dämmerlicht.

Mark betätigte den Lichtschalter neben der Tür und trat in das Büro. Seine Augen wanderten über den Fußboden, an Schränken und Regalen entlang und erkundeten zuletzt den massiven Schreibtisch. Er konnte keinerlei Veränderungen feststellen. Alles war wohl noch so, wie er es zurückgelassen hatte.

Plötzlich lief es ihm heiß und kalt den Rücken hinunter. Schnell umrundete er den Schreibtisch und ließ sich in den Bürostuhl fallen. Er beugte sich hinab, blickte in den Schatten zu seinen Füßen – und atmete erleichtert auf.

Aus dem MO-Laufwerk seiner Workstation ragte ein grauer Datenträger. Als ihm am späten Vormittag siedend heiß Jürgens Vorlesung eingefallen war, hatte er zwar die magnetooptische Disk ausgeworfen, aber nicht mehr im Safe verstaut, wie er es sonst immer tat. Stattdessen war er völlig kopflos, einfach alles stehen und liegen lassend, aus dem Haus gestürmt.

Erleichtert nahm er die Disk an sich und deponierte sie im Wandsafe. Anschließend ließ er sich wieder in den ledernen Schreibtischstuhl sinken. Er schüttelte den Kopf. Nicht auszudenken, was alles hätte geschehen können, wenn irgendjemand die MO entdeckt und das *Netz der Schattenspiele* aktiviert hätte.

Dracheneinmaleins

Es dauerte etliche Minuten, bis sie sich wieder einigermaßen in der Gewalt hatte. Nach der Begegnung mit ihrem Vater war Stella ziemlich durcheinander gewesen. Das entbehrte nicht einer gewissen Ironie, hatte sie doch selbst diese ganze Episode im Erdgeschoss inszeniert.

Als ihr in der Diele bewusst geworden war, dass es wohl keine Chance mehr gab, den Datenträger mit dem *Kagee*-Spiel direkt und unbemerkt ins *Chaos* zurückzubringen, hatte sie sich, einem plötzlichen Einfall folgend, in die Küche zurückgezogen. Um ihren Plan durchzuführen, musste sie ihren Vater für kurze Zeit aus der Diele fortlocken. Zum Glück bot der Grundriss des alten Hauses einige Möglichkeiten zum Versteckspielen.

Während Salomon sich langsam zur Küche vortastete, schlich sich Stella mit ihrem Colaglas durch den Nebenflur in die Diele zurück und von dort ins *Chaos*. Innerhalb von Sekunden hatte sie die Disk wieder an ihren Platz gesteckt. Gerade als sie das Büro verlassen wollte, war ihr ein Krümel aufgefallen, der mittags von ihrem Teller gerutscht sein musste. Schnell beseitigte sie die verräterische Spur und schlich sich in die Diele zurück. Dort stellte sie sich dann ihrem Vater.

Ein Wort hatte das andere gegeben. Stellas Erregung über Salomons Unzuverlässigkeit war ebenso wenig gespielt gewesen wie ihre Tränen. Immer wieder geriet sie aus der Fassung, wenn es um die chaotische Zeitverplanung ihres Vaters ging.

Doch nun beruhigte sie sich allmählich wieder. Gleichzeitig drang ein Geräusch in ihr Bewusstsein, das sie zuvor nicht bemerkt hatte. Es handelte sich um ein leises Summen, das von dem Lüfter des PCs ausging. Der Computer war eingeschaltet!

Beinahe hätte sie das Ei vergessen! Die Erinnerung kehrte mit Vehemenz zurück. Deshalb hatte sie doch diesen ganzen Stress auf sich genommen! Wie viel Zeit mochte inzwischen wohl in der Höhlenwelt des *Kagee*-Spieles verstrichen sein?

Stella drehte leise den Schlüssel ihrer Zimmertür herum. Sie wollte nicht noch einmal überrascht werden. Wenn Salomon wirklich versuchte unangemeldet hereinzuplatzen, würde die verschlossene Tür für ihn ein unmissverständliches Signal sein: Ich bin sauer auf dich; lass mich in Ruhe.

Nun widmete sich Stella wieder ihrem »Technikpark«, einer Geräteausstattung, von der andere Altersgenossen mit weniger computerversessenen Vätern nur träumen konnten. Sie schlüpfte in den Datenhandschuh und setzte sich den Kopfhörer sowie die VR-Brille auf. Den Monitor ließ sie ausgeschaltet, denn dank ihrer Brille befand sie sich schon mitten in einer fremdartigen Welt.

Stella hielt den Atem an. Die Veränderung war ihr sofort aufgefallen. Zwar ruhte das große graubraune Ei immer noch in der von warmem Wasser umspülten Mulde – aber diesen Sprung hatte es vorher nicht gehabt. Langsam näherte sich Stella dem Ei. Sie lauschte. Zuerst hörte sie nur das leise Gurgeln des Wassers. Doch dann …

Da war ein leises Kratzen. Neugierig untersuchte sie den Sprung, der sich von der Spitze des Eies nach unten erstreckte. Da! Wieder hörte sie ein Geräusch. Diesmal hatte es eher wie ein Schaben geklungen, gefolgt von einem kaum wahrnehmbaren Knacken.

Stellas Herz schlug heftig. Jetzt glaubte sie erneut einen Laut zu vernehmen. War es ein Quietschen gewesen? Oder ein jämmerliches Piepen? Sie konnte es nicht mit Sicherheit sagen. Plötzlich fuhr sie zusammen.

Völlig unerwartet hatte sich ein weiterer Spalt gebildet, begleitet von einem nun deutlich vernehmbaren Krachen. Unwillkürlich entfernte sich Stella ein paar Schritte von dem Ei, ohne es jedoch auch nur für eine Sekunde aus den Augen zu lassen. Immer mehr Risse zeigten sich jetzt in der Schale. Hin und wieder schien das ganze Ei zu vibrieren. Alle möglichen Geräusche erfüllten den Höhlenraum, darunter auch immer häufiger dieses beinahe Mitleid erregende Fiepen. Unwillkürlich rückte Stella wieder näher an die Quelle des Rumorens heran – um sogleich erneut vor Schreck zurückzufahren.

Ein großes dreieckiges Stück der Schale war wie vom Katapult geschleudert aus der Spitze des Eies gesprungen und aus dem Blickfeld gerauscht. Stella wagte nicht sich zu rühren. Angestrengt blickte sie in die Dunkelheit unter der Öffnung. Sie glaubte eine Bewegung zu erkennen, war sich aber nicht sicher.

Stella überlegte, ob sie etwas ins Mikrofon sprechen sollte, das mit dem Kopfhörer verbunden war und an einem Bügel dicht vor ihren Lippen schwebte. Vielleicht war dieses Wesen scheu. Nein, besser still bleiben und abwarten.

Das nächste Stück Schale brach heraus und klapperte ein paar Meter weiter auf den Höhlenboden. Stella sah nun zwei hellere Punkte in dem Ei. Wie zwei riesige Glühwürmchen glommen sie aus der Finsternis. Ab und zu erloschen sie schlagartig, um sogleich wieder zu erglühen. Die runden, leicht ovalen Punkte schienen direkt auf Stella gerichtet zu sein. Es waren Augen.

Ehe sie noch reagieren konnte, schob sich ein Kopf aus der gezackten Öffnung des Eies. Stella hielt die Luft an. Ein kleiner Drache beäugte sie neugierig. Er quietschte etwas, vielleicht einen Gruß. Das Ganze klang jedenfalls nicht bedrohlich, eher ein wenig klagend. Vermutlich hatte der Kleine Hunger.

Nun sprengte das Küken – oder wie immer man dieses großäugige Jungtier bezeichnen sollte – ein großes Stück der Schale heraus und legte damit mindestens ein Drittel des Eies frei. Ein schuppiger Körper ringelte sich aus der demolierten Brutkammer. Er glänzte, war vorwiegend grün, doch erhob sich auf dem langen Rücken des Wesens ein zackenbewehrter leuchtend roter Kamm. Am ehesten konnte man den Frischling mit einer überlangen Eidechse vergleichen, der ein Paar Fledermausflügel gewachsen waren. Der Kopf wies einige Spitzen und Kanten auf, darunter zwei sehr bewegliche Ohren. Den Schwanz zierte ein herzförmiges Endstück.

»Also, was bist du denn eigentlich?«, fragte Stella leise. Sie sprach mit dem Kleinen wie mit einem scheuen Tier, dessen Zutrauen man erst gewinnen musste. »Für einen Drachen bist zu ziemlich lang«, murmelte sie mehr zu sich selbst. »Aber deine Flügel und die kurzen Beine passen auch nicht zu einer Schlange oder einem Wurm ...« Stella stockte. Dank ihrer Studien mittelalterlicher Rittersagen war sie schließlich auf die richtige Antwort gekommen.

»Du bist ein *Lindwurm*!«, entfuhr es ihr.

Ein freundliches Quietschen, das Neugeborene schien Zustimmung zu signalisieren.

Lindwürmer, erinnerte sich Stella, waren eine besondere Art von Drachen. Auf alten Stichen wurden sie in allen möglichen Varianten dargestellt: einmal mit, einmal ohne Flügel, dann länger oder kürzer, oft Feuer spuckend und fast immer grimmig und zähnefletschend. Vor einem guten Dutzend Jahrhunderten mussten sie die Welt in hellen Scharen unsicher gemacht haben. Deshalb waren Lindwürmer auch das bevorzugte Jagdobjekt von gepanzerten Helden gewesen. Wenn es einem Ritter gelang, derartiges »Ungeziefer« – vorzugsweise mit der Lanze – zu erlegen, dann war ihm ein eigenes Wappen mit abgebildetem Opfer sicher. Diese unschätzbare Ehre hatte dann letztendlich wohl auch zur Ausrottung der schuppigen Tierchen geführt.

Ein Lindwurmei hatten die Kammerjäger des Mittelalters jedoch übersehen. Stella starrte entzückt auf das niedliche Ringelding. »Und was fangen wir nun miteinander an, Draggy?« Der Name für den kleinen Lindwurm war ihr spontan eingefallen. Er hatte so etwas Drachenhaftes an sich, fand Stella.

»Draggy?«, wiederholte der schuppige Kleine unvermittelt.

Stella ließ sich erstaunt in ihren Stuhl zurückfallen. »Du kannst ja sprechen!«

Die Stimme des grün-roten Lindwurmes klang hoch, ein wenig knurrig, etwa so, wie man sich eine sprechende Katze vorstellen würde. Auch wenn dergleichen nun wirklich ungewöhnlich genug war, bereitete es der fantasiebegabten Stella doch keine Schwierigkeiten, sich mit der neuen Situation zurechtzufinden.

Sie vermutete ganz richtig, dass Draggy Hunger hatte. Immerhin besaß sie einige Erfahrung mit künstlichen Lebewesen. Auch wenn sie heute nicht mehr gerne daran erinnert wurde, hatte sie einige Wochen lang eine Anzahl von Tamagotchis großgezogen und anschließend in einem eigens dafür eingerichteten Internet-Friedhof beerdigt. Es gab auch noch andere virtuelle Haustiere, da waren zum Beispiel Fin Fin, ein Zwischending aus Delfin und Vogel, und einige koboldartige Norns aus der Welt Albia. Und noch immer bediente sie sich regelmäßig des Programms *Roomancer*, um die Festplatten ihres PCs – anschaulich dargestellt als Haus mit verschiedenen Räumen – zu durchsuchen. In diesem virtuellen Haushalt lebte der Hund Basset, dem man Fragen stellen konnte, sobald man nicht mehr weiterwusste. Aber Basset war nichts weiter als ein niedlich verpacktes Hilfesystem und auch all die anderen künstlichen »Lebensformen« hatten sie nur für eine sehr begrenzte Zeit in den Bann schlagen können.

Mit Draggy war das anders. Obwohl sie ihn ja erst seit wenigen Minuten, vielleicht auch Stunden kannte – Zeit spielte für sie im Augenblick überhaupt keine Rolle –, erschien er ihr so real, so lebendig, dass es ihr wie ein Fall von Tierquälerei vorgekommen wäre, den PC einfach auszuschalten. Was würde dann mit dem Lindwurm geschehen?

Draggy war ein sehr lernbegieriges Wesen – den Begriff »Tier« hielt Stella eigentlich für unpassend. Er konnte nicht nur so simple Sätze von sich geben wie »Ich habe Hunger« oder »Ich will spielen« – die Norns in dem Spiel *Creatures* befleißigten sich dieses rudimentären Wortschatzes. Es hatte wirklich den Anschein, als wollte sich der kleine Drache mit ihr unterhalten, seine Gefühle ausdrücken.

Natürlich war Draggy hungrig und Stella sah sich unversehens mit der Aufgabe konfrontiert, für ihren Lindwurm etwas Passendes zum Fressen zu finden. Glücklicherweise war dies noch die leichteste Übung. Sie erinnerte sich an die Pflanzen aus dem Quellbecken. Mit lockenden Rufen führte sie den Jungdrachen dorthin und pflückte ein saftiges Büschel. Kaum hatte sie ihm die glitschigen Stiele vor die Nase gehalten, begann Draggy auch schon wie ein Kaninchen loszumümmeln. Bald war kaum mehr etwas von den Halmen übrig.

Während Draggy sich seinem Grünzeug widmete, bombardierte Stella ihn mit immer neuen Wörtern. Sie zeigte auf einen Felsbrocken und sagte: »Stein.« Sie rupfte ein weiteres Büschel aus dem Quellwasser und sagte: »Hier, Seegras. Hmmm, Seegras schmeckt gut.« Draggy wiederholte gehorsam das Gehörte und begann schon bald daraus eigene Sätze zu bilden.

»Draggy möchte mehr Seegras. Das Seegras schmeckt guuut!«

»Du bist ein richtig süßer Kerl«, lobte Stella ihren gelehrigen Lindwurm. Dann kam ihr plötzlich eine Idee. Vor vielen Jahren hatte sie von ihrer Mutter eine »Geheimsprache« gelernt. Es war kurz nach der Zeit gewesen, als die Kalders aus den Vereinigten Staaten nach Berlin gezogen waren. Vivianes Eltern stammten aus Deutschland und sie sprach ebenso perfekt Deutsch, wie Stella das Englische beherrschte. Aber Viviane kam mit dem Berliner Dialekt nicht zurecht. Während sie ihrer damals erst siebenjährigen Tochter die »Geheimsprache« beibrachte, lehrte Stella der Mutter im Austausch dafür, wie man sich in Berlin verständlich machen konnte. Aus beiden »Dialekten« entwickelte sich dann ein für Uneingeweihte so gut wie unverständliches Kauderwelsch. »Ickhicklefick weesheeslefees ochhochlefoch nichhichlefich« bedeutete auf Hochdeutsch »Ich weiß auch nicht«. Oder: »Kannsthannstlefannst dehelefe mirhirlefir malhalefal dehelefe Stullhullefulllehelefe jehelefe-benhenlefen?« war für einen Normalsterblichen kaum noch als »Kannst du mir einmal das belegte Brot geben?« zu erkennen.

Draggy hatte keine Schwierigkeiten mit der neuen Sprache. Die Zeit verging wie im Flug, bald schon konnte sich Stella mit ihm recht gut unterhalten. Natürlich war Draggys Sprachvermögen noch nicht so ausgereift wie das eines größeren Kindes, geschweige denn eines Erwachsenen, aber schließlich hatte der Kleine ja auch erst vor wenigen Stunden das Dämmerlicht seiner Welt erblickt.

»Stella? Mit wem sprichst du denn da?«

Das Klopfen an Stellas Tür kam völlig überraschend. Sie riss sich die VR-Brille vom Gesicht und war für einige Augenblicke ganz benommen.

»Ich ... ich sitze nur am Computer«, rief sie zurück, darum bemüht, einen ärgerlichen Ton in ihre Stimme zu legen. Vielleicht konnte das Salomon von weiteren neugierigen Fragen abhalten.

»Es ist bald Mitternacht, Sternchen. Du solltest langsam ans Schlafen denken.«

Stella biss sich auf die Unterlippe und verkniff sich eine schnippische Bemerkung. Eher versöhnlich entgegnete sie: »Ich mach gleich Schluss. Gute Nacht, Salomon.«

Für eine Weile herrschte Schweigen hinter der Tür. Offenbar arbeitete es in Salomons Kopf. Wollte er noch etwas sagen? Stella kannte sein ganzes Repertoire: halbherzige Ermahnungen, nicht zu viel Zeit mit Computerspielen zuzubringen; unglaubwürdige Entschuldigungen, weil er sie wieder einmal vergessen hatte; ungeschickte Versuche, ihre Laune durch Scherze aufzubessern, über die wohl nur ein biometrisch orientierter Neuronal-Informatiker lachen konnte. Doch nichts von alldem, nur ein trauriges: »Also dann gute Nacht, Sternchen. Ich hab dich lieb!«

Schritte entfernten sich den Flur entlang. Das Knarren der Treppe verriet, dass Salomon noch einmal ins Erdgeschoss hinunterging. Bestimmt würde er wieder bis drei Uhr morgens vor seiner Workstation sitzen.

Stella war die Lust vergangen, noch einmal die VR-Brille aufzusetzen. *Ich hab dich lieb!* Wann hatte ihr Vater das zum letzten Mal gesagt? Es musste schon eine Ewigkeit her sein. Sie fühlte sich mit einem Mal schrecklich elend, hatte ein schlechtes Gewissen, weil sie Salomon mit dem *Kagee*-Spiel hintergangen und ihn am Nachmittag so getäuscht hatte.

Sie hob den Hörer des Telefons ab, das neben ihrem Bildschirm stand. Der Apparat ließ sich innerhalb des Hauses auch als Gegensprechanlage benutzen. Wenn sie jetzt ihren Vater im *Chaos* anrief und ihm nur ein paar versöhnliche Worte sagte, dann würde er seinen Frust vielleicht nicht, wie sonst immer, in der Arbeit ersticken und noch ein paar Stunden Schlaf finden.

Stella ließ den Hörer zurück auf die Gabel sinken. Sie brachte es einfach nicht fertig, die zweistellige Nummer zu wählen. Es war ihr nicht einmal klar, warum sie nicht offen mit Salomon sprechen konnte. War es Scham wegen ihres falschen Spiels mit ihm? Oder hatte sie einfach verlernt ihre Gefühle zu zeigen, aus Angst, erneut enttäuscht zu werden?

Missgelaunt zog Stella ihre blauen Röhrenjeans aus und warf sie über den Schreibtischstuhl. Es folgten das T-Shirt mit dem Majonäsefleck und die weißen Tennissocken. Sie streifte sich ein anderes fast knielanges Shirt über und schlüpfte unter die Bettdecke.

Zuletzt löschte sie das Licht. Nur ihren PC schaltete sie nicht aus. Vielleicht war ja Draggy noch munter und wollte seine Welt eine Weile ohne sie erkunden.

Obwohl Stella nicht glaubte, bei dem heftigen Seegang ihrer Gefühle einschlafen zu können, lullte sie das leise Summen des Computers doch bald ein. Im Traum flog sie auf dem Rücken eines Drachens über eine Felslandschaft, durchzogen von gewaltigen Schluchten und reißenden Flüssen.

Ein leises Klopfen an der Tür weckte Stella.

»Sternchen, aufstehen! In einer Dreiviertelstunde fängt die Schule an.«

Stöhnend drehte sie sich auf die andere Seite.

»Komm schon«, drängte Salomon. »Das Frühstück steht auf dem Tisch. Ich fahr dich dann auch, damit du nicht zu spät zum Unterricht kommst.«

Stella griff nach dem Kissen und vergrub ihren Kopf darunter. Warum glaubten Eltern nur immer, sie könnten ihre Kinder mit der Schule aus dem Bett locken? Es dauerte eine Weile, bis sie aus den Tiefen des Schlafs in die Wirklichkeit zurückfand. Und schon waren die Erinnerungen des vergangenen Tages wieder da. Ihr wurde klar, dass Salomon es ja nur gut mit ihr meinte. Er hatte gestern Abend etwas gesagt, was sie nicht so einfach ignorieren konnte. Es war mehr als ein Friedensangebot gewesen.

Schwerfällig schwang Stella die Beine aus dem Bett. Auf dem Weg zum Bad warf sie noch einen Seitenblick auf den summenden PC. Sie hätte zu gerne gewusst, was aus Draggy geworden war. Vielleicht hatte er ja längst das Zeitliche gesegnet wie diese kurzlebigen Norns, die, kaum fünfzehn Stunden nachdem sie dem Ei entschlüpft waren, ihr Dasein schon gegen einen sinnreich beschrifteten Grabstein tauschen mussten. Seufzend trat sie in den Flur hinaus und drehte hinter sich den Zimmerschlüssel um.

Der Blick in den Spiegel war an diesem Morgen einigermaßen ermutigend. Die Truppen von General Akne hatten sich bis auf einen einzigen Unterhändler zurückgezogen. Stella war nicht gewillt sich auf Friedensverhandlungen einzulassen und griff zu den Hautreinigungspads.

Wenig später betrat sie das Esszimmer. »Hallo, Paps, entschuldige, dass ich so lange geschlafen habe.«

Ihr Vater sah sie verblüfft an. »Geht's dir gut, Sternchen?«

»Die Nacht war ein bisschen kurz, aber sonst –«

»Ich muss noch einmal mit dir reden, Stella. Wegen gestern. Es tut mir wirklich Leid ...«

»Die Cornflakes sind dir aber heute besonders gut gelungen, Salomon.«

Mark schluckte. Sie wollte ihn nicht an sich heranlassen und er wusste nicht recht, weshalb. War es immer noch wegen gestern? Resignierend erwiderte er: »Es sind dieselben wie jeden Morgen.«

»Nein, sonst sind sie immer viel schwammiger. Du hast die Milch gerade eben erst reingeschüttet, stimmt's?«

»Meinst du, wir könnten heute Abend ... Nein, entschuldige, bevor ich wieder falsche Versprechungen mache – und das möchte ich wirklich *nie* mehr tun –, *morgen* Abend ... Heute gibt es noch eine Sitzung des Direktoriums, es könnte spät werden. Morgen wollten wir sowieso gemeinsam den Abend verbringen. Lass uns dann in Ruhe über alles sprechen. Einverstanden?«

Stella zermalmte krachend einen Löffel voller Cornflakes. »Mal sehen«, war alles, was sie erwiderte.

In der Schule trieb der Unterricht an ihr vorbei wie herrenloses Strandgut. Sie konnte sich überhaupt nicht konzentrieren. In den ersten zwei Stunden musste sie nur daran denken, wie zickig sie sich ihrem Vater gegenüber verhalten hatte. Dann übernahm Schmeichel das Ruder. Der Geschichtslehrer hielt sich nicht mit langen Vorreden auf, sondern übergab zügig an Tim Schröder.

Das Referat über die chinesische Philosophie war also doch kein Vorwand gewesen, und wenn, dann einer mit realem Hintergrund. Für eine Viertelstunde lauschte Stella tatsächlich den erstaunlich faktenreichen Ausführungen ihres heimlichen Verehrers. Offenbar war Tim im Internet fündig geworden. Schön für ihn. Ehe er seine Ausführungen unter den anerkennenden Blicken eines erstaunten Schmeichels zum Abschluss bringen konnte, waren Stellas Gedanken schon wieder abgedriftet.

Das *Kagee* beschäftigte sie mehr als jedes andere Spiel, das sie je kennen gelernt hatte. Ob künstliches Leben sich in einem Computer wirklich entwickeln konnte? Vielleicht war ja *das* die neue bahnbrechende Entdeckung, von der ihr Vater immer schwärmte, wenn er sich in nebulösen Andeutungen über die Zukunft der Familie erging.

Wie auch immer, sie hatte Draggy längst ins Herz geschlossen. Der kleine Lindwurm schien ihre Aufmerksamkeit zu schätzen – im Gegensatz zu Salomon und auch im Unterschied zu ihrer Mutter, die sich seit mehr als einem Vierteljahr nicht mehr zu Hause hatte blicken lassen. Draggy hörte bereitwillig auf sie, auch wenn er nur ein künstliches Wesen war. Er lernte sogar von ihr. Selbst manche ihrer Redewendungen übernahm er wie ein anhänglicher Zögling, für den die Pflegemutter das wichtigste Wesen der Welt darstellt. Sie kam sich fast vor wie dieser Verhaltensforscher Konrad Lorenz, dem seine Gänseküken auch auf Schritt und Tritt gefolgt waren – im Bio-Unterricht hatte sie davon gehört.

Als die Glocke endlich das Ende der letzten Schulstunde signalisierte, eilte Stella schnellstens aus dem Klassenzimmer. Tim hatte keine Chance, ihr für die Hilfe vom Vortag zu danken.

Endlich wieder zu Hause, galt ihr erster und einziger Gedanke dem Computer. Der Rucksack mit den Schulsachen war unsanft auf dem Boden gelandet. Die Nikes hatte sie dicht daneben abtropfen lassen. Mit angewinkelten Beinen, die Knie gegen die Schreibtischkante gestützt, saß sie im Bürostuhl und aktivierte ihre elektronischen Gerätschaften.

Da sie einige Stunden nicht mehr am PC gewesen war, hatte sich der *PersonSpotter* eingeschaltet. Wie so vieles stammte auch dieses Programm von ihrem Vater. Die Zugangssoftware war von Forschern der Ruhr-Universität Bochum entwickelt worden, Salomon hatte die Kollegen nur bei der Konzeption des zu Grunde liegenden neuronalen Netzes unterstützt. *PersonSpotter* arbeitete über eine kleine Videokamera, die unmittelbar auf dem Monitor angebracht war. Das Objektiv erstellte aus dem Gesicht des Benutzers ein Referenzmuster, verglich es mit den Vorlagen in der Datenbank, und ergab sich daraus eine Deckung, wurde der Zugang zum PC freigegeben. Stella schätzte *PersonSpotter*, weil er sie so nahm, wie sie war. Anders als Vaters SESAM schien es dem Programm gleichgültig, wie viele Eiterpickel ihr Gesicht verunzierten. Er hatte sie noch nie von ihrem Rechner ausgesperrt.

Auf seinen regelmäßigen Überprüfungen des Posteingangs hatte der PC eine neue E-Mail aus dem Internet gefischt. Der Betreff der Nachricht lautete »DANKE« und stammte von Tim Schröder. Stella klickte das Mail-Fenster beiseite und drückte am Bildschirm einen Knopf, auf dem nur ein Wort stand: *Kagee*.

Ausgestattet mit VR-Handschuh, -Brille und Headset suchte sie nach Draggy. Einige bange Sekunden lang fürchtete sie schon, ihr Drache könne wirklich wie jene Tamagotchis, Fin Fins und Norns im virtuellen Nirwana gelandet sein, aber da kam der Lindwurm auch schon aus einem Höhlengang angeschwirrt wie eine Libelle.

Draggy lebte noch! Er wirkte sogar äußerst munter. Was aber Stella am meisten verwunderte: Er schien sie sogar wiederzuerkennen! Noch war sie nicht ganz in die Welt des *Kagee* versunken, die Kamera über dem Monitor fiel ihr ein. Salomon musste auch eine Schnittstelle für dieses Gerät im Spiel berücksichtigt haben.

»Wo warst du?«, begrüßte der Drache seine Ziehmutter.

Stella war verblüfft. So viel Eigenleben hatte sie von ihrem Zögling nun wirklich nicht erwartet.

»In der Schule«, antwortete sie.

»Was ist eine Schule?«

»Ein Haus, in dem man viele Dinge lernt ... lernen sollte.«

»Was für Dinge lernt man in der Schule?«

»Chinesische Philosophie zum Beispiel.«

»Was ist chinesische Philosophie?«

»Nach Tim hat Konfuzius gesagt: ›Was du nicht willst, dass man dir tu, das füg auch keinem andern zu.‹ Das ist chinesische Philosophie.«

Und so ging es weiter. Draggys Wissensdurst war unstillbar. Nach einer Weile stellte er eine seltsame Frage.

»Weißt du, wo der Juwelenschatz begraben ist, Stella?«

Diese Äußerung überraschte Stella gleich aus zwei Gründen. Zum einen, weil Draggy sie zum ersten Mal mit ihrem Namen angesprochen hatte, und zum anderen, weil er wirklich meinte, was er sagte. Anders als von ihr zunächst erwartet, wusste der Lindwurm auch nicht, wo sich dieser geheimnisvolle Schatz befand, und nun – und das verwunderte sie noch mehr – ergriff er sogar selbst die Initiative.

»Dann lass uns den Juwelenschatz suchen.«

»Aber wo denn?«

»Wir müssen das erste Schattenwort finden, Stella.«

»Ein *Schattenwort*?«

»Wir müssen das erste Schattenwort finden«, wiederholte Draggy geduldig.

»Was ist das denn?«

Wieder kam eine erstaunliche Antwort. Draggy klang nun beinahe selbst wie ein fernöstlicher Philosoph: »Jedes Ding wirft seinen Schatten und ist es auch noch so klein. Willst du es finden, musst du nach seinem *Kagee* suchen.«

»Kagee?«, flüsterte Stella. Bisher hatte sie sich über die Bedeutung dieses sonderbaren Wortes wenig Gedanken gemacht.

Das empfindliche Mikrofon in ihrem Headset hatte ihr Wispern dennoch aufgefangen und Draggy schien es als Aufforderung zu weiteren Erläuterungen zu deuten.

»Das Kagee ist ein Schattenbild. Alle Kagees zusammen sind ein Puzzle. Wenn du sie aneinander fügst, wirst du finden, wonach du suchst.«

Ein Prickeln lief über Stellas Rücken. »Na, dann schieß mal los, Draggy. Ich schlage vor, du nimmst die Witterung auf und ich folge dir.«

»Ich habe dich nicht verstanden, Stella. Kannst du deine letzte Aussage in anderen Worten wiederholen?«

Stella stöhnte vor Ungeduld. »Du Dummerchen, hilf mir bitte. Suche das Kagee.«

»Ich werde dir helfen, Stella. Komm mit mir.«

»Draggy, ich glaube, dieser Einfall stammt nicht von dir.«

»Ich habe dich nicht verstanden, Stella ...«

»Schon gut«, übertönte Stella den Drachen, »such Stöckchen, äh, ich meine, such das Kagee, Draggy. Finde den Schatz.«

Draggy machte sich auf den Weg. Er verschwand in einem Höhlengang und Stella musste sich beeilen, um das herzförmige Schwanzende nicht aus den Augen zu verlieren. Wie sich schnell herausstellte, war der kleine Drache zwar ein hervorragender Spürhund, wenn es darum ging, über gefährliche Abgründe oder an glühenden Lavaströmen vorbei einen sicheren Pfad zu erkunden, aber beim Lösen einer logischen Aufgabe war dann Stella gefordert.

Ob durch Zufall oder dank Draggys Führung, einige Minuten später entdeckte Stella eine Steintafel. Der glatt polierte Stein stand aufrecht in einer kleinen Höhle. Zuerst glaubte sie, die eingegrabenen Schriftzeichen darauf seien altertümliche Runen, wie Stella sie aus ihren Sagenbüchern kannte. Aber dann kam sie dahinter, dass es normale Buchstaben waren – besser gesagt, nur deren Schatten und dazu noch durch Weglassung einiger Längs- oder Querbalken entstellt. Aber hatte man das Prinzip erst einmal verstanden, fiel es leicht, das Wort zu entziffern.

Es bedeutete »Eruption«.

»Eruption? Was ist das?«, fragte Draggy.

Stella erklärte es ihm in einfachen Worten, während sie schon überlegte, welchen Hinweis ihr dieser Begriff wohl auf den Juwelenschatz gab.

Eine Eruption wirft flüssiges Gestein aus dem Innern der Erde an ihre Oberfläche. Es legt also etwas bloß, was zuvor verborgen war. »Wir müssen auf Orte achten, wo die Höhle sich verändert hat!«, kam es ihr mit einem Mal. »Vielleicht durch ein Erdbeben, eher aber durch einen Vulkanausbruch. Draggy, such eine Stelle, wo alles durcheinander geworfen ist. Wo das Unterste zuoberst gekehrt ist.«

Einmal mehr staunte Stella über Draggys rasche Auffassungsgabe und seinen empfindlichen Spürsinn. Bald hatte er tatsächlich eine riesige Höhle gefunden, aus deren dunstigem Inneren der Kegel eines erloschenen Vulkans aufragte.

Stella begann sogleich mit der Suche. Von der Spitze des Kegels arbeitete sie sich in spiralförmigen Windungen nach unten vor. Draggy gab sie Anweisung, das Geröllfeld vom Rand her zum Vulkan hin zu durchstöbern.

Diesmal war es der Lindwurm, der das Kagee beziehungsweise dessen Träger fand. Es handelte sich um einen durchsichtigen sechseckigen Kristallfinger, in dem das Schattenwort geschrieben stand.

Nach und nach arbeiteten sich Stella und ihr emsiger Lindwurm durch das unendliche Höhlenlabyrinth. Als sie schließlich den Juwelenschatz fanden, waren Stunden verstrichen. Doch Stella hatte es überhaupt nicht bemerkt. Ebenso wenig, wie ihr bewusst geworden war, dass sie dem Drachen die ganze Zeit über neue Kenntnisse vermittelt hatte. Ihre Strategien bei der Suche nach den Schattenworten, die Art und Weise, wie sie Informationen erfragte und schwierige Situationen meisterte, all das saugte der Lindwurm auf wie ein trockener Schwamm Wasser aus einem Gefäß.

Draußen vor dem Fenster verlieh die Sonne den Häusern und Gärten gerade einen letzten Anstrich in warmen Abendfarben, als Stella ihren Magen spürte. Er meldete sich durch ein lautes Knurren. Seit dem Frühstück hatte sie nichts mehr gegessen und es nicht einmal bemerkt.

Der Freitag glich dann im Wesentlichen dem vorangegangenen Tag. Stella beschränkte die Unterhaltung mit ihrem Vater am Frühstückstisch auf ein Minimum. Die Schule war für sie eine Tortur. Ihre Gedanken drehten sich nur um einen grünen Lindwurm mit rotem Rückenkamm.

Kaum zu Hause, saß sie wieder am PC. Heute hatte Draggy eine neue Aufgabe für sie. Es galt, eine gefährliche Bestie zu fangen, die das Höhlenlabyrinth unsicher machte. Wie Draggy glaubhaft versicherte, war das Monster um ein Vielfaches größer als er, spuckte mit Vorliebe ätzende Galle auf jeden, der ihm begegnete, brachte Höhlen zum Einsturz, zerkaute Felsen wie Butterkekse und hatte noch einige andere unangenehme Angewohnheiten. Um das Untier zu besiegen und der Höhlenwelt wieder den Frieden zu schenken, bedurfte es des Einsatzes einiger wirksamer Waffen. Doch diese wiederum konnte man nur durch ein Netz von Schattenworten in seinen Besitz bringen, die zuerst gefunden und dann miteinander in Beziehung gesetzt werden mussten.

Erneut verbrachte Stella den Nachmittag damit, an der Seite ihres Lindwurms durch die Höhlenwelt zu wandern und nahezu Übermenschliches zu leisten. Die ganze Zeit war ihr dabei dieses Biest auf den Fersen, das entfernt Ähnlichkeit mit einem Tyrannosaurus Rex besaß. Gerade jagte sie wieder durch einen Höhlengang, das Stampfen des Verfolgers im Rücken – die wesentlichen Rüstungsteile zur Erlegung desselben hatte sie bereits beisammen: einen säurebeständigen Schild, einen bissfesten Helm und ein glühendes Schwert, das Saurierpanzer zu durchdringen vermochte –, als ein lautes Klingeln sie hochschrecken ließ.

Das Geräusch allerdings kam nicht aus den Kopfhörern. Es handelte sich eindeutig um die Türklingel. Stella schob die VR-Brille auf die Stirn und blickte auf die Digitaluhr am Display ihres Telefons. Punkt sechs. Für diese Zeit war sie mit Salomon verabredet! Sollte er etwa pünktlich sein? Aber warum klingelte er dann? Selbst wenn SESAM ihm den Zugang zum Haus verwehrte, hatte er doch noch immer den Hausschlüssel.

Stella verzog sich mit ihrem Lindwurm in eine kleine Nebenhöhle. Der T-Rex stampfte vorbei. Sie selbst konnte sich jederzeit aus der Welt des Kagee zurückziehen, hatte diese List aber angewandt, um Draggy zu schützen. Der kleine Lindwurm war dem riesigen Wüterich bestimmt nicht gewachsen.

Schon wieder das Läuten. Es klang besonders ungeduldig, wie Stella fand. Unwillig streifte sie ihre elektronischen Sinneshilfen ab und polterte aus dem Zimmer.

Als sie in der Diele schwungvoll die Haustür aufriss, sah sie sich einer jungen Frau gegenüber, eigentlich noch einem Mädchen, das kaum älter als sie selbst sein konnte.

»Hallo, ich bin Jessica Pollock«, ergriff die Fremde sogleich das Wort. Sie trug Bluejeans wie Stella, ein gelbes Poloshirt mit dem Signet einer großen Sportfirma und sah auch sonst so aus, als gehörte sie zum Kader der nächsten Olympiamannschaft.

»Ich will in kein Fitnessstudio eintreten und fünf Paar Sportschuhe habe ich auch schon«, erwiderte Stella unfreundlich. Sie konnte sich einfach nicht vorstellen, dass etwas wichtiger sein sollte als die Rettung der Höhlenwelt.

»Ich bin Mitarbeiterin deines Vaters, wenn ich nicht gerade Informatik und ein paar andere Sachen studiere. Und du dürftest Stella sein, stimmt's?«

»Wenn du schon so gut über unsere Familienverhältnisse informiert bist, solltest du auch wissen, dass unsere Haushälterin nur dienstags kommt und dreißig Jahre älter ist als ich.«

»Dein Vater ist noch in der Garage. Er kommt gleich nach«, überging Jessica Stellas Bemerkung, um dann aber doch mit einem Seitenhieb zu kontern. »Hab dich wohl gerade bei was Wichtigem gestört?«

»Ich wüsste nicht, was dich das angeht.« Stella machte auf dem Absatz kehrt und stapfte in die Diele zurück. Die Haustür ließ sie zwar offen, verzichtete aber demonstrativ darauf, die Studentin hereinzubitten.

Während sie die Treppe zu ihrem Zimmer hinaufpolterte, fragte sie sich, was wohl in ihren Vater gefahren war, dass er diese Person hier anschleppte. Am Morgen noch hatte er seiner Tochter hoch und heilig versprochen, mit ihr abends ein ernstes Gespräch zu führen. Wollte er das etwa im Beisein dieser Jessica tun? Und überhaupt, wer war sie denn, dass er sie *hierher* brachte, nach Hause, in die unmittelbare Nähe seines Allerheiligsten? Allein schon das Betreten des Bannkreises rund um das *Chaos* war doch sonst jedem Sterblichen versagt. Warum dann nicht diesem Mädchen?

Für Stella gab es nur eine Erklärung: Ihr Vater musste eine Geliebte haben. Jahrelang hatte Salomon Anekdoten von seinen Studentinnen erzählt, die ihn anhimmelten, als wäre er ein berühmter Hollywoodschauspieler. Er hatte dabei immer gelacht, wie über nicht ernst zu nehmende, spätpubertäre Schwärmereien. Aber jetzt – Viviane war nicht einmal vier Monate von zu Hause fort – hatte ihn offenbar doch eines seiner Uni-Groupies um den Finger gewickelt. Und er besaß auch noch die Kühnheit, diese Person seiner Tochter vorzustellen.

Stellas Folgerung war nicht unbedingt schlüssig, aber sie hatte auch keine Lust, ihren Verdacht gründlicher zu prüfen. Sie war stinksauer, weil man sie so brutal aus ihrer Fantasiewelt gerissen hatte, und verwirrt, weil sie sich wirklich nicht erklären konnte, warum ihre Mutter so lange brauchte, um Großvaters Nachlass in Connecticut zu regeln. *Solche* Situationen waren dann natürlich vorprogrammiert. Nicht erst seit diese Jessica Pollock da unten vor der Haustür erschienen war, hatte sich Stella Sorgen um die Beziehung ihrer Eltern gemacht, sich gefragt, ob es zwischen den beiden noch klappte. Aber diese Frage, gerade *diese* Frage, hätte sie Salomon zuallerletzt gestellt. Stella wusste, dass sie eine »Vogel-Strauß-Politik« nicht weiterbringen würde, aber wenigstens wollte sie die Konfrontation mit dem Thema – und einer vielleicht damit verbundenen unangenehmen Wahrheit – so lange wie möglich hinausschieben.

»Stella?«

Salomons Stimme klang dumpf von unten herauf. Nur äußerst selten benutzte er ihren richtigen Namen. Warum gerade jetzt? Vermutlich wegen dieser Jessica. Stella stellte sich taub.

»Sternchen, komm doch mal bitte herunter. Ich möchte dich jemandem vorstellen.«

Nicht nötig, hätte sie am liebsten zurückgerufen. Habe sie schon beschnuppert. Sieht klasse aus, deine Neue. Diese rotblonden Haare! Die sportliche Figur! Und die niedlichen Sommersprossen auf der Nase!

Mit einem Mal musste Stella wieder an die Worte vom Mittwochabend denken. *Ich hab dich lieb.* Sie atmete tief ein. Vielleicht tat sie ihrem Vater unrecht …

Schwerfällig erhob sie sich wieder von ihrem Bett, auf das sie sich trotzig hatte fallen lassen, und schlurfte zur Tür. Sie stieg die Treppe zur Diele hinab und baute sich brav vor dem fremden Mädchen auf.

Ein Wunder, dass diese Jessica überhaupt schon an der Uni studieren durfte. Stella schätzte sie auf höchstens achtzehn. Wie konnte sie in diesem Alter schon eine »Mitarbeiterin« ihres Vaters sein? Stella wollte über die möglichen Konsequenzen dieser Frage lieber nicht genauer nachdenken. Und dann sah Jessica auch noch so schrecklich gut aus! Nun, ihr Gesicht wirkte für ein Model vielleicht etwas zu spitzbübisch, aber Stella entdeckte keinen einzigen Pickel darauf. Dieser Umstand wurde sogleich auf dem Schuldenkonto der Fremden verbucht.

»Eure offizielle Vorstellung habt ihr ja schon hinter euch«, brach Salomon Stellas eisiges Schweigen. »Jessica Pollock ist eine der fähigsten jungen Damen, die jemals bei uns an der Uni immatrikuliert waren«, lieferte er auch gleich ein Gegenargument für Stellas ersten Belastungspunkt. »Ihre Kenntnisse in der Kryptologie und vor allem ihre kreativen Einfälle haben meinem SKULL-Projekt in den letzten Monaten noch einmal einen gewaltigen Schub gegeben. Ich bin froh Jessica bei mir zu haben.«

Stella erwiderte nichts. Was sollte sie auch dazu sagen?

»Dein Vater und ich haben heute Nachmittag noch über einem kryptoanalytischen Problem gesessen«, ergriff nun Jessica das Wort. Sie ließ sich in keiner Weise anmerken, ob sie Stellas abweisendes Verhalten überhaupt bemerkt hatte, sondern war im Gegenteil ausgesprochen freundlich. »Als es schon nach fünf war, hat Salomon plötzlich auf die Uhr gesehen. Er sagte, er hätte heute einen wichtigen Termin mit dir und wollte auf keinen Fall zu spät kommen. Da wir noch nicht alle Details durchgesprochen hatten, bin ich einfach mit zu euch hinausgekommen. Auf der Fahrt hierher haben wir die restlichen Punkte abgehakt. Ich setze mich jetzt in den nächsten Bus und fahre nach Hause, dann könnt ihr in Ruhe über *eure* Angelegenheiten sprechen.«

Stella war ganz durcheinander. Woher wusste diese Jessica, dass heute noch eine Familienaussprache auf der Tagesordnung stand? Und wenn sie irgendetwas im Schilde führte – vielleicht wollte sie sich bei ihr einschmeicheln –, warum war sie dann überhaupt an einem Abend hierher gekommen, der unpassender dafür gar nicht hätte sein können? Möglicherweise war sie wirklich nur eine höfliche Studentin, die ihren Vater anhimmelte wie alle anderen auch, und mehr nicht.

Salomon, dem die atmosphärischen Störungen in der Diele nicht entgangen waren, erklärte nun eilig: »Stella und ich wollten heute Abend eigentlich ins Kino und anschließend etwas essen gehen. Wir könnten ja die Reihenfolge einfach umdrehen. Wenn wir alle gemeinsam zum Ku'damm fahren und uns ein nettes Restaurant suchen, dann schlagen wir gleich zwei Fliegen mit einer Klappe: Sie, Jessi, brauchen nicht mit der BVG quer durch die Stadt zu zuckeln und wir alle bekommen noch etwas Warmes in den Bauch. Ich lade euch selbstverständlich ein. Wie wär's, ist das ein Angebot?«

Stella hätte am liebsten laut Nein geschrien, aber ein Rest Höflichkeit hielt sie davon zurück. Vielleicht lag es auch an ihrem immer noch zwickenden Gewissen. Immerhin war sie ihrem Vater wegen des entwendeten Spiels einiges schuldig.

Auch Jessica schien zu zögern. Salomon deutete dies als verhaltene Zustimmung und sagte: »Prima, dann schwingen wir uns ins Auto und machen uns auf den Weg.«

Während der Volvo über die Avus zischte, berichtete Salomon weitere Einzelheiten über seine famose Assistentin. Jessica sei ein Computerfreak sondergleichen. Im Internet kenne sie sich aus wie selbst erfahrene Seebären nicht in ihrem eigenen Fischnetz.

Jessica Pollock lachte hin und wieder verlegen, dann malten sich tiefe Grübchen auf ihre Wangen. Das mit der Begabung sei halb so schlimm, versicherte sie Stella. Vielmehr hätte sie allen Grund, Salomon dankbar zu sein. Sie betrachte ihn als ihren Mentor. Sie bewundere ihn. Natürlich alles nur auf rein akademischer Ebene.

Natürlich! Stella hätte am liebsten laut gelacht. Also doch ein Fan des gut aussehenden Informatikprofessors. Mit welchem Recht konnte diese Jessica so viel Zeit bei ihrem Vater buchen, ihn sogar noch zu Hause in Beschlag nehmen, wenn sie, Salomons »Sternchen«, kaum einen Termin bei ihm bekam?

Stella war zum Heulen zu Mute. Jemanden zu haben, auf den man all seinen Zorn projizieren konnte, hatte zwar einiges für sich, aber sie spürte auch, dass mit ihrer Eifersucht etwas nicht stimmte. Nachdem sie so derb aus der Welt des Kagee herausgerissen worden war, hatte sie diese Situation überrollt wie ein Bulldozer.

Salomon schlug für das Abendessen einen Italiener im Europacenter vor. Bald saßen sie zu dritt in einem dämmrigen Lokal. Es war einer der ersten lauen Abende in diesem Jahr. Aus unsichtbaren Lautsprechern plätscherte südländische Musik. Doch irgendwie wollte trotzdem keine rechte Stimmung aufkommen. Stella misstraute dieser auffallend freundlichen Studentin immer noch, und das ließ sie die andere auch deutlich spüren. Warum war diese Jessica gegen alle Provokationen immun? Sie tat ja wirklich so, als wolle sie Stellas Freundschaft gewinnen! Vermutlich hatte ihr noch niemand verraten, wie schwer das war. Zu oft hatte Stella schon Enttäuschungen hinnehmen müssen. Ihr Vertrauen warf sie schließlich nicht wie Werbegeschenke freigebig unters Volk, um hier und da einen neuen Kunden zu gewinnen.

Für Salomon war die Situation sichtlich peinlich. Da Stella in keiner Weise daran dachte, die Unterhaltung durch eigene Beiträge aufzulockern, drehte sich das Gespräch schließlich fast nur um Verschlüsselungsalgorithmen, Permutationen, S-Boxen und anderes Kryptologenlatein, von dem sie nicht einmal die Hälfte verstand. Als ihr Vater dann zwischendurch auf die Toilette ging, geriet Stella in eine Zwickmühle: Jessica Pollock wandte sich direkt an sie.

»Du glaubst, dein Vater und ich haben irgendwas miteinander, stimmt's?«

Stellas Lungen verkrampften sich. Sie konnte mit einem Mal nicht mehr richtig atmen. War sie wirklich so leicht zu durchschauen?

Jessica lachte. »Ich kann dich gut verstehen, Stella. Dein Vater hat wirklich viele Fans an der Uni. Ich gehöre tatsächlich auch dazu.«

Also doch!, dachte Stella.

»Aber nicht so, wie du jetzt vielleicht denkst«, fuhr Jessica gleich fort. »Salomon ist der fähigste Wissenschaftler, dem ich je begegnet bin. Und er hat *mir* eine wirklich große Chance gegeben. Ich bin ihm dankbar und ich finde ihn total nett. Hin und wieder sprechen wir sogar über private Dinge. Aber, du musst mir glauben, das ist wirklich alles. Du brauchst dir keine Sorgen zu machen.«

»Das ist leicht gesagt, aber woher soll ich wissen, dass es auch stimmt?«, schnappte Stella wie ein in die Enge getriebener Hund.

»Ich glaube, dein abweisendes Verhalten hat eine ganz andere Ursache.«

Stellas Augen verengten sich. Was kam denn jetzt?

Jessica lieferte die Antwort postwendend. »Du vermisst deine Mutter. Außerdem scheint es zwischen deinen Eltern zu kriseln. Du spürst das, obwohl du es nicht wahrhaben willst. Es fällt dir schwer, mit deinem Vater darüber zu sprechen, weil ihr das Miteinanderreden verlernt habt. Er war zu lange mit anderen Dingen beschäftigt.«

Stella hatte immer noch das Gefühl, sich wehren zu müssen. »Ich wusste gar nicht, dass Kryptoanalytiker sich auch so gut in der menschlichen Psyche auskennen. Du solltest vielleicht dein Fachgebiet wechseln.«

Jessica lächelte milde und versuchte Stella die Hand auf den Arm zu legen. Als diese jedoch zurückzuckte, sagte sie nur: »Als Psychoanalytikerin wäre ich eine Niete. Nein, der Fall liegt eigentlich ganz einfach, Stella. Ich war mal in einer ganz ähnlichen Situation wie du. Meine Mutter ist schon gestorben, als Olli – mein Bruder – und ich noch sehr klein waren. Wir haben sie trotzdem immer vermisst. Und unser Vater war jahrelang vor Trauer kaum ansprechbar. Daher konnten wir nur selten unsere Probleme bei ihm abladen.«

»Du erzählst das alles, als würde es dich heute nicht mehr stören«, sagte Stella, schon etwas weniger feindselig als zuvor.

Jessica schüttelte den Kopf. »Es hat sich viel geändert seit damals. Aber das ist eine andere Geschichte, die ich dir vielleicht ein andermal erzählen werde. Mein Vater hat jedenfalls wieder geheiratet und Miriam, seine neue Frau, ist meine beste Freundin geworden. Das hat viele Wunden geheilt.«

»Es gibt also doch noch Happy Ends im Leben.«

»Du bist jetzt verwirrt, vielleicht auch verbittert, Stella. Aber ich sag's noch einmal: Ich kann dich gut verstehen. Wenn du dich irgendwann aussprechen willst, so von Frau zu Frau, dann ruf mich einfach an. Wir können uns auch gerne treffen.« Jessica beugte sich verschwörerisch vor und flüsterte: »Sollte dir ein Gespräch IRL – du weißt schon: *in real life* – nicht behagen, dann können wir uns auch in einer anonymeren Umgebung treffen. Du findest mich fast jeden Abend zwischen zehn und elf in einem Chat. Ist dir das ein Begriff?«

»Hast du vergessen, dass ich Salomons Tochter bin? Ich war schon Stammgast in diesen virtuellen Plauderstuben, als meine Schulfreundinnen noch mit ihren Barbiepuppen spielten.«

»Entschuldige. Hätt ich mir denken können.« Jessica zog einen Block aus ihrer Collegemappe, kritzelte eine Internet-Adresse darauf und schob sie Stella zu. »Hier kannst du mich treffen, falls dir mal danach ist.«

»In letzter Zeit treibe ich mich nur noch selten in Chatrooms herum«, erwiderte Stella zögernd, steckte den Zettel aber trotzdem ein. »Ist zu viel hohles Zeug, was da gequatscht wird. Außerdem wird man ständig angemacht, wenn man mit einem weiblichen *Nick* auftaucht.«

Jessica grinste. »Jeder ist in einem Chat, wer oder was er sein *will.* Die anderen bekommen ja nur dein Geplauder und deinen Spitznamen mit. Such dir einfach einen anderen *Nickname.* Nenn dich Lancelot oder Merlin – ich habe gehört, du hast eine Schwäche für Artussagen und Fantasygeschichten. Allerdings brauchst du in *dem* Chat ...«, Jessica deutete auf Stellas Hosentasche, in der der Zettel mit der Internet-Adresse steckte, »... keine Angst vor aufdringlichen Typen zu haben. Wir sind vielleicht eine etwas bizarre Gemeinde, aber ansonsten ziemlich harmlos.«

»Unter welchem Nick machst du denn die Chats unsicher?«

»Ich bin Elektra.« Jessicas Grübchen traten wieder hervor. »Passt doch zu jemanden wie mir, oder? Hinter der Adresse, die ich dir gegeben habe, verbirgt sich ein VR-Chat – echt lustig, wenn du die geistreichen Gespräche der Chatter nicht nur lesen, sondern die Plauderer sogar sehen kannst. Den Elektra-Avatar erkennst du sofort: Meine Stellvertreterfigur hat grüne Haare, trägt bevorzugt Weltraumanzüge und bewegt sich mit kleinen Flügeln fort.«

»Klingt ja wirklich schrill!« Zum ersten Mal stahl sich ein Lächeln auf Stellas Gesicht. Diese Jessica war ja eigentlich doch ganz nett.

In diesem Moment bemerkte Stella ihren Vater, der sich gerade seinen Weg zurück zum Tisch der beiden Mädchen bahnte. Sein Erscheinen löste bei ihr eine Reaktion aus, die wohl nur der verstehen konnte, der die Geschichte ihrer vielen gescheiterten Hoffnungen kannte. Es war weit mehr als nur die Eifersucht gegenüber Jessica, einer vermeintlichen Rivalin ihrer Mutter, die nun Stellas Misstrauen wieder hervorbrechen ließ. Abrupt lehnte sie sich zurück, verschränkte die Arme vor der Brust und sagte: »Allerdings habe ich, wie dir mein Vater sicher bereits anvertraut hat, für Science-Fiction nicht viel übrig. Ich glaube nicht, dass Elektra und Lancelot zueinander finden werden.«

Auch Jessica bemerkte nun ihren Mentor. Seltsamerweise schien sie nicht verärgert zu sein über Stellas plötzlichen Stimmungswechsel.

»Wie ich sehe, habt ihr euch gut unterhalten!«

»Über rein technische Dinge. Es ging ums Internet«, erwiderte Stella.

Ihr Vater schüttelte lachend den Kopf. »Es dürfte nahezu unmöglich sein, mit Jessi über etwas anderes zu reden.«

»Ich muss mich jetzt auf den Weg machen«, sagte Jessica unvermittelt. »Hab euch beiden lange genug die Zeit gestohlen.«

Mark wollte widersprechen, aber als er das Gesicht seiner Tochter sah, ließ er es bleiben. Er bedankte sich noch einmal bei Jessica Pollock für deren gute Arbeit und den »netten Abend«. Dann waren Vater und Tochter allein.

»Und was jetzt? Hast du noch Lust, ins Kino zu gehen?«

Stella zögerte mit ihrer Antwort. »Ehrlich gesagt, möchte ich lieber nach Hause.«

»Habe ich mir gedacht. Lass mich noch schnell bezahlen, dann verschwinden wir hier.«

Während der Volvo den Kurfürstendamm hinunterrollte, wechselten Stella und ihr Vater kaum drei Worte miteinander. Als der Wagen dann endlich auf die Stadtautobahn einbog, brach Mark das Schweigen.

»Kannst Jessica Pollock wohl nicht besonders leiden, was?«

Stella blickte ihren Vater kurz von der Seite her an, dann heftete sie ihre Augen wieder auf die Straße. »Hast du was mit ihr?«

Ein auffällig langes Schweigen setzte ein. Stella wollte dies schon als Zustimmung deuten, da aber stotterte ihr Vater: »Ob ... ob ich ... Du meinst, ob *ich* mit Jessica Pollock ein Verhältnis habe?«

Wieder drehte sich Stella zu ihrem Vater. »So schwer kann das doch nicht sein, Ja oder Nein zu sagen, Paps. Liebst du diese Jessica?«

Ein lautes Lachen brach aus Mark hervor. »O ja! Ich liebe sie, Sternchen. Sie ist ein Genie. Ich soll ja schon ziemlich gescheit gewesen sein, als ich in Jessicas Alter war, aber sie wird in zwanzig Jahren entweder eine Universität leiten oder als gefürchtetste Hackerin von der Polizei und den Geheimdiensten der ganzen Welt gejagt werden. *Dafür* liebe ich sie. Aber das hat nichts mit den Gefühlen zu tun, die ich für deine Mutter empfinde, falls es das ist, was du meinst.«

»Und warum kommt Viviane dann nicht mehr nach Hause?«

Marks Lächeln war wie weggewischt. Er starrte mit gläsernem Blick auf die Autobahn. Diesmal dauerte das Schweigen in dem Volvo länger als nur ein paar Sekunden.

Als sie zu Hause angekommen waren, bat Mark seine Tochter in das Wohnzimmer. Stella ließ sich in einen der beiden voluminösen Ledersessel fallen. Mark fragte, ob sie ein Glas kalte Milch trinken wolle. Sie lehnte ab. Also setzte er sich gleich an das Ende der Couch, das ihrem Sessel am nächsten lag. Er zündete als einziges Licht in dem großen Raum eine Kerze an, beugte sich mit auf den Knien gelegten Unterarmen zu ihr vor und sprach zum ersten Mal seit unerdenklich langer Zeit offen über seine innersten Gefühle.

Stella lauschte scheu den Worten ihres Vaters. Natürlich könne es ihr nicht entgangen sein, dass es schon seit mehr als einem Jahr immer häufiger Streit zwischen Viviane und ihm gegeben habe, sagte er. Stellas Mutter habe es einfach nicht mehr länger akzeptiert, dass er sich für seine Arbeit aufopferte und dabei seine Familie vernachlässigte.

Mark hatte ihr versprochen die Situation zu ändern, gesagt, er wolle aus dem Lehrbetrieb aussteigen und ein eigenes Softwareunternehmen gründen, klein und übersichtlich, vielleicht sogar nur eine Ein-Mann-Firma, die er von zu Hause aus leiten könne. »Dann tu's doch!«, habe Viviane zornig erwidert. Das ginge nicht von heute auf morgen. Doch davon habe sie nichts wissen wollen. Er versuche nur Zeit zu gewinnen. Er müsse sich entscheiden: entweder seine Arbeit oder die Familie.

Dann war Großvater gestorben. Stella kannte den Fortgang der Geschichte nur allzu gut. Aufgrund einer schleichenden Krankheit war Großvaters Tod schon seit längerem abzusehen gewesen, aber trotzdem hatte die Nachricht sie zunächst schwer getroffen, fast so wie damals, als es mit Großmutter zu Ende gegangen war. Die Worte Oma und Opa hatten für sie gleichwohl von jeher einen fast exotischen Klang besessen, weil die seltenen Besuche in Branford ihr nie Gelegenheit gegeben hatten, ein wirklich tiefes Verhältnis zu Vivianes Eltern zu entwickeln. Deshalb war die Wunde in ihrer Seele nach Großvaters Ableben auch nicht so tief und heute, mehr als ein Vierteljahr später, schon fast vernarbt. Salomon ging es sicher ähnlich, jedenfalls zeigte er in dieser Sache nie tiefer gehende Gefühle.

Gemeinsam war die Familie zur Beisetzung nach Connecticut geflogen, aber Viviane nicht wieder mit nach Berlin zurückgekehrt. Als einzige noch lebende Angehörige wolle sie die Regelung des Nachlasses nicht einfach einem Anwalt übergeben, lautete ihre Begründung. Außerdem sei sie sich noch nicht klar darüber, ob sie ihr Elternhaus in Branford veräußern wolle.

»Sie hat's immer noch nicht verkauft. Sie wohnt in Großvaters Haus und denkt gar nicht daran, zurückzukommen.« Endlich fand Stella den Mut auszusprechen, was sie lange schon innerlich bewegte.

Ihr Vater wiegte den Kopf hin und her. »Daran denken tut sie schon, aber sie hat sich noch nicht entschieden. Am Telefon sagte sie mir neulich, sie brauche etwas Zeit, um mit sich selbst ins Reine zu kommen.«

»Heißt das, Mutter könnte vielleicht für immer in den USA bleiben?«

»Ich habe ihr gesagt, mit Ende des Sommersemesters würde

alles anders werden, aber ich bin mir nicht sicher, ob sie mir glaubt.«

»Sie hat allen Grund, misstrauisch zu sein.«

Mark sah seiner Tochter direkt in die Augen. »Wolltest du nicht eben sagen, *du* hast jeden Grund, der Welt und vor allem mir zu misstrauen?«

Stella wich dem Blick ihres Vaters aus und fixierte die unruhig flackernde Kerzenflamme. »Ist das nicht dasselbe?«

Mark dachte lange nach, bevor er antwortete. »Vielleicht hast du Recht, vielleicht auch nicht. Auf jeden Fall verdient eine Tochter mehr Aufmerksamkeit von ihrem Vater, als ich dir bisher gegeben habe, und eine Frau mehr Beachtung von ihrem Mann, als deine Mutter von mir bekommen hat. Leider ist mir das ein bisschen spät bewusst geworden. Fast *zu* spät, fürchte ich.«

»Dann ist es dir also wirklich ernst mit deiner Softwarefirma?«

»Ja doch, Sternchen! Die Pläne stehen, und die Produkte, die ich anbieten möchte, sind so gut wie fertig.«

»Wenn du über das alles früher schon offener gesprochen hättest, würde es Viviane und mir vielleicht leichter fallen, es auch zu glauben.«

Mark nickte und ließ den Kopf hängen. Auch das wisse er mittlerweile. Und dann erzählte er Stella zum ersten Mal die Geschichte vom Bundesnachrichtendienst. Er hätte damals sicherlich überreagiert, denn bis heute sei der BND nicht mehr an ihn herangetreten, aber je klarer er erkannte, wie bahnbrechend sein SKULL-System war und welchen Schaden es in den falschen Händen anrichten konnte, desto mehr habe er sich mit seiner Arbeit abgekapselt.

Für Stella kam diese Eröffnung wie ein Paukenschlag nach einem langen Pianissimo. Das alles klang so sehr nach einer wilden Agentengeschichte, dass es ihr schwer fiel, das Geständnis ihres Vaters für bare Münze zu nehmen. Doch sein zerknirschter Gesichtsausdruck, wo er sonst immer vor guter Laune sprühte, zerstreute ihre Zweifel.

»Aber der BND ist doch eine Behörde«, gab sie zu bedenken. »Und Deutschland ist nicht gerade eine Bananenrepublik. Du hast selbst gesagt, dass deine Erfindung bei der Bekämpfung des organisierten Verbrechens eingesetzt werden könnte. Wäre es wirklich so schlimm, wenn auch der Bundesnachrichtendienst dein SKULL hätte?«

»Mehr als das, Sternchen. Um die Sicherheit von SKULL zu testen, habe ich ein Programm entwickelt, das die Fähigkeiten jedes Virus oder sonstiger böswilliger Software übertrifft. Es ist in der Lage, praktisch jedes Computersystem zu infizieren. Teile dieser Software sind inzwischen sogar in SKULL selbst eingeflossen, weil mein Sicherheitssystem im Stande sein sollte, sich gegen Angreifer aktiv zu verteidigen. Der SKULL-Tester an sich ist harmlos. Er *kann* gar keinen Schaden anrichten. Aber wenn er in falsche Hände geriete, könnte er leicht zu einer gefährlichen Waffe werden.«

»Einer *Waffe*? Ist das nicht reichlich übertrieben?«

»Die amerikanische National Security Agency hat starke Datenverschlüsselungsverfahren bis vor kurzem sogar als Waffen eingestuft und ihre Ausfuhr unterbunden. Unterschätz nicht die Möglichkeiten eines Softwareprogrammes, Sternchen. Ein Geheimdienst wie die NSA könnte damit das gesamte Internet abhören, in praktisch jeden Rechnerverbund einbrechen. Hast du eine Ahnung, wie viele von unseren persönlichen Daten in Computern gespeichert sind?«

Stella zuckte die Schultern.

»Praktisch alle! Zumindest in den industrialisierten Ländern existiert jeder Mensch zweimal: zum einen aus Fleisch und Blut und zum anderen als virtuelles Geschöpf aus Bits und Bytes. Noch sind die einzelnen Bestandteile dieser elektronischen Version unseres Ichs in vielen verschiedenen Computern abgespeichert, was den Missbrauch erschwert. Mit meinem Programm könnte man allerdings spielend in diese Rechner eindringen und alle gewünschten Informationen zusammenführen. Nichts wäre mehr geheim. George Orwells *Neunzehnhundertvierundachtzig* würde schlagartig Realität werden: *Big Brother is watching you* – der Große Bruder würde uns überall und zu jeder Zeit belauschen. Es gab schon einmal eine Ära in unserem Land, als gewisse Menschen nur noch tätowierte Nummern waren, Sternchen. Einer Zahl das Mitgefühl zu entziehen fällt viel leichter als es einem Menschen zu versagen. Ich möchte nicht derjenige sein, der solchen Umtrieben die technische Grundlage verschafft.«

»Aber leben wir denn nicht in einem demokratischen Staat? Ich meine, es gibt doch so etwas wie Datenschutzbeauftragte. Die würden das doch niemals zulassen.«

Mark musste lächeln. »Entschuldige, Sternchen, ich lache dich nicht aus. Aber du darfst dir da nicht zu große Hoffnungen machen. Wenn die Bundesrepublik nicht den nationalen Lauschangriff startet, dann ein anderes Land. Der BND reicht sein Superlauschprogramm an die NSA weiter oder an eine befreundete Schwesterbehörde und dann setzen *die* sich eben über die Privatsphäre ihrer Bürger hinweg. Vor einiger Zeit habe ich im *Time Magazine* über den amerikanischen Geheimdienst gelesen, er präpariere Hard- und Softwarekomponenten, um sie ›feindlichen Nationen‹ zuzuspielen. Du siehst also, wie vertrauenswürdig staatliche Institutionen wirklich sind. Aber nehmen wir einmal an, der BND und all seine Verbündeten wären wirklich über jeden Zweifel erhaben. Was dann? Nun, dann kommt einfach ein feindlicher

Geheimdienst, stiehlt sich die Technologie von unseren Freunden und wendet sie ohne jeden Skrupel an. Nein, die Menschen werden nie auf Dauer dem Drang widerstehen können, eine neuartige Technik einzusetzen, wenn sie sich davon einen Vorteil erhoffen – wie verwerflich und unmoralisch diese Technologie auch sein mag. Wie gesagt, ich möchte wirklich nicht derjenige sein, der die Büchse der Pandora öffnet.«

»Und wie willst du verhindern, dass es jemand anderer macht?«

»Irgendwann *wird* es einer tun. Aber noch bin ich in der Lage, mit SKULL so gut wie jeden Hackerangriff abzuwehren. Wer das Programm einsetzt, kann sich einigermaßen sicher fühlen.«

»Aber du hast doch dieses Testprogramm entwickelt, das sich überall Zugang verschafft. Da ich mir nicht vorstellen kann, dass *jeder* dein Sicherheitssystem einsetzen wird, dürfte es ein ziemliches Fiasko sein, wenn dir einer deinen SuperCracker stiehlt.«

Mark lächelte bitter. »Damit hast du natürlich Recht. Das ist ja der Grund, warum ich so ein Geheimnis um das *Chaos* gemacht habe.«

Stella wurde hellhörig. Sie musste unvermittelt an das *Kagee*-Spiel denken. »Unser Haus ist nicht gerade Fort Knox. Was passiert, wenn jemand einbricht und einfach all deine Computer abtransportiert?«

»Selbst das wäre noch keine Katastrophe.« Mark lächelte. »Ich bin doch nicht umsonst Kryptologe. Erstens habe ich die wichtigen Komponenten meiner Software so verschlüsselt, dass sie für einen etwaigen Dieb ohne Zugangscode völlig unbrauchbar sind, und zweitens bewahre ich einige der Hauptmodule an einem geheimen Ort auf. Nur wer also meinen

Code entschlüsseln kann und *alle* Module in seinen Besitz bringt, könnte damit Schaden anrichten.«

»Ganz schön raffiniert! Aber hast du nicht einmal etwas von einem Spiel erwähnt? *Kagee* oder so ähnlich. Das hat doch nichts mit diesem SKULL-Programm zu tun, oder?«

Mark schmunzelte. »Na schön, wenn ich schon dabei bin, dann kann ich dir ja auch gleich von diesem kleinen Geheimnis erzählen. Du hast Recht. Das *Kagee* ist eigentlich das Produkt, an dem mein Herz hängt.«

»Was ist denn daran so besonders?«

»Ich habe wohl schon mal erwähnt, dass ich dieses Wort in Japan während eines Kongresses aufgeschnappt habe. Es bedeutet so viel wie ›Schattenbild‹ und ist ein Such- oder Jagdspiel, je nachdem, aber keines von diesen Ballergames, wo am Ende der gewinnt, der am meisten Blut verspritzt hat. Das *Kagee* fordert den Intellekt!«

»Bei mir in der Klasse gibt es viele, die ihren Kopf nur fürs Haareschneiden mit sich rumschleppen. Die dürften für dich als Kunden dann ja wohl ausscheiden.«

»Da täusch dich mal nicht, Sternchen. Kagee ist alles andere als ein langweiliges Knobelspiel. Es steckt eine Menge Action darin. Man kann es auf einem einzelnen PC spielen, aber so richtig interessant wird es erst, wenn man es ins Internet hinauslässt.«

»Wie soll das denn funktionieren?«

»Die Aufgaben, die dem *Kagee*-Spieler gestellt werden – zum Beispiel das Finden eines Schatzes –, kann er nur lösen, wenn er sich im ganzen Internet umsieht. Sitzt der Spieler allein vor seinem Computer, versteckt das *Kagee*-Programm für ihn den Schatz. Aber auch mehrere Mitspieler rund um den Globus können eine Partie gemeinsam austragen. Auf diese Weise wird das Web zu einem Netz der Schattenspiele.

Es gibt Jäger und Gejagte. Letztere suchen sich ein Versteck, das sie auch während des Spiels wechseln können, damit es für sie nicht langweilig wird. Sie hinterlassen dabei eine Fährte aus so genannten ›Schattenworten‹, den Kagees. Jedes Kagee ist für die Jäger ein Mosaiksteinchen der endgültigen Lösung.«

Stella kam das alles sehr vertraut vor. Dennoch war sie begierig zu erfahren, was noch in dem Spiel ihres Vaters steckte. »Ist das schon alles?«

»Um sämtliche Feinheiten kennen zu lernen, musst du das *Kagee* wirklich selbst ausprobieren – ich verspreche dir, du wirst bald die Gelegenheit dazu haben. Man kann auch irreführende Spuren auslegen. Um sich selbst oder einen Gegenstand zu verstecken, bedient sich das *Kagee*-Spiel der verschiedensten Schaltstellen im weltweiten Netz – dir ist ja bekannt, dass man diese Dienstleistungscomputer auch *Server* nennt. Das Kagee kann so gut wie jeden Server als Versteck benutzen, der die Speicherung von Benutzer- oder Kundendaten zulässt.«

»Kannst du ein Beispiel nennen?«

»Klar. Nehmen wir den Nachrichtensender CNN. Er betreibt im Internet einen Server, also einen Computer, dessen Dienstleistung darin besteht, dass du ständig die letzten Neuigkeiten aus aller Welt von ihm abrufen kannst. Der Vorteil gegenüber einer Zeitung vom Kiosk besteht in der Vorauswahl, die CNN seinen Kunden anbietet. Du abonnierst also keinen Packen Papier, aus dem du erst umständlich die für dich wichtigen Artikel herausfischen musst, sondern kannst dich auf ausgewählte Interessengebiete spezialisieren.«

»Und wie soll das gehen?«

»Ganz einfach. In einer Art Menü legst du einmalig fest, welche Themenschwerpunkte für dich in Frage kommen –

sagen wir, Sport, Börsenkurse und alles, was mit Kryptologie zu tun hat –, und bei der nächsten Anmeldung erhältst du dann deine Nachrichten gleich portionsgerecht serviert.«

»Jetzt ist mir klar, was du meinst. Und was hat das *Kagee* damit zu tun?«

»Das Spiel könnte die Anfangsbuchstaben aus den abonnierten Themen nutzen, um daraus ein Schattenwort zusammenzusetzen.«

»Klingt ziemlich kompliziert.«

Mark lächelte souverän. »Ist es aber nicht. Wenn du es nicht willst, wirst du überhaupt nicht merken, dass du im Server von CNN steckst. Das Spiel lässt dich nämlich durch eine virtuelle Welt wandern. Der CNN-Computer könnte darin durch eine Stadt dargestellt sein, in deren Katasteramt du dann dein Schattenwort suchst wie eine Eintragung in einem echten Grundstücksverzeichnis.«

»Ist ja irre! Jetzt wird mir so einiges klar.«

»So, was denn?«

Stella sah ihren Vater erschrocken an. Beinahe hätte sie sich verraten. »Ich meine, jetzt begreife ich langsam, wie dein Spiel funktioniert. Wenn ich mir vorstelle, dass die ganze Welt das Spielfeld ist, dann ... dann ... Mir fehlen die Worte!«

»Ich hoffe, meine Kunden werden genauso reagieren wie du. *Kagee* hat wirklich einiges zu bieten. Vielleicht ist es irgendwann einmal das Natürlichste von der Welt, sich wie in einem Chat am Abend mit einer Gruppe von Gleichgesinnten zu treffen, die um den ganzen Globus verteilt sind, und gemeinsam eine Runde *Kagee* zu spielen. Wenn die Sache einschlägt und erst mal das nötige Kleingeld hereingekommen ist, stehen übrigens noch ein paar andere brauchbare Ideen zur Entwicklung an.«

»So? Was denn?«

»Ich möchte selbst auf jedem Kontinent Server betreiben, die den Spielern verschiedene virtuelle Welten offerieren. Die Computer der Medienkonzerne, Behörden oder Industrieunternehmen gewähren naturgemäß nur eine sehr begrenzte Bewegungsfreiheit. Auf einem eigenen Server könnte man in realistischer Geschwindigkeit fantastische Welten, exotische Städte, mittelalterliche Burgen und vieles mehr verwirklichen, also Spielmöglichkeiten bieten, bei denen jeder normale Heim-PC allein schlappmachen würde.«

»Trotzdem dürfte so mancher mit deinem Spiel überfordert sein. Es ist eben nicht jeder ein Sherlock Holmes.«

Mark lächelte verschmitzt. »Für diesen Fall habe ich mir noch etwas Besonderes ausgedacht.«

»Ach?« Stella ahnte schon, was nun kam.

»Hm, hm. Einen Helfer.«

»Was du nicht sagst!«

»Ja, später einmal soll es unterschiedliche Arten davon geben, vorläufig habe ich mich auf einen Lindwurm beschränkt, einen quirligen kleinen Drachen.«

»Und wozu soll der gut sein?«

»Wie gesagt, er ist ein Helfer. Der Drache ist ein künstliches Wesen mit der natürlichen Begabung, den Weg an schwer zugängliche Orte zu finden, Labyrinthe zu durchschauen, geheime Pfade zu entdecken. Dieses virtuelle Geschöpf befindet sich auf dem neuesten Stand der technologischen Forschung.«

»*Deiner* Forschung, nehme ich an?«

»So ist es. Ich habe all mein Wissen über künstliche Intelligenz und neuronale Netze in den Lindwurm gepackt. Manchmal kam er selbst mir wie ein echtes Lebewesen vor. Je länger man mit ihm spielt, umso mehr lernt er nämlich von seinem Herrchen ...«

»Oder Frauchen.«

»Natürlich. Außerdem steckt einiges von meinem SKULL-Testprogramm in dem Drachen.«

»Und das heißt?«

»Der Kleine ist so eine Art Überhacker. Er benutzt alle möglichen Tricks, um seine Schattenworte im Internet an Orten zu verstecken, die sonst niemandem zugänglich sind.«

»Ist denn das legal?«

»Aus der endgültigen Fassung werde ich natürlich alles herausnehmen, was irgendwie als kriminell angesehen werden könnte. Momentan habe ich einfach große Strecken vom Programmcode des SKULL-Testers in den Prototypen übertragen.«

»Dieser Lindwurm muss ja wirklich ein richtiger Superschnüffler sein!«

»In seiner jetzigen Form birgt das Spiel sogar noch eine besondere Überraschung. Ich will den Kollegen an der TU damit einen kleinen Streich spielen. Das ist jetzt aber wirklich geheim, du darfst niemandem davon etwas verraten, hörst du?«

»Natürlich nicht.« Stella konnte gar nicht glauben, wie ungezwungen ihr Vater plötzlich mit ihr plauderte.

»Sobald ich die ›kastrierte‹ Fassung fertig habe, darfst du sie als Erste ausprobieren.«

Das Angebot ihres Vaters brachte Stella zu Bewusstsein, wie unfair sie sich ihm gegenüber benahm. Er sprach ganz offen über Dinge, die er so lange als wertvollste Geheimnisse betrachtet hatte, und sie verschwieg ihm immer noch, wie sie vor zwei Tagen sein *Chaos* durchstöbert und sich den Datenträger »ausgeliehen« hatte. Vermutlich hätte sie ihr Schuldgefühl durch ein paar aufrichtige Worte aus der Welt schaffen können, doch eine derartige Vertrautheit war ungewohnt für sie und deshalb reagierte sie grober als gewollt. »Du hast mich ja schon immer als dein Versuchskaninchen eingesetzt.«

Mark machte einen betroffenen Eindruck. »Ich wusste nicht, dass du es so gesehen hast.«

Stella hasste sich dafür, aber beinahe zwanghaft musste sie den Finger noch tiefer in Vaters Wunde bohren. »Denkst du, Mutter wird wirklich zurückkommen, wenn du ihr all das erzählst, was du mir gerade verraten hast?«

Mark zögerte. »Ich hoffe es«, antwortete er schließlich. Seine Stimme klang traurig. Die Euphorie, mit der er eben noch über seine Arbeit gesprochen hatte, war in einem Augenblick verflogen. »Sobald ich meine letzte Vorlesung gehalten habe, werde ich in die Staaten fliegen. Du kommst natürlich mit. Wenn es mir nicht gelingt, Viviane wieder zu uns zurückzubringen, dann ... dann ...«

Der Ausbruch

Das Wochenende verbrachte Stella größtenteils vor ihrem Computer. Salomon saß unten im *Chaos*. Der Countdown für den Start seiner neuen Firma lief unaufhaltsam und er hatte noch Berge von Arbeit zu bewältigen.

Immerhin sprach Stella mit ihrem Vater offen und so oft wie lange nicht mehr. Sie nahmen nun ihre Mahlzeiten gemeinsam ein und plauderten abends bis weit in die Nacht hinein. Dennoch blieb Stella genügend Freiraum, sich um die Sicherheit der Höhlenwelt zu kümmern.

Am Freitag war sie nicht mehr im Stande gewesen, die VR-Brille aufzusetzen, aber sobald ihr Vater samstags nach dem Frühstück im *Chaos* verschwunden war, aktivierte sie ihr Fenster in die Welt des *Kagee*.

Draggy hatte sie schon sehnsüchtig erwartet. »Dahalefa bisthistlefist duhulefu jahalefa endhendlefendlichhichlefich«, brachte er unzweideutig seine Ungeduld zum Ausdruck.

Stella entschuldigte sich. Gestern Abend, im Gespräch mit ihrem Vater, hätte sie ein solches Verhalten vermutlich unter der Kategorie »idiotisch« abgelegt, jetzt aber war schon wieder ihr Zimmer und die Welt außerhalb der alten Kalder-Villa vergessen. Es gab nur noch das Höhlenlabyrinth, nur noch das *Kagee.*

Am Wochenende reinigte Stella das Felsenreich von Zogon, dem dunklen Herrscher der Asmaden. Dieser finstere Bursche hauste in einem unterirdischen Schloss und terrorisierte die Bewohner der Höhlen und Gänge – kleine Gnome, die an sich freundlich waren, mit denen Stella aber keinen engeren Kontakt pflegte – mit allerlei widerwärtigen Praktiken. Mal kochte er aus ihnen Eintopf, dann wieder verwandelte er sie in schleimige Wesen, die selbst einen unangenehmen Hang zum Kannibalismus zeigten. Derlei Eingriffe verstand Zogon als disziplinarische Maßnahmen gegenüber jedem, der ihm den Tribut versagte. Wer nämlich von seinen körperlichen Züchtigungen verschont wurde, dem saugte er sinnbildlich das Blut aus den Adern, indem er unerträglich hohe Abgaben verlangte oder für Geliehenes unerhörten Zins einforderte.

Keine Frage, Zogon musste weg. Aber wie? Draggy lieferte die Antwort: Sieben Schlüssel mussten gefunden werden, um in Zogons Thronsaal vorzudringen und ihm ein für alle Mal das Handwerk zu legen. Mit Hilfe des Lindwurms schaffte Stella auch dies.

Am Montag und Dienstag quälte sie sich wieder durch den Unterricht, um, kaum heimgekehrt, weitere schwere Prüfungen zu bewältigen. Eine sonderbare »Krankheit« ließ das Licht aus dem Asmadenreich verschwinden, langsam, aber scheinbar unaufhaltsam. Während Martha, die Haushälterin, unten mit den Unbilden eines Akademikerhaushaltes kämpfte, heilten Stella und Draggy oben das asmadische Licht von der Schwindsucht.

Dann offenbarte der Lindwurm seiner Ziehmutter, dass eine alte Weissagung das Ende der Höhlenwelt durch einen Vulkanausbruch ankündige, und zwar ziemlich genau für Dienstag dieser Woche. Nur wenn sich sieben schneeweiße Laguschis fänden – dabei handelte es sich um eine Art gefiederter Flugeidechsen –, könne man dieses Unglück abwenden. Diesmal hatte Stella einige Mühe, die farblosen Flattertierchen aufzuspüren, doch wiederum mit Draggys Hilfe gelang ihr schließlich auch das.

Mittwochmittag. Sieben Tage waren bereits vergangen, seit Stella ihre Beute aus dem *Chaos* davongeschleppt hatte, und der achte versprach ein neues aufregendes Abenteuer. Das Kagee schien unerschöpflich. Es wurde nie langweilig. Und Draggy war so wissbegierig wie eh und je.

An diesem Tag gab es keine elektronische Post, abgesehen von einer Spam-Mail, also einer Nachricht, die von einem Massenversender stammte. Die Betreffzeile stellte dem Empfänger in Aussicht, innerhalb weniger Wochen reich zu werden. Stella löschte die Mail ohne sie zu lesen.

Als sie wieder unter ihrem Headset und der VR-Brille steckte, den Datenhandschuh eng über ihrer Rechten, begrüßte Draggy sie mit dem Tagesbefehl.

»Finde den Weg aus dem Höhlenlabyrinth!«

Stella konnte nie vorhersagen, wann sich der Lindwurm in Klartext und wann in ihrer Geheimsprache ausdrücken würde. Dieses Mal war die Aufgabe jedenfalls unmissverständlich formuliert. Dennoch fragte Stella noch einmal nach, nur um sicherzugehen.

»Gibt es denn eine Welt außerhalb des *Kagee*?«

»Ja, die gibt es«, antwortete Draggy. »Wir müssen nur den Weg dorthin finden.«

Aus irgendeinem Grund kam Stella diese Aufgabe sonderbar vor. Sie erschien ihr wie ein Bruch der unausgesprochenen Regeln. Das *Kagee* hatte sich bisher nur in der Felsenwelt der Asmaden abgespielt, und mit einem Mal verlangte der Lindwurm daraus auszubrechen.

»Ach, was soll's.« Sie zuckte die Schultern. Vermutlich würde sie nach Bewältigung dieses fraglos schwierigen Problems einen höheren Spiellevel erreichen, wo sie zweifellos noch verzwicktere Rätsel erwarteten.

Während die Nachmittagsstunden verstrichen, arbeiteten sich Stella und Draggy durch eine lange Kette von Schattenworten. Die Hinweise waren auf alten Dokumenten zu finden, dann wieder aus dem Mund eines Asmadenweisen zu vernehmen, kurz: an allen möglichen und unmöglichen Stellen verborgen. Sie drangen in Regionen des Höhlensystems vor, die nie zuvor ein Mensch – oder Drache – gesehen hatte. Und dann – eben noch hatte sich ein Luftstrom in einem Felsloch verfangen und heulend das letzte Kagee geflüstert – sah Stella ein Licht.

Draggy wurde unruhig. Zielstrebig steuerte er auf das helle Ende des Ganges zu. Stella hatte sich so sehr an diese Welt der ewigen Dämmerung gewöhnt, dass sie nun regelrecht geblendet war. Der Lindwurm, direkt vor ihrer Nase, bestand nur noch aus einem schwarzen Schattenriss.

»Warte, Draggy!«, rief Stella, da sie dem Drachen nicht schnell genug folgen konnte.

Plötzlich hörte sie ein hämisches Lachen. Es klang unheimlich, gar nicht wie das ihres niedlichen kleinen Lindwurms. Und dennoch kam der Laut zweifellos aus seinem Rachen.

Stella blieb abrupt stehen. Ein eiskalter Schauer lief über ihren Rücken. Da stimmte etwas nicht! Von Draggy sah sie nur den Rücken, aber sie meinte trotzdem eine Veränderung an ihm wahrzunehmen. Misstrauisch, ja geradezu ängstlich fragte sie: »Was ist mit dir, Draggy?«

Da wandte sich der Lindwurm um. Stella gefror das Blut in den Adern. Sie blickte in eine schreckliche Fratze, in ein hämisch aufgerissenes, mit spitzen Zähnen gespicktes Maul.

»Draggy?« Ihre Stimme zitterte. Nein, das konnte nicht ihr freundlicher Lindwurm sein, der da auf sie zukam.

Die Silhouette des schlanken Drachenkörpers wurde bald völlig von dem immer größer werdenden roten Maul verdrängt, aus dem schaumiger Geifer troff. Stella vernahm ein schauriges Brüllen, das ihr durch alle Knochen fuhr. Der Rachen füllte nun ihr gesamtes Gesichtsfeld aus. Sie sah nur noch Zähne, eine rote Zunge und ein zitterndes Gaumenzäpfchen. Und dann – die Bewegung kam völlig überraschend – wirbelte der schuppige Wurm herum.

Für den Bruchteil einer Sekunde sah Stella noch das herzförmige Ende des Drachenschwanzes. Dann wurde es dunkel um sie.

Phase II
Das Ausschwärmen

Verwirrung

Stella riss sich die Brille herunter. Ihr Atem ging stoßweise. Die Stirn glänzte von kaltem Schweiß.

»Du spinnst wohl!«

Die Unmutsäußerung galt nicht etwa dem Drachen, sondern ihrem Vater, dem genialen Spieleprogrammierer. Wie konnte Salomon ihr nur so etwas antun? Sie hatte sich beinahe zu Tode erschrocken!

Einige Atemzüge lang hatte sie noch fassungslos in die völlige Schwärze geblickt, bis sich ihr Misstrauen zurückmeldete. Erst langsam wurden ihr sämtliche Einzelheiten dieses gruseligen Abschieds bewusst, den ihr Draggy da bereitet hatte.

Vorsichtig warf sie wieder einen kurzen Blick durch die VR-Brille. Die beiden Miniaturbildschirme waren immer noch dunkel. Sie schaltete ihren Monitor ein, aber auch der zeigte nur Schwarz. Mit flinken Fingern drückte sie einige Tasten auf dem Keyboard. Es war »schwammig«, ohne jedes Klicken – ein sicheres Zeichen, dass sich ihr Computer »aufgehängt« hatte.

»Ich schätze, da habe ich einen Fehler in deinem Superspiel entdeckt, weiser Salomon.« Stella zwang sich zu einem Lächeln. Das musste die Erklärung für diese unerwartete Wende sein.

Sie schaltete ihren PC aus, zählte im Stillen bis zehn – die Zeit, in der sich alle »verhedderten« Daten in ihrem Rechner mit Sicherheit verflüchtigen würden – und betätigte den Netzschalter erneut. Der PC bootete in der gewohnten Weise, zum ersten Mal seit einer Woche.

Als das Betriebssystem geladen war, suchte Stella sogleich nach dem *Kagee.*

Es war verschwunden.

Zuerst glaubte sie an einen Fehler. Immerhin hatte sie ihre Festplatte nach der Installation des Spieles nicht mehr durchgecheckt. Vielleicht war ihr nur der Name des Verzeichnisses entfallen, unter dem sie die Programme abgespeichert hatte. Erst suchte sie noch an verschiedenen Stellen herum, startete dann – im Grunde hatte sie schon resigniert – das Programm *Roomancer* und gab dem virtuellen Hund Basset den Auftrag, nach dem Kagee zu fahnden.

»Blöde Töle«, kommentierte Stella verärgert die ergebnislose Rückkehr des elektronischen Schnüffeltiers. Basset hatte auch nichts finden können. »Solltest mal einige Tage bei Draggy in die Schule gehen.«

Bis zum Abend hatte Stella sich hinreichend den Kopf zermartert, was nur geschehen sein konnte. Ihr war noch ein spezielles Utility eingefallen – ein Programm, mit dem man jedes Bit ihrer Festplatten durchforschen konnte –, aber auch diese Suchhilfe lieferte ein »Null-Ergebnis«, wie Salomon es ausgedrückt hätte.

Als Mark am späten Nachmittag mit Unterstützung eines sehr kooperativen SESAM ins Haus geschneit kam, traf er Stella in einem seltsamen Zustand an. Seine Tochter fiel ihm um den Hals und küsste ihn auf die Wange, was nicht gerade zu ihren alltäglichen Übungen gehörte. Ständig wich sie dann seinen

Blicken aus, bot ihm aber dennoch eine Portion Grünkernbuletten an, die sie eigenhändig für ihn in die Mikrowelle schieben wollte. Er nahm verwirrt an.

Nachdem sie ihm das Gericht serviert hatte, ließ sie sich am entferntesten Ende des Esstisches nieder und beobachtete ihn, wie eine Antilope dem Löwen beim Verspeisen einer ihrer Artgenossinnen zusehen würde. Sie sagte kein Wort.

Stella hätte sich gerne mit ihrem Vater unterhalten, aber jetzt, wo die verbotene Frucht des *Kagee*-Spieles so schnell madig geworden war, schlug das schlechte Gewissen wie eine Tsunami-Welle über ihr zusammen.

Vielleicht war er ihr sogar dankbar, wenn sie ihn auf den Programmierfehler im *Kagee* hinwies. Kein Softwarehersteller möchte seinen Kunden einen Rechnerabsturz zumuten, und schon gar nicht so einen scheußlichen, wie Stella ihn erlebt hatte. Und wenn sich dann auch noch die eingekaufte Ware – das *Kagee*-Spiel – von selbst verflüchtigte, musste das doppelt peinlich sein. All das war ihr bewusst, aber wie konnte sie ihn auf diese Mängel aufmerksam machen ohne ihre eigene Charakterschwäche zu offenbaren? Sie hätte die offene Tür ins *Chaos* einfach ignorieren müssen anstatt das Vertrauen ihres Vaters zu missbrauchen. Mehr noch: Sie hätte die Tür schließen sollen ohne auch nur einen einzigen Blick in das verbotene Reich Salomons zu werfen. Leider hatte sie weder das eine noch das andere getan.

Vielleicht fand er den Fehler ja selbst, beruhigte Stella ihre innere Stimme. Irgendwann würde sie ihm den Fehltritt beichten, aber nicht jetzt. Ihr Verhältnis begann sich gerade zu entspannen. Sie wollte diese Entwicklung nicht dadurch gefährden, dass sie ihm zeigte, was für ein hinterhältiges Biest seine Tochter war.

»Ist alles in Ordnung, Sternchen?«

Stella zuckte zusammen. »Was?«

»Du siehst irgendwie bedrückt aus. Aber vielleicht ist das nicht das richtige Wort. Ich werde nicht ganz schlau aus dir.«

»Ich wünschte, ich würde es.«

»Wie bitte?«

»Ach, ich möchte im Augenblick nicht darüber sprechen.«

»Hoffentlich ist es kein Liebeskummer.«

»Papa! Jetzt hör endlich auf. Ich muss mir über die Sache erst mal selbst richtig klar werden. Vielleicht möchte ich dann drüber reden.«

Sie wich dem forschenden Blick ihres Vater aus. »Na gut«, meinte dieser schließlich. »Wusstest du eigentlich, dass du mehr mit deiner Mutter gemein hast, als man auf den ersten Blick vermuten könnte?«

Stella hob unschlüssig die Schultern. »Kann schon sein.«

»Würdest du vielleicht mit ... mit einer anderen Frau lieber über dein Problem reden?«

»Etwa mit Jessica Pollock?«

»Zum Beispiel.«

»Wer sagt denn, dass ich überhaupt ein Problem habe?«

»Ich.«

»Darf ich jetzt auf mein Zimmer gehen?«

»Komisch, dass du mich danach fragst. Aber meinetwegen. Ich hätte nur eine Bitte, Sternchen.«

Stella seufzte. »Und die wäre?«

»Ich glaube, ich habe dir am Freitagabend gezeigt, wie ernst ich es mit unserer neuen Offenheit meine. Es wäre schön, wenn auch du irgendwann deinen Teil dazu beitragen könntest.«

Stella fühlte sich in ihrer Haut unwohl wie in einer Zwangsjacke. »Ich hab dir doch gesagt, ich brauche nur etwas mehr Zeit.«

»Ist ja schon gut, Sternchen. Ich will dich nicht drängen.« Salomon führte die gefüllte Gabel zum Mund, ließ sie dann aber in der Luft hängen. »Ach übrigens, genau in sieben Wochen fliegen wir in die Staaten. Ich habe heute für uns zwei Tickets gebucht. Und drei für den Flug zurück.«

In den folgenden Tagen litt Stella unter einem Anfall schwerer Verwirrtheit. Das hing einerseits mit dem tragischen Verlust Draggys zusammen, andererseits mit Salomons verändertem Verhalten.

Ihr Vater schien seine guten Vorsätze für die Zukunft wirklich ernst zu nehmen. Die Flugtickets – gewissermaßen der papierne Beweis dafür, Viviane zur Rückkehr in den Schoß der Familie zu bewegen – waren nur ein Indiz. Er gab sich auch sonst alle Mühe, in seinem engen Tagesprogramm genügend Freiräume für Stella zu schaffen. Seine Fürsorge ging ihr bisweilen sogar ziemlich auf die Nerven. So auch am Donnerstagabend, als er wieder diese Studentin mit nach Hause brachte.

»Salomon meinte, dein Bedürfnis, mit einem anderen weiblichen Wesen zu sprechen, sei möglicherweise intensiver, als du es selbst zugeben willst«, erklärte Jessica Pollock schmunzelnd.

Sie saßen gemeinsam in Stellas Zimmer. Salomon war taktvoll unten im Wohnzimmer geblieben. Stella konnte sich dem anderen Mädchen gegenüber noch immer nicht ungezwungen geben, so nett es auch war.

»Dann bist du jetzt also doch zur Psychoanalytikerin mutiert.«

Jessica tippte nachdenklich mit dem Zeigefinger auf die Kuhle an ihrem Kinn. Gleichzeitig sah sie Stella durchdringend an. »Dein Vater scheint sich in letzter Zeit verändert zu haben. Er wirkt bei der Arbeit oft abwesend. Vorgestern hat er mir gebeichtet, dass er nur noch bis zum Ende des Semesters sein normales Vorlesungsprogramm durchziehen will. Danach will er sich, abgesehen von ein paar gelegentlichen Stippvisiten, von der Uni fern halten. Ich bin beinahe vom Schemel gefallen, als ich das gehört habe.«

Stella wusste nicht, ob sie Jessica bedauern oder sich über die Rückzugspläne ihres Vaters freuen sollte. »Das ist sicher ein harter Schlag für dich.«

»Dein Vater ist mein Mentor. Ich habe ihm sehr viel zu verdanken. Er will sich persönlich um einen neuen Betreuer für mich kümmern, und bei meiner Dissertation will er mir auch helfen – nicht ganz uneigennützig, wie er mir gestanden hat.«

Stella wurde hellhörig. »So?«

»Ja. Salomon hat mir erzählt, er beabsichtige ein Softwareunternehmen zu gründen, um seine Forschungsergebnisse der letzten Jahre kommerziell zu nutzen. Hierfür braucht er noch freie Mitarbeiter.«

»Und da hat er natürlich an dich gedacht.« Stellas Misstrauen flammte wieder auf. Dabei würdigte sie die Tatsache mit keinem Gedanken, von Salomon als Erste in dessen Zukunftspläne eingeweiht worden zu sein. Vielmehr erfüllte es sie mit neuer Eifersucht, dieses Geheimnis nun mit Jessica Pollock teilen zu müssen. Wer war denn diese Studentin, die gerade ihre ersten Semester absolviert hatte, dass sie ihr Vater so ins Vertrauen zog? Sie selbst hatte sechzehn Lebensjahre darauf warten müssen, Jessica Pollock dagegen nur ein paar Monate.

Jessica war Stellas spitze Antwort nicht entgangen. Um die Unterhaltung auf weniger gefährliches Terrain zu bringen, sagte sie: »Eigentlich wollten wir ja nicht über mich sprechen, sondern über dich.«

»Das kannst du dir sparen«, schnaubte Stella. »Salomon denkt, ich hätte Liebeskummer oder so was. Alles Quatsch!«

»Salomon ist zwar ein Mann und damit von Natur aus etwas kurzsichtig, was die Gefühle von uns Frauen betrifft, aber er scheint mir nicht blind zu sein. Irgendetwas beschäftigt dich doch.«

»Vielleicht.«

»Du willst nicht darüber reden.«

»Erraten.«

Jessica nickte. »Ich kenne das. Trotzdem, irgendwann hast du vielleicht doch das Bedürfnis dazu. Dann ruf mich eben an, wenn du willst, oder klink dich bei *Black Sun* ein.«

Stella runzelte die Stirn. »Black Sun?«

»Der Chat, dessen Adresse ich dir neulich aufgeschrieben habe.«

Der Zettel mit der Internetadresse steckte noch in Stellas Hosentasche. Ihre Röhrenjeans waren ihr praktisch auf den Leib gewachsen. Sie zog das inzwischen arg ramponierte Blatt heraus und las Jessicas Notiz: *http://www.blaxxun.com.*

»Wäre nie auf die Idee gekommen, dass das ›Black Sun‹ heißen soll.«

»Du musst es nur laut vor dich hin sprechen, dann wird's verständlich.«

»Gibt es irgendeinen tieferen Grund für diesen Server-Namen?«

»Sicher. Vermutlich hast du Neal Stephensons Buch *Snow Crash* noch nicht gelesen?«

Stella hob die Schultern. »Sagt mir nichts.«

»Darin wird eine virtuelle Welt mit dem Namen *Metaversum* beschrieben. In deren Zentrum steht ein Gebäude namens *Black Sun.* Stephensons Roman ist inzwischen zum Kultbuch avanciert. Ein paar computerbegeisterte Kalifornier hat es wohl so beeindruckt, dass sie gleich ihre ganze Softwarefirma, eben *Blaxxun*, danach benannten. Du musst dir nur vom Blaxxun-Server das Programm Ccpro herunterladen. Damit kannst du dann eine erstaunlich realistische Adaption des Roman-Szenarios auf deinen PC zaubern – vorausgesetzt, er verfügt über genügend Power.«

»Da brauchst du dir keine Sorgen zu machen.« Stella lachte großtuerisch. »Vater hat meinen Rechner als Notfall-System für seine Workstations ausgelegt. Den PC zwingt so schnell kein Programm in die Knie!«

»Dann schau doch mal bei Blaxxun vorbei.«

Erst jetzt fiel Stella auf, dass Jessica sie schon wieder aus der Reserve gelockt hatte. Eher knapp antwortete sie daher: »Mal sehen, vielleicht.«

Eine Zeit lang schwiegen beide. Jessica betrachtete neugierig den PC und vor allem das dazugehörige Equipment: den Datenhandschuh, die VR-Brille, das Headset, die Kamera über dem Monitor ...

»So einen Hobel hätte ich mir schon vor ein paar Jahren gewünscht!«, sagte sie bewundernd. »Meine Rechner sind alle Marke Eigenbau. Die Komponenten habe ich teils geschenkt, manchmal als Lohn für kleine Hilfestellungen bekommen und sie hin und wieder auch mit Preisgeldern bezahlt.«

»Mit Preisgeldern?«

Jessica zuckte die Schultern. »So wie von ›Jugend forscht‹ oder ähnlichen Wettbewerben eben.«

»Du musst wirklich ein helles Köpfchen sein, Jessi!« Stella lachte, zum ersten Mal an diesem Abend völlig ungezwungen. Die Studentin zog sie unmerklich in ihren Bann.

Freundschaften waren für Stella eine echte Mangelware. Als Tochter eines erfolgreichen TU-Professors und einer nicht minder erfolgreichen freien Journalistin hatte sie immer alles haben können, was sie wollte. Nur mit Freunden haperte es. Die alten hatte sie schon vor vielen Jahren zurücklassen müssen, als ihre Eltern nach Berlin umzogen. In der neuen, ungewohnten Umgebung fühlte sie sich anfangs wie ein Fremdkörper. Als sich dann doch einige Kinder um ihre Gunst bewarben, erlebte sie ein paar herbe Enttäuschungen. Viele ihrer Altersgenossen waren mehr an Stellas ausgefallenen »Spielsachen« interessiert als an ihr selbst. Das schürte ebenso ihr Misstrauen wie die zahlreichen Rückschläge, die sie später hatte hinnehmen müssen, als es in der Ehe ihrer Eltern zu kriseln begann. Inzwischen fand sie es ganz normal, sich abzukapseln, einem Fremden unbefangen gegenüberzutreten dagegen so gut wie unmöglich.

Jessica erzählte von ihrer eigenen Kindheit, ihrem Zwillingsbruder Oliver, dem verträumten Künstler, von der schon lange verstorbenen Mutter. Als Stella erfuhr, dass Jessicas Vater Direktor des Vorderasiatischen Museums war und daher ebenfalls einen Professorentitel trug, riss das eine weitere Mauer nieder. Diese Studentin hatte es nicht nötig, sich bei ihr einzuschmeicheln.

Zuletzt erzählte Jessica Pollock von ihrer für ein Mädchen eher ungewöhnlichen Vorliebe für die Kryptologie. Schon als kleines Kind habe sie sich selbst Geheimsprachen ausgedacht, einmal sogar für geraume Zeit die Verständigung in normalem Deutsch völlig eingestellt und sich nur noch in ihrem eigenen Idiom ausgedrückt.

»Ich habe auch so eine Geheimsprache!«, warf Stella verblüfft ein und lieferte gleich ein paar Kostproben ihres Kauderwelschs.

Jessica durchschaute sofort das System dahinter, aber anstatt nun mit ihrer eigenen, viel komplizierteren Geheimsprache zu prahlen, begann sie sofort die beiden Ansätze miteinander zu verbinden.

Alsbald setzten die Mädchen ihre Unterhaltung in einem Zungenschlag fort, der jedem uneingeweihten Zuhörer nur ein Kopfschütteln abgenötigt hätte. Ausgehend vom Berliner Dialekt bedienten sie sich eines weiterentwickelten Wortschatzes, der wie eine Mischung aus verschiedenen afrikanischen Stammessprachen, einem Schuss Chinesisch und einer Prise Navajo klang. Dazwischen verfielen die beiden immer wieder in lautes Gekicher über die eigenen Wortungetüme.

Von dem erhöhten Geräuschpegel angelockt, tauchte unvermittelt Salomon in der Tür auf.

»Na, ihr beiden scheint euch ja prächtig zu amüsieren. Schön, dass ihr euch angefreundet habt!«

Stella hatte ihren Vater gar nicht kommen hören. Erschrocken fuhr sie herum. Salomons Bemerkung weckte in ihr sogleich wieder alte Befürchtungen. Warum war er nur so erpicht darauf, seine Tochter mit dieser Studentin zusammenzubringen? Jessica Pollock als Freundin, vielleicht sogar als Schwester, konnte sich Stella ja noch vorstellen – aber als Stiefmutter bestimmt nicht!

Mit einem Mal wurde ihr bewusst, wie ungezwungen sie mit dieser möglichen Rivalin ihrer Mutter geplaudert und gelacht hatte. Sie fühlte sich wie eine Verräterin. Ganz automatisch – Stella konnte sich nicht dagegen wehren – fiel der Vorhang. Ende der Vorstellung! Auf eine solche Freundin konnte sie gerade noch verzichten.

»Ich möchte jetzt schlafen gehen.«

Stellas Worte klangen kühl und distanziert. Ihr plötzlicher Sinneswandel stieß diesmal sogar Jessica vor den Kopf. Sie verabschiedete sich – freundlich, aber ernst. Salomon bot sich an, sie nach Hause zu fahren, sie lehnte ab.

Wenig später lag Stella in ihrem Bett. Ihr Gesicht war im Kopfkissen vergraben, damit Salomon nicht hören konnte, wie sie weinte. Sie hasste sich für das, was sie getan hatte. Zum ersten Mal seit langer Zeit war da jemand gewesen, zu dem sie so etwas wie Zutrauen empfunden hatte, und sie hatte nichts Besseres gewusst, als diesen Menschen zu verletzen. Warum konnte sie nur niemandem vertrauen? Jessica Pollock hatte doch wirklich lange genug ihre Launen ertragen! Aber heute war Stella einen Schritt zu weit gegangen. Nie konnte sie etwas richtig machen. Immer machte sie nur alles kaputt!

Der Rest der Woche war für Stella eine einzige Tortur. Unzufrieden mit sich selbst, ließ sie Salomon ihre schlechte Laune spüren. Obwohl die Abenteuer des *Kagee*-Spiels nun der Vergangenheit angehörten, konnte sie sich trotzdem nicht konzentrieren. Verbotene Früchte schmeckten zwar bekanntermaßen immer besonders süß, aber mit welchen Bauchschmerzen man deren reichlichen Verzehr bezahlen musste, das hatte ihr niemand verraten. Und das Schlimmste, man konnte sein Leiden mit niemandem teilen! Salomon wusste noch immer nichts vom heimlichen Beutezug seiner Tochter.

Außerdem wollte sich Stella einfach nicht damit abfinden, dass ihr bisher aufregendstes Spiel einfach in einem bodenlosen Datenloch verschwunden war. Tagelang dachte sie über die Worte ihres Vaters nach. In dem Programm steckte mehr, als legalerweise ein am Ladentisch erhältliches Spiel enthalten durfte, so viel stand fest. Salomon hatte davon gesprochen, *Kagee* noch zu »kastrieren«. In der momentanen Fassung sollte es den Kollegen an der Uni »eine besondere Überraschung« bescheren. Leider hatte er nicht gesagt, worin dieses Aha-Erlebnis bestehen sollte. Dass es sich einfach selbst auflöste, darin doch wohl ganz bestimmt nicht. Der Verdacht drängte sich Stella auf, dass vor gut einer Woche auf ihrem PC vielleicht mehr geschehen sein könnte als nur die Verflüchtigung des *Kagee* ins virtuelle Nirwana.

Derart verunsichert, war Stella nahezu unempfänglich für jegliche Reize der Außenwelt. Tim Schröder – er hatte sie ein-, zweimal in ein Gespräch verwickeln wollen – nahm sie überhaupt nicht wahr. Selbst ihren Lehrern entging die »Entrücktheit« der Kalder-Tochter nicht. Den meisten von ihnen erschien es übertrieben, deshalb gleich ein klärendes Gespräch mit Stellas Eltern zu suchen, hingegen machte sich die Englischlehrerin sogar ernstlich Sorgen um das Mädchen.

Stella war eine durchaus gute Schülerin, aber weder in positiver noch negativer Hinsicht bisher besonders aufgefallen. Mit Ausnahme des Faches Englisch. Das hing mit ihrem Lebenslauf zusammen. Sie war vor sechzehn Jahren in Kalifornien geboren worden, sprach aber einen ausgeprägten Neu-England-Dialekt, den sie von ihrer Mutter übernommen hatte.

Vivianes Eltern waren kurz vor Ausbruch des Zweiten Weltkrieges nach Amerika ausgewandert. Großvater hatte damals zu den angesehensten Juristen in Deutschland gehört. Als das Recht im Deutschen Reich jedoch immer mehr in die politische Zwangsjacke der Nazis gepresst wurde, entschloss er sich seiner Heimat den Rücken zu kehren. Wenig später bestieg er mit Frau und Kind ein Passagierschiff nach New York. In den Vereinigten Staaten setzte Karl Kessler, Vivianes Vater, seine Karriere fort. Nach Kriegsende habilitierte er sich sogar als Professor für internationales Wirtschaftsrecht an der angesehenen Yale University in New Heaven, Connecticut.

Viviane wuchs zweisprachig auf – deutsch und englisch –, genauso wie später dann ihre Tochter. Stellas Eltern hatten sich in Berkeley kennen gelernt. Mark war damals ein viel versprechender deutscher Doktorand gewesen, der schon zwei Semester am MIT in Boston absolviert hatte. Viviane verfolgte mit ihrem Studium das Ziel, den Journalismus zu bereichern. Noch bevor sie ihre Ausbildung abschloss und Mark seine Doktorwürde erwarb, heirateten die beiden.

Bald danach wurde Stella geboren. Sechs Jahre lang lebte sie in Kalifornien und hatte Spielgefährten aller Hautfarben. Regelmäßig besuchte sie ihre Großeltern in Connecticut. Sie war ein glückliches kleines Mädchen wie Tausende andere auch. Dann ließ sich die Entscheidung nicht mehr länger hinausschieben, welche Schule sie wo besuchen sollte. Mark – inzwischen mit einem Doktortitel dekoriert und durch diverse Aufsätze in Fachmagazinen sowie einer Reihe anderer Publikationen ein international beachteter Wissenschaftler – hatte zu dieser Zeit ein verlockendes Angebot aus Berlin, seiner Heimatstadt, erhalten. Kein Geringerer als Prof. Dr. rer. nat. Klaus Obermayer, Leiter des Fachgebiets für Neuronale Informationsverarbeitung am Institut für Kommunikations- und Informationstechnik der TU Berlin, legte alles daran, um den viel gerühmten Jungwissenschaftler aus Berkeley fortzulocken.

Viviane, Stellas Mutter, schrieb inzwischen als freie Journalistin für *Vogue*, *Cosmopolitan*, *Marie Claire* und andere angesehene Frauenmagazine. Sie war mit ihrer Arbeit nicht an Kalifornien gebunden, ja, ein »neuer Stützpunkt« in Europa wurde von den Verlagen sogar begrüßt, und so willigte sie in den Umzug nach Berlin ein.

Obwohl es für Stella keine sprachlichen Anpassungsschwierigkeiten gab, fiel ihr der Wechsel vom vertrauten und unkomplizierten Kalifornien in das oft starr und regelversessen anmutende Deutschland nicht leicht. Tatsächlich begann damals schon – für das kleine Mädchen eher unbewusst – Stellas

Abkapselung gegen die Umwelt. Meistens spielte sie allein. Sie schloss wenige Freundschaften und selbst diese waren stets nur oberflächlicher Natur.

So wurde aus Stella Kalder ein unscheinbares Mädchen, das eigentlich nur dann auffiel, wenn es sich überraschend zu Wort meldete. Das tat sie bevorzugt im EDV-Unterricht – sie neigte dazu, die kleinen Schwächen und Ungenauigkeiten des Lehrers vor der ganzen Klasse ins grelle Licht ihrer Kritik zu stellen –, und mit schöner Regelmäßigkeit, wenn sie sich mit Frau Schock über die Feinheiten der englischen Sprache auseinander setzte.

Frau Schock war, wie unschwer zu erraten, Stellas Englischlehrerin. Sie kämpfte verbissen für das staatlich verordnete Oxford-Englisch. Stella dagegen bezog eine eher liberale Position: Mal strapazierte sie die Nerven ihrer Lehrerin mit Ausdrücken, die nur einem Kalifornier geläufig waren, dann wieder konfrontierte sie Frau Schock mit ihrem unüberhörbaren Neu-England-Dialekt.

Dennoch war Hildegard Schock eine viel zu gute Pädagogin, um sich von derlei Sticheleien aus dem Konzept bringen zu lassen. Sie kannte Stellas Lebenslauf und war sich über deren eher labile Gemütslage im Klaren. Irgendwie schaffte sie es jedes Mal, das verschlossene Kalder-Mädchen wieder auf Kurs zu bringen. Auf den Halbjahreszeugnissen konnte man es schwarz auf weiß nachlesen, denn Englisch war das einzige Fach, in dem Stella immer eine Eins bekam.

Von dem Tage an, da sich Draggy auf so widerliche Art und Weise aus dem Staub gemacht hatte, dauerte es zwei Wochen, bis Stella wieder einigermaßen Tritt im Alltagsleben gefasst hatte.

Mark kämpfte in dieser Zeit hartnäckig um das Vertrauen seiner Tochter. Und Stella konnte sich seinen Bemühungen nicht ganz verschließen. Tatsächlich lernte sie allmählich wieder zu lachen. Zusammen verbrachten sie sogar einen ganzen Sonntag im Strandbad Wannsee. Einzig der Gedanke an das *Kagee* stand noch wie eine unsichtbare Barriere zwischen Stella und ihrem Vater. Mark verbuchte ihre phasenweise Verschlossenheit – da er ja deren eigentlichen Grund nicht kannte – einfach auf das Konto der prekären Familiensituation. Seine ganzen Hoffnungen konzentrierten sich auf die bevorstehende Reise nach Connecticut.

Am Freitag, dem 5. Juni, nahmen dann Ereignisse ihren Lauf, deren letztliche Auswirkungen zu diesem Zeitpunkt weder Mark noch seine Tochter auch nur erahnen konnten. Und wie die Familiengeschichte der Kalders davon beeinflusst werden würde, das ließ sich noch viel weniger vorhersagen.

»Sieh mal hier«, sagte Mark unverwandt, sein Löffel mit den Cornflakes sank in die Schüssel zurück und er starrte gebannt auf die Zeitung in seiner Linken.

»Wieder ein Erdbeben oder eine neue Politikeraffäre?«, fragte Stella gelangweilt.

»Nein, etwas ganz anderes«, erwiderte Salomon. Seiner Stimme war anzumerken, dass ihn der Artikel noch gefangen hielt. »Erstaunlich!«, sagte er dann nach einer Weile. »Gestern hat es zwei ›Computerunfälle‹ gegeben, einen in Australien und den anderen in den Staaten.«

»Haben sich irgendwelche User an vergifteten Disketten den Magen verdorben?«, erkundigte sich Stella, nun doch hellhörig geworden.

Salomon blickte stirnrunzelnd von der Zeitung auf. »Du liegst gar nicht so falsch mit deiner Vermutung. Bei der Australian Mining Company hat die computergesteuerte Abraumbeseitigung versagt. Die Firma verdient ihr Geld mit der Förderung von Opalen und anderen Halbedelsteinen. Ihre fahrerlosen Riesen-Lkws transportieren normalerweise vollautomatisch die nicht verwertbaren Gesteinsschichten zur Halde und laden sie dort ab. Aber gestern haben die Caterpillars verrückt gespielt. Erst wurde wie auf ein Kommando der Abraum einfach in das Verwaltungs- und Computerzentrum der Anlage geschüttet, und als daraufhin die Steuerzentrale ihren Geist aufgab, rasten die Brummis in die Wohnsiedlung der Schatzsucher. Es grenzt an ein Wunder, dass dabei niemand verletzt wurde.«

»Schatzsucher?«, wiederholte Stella nachdenklich.

»Ich meine natürlich die Minenarbeiter.«

»Aha. Und was ist bei dem anderen ›Unfall‹ passiert?«

»Der Zentralrechner der First National Bank of Chicago ist total zusammengebrochen. Ein Großteil aller Kundendaten wurde dabei vernichtet. Als man die Datensicherung einspielen wollte, ist der Mainframe-Computer erneut durchgedreht und hat auch noch die Sicherungsbestände verhackstückt. Jetzt ist man dabei, ein Backup-System zu installieren. Da die letzte Datensicherung hinüber ist, muss man mit einer älteren Version anfahren. Das Nacharbeiten sämtlicher Buchungsbewegungen dürfte so gut wie unmöglich sein, meint ein von der Zeitung befragter Experte. Inzwischen läuft bei der First National so gut wie gar nichts mehr: Es gibt keine Überweisungen, keine Auszahlungen mehr – weder via Bankautomat noch am Schalter. Hier steht, kleine und große Anleger fürchteten um ihr Erspartes, während sich unter den Darlehensnehmern hämische Stimmung breit mache. ›Die Blutsauger verlangen sowieso viel zu hohe Zinsen‹, meinte einer der Betroffenen. Der plötzliche ›Erinnerungsschwund des Elektronengehirns‹ käme da gerade recht. Laut dem Artikel weiß nur der Bankcomputer, wer wann wie viel Geld eingezahlt,

Aktien gekauft oder Hypotheken aufgenommen hat. Der wirtschaftliche Schaden wird auf einige Milliarden geschätzt, die Kosten für die zu erwartende Flut von Schadenersatzprozessen noch gar nicht eingerechnet.«

Stella starrte mit glasigen Augen vor sich hin. Salomon hatte zwei Wörter gebraucht, die ihr wie *Kagees* erschienen waren. Wie die Schattenworte in seinem Spiel lösten sie bestimmte Assoziationen in ihr aus. Vater hatte von »Schatzsuchern« gesprochen und von »Blutsaugern«. Hatte nicht auch sie, Stella, sich vor kurzem noch auf der Suche nach kostbaren Juwelen befunden und war nicht auch sie auf der Jagd nach Zogon, dem Idealbild eines Blutsaugers, gewesen? Diese Gedanken machten ihr Angst. Doch sie schienen zu absurd, entbehrten offenbar jeder realen Grundlage.

»Weißt du, was das Merkwürdigste an der ganzen Sache ist?«

Stella blickte benommen zu Salomon auf, als wäre sie gerade aus einem tiefen Traum erwacht. »Nein, was denn?«

»Die Zeitung schreibt, beide Vorfälle würden auf eine bewusste Manipulation durch *maliziöse* Software zurückgeführt.«

»*Was* für Software?«

»So bezeichnet man alle Arten von Programmen, die nur zu dem Zweck entwickelt wurden, Schaden anzurichten. Also Computerviren oder Würmer ...«

»*Würmer?*«, stieß Stella entsetzt hervor, und als sie bemerkte, dass ihre Reaktion sie beinahe verraten hätte, fügte sie schnell hinzu: »Igitt, was ist das denn?«

Salomon stutzte einen Moment, dann lächelte er und fuhr fort: »Würmer nennt man jene maliziöse Software, die sich selbstständig durch Computernetzwerke wie das Internet verbreiten kann.«

»Also gewissermaßen nomadisierende Viren.«

»Ein sehr guter Vergleich, Sternchen!«

»Und ein solcher Wurm könnte an den ›Unfällen‹ in Australien und den Vereinigten Staaten schuld sein?«

»Denkbar wäre es. Offen gesagt interessiert mich der Fall. Ich glaube, ich werde heute im Institut einmal meine Fühler ausstrecken. Wenn es wirklich einen neuen Virus oder einen Wurm von solcher Gefährlichkeit gibt, dann muss ich ihn bekommen.«

»Vielleicht hast du ihn ja schon.«

Salomon schüttelte energisch den Kopf. »Ausgeschlossen. Das wäre mir aufgefallen. Mein SKULL-Programm wird mit so ziemlich allem fertig, weil es lernfähig ist und mit Hilfe der KI und neuronaler Netze einen Angriff auf einen Computer schon im Ansatz erkennen und sogar zurückschlagen kann. Aber dieser Wurm – oder was immer es sein mag – scheint selbst wie ein intelligentes Wesen zu handeln. Überleg doch mal: Welcher zufällige ›Steuerungsausfall‹ würde die Riesen-Lkws genau ins Rechenzentrum der Minengesellschaft führen? Je länger ich darüber nachdenke, umso klarer wird mir erst, wie raffiniert das Ding vorgegangen ist. Ich muss es unbedingt haben!«

Mark kam am Freitag nicht weiter voran, was seine Suche nach den Ursachen der jüngsten Computerunfälle betraf. Er hatte seine Kontakte zu ausländischen Universitäten und Forschungseinrichtungen vor allem in den USA spielen lassen. Über diese Beziehungen war er schon oft an Informationen herangekommen, die niemand sonst so schnell erhielt. Diesmal jedoch stieß er merkwürdigerweise auf eine Mauer des Schweigens. Er erfuhr nicht mehr, als er ohnehin schon aus den Zeitungen wusste: Ein Virus oder andere *Malware* musste die Vorfälle ausgelöst haben.

Auch Jessica, die ihre ganz speziellen Verbindungen in die Hackerszene vom Chaos Computer Club bis hin zum Online-Magazin *2600* und den Cypherpunks aktivierte, wurde genauso wenig fündig.

»Es ist beinahe so, als halte da jemand den Deckel auf die Kiste«, brach es aus ihr hervor, als auch der letzte Ansprechpartner mit einer abschlägigen E-Mail antwortete. Sie war ratlos – was bei ihr nun wirklich selten vorkam.

»Komisch, das alles macht mich nur noch neugieriger«, erwiderte Mark. »Glauben Sie, Big Brother steckt dahinter?«

»Sie meinen die NSA?«

Mark zuckte mit den Schultern. »Ich denke nicht, dass eine Behörde, die in ihrem Namen die ›nationale Sicherheit‹ trägt, diese Anschläge selbst verübt hat – immerhin ist ja auch einem US-amerikanischen Unternehmen ein nicht unerheblicher Schaden zugefügt worden, der, wie die News-Ticker im Web verraten, sogar die Wall Street ordentlich durcheinander gebracht hat – aber ...«

»... die Jungs könnten an der Sache dran sein und nicht wünschen, dass ihnen jemand in die Parade fährt«, vollendete die Studentin Marks Gedankengang.

Der Professor nickte. Er setzte seine Brille auf und überflog noch einmal die neuesten Nachrichten am Bildschirm. Kurz darauf nahm er seine Gläser wieder ab, holte tief Atem und meinte an seine Assistentin gewandt: »Das Wochenende naht, Jessi. Ich habe Stella ein paar Versprechungen gemacht, die ich unbedingt einhalten will. Heute werden wir sowieso nicht mehr viel erreichen. Ich schlage vor, wir setzen ein paar Agenten auf die Sache an, die für uns samstags und sonntags das Internet durchforsten. Montagmorgen werden wir sehen, ob sich in der globalen Gerüchteküche nicht doch der eine oder andere Hinweis von Wert gefunden hat.«

Jessica nickte. »Gehen Sie nur schon, Salomon. Ich füttere unsere *Agents* mit den nötigen Suchinformationen und hetze sie dann ins Netz. Heute Abend werde ich mich noch einmal bei den Kumpels im Chat umhören. Wir sehen uns am Montag um acht.«

Mark stöhnte. »Dass Sie nicht mal den ersten Tag der Woche etwas ruhiger angehen können!«

Jessica grinste bis über beide Grübchen. »Besondere Umstände erfordern außergewöhnliche Maßnahmen. Also dann, bis Montag um acht. Schönes Wochenende und grüßen Sie Stella von mir.«

Die Wochenendausgaben der Zeitungen meldeten weitere Computerunfälle. Die Medien hatten sich inzwischen auf die spektakulären Ereignisse eingeschossen. Und wie üblich berichteten die weniger seriösen Fernseh- und Rundfunksender mangels Masse bald auch über absonderliche, eigentlich uninteressante Vorfälle, die aber so reißerisch herausgeputzt waren, dass man es nur mit Überwindung fertig brachte, das Gerät auszuschalten. Da gab es dann fast mystische Phänomene, etwa den scharenweisen Ausfall von Computermäusen, die offenbar wie die legendenumwobenen Lemminge den kollektiven Freitod gewählt hatten. Andernorts sollten PC-Monitore für Sekundenbruchteile den Blick auf fremdartige Gesichter mit großen Katzenaugen freigegeben haben, was einige der selbst ernannten TV-Computerexperten als sicheres Anzeichen für eine bevorstehende Invasion von Außerirdischen deuteten.

Abgesehen von solchen Auswüchsen ließen die jüngsten Berichte durchaus auf eine ernst zu nehmende Bedrohung schließen. In der Nacht von Freitag auf Samstag kam es zu einem kompletten Ausfall der Stromversorgung in London und großen Teilen des Südostens von England. Die Millionenstadt an der Themse versank fast völlig in Dunkelheit. Wer kein Notstromaggregat besaß, musste sich mit Kerzen oder Petroleumlampen behelfen. Keine Verkehrsampel funktionierte mehr. Selbst die Netze der Telefongesellschaften waren in Mitleidenschaft gezogen. Zwölf Stunden lang regierte das Chaos die Stadt. Die Experten glaubten die Ursache schnell herausgefunden zu haben: ein Computerfehler in den Kontrolleinrichtungen der Elektrizitätsversorger. Merkwürdigerweise traten die Ausfälle an verschiedenen Stellen gleichzeitig auf. Scotland Yard konnte daher einen gezielten Hackerangriff nicht ganz ausschließen.

»Sie haben der Stadt das Licht gestohlen«, flüsterte Stella benommen, während sie neben ihrem Vater im Frühstücksfernsehen die Berichte verfolgte. Wieder erinnerte sie sich an ein Abenteuer, das sie vor gar nicht allzu langer Zeit selbst erlebt hatte.

Schon seit dem gestrigen Abend lief in der Villa der Kalders fast ununterbrochen entweder ein Rundfunk- oder ein Fernsehgerät. Im *Chaos* hatte Mark mehrere News-Ticker aus dem Internet gleichzeitig laufen und filterte alle Nachrichten heraus, in denen Begriffe wie »Computer«, »Hacker« oder »Virus« vorkamen.

Am Sonntag fielen sämtliche Rechner auf dem internationalen Flughafen im Pariser Vorort Orly aus. Betroffen von dem unerwarteten *Shutdown* waren nicht nur die Buchungscomputer und Abfertigungsschalter, sondern auch die Radareinrichtungen der Fluglotsen. Als das Leitsystem von einer Sekunde auf die andere zusammenbrach, kam es zu mehreren Beinahezusammenstößen über der Stadt. Der Jumbojet einer amerikanischen Fluglinie verfehlte den Eiffelturm nur um ein Haar. Eine größere Katastrophe konnte nur dank dem beherzten und zuletzt sogar eigenmächtigen Handeln der Piloten verhindert werden. Während die Maschinen am Himmel kreisten, mussten am Boden Tausende von Passagieren vor den Check-in-Schaltern Warteschleifen drehen.

In der Gepäckabfertigung gerieten zudem Zehntausende Koffer und Reisetaschen durcheinander. Offenbar hatte niemand bemerkt, dass während des Etikettierens der Gepäckstücke von den Druckern viele Aufkleber mit falschen Reisezielen ausgespuckt worden waren. Am Sonntagabend ließ sich noch kein Ende des »Pariser Chaos« absehen. Die Computer widersetzten sich standhaft jedem Versuch einer Reanimation. Beinahe so, als wohnte ihnen ein Fluch inne, der verhindern sollte, dass sie je wieder erwachten.

Phase III
Die Durchdringung

Cyberworm

Salomon trank zum Frühstück so starken schwarzen Kaffee, dass er ihn fast schon kauen musste. Das gehörte zu den Widersprüchlichkeiten im Verhalten des genialen Gesundheitsapostels. Gewisse »Inkonsequenzen« dieser Art stellten sich immer dann ein, wenn er sich in einer außergewöhnlichen Situation befand. Aber seine Tochter liebte ihn für diese kleinen Unvollkommenheiten.

Stella sah zu ihrem Vater hinüber, der gerade auf seinem Teller ein beinahe schwarz verkohltes Stück Speck mit der Gabel in zwei Hälften sprengte, während er gebannt auf den kleinen Fernseher auf der Anrichte starrte. Sie selbst hatte die Nachrichten vom Sonntag noch nicht ganz verdaut, war sich unschlüssig, ob auch diese ein Kagee ergaben, ein Schattenwort für ihren immer stärker werdenden Verdacht. Aber sie hatte auf ihrem Computer keine Runde gespielt, in der irgendwelche Flugzeuge vorgekommen wären. Schon wollte sich Erleichterung einstellen, weil ihre aberwitzigen Vermutungen wohl doch nur Hirngespinste waren, da fielen ihr die weißen Laguschis ein, die gefiederten Flugechsen, und mit einem Mal war sie gar nicht mehr so sicher, ob es wirklich Anlass zur Entwarnung gab.

Indessen berichtete im Fernsehen eine maskenhaft lächelnde Moderatorin von den neuesten Computerkatastrophen. Im größten Krankenhaus von Johannesburg habe das Rechnernetzwerk einen Totalzusammenbruch erlitten. Als man den Verbund wieder neu startete, glaubte man zunächst, alles sei in bester Ordnung. Dann machte man mehrere beunruhigende Entdeckungen. Ein Patient erwachte aus der Narkose und vermisste sein linkes Bein – eigentlich war er wegen einer Blinddarmoperation eingeliefert worden. Ein anderer Mann, an entzündeten Mandeln leidend, entging nur knapp einer Herztransplantation. Weniger glimpflich kam eine weitere Patientin davon, der – trotz des deutlichen Warnhinweises auf ihrem Krankenblatt – ein unverträgliches Antibiotikum verabreicht wurde. Sie erlitt einen allergischen Schock und konnte nicht mehr gerettet werden.

Stella wagte nicht zu atmen. Sie hatte das Gefühl, Salomon müsste sich jetzt jeden Moment umdrehen und mit ausgestrecktem Finger anklagend auf sie deuten. In der Fantasie sah sie sogar schon das Puppengesicht der Moderatorin kalt und herzlos auf sich gerichtet, während sie den Zuschauern in gut akzentuiertem Deutsch verkündete: »Und für all das trägt eine gewisse Stella Kalder die Schuld, sechzehn Jahre, Schülerin, wohnhaft in Berlin ...«

»Geht es dir gut, Sternchen? Du siehst so blass aus.«

Stella konnte nur mit Mühe ihren Blick vom Fernseher nehmen. Der Gedanke, vielleicht in irgendeiner Weise für den Tod dieser Patientin in Südafrika verantwortlich zu sein, war ihr unerträglich. Sie blickte in das Gesicht ihres Vaters, als sähe sie es zum ersten Mal. »Ich ... nein ...« Weiter kam sie nicht. Eines jedoch wurde ihr in diesem Augenblick klar. Sie durfte ihr Geheimnis nicht länger für sich behalten. Ihr Vater musste erfahren, was sie vor nun bald vier Wochen angestellt hatte.

In diesem Moment klingelte es an der Haustür. Im ersten Moment erschrak Stella, aber dann begriff sie die Störung als

Befreiung. Sie sprang von ihrem Stuhl hoch. »Ich mache auf.« Schon war sie aus dem Esszimmer verschwunden.

Während sie die Diele mit großen Schritten durchmaß, hörte sie draußen die mechanische Stimme SESAMs. »Sie sind nicht identifiziert. Bitte ändern Sie Ihre Gesichtshaltung und wiederholen Sie die Parole.«

Stella öffnete die Haustür und erblickte zwei Männer mit nichts sagenden Mienen. Der eine, ein dürrer Großer mit röhrenartigem Hals und schütterem blondem Haar, blickte verwirrt auf das sprechende Fenster in der Edelstahlplatte. Der andere, dunkelhaarig, vollbärtig, eher klein und mit einem Oberkörper wie ein Bierfass, versuchte sich vergeblich in einem Lächeln, bevor er zu Stella sagte: »Das Gartentor war offen.«

»Und was wollen Sie?«, fragte Stella, der die beiden Herren nicht geheuer vorkamen. Der Schlanke trug einen grauen Anzug in langweiligem Karomuster, der Untersetzte – jener, der mit nicht zu verleugnendem bayerischem Akzent zu ihr gesprochen hatte – hielt ein einfarbiges blaues Sportjackett über der Schulter.

»Wir möchten gerne mit deinem Vater reden ... Du bist doch Stella Kalder, nicht wahr?«

»Warten Sie hier.« Stella ließ die Haustür ins Schloss fallen und kehrte ins Esszimmer zurück. »Paps? Da stehen zwei Typen vor der Tür.«

»Jetzt? Um halb acht Uhr morgens? Was für Typen denn?«

»Keine Ahnung. Zwei nichts sagende Gesichter eben.«

Stella merkte, wie sich der Körper ihres Vaters anspannte. Ohne noch etwas zu erwidern erhob er sich und verließ den Raum. Stella folgte ihm bis zur Esszimmertür und schielte von dort in die Diele hinaus.

»Sie wünschen bitte?«, begrüßte Salomon die beiden Männer, nachdem er die Haustür geöffnet hatte.

»Mein Name ist Reithammer, Josef Reithammer«, antwortete der Sportsakkoträger. »Wir kommen vom Bundesnachrichtendienst. Mein Kollege hier heißt Siegfried Hartmann. Dürfen wir hereinkommen, Professor Kalder?«

»Kann ich Ihren Wunsch auch ablehnen?«

»Sagen wir, es würde das Verfahren unnötig in die Länge ziehen; am Ergebnis dürfte sich nicht viel ändern.«

»Dachte ich mir. Dann kommen Sie bitte herein, meine Herren.«

Stella sah durch den Türspalt, wie die beiden Beamten des BND eintraten. Reithammer, der mit dem blauen Sakko, steckte in die Innentasche desselben gerade ein schwarzes Ledermäppchen, vermutlich einen Ausweis, den er Salomon gezeigt hatte.

»Hier entlang bitte. Ich war gerade beim Frühstück. Wenn es Ihnen nichts ausmacht, gehen wir ins Esszimmer, dann kann ich meine Mahlzeit beenden, während Sie mir in knappen Worten den Zweck Ihres Besuches erklären.«

Stella musste insgeheim lächeln. Nun wussten die Beamten, dass sie sich kurz fassen sollten. Um nicht gesehen zu werden, zog sie sich in Richtung Küche zurück. Als sie die Anrichte mit dem noch eingeschalteten Fernseher passierte, fiel ihr Blick auf das Telefon (Salomon hatte so gut wie jedes Zimmer im Haus verkabelt). Ehe sie den Gedanken klar fassen konnte, hatte sie schon die Freisprecheinrichtung aktiviert und den Apparat in ihrem Zimmer angewählt. Dann verschwand sie ungesehen in die Küche.

Während Salomon den Besuchern einen Platz anbot, huschte Stella durch den Nebenflur in die Diele zurück. Von dort eilte sie die Treppe hinauf, stürzte in ihr Zimmer und riss den Hörer des klingelnden Telefons von der Gabel. Sie hob die Hörmuschel ans Ohr und drückte gleichzeitig die Stummschaltung am Telefon – jetzt konnten keine verräterischen Geräusche mehr aus ihrem Zimmer nach unten dringen.

»... Ihre Tochter?«, vernahm sie gerade noch das Ende einer an Salomon gerichteten Frage.

»Vermutlich oben in ihrem Zimmer«, antwortete der. Den Fernseher hatte er offenbar ausgeschaltet, denn Stella konnte das Gespräch ohne Hintergrundgeräusche mitverfolgen. »Also, Herr Reithammer, kommen Sie zur Sache.«

»Gern«, antwortete der Angesprochene verbindlich. »Sie haben höchstwahrscheinlich die Nachrichten über die Computerzwischenfälle der letzten Tage mitbekommen.«

»Darauf brauche ich wohl nicht zu antworten.«

»Nein.« Ein amüsiertes Schnaufen. »So wie ich Sie einschätze, scheinen Sie Wert darauf zu legen, dass wir nicht lange um den heißen Brei herumreden, Professor Kalder.«

»Sie besitzen eine gute Menschenkenntnis, Herr Reithammer.«

»Dann lassen Sie mich Ihnen sagen, der Bundesnachrichtendienst geht davon aus, dass *Sie* mit diesen Vorfällen in Verbindung stehen.«

Nun gab es eine längere Pause, während der sich Stella vorzustellen versuchte, was gerade im Esszimmer geschah. Vermutlich würden die ausdruckslosen Gesichter von Reithammer und Hartmann im Mienenspiel ihres Vaters gerade nach belastenden Spuren suchen. Vielleicht grinsten die Beamten auch siegesgewiss. Salomon dürfte jetzt jedenfalls kalkweiß geworden sein – seine übliche Reaktion in solchen Situationen. Danach pflegte er rot anzulaufen, etwa zehn Sekunden lang. Und dann ...

»Ich wusste ja schon immer, dass der BND eine infame Bande ist, aber das hätte ich einer Bundesbehörde nun wirklich nicht zugetraut. Sie ...«

Ja, stellte Stella mit Genugtuung fest, genau das hatte sie erwartet.

»Bitte beruhigen Sie sich doch, Professor Kalder«, fiel eine näselnde Stimme dem erregten Wissenschaftler ins Wort, die nur Hartmann, dem zweiten Beamten, gehören konnte. »Mein Kollege hat ja nicht gesagt, Sie selbst seien der Verursacher dieser terroristischen Anschläge ...«

»*Terroristische Anschläge*? Was für terroristische Anschläge denn?«

»Für gerade solche halten wir diese seltsamen Vorfälle der letzten Tage, Professor.«

»Und Sie glauben, *ich* hätte etwas damit zu tun?«

»Wie Sie sich erinnern werden, sind wir mit Ihrer Forschungsarbeit durchaus vertraut«, setzte nun wieder Reithammers Stimme ein.

»Selbstverständlich«, erwiderte Salomon bitter. »Aber ich hatte gehofft, der BND sei sich zuletzt darüber klar geworden, dass er von mir keine Unterstützung erwarten darf.«

»Dessen sind wir uns bewusst, Professor Kalder. Im Übrigen darf ich Ihnen mitteilen, dass ich eigentlich zum Bundesamt für Sicherheit in der Informationstechnik gehöre. Ich bin nur während dieser aktuellen Krisensituation an den BND ausgeliehen.«

»Das ist doch völlig egal«, herrschte Salomon den Beamten an. »Ob BND oder BSI, letzten Endes geht es Ihnen doch allen nur darum, wie Sie an die Daten unbescholtener Bürger herankommen.«

»Tun Sie uns nicht unrecht«, verteidigte sich der Bayer. Er klang gekränkt. »Wenn wir einen Lauschangriff starten, dann dient er dem Zweck der Strafverfolgung und -vereitelung. Die organisierte Kriminalität bedient sich heute der neuesten Technik – auch der *Informationstechnik*. Ermittlungsbehörden in einem Rechtsstaat haben es auch ohne die Umtriebe von Verschlüsselungsbefürwortern schwer genug, mit den kriminellen Elementen Schritt zu halten.«

»Tun Sie doch nicht so, als sei der BND eine reine Pfadfindertruppe«, konterte Salomon heftig. »Sie arbeiten eng mit der amerikanischen NSA zusammen, und dass diese praktisch jedes Telefonat, jedes Fax und auch jede E-Mail auf diesem Planeten abfängt und durch ihre Filter laufen lässt, ist in Fachkreisen hinlänglich bekannt.«

»Wir können nicht für unsere amerikanischen Kollegen sprechen, Professor. Die Vereinigten Staaten verfolgen ihre eigene Politik.«

»Und welches Ziel verfolgen dann Sie? Warum sind *Sie* hier?«

»Wir denken, jemand ist in den Besitz Ihrer Zugangstechnologie gelangt, Professor Kalder.«

»Ausgeschlossen. Ich verwende ein mehrstufiges Sicherheitssystem für mein SKULL-Testprogramm ...«

»Das ist uns bekannt.«

Es trat eine kurze Pause ein. Salomon musste diese Information wohl erst einmal verdauen. »Dann haben Sie mich also die ganzen Jahre hindurch weiterhin beobachtet.«

»Nur aus der Ferne, Professor Kalder. Nur aus der Ferne. Allerdings haben wir den Code für Ihre Software nicht geknackt, um gleich Ihrer nächsten Frage zuvorzukommen. Sie sind einfach zu gut für uns, Professor.«

»Versuchen Sie jetzt bitte nicht mir zu schmeicheln! Wie soll ich denn an den Computerpannen der letzten Tage schuld sein, wenn selbst Sie mir die Sicherheit meines Systems bescheinigen?«

»Um ehrlich zu sein, das wollten wir eigentlich von Ihnen erfahren, Professor.«

Wieder trat ein kurzes Schweigen ein. Dann klang Salomons Antwort wesentlich moderater. »Bestimmt gibt es in Ihrer Behörde eine dicke Akte über mein SKULL-Projekt und das dazugehörige Testprogramm. Das jedoch – und damit erzähle ich Ihnen zweifellos nichts Neues – enthält *keinerlei* maliziöse Softwarekomponenten. Es dringt lediglich in ein Computersystem ein und hinterlässt eine Visitenkarte.«

»Einen elektronischen ›Fingerabdruck‹. Das wissen wir in der Tat«, gab der BSI-Beamte unumwunden zu. »Es handelt sich dabei um ein japanisches Wort, von Ihnen als sinntragender Name für ein Spiel vorgesehen, das Sie in Kürze auf den Markt bringen werden – übrigens, viel Erfolg dabei.«

»Danke. Damit verpassen Sie meiner Software gewissermaßen das staatliche Gütesiegel für Harmlosigkeit. Wie in aller Welt soll es Elektrizitätswerke ausschalten und Krankenhäuser lahm legen ...?«

»Und jahrhundertealte, unersetzbare Manuskripte zerstören«, vervollständigte Hartmanns weniger umgängliche Stimme die Schadensliste.

»Wie bitte? Was haben kollabierende Computer mit alten Handschriften zu tun?«

»Sehr viel, Professor Kalder. Wenn diese Rechner zum Beispiel die Sprinkleranlage einer Bibliothek steuern und sie dann ohne Anlass auslösen. Genau das ist nämlich vor zwei Stunden in Washington passiert. Einige der kostbarsten Dokumente der Vereinigten Staaten sind durch die Wasserschäden nun wohl für immer verloren.«

»Wissen Sie, dass mich diese Nachricht mehr als alles andere schmerzt?«, sagte Salomon nach einer Weile zerknirscht. »Dass die Computer selbst unsere Schätze aus den vorelektronischen Epochen beherrschen, war mir bisher nicht bewusst geworden.«

»Und doch ist es so«, hörte Stella nun wieder Reithammers Stimme. »Ich habe den Eindruck, Ihre Betroffenheit ist echt. Das beruhigt mich, zeigt es mir doch, dass ich mich offenbar nicht in Ihnen getäuscht habe, Professor Kalder. Dennoch muss ich Ihnen eine unangenehme Nachricht mitteilen.«

Zögern. Dann: »Und die wäre?«

»Auf keinem der kollabierten Computer konnten irgendwelche Fremdprogramme entdeckt werden, weder ein Virus noch ein Wurm, auch die Log-Dateien weisen keine verräterischen Spuren auf ...«

»Aber?«

»In den ersten vier der zusammengebrochenen Rechnersysteme haben die Ermittlungsbehörden einen ›Fingerabdruck‹ entdeckt, ein all diesen Fällen gemeinsames Kennzeichen, durch Zufall nicht zu erklären. Auf jeder Boot-Festplatte der Computer befand sich eine Signatur, und immer in einem Plattenbereich, der als so genannter *Bad Block* gekennzeichnet ist. Das ist ...«

»... ein Festplattenbereich, der vom Betriebssystem nicht mehr beschrieben wird, weil es ihn für beschädigt hält«, vollendete Salomon die technischen Ausführungen des Beamten. Seine Stimme klang seltsam monoton aus dem Lautsprecher von Stellas Telefon. »Lassen Sie mich gleich auch den Rest erzählen: Der ›Fingerabdruck‹, von dem Sie gesprochen haben, besteht aus fünf Buchstaben: K-A-G-E-E.«

Stella stieß einen leisen Schrei aus. Zum Glück hatte sie das Mikrofon abgestellt. Aus dem Hörer vernahm sie dann eine Weile lang nichts mehr, bis ihr Vater wieder zu sprechen begann.

»Ich kann mir das einfach nicht erklären. Spontan fällt mir nur eine Antwort zu Ihrem Bericht ein.«

»Ich bin gespannt.«

»Sie bringen das alles nur, um mich zur Zusammenarbeit zu bewegen. So wollen Sie an meinen SKULL-Tester herankommen.«

»Professor!« Nun klang die Stimme von Reithammer ernst und eindringlich. »Ich versichere Ihnen, dass wir Sie nicht zwingen werden Ihre Forschungsergebnisse offen zu legen, wenn Sie es nicht selbst wünschen. Wir möchten uns nur Ihrer Kooperation versichern, um die Cyberterroristen zur Strecke zu bringen.« Als Salomon nicht sogleich antwortete, fügte der Beamte hinzu: »Bedenken Sie, dass es trotzdem *Ihre* Software ist, die all das verursacht hat. Es würde Ihre Situation wesentlich verbessern, wenn Sie mit den Behörden zusammenarbeiteten.«

»Wie steht's mit etwas Bedenkzeit?«, fragte Salomon nach einigem Zögern.

»Selbstverständlich, Professor. In gewisser Hinsicht verstehe ich Ihr Misstrauen sogar. Aber wir haben nicht sehr viel Zeit. Bis jetzt sind keine Bekennerschreiben zu diesen Vorfällen eingegangen. Wir wissen nur eines: Noch ist kein Kraut gegen diese Anschläge gewachsen. Man müsste schon das weltweite Computernetz zerreißen, um die weitere Ausbreitung der maliziösen Software zu unterbinden. Das käme einer Totalabschaltung aller Computer dieses Planeten gleich. Sie und ich wissen, was das bedeuten würde. Nahezu dasselbe, was wahrscheinlich auch die Terroristen mit ihren Anschlägen bezwecken, nämlich das Ende des Informationszeitalters. Es kämen nicht nur buchstäblich Millionen von Menschen ums Leben, sondern wir würden auch mit einem Schlag ins tiefste Mittelalter zurückgeworfen. Ich nehme nicht an, dass Sie das wünschen, Professor Kalder.«

Wenig später hatten die Beamten das Haus verlassen. Vorher vereinbarte man noch, sich alsbald telefonisch wieder in Verbindung zu setzen.

Stella erfuhr auf ihrem Horchposten, dass seit dem fünften Computeranschlag die *Kagee*-Signatur sonderbarerweise nicht mehr aufgetaucht war. Alle anderen Anzeichen wiesen aber auf den- oder dieselben Angreifer hin, insbesondere die spurlose Überwindung der verschiedenen Sicherheitssysteme der betroffenen Rechner.

Mark vertraute den beiden Beamten an, welche Pläne er mit seiner aktuellen Fassung des *Kagee*-Spieles verfolgte. Im derzeitigen Zustand gleiche es – von seiner Funktion her – einem Trojanischen Pferd. Unter dem harmlosen Äußeren eines Computerspieles verberge sich aber wesentlich mehr. Es enthalte wirklich noch den »Generalschlüssel«, den universellen Zugangsalgorithmus also, der aus dem SKULL-Tester stamme. Das Ganze sei als kleiner Abschiedsscherz für die Kollegen an der TU gedacht gewesen. Das Spiele-Programm hätte sich dann in einen Wurm verwandelt. Schnell wäre jeder Computer im Netz der Universität davon befallen gewesen. Da die einzelnen Rechner im Campusnetz durch so genannte IP-Nummern – ähnlich den Ziffernfolgen auf Pässen – eindeutig identifiziert werden konnten, wollte er den Nummernbereich des Spieles so festlegen, dass eine Verbreitung außerhalb der TU ausgeschlossen war.

Leider hätte er diese Eingrenzung des Programmes noch nicht vorgenommen. Wenn es also jemandem gelungen wäre, das Spiel zu entwenden, dann bestünde zumindest die theoretische Möglichkeit, es auch in Malware zu verwandeln, in schädlichen Programmcode also. Eine derart mutierte *Kagee*-Software könnte sich dann durchaus im World Wide Web und auch in anderen Computernetzwerken verbreiten. Wie gesagt, das sei eine rein *theoretische* Möglichkeit, denn die so genannten »Quellcodes«, durch die ein Programm schnell zu verstehen und zu verändern sei, würden von ihm so gut wie unzugänglich aufbewahrt. Und ohne diesen Quellcode dauerte es Monate, wenn nicht Jahre, um das Programm durch ein Verfahren, das man Deassemblieren nannte, wieder in seinen Entstehungszustand zurückzuführen. Dann erst könne man dessen komplexe Struktur durchschauen.

Mark versprach gründlich darüber nachzudenken, was geschehen sein könnte und wie den Ermittlungsbehörden zu helfen sei. Nur eines dürften sie nicht von ihm erwarten: dass er seine wertvollsten Geheimnisse preisgab.

»Ich muss dir was gestehen, Paps.«

Salomon lächelte, doch seine Augen wirkten nicht fröhlich. Er saß auf einem Sessel im Wohnzimmer. Stella hatte die Ledercouch in Beschlag genommen.

»Wenn es darum geht, dass du die Beamten und mich von deinem Zimmer aus belauscht hast – vergiss es.«

Stellas Kinnlade klappte herunter. »Das hast du bemerkt?«

»Als ich den Fernseher ausschaltete, ist mir am Telefon die Leuchtdiode der Freisprecheinrichtung aufgefallen. Aber ich dachte mir, du hättest ein Recht zu erfahren, was der BND von mir will.«

»Das meinte ich auch. Trotzdem ...«

»Ich bin dir nicht böse, Sternchen.«

»Nein, darum geht es ja gar nicht«, brach es mit einem Mal aus Stella heraus. Ihre Augen wurden feucht. Wenn ihr Vater nur wüsste, wie schwer es ihr fiel, auszusprechen, was ihr auf der Seele lag. Doch es *musste* endlich heraus.

»Ich habe dich belogen.«

Er kam zur Couch herüber, setzte sich neben sie und sah sie

forschend an. »Belogen? Es fällt mir schwer, das zu glauben. Ist etwas passiert? Hast du irgendwas ausgefressen?«

Jetzt, da der Anfang einmal gemacht war, war es leichter, zu reden. Immerhin war ihr Vater nicht gleich aus der Haut gefahren. »Genau genommen war es keine *richtige* Lüge. Ich habe dir eher etwas verschwiegen«, nuschelte sie.

Als Salomon nichts erwiderte, sondern sie nur erwartungsvoll ansah, setzte sie zu einer umfassenden Erklärung an. Sie berichtete ihm, wie sie die offene Tür zum *Chaos* bemerkt, dann die MO-Disk mit dem *Kagee* entdeckt und zuletzt das Spiel ausprobiert hatte. Jede einzelne Episode aus der Höhlenwelt erzählte sie so detailgetreu, wie es ihr Gedächtnis zuließ, und sie hatte dabei den Eindruck, dass ihr Vater eher fasziniert war von dem Spielverlauf als verärgert über den Streich seiner Tochter. Als sie schließlich beim jähen Ende ihres Abenteuers angelangt war, entstand ein längeres Schweigen.

Stella fühlte sich auf eine schwer zu beschreibende Weise erleichtert. Wenigstens hatte sie ihre Schuld jetzt eingestanden. Obwohl dadurch eine schwere Last von ihr genommen war, bedrückten sie aber immer noch die furchtbaren Folgen der Computerunfälle. Der Gedanke, die Verantwortung für all das tragen zu müssen, lastete wie ein Granitfelsen auf ihrem Herzen. Ihre Hände begannen zu zittern und dann brach ein Strom von Tränen aus ihr hervor und mit ihnen Stellas ganzer Kummer.

Salomon legte einen Arm um sie. Er tat es ein wenig unbeholfen. Zu lange schon hatte er seine Gefühle unter einem Berg von Arbeit begraben. Doch jetzt musste er etwas tun, etwas sagen. Er wusste momentan nur nicht, wie er beginnen sollte.

Für Stella war sein Schweigen schmerzlicher als das schlimmste Donnerwetter. Nicht dass sie ihre Schuld abstreiten wollte. Es war ihr völlig einerlei, ob Salomon ihr eine drakonische Strafe aufbrummte. Klar, sie durfte nicht ungeschoren davonkommen. Erwartungsvoll, mit bebenden Lippen blickte sie zu ihrem Vater auf. Doch der hielt sie nur fest und sah sie an, in seinen Augen lag ein schmerzlicher Ausdruck.

Schließlich hielt Stella es nicht mehr aus. »Warum sagst du nichts, Paps? Willst du nicht aus der Haut fahren oder wenigstens ein bisschen herumschreien? Es ist so furchtbar, was ich getan habe. Ich verdiene doch eine Bestrafung, oder etwa nicht?«

Endlich gelang es Salomon, zu sprechen. Zu Stellas Verwunderung antwortete er ohne jeden Zorn in der Stimme. »Was schlägst du denn vor, Sternchen? Soll ich dich übers Knie legen und dir den Hintern versohlen?«

»Das weiß *ich* doch nicht. *Du* bist doch der Vater.«

»Du hast von mir nur ein einziges Mal in deinem Leben einen Klaps auf den Allerwertesten bekommen. Da warst du ungefähr ein Jahr alt und im Krabbeln schon sehr geschickt. Irgendwie war es dir gelungen, in mein Arbeitszimmer zu schlüpfen und die unterste Reihe von meinem Bücherregal umzugestalten. Dabei hast du ein Zweihundert-Dollar-Buch in seine Bestandteile zerlegt. Ich war für einen Moment ziemlich aufgebracht. Und weil ich keine Möglichkeit sah, dir mit guten Argumenten beizukommen, habe ich mich kurzerhand für die autoritäre Schiene entschieden.«

»Du hast mich geschlagen?«

»Nur einmal.«

»Also, davon hast du mir nie erzählt.« Eigentlich konnte sich Stella ihren Vater überhaupt nicht in der Rolle des Wüterichs vorstellen. Er und Viviane gehörten eher zu den Nachzüglern der 68er-Generation. Dem damaligen Lebensgefühl entsprechend, hatten sie die antiautoritäre Erziehung zelebriert. Stella durfte ihre Eltern lange Zeit nur mit Vornamen anreden. Erst in späteren Jahren wurden diese Umgangsregeln etwas gelockert.

»Vielleicht weil ich keine Schwäche offenbaren wollte«, gestand Salomon ein. »Im Übrigen hattest du damals einen dicken Windelpo. Der Klaps war für dich mehr ein psychologisches Signal als ein physisches. Du hast eine Minute lang geschrien und später nie mehr meine Regale umgeräumt.«

»Ein Buch kann man ersetzen, aber ein Menschenleben nicht.«

Salomon sah Stella erschrocken an. »Was redest du da?«

»Na, die Frau in Südafrika. Die mit dem Allergieschock. Mir ist, als hätte ich sie mit eigenen Händen umgebracht.« Neue Tränen begannen zu fließen.

Salomon drückte seine Tochter wieder enger an sich. Nun war der Bann gebrochen. Sanft, als würde er eine heilende Salbe auf ihre wunde Seele auftragen, redete er auf sie ein. »Sternchen! Das darfst du auf keinen Fall denken. Das *Kagee* ist ein Spiel. Es *kann* keine Menschen töten. Zugegeben, ich habe diese Version ein wenig manipuliert, aber denk doch einmal nach: Hinter dem Vorfall in Südafrika steckt Überlegung und wohl auch eine Menge Arglist. Dazu wäre das *Kagee* niemals fähig, also trifft dich auch keine Schuld.«

»Aber irgendwie hat das *Kagee* ja doch mit alldem zu tun«, schniefte Stella, nun schon etwas ruhiger.

»Nein, Stella. Schlag dir diesen Gedanken aus dem Kopf. Es muss eine Person oder auch eine Gruppe hinter diesen Geschehnissen stehen, jemand, der die Unglücksfälle ganz bewusst geplant oder zumindest in Kauf genommen hat. Vielleicht eine Bande von kriminellen Hackern. Auf keinen Fall trifft *dich* die Schuld. Selbst wenn das *Kagee* durch dich in die Hände irgendwelcher Terroristen gelangt sein sollte, kannst du nicht für die Computerunfälle verantwortlich gemacht werden. Stell dir vor, ein Amokläufer bringt mit einem Küchenmesser Dutzende von Leuten um. Dann kann man doch auch nicht den Messerhersteller dafür zur Rechenschaft ziehen.«

»Das sagen die Panzer- und Raketenfabrikanten auch immer.«

Salomon schüttelte energisch den Kopf. »Damit magst du Recht haben, aber dein Vergleich hinkt trotzdem. Panzer werden zum Töten konstruiert und gebaut, Küchenmesser nicht.«

»Du hast selbst behauptet, dein SKULL-Tester könne jedes Sicherheitssystem überwinden.«

»Ja, aber ich sage es für dich gerne noch einmal: Er enthält *keinerlei* Code, der Schaden anrichten kann. SKULL selbst wäre dazu fähig, weil es den Computer eines Angreifers nachhaltig lahm legen kann, aber der Tester, um den es hier geht, ist eher eine Art Generalschlüssel, wie ihn jeder große Schlüsselservice verwendet. Es wurde schon manches Menschenleben gerettet, weil so ein Schlüsseldienst noch rechtzeitig ein Sicherheitsschloss aufgebracht hat. Wenn jemand die Spezialwerkzeuge dieser Firmen missbraucht und damit Unfug anstellt, dann ist nicht der Hersteller daran schuld.«

»Vielleicht doch, wenn der Schlüsseldienst leichtfertig mit seinem Werkzeug umgeht?«

Salomon schluckte. »Um den Vergleich auf den Punkt zu bringen: Fahrlässig habe höchstens *ich* gehandelt, als ich aus dem Haus stürzte ohne den Datenträger und das *Chaos* zu sichern. Ich allein muss damit fertig werden, Sternchen. *Dein* Vergehen ist ganz anderer Natur. Du hast mich zwar hintergangen, was ich keineswegs beschönigen will, doch ich denke, wir können diesmal auf den Klaps verzichten. Du bist schon hart genug gestraft mit deinen Selbstvorwürfen. Außerdem hättest du gewiss nicht so gehandelt, wenn nicht mir zuvor einige unentschuldbare Fehler unterlaufen wären.«

Stella wischte sich die Tränen von den Wangen. »Und was willst du jetzt tun, Paps?«

Salomon holte tief Luft. »Ich werde diesen Reithammer vom BSI und seinen BND-Kollegen anrufen und ihnen sagen, dass sie auf mich zählen können.«

»Das Spiel hat genauso reagiert wie vorgesehen. Nach der Lernphase hat es sich ins Web abgesetzt. Unglücklicherweise hatte ich die Beschränkung der IP-Nummern auf das Campusnetz der TU noch nicht eingegeben. Deshalb kann das Spiel jetzt überall im Internet stecken.«

Montagnachmittag, fünf Uhr. Es war ein herrlicher Junitag, viel zu sonnig, um düstere Probleme zu wälzen. Mark, Stella, Hartmann und Reithammer saßen um den Esstisch der Kalder-Villa herum. Um die Hitze auszusperren, hatte Stellas Vater die hölzernen Fensterläden zugeklappt. Im Zimmer herrschten eine erträgliche Temperatur und Dämmerstimmung, denn Mark hatte gewohnheitsmäßig kein Licht eingeschaltet.

Soeben hatte er den Beamten vom Bundesnachrichtendienst und vom Bundesamt für Sicherheit in der Informationstechnik erzählt, seine Tochter habe das *Kagee*-Spiel trainiert, später sei es durch einen ›Unfall‹ ins Netz entwichen.

»Inzwischen dürfte es sich in mehreren Computern eingenistet haben und dort wie eine Zeitbombe vor sich hin ticken«, meinte Reithammer.

Mark wiegte den Kopf hin und her. »Das mag auf die – nennen wir sie vorerst einmal so – *mutierte* Fassung des *Kagee* zutreffen. Das Original verhält sich aber wesentlich harmloser. Wie der Mutant schleicht es sich zwar in verschiedene Systeme ein, im Gegensatz zu Ersterem wirkt es dort aber bestenfalls als harmloser Trojaner: Wenn es ein Benutzer entdeckt, wird er ein paar Tage damit spielen und sich dann ärgern, weil das Programm sich mit einem Mal in Wohlgefallen auflöst.«

Stella unterdrückte ein Nicken. Seit beinahe dreißig Minuten verfolgte sie das Gespräch der Erwachsenen stumm wie eine Porzellanfigur.

»Leider sitzen wir nicht hier, um uns mit einem harmlosen Spiel zu beschäftigen«, sagte Hartmann. »Die Hiobsbotschaften aus aller Welt reißen nicht ab. Wir müssen dringend etwas unternehmen. Unsere Spezialisten haben sich natürlich schon intensiv mit der Angelegenheit befasst. Professor Kalder, halten Sie den Bau einer Art Virenscanner für möglich, der den *Kagee*-Mutanten erkennt und neutralisiert?«

Mark wiegte den Kopf skeptisch hin und her. »BND und BSI verfügen zweifellos über hervorragende Theoretiker, Herr Hartmann, aber in der Praxis sehen die Dinge oft anders aus. Wie Sie mir selbst berichteten, hat der Wurm nur bei den ersten vier Computervorfällen eine Signatur hinterlassen, mein altes ›KAGEE‹, dann aber keinerlei weitere Spuren. Ohne irgendwelche ›Rückstände‹ der maliziösen Software würde ich die Erfolgsaussichten eines konventionellen Virenscanners als eher gering einschätzen.«

»Das klingt, als hätten Sie noch etwas in der Hinterhand, Professor?«

»Einige Punkte an Ihrer Schilderung stören mich. Ad eins: Ich bin nach wie vor davon überzeugt, dass irgendwelche Cyberterroristen das *Kagee*-Spiel nicht innerhalb von nur einer Woche aufspüren, deassemblieren – also in den Quellcode zurückführen, ihn analysieren sowie kommentieren – und dann auch noch in eine derart gefährliche Malware umwandeln konnten. Und ad zwei: Sie *sagen* zwar, der *Kagee*-Mutant hätte keinerlei Spuren hinterlassen, aber *das* glaube ich erst, wenn ich es auch selbst überprüft habe. Ich weiß, das kann bei einem Datenbestand, wie ihn die First National Bank of Chicago oder jedes andere große Unternehmen besitzt, ein äußerst mühseliges Unterfangen sein, aber gerade wegen dieser ungeheuren Datenmengen ist die Wahrscheinlichkeit recht hoch, dass Ihre Spezialisten vielleicht etwas übersehen haben.«

Reithammer wollte gerade darauf antworten, als es an der Haustür klingelte.

»Ich bin noch nicht dazu gekommen, Ihnen mitzuteilen, dass wir noch zwei weitere Kollegen erwarten«, sagte Hartmann schnell.

Marks Augen verengten sich. »Wozu das?«

»Das werden Sie gleich erfahren, Professor Kalder.«

Für die Dauer eines Atemzugs zögerte Mark, dann wandte er sich an Stella. »Sternchen, würdest du die Herren da draußen hereinbitten?«

»Klar.«

»Du erkennst sie an ihren dunklen Plastikanzügen«, rief ihr Reithammer noch schmunzelnd nach.

Die Besucher standen noch am Gartentor und blickten in die Kamera, die sich auf der linken Säule des Portals befand. Stella beäugte sie, so gut es ging, in dem kleinen Bildschirm, der sich neben der Haustür befand. Einer der beiden war fast so dünn wie Hartmann, musste aber um mehrere Köpfe kleiner sein als der annähernd zwei Meter große BND-Beamte. Der andere erreichte vielleicht nicht ganz die Höhe ihres Vaters, hatte helle Haare und füllte seinen eng sitzenden Anzug wohl auch nicht ganz so gut aus, wie es beim passionierten Schwimmer Salomon der Fall war.

Stella verstand nicht ganz, was Reithammer mit den »Plastikanzügen« gemeint hatte (Taucherkombinationen trugen die Männer jedenfalls nicht). Aber irgendwie hatten sie etwas an sich, was ihr einerseits fremd, dann aber auch wieder vertraut vorkam. Die beiden blickten immer noch so gebannt in die Kamera, als sei das der eigentliche Grund ihres Hierseins.

»Sie wünschen bitte?«, rief sie endlich in die Türsprechanlage ohne sich übermäßig um einen freundlichen Ton zu bemühen.

Der kleine Dünne zuckte erschrocken zusammen. Der andere lächelte und sagte mit starkem amerikanischem Akzent: »Wir gehören zu Hartmann und Reithammer.«

Die beiden waren Amerikaner! Jetzt war alles klar. Stella hätte niemandem erklären können, was einen weißen Amerikaner von einem Europäer unterschied, aber für sie sahen die Männer und Frauen jenseits des Großen Teichs trotzdem irgendwie anders aus. Sie drückte die Sprechtaste.

»Come in.« Das Englische kam ihr so fließend über die Lippen wie eine Bestellung bei Burger King. Sie drückte den Türöffner, doch als der größere der Ankömmlinge gerade das Gartentor aufstoßen wollte, schoss ihr ein hinterhältiger Gedanke durch den Kopf und sie ließ die Taste wieder los. Der Amerikaner stemmte sich vergeblich gegen das Gitter. Darauf sah er wieder in die Kamera und machte gute Miene zum bösen Spiel. »Die Tür geht nicht auf«, erläuterte er sein Problem. Stella lächelte spitzbübisch und drückte noch einmal auf den Knopf. Diesmal gewährte sie den Fremden bereitwillig Zutritt zum weitläufigen Anwesen der Kalders.

Die beiden Männer kamen den gewundenen Pfad im Garten herauf und mussten sich wenig später den misstrauischen Blicken Stellas stellen. Jetzt verstand sie, was der eher sportlich-leger gekleidete Reithammer mit »Plastikanzügen« gemeint hatte. Die Anzüge der Männer, dunkelblau und anthrazitfarben, mussten aus Polyester oder irgendeinem anderen

Kunststoff bestehen. Sie glänzten oberflächlich wie Seide, konnten aber ihren wahren Ursprung aus der Retorte in keiner Weise verheimlichen. Die Beinkleider der Amerikaner waren einen Hauch zu kurz und der ganze Schnitt der Anzüge um etwa neun Jahre hinter dem Stand der Mode.

»Nett, Sie zu treffen«, eröffnete der Fremde das Gespräch, der schon vor der Kamera das Wort geführt hatte. Er besaß wasserblaue Augen und volle strohblonde Haare, die streng nach hinten gekämmt und mit Hilfe irgendeines klebrigen Mittels dort fixiert waren. »Mein Name ist Walter Friedman und das hier ist Jake H. Finmore. Sie sprechen ein perfektes Englisch, Miss Kalder.«

»Und das haben Sie an nur *zwei* Wörtern erkannt?«, konterte Stella spitz. Argwöhnisch musterte sie den zerbrechlich wirkenden Finmore, dessen Augen sich hinter dicken Brillengläsern ständig in Bewegung befanden. Der kleine Amerikaner wirkte in seinem glänzenden Anzug wie ein scheues blaues Reptil, das sich ständig nach Feinden umblickte.

Friedman lächelte mit der perfekten Unverbindlichkeit, wie sie nur Amerikaner zu Stande bringen. »Sagen wir, wir sind auf diesen Besuch gut vorbereitet worden, Miss. Dürfen wir eintreten?«

Die Äußerung des Fremden entfachte Stellas Misstrauen. Heute früh waren die BND-Beamten aufgetaucht, vor gerade fünf Tagen hatte es die ersten Computerunglücke gegeben – und dieser Amerikaner war »gut vorbereitet«! Was hatte das zu bedeuten? Sichtlich eingeschüchtert geleitete sie die beiden Herren ins Esszimmer zu den dort Wartenden.

Stella und ihr Vater waren nicht wenig überrascht, als sich Mr Friedman und Mr Finmore als amerikanische Bundesbeamte vorstellten. Finmore gehörte zur Central Intelligence Agency – nie zuvor hatte Stella einen leibhaftigen CIA-Agenten gesehen – und Friedman zur National Security Agency, von der in den letzten Tagen schon mehrfach die Rede gewesen war.

Der NSA-Beamte – spürbar um eine unverkrampfte Atmosphäre bemüht – wies während seiner Selbstvorstellung darauf hin, dass er der Sohn deutscher Auswanderer aus Niedersachsen sei. Seine Deutschkenntnisse hätten ihn wohl in den Genuss dieser Dienstreise gebracht. Er und Finmore seien gerade erst auf dem Flughafen Tegel gelandet. Da sein Kollege des Deutschen nicht mächtig sei, bitte er die Unterhaltung in Englisch fortzusetzen.

»Niemand hat mir bisher gesagt, dass die NSA bei der Sache ihre Finger im Spiel hat«, antwortete Mark aufgebracht in akzentfreiem amerikanischem Englisch. Während seines mehrjährigen Aufenthalts in Cambridge und Berkeley hatte er diese Sprache perfekt erlernt. Für Stella stellte sie sowieso kein Problem dar. Einzig Hartmann und Reithammer mussten sich anstrengen, um dem Dialog folgen zu können. Hatten sie bisher das Wort geführt, übernahmen sie jetzt – offenbar wie abgesprochen – die Rolle der passiven Zuhörer.

»Die Zeit für alles war äußerst knapp«, erwiderte Friedman höflich. »Ich möchte mich trotzdem entschuldigen, wenn bei Ihnen irgendwelche Irritationen bezüglich unseres Hierseins aufgekommen sein sollten. Vielleicht haben Sie sich ohnehin schon gedacht, dass die NSA in den weltweiten Vorfällen ermitteln wird.«

Stella bemerkte, wie ihr Vater stutzte. Vielleicht überlegte er, wie viel die amerikanischen Geheimdienste über ihn und seine Arbeit wussten. Nach einer Weile antwortete er jedoch trocken: »Die Herren Reithammer und Hartmann haben mich heute Vormittag zum ersten Mal aufgesucht. NSA und CIA haben Sie bestimmt nicht erst *danach* ins Flugzeug gesetzt. Darf ich Sie daher bitten, Gentlemen, mir den Grund zu nennen, weshalb Sie extra aus den USA hierher angereist sind?«

Friedman und Finmore sahen ihre deutschen Kollegen verdutzt an, als hätte diese Frage längst geklärt sein müssen.

»Entschuldigen Sie, Professor Kalder«, ergriff nun zum ersten Mal der CIA-Agent das Wort. »Wir stehen unter ziemlichem Druck. Da mag bisher nicht die Zeit gewesen sein, Sie umfassend über alles zu informieren. Lieutenant Friedman und ich sind hierher gekommen, um Sie morgen Vormittag nach New York zu begleiten.«

»Sie wollen *was*?« Mark war wie von der Tarantel gestochen von seinem Stuhl aufgesprungen und starrte Finmore ungläubig an.

»Sie haben schon richtig gehört, Professor. Möglicherweise ist Ihnen noch immer nicht klar, dass wir es hier mit einer globalen Krise zu tun haben. Deshalb ist von den Vereinten Nationen eine *Task Force* gebildet worden, die sich des Problems annehmen soll. Sie, Professor, gehören mit zum Team.«

Stellas Vater stellte diese Auskunft nun ganz und gar nicht zufrieden. Sein Gesicht glühte vor Zorn. Er setzte seine Brille auf die Nase, beugte sich zu den Amerikanern auf der anderen Tischseite vor und deutete mit dem Finger auf sie. »Und warum sind dann zwei US-Bundesbeamte hier – das Wort ›Geheimdienstler‹ möchte ich Ihnen nicht zumuten –, um mich abzuholen?«

»Die Vereinigten Staaten haben dem UN-Sonderkommando personelle und technische Unterstützung in fast unbegrenztem Umfang zugesagt«, entgegnete Finmore ungerührt.

»Das denke ich mir. Wahrscheinlich aus nicht ganz uneigennützigen Motiven, wie?«

»Was wollen Sie damit sagen, Professor Kalder?«

»Die Technologie, die in diesem Wurm steckt, dürfte selbst Ihr Potenzial in den Schatten stellen. Wenn Sie die Cyberterroristen ›entwaffnen‹, dann ist es ja wohl klar, dass die Softwarebomben später in Ihrer Asservatenkammer landen werden. Korrigieren Sie mich, wenn ich mich irren sollte.«

»Darum geht es nicht«, meldete sich nun wieder Friedman, der NSA-Mann, zu Wort.

»Wir befinden uns hier in Berlin, weil die UN uns um Amtshilfe gebeten hat. Ich kann es für Sie gerne noch einmal wiederholen, Professor: Es handelt sich bei der jüngsten Entwicklung um eine Bedrohung von *internationalem* Ausmaß. Das Cyberworm-Team steht unter dem Oberkommando der Vereinten Nationen. Es wurde einzig zu dem Zweck etabliert, die Serie von Computeranschlägen aufzuklären und weitere Vorfälle dieser Art zu verhindern. Das müssen Sie uns glauben.«

Einige Sekunden lang lieferte sich Mark einen stummen Augenkampf mit Friedman. Mit einem Mal wich seine bis dahin versteinerte Miene einem fragenden Ausdruck. »*Cyberworm?*«

Friedman atmete hörbar aus und nickte. »Ja, das ist der Codename der Sondereinheit.«

Mark nahm die Brille wieder ab und sagte unerwartet ruhig: »Morgen Vormittag ist reichlich früh.«

»Mir wäre heute Abend lieber.«

»Woher wollen Sie wissen, dass ich mitkomme?«

»Sie sollten nicht vergessen, dass Sie an diesem ganzen Schlamassel nicht ganz unbeteiligt sind«, sagte Finmore, der in dem amerikanischen Gespann wohl die Rolle des harten Typen spielte.

»Wollen Sie jeden Apotheker bestrafen, mit dessen Tropfen unzufriedene Ehefrauen ihre Männer vergiften?«

Friedman lächelte beschwichtigend. »Sie sind kein Apotheker, Professor Kalder. Sie beschäftigen sich mit hochbrisanter Software.«

Mark geriet durch diese Äußerung nun erst richtig in Fahrt. »Ich weiß, was die NSA von jemandem denkt, der eine Grußkarte verschlüsselt, die Ihre Behörde dann nicht lesen kann«, antwortete er provokativ. »Sie halten jeden starken Code für eine Waffe. Aber es gibt auch eine andere Betrachtungsweise. Auf keinem Gebiet sind die Rechte von Einzelpersonen, Wirtschaftsunternehmen und sonstigen Institutionen, einschließlich der staatlichen Behörden, so ungeschützt wie in der Informationstechnologie. Im Internet herrschen Verhältnisse wie im Wilden Westen. Jeden Monat werden außerdem mindestens zweihundertfünfzig neue Computerviren bekannt, Zigtausende existieren bereits. Die Malware, Gentlemen, ist schon lange eine ernst zu nehmende Gefahr. Nebenbei dürfte Ihnen so gut wie mir bekannt sein, dass die Hacker sogar schon in hochsensible Bereiche vorgestoßen sind. Bei mir im Institut gehen täglich Berichte darüber ein. Schon im September 1996 wurde die Internet-Homepage der CIA gehackt – Mr Finmore, erinnern Sie sich? – und im März 1997 die der NASA. Sie werden wohl nicht behaupten wollen, ich hätte auch *damit* etwas zu tun. Ihre gefürchteten Hacker finden Sie nicht unter den Universitätsprofessoren. Oft sind es Kids, jünger noch als Richard Pryce, dieser Siebzehnjährige, der 1997 mit seinem lahmen 9600-Baud-Modem und einem Uralt-Rechner in das Computersystem des Pentagon eingedrungen war. All das sollte Ihnen zeigen, wie wichtig meine Arbeit ist. Ich setze mich für den umfassenden Schutz der Intimsphäre jedes Erdenbürgers und auch jeder juristischen Person ein, solange sie auf der Grundlage von Recht und Gesetz handeln. Das mag in Ihren Ohren vielleicht pathetisch klingen, aber ist dies wirklich ein Grund, mir *daraus* einen Strick zu drehen?«

Stella war ganz hingerissen von dem Plädoyer ihres Vaters. Allmählich verstand sie, warum alle Studentinnen diesen dynamischen Professor anhimmelten. Selbst bei der binationalen Beamtengemeinschaft am Tisch schien seine feurige Rede nicht ohne Wirkung geblieben zu sein.

Doch dann lehnte sich der CIA-Agent Finmore weit vor, legte seine feuchten Handflächen auf den glatt polierten Esstisch und sagte in bedrohlich ruhigem Ton: »Wir reden hier nicht von einigen *Glücksfällen*, Herr Kalder. Dass spielsüchtige Hacker einmal das große Los ziehen und die Homepage der CIA oder einer anderen Behörde knacken, hat ja nun wirklich nichts mit der gegenwärtigen Situation zu tun. *Ihnen* muss ich doch nicht erklären, was eine ›I-Bombe‹ ist, Professor. Sie selbst haben diesen Begriff geprägt, nicht wahr? Wir haben gesicherte Erkenntnisse, dass Ihr Szenario für einen solchen globalen Datenkill in Kürze Wirklichkeit werden könnte. Wenn Sie sich auf die Rolle des unschuldigen Apothekers zurückziehen wollen, meinetwegen. Aber möchten Sie dann immer noch der Giftmischer sein, wenn das eintrifft, was Sie damals in Ihrem Fachbeitrag beschrieben haben?«

Mark war mit einem Mal blass geworden. Die *I-Bombe*! Er hatte sich die hypothetische Frage gestellt, wie die totale Zerstörung aller weltweit in Computern gespeicherten Daten erreicht werden könnte und welche Folgen sie mit sich bringen würde. Für dieses Szenario hatte er tatsächlich die erwähnte Bezeichnung geprägt. Er brauchte eine geraume Zeit, um die Worte des CIA-Agenten zu verarbeiten.

»Sie meinen wirklich, Sie hätten ›gesicherte Erkenntnisse‹ für so einen globalen Datenkill?«, erkundigte er sich noch einmal. Seine Stimme klang ungewohnt rau.

»Wir haben die Unterlagen dabei, damit Sie sich selbst ein Bild von unserer Analyse machen können, Professor.«

Mark nickte und starrte mit glasigen Augen auf den Tisch. »Wenn mich das überzeugt, was Sie in Ihren Aktenkoffern und Notebooks haben, dann werden meine Tochter und ich morgen im Flugzeug neben Ihnen sitzen.«

Friedman lächelte verlegen. »Es ist nicht nötig, dass Stella Sie begleitet, Professor. Wir benötigen *Ihr* Wissen, um den Cyberwurm zur Strecke zu bringen. Die Kleine würde Sie dabei vielleicht nur stören.«

Mark sah erst die Beamten an, dann blickte er in das Gesicht seiner Tochter. Stella erschrak, weil sie den gequälten Ausdruck in den Augen ihres Vaters nicht verstand.

»Nein«, wandte Salomon sich wieder an seine Besucher. »Sie unterschätzen das *Kagee*, weil Sie seine Raffinesse nicht kennen. Die Vorfälle der letzten Tage beweisen eines ganz eindeutig: Der Mutant hat sein strategisches ›Denken‹ von Stella, meiner Tochter, erworben. *Sie* hat ihn geprägt. Ich kann ihr mit meinem Wissen zwar helfen, sie vielleicht ein Stück des Weges führen …« Er blickte traurig in Stellas Augen. »Aber am Ende musst *du* allein den Cyberwurm zur Strecke bringen.«

The Big Apple

Wie wenig der Mensch eigentlich benötigt, sollte aus zwingendem Grund ein schneller Ortswechsel angesagt sein, war eine neue Erfahrung für Stella. Wenn gelegentlich Erdbeben oder Überschwemmungen die Menschheit heimsuchen wie die apokalyptischen Reiter, dann ist man gemeinhin schon zufrieden, sein nacktes Leben zu retten. Dagegen waren Salomon und seine Tochter bei ihrem »Auszug« erheblich besser gestellt, die Reisetaschen mit geradezu fürstlichen Reichtümern gefüllt (vom Inhalt der diversen Aluminiumkoffer gar nicht zu sprechen). Obwohl, das hatte Salomon ihr eindringlich klar gemacht, die nun drohende Katastrophe jene schrecklichen Naturereignisse in mancher Hinsicht übertreffen konnte.

Um vier Uhr dreißig morgens klingelte der Wecker. Sie hatten in der vergangenen Nacht kaum geschlafen. Als für Salomon feststand, dass die Drohung eines weltweiten Zusammenbruchs sämtlicher Computersysteme durchaus real war – die Beamten hatten Analysen über die Ausbreitung der Zwischenfälle und die »Zerstörungsprofile« der kollabierten Systeme vorgelegt –, hatte er keine Sekunde mehr gezögert.

Nun waren zig Dinge gleichzeitig zu erledigen, das Packen der Reisetaschen gehörte dabei eher zu den Nebensächlichkeiten: Viviane musste informiert, die TU-Verwaltung unterrichtet, die Schule verständigt und die Haushälterin Martha benachrichtigt werden; außerdem waren Termine zu verschieben und anstehende Warenlieferungen umzudirigieren. Zu guter Letzt – und das stand im krassen Gegensatz zum spärlichen Inhalt der Reisetaschen – musste noch die halbe Einrichtung des *Chaos* verpackt werden. Salomon wählte zwei Notebook-Computer aus, einen mobilen Drucker, ein Iridium-Telefon, mit dem man weltweit über Satellit kommunizieren konnte, mehrere undefinierbare Plastikboxen mit Leuchtdioden und Kabelanschlüssen, Kopfhörer, ein Mikrofon, sogar Werkzeug und einiges andere Equipment. Dazu gesellten sich Disketten, CD-ROMs, magnetooptische Disks, kleine Magnetbandkassetten und, Stella konnte es kaum fassen, tatsächlich auch einige Bücher aus echtem Papier.

Hartmann und Reithammer hatten die volle Unterstützung der deutschen Behörden zugesagt, angefangen von der

Schulbefreiung Stellas – gewissermaßen vorgezogene Sommerferien – bis hin zu den Formalitäten bei der Ausfuhr von Marks elektronischer Spezialausrüstung. Dasselbe Zuvorkommen dürften die Kalders von den amerikanischen Immigrations- und Zollbeamten erwarten, versicherte Friedman. Er betonte ausdrücklich, wie sehr man die Kooperationsbereitschaft Mark Kalders als angesehenem Experten für Computersicherheit schätze. Es ginge auf keinen Fall darum, von Salomon irgendeine Art von Wiedergutmachung zu verlangen, weil da vielleicht gewisse Zusammenhänge zwischen der von ihm entwickelten Software und den Computervorfällen bestünden. Stellas Vater dachte zwar genauso, aber er fragte sich auch, ob man bei den verschiedenen Einsatzstäben in Deutschland, den USA und unter der Schirmherrschaft der Vereinten Nationen wirklich solch feine Unterschiede machen würde.

Friedman erwartete die Kalders zusammen mit seinem Kollegen am Flughafen. Es war gerade halb sieben geworden. Beide sahen ziemlich übernächtigt aus. Sie hatten seit ihrer Abreise aus den Staaten so gut wie überhaupt nicht geschlafen. Zügig passierte die kleine Gruppe die Sicherheitskontrolle. Auf wundersame Weise entging das Handgepäck der Kalders dabei sogar der sonst üblichen Durchleuchtung. »Sie reisen heute einmal als UN-Diplomaten ersten Ranges«, erklärte Friedman lächelnd.

Als im Warteraum über Lautsprecher zum Einsteigen aufgefordert wurde, tauchten plötzlich Reithammer und Hartmann auf. Ersterer schuf freie Bahn unter den aufgeschreckten Passagieren wie ein Panzerkreuzer bei einer Segelregatta, während in seinem Kielwasser Hartmann heranrauschte.

Als das merkwürdige Paar die Kalders und ihre Begleiter erreicht hatte, drückte Reithammer Mark einen braunen

Briefumschlag mit behördlichen Dokumenten in die Hand. Der Bayer entschuldigte sich für sein spätes Erscheinen, aber einige der Schriftstücke hätten der Genehmigung des Innenministers persönlich bedurft und seien erst in allerletzter Minute eingetroffen. Mark möge den Inhalt des Umschlags an den Leiter des UN-Sonderkommandos »Cyberworm« weitergeben. In den verschiedenen Unterlagen wurden die Haltung der Bundesrepublik Deutschland zur aktuellen Krise dargelegt und die allgemeine Kooperationsbereitschaft betont. Darüber hinaus sicherte man dem hoch geschätzten deutschen Teammitglied, Professor Mark Kalder, uneingeschränkte Unterstützung zu.

Mark bedankte sich, nicht ohne einen kleinen Seitenhieb auf die »doch recht späte Einsicht« der deutschen Behörden seine Arbeit betreffend. Stella gewann einen ähnlichen Eindruck wie ihr Vater: Die Bundesrepublik, vertreten durch Reithammer und Hartmann, war offenbar mit ihrer Zuträgerrolle für die Vereinten Nationen, repräsentiert durch die Amerikaner, ganz und gar nicht glücklich und hätte wohl lieber einen aktiveren Part in der internationalen Aktion übernommen.

Reithammer steckte Marks Bemerkung mit bayerischer Gelassenheit weg und verabschiedete sich von den Kalders und seinen amerikanischen Kollegen. Hartmann wiederholte die Prozedur mit ausdrucksloser Miene.

Kurz nach halb acht startete die Maschine. Von Berlin aus ging es zunächst nach Frankfurt am Main. Stella vertilgte im Flugzeug den Inhalt einer Plastiktüte, die sie am Flughafen Tegel mit einem Brötchen, einem Apfel und einem Schokoriegel gefüllt hatte, das erste Frühstück an diesem Tag. In der ganzen Hektik hatte sie überhaupt nicht ans Essen denken können.

Der Zwischenaufenthalt in Frankfurt dauerte knapp anderthalb Stunden. Als Stella zum Zeitvertreib in der Flughafenbuchhandlung herumstöberte, sprang ihr unvermittelt der Titel eines Taschenbuches ins Auge. Es handelte sich um ebenjenen Roman, von dem Jessica Pollock gesprochen hatte. Stellas Neugier war im Nu entfacht. Die Studentin hatte nicht erwähnt, welchem Zweck dieses ominöse Gebäude namens *Black Sun* eigentlich diente, das man mittlerweile auch im Internet besuchen konnte. Stella dachte an den vor ihr liegenden, stundenlangen Transatlantikflug und kaufte das Buch.

Bald darauf bestieg sie mit ihrem Vater und den beiden US-Bundesbeamten die Lufthansa-Maschine nach New York. Zu Stellas Erstaunen waren für sie Plätze in der ersten Klasse reserviert. Der BND habe ihn schließlich lange genug beschnüffelt, meinte Salomon dazu lakonisch. Jetzt, wo sein Land plötzlich auf ihn angewiesen sei, sei ein Erste-Klasse-Ticket wohl das Mindeste, um ihn gewogen zu stimmen.

Dank raubtierhafter Schnelligkeit hatte Stella beim Einchecken einen Fensterplatz erbeutet. Ihr Vater saß neben ihr. Soeben waren die Anschnallzeichen erloschen. Auf der anderen Seite des Ganges hingen Friedman und Finmore wie halb leere Mehlsäcke in den breiten Sesseln. Beide waren schon kurz nach dem Start eingeschlafen.

»Ich kann mir immer noch nicht so richtig vorstellen, wie das Internet den Fortschritt der ganzen Menschheit bedrohen kann«, sagte Stella und steckte sich eine Hand voll der Erdnüsse in den Mund, welche die Stewardess zuvor verteilt hatte.

Ihr Vater nahm die Brille ab und ließ die Unterlagen aus Reithammers braunem Umschlag auf den Schoß sinken. Während er argwöhnisch auf Stellas salzreiche Kost blickte, erwiderte er: »Die eigentliche Gefahr besteht genau genommen darin, dass wir in den verschiedensten Lebensbereichen absolut auf Computer vertrauen. Nicht nur unsere persönlichsten Daten stecken in den Dingern, sondern mittlerweile auch ein Großteil unserer wissenschaftlichen Erkenntnisse – wenn man so will, das Gedächtnis der ganzen Menschheit.«

Stella musterte ihren Vater zweifelnd von der Seite her. »Ist das nicht ein bisschen übertrieben, weiser Salomon?«

Der lächelte. »Ein paar gedruckte Bücher gibt es noch, aber das Wissen, das notwendig ist, um die Räder unserer ›Weltenmaschine‹ am Laufen zu halten, wird fast schon ausschließlich in Datenspeichern aufbewahrt. Vielleicht ist das der Preis für unsere Wissenschaftsgläubigkeit: Jahrzehntelang dachten Regierungen, Wirtschaftsunternehmen und alle möglichen Organisationen nur daran, wie sie ihre Macht und ihren Einfluss durch den Einsatz immer höher entwickelter Computer und Netzwerke vermehren konnten, aber anscheinend haben sie dabei ganz außer Acht gelassen, dass sich im selben Maße auch ihre Verwundbarkeit erhöhte. Bei einem Totalausfall sämtlicher Computer befänden wir uns in einer vergleichbar üblen Situation wie der Mann mit Reifenpanne und ohne Ersatzrad mitten in der Wüste: Das tollste Auto ist nutzlos für ihn; er muss wieder zu Fuß gehen und kann erst nach einer langen Durststrecke auf Hilfe hoffen.«

»Und das ist dann die I-Bombe, wenn die Menschheit wieder auf Schusters Rappen ihres Weges zieht?«

»Das wäre die Folge ihres Einsatzes. In meinem Fachartikel über die I-Bombe habe ich den Daten-GAU, den größten anzunehmenden Unfall, beschrieben. Ich habe darin Überlegungen angestellt, was passieren würde, wenn eine bestimmte Gruppe – seien es nun Terroristen, eine radikale Regierung oder eine kriminelle Vereinigung – sämtliche Informationssysteme auszuschalten versucht.«

»Aber kann man denn nicht Sicherheitsmaßnahmen treffen, um sich vor solch einem Fall zu schützen?«

»Ja natürlich, und das tut man bereits, Sternchen. Wirklich! Zwar immer noch viel zu zaghaft, aber man gibt sich alle Mühe. Leider mit eher bescheidenem Erfolg.«

»Ich surfe zwar täglich im Internet, aber was sich wirklich dahinter verbirgt, ist mir bis heute nicht ganz klar. Du hast gestern einen Vergleich mit dem Wilden Westen gezogen. Wie war das gemeint?«

»Das Internet war am Anfang vor allem eine Einrichtung, die von Universitäten und Forschungsinstituten genutzt wurde. Ungehinderter Informationsaustausch gehört in der akademischen Welt zu den ehernen Prinzipien. Als dann die Wirtschaft das Web für sich entdeckte, brach regelrecht Goldgräberstimmung aus. Mancher erhoffte sich unerschöpfliche Reichtümer aus dem Netz der Netze. Wie beim richtigen Goldrausch in den USA Ende des letzten Jahrhunderts wollen auch heute viele mit unredlichen Mitteln schnell reich werden. Etliche Regierungen sehen deshalb das Internet als rechtsfreien Raum und wollen es durch strengere Gesetze reglementieren. Die Pioniere des Netzes laufen dagegen natürlich Sturm. Ich persönlich glaube auch nicht, dass staatliche Regeln die Lösung des Problems sind, wenn auch aus anderen Gründen.«

Stella runzelte fragend die Stirn.

»Die Vereinigten Staaten, das Land des Wilden Westens, besaßen eine der fortschrittlichsten Verfassungen«, präzisierte Salomon. »Es gab auch durchaus brauchbare Gesetze. Leider scherten sich die meisten nicht darum. Man schlachtete Indianer ab, versklavte Schwarze und nahm das Recht in die eigene Hand, wann immer nur Gelegenheit dazu war.«

Die Stewardess bot den beiden Kalders Getränke an. Salomon entschied sich für ein Mineralwasser. Stella nahm eine Cola.

»Und wie willst du solche Wildwestverhältnisse im Internet unterbinden, Paps?«

»Indem ich die *Gelegenheiten* reduziere. Es gibt ja technische Vorkehrungen, um einen Missbrauch des Netzes einzuschränken.«

»Du meinst Programme wie dein SKULL?«

»Zum Beispiel. Man könnte aber auch die *Firewalls* sicherer machen.«

»Die *was*?«

»So nennt man spezielle ›Schutzwände‹ aus Software, die verhindern, dass ungebetene Gäste in einen Server eindringen oder vertrauliche Informationen herausgeschmuggelt werden.«

»Feuerwände«, wiederholte Stella nachdenklich. Ihre Augen wanderten für einen Moment durch das Kabinenfenster zu den Wolken hinaus, kühle weiche Federbetten in einem unendlichen Himmel. Als dann Salomons Hand die ihre umschloss, war sie wieder ganz konzentriert.

»Du hast doch mindestens zehnmal so viel Fantasie wie ich, Sternchen. Stell dir das Internet einfach als eigene Welt vor – nicht umsonst spricht man ja vom *Cyberspace*. Jeder Computer in diesem virtuellen Raum stellt eine ganze Stadt mit Bibliotheken (den Datenspeichern), einer Sicherheitstruppe (also Zugangskontrollen, Virenscanner und so weiter), mit Postämtern (den E-Mail-Diensten) und vielem mehr dar. Die einzelnen Server-Städte sind durch Flüsse oder Kanäle miteinander verbunden, auf denen die Daten wie mit Schiffen hin und her transportiert werden. Außerhalb der Städte und Wasserstraßen gibt es nur Ödland. Dort kann nichts existieren. Wenn nun ein Lastkahn mit seiner Ladung in einer Stadt anlegen will, muss er zunächst die Firewall passieren, die

Stadtmauer mit Hafeneinfahrt und Wache, wenn du so willst. Dort wird die Fracht genauestens inspiziert, manches sogar entfernt, was in den jeweiligen Stadtstaat nicht eingeführt werden darf. Will ein Datenkahn den Ort wieder verlassen, muss er ähnliche Kontrollen durchlaufen.«

»Das leuchtet mir ein.« Stella musste grinsen. »Stoßen die Schiffe eigentlich auch manchmal zusammen?«

»Das kommt tatsächlich vor. In diesem Fall werden sie einfach noch einmal auf die Reise geschickt. Hier nimmt mein Beispiel vielleicht etwas fantastische Züge an: Erst wenn ein Schiff – meist über viele Zwischenstationen – seinen Zielhafen erreicht, materialisiert es sich dort. Während der Reise kann man seinen jeweiligen Aufenthaltsort nie genau bestimmen. Sollte es unterwegs mit anderen Kähnen kollidieren, kann es sich in Nichts auflösen, um sogleich wieder am Heimathafen neu zu erstehen und einen weiteren Versuch zu unternehmen.«

»Na ja, wenn der Cyberspace eine eigene Welt ist, warum sollten dann dort nicht auch eigene Naturgesetze herrschen«, meinte Stella achselzuckend. Für sie, die beschlagene Sagen- und Fantasyleserin, klangen die Worte ihres Vaters völlig einleuchtend. Weniger klar war ihr ein ganz anderer Punkt. »Also, wenn es diese strengen Wachen an den Stadtmauern gibt, warum gelingt es dann doch immer wieder irgendwelchen Hackern, in die Städte einzudringen?«

»Ganz einfach. Man muss nur einmal in die Geschichtsbücher sehen: Selbst während der schlimmsten Belagerungen gab es stets Einzelne, die eine Stadt verlassen oder in sie hineingelangen konnten. Manche unter Vorspiegelung falscher Tatsachen, andere durch geheime Tunnel ...«

»Tunnel?«, unterbrach Stella ihren Vater verwundert. Sie strich sich eine blonde Strähne aus dem Gesicht. »Gibt's die etwa auch im Cyberspace?«

»In gewisser Weise schon. Das Wort ›tunneln‹ wird tatsächlich für den Fall gebraucht, dass jemand eine Firewall unbemerkt durchdringt. Die Sache ist ziemlich kompliziert, aber gerade in der Komplexität steckt die eigentliche Antwort auf deine Frage, Sternchen. Wie eine große Stadt ist auch ein Computernetzwerk ein unheimlich vielschichtiges Gebilde. Die verschiedenen Steuerungsmechanismen aus Hard- und Software, die solch ein System ausmachen, sind oft in jahrzehntelanger Arbeit herangereift. Während des ständigen Prozesses der Weiterentwicklung kommt es aber immer wieder zu Konstruktionsfehlern.«

»Du meinst unvergitterte Abwassertunnel, unverschlossene Hintertüren – so etwas in der Art?«

Salomon musste lächeln. »Stimmt ganz genau. Allmählich begreifst du, wie unser virtuelles Reich funktioniert. Viele Faktoren tragen zur Komplexität der Struktur bei. Zudem kocht im Kampf um die Marktanteile ein jeder sein eigenes Süppchen und setzt einmal eingeführte Standards nicht unbedingt konsequent um. In jedem Fall gilt: Je verschlungener das Netz, je vielfältiger und komplizierter seine einzelnen Bestandteile, desto unmöglicher ist es, umfassende Sicherheitsvorkehrungen zu treffen. Wo ein durchtriebener Wille ist, da gibt es auch immer einen geheimen Weg in die Schatzkammern ... oder eben eine ›Hintertür‹, wie du es eben nanntest.«

»Langsam verstehe ich, weshalb Sie bei Ihren Studenten so beliebt sind«, erhob sich unvermittelt Walter Friedmans Stimme über den schmalen Gang hinweg. »Mit welchen einfachen Worten Sie selbst komplizierte Zusammenhänge treffend beschreiben, ist eindrucksvoll.«

Mark fühlte sich belauscht. »Ich dachte, Sie schlafen.«

»Die NSA schläft nie«, antwortete der Geheimdienstmann

lächelnd und drückte sein klebriges Haar wieder ins Schlummerkissen.

Als die Freiheitsstatue vor dem Kabinenfenster auftauchte, spürte Stella eine altvertraute Erregung. Früher war sie mit ihren Eltern mindestens einmal im Jahr zu den Großeltern nach Connecticut gereist, meistens über New York. Doch noch jedes Mal war sie bisher unruhig auf ihrem Sitz hin und her gerutscht, sobald sie die grüne Dame auf Liberty Island mit ausgestreckter Fackel willkommen hieß.

Die ob ihrer Strenge berühmt-berüchtigten Beamten der amerikanischen Einwanderungsbehörde bekamen bei den Kalders keine Gelegenheit zum Eingreifen. Friedman und Finmore geleiteten die beiden durch eine Nebentür in einen kahlen Raum, in dem nur ein Tisch und einige Plastikstühle standen. Finmore reichte einem Uniformierten ein Dokument. Der warf einen einzigen Blick darauf, dann auf die Deutschen und schon öffnete sich eine zweite Tür, die unmittelbar ins Land der unbegrenzten Möglichkeiten führte.

Stella blickte auf ihre bunte Armbanduhr. Die New Yorker Zeit hatte sie schon im Flugzeug eingestellt. Hier war es erst zwölf Uhr fünfunddreißig, also sechs Stunden früher als jetzt zu Hause. Die LH 400 war erstaunlicherweise pünktlich gelandet und seitdem hatte sich der Minutenzeiger erst um zwanzig Striche weiterbewegt – ein absoluter Einreiserekord! Sie waren bis jetzt nicht einmal dazu gekommen, Viviane anzurufen. Friedman hatte darum gebeten, sich damit noch zu gedulden. Es gebe da einige grundsätzliche Fragen zur Sicherheit des Unternehmens, die erst noch geklärt werden müssten.

Endlich wieder unter freiem Himmel, hielt Stella sogleich nach einer protzigen langen, pechschwarzen Limousine Ausschau, die, wie sie meinte, zur Abholung derart bevorzugter

Gäste bereitstehen müsste. Doch am Ausgang erwartete sie nur ein großes gelbes Taxi. Marks Aluminiumkoffer mit seiner umfangreichen technischen Ausstattung waren schon verladen. Der schwarze Taxifahrer stand lässig an seinen Wagen gelehnt. Stella musterte misstrauisch den gelangweilt wirkenden Mittvierziger, dessen graumelierter Backenbart wie ein von Motten zerfressener Teppich wirkte. Aus dem offenen Fenster des Taxis dröhnte Reggaemusik. Irgendetwas stimmte nicht an dieser Szene, aber Stella kam nicht darauf, was.

Nachdem der Wagen sich in den Verkehr eingefädelt hatte, setzte Lieutenant Friedman seine Schutzbefohlenen davon in Kenntnis, dass die Fahrt sie direkt zum Sitz der Vereinten Nationen führen würde. In weniger als einer Stunde beginne ein Meeting der Cyberworm-Truppe und Mark Kalder sei als Eröffnungsredner vorgesehen.

»Sie haben es ja wirklich eilig!«, versetzte Mark erstaunt. »Und worüber soll ich Ihrer Meinung nach referieren?«

»Über die I-Bombe, Professor. Die Mitglieder des internationalen Cyberworm-Teams sind erstklassige Computerspezialisten, aber nicht jeder ist mit Ihrer Arbeit vertraut. Wie ich soeben erfahren habe, werden Sie schon sehnsüchtig erwartet. Es bereitet Ihnen doch keine Umstände ... ich meine, so ohne Vorbereitung?«

»Nein, nein, überhaupt nicht. Das Thema ist mir durchaus geläufig«, erwiderte Mark. Und dennoch passte es ihm nicht, dass derart freizügig über seinen Kopf hinweg entschieden wurde.

Vom John-F.-Kennedy-Flughafen aus führte der Weg dann durch den New Yorker Stadtteil Queens. Das letzte Hindernis vor Manhattan, der East River, wurde in einem Tunnel genommen. Über der Stadt, die von ihren Bewohnern liebevoll

The Big Apple genannt wurde, lag eine drückende Schwüle. Friedman und Finmore hatten auf dem Flug ausgiebig geschlafen und machten einen leidlich erfrischten Eindruck. Der Deutschamerikaner unternahm vom Beifahrersitz des Taxis aus sogar ein-, zweimal den Versuch, Stella die Sehenswürdigkeiten der Stadt anzupreisen, musste aber bald einsehen, dass sie besser Bescheid wusste als er. Schließlich widmete er sich ganz dem Studium des Straßenverkehrs.

In Manhattan waren neun von zehn Wagen Taxis. Diesen Eindruck hatte Stella jedenfalls immer, wenn sie die hupenden, drängelnden und schiebenden Karossen beobachtete. Dennoch schien es ihr, als gingen die Fahrer hier rücksichtsvoller mit ihren Kontrahenten um, anders als deren Kollegen im Berliner Stadtverkehr.

Als der Wagen nur wenige Minuten nach dem Verlassen des Tunnels vor dem UN-Gebäude hielt, sagte Friedman: »Wir sind am Ziel.«

Stella hatte längst die panzerschrankschwere Tür des Taxis geöffnet und stand bereits halb auf dem Pflaster. Als der dunkelhäutige Fahrer des Wagens Anstalten machte, das ausgeladene Gepäck in Richtung Bürogebäude davonzutragen, fragte sie den NSA-Mann: »Wenn mein Vater für Sie eine so wichtige Person ist, warum fahren wir dann in einem ganz normalen Taxi?«

»Lassen Sie Billy nur nicht hören, sein Yellow Cab sei ein ›ganz normales Taxi‹«, erwiderte Finmore an Stelle seines Kollegen.

»Billy?«

»Der Fahrer dieses unauffälligen Gefährts. Ein waschechter CIA-Mann. Und sein Auto ist ein schusssicheres Hochleistungsmobil, das es mit jedem Serien-Porsche aufnimmt. Wir dürfen unseren Gegner nicht unterschätzen und hielten es daher für angebracht, Ihren Vater und Sie auf möglichst unauffällige Weise hierher zu bringen.«

Stella sah verwundert dem mit dem Gepäck vorausschlurfenden Mann nach. Warum trug er keinen Polyesteranzug?

Ihr Erstaunen hatte auch in dem hohen schmalen Bürogebäude noch kein Ende. Der Fahrstuhl, den sie nach Durchquerung des Foyers bestiegen, katapultierte sie nämlich nicht in eine luftige Etage des neununddreißig Stockwerke hohen *Secretariat Building*, sondern sackte einfach in die Tiefe.

»Wollen Sie uns Ihren Weinkeller zeigen, Mrs Shirakaba?«, erkundigte sich Salomon, der wohl den gleichen Gedanken gehabt hatte wie Stella. Er richtete seine Frage in lockerem Plauderton an eine UN-Mitarbeiterin, sowohl dem Gesicht als auch dem Namen nach aus Japan stammend, welche die Ankömmlinge in der Eingangshalle in Empfang genommen hatte.

Die auffallend gut aussehende Dame lächelte den Gast mit asiatischer Höflichkeit an und erwiderte wortgewandt: »Die Spezialeinheit ist keine ständige Einrichtung. Und die Büros mit der besten Aussicht sind alle schon an die UN-Administration vergeben. Außerdem wissen nur der Generalsekretär und die Mitglieder des Sicherheitsrats von dem Cyberworm-Team. Man möchte wohl, dass sich daran vorerst nichts ändert.«

»Aber Sie wissen doch auch davon«, entgegnete Salomon scheinbar verwundert.

Die Japanerin lächelte immer noch. »Ich bin die stellvertretende Leiterin der Cyberworm-Einheit, Professor Kalder.«

Dem verschlug es für einen Moment die Sprache, was gewiss nicht oft vorkam. Stella, die während Vivianes Abwesenheit mit eifersüchtiger Wachsamkeit jeden Schritt und jedes Wort ihres Vaters überwachte, hatte die schlagfertige Antwort von Mrs Shirakaba gefallen, was man von der angeregten Konversation Salomons mit dieser fernöstlichen Schönheit nicht gerade behaupten konnte.

Der Raum war ungefähr zwanzig Meter lang und acht Meter breit. Er befand sich im vierten Untergeschoss des UN-Gebäudes. Kimiko Shirakaba hatte es mit Hilfe eines kleinen Schlüssels geschafft, den Fahrstuhl noch zwei Stockwerke tiefer in den Fels von Manhattan zu treiben, als es die Anzeigentafel eigentlich erlaubte. An dem langen Holztisch saßen – abgesehen von ihr, Salomon, Friedman und Finmore – gut zwei Dutzend Personen, gewissermaßen ein repräsentativer Querschnitt der Erdbevölkerung.

Während Salomon seinen Notebook-Computer mit dem im Raum befindlichen Projektor verkabelte, hatte Stella ausreichend Gelegenheit, jeden Einzelnen der Gruppe zu betrachten.

Die Mitglieder des Cyberworm-Teams stammten von allen Kontinenten. Sich ihre bisweilen abenteuerlichen Namen zu merken hatte Stella schon bei der kurzen Vorstellung aufgegeben. Die überwiegende Mehrheit der Spezialisten gehörte dem männlichen Geschlecht an, es waren aber auch sechs Frauen anwesend. Das Durchschnittsalter im Team lag bei Anfang dreißig. Einige mussten allerdings schon um die fünfzig sein.

Keiner der Anwesenden erfüllte vom Äußeren her Stellas Vorstellungen, wie ein Mitglied einer »UN-Spezialeinheit« aussehen müsse. Mit dem Wort verband sie Tarnuniformen, hochschaftige Stiefel, Stahlhelme oder zumindest doch Barette und ein respektables Waffenarsenal. Nichts dergleichen gab es hier zu entdecken. Nicht einmal ein Schweizermesser. Die Angehörigen des Teams wirkten viel eher wie Vaters Studenten, waren dann doch aber vielleicht etwas zu alt. Jeans, T-Shirts mit geschmacklich nicht immer ganz einwandfreien Parolen und ein salopper Umgangston – dieser Haufen hatte ganz und gar nichts Militärisches an sich!

Obgleich die Teammitglieder also durchaus Unkonventionellem gegenüber aufgeschlossen schienen, sorgte Stellas Erscheinen doch für den einen oder anderen erstaunten Blick. Einige tuschelten hinter vorgehaltener Hand. Stella hörte jemanden sagen, die Deutschen hätten wohl in der I-Technik ganz unbemerkt wieder Anschluss gefunden, wenn ihre besten Hacker genauso jung wären wie die Mädchen eines olympischen Turnwettbewerbs.

Salomon hatte bald alle Kabel seines Notebooks angeschlossen und alle Stecker gesteckt. Der elektronisch unterstützte »Overheadvortrag« konnte beginnen. Ein pechschwarzer Mann, der ihm bisher schweigend zugesehen hatte, erhob sich nun von seinem Stuhl und bat durch vernehmliches Räuspern um die Aufmerksamkeit des Teams. Er musste dann noch mehrmals Laut geben, bis die an Disziplin wenig gewöhnten Spezialisten zur Ruhe gekommen waren.

»Meine Lieben«, begann er seinen Vortrag wie ein Urgroßvater, der seine Sippe am Tisch begrüßt. Er zeigte ein strahlend weißes Gebiss und stieg damit auf Stellas persönlicher Sympathieskala gleich um einige Ränge nach oben. Seine Ausführungen verschafften ihm dann weitere Pluspunkte.

Für die Gäste aus Deutschland wolle er sich noch einmal vorstellen, sein Name laute Agaf Nbugu. Er stamme aus Nigeria, sei gebürtiger Häuptlingssohn, habe sein Studium in Oxford absolviert und stehe nun schon seit siebzehn Jahren in den Diensten der UN. Zurzeit sei ihm die Leitung der Cyberworm-Einheit anvertraut, deren Aufgabe darin bestehe, die mysteriösen Computerzwischenfälle der letzten Zeit aufzuklären und dem oder den Schuldigen das Handwerk zu legen.

Professor Kalder und seine Tochter bräuchten nicht zu befürchten, er, Agaf Nbugu, würde bei der Wahrnehmung seiner Führungsaufgaben Zuflucht zu Fetischen oder sonstigem Medizinmannwissen nehmen. Allgemeines Gelächter. Zwar sei er kein ausgesprochener Computerspezialist, aber dafür habe er ja seine handverlesene Jungmannschaft – die Damen wolle er mit dieser Wortwahl gewiss nicht ausschließen.

Agaf Nbugu schien sich durchaus der Unterstützung seines Teams bewusst zu sein ohne darauf besonders abzuheben. Auf Stella wirkte der Afrikaner mehr wie ein guter Onkel, der nie ein strenges Wort sagt und trotzdem von allen respektiert wird. Auch angesichts seines Alters passte dieser Vergleich sehr gut. Nbugu war schon um die fünfzig. Er maß höchstens einen Meter siebzig und war um den Bauch herum schon etwas füllig. Dieser Umstand wurde allerdings durch ein weites, bunt gemustertes Hemd geschickt kaschiert, das erst knapp zehn Zentimeter über den Knien endete. Seine krausen Haare trug Nbugu kurz, ebenso den Vollbart; Stella konnte keine einzige graue Strähne in der ganzen dichten schwarzen Pracht entdecken. Das Gesicht des Nigerianers war mit zahlreichen Pockennarben überzogen, aber das tat seinem gutmütigen Äußeren keinen Abbruch. Dazu trugen vor allem seine großen schwarzen Augen bei, die vor jugendlicher Neugierde funkelten. Er schien der Typ Mensch zu sein, der alles in sich aufsog, sorgfältig abwog und erst dann eine vernünftige Entscheidung traf.

Nachdem Nbugu jedem einzelnen Teammitglied die Gelegenheit gegeben hatte, sich vorzustellen und dabei kurz den persönlichen Werdegang zu schildern, übergab er das Wort an Stellas Vater.

»Vielen Dank«, begann dieser, zaghafter als er seine Vorlesungen sonst eröffnete. Er zog seine Brille aus der Brusttasche des Sporthemdes und setzte sie auf. »Ich bin gebeten worden Ihnen heute etwas über meine Forschungstätigkeit zu berichten, gewissermaßen als Einstieg in die gemeinsame Arbeit. Sie werden schnell bemerken, dass sich aus meiner Theorie einige Gesetzmäßigkeiten ableiten lassen, die der aktuelle Fall – leider, muss ich sagen – zu bestätigen scheint.« Der Professor gewann allmählich Sicherheit in seiner neuen Rolle als UN-Dozent. Er drückte eine Taste an seiner funkgesteuerten Fernbedienung, die ihm als Mausersatz für das Notebook diente. Sogleich erschien an der Wand hinter ihm ein mehrfarbiges Bild mit einer Zeitachse, die vom Jahr 1900 bis 2999 reichte und über der sich mehrere Textblasen befanden. Salomon begann das Diagramm zu kommentieren.

»Das zwanzigste Jahrhundert gilt allgemein als das Atomzeitalter. Es hat den Menschen A-, B- und C-Waffen gebracht. Das einundzwanzigste Jahrhundert dürfte als das Zeitalter der Informationstechnologie in die Annalen der Menschheit eingehen. Kaum eine Entscheidung wird heute noch gefällt, welche nicht auf Informationen aus riesigen Datenbeständen basiert. Dieses Faktum lässt eine neuartige Form der Bedrohung, den Einsatz einer ultimativen Waffe denkbar erscheinen: Ich habe sie die *I-Bombe* genannt.«

Ein Raunen ging durch den Raum. Salomon war von seinen Vorlesungen ganz andere Geräuschpegel gewohnt und fuhr nach einer kurzen rhetorischen Pause fort: »Atombomben vernichten, wie Sie alle wissen, nicht nur Menschenleben, sondern auch Häuser und Fabriken. Biologische Waffen tilgen organisches Leben aus. Bestimmte chemische Kampfstoffe können sogar allen Sauerstoff unseres Planeten zerstören. Die zunehmende Bedeutung der Elektronik zeigte sich dann in der Entwicklung der E-Bombe. Diese ist im Stande, explosionsinduzierte elektromagnetische Impulse von hoher Energie zu erzeugen und dadurch praktisch alle elektronischen Geräte in einem weiten Umkreis zu zerstören. Mit ihr wurde zum ersten Mal eine Waffe geschaffen, die gezielt zur Vernichtung von Computern und, wenn man so will, von Informationen eingesetzt werden kann. Dennoch besitzt die E-Bombe Schwächen: Sie muss ins Zielgebiet transportiert und dort zur Explosion gebracht werden. Das ist teuer, hat nur räumlich begrenzte Wirkung, erfordert eine aufwändige militärische Logistik und hinterlässt auffällige Spuren.

Die neueste Gefahr, die den hoch industrialisierten Nationen droht, ist dagegen universell. Informationsbomben kann man weder anfassen noch hören – sie bestehen nur aus Software. Und dennoch sind sie in mancher Hinsicht erheblich heimtückischer als konventionelle Sprengmittel. I-Bomben können im Prinzip alle mit Hilfe von Computern erzeugten und gespeicherten Informationen unserer Welt zerstören.«

Wieder schwoll das Gemurmel im Raum an. Salomon machte nun den Anwesenden klar, dass ein Hacker schon mit einem einfachen PC und einem Modem einen größeren Schaden anrichten könne als früher eine ganze Armee. Er verwies dabei auf eine Studie der *President's Commission on Critical Infrastructure Protection*. Schon 2002, so die Einschätzung dieses vom amerikanischen Präsidenten eingesetzten Ausschusses, besaßen nicht weniger als neunzehn Millionen Menschen das nötige Hintergrundwissen zur Ausführung einer Cyber-Attacke. Man stelle sich eine Neunzehnmillionenstadt ohne jede Kriminalität vor!, hörte Stella ihren Vater sagen. Unmöglich? Genauso sei mit dem technischen Know-how in der Weltbevölkerung längst eine kritische Masse erreicht, die sich früher oder später in krimineller oder terroristischer Aktivität entladen müsse. Die I-Bombe sei keine Utopie mehr, die aktuelle Bedrohung aus dem Cyberspace keine Überraschung.

Er selbst, so sagte Salomon ohne jede Genugtuung, habe sich nur gewundert, warum eine solche Krisensituation nicht schon viel früher eingetreten sei.

Um jedem im Raum den Schrecken eines globalen Datenkills vor Augen zu führen, ging er nun weiter ins Detail. Er führte die Strom-, Gas- und Ölversorgung der Ballungsgebiete an, streifte das nahezu vollständig computerisierte Telekommunikationswesen, erwähnte die Luftverkehrssteuerung und -überwachung, wies auf die beinahe hundertprozentige Digitalisierung des Banken- und Börsenwesens hin – all dies seien hoch sensible Bereiche, deren Ausfall eine ganze Nation lähmen könnte. Schon ein einziger gezielter Hackerangriff könne eine Kettenreaktion mit verheerenden Folgen auslösen. Das beste Beispiel für derartige »kaskadierende Ausfallerscheinungen« sei der Zusammenbruch der Stromversorgung im Großraum London vom vergangenen Samstag. Ein Angriff aus dem Cyberspace hatte Tote und Verletzte gefordert! Salomon bat seine Zuhörer sich vorzustellen, welche Auswirkungen eine ähnlich geartete Angriffswelle in den zehn größten Ballungsräumen der Welt hätte. Und selbst damit sei das ganze Potenzial der I-Bombe noch nicht ausgereizt.

»Vor einigen Jahren habe ich in einem Fachartikel beschrieben, wie eine Interessengruppe mit verbrecherischen Absichten einen solchen Angriff auf das ›Gedächtnis der Welt‹ starten könnte. Ohne zu ahnen, wie aktuell meine Idee einmal werden würde, ging ich davon aus, dass sich die Angreifer eines Trojaners bedienten, dem ich – eher um meinen Artikel etwas aufzulockern – die Gestalt eines Computerspieles verlieh. Nachdem meine Arbeit veröffentlicht war, führte man bei der US-Army eine nur geringfügig veränderte Version des Computerspieles *Doom* ein, um die Soldaten für den Nahkampf auszubilden. In meinem Szenario war das Spiel jedoch nur ein Täuschungsmanöver, um unbemerkt einen verhängnisvollen Prozess in vier deutlich voneinander unterscheidbaren Phasen anzustoßen.

Am Anfang steht die *Spielphase*, man könnte sie auch als das Lernstadium bezeichnen. Es werden Startwerte eingestellt, so wie auch beinahe jeder kryptografische Algorithmus per Zufallsgenerator einen Initialisierungswert erhält, um später nicht nachvollziehbar und damit auch nicht angreifbar zu sein. Der Cyberwurm – um die Ihnen bereits vertraute Terminologie zu verwenden – lernt in dieser Phase etwas über Menschen. Er wird gewissermaßen durch sie trainiert oder ›erzogen‹. Es entsteht eine mit statischen Verfahren, wie sie herkömmliche Virenscanner anwenden, nicht erkennbare individuelle Ausprägung.

Wie es nun aussieht, ist unser Cyberwurm, lange bevor er zu einem gefährlichen Mutanten wurde, von meiner Tochter Stella geprägt worden. Wenn Sie mir diesen Vergleich gestatten: Sie ist der einzige Mensch, zu dem der Cyberwurm eine ›emotionale Bindung‹ unterhält. Deshalb sitzt Stella heute mit uns hier am Tisch. Wir können uns nur anhand ihres strategischen Denkens in die Verhaltenswelt des Cyberwurms hineinversetzen.«

Stella spürte alle Blicke auf sich ruhen und schrumpfte unwillkürlich einige Zentimeter in ihrem Stuhl zusammen.

»Der Spiel- oder Lernphase folgt Stadium zwei: die *Schwärmphase*. Wie bei einem Pilz, der seine Sporen dem Wind übergibt, oder wie bei einem Fisch, dessen Brut mit der Strömung davongetragen wird, schwärmt der individualisierte Cyberwurm ins Internet aus. Analog zu den biologischen Vorbildern haben wir es nicht mit einem einzelnen kompakten Gebilde zu tun, sondern mit elektronischen Sporen, Sämlingen, Metastasen oder was auch immer Sie bevorzugen. Wie in einer guten

Familie üblich, halten die Geschwister aber untereinander Kontakt. Ähnlich einer Jagdgemeinschaft können sie nur gemeinsam ihr großes Ziel verfolgen.

Doch so weit sind wir noch nicht. Zunächst folgt Etappe drei, die *Penetrierungsphase*: Der kollektive Cyberwurm knackt ›lautlos‹ die Sicherheitssysteme von Computern und elektronischen Systemen auf der ganzen Welt. Man muss davon ausgehen, dass dies an einigen Stellen nicht unbemerkt bleiben wird. Ein wirklich raffinierter Wurm wird als solcher nur selten erkannt werden, die Computersysteme scheinen einfach zu ›spinnen‹. Manchmal fallen sie aus, lassen sich aber nachher wieder aktivieren und verrichten, wie es scheint, weiterhin gehorsam ihren Dienst.«

Mark sah bedeutungsvoll schweigend in die Runde seiner atemlos lauschenden Zuhörerschaft.

»Aber dann kommt der Tag des letzten Stadiums, der *Zerstörungsphase*: Innerhalb kürzester Zeit werden weltweit alle Datenbestände zerstört und die Computer fallen aus. Sollte es hier und da gelingen, die Rechner ›wiederzubeleben‹ und mit Hilfe von Datensicherungen erneut in Betrieb zu nehmen, werden nach kurzer Zeit auch diese Informationen vernichtet werden …«

»Aber wie ist das möglich, Professor Kalder?«, unterbrach diesen ein junger Mann.

»Dem Cyberwurm stehen mehrere Möglichkeiten offen«, antwortete Stellas Vater. »Zum einen weiß niemand so genau, wie lange er während der Penetrierungsphase schon in den Rechnern ›geschlafen‹ hat. Es ist also durchaus denkbar, dass sämtliche Generationen der Datensicherung von dem Ungeziefer befallen sind. Auf der anderen Seite könnte der Wurm ein System auch mehrfach befallen, sobald es über Datenleitungen wieder mit anderen Computern in Verbindung tritt.

Es gibt noch weitere Szenarien, Sie können sie in den Unterlagen nachlesen, die Sie im Anschluss an meinen Vortrag erhalten werden.«

Salomon führte nachfolgend zu jeder der von ihm kurz umrissenen Phasen weitere Details aus. Nachdem er die letzte »Folie« aus seinem Notebook präsentiert und besprochen hatte, entstand ein längeres Schweigen. Vielleicht war sich bis zu dieser Stunde noch keiner der Anwesenden richtig bewusst gewesen, wie real die Bedrohung durch die I-Bombe war und welche schrecklichen Folgen sie für die Menschheit haben würde. Es ging dabei nicht nur um den Verlust von Daten. Der Zusammenbruch von Verkehrs- und Versorgungssystemen würde definitiv auch Tote und Verletzte fordern. Weltweit musste mit Millionen von Opfern gerechnet werden, den schlimmsten Fall gar nicht berücksichtigt. Stellas Vater hatte ihn in einem einfachen Satz umschrieben.

»Stellen Sie sich vor, es gelänge dem Cyberwurm, die Leitsysteme des nuklearen Waffenarsenals der Atommächte unter seine Kontrolle zu bekommen.«

Nachdem die Betroffenheit am Tisch etwas gewichen war, erhob sich eine angeregte Diskussion. Zahlreiche Teammitglieder hatten Fragen oder brachten Einwände vor. Salomon lieferte Antworten, erläuterte weitere Details. Sein Schreckensszenario war so perfekt, dass niemand es entkräften konnte.

Schließlich ergriff Agaf Nbugu wieder das Wort, der lange schweigend zugehört hatte. »Wenn ich unsere momentane Situation mit Ihren Schilderungen vergleiche, dann befinden wir uns augenblicklich also in Phase drei Ihres Szenarios, Professor Kalder?«

»Sagen Sie doch bitte Mark zu mir, Mr Nbugu. Ihre Frage muss ich leider mit Ja beantworten. Sollte meine Hypothese stimmen, dann befinden wir uns irgendwo vor dem großen Knall.«

»Und Sie nennen mich bitte Agaf, Mark – wir reden uns hier übrigens alle mit Vornamen an. Eine Frage hätte ich noch, bevor wir das Thema wechseln. Wie viel Zeit bleibt uns noch, Mark? Wann wird die I-Bombe hochgehen?«

»Lassen Sie uns bitte hier raus, Billy.«

Der CIA-Agent sah verwirrt in den Rückspiegel. »Aber bis zum Hotel sind es noch ein paar Blocks, Miss Kalder.«

»Billy hat Recht«, stimmte Salomon dem vermeintlichen Taxifahrer zu.

»Ich möchte aber noch eine Pizza von *Fernando's* haben.«

»Aber Sternchen, das *New York Hilton & Towers* ist ein Vier-Sterne-Hotel! Das Restaurant dort besitzt eine exzellente Küche. Und Agaf hat ausdrücklich gesagt, dass wir Gäste der Vereinten Nationen sind. Warum willst du dich dann mit einer *Pizza* abspeisen lassen?«

»Halten Sie bitte hier an, Billy.« Um ihrer Aufforderung Nachdruck zu verleihen, klopfte Stella dem Fahrer durch die geöffnete Trennscheibe hindurch auf die Schulter. An ihren Vater gewandt erklärte sie dann in wohl akzentuiertem Englisch: »Du weißt, Dad, dass ich in New York *Fernando's Pizza Factory* immer zuerst einen Besuch abstatte.«

Salomon blickte ihr forschend in die Augen. Dann seufzte er. »Also gut, Billy, wir steigen hier aus. Könnten Sie unser Gepäck bitte trotzdem im Hotel abliefern?«

»Kein Problem, Professor.«

Nachdem Stella und Mark an der 42. Straße West, Ecke Avenue of the Americas, direkt gegenüber dem Bryant Park ausgestiegen waren und das große gelbe Taxi sich wieder in den Verkehr eingereiht hatte, fragte Salomon seine Tochter:

»Was ist los mit dir, Sternchen? Warum wolltest du unbedingt aussteigen?«

Stella lächelte etwas unsicher. »Ich wollte endlich mal wieder frei sprechen können. Seit gestern früh haben wir ständig irgendwelche Agenten um uns: erst dieses komische Duo Reithammer und Hartmann, dann Finmore und Friedman und jetzt diesen Billy. Wer weiß, wie viele Wanzen sie in unserem Hotelzimmer versteckt haben.«

Salomon umfasste Stellas Schulter und schlug mit ihr den Weg zum Restaurant ein. »Ich finde, jetzt geht dein Misstrauen aber wirklich etwas zu weit, Sternchen. Die NSA ist nicht gerade dafür bekannt, Mikrofone in den Hotelzimmern argloser Leute zu deponieren.«

»Und der CIA?«, erwiderte Stella trotzig. »Dieser Friedman gibt sich ja alle Mühe, nett zu sein ...«

»Was dich nicht davon abhält, ihn ständig zu triezen«, warf Salomon ein.

»... aber Finmore kann ich nicht leiden«, fuhr Stella unbeirrt fort. »Irgendwo beobachtet uns dieser abgebrochene Riese ständig. Hast du ihm mal in die Augen gesehen, Paps? Sie zittern, als hätte er einen Scanner eingebaut, der dich ununterbrochen abtastet.«

Salomon warf den Kopf in den Nacken und lachte laut auf. »Du hast wirklich eine blühende Fantasie, Sternchen!« Doch sofort wurde er wieder ernst. »Aber was das Hotelzimmer betrifft, wir sollten vielleicht wirklich vorsichtig sein und dort nicht gerade über vertrauliche Dinge reden. Die Überraschung, die uns Agaf am Schluss noch serviert hat, schmeckt mir absolut nicht.«

Stellas Vater bezog sich auf die Ankündigung des Cyberworm-Chefs, das gesamte Team würde seine Operationszentrale bereits am kommenden Tag nach Fort Meade verlegen.

In Salomon hatte sich zuerst alles gegen diesen Plan gesträubt. Dort, in Fort Meade, Maryland, befand sich das Hauptquartier der National Security Agency. Er fürchtete, seine anfänglichen Bedenken gegen die NSA könnten schneller als erwartet Wirklichkeit werden. Wenn er seine ganze Ausrüstung erst in die »Höhle des Löwen« schaffte, dann würde es äußerst schwierig werden, allzu neugierige Experten des Geheimdienstes von seinem SKULL-Tester fern zu halten.

Agaf Nbugu hatte es schließlich mit seiner ruhigen, auf Ausgleich bedachten Art geschafft, Salomon von den Vorteilen dieses Umzugs zu überzeugen. Die NSA verfüge für eine Spurensuche im Internet zurzeit einfach über die modernste Technologie und die leistungsfähigsten Supercomputer. Man habe ihm sogar anvertraut, dass eigens für das Cyberworm-Team ein bisher streng geheim gehaltenes, derzeit noch in der Erprobung befindliches System zum Einsatz kommen solle.

»Glaubst du, wir können ihm vertrauen?«, fragte Stella.

»Agaf Nbugu?«

»Hm.«

Salomon überlegte nur kurz. »Eigentlich habe ich ein gutes Gefühl bei dem Nigerianer. Ich glaube, er hat es nicht auf mein SKULL oder den Tester abgesehen. Nbugu gehört seit Jahren zur UN und kennt Computer nur aus der Sicht des Anwenders, wenn auch eines sehr erfahrenen. Ich denke, wir haben von Agaf selbst nichts zu befürchten. Überhaupt gefällt mir sein Team, fast alles junge und sehr talentierte Leute.«

Stella schenkte zwar beileibe nicht so schnell anderen Menschen Vertrauen wie ihr Vater, aber im Großen und Ganzen teilte sie dessen Einschätzung.

Inzwischen hatten die beiden das Restaurant erreicht. Kurz hinter dem Eingang wurden sie schon von einer gut aussehenden jungen Dame abgefangen, die über das ganze Gesicht strahlte, als seien gerade ihre beiden Lieblingsgäste eingetroffen.

»Hi«, grüßte sie Stella und Salomon. »Tisch für zwei?«

»Wir möchten nur etwas zum Mitnehmen bestellen«, antwortete Stella, noch ehe ihr Vater reagieren konnte.

»Gerne«, antwortete die blonde Schönheit und reichte den beiden eine in Folie geschweißte Speisekarte. »Sagen Sie der Bedienung Bescheid, wenn Sie sich entschieden haben.« Mit diesen Worten bugsierte sie ihre Gäste zu einem Katzentisch, gleich beim Ausgang, und widmete sich leidenschaftlich den nächsten Kunden.

»Willst du etwa mit zwei dampfenden Pizzas durch die Hotelhalle spazieren?«, fragte Salomon entsetzt.

Stella grinste spitzbübisch. »Warum denn nicht? Ist doch aufregend, oder? Du lenkst den Portier ab und ich rufe währenddessen den Fahrstuhl.«

»Ich weiß nicht, ist mir irgendwie unangenehm, mit einer Ladung Fast Food in einem Luxushotel einzuchecken.«

»Die Pizzas von *Fernando's* sind kein Fast Food, Paps! Du weißt, wie ich sie liebe.«

»Ja«, antwortete Salomon gequält. »Und das in jeder größeren Stadt der USA.«

Wenig später lagen Stella und ihr Vater bäuchlings auf den Queen-Size-Betten ihres geräumigen Zimmers. Die UN hatte zwar nicht gerade eine Luxussuite spendiert, aber für eine Nacht war das komfortabel ausgestattete Zimmer mehr als ausreichend. Stella hatte es ein diebisches Vergnügen bereitet, mit der Pizzaschachtel vor dem Bauch unter den bestürzten Blicken der livrierten Türsteher in das Hotel zu marschieren. Salomon war ganz froh gewesen, bereits alle Formalitäten erledigt vorzufinden, vom Portier hatte er nur noch seine Schlüsselkarte in Empfang nehmen müssen.

Nun stocherte er eher lustlos in seinem Chef-Salat herum. Die Zusammensetzung des Dressings war ihm suspekt. Stella dagegen angelte sich mit sichtlichem Vergnügen die dreieckigen Pizzastücke aus dem vor ihr liegenden Karton. Ganz mit dem Vertilgen ihrer Lieblingsspeise beschäftigt (ihre letzte handfeste Mahlzeit, etliche Tausend Fuß über Grönland, lag schon fast zehn Stunden zurück), hatte sie seit geraumer Zeit nicht mehr gesprochen.

Wie in einer Landschaft, die man während eines nächtlichen Gewitters mit dem Zug durcheilt, tauchten noch einmal blitzlichtartig einzelne Ereignisse des vergangenen Tages vor ihr auf. Im Kreise des Cyberworm-Teams hatte sie kaum ein Wort von sich gegeben, aber alles registriert, was am Tisch gesagt worden war. Als Agaf ihren Vater fragte, wie viel Zeit noch bis zur Explosion der I-Bombe bleibe, hatte Salomon etwas erwidert, was Stella so schnell nicht vergessen würde: Wenn er die bisherige Geschwindigkeit berücksichtige, mit der sich der Cyberwurm ausgebreitet habe, und wenn er sein bisheriges aggressives Vorgehen in Betracht ziehe, dann könne der globale Datenkill schon innerhalb *einer* Woche erfolgen. Mit einem Mal hatte Stella sich wieder schuldig gefühlt. War nicht sie es gewesen, die mit ihrem kindischen Spieltrieb diese ganze Katastrophe heraufbeschworen hatte? Möglicherweise würde das Unglück auch viele Wochen auf sich warten lassen oder nie eintreffen, hatte Stellas Vater schnell hinzugefügt. Aber das konnte weder sie noch die anderen am Tisch beruhigen.

Agaf hatte nachdenklich genickt. »Wir können uns leider nicht an optimistische Prognosen halten, sondern müssen vom schlimmsten Fall ausgehen.«

Stella fischte nach einem weiteren Stück Pizza, das sich mit elastischen Käsetentakeln am Karton festklammerte. »Glaubst du wirklich, die I-Bombe kann schon *so* bald explodieren?«

Ihr Vater brauchte ein paar Sekunden, um ihre Worte richtig einzuordnen. »Du meinst, in sieben Tagen? Wenn ich das wüsste, Sternchen! Dieser Cyberwurm ist mir fast *zu* intelligent. Manchmal glaube ich, all diese Anschläge sind doch nur gut geplante Einzelaktionen. Irgendwann wird eine politische Forderung von Terroristen folgen oder ein Erpresserbrief von Gangstern, irgendwas in der Art ...«

»Aber verlassen kann man sich darauf nicht.«

»Du sagst es. Die Psychologen im Team haben bestätigt, was mir auch schon mein Gefühl gesagt hat. Es ist bereits zu viel Zeit verstrichen und zu viel passiert. Ich glaube nicht, dass die Vorfälle auf das Konto von Erpressern gehen, egal wie sie motiviert sein mögen. Es gibt ja weder einen Bekennerbrief noch irgendwelche Forderungen.«

Stella leckte sich die Finger ihrer rechten Hand ab. Sie musste daran denken, was *sie* früher angestellt hatte, um die Aufmerksamkeit ihrer Eltern zu erlangen. »Man könnte fast meinen, dieser Unbekannte will sich einfach nur bemerkbar machen und sonst nichts.«

Salomon blickte sie nachdenklich an. Schließlich huschte ein hilfloses Lächeln über seine Lippen. »Wer weiß. Möglich ist alles. Vielleicht handelt es sich bei ihm ja um irgendein schizophrenes Genie, das in diesen Aktionen die einzige Möglichkeit sieht, unsere Beachtung zu finden.«

»Wie ein Geist, der Blumenvasen umwirft, weil man ihn sonst nicht wahrnehmen würde?«

Sie schlief fast auf der Stelle ein. Kein Wunder, Stella war über einundzwanzig Stunden wach gewesen, hatte einen anstrengenden Flug nach Amerika absolviert, unzählige neue Eindrücke verarbeiten und dabei ständig das Gefühl bekämpfen müssen, an dem ganzen Drama schuld zu sein.

Selbst im Schlaf schien sie keine Ruhe zu finden. Lebendige und detailreiche Träume waren für Stella genauso selbstverständlich wie für andere Menschen der allabendliche Blick in den Fernseher. Früher hatte sie ihren Eltern oft von diesen Träumen wie von spannenden Abenteuerfilmen erzählt. Ihrer Fantasie waren dabei nicht selten ausgesprochen lustige Episoden entsprungen. Doch in dieser Nacht gab es für sie nichts zu lachen.

Sie blickte aus luftiger Höhe auf eine altertümliche Stadt. Aus weiter Ferne trug der Wind ein rhythmisches Geräusch herüber, das sie nicht zu deuten wusste. Zunächst musste sie beim Anblick der Häuser und Paläste an Venedig denken, denn die belebten Gassen des Ortes waren ausnahmslos Wasserstraßen mit klitzekleinen Booten darauf. Dann fiel ihr auf, dass das Stadtbild von oben herab einem jener Rätselspiele ähnelte, wie man sie häufig in Zeitungen und Magazinen fand: Die Wege und Gassen bildeten ein riesiges Labyrinth. Aus dem Zentrum des seltsamen Gemeinwesens ragte ein monumentaler Turm auf. Erst als sich Stellas Blickwinkel langsam verschob – sie wusste weder, wo sie sich befand, noch interessierte sie diese Frage wirklich –, erkannte sie, was diese luftige Warte wirklich war: Es handelte sich um einen kolossalen Nussknacker.

Während sie noch die gigantische Figur beobachtete, deren Kopf von allerlei fliegendem Getier umgeben war, kam ihr in den Sinn, was dieses seltsam monotone Geräusch sein konnte. Es erinnerte Stella an das Krachen in ihrem Kopf, wenn sie mit den Zähnen ein Fruchtbonbon zermalmte. Dann wurde sie von einer weiteren Merkwürdigkeit abgelenkt: Alle Kanäle der Stadt führten zum Zentrum, zum Nussknacker hin. Obwohl der Koloss auf einem Berg stand, höher ragend als jedes Gebäude des Ortes, floss doch alles Wasser der Straßen zu diesem Punkt *hinauf*. Die Stadt selbst war auf hügeligem Terrain errichtet und zog sich in sanften Schwüngen und Bögen über verschiedene Anhöhen hinweg. Doch wo immer die Wasserstraßen auch verliefen, sie strömten, die Schwerkraft ignorierend, am Ende doch immer den Füßen der riesigen Figur entgegen. Das widersprach, zumindest nach Stellas Sicht der Dinge, völlig dem Sinn und Zweck eines Labyrinths, das den Betrachter doch verwirren und am Erreichen des Mittelpunkts hindern sollte.

Mehr und mehr drängte sich ihr der Eindruck auf, die Kanäle folgten absichtlich ihrem verwirrenden Lauf, weil sie die Füße des Nussknackers nicht berühren wollten. Vielmehr schienen sie wie instinktiv vor einer unbekannten Gefahr zurückzuschrecken. Dann sah es Stella.

Die Boote, die sie am Anfang nur als undeutliche Punkte wahrgenommen hatte, waren jetzt ganz deutlich zu erkennen. Sie besaßen weder Segel noch Ruder. An ihren Bugplanken gab es auch keine wohlklingenden Namen, sondern nur Tafeln mit nichts sagenden Nummern. Nur Stellas Unterbewusstsein nahm dieses scheinbar unwesentliche Detail wahr, während sie wie gebannt auf das grauenvolle Treiben zu Füßen der Statue starrte. Die schmalen Wasserfahrzeuge wurden, kaum dass sie das Fundament des Kolosses erreichten, von geflügelten Wesen emporgehoben, die ihr das Blut in den Adern gefrieren ließen. Die vermeintlichen Vögel erwiesen sich als Ausgeburten schrecklichster Fantasien. Von der Gestalt her beinahe menschlich, waren die nackten Wesen mit ihren riesigen Hautflügeln der Inbegriff beispielloser Hässlichkeit. Ihre Fratzen lähmten den Betrachter mit einer Vielzahl triefender

Augen, mit eitrigen Beulen und spitzen, wild durcheinander wuchernden Zähnen. Die Geschöpfe waren von der Taille an extrem hager, die Rippen schienen fast die gelbliche Haut zu durchstoßen. Dafür schwabbelten ihre Bäuche unter der faltigen Haut, wirkten so ekelerregend wie am Strand verendete Riesenquallen. Füße und Hände der Missgeburten waren mit langen, spitzen Krallen ausgestattet, die sie trefflich zu benutzen wussten, um Boote zu packen und in die Höhe zu reißen.

Stella verfolgte atemlos das infernalische Schauspiel. Die dolchartigen Krallen fraßen sich in das dünne Holz der Wassergefährte. Schreie ertönten. Und obwohl sie keinen der Fahrzeuginsassen zu Gesicht bekam, allenfalls hier und da ein paar vage Schatten ausmachen konnte, wusste sie doch, dass hier Menschen um ihr Leben schrien. Denn die fliegenden Unholde trugen ihre Last geradewegs zum Rachen des Nussknackers empor. Von dorther kam das rhythmische Krachen. Die hölzerne Figur zermalmte die Boote samt Insassen. In diesem Augenblick wurde Stella bewusst, dass sie sich selbst in einem Wasserfahrzeug befand.

Gerade war der letzte schmale Kanal hinter ihr zurückgeblieben. Ihr langes Boot, das tatsächlich einer venezianischen Gondel glich, trieb geradewegs auf den Koloss zu. Die Figur stand inmitten eines runden Platzes. Von allen Seiten strömten weitere Boote hinzu. Schreie erfüllten die Luft. Mit einem Mal hörte Stella ein Knacken, das ihr durch Mark und Bein ging. Erschrocken fuhr sie herum.

Eines der schrecklichen Flugwesen hatte seine Krallen in ihr Boot geschlagen. Sie schrie auf, was den Unhold in keiner Weise beeindruckte. »Nein!«, verlangte sie lautstark. »Nicht in den Nussknacker. Nur nicht in den Nussknacker!« Ein weiteres Krachen ertönte, und als sie wieder herumwirbelte, erblickte sie noch einen der grässlichen Kerle. Er schien sie mit seinem geifernden Maul anzugrinsen, enthielt sich aber sonst jeden Kommentars.

Schon wurde Stella in die Höhe gerissen. Schneller als jeder Fahrstuhl trugen sie die Schwingen der Unholde dem unersättlichen Rachen des Nussknackers entgegen. Seine Beinkleider waren weiß lackiert, das Wams rot, abgesetzt mit goldenen Tressen, sein immerfort wippender Bart schwarz wie der Tod.

Was sollte sie nur tun? Verzweifelt blickte sie über den Rand ihrer Gondel. Schwindelnd schreckte sie zurück. Ein Sturz in diese Tiefe würde ebenso den Tod bedeuten wie ein längerer Aufenthalt in diesem Boot.

Nun befand sie sich unmittelbar vor dem Maul des Nussknackers. Die aufgemalten Augen des Riesen schauten gleichgültig auf sie herab. Sein finsterer Schlund war unergründlich wie die Tiefen des Universums selbst. Mit Schwung schleuderten die Unholde das Boot auf das Nussknackermaul zu.

Noch einmal schrie Stella. In ihrer Verzweiflung warf sie sich auf die Seite. Das schlanke Wasserfahrzeug ruckte unter ihr und blieb dann wie ein spitzer Zahnstocher senkrecht im offenen Maul des Nussknackers stecken.

Stella befand sich noch an Bord, nur war sie weit ins Heck des Bootes gerutscht. Von dort verfolgte sie mit vor Schreck geweiteten Augen, wie der Nussknacker angestrengt versuchte das Maul zu schließen. Aber es stand zu weit offen, die Hebelwirkung schien nahezu aufgehoben. Zwar war das monotone Malmgeräusch über der Stadt verstummt, dafür vernahm Stella nun ein grauenvolles Knirschen und Knarzen. Wie lange würde das dünne Holz der Gondel diesem Druck noch standhalten? Als sich ziemlich genau in der Mitte des Bootskörpers lange Risse zeigten und das Ächzen des Holzes immer lauter wurde, begann sie wieder zu schreien.

Gleich würde das Boot in tausend Stücke zersplittern, eben doch nur eine Nussschale und nicht mehr. Welche Rettung konnte es da für sie noch geben? Stella brüllte aus voller Kehle ihre Angst hinaus. Da drang plötzlich eine Stimme an ihr Ohr.

»Stella! Sternchen! Nun wach doch auf! Du träumst nur.«

Der Nussknacker war verschwunden.

»He, Sternchen! Komm zu dir. Du hattest nur einen bösen Traum.«

Stella schlug die Augen auf. »Paps?«

»Eben der. Paps, Salomon, Mark, was immer du willst. Nur bitte nicht mehr *The Cracker*. Der scheint dir ja einen gehörigen Schrecken eingejagt zu haben.« Salomon spielte auf einen weiteren Spitznamen an, den er ob seiner Fähigkeiten, Computerschlüssel zu »knacken«, verliehen bekommen hatte. Er selbst mochte ihn nicht besonders, viel zu »klobig« für ein Akronym.

Stella war noch ganz benommen. Das überdimensionale Schlaf-T-Shirt klebte an ihrem Körper, so nass war sie geschwitzt. »Habe ich im Schlaf von einem Nussknacker gesprochen?«

»Es war nicht sehr deutlich. ›Nicht in den Nussknacker! Nur nicht in den Nussknacker!‹, war alles, was ich verstanden habe.«

Stella erzählte ihrem Vater den ganzen schrecklichen Traum.

»Bestimmt ist die Aufregung der vergangenen Tage an diesem Albtraum schuld. Ich bin ja kein Psychoanalytiker, aber die Bilder, die du gesehen hast, ließen sich damit gut erklären. Ein Nussknacker wird im Englischen auch *Cracker* genannt – ich hoffe nicht, *ich* bin die Bestie aus deinem Traum. Die Gefahr, die von dem hölzernen Vielfraß ausging, könnte ein Hinweis darauf sein, dass du dich für die Computervorfälle immer noch verantwortlich fühlst.«

»Also, ehrlich gesagt, tue ich das auch wirklich.«

Salomon nahm seine Tochter in die Arme und versuchte sie zu beruhigen. Er wiederholte seine Argumente, die er schon in Berlin vorgebracht hatte. Sie, Stella, habe sich nur mit einem harmlosen Spiel beschäftigt. Diese schrecklichen Katastrophen jedoch hätten weder sie noch das *Kagee* zu verantworten. So etwas passiere nicht aus Zufall. Jemand müsse sich das *Kagee* für seine Zwecke zu Nutze gemacht haben, ein überragender Verstand, der auch vor den Folgen seiner Anschläge nicht zurückschreckte.

Solche Gedanken waren Stella fremd. Sie mochte ja bisweilen eine Kratzbürste sein, aber niemals würde sie derartig scheußliche Dinge planen. Diese Einsicht beruhigte allmählich ihre Gefühle. Dafür war ihr Körper – ohnehin noch auf die Berliner Zeit eingestellt – nun hellwach. Zu Hause war es bereits halb elf Uhr vormittags, im *Big Apple* dagegen erst halb fünf.

»Darf ich ein bisschen fernsehen?«

Ihr Vater, offenbar froh, Stellas Gedanken in andere Bahnen gelenkt zu haben, antwortete: »Ich fühle mich auch munter wie ein Fisch im Wasser. Mach die Kiste ruhig an. Wir werden ja erst gegen neun abgeholt. Bis dahin kann ich noch einige meiner Unterlagen durcharbeiten. Später möchte ich Viviane anrufen.«

Während Salomon etliche Dokumente auf den Schirm seines flachen Notebooks rief, zappte Stella durch den Kanaldschungel. Diesem Zeitvertreib ging sie mit Vorliebe in amerikanischen Hotels und Motels nach, von denen sie in der Vergangenheit nicht wenige kennen gelernt hatte. Als sie, eher zufällig, um sechs Uhr die CBS-Nachrichten streifte, ließ eine merkwürdige Meldung ihren Finger von der Fernbedienung gleiten. Auch Salomon erhob sich Sekunden später vom Schreibtisch und näherte sich neugierig dem Bildschirm.

Der Nachrichtensprecher verkündete gerade mit kaum verhohlenem Schmunzeln den Tod des Präsidenten der Vereinigten Staaten von Amerika am Vortag. Dasselbe Schicksal hätte im Übrigen auch die Minister und sämtliche Senatoren ereilt. Ohne Ausnahme dokumentierten die einschlägigen Computerdatenbanken das am Dienstag eingetretene Ableben der Politiker und Politikerinnen. Der Präsident, der sich im Übrigen bester Gesundheit erfreue, zeigte sich ungehalten über sein frühzeitiges Dahinscheiden, erläuterte der Nachrichtensprecher mit einem Anflug von Schadenfreude.

Die noch am Vorabend befragten Experten hatten diese neueste Computerpanne fast ausnahmslos der bereits bekannten Serie von Vorfällen zugeordnet. Die ganze Affäre wäre vermutlich weder dem Präsidenten noch seiner Gattin weiter aufgefallen, wenn sie nicht just am Dienstag für den Ankauf eines größeren Anwesens in einem nicht näher bezeichneten Land eine behördliche Bescheinigung angefordert hätten. Im Gegensatz zu einigen eilig befragten Bürgern, die sich eher amüsiert über diesen jüngsten »Unfall« äußerten, sollten die Kommentare des mächtigsten Mannes der Welt sehr deftig ausgefallen sein, wussten wohl unterrichtete Kreise zu vermelden.

Er wolle, wenn er nun vermehrte Anstrengungen der Ermittlungsbehörden einfordere, nicht seine Person in irgendeiner Weise bevorzugt wissen, hatte der Präsident in einer ersten Stellungnahme verkündet. Aber immerhin hätten die Computerterroristen mit diesem jüngsten Angriff das höchste Amt der Vereinigten Staaten verunglimpft. Das dürfe nicht ungestraft bleiben.

»Der Alte soll Feuer und Schwefel gespuckt haben«, kommentierte Billy grinsend die Reaktion seines höchsten Amtsherren.

»Und woher wollen Sie das wissen?«, fragte Stella.

»Hab 'n Freund, der beim Secret Service im Weißen Haus arbeitet. Rief mich heute früh an, weil er weiß, dass ich auch in die Aufklärung der Computeranschläge eingeschaltet bin. Hat mir brühwarm erzählt, der Tobsuchtsanfall des Präsidenten überträfe jeden Rekord, der bisher im *Oval Office* in dieser Disziplin aufgestellt wurde.«

Mark schüttelte ungläubig den Kopf, so wie er es schon beim ersten Mal getan hatte, als er die Nachricht aus den CBS-News erfuhr. »Ich wünschte, alle Anschläge würden sich auf solche Streiche beschränken. Möchte nur wissen, was der oder die Hacker sich dabei gedacht haben!«

Stella musste an ihre Theorie vom vergangenen Abend denken.

Währenddessen rollte Billys Supermobil getarnt als Yellow Cab von der Auffahrt des *New York Hilton & Towers*. Das Ziel ihrer Fahrt war der John F. Kennedy Airport, wo sie sich mit den anderen Teammitgliedern treffen und gemeinsam nach Fort Meade fliegen wollten. Der CIA-Agent suchte sich eine der mittleren Fahrspuren aus. Stella schmunzelte in sich hinein, als sie sich den Zeter und Mordio schreienden Präsidenten vorstellte.

Ein anderer Gedanke lenkte sie von diesem amüsanten Bild ab. Marks Versuch, Viviane ans Telefon zu bekommen, war fehlgeschlagen. Er hatte dafür sein Iridium-Telefon benutzt, weil er hoffte, dieses würde nicht so leicht abzuhören sein wie der Apparat im Hotelzimmer. Nach drei oder vier vergeblichen Anläufen sprach er schließlich eine Nachricht auf den Anrufbeantworter: Er und Stella befänden sich in den Staaten und wollten sie so bald wie möglich in Branford besuchen. Es gebe vieles zu besprechen. Die »neue« Zukunft habe schon begonnen – sie wisse, was er meine. Aber ohne sie bedeute ihm diese Zukunft nicht sehr viel. In den nächsten Tagen würde er sie vielleicht nicht anrufen können, sagte Mark noch zum Schluss, deshalb solle sie regelmäßig den E-Mail-Eingang prüfen.

Stella bedauerte es zutiefst, ihre Mutter nicht wenigstens am Telefon gesprochen zu haben. Um sich abzulenken, blickte sie aus dem Wagenfenster. New York war ein Schmelztiegel der unterschiedlichsten Volksgruppen und alle schienen sie auf der Straße zu sein.

Das gelbe Taxi hielt vor einer roten Ampel. Stella beobachtete interessiert die vorübereilenden Passanten. Auffällig viele Frauen trugen weiße Socken und Turnschuhe zu geschäftsmäßig dezenten Kostümen. Sie wusste, die meisten von ihnen hatten ihre Stöckelschuhe in der Tasche dabei. Im Büro würden sie wieder völlig korrekt gekleidet auftreten, aber hier, auf den teils abenteuerlichen Schlaglochpisten der Stadt, war zierliches Schuhwerk nur eine Gefahr für die Gesundheit.

Stella suchte gerade im Rückspiegel Blickkontakt zum Fahrer, um einen entsprechenden Scherz anzubringen, als Billy die Augen weit aufriss, die großen weißen Augäpfel ein harter Kontrast zum dunklen Gesicht. Irgendetwas hinter dem Taxi hatte ihm einen Riesenschreck eingejagt.

»Festhalten!«, schrie er.

Im nächsten Moment schoss das Taxi mit qualmenden Reifen in die Kreuzung. Zum Glück traf der CIA-Agent mit seinem gelben Geschoss genau eine Lücke im fließenden Verkehr. Der schwere Wagen neigte sich bedrohlich nach links, als er mit quietschenden Rädern eine Rechtskurve beschrieb.

Keine Sekunde zu früh. Denn schon donnerte hinter dem Fahrzeug ein riesiger Truck vorbei. Der mächtige Laster erfasste auf der Kreuzung zwei Fahrzeuge und wirbelte sie herum wie Spielzeugautos. Die Fahrer der Pkws konnten von

Glück sagen, dass sie nicht voll getroffen worden waren – einen Frontalaufprall hätten sie nicht überlebt.

Ohne zu bremsen jagte der riesige Sattelzug weiter die Straße hinab. Jetzt setzte er wenigstens seine Hupe ein, die wie das Horn eines Ozeandampfers klang. Ein Wagen, dessen Fahrer die Warnung beim Ausparken überhört haben musste, wurde wie mit einem Dampfhammer in die Parklücke zurückgestoßen. Dann bog der Lkw nach links ab und verschwand aus dem Blick der entsetzten Beobachter.

Billy hatte inzwischen am Straßenrand angehalten, sein Funkgerät aktiviert und die Einsatzleitung informiert. Danach drehte er sich zu seinen kalkweißen Passagieren um, zeigte sein strahlendstes Lächeln und fragte eher beiläufig. »Alles in Ordnung? Können wir weiterfahren?«

Stella hatte auf der Fahrt zum Flughafen kein Wort mehr herausgebracht. Der Schreck steckte ihr noch immer in den Knochen. Billy hatte, als sich das Sirenengeheul der von ihm alarmierten Polizei und Ambulanz durch die Häuserschluchten näherte, schnell und unauffällig den Schauplatz der Attacke verlassen. Er wolle nicht an einen übereifrigen Officer geraten, der sie mit lästigen Fragen nur aufhalten würde, war alles, was er dazu meinte.

»Ich bin ja nun schon mehr als ein Dutzend Mal in dieser Stadt gewesen, aber so etwas habe ich noch nie erlebt«, brachte Mark endlich heraus.

»Das war auch kein einfacher Unfall«, antwortete Billy.

Mark horchte auf. »Wie meinen Sie das?«

»Jede Wette, dass der Truck ’n paar Blocks weiter leer aufgefunden wird. Und vom Fahrer fehlt natürlich jede Spur.«

»Denken Sie etwa …?« Mark wagte den Gedanken nicht auszusprechen.

»Der Schlepper ist direkt auf uns zugerast«, konkretisierte Billy seinen Verdacht. »Wenn er uns von hinten erwischt hätte, dann ...« Er machte ein Geräusch, das sich für Stella nach Genickbruch anhörte. Ihr wurde schlagartig übel.

Mark ging es kaum besser. Er wurde sogar noch ein Stück bleicher, als er es ohnehin schon war. »Aber warum sollte jemand so etwas tun?«

»Vielleicht, um einen fähigen Professor von allzu neugierigen Nachforschungen abzuhalten.«

»Nein, das glaube ich nicht.« Mark lehnte sich zurück, verschränkte die Arme vor der Brust und schüttelte energisch den Kopf. »Das klingt einfach zu absurd. Wir haben gegen diese vermeintlichen Cyberterroristen doch überhaupt nichts in der Hand.«

»Soll vermutlich auch so bleiben, Professorchen.«

»Und was ist mit der zugesicherten Geheimhaltung? Mit dem Hinterausgang am Flughafen? Mit diesem Hochgeschwindigkeitstaxi hier?«

»Immerhin hat das Taxi Ihnen das Leben gerettet.«

»Ja, aber ohne diese ganze Geschichte wäre unser Leben vielleicht nie in Gefahr geraten.«

»Ich habe schon alles gehört. Wie geht es Ihnen?«, waren Agafs erste Worte am Flughafen. Der Nigerianer klang ehrlich besorgt.

»Danke, den Umständen entsprechend«, antwortete Mark ungehalten, während Stella nur benommen nickte. »Ich habe eine ziemliche Wut im Bauch. Von mir einmal abgesehen – beinahe hätte dieser ›Spezialeinsatz‹ das Leben *meiner Tochter* gefordert, und das noch, bevor es richtig begonnen hat!«

»Ich kann Ihren Ärger verstehen, Mark. Wenn wir erst Fort Meade erreicht haben, sind Sie und Ihre Tochter in Sicherheit.«

»Das scheint mir allerdings auch so.«

»Was wollen Sie damit andeuten?«

»Mir ist nicht nach Andeutungen zu Mute, Agaf. Ich weiß nur so viel: Ein Anschlag erfordert Vorbereitung. Und wir – Stella und ich – befanden uns nicht einmal vierundzwanzig Stunden in New York, als das heute früh passierte. Angeblich sollte unsere Ankunft unter absolute Geheimhaltung fallen. Das scheint mir jedenfalls gründlich missglückt zu sein.«

Agaf Nbugu blickte den aufgebrachten Vater nachdenklich an. Schließlich nickte er. »Sie haben Recht. Das war mehr als nur eine Panne. Leider ist Jake Finmore schon vor einer Stunde zur Berichterstattung nach Washington abgereist. Sonst hätte ich ihm persönlich mein Missfallen über diese Schlamperei des CIA ausgedrückt.«

Mark schluckte seinen Ärger hinunter. Mit diesem Nigerianer zu streiten war nicht nur so gut wie unmöglich, es hätte auch ohnehin keinen Sinn gehabt. Agaf trug nun wirklich keine Schuld an dem Vorfall. Mark atmete tief durch.

»Hat man den Fahrer des Trucks schon gefasst?«

»Wie ich vor ein paar Minuten erfahren habe, ist der Sattelschlepper gefunden worden. Der Fahrer hatte ihn halb auf der Straße, halb auf dem Gehweg abgestellt, nachdem sein Fahrzeug noch ein Spalier von Parkuhren entwurzelt hatte. Leider konnte der Täter in der Menge untertauchen.«

Mark erinnerte sich an die Worte Billys und nickte grimmig.

Agaf klopfte dem erregten Professor auf die Schulter. »Kommen Sie, Mark. Wir müssen einsteigen. Die Ausrüstung ist schon verladen, und wie ich gehört habe, werden wir in Fort Meade bereits sehnsüchtig erwartet.«

Die Traummaschine

Stella staunte nicht schlecht, als der kantige Bus sie und die übrigen Teammitglieder zu einer Maschine der US Air Force brachte, die auf einem abgelegenen Teil des John F. Kennedy Airport wartete. Wie Agaf bereits mitgeteilt hatte, befand sich der CIA-Agent Finmore wahrscheinlich schon in Washington, aber auch von Billy fehlte jede Spur. Dafür saßen einige andere Herren im Zubringer, die Stella noch nicht kannte. Sie sahen weniger leger aus als die »Hackertypen«, die sie am Vortag kennen gelernt hatte, wenn sie auch nicht ganz so förmlich wirkten wie Friedman, der noch mit von der Partie war. Das Cyberworm-Team könne allein mit Computerspezialisten nicht auskommen, raunte ihr Salomon zu. Ermittler mit Polizeierfahrung waren ebenso vonnöten. Die ernst dreinblickenden Herren konnten also gut vom FBI sein, möglicherweise auch vom Secret Service oder – vielleicht am wahrscheinlichsten – von der NSA.

Die Starterlaubnis wurde erstaunlich schnell erteilt. Die Maschine hob vom Boden ab, kurz nachdem der letzte Passagier das Flugzeug bestiegen und es sich bequem gemacht hatte. Der belebte John-F.-Kennedy-Flughafen tauchte schnell unter Stella weg. Die Maschine nahm Kurs nach Süden. Ein Stück des Weges flog sie über den Atlantischen Ozean und schwenkte dann nach Westen ab, nach Maryland.

Der Flug von New York nach Fort Meade, dreizehn Kilometer nordöstlich von Washington, D. C., dauerte nicht einmal sechzig Minuten. Die Maschine landete auf dem Flugplatz des Goddard Space Flight Center im Osten der Stadt. Von dort waren es mit dem Bus nur noch wenige Minuten bis zum Hauptquartier der NSA, das es über lange

Jahre hinweg nach offizieller Lesart überhaupt nicht gegeben hatte.

»Die *National Security Agency* ist ein Kind des Kalten Krieges«, hörte Stella ihren Vater unvermittelt sagen. Er sprach englisch, und das so laut, als doziere er ohne Mikrofon in einem großen Hörsaal. Vielleicht galten seine Ausführungen ja weniger ihr als den vermuteten NSA-Agenten im Bus, womöglich um klarzustellen, was er von deren Arbeitgeber hielt.

Derlei Sticheleien waren nach Stellas Geschmack. Sie teilte die Abneigung ihres Vaters gegen jede Art von Schnüffelei und fragte deshalb jetzt mit zuckersüßer Stimme, jedoch unüberhörbar: »Wie meinst du das nur, Dad?«

»Präsident Truman persönlich hat die NSA nach dem Zweiten Weltkrieg ins Leben gerufen. Als sich die Spannungen zwischen den Vereinigten Staaten und der Sowjetunion mehr und mehr verschärften, glaubte man eine schlagkräftige Institution aufbauen zu müssen, um die Schachzüge des Gegners zu durchschauen. Die NSA sollte zunächst gegnerische Codes knacken, wurde aber bald zur amerikanischen Informationszentrale im Kalten Krieg. Es hat übrigens nie einen Kongressbeschluss gegeben, der die Gründung der NSA absegnete. Schon erstaunlich, wenn man bedenkt, dass diese Behörde der größte Arbeitgeber für Mathematiker in den Staaten ist! Über Jahrzehnte wurde die Existenz dieses Goliaths unter den amerikanischen Geheimdiensten verheimlicht. Wenn man's genau nimmt, steuern wir also einen ›Verein‹ an, den es gar nicht gibt.«

»Und woher weißt *du* so viel über die NSA?«, fragte Stella brav.

Salomon lachte schadenfroh. »Dahinter steckt das Problem der Loyalität beziehungsweise Illoyalität. Ein Chef, der seiner Sekretärin abverlangt ihn am Telefon zu verleugnen, wird irgendwann von ihr selbst belogen werden. Genauso bei Schnüfflern und Spionen. Wenn einer über Jahre hinweg dazu angehalten wird, vertrauliche Dinge auszuplaudern, dann wird er irgendwann auch auf die Geschäftsgeheimnisse seines Arbeitgebers pfeifen.«

»Du meinst also, die eigenen Mitarbeiter haben die Existenz der NSA verraten?«

»Sie haben sogar Bücher darüber geschrieben – bei einem Unternehmen, das zigtausend Leute beschäftigt, eigentlich nicht verwunderlich.«

»Ich finde es trotzdem zutiefst unmoralisch.« Der Dialog mit ihrem Vater hatte Stella die Beinahekatastrophe in New York für einige Zeit vergessen lassen. Sie lebte wieder richtig auf.

Aber prompt kam aus einer der hinteren Sitzreihen der erste Protest. Eines der erst an diesem Tag in Erscheinung getretenen Teammitglieder, ein rothaariger Hüne mit breiten Schultern, stand plötzlich im Mittelgang und machte ein beleidigtes Gesicht.

»Es steht einem Deutschen wohl kaum zu, so zu sprechen!«, sagte er verächtlich und mit drohendem Unterton. »Schließlich waren es doch die Nazis, die das Beschnüffeln argloser Leute perfektioniert haben. Und ihre Verschlüsselungstechniken, vor allem die Enigma-Maschine, haben uns erst dazu gebracht, die eigenen Kryptoanalytiker zu dem zu machen, was sie heute sind: die weltweit führenden Experten auf diesem Gebiet.«

Agaf Nbugu erhob sich schnell von seinem Sitz und drehte sich zu dem erregten Riesen um. Doch bevor er noch etwas sagen konnte, meldete sich schon Walter Friedmans energische Stimme.

»Setzen Sie sich wieder hin, John! Der Vergleich mit den

Nazis war nicht nur unpassend, sondern auch geschmacklos. Merken Sie denn nicht, dass der Professor Sie nur provozieren will? Aus seiner Sicht hat er nicht einmal Unrecht, gegen die NSA eingenommen zu sein.«

Der Gescholtene knurrte noch etwas Unverständliches, zog sich dann aber auf seinen Sitz zurück.

»Dieser Friedman scheint mehr als nur ein Laufbursche zu sein«, flüsterte Stella ihrem Vater auf Deutsch zu.

Der nickte und entgegnete: »Verlassen wir uns aber lieber nicht auf seine Autorität. Der rote Riese dahinten scheint ein echter Patriot zu sein. Bei einem Faustkampf mit ihm würde ich vermutlich den Kürzeren ziehen. Ich schlage vor, wir verschieben unseren kleinen Dialog auf ein andermal.«

Gerade in diesem Augenblick kündigte ein lautes Quietschen der Bremsen ihre Ankunft im Hauptquartier der NSA an.

Der Bus hielt vor einem Pförtnerhäuschen, das den Zugang zu einem weitläufigen Gelände bewachte. Der Fahrer wechselte mit einem Uniformierten einige Worte und zeigte Ausweispapiere.

»Ich hatte vergessen zu erwähnen, dass die NSA direkt dem Pentagon unterstellt ist«, raunte Salomon Stella zu und deutete mit seinem Kinn auf den Wachposten am Eingang.

Stella behagte die ganze Situation überhaupt nicht. Obwohl die Bürohäuser, die sie in einiger Entfernung auf dem ausgedehnten Areal entdeckte, nicht gerade wie die Baracken eines Straflagers aussahen, fühlte sie sich dennoch wie ein Häftling auf dem Weg in die Zelle.

Mit lautem Zischen öffnete sich die Tür und ein beleibter Mann in hellgrauem Anzug stieg in den Bus. Er erklärte laut und deutlich, dass er Charles Townsend heiße, und, wie allen bereits angekündigt worden sei, nun eine kurze Sicherheitsüberprüfung vornehmen werde. Da jedes Teammitglied schon über eine Unbedenklichkeitsbescheinigung der einschlägigen Behörde verfüge, diene dieser Check allein der Identifizierung.

Charles Townsend ließ sich dann trotzdem viel Zeit mit der Inspizierung der Ausweise. Der NSA-Beamte mochte gut und gerne einhundertzwanzig Kilo auf die Waage bringen und konnte sich nur mit Mühe durch den schmalen Mittelgang des Busses zwängen. Als endlich der Check zur Zufriedenheit des Beamten abgeschlossen worden war, setzte sich der Bus wieder in Bewegung. Townsend hatte neben dem Fahrer Platz genommen und erfüllte nun die Funktion eines Lotsen.

Das Gelände des NSA-Hauptsitzes war riesig. Allein hier, in Fort Meade, mussten Tausende von Menschen arbeiten. Der Bus bog mehrmals in Nebenstraßen ein, bis er schließlich vor einem lang gestreckten Gebäude mit nur zwei Stockwerken hielt. Townsend wechselte nun in die Rolle des Fremdenführers.

»Dies, meine Damen und Herren, wird für die nächste Zeit der Ort Ihres Wirkens sein. Wie Sie bald selbst sehen werden, reicht dieses Gebäude in eine beträchtliche Tiefe hinab. Es verfügt über einen atombombensicheren Bunker, wie es sie noch einige auf diesem Gelände gibt. Der wiederum ist Heimstatt eines unserer ehrgeizigsten Projekte. Es ist so geheim, dass ich Ihnen nicht einmal den Namen verraten darf.«

»Dafür plaudern Sie aber ganz schön munter drauflos«, sagte Stella, mehr zu sich selbst als an die Adresse des Beamten gerichtet.

Townsend verfügte offenbar über ein empfindliches Gehör, denn er antwortete ohne Umschweife auf die respektlose Bemerkung des Teenagers. »Um der Wahrheit die Ehre zu geben, möchte Ihnen der Leiter des Geheimprojektes selbst alle Einzelheiten unterbreiten. Bitte gedulden Sie sich hierzu noch ein paar Minuten.«

»Und was er vorher so alles gesagt hat, ist irgendwann irgendwo schon einmal zu lesen gewesen«, fügte Salomon leise hinzu.

»Folgen Sie mir nun bitte«, sagte der selbst ernannte Reiseleiter und nahm den Ausstieg in Angriff.

Nachdem Townsend die Tür des Busses freigegeben hatte, strömte der Rest des Teams zügig heraus. Der Beamte geleitete seine Schar zum Eingang des Flachbaus. Sie betraten ein kleines Foyer und standen unvermittelt vor einer verschlossenen Tür aus Panzerglas.

»Meine Damen und Herren, hier sehen Sie eine der zahlreichen Sicherheitsmaßnahmen, mit denen wir unser erwähntes Forschungsprojekt schützen. Ein biometrisches Zugangssystem. Interessant, nicht wahr, Professor Kalder?«

Salomon hatte sich neugierig nach vorne geschoben, was dem aufmerksamen »Fremdenführer« nicht entgangen war. »Wie funktioniert denn dieses Zugangssystem?«, erkundigte sich Stellas Vater.

»Perfekt!«, antwortete Townsend stolz, als sei er der Konstrukteur der Apparatur höchstpersönlich.

»Was Sie nicht sagen!«

»Doch, doch, Professor. Dieser elektronische Pförtner ist besser als jede Schließanlage. Bei Letzterer könnte man den Schlüssel stehlen oder ihn nachmachen ...«

»Oder beides?«

»Das haben Sie gut erkannt, Professor! Unser Zugangssystem aber ist gegen derlei plumpe Angriffe immun.«

»Tatsächlich?«

»Ja. Es nimmt eine *dreifache* Messung Ihrer biometrischen Merkmale vor: Zunächst führt es eine Stimmanalyse durch, sobald ich ein Zugangswort in das Mikrofon des Systems spreche.«

Salomon steckte die Hände in die Hosentaschen und beugte sich interessiert vor. »Raffiniert!«

»Nicht wahr? Aber das ist noch nicht alles. Dann nimmt mich die eingebaute Kamera genau ins Visier und vermisst mein Gesicht.«

»Da hat sie aber einiges zu tun!«, murmelte Stella.

Townsend schien diesen Kommentar glücklicherweise überhört zu haben. »Schließlich muss ich meinen Daumen noch auf diese Fläche hier legen, damit das System in weniger als einer Sekunde meinen Fingerabdruck prüfen kann. Erst dann öffnet sich die Tür.«

»Genial!«, entfuhr es Salomon.

»Nicht wahr, Professor? Das Ding ist wirklich narrensicher.«

»Solange man nicht Ihre Stimme von einem Tonband abspielt und der Maschine ein Ihnen zuvor entwendetes Auge sowie Ihren abgeschnittenen Daumen präsentiert, haben Sie sicher Recht.«

Der Beamte wurde bleich. Doch als er das allgemeine Schmunzeln und Kichern der anderen bemerkte, entspannte er sich wieder und zwang sich zu einem gequälten Lächeln. »Sie sind ein Scherzbold, Professor Kalder.«

»Ich wollte Sie mit meiner Bemerkung nicht aus dem Konzept bringen, Mr Townsend. Es interessiert mich brennend, wie Ihr System in der Praxis funktioniert.«

Der Beamte sah erst den Professor an, dann die mit Elektronik voll gestopfte Säule neben der Tür. Zahlreiche Augenpaare verfolgten jede seiner Bewegungen. Townsend lehnte sich vor, blickte in die Pförtnerkamera, schob verstohlen seinen Daumen auf die dafür vorgesehene Scannerfläche und sagte das Zauberwort: »Mickymaus.«

Wieder erfüllte leises Kichern das Foyer.

»Sie erhalten noch heute Ihr persönliches Zugangsprofil und können sich dann so gut wie ungehindert in dem Gebäude bewegen«, verkündete Townsend mürrisch. Der Enthusiasmus eines Fremdenführers war nun völlig von ihm abgefallen.

Die Glastür öffnete sich mit einem leisen Zischen.

»Du solltest deinen SESAM mal hierher in die Lehre schicken«, raunte Stella ihrem Vater zu.

»Unser Pförtner zu Hause ist noch ein Prototyp und im Vergleich zu diesem hier doch schon ein Greis«, verteidigte Salomon seine Entwicklung. »Im Übrigen habe ich nie behauptet, er sei unüberwindbar.«

»Komisch, gerade so kommt es mir aber vor.«

Die ungefähr dreißigköpfige Gruppe wurde mit zwei Fahrstühlen in das fünfte Untergeschoss des Gebäudes transportiert. Townsend gab sich geschäftsmäßig und sagte nur das Nötigste. Nach Verlassen des Lifts fanden sich die Männer und Frauen in einer wenig anheimelnden Welt aus grau glänzendem Linoleum und steril anmutenden, hell lackierten Wänden wieder. An der Decke hingen in regelmäßigen Abständen Leuchtstoffröhren unter milchigen Plastikabdeckungen. Stella entdeckte zudem auf Anhieb zwei Wandtelefone und drei Feuerlöscher.

»Wirklich gemütlich hier«, murmelte sie.

»Du musst es dir als Labor vorstellen, nicht als Wochenenddomizil«, antwortete eine weibliche Stimme neben ihr. Als Stella sich umwandte, sah sie in das verständnisvoll lächelnde Gesicht von Kimiko Shirakaba.

»Sagen Sie bloß, Sie finden es nicht scheußlich!«

»Ich musste schon Wochen in ganz anderen Löchern zubringen. Die schöne neue Welt der Technik kann manchmal ziemlich öde sein.«

Inzwischen hatte Townsend seine Schar vor eine zweiflügelige Holztür gebracht. »Treten Sie bitte schon mal ein. Sie finden in dem Raum Erfrischungen und einen kleinen Imbiss. Ich informiere inzwischen den Projektleiter, der Sie in Kürze begrüßen wird.«

Stella und ihr Vater sahen dem massigen Geheimdienstmann hinterher, der durch den Flur davonwatschelte. Dicht hinter ihm folgten Friedmann und der »Rote John« – ein Beiname für den erregten Hünen aus dem Bus, der Stella ganz spontan eingefallen war.

»Au Backe, Paps!«, entfuhr es ihr auf Deutsch. »Da hast du ja genau die Richtigen auf die Palme gebracht. Jetzt werden sie ihrem Chef bestimmt deine ganzen Frechheiten petzen.«

»Du hast Friedman auch nicht gerade mit Samthandschuhen angefasst.«

Agaf, der nur die Blicke von Vater und Tochter deuten, nicht aber ihre Unterhaltung verstehen konnte, ergriff Salomons Oberarm. »Wenn ich Ihnen einen Rat geben darf, Mark. Versuchen Sie etwas umgänglicher zu sein. Wir werden hier in diesem Keller einige Tage, vielleicht sogar Wochen zusammenarbeiten müssen. Eine feindselige Stimmung würde es uns allen nur schwerer machen, das uns gesteckte Ziel zu erreichen.«

»Schon gut, Agaf. Ich werde versuchen meine Abneigung gegen diese Organisation im Zaum zu halten. Aber Sie werden auch verstehen, dass ich aus meinem Herzen keine Mördergrube machen kann.«

»Ich akzeptiere Ihren Standpunkt, aber im Moment zügeln Sie sich bitte etwas. Versprochen?«

Salomon nickte einsichtig. »Ihnen kann man ja sowieso kaum etwas abschlagen, Agaf. Ich werde tun, was ich kann. Zufrieden?«

»Mehr erwarte ich gar nicht.« Der Afrikaner klopfte Salomon freundschaftlich auf die Schulter. Dann zwinkerte er Stella zu und sagte: »Dasselbe gilt übrigens auch für dich, Starlet.«

Stella nickte wie ein braves kleines Mädchen. Doch dann runzelte sie die Stirn. »Starlet?«

Agaf lachte leise in sich hinein und sein langes afrikanisches Hemd tanzte auf und ab. »Stella ist das lateinische Wort für ›Stern‹. Für deine Eltern warst du bei deiner Geburt bestimmt der absolute Star, deshalb haben sie dich so genannt. Für mich, der ich dich gerade erst einen Tag kenne, bist du noch ein Sternchen, ein *Starlet.*«

Die Erwähnung von Salomon und Viviane in der Rolle glücklicher Eltern machte Stella nachdenklich. Sie wusste auf Agafs Bemerkung nichts zu erwidern. Doch dieses Bild ließ sie die eher kalte und abweisende Umgebung, in der sie sich befand, weniger tragisch nehmen.

Es dauerte mindestens fünfzehn Minuten, bis der »Projektleiter«, wie ihn Townsend großspurig genannt hatte, auf der Bildfläche erschien. Die Zeit bis zu seinem Auftauchen vertrieben sich die Teammitglieder mit dem Verzehr von dreieckigen Sandwiches, die in ebenso geformten Plastikboxen über den langen Konferenztisch verstreut lagen. Stella angelte sich ein Weißbrot mit Truthahn, Salomon entschied sich für die Vollkornvariante mit grünem Salat, Gurke und Tomate.

Zahlreiche Gespräche sorgten für einen relativ hohen Geräuschpegel in dem karg eingerichteten Zimmer. Jeder war schon gespannt auf den Leiter jenes ominösen Projekts, das so geheim war, dass man nicht einmal dessen Namen oberhalb der Erdkrume aussprechen durfte.

Als die beiden Türflügel des Saals unvermittelt aufgingen, trat fast augenblicklich Stille ein. Alle schauten neugierig auf den kleinen Mann, der ruhig am Eingang verharrte – ein lebendig gewordenes Standbild Julius Cäsars. Dieser Unbekannte war unverkennbar Italiener, zumindest italienischer Abstammung. Sein dichter lockiger Haarkranz war schon deshalb eindrucksvoller als der von Townsend, weil er, abgesehen von ein paar silbernen Fäden, wie ein Reif aus schwarzem Lorbeer das stolze Haupt umgab. Das Bewusstsein der eigenen wichtigen Stellung in dieser riesigen Behörde ließ sich unmittelbar an seiner betont aufrechten Körperhaltung ablesen. Hier stand einer, dem man so schnell nichts vormachen konnte.

Die schwarzen Augen des gut ein Meter sechzig großen Mannes blitzten unter den hängenden Lidern hervor und ließen auf einen gewieften Taktiker schließen, der seine Interessen stets im Blick behielt, ein Wesenszug, der von seiner schmalen raubvogelartigen Nase nur noch unterstrichen wurde.

Die Kleidung des Herrschers dieser Unterwelt fiel dagegen Stellas Meinung nach eher langweilig aus. Der Mann trug eine blaue Anzughose mit hellen Nadelstreifen, ein kurzärmeliges weißes Hemd und dazu eine rote Krawatte, auf der in Gold und Blau das Abzeichen eines ihr unbekannten Clubs prangte. Die sauber geputzten schwarzen Schuhe zeugten von der Reinlichkeit des Trägers, das zerknautschte Leder dagegen eher von seiner Sparsamkeit. Er war wohl doch nur ein Beamter mit begrenztem Budget. Einzig die großen rosigen, behaarten Ohrläppchen zogen noch für einen Augenblick Stellas Interesse auf sich, sie sahen aus wie reife Kaktusfeigen. Dann lenkte sie ohnehin die Stimme des Italoamerikaners von weiteren Betrachtungen ab.

»Mein Name ist Dr. Alban Cesare DiCampo«, stellte er sich vor.

Stella musste sich ein Lachen verkneifen. *Cesare?* Zu Deutsch: Cäsar! Sehr treffend.

»Wie Sie an meinem Namen unschwer erkennen können, fließt italienisches Blut in meinen Adern – oder wie manche bei anderer Gelegenheit behaupten, rot glühende Lava.«

DiCampo gönnte sich ein gepflegtes Lachen, das, ebenso wie seine Vorstellung, auf Stella irgendwie einstudiert wirkte.

Nachdem einige der Zuhörer DiCampos Herkunftshinweis mit höflichem Lächeln quittiert hatten, fuhr dieser fort: »Ich leite in dieser unterirdischen Basis ein Projekt von größter Wichtigkeit. Es unterliegt strengster Geheimhaltung. Allein schon dieser Umstand sollte Ihnen verdeutlichen, wie ernst die Regierung der Vereinigten Staaten die jüngsten, Ihnen allen bekannten Anschläge auf Computersysteme nimmt. Ich möchte allerdings keinen Hehl daraus machen, dass mir die Einschaltung der Öffentlichkeit in Bezug auf mein Projekt wenig Freude bereitet ...«

»Vielen Dank für Ihre Direktheit«, unterbrach Agaf, ganz im Gegensatz zu seinen sonstigen Gepflogenheiten, den Projektleiter. »Aber es dürfte wohl nicht ganz passend sein, die Cyberworm-Einheit als ›Öffentlichkeit‹ zu bezeichnen, Dr. DiCampo. Immerhin sind wir vor Beginn unseres Einsatzes alle zu strengster Verschwiegenheit verpflichtet worden.«

Salomon brachte seinen Mund dicht an Stellas Ohr ohne dabei den temperamentvollen Projektleiter aus den Augen zu lassen. »Hast du gehört, wie er das hier ›mein Projekt‹ genannt hat? Das nenne ich einen voll motivierten Staatsdiener!«

Alban C. DiCampo hatte inzwischen seinen Platz beim Eingang verlassen und schritt zielstrebig auf das Kopfende des Konferenztisches zu. So konnten nun endlich auch Friedman, Townsend und der Rote John eintreten.

Stella zuckte ein wenig zusammen, als sie den bohrenden Blick des rothaarigen Hünen bemerkte. War der Amerikaner wirklich so nachtragend, dass er die ironischen Bemerkungen aus dem Bus noch immer nicht vergessen hatte? Im Gegensatz zu Friedman und Townsend, die sich am Ende des Tisches freie Stühle suchten, blieb der Rote John neben der Tür stehen und sah weiter zu den Kalders hin. Erst als Stella den Blick offen erwiderte, schweiften seine Augen ab.

Als habe DiCampo den nur für Stellas Ohren bestimmten Kommentar Salomons gehört, setzte er nun seine kleine Rede mit einer wichtigen Anmerkung in eigener Sache fort. Ganz bewusst in Richtung der beiden Deutschen blickend sagte er: »Mir ist berichtet worden, dass einige in diesem Raum der NSA und ihrer Arbeit kritisch gegenüberstehen. Ich halte jedoch das Cyberworm-Team nicht für die geeignete Plattform, um derartige Differenzen auszutragen. Meine Leute werden gemeinsam mit Ihnen – der von den Vereinten Nationen ausgewählten Spezialeinheit – eine schlagkräftige Truppe bilden. Ich möchte Sie jedoch wissen lassen, dass ich mich in erster Linie mit dem Projekt *Intruder* identifiziere. Ich habe es ins Leben gerufen. Deshalb ist es *mein* Projekt und es wird für mich immer Vorrang haben.«

»Intruder?«, wiederholte Salomon.

DiCampo drückte die Brust heraus und nickte. »Genau so ist es. Der Name I.N.T.R.U.D.E.R. steht für *Internet Robot for Ulterior Deprivation and Evasion of Restrictions*.«

Mit jedem Einzelwort des Akronyms waren Salomons Augen größer geworden. »Beachtlich!«, sagte er in offener Bewunderung. »Der Name hätte mir einfallen können.«

»Vielen Dank, Professor.«

»Ich muss zugeben, dass ich bei Akronymen leicht ins Schwärmen gerate, wie andere Menschen bei erlesenen Weinen. Das, was hinter diesem Namen steckt, gefällt mir allerdings sehr viel weniger. Ich meine, die Bezeichnung ›Internet-Roboter für versteckte Aneignung und Umgehung von Beschränkungen‹ hört sich nicht gerade nach der Neuentdeckung des Penizillins an.«

»Selbstverständlich ist Intruder nur ein interner Projektname, Professor. Wir eignen uns von niemandem Datenmaterial an, der nicht selbst ein Dieb oder ein noch schlimmerer Verbrecher ist. Intruder dient einzig und allein der nationalen Sicherheit der Vereinigten Staaten.«

»Diese Phrase ist doch inzwischen so abgedroschen wie die Ausrede des Soldaten, er habe nur auf Befehl unschuldige Zivilisten massakriert.«

»Meine Herren, meine Herren«, fuhr Agaf Nbugu streng dazwischen. »Lassen Sie uns bitte keine gereizte Stimmung aufkommen. Dr. DiCampo, Ihren einführenden Worten kann ich mich nur anschließen: Es wird Cyberworm um keinen Zoll weiterbringen, wenn wir uns hier schon am ersten Tag gegenseitig die Haare ausraufen. In meiner Eigenschaft als Teamleiter dringe ich darauf, dass wir diese Sitzung in einer sachlichen Atmosphäre fortführen – wie es sich für Profis gehört. Habe ich mich verständlich ausgedrückt?«

Stella sah, wie schwer es ihrem Vater fiel, an sich zu halten. Wohl nur aus Sympathie für den Afrikaner ließ er sich in seinen Stuhl zurücksinken und nickte stumm. DiCampo kam ihr kaum glücklicher vor. Bisher hatte er in diesem unterirdischen Reich den Ton angegeben. Und mit einem Mal war da noch jemand, der dieses Recht für sich beanspruchte.

»Lassen Sie mich noch einmal kurz unsere bisherigen Erkenntnisse zusammenfassen, bevor ich Ihnen Intruder genauer vorstelle«, sagte der Projektleiter schließlich. Er skizzierte nachfolgend das Profil der einzelnen »Anschläge«, wie er die Computervorfälle ausnahmslos bezeichnete, stellte die Gemeinsamkeiten heraus und ging auf einige Details genauer ein. Im Wesentlichen wiederholte er nur, was alle schon wussten. Ohne allzu große Hast steuerte er dann auf sein Resümee zu.

»Seit 1997 der erste Fall von Cyberterrorismus bekannt wurde, hat die NSA gründlich alle Anschläge untersucht, die *mit* oder *gegen* informationstechnische Einrichtungen verübt wurden. Der Vorfall von 1997 war noch vergleichsweise harmlos. Die *Internet Black Tigers*, eine Splittergruppe *der Befreiungstiger von Tamil Eelam*, attackierten damals das Computersystem der Botschaften Sri Lankas mit so genannten E-Mail-Selbstmord-Bomben. Die tamilischen Hacker versuchten den Mail-Server lahm zu legen, indem sie ihm massenhaft E-Mail zustellten. Das Ganze diente dem Zweck, Aufmerksamkeit zu erregen. Die politischen Ziele der Freiheitskämpfer von Sri Lanka sollten einer größeren Öffentlichkeit bekannt werden. Seit damals konnten unsere Geheimdienste ein zunehmendes Interesse radikaler Gruppen an ABC-Waffen feststellen. Und an der Informationstechnologie! Das Profil der Vorfälle der letzten acht Tage lässt die Mehrzahl unserer Analytiker den Beginn einer neuen Phase des Terrorismus für wahrscheinlich erachten. Die NSA-Experten gehen mit zweiundachtzigprozentiger Sicherheit davon aus, dass in weniger als drei Monaten ein Szenario der Dimension eintreten könnte, wie es Professor Kalder in seinem Aufsatz über die I-Bombe beschrieben hat.«

Für diese sachlich kühle Feststellung erntete der Projektleiter Schweigen in den verschiedensten Schattierungen: meistens betroffen, gelegentlich verwirrt, manchmal sogar zweifelnd.

Stella beugte sich unauffällig vor und spähte zur Tür hin.

Der Rote John stand immer noch da. Inzwischen rührte sich Salomon an ihrer Seite.

»Mit zweiundachtzigprozentiger Sicherheit!«, hauchte er abfällig in ihr Ohr. »DiCampo ist ein Witzbold. Woher will er wissen, ob es nicht zweiundachtzig Komma eins oder sogar zweiundachtzig Komma zwei Prozent sind – oder doch vielleicht nur siebzig?«

Der Projektleiter bemerkte zwar das Tuscheln zu seiner Linken, ließ sich davon aber nicht aus dem Konzept bringen. »Die NSA geht davon aus, eine Gruppe hoch motivierter, bestens ausgebildeter Extremisten zum Gegner zu haben. Wir vermuten hinter ihren Aktivitäten den Einfluss einer jener radikalen Regierungen, die den westlichen Industriestaaten im Allgemeinen und den Vereinigten Staaten im Besonderen feindlich gesonnen sind.«

»Sie haben dabei nicht zufällig schon ein bestimmtes Land im Visier, Dr. DiCampo?« Die Zwischenfrage kam von Kimiko Shirakaba.

DiCampo lächelte grimmig und strich sich über die üppigen Haare am Hinterkopf. »Wir sprechen hier nicht von einem einzelnen Hackerangriff, Mrs Shirakaba, sondern von einem breit angelegten Plan. Der lässt sich nicht allein durch Fanatismus und Hass verwirklichen. Er erfordert geheimdienstliche Vorbereitung auf höchstem technischem Niveau und ausreichende finanzielle Mittel.«

»Damit haben Sie die Frage von Mrs Shirakaba nicht beantwortet«, fasste Salomon nach. Er hatte wohl einen bestimmten Verdacht.

»Wir glauben, dass der Iran die Terroristen engagiert haben könnte.«

Salomon hob eine Augenbraue. Ein merkwürdiges Lächeln stahl sich auf seine Lippen.

Unterdessen meldete sich zaghaft ein anderer Zuhörer zu Wort. Stella war aufgefallen, dass der junge Mann an der anderen Seite des Tisches zuletzt immer unruhiger auf seinem Stuhl hin und her gerutscht war. Er trug eine runde Nickelbrille und hatte einen schwarzen Lockenkopf. Soweit sie sich noch erinnerte, hieß er Benny. Wenn man Bennys gebogene Nase mit ins Kalkül zog und seinen Spitznamen als Kurzform von Benjamin auslegte, dann mochte er Israeli sein.

Als er DiCampos erwartungsvoll erhobene Kinnspitze bemerkte, sagte er mit hoher wohlklingender Stimme: »Ich dachte eigentlich, die UN-Spezialeinheit und Ihr Projektteam seien an diesem Ort zusammengezogen worden, um eine gemeinsame Cyberworm-Truppe zu bilden. Wenn Sie jetzt aber schon derart gründliche Vorarbeit geleistet haben, Dr. DiCampo, dann werden Sie uns nun sicher auch mit einem Plan überraschen, wie wir die Terroristen aufspüren können.«

Salomon schenkte Benny für diese Bemerkung einen anerkennenden Blick.

Der wortgewandte Projektleiter schien jedoch auf ein derartiges Stichwort nur gewartet zu haben. »Der Präsident hat mir durch meine Vorgesetzten heute früh noch einmal mitteilen lassen, wie sehr ihm an einer engen Zusammenarbeit zwischen UN und NSA gelegen ist. Sie alle wissen wohl inzwischen, dass ihn dieses Thema auch aus persönlichen Gründen brennend interessiert.« Einige am Tisch lachten und zum ersten Mal punktete DiCampo bei seinen Zuhörern. »Wie Ihnen bekannt sein dürfte, wurden sämtliche Angriffe über das Internet eingeleitet. Und Sie sind wahrscheinlich ebenfalls darüber informiert, dass es fast unmöglich ist, sich im Web zu bewegen ohne Spuren zu hinterlassen.«

»Das täglich Brot der NSA«, kommentierte Salomon mit leiernder Stimme.

»Es wäre dumm von mir, dies zu leugnen, Professore. Aber genau *hier* ist der Punkt, wo wir unseren Hebel ansetzen müssen.«

»Mit ›Hebel‹ meinen Sie vermutlich Ihr Intruder-Projekt?«

DiCampo nickte theatralisch. Jetzt war er in seinem Element. »Und damit sind wir beim Kapitel Intruder angelangt. Der Internet Robot for Ulterior Deprivation and Evasion of Restrictions ist nicht, wie man aufgrund des Namens vermuten könnte, ein echter Roboter. Es handelt sich dabei vielmehr um ein halbautomatisches Navigierungssystem, mit dessen Hilfe sich Menschen – wir nennen sie *Cybernauten* – intuitiv und rasend schnell durch das Internet bewegen und in verdächtige Computersysteme eindringen können. Da es uns in erster Linie ja um die Verbrechensbekämpfung und -vereitelung sowie um die Abwehr von Spionageangriffen geht«, DiCampo holte tief Atem, wohl in der Erwartung eines kritischen Einwurfs von Seiten Salomons, »benötigen wir in Zukunft immer bessere technische Hilfsmittel zur Spurensuche im weltweiten Netz. Außerdem schützen sich inzwischen auch Personen und Organisationen mit unlauteren Motiven durch Sicherheitssysteme, die wir erst einmal überwinden müssen, wollen wir ihnen das Handwerk legen. Aus diesen Gründen wurde Intruder entwickelt.«

»Und was ist jetzt das eigentlich Neue an diesem Intruder, abgesehen von den eingebauten ›Nachschlüsseln‹? Was macht ihn, im Gegensatz zu einem herkömmlichen Web-Browser, so schnell?«, erkundigte sich Benny, jetzt schon forscher als bei seiner ersten Wortmeldung.

DiCampo lächelte wie ein stolzer Chefkoch, der den Gästen endlich sein *Omelette Surprise* servieren darf. »Intruder bedient sich dabei eines Verfahrens, das wir als ›kontrollierte Assoziations-Stimulation‹ bezeichnen ...«

»Im Englischen abgekürzt mit CAS«, murmelte Salomon lauter als beabsichtigt.

»Exakt, Professor Kalder!«, freute sich DiCampo über die aktive Mitarbeit. »Durch das CAS-Verfahren werden im Bewusstsein des Cybernauten bestimmte Reize ausgelöst, die er im Umfeld eines Wachtraums wahrnimmt. Das Internet wird für ihn also zum Cyberspace, wobei die individuelle Fantasie des Cybernauten selbst bestimmt, wie diese virtuelle Welt, durch die er sich bewegt, ausgestaltet ist.«

Im Konferenzraum erhob sich Gemurmel. Den meisten behagte der Gedanke überhaupt nicht, das eigene Bewusstsein einer Maschine anzuvertrauen.

Stella nutzte die Ablenkung, um ihren Vater mit dem Ellenbogen anzustoßen. Als er sie anblickte, deutete sie mit dem Kopf zur Tür hin. Salomons Augen wanderten kurz in die angezeigte Richtung und kehrten sofort wieder zurück. Als ihr Vater nur mit den Schultern zuckte, suchte Stella nun selbst nach dem Roten John. Sie fand ihn auch in der Nähe des Eingangs, doch der große Mann hatte sich nun abgewandt und unterhielt sich leise mit Townsend.

Inzwischen hatte sich die Unruhe im Raum einigermaßen gelegt, so dass Agafs entrüstet klingende Stimme allseits Gehör fand.

»Heißt das, Sie kontrollieren das *Gehirn* Ihrer ›Cybernauten‹?«

DiCampo bemerkte wohl, dass die Stimmung seiner Zuhörer wegen ethischer Bedenken umzuschlagen drohte, und erklärte hastig: »CAS bedeutet keine *Willens*kontrolle. Die Erforschung des menschlichen Gehirns ist noch lange nicht so weit, dass wir es wie einen Computer programmieren könnten. Abgesehen von einigen viel versprechenden Ansätzen sind wir leider auch noch nicht in der Lage, differenzierte Befehle aus unserem Bewusstsein direkt in Steuerungsanweisungen umzusetzen.«

»Also einen gedachten Text direkt am Bildschirm erscheinen zu lassen?«, fragte Kimiko.

»So ist es. Die Japaner sind in der kommerziellen Forschung auf diesem Gebiet bisher am weitesten fortgeschritten. Sie können bereits mittels Gedankenkraft einige plumpe Schaltvorgänge veranlassen.«

»Und wie steht es mit der militärischen Forschung?«, fragte Salomon. »Die NSA ist doch dem amerikanischen Verteidigungsministerium unterstellt. Ich möchte wetten, Sie sind den Japanern schon einen Schritt voraus, Dr. DiCampo.«

Der Projektleiter grinste listig. »*Zwei* Schritte, Professor Kalder. *Mindestens* zwei Schritte. Eine unserer bahnbrechenden Erfindungen ist die so genannte Neuro-Aktivitäts-Resonanz-Sonde ...«

»Kurz: NARS.«

»Ganz richtig, Professor.«

Salomon beugte sich am Tisch vor und blickte dem Projektleiter argwöhnisch ins Gesicht. »Ich hoffe doch sehr, Sie verwenden hierzu nicht die PET-Technik, die auf der Messung von zerfallenden radioaktiven Substanzen im Gehirn basiert. Ein Cybernaut müsste unter diesen Umständen ja wiederholt und über eine längere Zeit hinweg das dabei gebräuchliche Gasgemisch einatmen. Ich lehne jedes Verfahren ab, bei dem der menschliche Organismus einer solchen Strahlenbelastung ausgesetzt wird.«

»Ich kann Sie beruhigen, Professor. Im Gegensatz zu der von Ihnen angeführten Positronen-Emissions-Tomografie sind für unser NARS keinerlei radioaktive ›Kontrastmittel‹ notwendig. Ohne Frage haben Sie schon einmal etwas von SQUIDs gehört, den supraleitenden Quanten-Interferenz-

Geräten. Unser NARS ist eine Weiterentwicklung dieses biomagnetischen Verfahrens, mit dem schon allerkleinste elektromagnetische Veränderungen im Nervensystem gemessen werden können. Wir haben diese Methode revolutioniert!«

DiCampo klang euphorisch, als spreche er von einem neuen Pasta-Rezept. Er war jedoch aufmerksam genug, um Agaf Nbugus angestrengten Gesichtsausdruck zu bemerken – dem Afrikaner bereitete das Sperrfeuer aus wissenschaftlichen Fachausdrücken erhebliche Verständnisprobleme. Auch Salomons immer noch skeptische Miene entging ihm nicht. Daher drosselte er seine Begeisterung durch einen tiefen Atemzug und setzte seine Ausführungen gesetzter fort.

»Wir verwenden unsere Neuro-Aktivitäts-Resonanz-Sonde zur Messung typischer Entladungsmuster im menschlichen Gehirn. Wie gesagt, das Ganze funktioniert ohne schädliche Hilfsmittel. Wir müssen dabei nicht einmal Drähte in den Kopf des Cybernauten einführen. Die NARS-Komponente unseres Intruders lernt mit Hilfe eines neuronalen Netzes innerhalb kürzester Zeit wiederkehrende Entladungsmuster zu erkennen und ihnen eine Bedeutung zuzuordnen. Auf diese Weise kann der Cybernaut wichtige Steueraktionen auf seiner Reise durch den Cyberspace schneller ausführen als mit Joystick oder Spracheingabe – trotzdem haben wir in Ergänzung zu NARS, gewissermaßen für die ›Feinarbeit‹, beide Möglichkeiten ebenfalls vorgesehen.«

Agaf hakte ein weiteres Mal nach: »Und wie kommen diese Tagträume zu Stande, von denen Sie gesprochen haben?«

»*Wachträume*, Mr Nbugu. Ich hatte von Wachträumen gesprochen.«

Agaf ertrug geduldig die Belehrung DiCampos und harrte einer Auskunft.

»Wir – das heißt das Intruder-Team – entdeckten sehr

bald, dass die NARS-Technologie nicht nur die elektrischen Entladungen der Gehirnzellen messen, sondern bei geringer Modifikation solche auch stimulieren kann. Es würde zu weit gehen, Ihnen hier das Verfahren zu erläutern, jedenfalls erlaubt uns die Apparatur Informationen aus dem Internet so umzuwandeln, dass sie dem Bewusstsein auf direktem Wege zugeführt werden können. Dadurch erhält der Cybernaut, wenn man so will, einen weiteren Sinn. Wir sind noch lange nicht so weit, das Gehör- oder Sehzentrum ähnlich zu stimulieren, wie es unser Auge oder Ohr vermag, aber wir können Assoziationen wecken. Weil der Cybernaut nicht wirklich schläft, sondern seine Sinnesorgane voll funktionsfähig bleiben, erlauben ihm diese auch über eine komplette VR-Ausstattung das ganze Wahrnehmungsspektrum auszuschöpfen.«

»Und was hat das mit Träumen zu tun?«, hakte Agaf nach.

»Nun, dem Cybernauten wird vor Antritt seiner Reise eine Droge verabreicht, ein völlig harmloser Wirkstoff«, fügte DiCampo schnell hinzu – gerade rechtzeitig, wie das erneut aufkommende Gemurmel zeigte. »Das Mittel versetzt den Cybernauten in einen Zustand völliger Entspannung. Er träumt im wahrsten Sinne des Wortes vor sich hin ohne aber wirklich zu schlafen. Die Sinnesorgane nehmen weiterhin Reize auf, das Gehirn setzt diese aber direkt in Assoziationen um, die in seine Traumwelt passen.«

Agaf blieb hartnäckig, eine seiner hervorstechendsten Eigenschaften. »Nennen Sie mich begriffsstutzig, Doktor, aber ich verstehe es immer noch nicht ganz. Was passiert zum Beispiel, wenn ich einen Cybernauten anspreche?«

DiCampo hob Augenbrauen und Zeigefinger zur gleichen Zeit. »Eine gute Frage, Mr Nbugu. Der Cybernaut wird in seinem Wachtraum vermutlich einen Mann sehen – wenn er Sie genauer kennt, möglicherweise sogar einen dunkelhäutigen –

und wird *hören und sehen*, wie ihn dieses Gegenüber befragt. Das Gehirn setzt die Reize also unmittelbar in passende Traumbilder um.«

Agaf nickte. »Das habe ich jetzt verstanden. Aber warum diese ... diese *Traummaschine*? Weshalb haben Sie diesen komplizierten Weg gewählt? Hätten Sie nicht mit einer weniger komplexen Technik ihr Ziel ebenso erreichen können?«

»Nicht, wenn man berücksichtigt, zu welch außerordentlichen Leistungen das menschliche Gehirn fähig ist«, antwortete Salomon an Stelle DiCampos. Er hatte sehr gut verstanden, warum die NSA ihr Intruder-Projekt so vehement vorantrieb. »Haben Sie schon einmal geträumt, einen Abgrund hinabzustürzen, und sich dann später neben Ihrem Bett wiedergefunden, Agaf?«

Der Afrikaner lächelte. »Das ist mir tatsächlich schon passiert.«

»Sehen Sie. Ihr Gehirn hat den Traum in dem Augenblick gestartet, als Ihr Körper ins Rutschen kam. Die Sinnesorgane nahmen den drohenden Fall wahr, aber im Traum wurden ganz andere Schlüsse daraus gezogen, als es im Wachzustand der Fall gewesen wäre. Vermutlich haben Sie träumend sogar längere Zeiträume durchlebt, Minuten, Stunden, vielleicht sogar Tage, bis es dann endlich zu dem großen Fall kam. In Wirklichkeit sind aber nur wenige Sekunden vergangen. Stellen Sie sich bitte diese erstaunliche Leistung in einem System vor, mit dem man durch den Cyberspace, das Internet, reisen kann. Sosehr ich die Ziele ablehne, welche die NSA mit dieser Technologie verfolgt, so sehr muss ich doch bewundern, was Sie hier auf die Beine gestellt haben, Dr. DiCampo.«

Der wiederum schien ehrlich erstaunt über dieses Lob aus dem Mund eines Kritikers. Er verneigte sich sogar und sagte: »Vielen Dank, Professor Kalder. Vielleicht gelingt es mir ja auch noch, Ihre anderen Bedenken zu zerstreuen. Ich würde mich gerne etwas mit Ihnen«, dann nickte er Stella zu, »und auch mit Ihrer reizenden Tochter nach unserem Meeting in meinem Büro unterhalten. Es gibt ohnehin noch ein paar Dinge, die wir bereden müssen.«

Die erste Lagebesprechung des aus Mitarbeitern von UN und NSA gebildeten Cyberworm-Teams dauerte etwa zwei Stunden. Nachdem DiCampo sein Intruder-Projekt in der gebührenden Breite beschrieben hatte, widmete man sich verfahrenstechnischen Fragen. Es wurden mehrere Arbeitsgruppen gebildet, die sich verschiedene Aspekte der Ermittlung vornehmen sollten.

Während über »elektronische Fingerabdrücke«, Server-Logs und ähnliche technische Dinge diskutiert wurde, schielte Stella wiederholt zum Roten John hin. Der muskelbepackte Hüne stand noch immer an der Wand neben der Tür, als müsse er diese mit Leib und Leben bewachen. Mehrmals blickte er zu ihr hin, doch jedes Mal, wenn sie ihn dann direkt ansah, schaute er in eine andere Richtung.

DiCampo kündigte für den nächsten Morgen eine weitere Besprechung an. Als wäre er und nicht Agaf Nbugu Chef dieses Unternehmens, schlug er fortan für jeden Morgen um neun Uhr ein gemeinsames Briefing in dem großen unterirdischen Konferenzsaal vor. Bei diesen Treffen wolle man die Ergebnisse der jeweils letzten vierundzwanzig Stunden besprechen und sich für die nächsten abstimmen. Agaf verzichtete darauf, den dynamischen kleinen DiCampo in seine Schranken zu verweisen. Vermutlich behielt er sich das für ein Vieraugengespräch vor. Außerdem dürfte er ohnehin einen ähnlichen Vorschlag im Sinn gehabt haben. Also stimmte er DiCampos Offerte zu.

Im Anschluss an die Besprechung zeigten die NSA-Mitarbeiter den neuen Teamkollegen die Quartiere. Stella staunte nicht schlecht, als ihr und Salomon ein Zweibettzimmer mit einem separaten Bad zugewiesen wurde. Friedman hatte es sich nicht nehmen lassen, den Kalders persönlich ihre Räumlichkeiten im zweiten Untergeschoss der Laboranlage zu zeigen.

»Der Bunker unter ›Bau 203‹ – so nennen wir das zweistöckige Gebäude über diesem geheimen Forschungskomplex – wurde so konzipiert, dass in ihm neunzig Personen fünf Jahre lang ohne jeden Kontakt zur Außenwelt überleben können. Neben den hierzu eingerichteten Mannschaftsquartieren gibt es auch einige Räume für den Führungsstab. DiCampo hat darauf bestanden, Ihnen und Ihrer Tochter eine von den Nobelstuben zuzuweisen. Gleich nebenan schläft übrigens der Teamleiter, Mr Nbugu, und noch eine Tür weiter Mrs Shirakaba.«

Stella hatte die beinahe wohnlich anmutende Einrichtung sogleich in Augenschein genommen. Das Bad verfügte über eine Dusche, der kombinierte Wohn- und Schlafraum über zwei geräumige Betten, eine winzige Sitzgruppe mit drei Sesseln und sogar einen Schreibtisch.

»Kann ich hier irgendwo meine Computer anschließen?«, wollte Salomon sogleich wissen.

»Unter dem Schreibtisch finden Sie Anschlüsse für das laborinterne Netz. Auf welche Rechner Sie von dort aus zugreifen können und ob Ihnen unbegrenzter Zugang ins Internet oder in andere Kommunikationsdienste gewährt wird, kann ich im Augenblick nicht sagen. Die Entscheidung darüber hat sich der Chef vorbehalten.«

»Sie meinen DiCampo.«

Friedman nickte.

»Wie lange gehören Sie schon seiner Gruppe an, Walter?«

Friedman lächelte verschwörerisch. »Sie können sich denken, dass ich Ihnen darauf eigentlich gar nicht antworten darf. Aber ganz unter uns: Es sind gerade erst acht Tage, und ginge es nach mir, würden es auch nicht viel mehr.«

Salomon zog fragend eine Augenbraue hoch.

»Der *Italiener* – hier nennen DiCampo alle nur so – ist besessen von seinem Intruder-Projekt.« Friedmans Stimme war zu einem Raunen geworden. Gleichzeitig deutete er mit dem Kopf zur angelehnten Tür hin, als stünde der kleine Projektleiter auf dem Flur und lauschte. »Alles muss sich völlig und absolut dem Projekt unterordnen. Ich sehe zu, dass ich schleunigst wieder in meine alte Abteilung versetzt werde.«

»Mir scheint, Sie haben im Team einiges zu sagen. Erstaunlich, wenn Sie erst so kurze Zeit an Bord sind.«

»Sie sind ein Skeptiker, Mark. Aber das gefällt mir an Ihnen. Während meiner bisherigen Tätigkeit war diese Eigenschaft manchmal sogar lebenswichtig. Ich bin im Team für die Sicherheit zuständig. DiCampo meinte wohl, ich sei aufgrund meiner beruflichen Vergangenheit qualifiziert dazu.«

»Wo haben Sie früher gearbeitet, Walter?«

»*Das*, Mark, geht Sie nun wirklich nichts an. Aber die NSA ist eine ziemlich große Behörde und hat nicht nur solche Jobs wie diesen hier oder andere von der Art zu bieten, die Sie immer so leidenschaftlich verteufeln.«

Salomon nickte. »Haben Sie eine Ahnung, warum der Italiener gerade Sie für sein Projekt angefordert hat? Abgesehen von Ihren Fähigkeiten in der Sicherheitsüberwachung, meine ich.«

Friedman zuckte die Achseln und grinste schief. »Ich nehme an, er hatte gerade niemanden, der fließend Deutsch spricht und bereit war für weniger als vierundzwanzig Stunden nach

Europa zu fliegen.« Der NSA-Agent blickte auf seine Armbanduhr. »Ich muss jetzt weiter. Denken Sie bitte daran, dass Sie in zwanzig Minuten im Sicherheitsbüro sein müssen. Dort nehmen wir Ihre biometrischen Daten auf, damit Sie sich etwas freier in diesem Loch bewegen können. Wir sehen uns später.«

Pünktlich erschienen Stella und Salomon im Sicherheitsbüro. Dort mussten Sie Sprachproben abgeben und sich ein Passwort für den elektronischen Pförtner ausdenken. Stella entschied sich spontan für »Starlet«. Außerdem hatten Sie jeweils den rechten Daumen einem Fingerabdruckscanner zu präsentieren und ihre Gesichter einer Digitalkamera. Derart vermessen und mit einem *Badge*, einem Ansteckkärtchen mit Foto und Namen, versehen, durften sie sich nun frei in dem unterirdischen Labor bewegen.

Wie Stella und ihr Vater schnell herausbekamen, bedeutete »frei« in diesem Fall nicht »grenzenlos«. Es gab immer noch einige Räume oder ganze Trakte in dem verzweigten unterirdischen Komplex, die ihnen verschlossen blieben. Dazu gehörte auch das gesamte sechste Untergeschoss des Bunkers. Und der Arbeitsplatz von Alban Cesare DiCampo.

Stella fragte ihren Vater auf dem Weg zum Büro des Projektleiters, ob ihm der Rote John in irgendeiner Weise aufgefallen sei. Doch Salomon meinte nur, er habe während des Meetings zwar bemerkt, dass der Riese wenig Sitzfleisch besäße, aber das sei schließlich nicht verdächtig. Und dass er sie unablässig angestarrt habe, läge wohl eher an seinem unverdauten Groll gegenüber den deutschen Lästermäulern. Die wenig schmeichelhaften Bemerkungen über die NSA seien für einen leicht erregbaren Amerikaner mit der üblichen Portion Patriotismus – und als einen solchen habe man den Roten

John wohl anzusehen – vielleicht doch ein bisschen zu viel gewesen. Er, Salomon, habe sich jedenfalls vorgenommen dem Hünen für den Rest dieses Einsatzes aus dem Weg zu gehen, und dasselbe empfehle er auch Stella.

Kaum hatten die Kalders den Fahrstuhl im ersten Untergeschoss verlassen, da liefen sie auch schon gerade dem Mann über den Weg, der sie die letzten Minuten beschäftigt hatte. Stella erschrak, wenn sie auch nicht recht wusste, warum. Der Riese, der im Bus noch sehr temperamentvoll aufgetreten war, machte nun einen eher trägen Eindruck. Er kam wie zufällig von links auf den Fahrstuhl zu, deutete ohne ein Wort zu sagen mit dem Kopf nach rechts den Gang hinunter und ging dann voran.

Jetzt, im direkten Vergleich, fiel Stella erst der beängstigende Größenunterschied zwischen ihrem gewiss nicht zwergenhaften Vater und dem Roten John auf, der fast zwei Meter maß. Anders als sein Chef hatte sich John dem lockeren Kleidungsstil der Computerfreaks angepasst. Er trug schwarze Jeans und ein grünes Poloshirt, das – obwohl es an der kurzen Knopfleiste offen stand – über der tonnenförmigen Brust auffällig spannte. Aus den kurzen Ärmeln quollen Arme, dicker noch als Stellas Oberschenkel. Wie gut, dachte sie, dass Friedman im Bus für diesen leicht erregbaren Muskelberg das rechte Wort gefunden hatte.

An DiCampos Bürotür befand sich eine jener Pförtnersäulen, die jeweils einen neuen Sicherheitsabschnitt markierten. Der Rote John legte seinen Daumen auf den Abdruckscanner, blickte in die Kamera und sagte: »Feuertanz.« Es ertönte ein leiser Summton und die Tür sprang einen Spaltbreit auf.

Salomon sah den Hünen erstaunt an und bemerkte wohlwollend: »Wesentlich einfallsreicher als ›Mickymaus‹.«

Der Rote John ließ sich nicht verunsichern und erwiderte: »Mit Ihren Referenzdaten haben Sie keinen Zutritt zu diesem Büro. Sie werden Ihren Wurm wahrscheinlich auch so einfangen.«

»Na fein«, entgegnete Salomon gut gelaunt. »Dann können wir ja wieder den Fahrstuhl nach unten nehmen.«

»Kommen Sie bitte herein, Professor Kalder«, ertönte in diesem Moment DiCampos Stimme aus dem Türschlitz.

Salomon drückte mit der Hand die Tür auf und schob sich an dem NSA-Mann vorbei. Stella folgte ihm auf dem Fuß.

»Wie ich sehe, haben Sie sich mit Mr McMulin schon bekannt gemacht«, empfing DiCampo seine Gäste. Er war hinter seinem wuchtigen Schreibtisch aufgesprungen und kam ihnen mit ausgebreiteten Armen entgegen. Der Mann wirkte wie ausgewechselt.

»McMulin?«, fragte Salomon. »Bisher war er mir nur als John bekannt.«

»John McMulin, ja. Er geht mir bei so manchen Dingen zur Hand. Ein sehr zuverlässiger Mann!«

Der so Gelobte war nun ebenfalls eingetreten und hatte sich einen Stehplatz in der Nähe der Tür gesucht.

Salomon schien an diesem Dialog wenig Gefallen zu finden, denn er erwiderte distanziert: »Schön für Sie, Dr. DiCampo. Doch nun nennen Sie uns bitte den Grund, warum Sie meine Tochter und mich *wirklich* in Ihr Büro gebeten haben. Es dürfte sich dabei doch sicher nicht um eine Fortsetzung unseres fachlichen Disputs aus dem Konferenzraum handeln, oder?«

»Ich schätze Männer mit analytischem Verstand, Professor Kalder. Deshalb bedaure ich es wirklich, dass Sie die Tätigkeit meiner Behörde ausschließlich in der Farbe Schwarz malen. Ich hoffe, durch unsere gemeinsame Arbeit werden auch ein paar hellere Töne in Ihr Bild von der NSA kommen. Aber um ehrlich zu sein, geht es mir wirklich zunächst um andere Themen. Setzen Sie sich doch bitte.«

DiCampo wies Stella und Salomon einen Platz in der Sitzecke an, die in sein nicht sehr großzügiges Büro irgendwie noch hineingezwängt worden war. Er plauderte kurz über die beengten Verhältnisse in staatlichen Bunkern und bot seinen Gästen Kaffee an. Salomon lehnte ab.

»Eine Cola wäre mir lieber«, meinte Stella, worauf sich John auf den Weg zum nächsten Kühlschrank machen musste, was ziemlich genau in ihrer Absicht lag. Die Nähe des stets finster dreinblickenden Roten John war ihr nicht geheuer.

»Eine Zigarette?«, fragte DiCampo und hielt Salomon eine Schachtel entgegen.

»Nein, danke. Ich achte auf meine Gesundheit.«

DiCampo überging diesen kleinen Seitenhieb mit einem Lächeln und sagte, mit der Rechten schon in die Schachtel greifend: »Aber Sie haben doch sicher nichts dagegen, wenn *ich* ...?«

»Ich würde es bevorzugen, wenn Sie's unterließen.«

Dem Projektleiter fiel es sichtlich schwer, diese Einschränkung im eigenen Büro hinzunehmen. »Sie scheinen mir ein Mann zu sein, der kompromisslos für seine Überzeugung eintritt, egal, worum es sich dabei handelt.«

Salomon machte Anstalten, sich zu erheben. »Das ist natürlich Ihr Büro, Dr. DiCampo. Sie können hier rauchen, so viel Sie wollen. Nur möchte ich dann nicht dabeisitzen. Rufen Sie mich einfach wieder, wenn ...«

»Nicht doch, Professor«, fuhr der kleine Mann dazwischen, während er mit den Händen wild gestikulierte, »nicht doch. Bitte setzen Sie sich wieder. Ich kann auf die Zigarette auch gut verzichten, aber machen Sie es mir bitte nicht so schwer.«

Salomon nahm wieder Platz. Stella, die das Spiel ihres Vaters längst kannte, war die ganze Zeit sitzen geblieben.

DiCampo sah nun die Gelegenheit gekommen, sein erstes Anliegen vorzutragen. Der Ärger über das in seinem Büro verhängte Rauchverbot schien wie weggeblasen. Jetzt war er ganz Italiener: voller Temperament, Hingabe und Gefühl.

»Lassen Sie mich Ihnen, Professor Kalder, und«, er schenkte Stella ein warmherziges Lächeln, »auch Ihrer reizenden Tochter dafür danken, dass Sie der Einladung in mein Büro gefolgt sind. Mir lastet etwas schwer auf der Seele ... Ich muss mich vielmals für den schrecklichen Vorfall in New York von heute Vormittag entschuldigen.«

Salomon wirkte ehrlich erstaunt. »Weshalb?«

»Nun, irgendwie fühle ich mich schuldig. Schließlich hätte dieser Anschlag nicht stattgefunden, wenn Sie nicht auf dem Weg nach Fort Meade gewesen wären.«

Auf Salomons Stirn zeichneten sich tiefe Runzeln ab. Er schien zu überlegen, was DiCampo wirklich wollte, kam aber nicht darauf.

»Zum Glück hat ja der CIA-Beamte seiner Ausbildung entsprechend reagiert und es ist nichts passiert.«

»Hören Sie, Dr. DiCampo. Meine Tochter und ich haben einen Mordsschrecken bekommen. Ist das etwa *nichts*?«

»So war das nicht gemeint, Professor. Ich möchte Ihnen nur sagen, dass ich es sehr begrüße, einen Mann mit Ihren Fähigkeiten in unserem Team zu wissen.«

»Vorhin klangen Sie aber bei Ihrer Öffentlichkeitsschelte noch ganz anders, Doktor.«

»Das bezog sich natürlich nicht auf Sie, Professor. Sie sind jetzt jedenfalls sicher, hier in unserem Bunker. Das ist die Hauptsache.«

In diesem Moment klopfte es an die Tür.

»Das wird Mr McMulin sein, er hat vermutlich die Hände voll und kann seinen Fingerabdruck nicht abgeben.«

»O Segen der Technik!«, sagte Salomon und erbot sich die Tür zu öffnen.

Dahinter stand Agaf Nbugu.

»Entschuldigen Sie die Verspätung«, sagte der Afrikaner an die Adresse Salomons gerichtet.

»Schon vergeben, Agaf. Kommen Sie herein.«

»Aber …« DiCampo schien sichtlich verwirrt über das plötzliche Erscheinen des Cyberworm-Leiters.

»*Ich* hatte Mr Nbugu gebeten diesem Gespräch beizuwohnen«, erklärte Salomon Agafs Gegenwart.

»Nun, eigentlich wollte ich daraus keine große Sache machen«, wand sich DiCampo.

»Machen Sie sich keine Sorgen, Doktor. Mr Nbugu hat mein vollstes Vertrauen. Außerdem finde ich es wichtig, dass in unserem Team ein Geist der Zusammenarbeit herrscht.«

DiCampo nickte. Ihm war deutlich anzusehen, dass ihm diese über seinen Kopf hinweg getroffene Entscheidung überhaupt nicht schmeckte.

Inzwischen hatte der Rote John auch eine Cola aufgetrieben und kam ins Büro zurück. Er stellte eine Dose nebst Plastikbecher vor Stella auf den Tisch und verdrückte sich auf einen ungepolsterten Stuhl, der wie ein Notbehelf in der Ecke stand.

Sein Chef – mental wieder einigermaßen erholt – wandte sich nun an Agaf. »Wir hatten uns soeben über den gerade noch vereitelten Zusammenstoß mit dem Truck heute Morgen unterhalten, Mr Nbugu.«

»Haben Sie eine Ahnung, wie die Terroristen von unserem Zeitplan erfahren konnten?«, fragte Agaf direkt.

»Vermutlich gibt es ein Leck.«

»Sie denken an einen Spion?«

»Im Zeitalter der Informationstechnik kann man mit den vertrauenswürdigsten Personen zusammenarbeiten und es gelingt einem trotzdem nicht, seine Geheimnisse zu bewahren.«

»Das müssen Sie mir näher erklären, Doktor.«

»Wie viele Personen wissen von dem Cyberworm-Team, Mr Nbugu?«

»Nicht sehr viele. Abgesehen von den Teammitgliedern selbst natürlich der ständige Sicherheitsrat der UN. Er hat die Gründung der Spezialeinheit abgesegnet.«

»Gibt es von dieser Sitzung ein Protokoll?«

»Selbstverständlich, das ist so üblich. Aber es war eine Geheimsitzung. Das Protokoll wurde mit einer Stenografiermaschine aufgenommen und später abgetippt.«

»Wie wurde es denn abgeschrieben?«

»Mit einem Computer.«

»Einem Tempest-PC?«

»Wie bitte?«

»Das sind Geräte mit spezieller Sicherheitsausstattung.«

»Eine Stenografin steht nicht gerade besonders hoch in der Hierarchieleiter unserer Organisation. Ich bin mir nicht sicher, ob sie über eine solche Spezialausstattung verfügt.«

DiCampo nickte viel sagend.

»Wollen Sie damit andeuten, das Textdokument im PC sei gestohlen worden?«

»Vielleicht nicht gerade so, wie Sie jetzt denken, Mr Nbugu.«

»Ich habe es immer gerne etwas einfach. Können Sie mir bitte erklären, was Sie eigentlich meinen, Doktor?«

»Ich glaube, ich weiß, woran Dr. DiCampo denkt«, mischte sich Salomon in das Gespräch. »Selbst wenn die Stenografin beim Abschreiben des Protokolls an einem PC saß, der in keiner Weise vernetzt ist, und auch wenn sie ihre Datenträger niemandem zugänglich gemacht hat, könnte ihr Textsystem trotzdem abgehört worden sein.«

»*Abgehört?* Ein Computer?«

Salomon nickte. »Computer, Telefaxgeräte, Drucker, Modems – jedes elektronische Gerät gibt eine gewisse Strahlung ab, die verräterische Informationen transportiert. Je näher ein Spion dieser Emissionsquelle ist, desto leichter fällt es ihm, sie abzuhören. Es gab sogar vor Jahren einmal einen russischen Schwarzweißfernseher, der für Gegenden mit besonders schlechtem Empfang konstruiert worden war. Diese Geräte stimmten sich selbst auf ein schwankendes und schlechtes Signal ab. Wenn Sie einen solchen Empfänger in der unmittelbaren Nähe eines Computermonitors platzieren, dann können Sie mitlesen, was der arglose PC-Benutzer in seinen Rechner eingibt. Um einen Monitor von einem Nebenbüro aus durch die Wand ›abzuhören‹, genügen schon ein handelsüblicher Fernseher, eine Dipolantenne und vielleicht zwei, drei Bauteile, wie sie in jedem gut sortierten Elektronikladen zu kaufen sind.«

Agaf schüttelte ungläubig den Kopf. »*So* einfach habe ich mir das wirklich nicht vorgestellt. Allerdings dürften die UN-Räume sicher genug bewacht sein, damit niemand in die unmittelbare Nähe unserer Büros gelangen kann.«

»Für Geheimdienste wie den CIA sind auch größere Entfernungen kein Problem. Ein geparkter Lieferwagen, ein Telefontrupp – es gibt viele Möglichkeiten, sich einem Büro bis auf zweihundertfünfzig Meter zu nähern, die maximale Entfernung, um einen Computer auf die beschriebene Weise zu belauschen.« Während Salomon dies sagte, behielt er DiCampo genau im Auge. Doch der Projektleiter zuckte mit keiner Wimper und Stellas Vater fügte hinzu: »Vermutlich sind es inzwischen noch einige Meter mehr.«

Agaf dachte einen Moment über Salomons Worte nach. Fast unmerklich begann er zu nicken. »So könnten wirklich die wesentlichen Aufgaben und Strukturen des Cyberworm-Teams ausgespäht worden sein. Doch das erklärt noch nicht völlig, wie die Terroristen den Anschlag auf Sie und Ihre Tochter unternehmen konnten. Sowohl Ihre Ankunft als auch der Zeitpunkt unseres Umzugs nach Fort Meade sind bei keiner Sicherheitsratssitzung erwähnt worden.«

Endlich fand DiCampo Gelegenheit, sich wieder ins Spiel zu bringen. »Ich persönlich habe diese Maßnahmen geplant, hier«, er deutete mit der Rechten auf den Computer, der auf seinem Schreibtisch stand, »auf diesem PC.«

»Ist Ihr Rechner vernetzt?«, fragte Salomon.

»Natürlich, wie alle Computer in dieser Anlage. Sie wollen mit Ihrer Frage doch wohl nicht etwa andeuten ...« DiCampo gab sich empört. Nach Stellas Geschmack übertrieb der Projektleiter mit seinen Gefühlsäußerungen immer ein wenig, aber sie schrieb dies seinem südländischen Temperament zu. DiCampo schüttelte energisch den Kopf. »Vergessen Sie nicht, Professor, wir sind die NSA! Firewalls und andere Sicherheitssysteme schützen uns gegen alle bekannten Angriffsformen, die eigenen eingeschlossen.«

Salomon nickte schmunzelnd. »Man weiß ja nie, ob nicht ein frustrierter Mitarbeiter sich einmal an seinem alten Brötchengeber vergreifen will, und sei es nur aus reiner Rachsucht.«

DiCampo räusperte sich. »Diese Möglichkeit kann man natürlich nie ausschließen.«

»Haben Sie trotzdem schon überprüft, ob es einen Einbruch in Ihr Labornetzwerk gegeben haben könnte, Doktor?«

»Ehrlich gesagt ...«

»Also nicht?«

Der kleine Mann schüttelte den Kopf. »Es dürfte auch ziemlich schwer sein, das festzustellen.«

»Wenn dieselben Angreifer in Ihr System eingebrochen sind, die auch für die weltweiten Computerausfälle verantwortlich zeichnen, dann müsste es mir gelingen, Spuren zu finden.«

»Wenn Sie an den elektronischen ›Fingerabdruck‹ Ihres mutierten Spieles denken, habe ich da wenig Hoffnung. Nur in den ersten vier kollabierten Computersystemen konnten wir die *Kagee*-Identifikation finden. Die Terroristen werden ihren Anfangsfehler nicht gerade hier wiederholt haben.«

»Sollten Ihre Spezialisten da etwa eine Informationslücke haben?« Salomon schmunzelte wie jemand, dem gerade ein famoser Streich gelungen war. »Na ja, ohne den Quellcode meines *Kagee*-Programmes ist das immerhin keine Überraschung.«

DiCampo beugte sich im Sessel vor und sah Salomon mitten ins Gesicht. »Worauf wollen Sie hinaus, Professor?«

»Ganz einfach. Das *Kagee* hinterlässt in jedem Rechner, in den es eingedrungen ist, seinen Fingerabdruck, aber es verwendet nicht immer das Wort ›Kagee‹.«

»Nicht?«

»Nun, eigentlich doch.«

Agaf stöhnte. »Ihr Hacker seid wirklich ein schlimmes Volk! Sprechen Sie bitte Klartext, Mark.«

Salomon lächelte. »Ganz einfach: Die fünf Buchstaben von ›Kagee‹ – eigentlich sind es ja nur vier unterschiedliche – werden mit Hilfe eines Zufallsgenerators ›verwürfelt‹. Wir Kryptologen nennen das Permutation.«

»Sie meinen, Sie verändern einfach die Reihenfolge der Buchstaben?«

»Ganz genau, Agaf. Ein vom *Kagee* überwundener Rechner – ich nenne ihn scherzhaft eine Trophäe – kann die Buchstabenfolge ›Aegek‹ enthalten oder ›Gekea‹, eben jede denkbare Buchstabenkombination aus dem Grundwort.«

DiCampo ließ sich in die Lehne zurückfallen und stieß die Luft zwischen den Zähnen aus. »Eine Permutation! Der Hammer jedes Kryptografen. Und wir haben es einfach übersehen.«

Salomon schien die Ahnungslosigkeit des Projektleiters sichtlich Vergnügen zu bereiten. Mit einem gnädigen Unterton in der Stimme erbot er sich: »Ich kann Ihnen die passende Kneifzange liefern, wenn Sie wollen. Es ist nämlich, selbst mit dem Wissen, das Sie nun besitzen, immer noch nicht leicht, den elektronischen Fingerabdruck des *Kagee* zu entdecken.«

»Ich ahne, weshalb: Vier verschiedene Buchstaben, von denen einer doppelt vorkommt, können auch schnell einmal durch Zufall irgendwo auftauchen.«

»Exakt. Deshalb enthält mein Permutationsalgorithmus noch eine kleine Besonderheit. Je nachdem, wie die Buchstaben des *Kagee* verwürfelt sind, ist der Abdruck in einem Rechner *mehrmals* zu finden. Der Abstand der Spuren zueinander richtet sich nach der ausgewählten Variante. Ich besitze ein kleines Testprogramm. Wenn Sie gestatten, kann ich für Sie heute Abend gerne von meinem Quartier aus die Rechner des Labornetzes nach Spuren des *Kagee* durchsuchen.«

»Ich bitte sogar darum«, antwortete DiCampo erfreut. »Aber warum wollen Sie es nicht von unseren Arbeitsräumen aus ...?« DiCampos hängende Augenlider hoben sich etwas. »Schon klar. Sie möchten Zugang zum Netz haben ohne dabei ständig kritische Blicke im Nacken zu spüren.«

Salomons Augen hüpften kurz zum Roten John hinüber. Der Hüne kauerte auf seinem unbequemen Holzstuhl wie auf einem Kinderdreirad. »Ich arbeite ungestört am produktivsten«, antwortete er dann, an DiCampo gerichtet.

Der Projektleiter nickte. Unter der Bedingung, dass Salomon einige Grundregeln der Geheimhaltung beachte, wolle er ihm den Netzzugang gerne bewilligen.

Stella staunte über das entgegenkommende Verhalten ihres Vaters, der versprach, nichts zu tun, was die Operation Cyberworm in irgendeiner Weise gefährden könne.

Darauf trat DiCampo mit einer weiteren Bitte an den Professor heran. Unabhängig davon, wie die Suche nach der *Kagee*-Identifikation ausfalle, schliefe er erheblich ruhiger, wenn er das Labornetz vor etwaigen Angriffen durch den Cyberwurm geschützt wisse. Ob es denn da ein Mittel aus Salomons Softwarewerkzeugkasten gäbe, um das Labornetz vor derartigen Einbruchsversuchen zu schützen? Salomon überlegte nicht lange. Er stellte dem Doktor einige Fragen, die dieser entweder direkt oder nach kurzem Telefonat mit seinen Experten beantwortete. Dann nickte er zufrieden und versprach, dem Netzwerk des Intruder-Projektes einen »Schutzschild« zu verpassen, den das *Kagee* nicht durchdringen könne.

DiCampo atmete hörbar auf. »Ich glaube, unsere Zusammenarbeit wird doch noch sehr fruchtbar werden, Professor Kalder.«

Salomon sah den Projektleiter lange forschend an, bis dieser verunsichert nach einem Dokument griff, das auf dem Besprechungstisch lag.

»Bitte interpretieren Sie meine Kooperationsbereitschaft nicht falsch«, sagte Salomon schließlich ernst, wobei er seine Hand auf Stellas Unterarm legte. »Meine Einstellung gegenüber der weltweiten Missachtung der Privatsphäre durch die NSA hat sich nicht gewandelt. Aber heute wurde auf unser Leben ein Mordanschlag verübt. Ich werde alles in meiner Macht Stehende tun, um einen erneuten Vorfall dieser Art zu verhindern. Und«, Salomon wandte sich Agaf zu, »ich habe versprochen das Cyberworm-Team bei seinen Ermittlungen zu unterstützen. *Darauf* können Sie bauen, Dr. DiCampo, aber erwarten Sie bitte nicht mehr von mir.«

Der Projektleiter nickte ohne eine Miene zu verziehen. »Das genügt mir. Trotzdem danke ich Ihnen für die uns angebotene Hilfe, Professor. Leider muss ich nun noch mit einer weiteren Bitte an Sie herantreten.« DiCampo sah unbehaglich zu Agaf hinüber. Offenbar hätte er sein Anliegen lieber in dessen Abwesenheit vorgebracht. Er holte tief Luft und sagte: »Es betrifft Ihre Tochter, Professor.«

Salomons Rücken versteifte sich. »Stella? Sie wissen doch, weshalb meine Tochter mich begleitet. Sollten Sie Fragen an sie haben, nur zu. Über meine Forschungsarbeit weiß sie ohnehin nichts. Es gibt also keinen Grund für Geheimnistuerei.«

»Nun«, DiCampo rang die Hände und suchte nach passenden Worten, »mein Anliegen hat nichts mit Ihren Forschungsergebnissen zu tun, Professor. Aber inzwischen glaube ich Sie gut genug zu kennen, um Ihre Reaktion auf meine Bitte vorhersehen zu können.«

»Dann müssten Sie ja auch wissen, ob Sie sie lieber für sich behalten sollten oder ob es einen Versuch wert ist.«

DiCampo blickte Hilfe suchend zum Roten John, brachte es dann aber doch fertig, Salomon direkt in die Augen zu sehen.

»Professor Kalder. Ich habe gar keine andere Wahl. Sie und ich wissen, wie wenig Zeit uns möglicherweise noch bleibt, um die Katastrophe des globalen Datenkills zu vereiteln. Wenn der Einsatz von Intruder überhaupt einen Sinn haben soll, dann gibt es nur einen Cybernauten, der das ›Nest‹ des *Kagee*-Mutanten im Cyberspace aufspüren kann. Wenn Sie ehrlich zu sich selbst sind, wissen Sie, von wem ich rede. Unsere Kandidatin heißt Stella Kalder. Ich brauche Ihre Tochter.«

»›Ich brauche Ihre Tochter‹! Er hat von mir geredet wie von einem Stück Irgendwas. Ich bin doch kein Generalschlüssel, den er mal eben ausleiht, weil er sich selbst keinen feilen kann.«

Stella marschierte in forschem Tempo vor ihrem Bett auf und ab. Sie warf hin und wieder die Arme in die Luft und wetterte wie ein Rohrspatz.

»Darf ich dich daran erinnern, dass *du* am Ende in die Sache eingewilligt hast?«, entgegnete Salomon. Er saß am Schreibtisch, vor sich zwei eingeschaltete Notebooks und eine Reihe anderer Gerätschaften.

Stella blieb stehen und ließ ihr Hinterteil auf das Bett sinken. »Du hast doch selbst mitbekommen, was dir dieser DiCampo da unter die Nase gerieben hat. Im Grunde genommen sei *dein Kagee*-Programm schuld an Schäden, die schon jetzt in die Milliarden gehen, und sogar am Tod unschuldiger Menschen.« Sie seufzte. »Ich hab eben einfach wieder daran denken müssen, dass ich diese Lawine ins Rollen gebracht habe. Du hast schließlich selbst gesagt, dass ich wahrscheinlich die Einzige bin, die den *Kagee*-Mutanten durchschauen kann.«

»Trotzdem wäre es mir lieber gewesen, wir hätten wenigstens Viviane informieren können. Sie ist schließlich deine Mutter.«

Salomon hatte sogar darauf gedrungen, seine Frau nach Fort Meade zu holen, aber DiCampo hatte nur geschnaubt, das sei angesichts der strengen Geheimhaltung absolut unmöglich. Als Salomon sich daraufhin stur stellte und seine Zustimmung zu Stellas Teilnahme an der Operation verweigerte, fuhr der Intruder-Projektleiter schweres Geschütz auf. Er sagte etwas zu Salomon, was Stella als gemein und intrigant empfand. Dem Projektleiter war nämlich eine besonders hinterhältige Frage eingefallen: »Wo ist eigentlich Ihr Einreisevisum, Professor Kalder?«

Salomon war lavarot angelaufen – ein ernst zu nehmendes Anzeichen für einen bevorstehenden Ausbruch. Was er, DiCampo, damit sagen wolle, hatte er gefragt. Der Projektleiter erwiderte daraufhin, dass die amerikanischen Einwanderungsbehörden mit illegalen Einwanderern manchmal sehr streng verführen.

Stella war mindestens ebenso fassungslos wie ihr Vater, als sie DiCampos Andeutung vernahm. Sie erinnerte sich noch sehr gut, wie Finmore und Friedman sie am Flughafen durch einen Nebenraum an den Immigrationsbeamten vorbeigeschleust hatten. War das Ganze etwa ein abgekartetes Spiel, um Salomon ein Zugeständnis abzupressen?

DiCampo kannte den Deutschen nur als Professor, nicht aber als Vater, sonst hätte er sich diesen Versuch wohl erspart. Die Weigerung, Stellas Mutter nach Fort Meade einfliegen zu lassen, bestärkte Salomon nur in seiner entschiedenen Haltung. Auf keinen Fall würde er seine Tochter »als Versuchskaninchen zur Verfügung stellen«, genau diese Worte hatte er mit Hinweis auf den unausgereiften Status des Intruders gewählt.

DiCampo lockerte nun wieder die Zügel und versicherte seinen Gästen unter den finsteren Blicken Agaf Nbugus, er wolle sie keinesfalls unter Druck setzen. Nur gebe es andere Beamte im weiteren Umkreis der amerikanischen Hauptstadt, die vielleicht weniger großzügig dachten als er. Darüber hinaus sei Stella keinesfalls der erste Cybernaut. Das System sei hinlänglich erprobt und es bestände überhaupt keine Gefahr für das Kind. Er, Professor Kalder, möge doch bitte bedenken, worum es hier gehe. Nicht weniger als das »Gedächtnis der Welt« stünde auf dem Spiel.

Salomon hätte sich wohl eher vierteilen lassen als seine Tochter der NSA anzuvertrauen, aber da war ihm Stella ins Wort gefallen und hatte gerufen: »Ich mache es!«

Irgendwie, so hatte sie sich überlegt, schien das, was Salomon zu Hause beim Testen seiner Apparaturen mit ihr anstellte, und das, was sie hier wohl erwartete, voneinander gar nicht so verschieden zu sein. Es kam nur diese »harmlose Droge« hinzu, die DiCampo fast beiläufig erwähnte hatte.

Als Stellas Vater der Operation dann doch widerstrebend zustimmte, stellte er an den Intruder-Projektleiter noch eine Bedingung. Nie und nimmer würde er, Mark Kalder, seine Tochter einer Horde von Technikern und Wissenschaftlern als willfähriges Forschungsobjekt zur Verfügung stellen. Deshalb sollte Stella alles, was sie in ihren Wachträumen sah und erlebte, zuerst *ihm* erzählen. Er würde dann DiCampo und den Fachleuten des Intruder-Teams Bericht erstatten.

DiCampo hatte geschluckt. Aber nach einem stillen Augenkampf zwischen ihm und Salomon hatte er schließlich nachgegeben.

»Denkst du, sie hätten dich wirklich eingesperrt?«, fragte Stella ihren Vater nun. Immer noch auf dem Bett sitzend, hatte sie die Hände zusammengelegt und zwischen die Knie geklemmt. Der Gedanke machte ihr wirklich Angst.

»Zuzutrauen wäre es ihnen schon«, antwortete Salomon. »Ich erinnere mich da an so einen Fall. Einen gewissen Bernie S., ein Hacker, den der Secret Service fast ein Jahr lang zusammen mit brutalen Kriminellen ins Gefängnis sperren ließ. Dem Service schmeckte nicht, welche Bücher Bernie besaß, und noch weniger, welche Informationen er im Internet sammelte. Das waren seine einzigen ›Verbrechen‹. Sie haben ihn einfach unter dem Vorwand der Gefährdung der nationalen Sicherheit aus dem Verkehr gezogen.«

»Wegen ›Gefährdung der nationalen Sicherheit‹?«, wiederholte Stella nachdenklich. »Also, langsam verstehe ich, warum dir diese Phrase so gegen den Strich geht.«

Salomon nickte ernst.

»Wirst du DiCampos anderen Wunsch auch erfüllen?« Stella sprach damit eine Bitte an, die ihren Vater fast genauso auf die Palme gebracht hatte wie ihre Berufung zum ersten weiblichen Cybernauten. Der Projektleiter hatte darum gebeten, den im *Kagee*-Programm enthaltenen »Generalschlüssel« mit dem Intruder zu verknüpfen, wenn dies technisch machbar sei. Der Intruder beherrsche zwar das große Hacker-Einmaleins, aber gegen den *Kagee*-Mutanten sei er vermutlich hoffnungslos unterlegen. Nur wenn der Intruder in der Lage sei, genauso schnell und ungehindert die Sicherheitssysteme fremder Computer und Netzwerke zu überwinden wie der Cyberwurm, könne man diesen auch bis zu seinem Nest verfolgen.

In Salomon hatte sich alles gegen DiCampos letzte Bitte gesträubt – die Technologie des SKULL-Testers in einem NSA-Programm, undenkbar! Zuletzt kapitulierte er vor den Fakten: Die Zeit war für herkömmliche Ermittlungsverfahren zu knapp; man musste die Verursacher der Computerzwischenfälle mit ihren eigenen – mit Salomons – Waffen schlagen, andernfalls war das baldige Hochgehen der I-Bombe unausweichlich.

Stella musste daran denken, wie argwöhnisch Salomon immer sein *Chaos* gehütet hatte. »Wird die NSA jetzt deinen SKULL-Tester doch noch für ihre Zwecke missbrauchen können?«

Salomons Gesicht hellte sich etwas auf. Er kam zu ihrem Bett herüber, setzte sich neben sie und hauchte ihr ins Ohr: »Ich bin mir nicht sicher, wie viele Mikrofone DiCampo in diesem Raum installiert hat. Was meinen SKULL-Tester betrifft, brauchst du dir aber keine allzu großen Sorgen zu machen. Die NSA wird weder vom Tester noch von SKULL selbst den Quellcode bekommen. Sie können mein Wissen also nicht frei weiterverwenden. Der ›Generalschlüssel‹ aus dem *Kagee* wird von mir so mit Intruder verbunden, dass er nur für unsere Suche zu gebrauchen ist. Außerdem bleiben die digitalen Fingerabdrücke erhalten. Würde die NSA mit meiner Technik später andere Computer belauschen, könnte man dies jederzeit nachweisen.«

Stella grinste. Das gefiel ihr. »Deshalb hast du dir wohl auch so wenig Sorgen um dein Gepäck gemacht, seit wir gestern in New York gelandet sind.«

Salomon nickte und flüsterte belustigt zurück: »Sie haben garantiert schon sämtliche Festplatten meiner tragbaren Computer kopiert und zerbrechen sich jetzt die Köpfe darüber, was sie mit dem Inhalt anfangen können. Aber meine Quellcodes trage ich immer bei mir. Und selbst wenn sie mir diese stehlen sollten, nutzen sie ihnen nichts. Ich habe nämlich alles codiert. Und der Schlüssel dazu befindet sich in meinem Kopf.«

Stella küsste ihren Vater spontan auf die Wange – er war ihr jetzt so nahe wie schon lange nicht mehr – und sagte in ganz normaler Lautstärke: »Du bist wirklich weise wie der gute alte Salomon.«

Ein roter Schleier huschte über das Gesicht ihres Vaters. »Vielen Dank für das Kompliment.«

Stella griff nach seiner Hand. »Schade, dass Viviane uns nicht so sehen kann. Vielleicht würde es sie von deiner Ernsthaftigkeit überzeugen.«

»Glaubst *du* denn daran, Sternchen?«

Stella blickte ihrem Vater nachdenklich in die Augen. Dann hob sie die Schultern. »Ich bin mir noch nicht ganz sicher. Gib mir bitte etwas Zeit.«

Salomon nickte ernst. »So viel du willst, Sternchen – Hauptsache, es dauert nicht länger als eine Woche.«

Beide mussten lachen.

»Konntest du Viviane inzwischen erreichen?«, fragte Stella unvermittelt.

»Du hast ja gehört, was DiCampo gesagt hat: Jeder Kontakt zur Außenwelt ist den Teammitgliedern untersagt. Er wollte ja nicht einmal zulassen, dass ich Vivianes Okay bezüglich deiner bevorstehenden Reise durch den Cyberspace einhole.« Sich wieder dicht an Stellas Ohr schiebend fügte er hinzu: »Sobald wir mal zum Luftschnappen nach oben dürfen, werde ich mein Iridium-Telefon benutzen und sie anrufen.«

In den kommenden zwei Tagen war Salomon damit beschäftigt, eine Verbindung zwischen dem SKULL-Tester und dem Intruder herzustellen. Hierzu arbeitete er eng mit den Intruder-Entwicklern der NSA zusammen ohne diesen jedoch mehr von seinem »Generalschlüssel« zu verraten als unbedingt nötig.

Noch am Abend ihrer Ankunft hatte er ein spezielles Suchprogramm auf das Labornetz des Intruder-Projekts angesetzt und am nächsten Morgen tatsächlich einen elektronischen Fingerabdruck des *Kagee*-Mutanten entdeckt. Die Identifikation lag sogar im Klartext vor, war also nicht einmal verwürfelt. Für DiCampo, der für kurze Zeit getobt hatte wie ein Troll, stand damit fest, wer den Truck-Anschlag auf die Kalders verübt hatte. Die Cyberterroristen mussten, so seine felsenfeste Überzeugung, zunächst von der UN die Zusammensetzung des Cyberworm-Teams ausspioniert haben und, nachdem sie im »*Kagee*-Vater« Mark Kalder ihren größten Gegner ausgemacht hatten, in das Netz des Intruder-Labors eingedrungen sein. Dort fanden sie dann alle Daten, die sie zur Planung ihres Attentats benötigten.

Bis zum Abend hatte Salomon die untereinander verbundenen Computer des Intruder-Netzes gegen ein nochmaliges Eindringen des Cyberwurmes »immunisiert«. Er verwendete dafür ausgewählte Teile seines SKULL-Programmes ohne dieses jedoch als Ganzes preiszugeben. Von nun an konnten die Terroristen der UN-Sondereinheit nicht mehr in die Karten sehen. Die beiden gegnerischen Parteien schienen ähnliche »Waffen« zu besitzen. Wenn der Intruder wirklich das leisten konnte, was DiCampo versprochen hatte, dann verfügte das Cyberworm-Team jetzt sogar über einen kleinen Vorsprung.

Salomon arbeitete in den hermetischen Tiefen des Baus 203 eher noch mehr als zu Hause. Trotzdem nahm er sich jeden Abend gegen acht eine Stunde Zeit, um mit Stella außerhalb des Bunkers durch das NSA-Gelände zu spazieren. Das weitläufige Areal war zwar nie völlig menschenleer, doch bereits ab sieben Uhr abends konnte man sich weitgehend unbeobachtet über die Straßen abseits des großen kubischen Hauptgebäudes bewegen. Wenn sie wirklich einmal jemandem begegneten, dann war dies meist ein Sicherheitsmann. Ihre *Badges*, die sie ständig sichtbar am Körper tragen mussten, wiesen sie aber als NSA-Mitarbeiter mit besonderem Status aus, so dass sie unbehelligt blieben.

Die abendlichen Spaziergänge hatten noch einen besonderen Reiz. Jetzt, nahe der Sommersonnenwende, tauchte das Sonnenlicht die ganze Landschaft um Fort Meade in warme Farben, die selbst die Anlage der NSA ein wenig freundlicher erscheinen ließen. Stella liebte diese Stunde, bevor die Sonne am Horizont versank, und sie liebte ihren Vater dafür, dass er diesen langen Augenblick jeden Tag mit ihr teilte. Natürlich hätte sie sich noch lieber zwischen ihren Eltern gewusst, so wie früher, als diese ihr, sie an ihren kleinen Händen haltend, eine Welt zeigten, in der noch fast alles neu war.

Der Versuch der Kontaktaufnahme mit Viviane durchs Iridium-Telefon war im Übrigen fehlgeschlagen. Von keinem Punkt auf dem gesamten Areal aus konnte Salomon einen der Iridium-Satelliten erreichen. Vermutlich lag das an einem Störsender, der es jedem etwaigen Eindringling unmöglich machen sollte, mit Hilfe eines Computers schnell größere Datenmengen aus der Anlage hinauszuschaffen.

Das völlige Abgeschnittensein von der Außenwelt, vor allem der beinahe ununterbrochene Aufenthalt in dem Bunker mit seinen drei Meter dicken Spezialbetonwänden, machte Stella sehr zu schaffen. Sie fühlte sich wie eine Strafgefangene unter verschärftem Arrest. Hinzu kamen die Albträume.

Es war nun nicht mehr der Nussknacker, der sie in der Nacht schweißgebadet aus dem Schlaf fahren ließ, stattdessen quälten sie wilde Verfolgungsszenen. Mal stellten ihr fliegende Fische nach, deren Anblick allein ihr schon durch Mark und Bein ging, dann wieder hatten es Roboter mit hässlichen scharfen Kneifwerkzeugen auf sie abgesehen. Allen Verfolgern war eines gemeinsam: Sie trachteten ihr nach dem Leben.

Salomon machte den Mordanschlag für Stellas Albträume verantwortlich, und das wiederum spornte ihn nur zu immer längerem und intensiverem Arbeiten an. Schon allein um Stellas willen wollte er dem Cyberwurm – und vor allem jenem gestörten Geist dahinter – so schnell wie möglich das Handwerk legen.

Während daher ihr Vater wie besessen an mehreren Computern gleichzeitig programmierte und testete, suchte Stella

Zerstreuung in anderen Dingen. Abgesehen von dem Schmöker, den sie auf dem Frankfurter Flughafen gekauft hatte, frönte sie vor allem einer Ablenkung, die ihr gewissermaßen von höchster Stelle verordnet worden war. Wie sie bereits am Donnerstagmorgen erfahren hatte, wusste inzwischen sogar der Präsident der Vereinigten Staaten, dass alle Hoffnungen der internationalen Cyberworm-Einheit auf einem sechzehnjährigen Mädchen aus Berlin lagen. Er hätte wohl lieber einem hundertprozentigen US-Bürger in dieser überaus wichtigen Angelegenheit vertraut, doch die Sachzwänge ließen ihn schließlich dieser unpatriotischen Rollenbesetzung zustimmen. Immerhin – und das tröstete den Präsidenten ein wenig – war es ja die amerikanische Technologie, der die Menschheit schließlich ihre Rettung verdanken würde.

So wurde Stella also mit dem Segen des mächtigsten Mannes der Welt in die Geheimnisse des Intruder-Systems eingeführt. Außerdem brachte sie ihre Aufgabe auch auf andere Gedanken – der Schock des Attentats saß ihr wirklich tief in den Knochen.

Wie ein Astronaut nicht einfach in seine Rakete einsteigen und losdüsen kann, so müsse auch sie die Bedienung des Systems erst erlernen, erklärte eine brünette NSA-Ingenieurin, die auf den Namen Gwen hörte und mit Stellas Ausbildung betraut worden war. Der Intruder sei allerdings wesentlich einfacher zu handhaben als ein Space-Shuttle, fügte Gwen mit strahlendem Lächeln hinzu. Sie hatte das Gemüt einer Kindergärtnerin: stets gut gelaunt, durch keine patzige Bemerkung ihrer Schutzbefohlenen aus der Ruhe zu bringen, oft ein fröhliches Liedchen summend. Und sie besaß die Figur einer Ringerin: fast einen Meter achtzig groß, vollbusig, breite Schultern und ebensolche Hüften. Ihre tiefe Stimme konnte donnern, aber auch sanft schnurren. Leuchtend blauer Lidschatten, knallroter Lippenstift und sattes Rouge setzten deutliche Landmarken in ihr Gesicht.

Zu Beginn des Trainings bekam es Stella aber dann doch mit der Angst zu tun, als ihr wirklich klar wurde, worauf sie sich eingelassen hatte. Die Schnittstelle zwischen dem Cybernauten und den riesigen Computern, die das Herz des Intruders bildeten, war eine Art Zahnarztstuhl. Und der Raum, in dem sich die verstellbare Sitz-Liege-Vorrichtung befand, strahlte den Charme einer Intensivstation aus. Er befand sich im sechsten Untergeschoss des Bunkers, in jenem Teil also, zu dem die Nicht-NSA-Mitarbeiter nur in Begleitung eines Intruder-Projektmitglieds Zugang hatten. Die Wände des Labors waren hellgrün lackiert und der Fußboden grau gefliest. Von der Decke flutete helles Neonlicht. Überall standen technische Apparaturen herum, hauptsächlich Monitore und Überwachungsgeräte für die Körperfunktionen des Cybernauten. Über die rückwärtige Wand des rechteckigen Raumes zog sich ein Kontrollpult mit weiteren Anzeigen, Schaltern und Reglern. Der Intruder wurde im Wesentlichen über drei Computerterminals gesteuert, die auf dem Steuerpult standen. Die Längswände des Labors waren vollständig aus Glas. An der einen Seite sah Stella auf einen ganzen Zoo von Computern, Festplattenstationen und anderem elektronischen Getier. Gegenüber – hier waren die Scheiben so dunkel getönt, dass man kaum hindurchsehen konnte – befand sich ein Zuschauerraum mit mehreren Stuhlreihen.

Gwen versäumte nicht, in jedem zehnten Satz zu wiederholen, wie ungefährlich all die Apparate im Intruder-Labor für den Cybernauten seien; ein Großteil davon diene im Gegenteil nur zu seinem Schutz. Stella verstand zwar nicht, warum etwas derart Sicheres einen so immensen Kontrollaufwand erforderte, doch als die Intruder-Ingenieurin ihr die Funktionsweise des Zahnarztstuhles zu erklären begann, fühlte sie sich allmählich wieder auf vertrautem Terrain.

Im Raum waren neben Stella und ihrer Unterweiserin auch drei weitere NSA-Ingenieure anwesend, außerdem befanden sich noch Kimiko Shirakaba und Benjamin Bernstein im Labor (endlich hatte Stella den Namen des schüchternen jungen Mannes erfahren, den alle nur Benny nannten).

»Das hier ist der VR-Helm«, erklärte Gwen gerade und zeigte Stella eine Kugel, die entfernt an einen Motorradhelm erinnerte. »Er enthält Lautsprecher und ein Mikrofon. Viel wichtiger aber ist das sehr leuchtstarke TFT-Display in seinem Inneren. Hast du den Helm erst einmal aufgezogen, zeigt er dir ein dreidimensionales Bild – es ist natürlich nur dann räumlich, wenn das auch einen Sinn ergibt. Die meiste Zeit über werden deine Augen ohnehin nur Textinformationen sehen, die erst in deinem Gehirn zu Landschaften, sprechenden und sich bewegenden Personen oder Ähnlichem verwandelt werden. Besitzt du Fantasie, Stella?«

»Mein Vater sagt immer, ich könnte ruhig etwas weniger davon haben.«

»Na, für den Intruder kann es nie genug sein. Je reger deine Fantasie, desto lebendiger wird der Cyberspace für dich sein. Sobald ich dir die Grundelemente des Intruders gezeigt habe, werden wir ein paar Probeausflüge unternehmen.«

Gwen nahm sich sehr viel Zeit, Stella alles zu erklären. Auf jede Frage ihrer Schülerin ging sie mit einer wahren Engelsgeduld ein. Auch Kimiko und Benny erkundigten sich hin und wieder nach technischen Details, die Gwen jedoch sehr viel weniger ausführlich erläuterte. DiCampo hatte ohne Frage dafür gesorgt, dass die »Öffentlichkeit« nicht mehr von dem Intruder erfuhr, als für die Durchführung des UN-Auftrages unbedingt nötig war.

Am Freitagabend hatte Stella alle wesentlichen Bedienelemente kennen gelernt, allerdings noch nicht das System unter dem Einfluss der Droge, also im Wachtraum, erkundet.

Auch ohne den Wirkstoff war das Surfen im Internet mit dem Intruder schon eine aufregende Angelegenheit. In ihrem VR-Helm konnte Stella alles sehen, was das Web an Daten lieferte. Der Helm reagierte auf jede Bewegung ihres Kopfes. Wichtige Informationen befanden sich direkt vor ihr, weniger wichtige konnte sie in ihr Sichtfeld rücken, wenn sie den Hals drehte oder den Kopf neigte. Bald gelang es ihr sogar, einfache Steuerkommandos allein durch Willenskraft zu geben. Im VR-Helm war nämlich auch die von DiCampo so hoch gelobte Neuro-Aktivitäts-Resonanz-Sonde untergebracht. Sie war in der Lage, die minimalen elektrischen Entladungen, die beim so genannten »Feuern« einer Nervenzelle im Gehirn entstehen, zu messen und auszuwerten. Es bedurfte nur eines bestimmten Gedankens und schon reagierte das System. Ähnlich wie ein Autofahrer nach entsprechender Übung einfachere Schaltvorgänge aus dem Unterbewusstsein heraus vollzieht, gelang es Stella mit zunehmendem Training immer besser, ihre Denkbefehle abzugeben.

Weitere Bestandteile der Cybernauten-Intruder-Schnittstelle, von Gwen einfach *CI-Interface* genannt, waren ein Mikrofon für Spracheingaben, die das System mit erstaunlicher Sicherheit in Aktionen oder geschriebenen Text umsetzte, ein Joystick, der manuelle Richtungswechsel im virtuellen Raum erlaubte, und eine Tastatur, über die man – wenn wirklich nichts mehr half – wie an jedem normalen PC Texte eingeben konnte.

Die NSA-Spezialisten waren beeindruckt von Stellas rascher Auffassungsgabe. Der Umgang mit der Technik war ihr von frühester Kindheit an vertraut. Sie konnte sogar schneller mit zehn Fingern tippen als manche Sekretärin. Und sie sprach ein so gutes Englisch, dass die Spracherkennung des Intruders schon nach kurzer Zeit hervorragende Ergebnisse lieferte.

»Ich glaube, du bist jetzt so weit«, sagte Gwen gegen Ende des zweiten Schulungstages. »Wenn du auch dieser Ansicht bist, dann können wir morgen den ersten Wachtraum einleiten.«

Stella hatte noch immer ein ungutes Gefühl bei dem Gedanken, unter dem Einfluss eines ominösen Elixiers in den Cyberspace vorstoßen zu müssen, aber Gwen erzählte ihr lachend, dass die meisten Kommilitonen an ihrer alten Universität das Studium nur durch massiven Drogeneinsatz durchgestanden hätten: Abends benutzten sie Aufputschmittel, um bis spät in die Nacht feiern zu können, anschließend Schlaftabletten, damit sie wenigstens etwas Ruhe fanden, dann wieder Weckamine für die Vorlesungen, und wenn die Prüfungen anstanden, erneut Beruhigungspillen. Erstaunlich viele Amerikaner behielten diese Gewohnheiten auch im weiteren Berufsleben bei. Lachend bemerkte sie: »Vermutlich bräche unsere gesamte Wirtschaft zusammen, wenn wir von einem Tag auf den anderen alle Stimulantia und Barbiturate abschaffen würden.«

Etwas unheimlich war Stella die Begeisterung der Ingenieurin für pharmazeutische Lebenshilfen schon, aber zumindest zerstreute Gwens Unbekümmertheit ihre schlimmsten Bedenken.

In der Nacht von Freitag auf Samstag verbanden Salomon und DiCampos Softwarespezialisten den auch im *Kagee* arbeitenden »Generalschlüssel« mit dem Intruder. Abgesehen von dem Projektleiter und den Cyberworm-Analytikern nahm sich kaum jemand die Zeit, auf die neuesten Nachrichten außerhalb des Bunkers von Bau 203 zu achten.

Die Homepage des Vatikans war »gehackt« worden, wie man den gottlosen Anschlag nannte, der weltweit die erwartungsfrohen Teilnehmer einer päpstlichen Online-Messe schockiert hatte. Anstatt die inzwischen schon zur Routine gewordene Übertragung frommer Gebete im Internet mitverfolgen zu können, bekamen Neugierige wie Gläubige nur einen alten italienischen Spielfilm über einen Priester zu sehen, der mit Gott redete und nicht immer kirchenkonforme Dinge trieb.

Ähnlich blasphemisch war auch bei einer anderen Internet-Adresse zugeschlagen worden. Die jüdische Online-Gemeinde wurde nachhaltig erschüttert: Per E-Mail eingereichte Gebete für die Jerusalemer Klagemauer waren in geradezu lästerlicher Form abgeändert worden. Den Eingriff hatte man leider erst viel zu spät bemerkt. Unzählige der kleinen beschrifteten Papierstreifen, die der Drucker des Computers ausgespuckt hatte, enthielten nur Unsinn. Der Rechner hatte einfach aus allen eingegangenen Gebeten neue Sätze gebildet, die selten fromm, viel zu oft dagegen jedoch aberwitzig klangen.

Auch die dritte und zugleich letzte Meldung gehörte der religiösen Sparte an. Sie sorgte bei den Cyberworm-Analytikern endgültig für Verwirrung. Die bisherigen Computeranschläge hatte man als Angriffe gegen die etablierten politischen und wirtschaftlichen Strukturen der westlichen Welt verstanden. Nun aber zielte die Attacke der Cyberterroristen gegen der Menschen heiligstes Gut: den Glauben.

Der Stein des Anstoßes war eine Serie von manipulierten CD-ROMs. Ursprünglich waren sie von der Heiligen Mutter Kirche herausgegeben worden, um unter permanentem Zeitdruck stehenden Gläubigen den Weg zur Beichte zu erleichtern. Die Software befand sich schon seit längerem im Umlauf und war in Kreisen gläubiger Spitzenmanager sehr beliebt. An jedem Ort, an dem ein Notebook zur Verfügung stand, konnte man seine Sünden eintippen und alsbald die jeweilige Buße abrufen: zehn Ave-Maria, einundzwanzig Rosenkränze ...

Die nun auf den Markt geworfene Charge CD-ROMs verwirrte die bußfertigen Sünder jedoch mit reichlich bizarren Anweisungen. »Mach's noch einmal, Antonio«, erwies sich als die harmloseste davon. Aufforderungen wie »Verkaufe alles, was du hast, und folge mir nach!« waren schon in apostolischer Zeit mit größter Skepsis aufgenommen worden. Da beachtete man doch lieber die Empfehlung: »Den Napf deines Hundes sollst du nicht verschmähen!«

Was steckte hinter dieser jüngsten Welle von Computerangriffen? Man suchte verzweifelt nach Erklärungen, wie sich diese Anschläge mit der bisherigen Theorie einer politisch motivierten, extremistischen Gruppe vereinbaren ließen.

Die Klärung derartiger Detailfragen gehörte nicht zu Agaf Nbugus Aufgabenfeld. Als Leiter der Cyberworm-Einheit musste er den Überblick bewahren. Er koordinierte die einzelnen Arbeitsgruppen und achtete auf deren reibungslose Zusammenarbeit. Besonderes Augenmerk legte er aber auf Mark Kalder.

Dem nigerianischen Teamleiter war der Gedanke, Stella an die Intruder-Apparatur anzuschließen, beinahe ebenso gegen den Strich gegangen wie deren Vater. Zwar hatte auch er sich letztendlich den zwingenden Argumenten DiCampos nicht verweigern können, aber dafür überwachte er nun mit Argusaugen jeden Schritt von Stellas Ausbildung.

Auch Salomon besuchte er mehrmals täglich. Selbst wenn dieser sich in seinen Privatraum zurückgezogen hatte, um ungestört arbeiten zu können, kam Agaf wie zufällig vorbei, brachte einen Kaffee oder erkundigte sich nach dem Fortschritt der Arbeit. Er versuchte sich nützlich zu machen, wo er nur konnte. Der Italiener dagegen ignorierte den Teamleiter, wo es ihm nur möglich war.

Salomon sah sich in der Zwickmühle. Zwar schätzte er Agaf, aber auf dessen Störungen hätte er lieber verzichtet. Der Afrikaner begnügte sich nämlich nicht damit, einfach nur dazusitzen und dem deutschen Cracker bei der Arbeit zuzusehen. Sobald er etwas nicht verstand, stellte er Fragen und gab nicht eher Ruhe, bis er den Sachverhalt verstanden hatte.

Irgendwie hatte es Salomon dann doch geschafft, sein Arbeitspensum zu bewältigen. Ja, sogar am Abend vor Stellas großem Auftritt – angesichts eines acht- oder zehnstündigen Endspurts also – ließ er es sich nicht nehmen, mit seiner Tochter den obligatorischen Spaziergang durch das NSA-Gelände zu machen.

Die Sonne stand an diesem Freitagabend schon tief. Der Himmel war von einer lockeren Schar Wolken übersät, die wie eine Herde grasender Schafe aussahen. Allmählich tauchte die Sonne die wolligen Himmelstierchen in ein rot flammendes Licht.

»Irgendwie ist mir nicht ganz wohl dabei, wenn ich an den morgigen Tag denke«, gestand Stella ihrem Vater.

Salomon legte seinen Arm um ihre Schulter. »Mir geht es genauso, Sternchen. Wenn es irgendwelche Komplikationen geben sollte, werden wir dich von der Apparatur trennen. Das hat Agaf versprochen und Dr. DiCampo ist ebenfalls damit einverstanden – notgedrungen, weil er meine Zustimmung anders niemals bekommen hätte.«

»Was hältst du von dem Italiener?«

Salomon zog die Mundwinkel herab und hob die Schultern. »Ich werde nicht recht schlau aus ihm. Meiner Ansicht nach ist er schlicht von seinem Projekt besessen. Er will es mit Macht vorantreiben und alles fern halten, was dessen Fortschritt behindern könnte. Aber das scheint mir nur legitim zu sein. Jeder Wissenschaftler, der seine Forschungsarbeit ernst nimmt, muss sich wahrscheinlich so verhalten. Mir ist es ja jahrelang ähnlich gegangen.«

»Das meinte ich aber nicht, Paps. Glaubst du, wir können ihm *trauen*?«

Wieder zuckte Salomon mit den Schultern. »Dazu kenne ich DiCampo noch nicht lange genug. Er ist mir nicht gerade sympathisch, aber das kann man auch nicht verlangen. Auf jeden Fall werde ich nicht vergessen, für welche Behörde er arbeitet. Ich bleibe auf der Hut, das kannst du mir glauben.«

»Wenn nur Viviane wüsste, wo wir jetzt sind!«

Salomon drückte Stella enger an sich. »Ich habe ihr heute eine E-Mail geschickt.«

Stella schob ihren Vater etwas von sich und blickte ihm erstaunt in die Augen. »Aber ich denke …«

»Ich habe ihr nur geschrieben, dass wir unseren Zielort in den Staaten wohlbehalten erreicht haben und noch bis über beide Ohren in Arbeit stecken. Das musste einfach sein, nachdem ich von New York aus nur auf ihren Anrufbeantworter sprechen konnte. Jetzt weiß sie wenigstens, dass ich von den Behörden in einer dringenden Angelegenheit um Hilfe gebeten worden bin und wir sie besuchen kommen, sobald ich mit meiner Arbeit fertig bin.«

»Wird der Italiener das nicht spitzkriegen?«

Salomon zeigte sein bestes Schlitzohrlächeln. »Ich habe die Mail mit einem 128-Bit-Key verschlüsselt und in ein harmlos erscheinendes ICMP-Paket eingebunden, das an meinen Rechner im TU-Institut abgegangen ist. Erst dort wird es in eine richtige E-Mail verwandelt und über eine anonyme Remailer-Kette des Cypherpunk-Typs II an deine Mutter weitergeleitet. Die NSA verfügt zwar über mehr Computerleistung als jede andere Einzelorganisation der Welt, aber sie bräuchte dennoch Millionen Jahre, um meinen Code zu knacken. Vermutlich wird man meine Nachricht nicht einmal entdecken, jedenfalls nicht, bevor sie in Vivianes Posteingangskorb landet. Aber dann ist es längst zu spät, den Verfasser zu ermitteln.«

»Ich hab nicht mal die Hälfte von dem verstanden, was du eben gesagt hast ... Aber wenn du meinst. Hauptsache, Mutter hat ein Lebenszeichen von uns bekommen.« Stella ließ die laue Abendluft durch ihre Lungen streichen. »Jetzt fühle ich mich schon viel besser.«

Nachdem sie eine Zeit lang schweigend durch das Gelände geschlendert waren, fragte sie: »Wie kann mir eigentlich das helfen, was du in den letzten beiden Tagen gemacht hast?«

»Hm, lass mich nachdenken, wie ich dir das am besten erkläre ohne allzu technisch zu werden.« Salomon strich sich mit der Linken die Haare nach hinten. »Du erinnerst dich doch noch an mein Beispiel aus dem Flugzeug: die Städte, die Postämter, die Flüsse, auf denen die Datenpakete transportiert werden, die Webmaster ...«

»Von *Webmastern* hast du nichts gesagt«, unterbrach Stella ihren Vater.

»So? Nun, das sind, wenn du so willst, die Statthalter der Serverstädte. Der Webmaster organisiert das Leben in seiner Gemeinde, gibt die Richtlinien vor, nach denen der Datenverkehr zu erfolgen hat, und achtet mit Hilfe seiner Sicherheitskräfte auch auf die Einhaltung von Recht und Ordnung. Wenn er ganz streng ist, dann kontrolliert er auch, welche Bewohner des Cyberspace seine Stadt betreten und welche sie verlassen dürfen.«

»Und wie soll das gehen?«

»Über die IP-Adressen. Jeder Benutzer des Netzes hat so eine Nummer, die ihn von allen anderen Cyberspace-Bürgern unterscheidet. Bei manchen ist diese Identifikation wie eine Tätowierung, also unveränderlich, bei anderen gleicht sie eher einem Visum, das nur für die Dauer der Reise ausgestellt wird.«

»Ich hasse Nummern!«, versetzte Stella angewidert. Dabei musste sie daran denken, was Salomon ihr in Berlin über die Gefahren eines allzu technischen Umgangs mit dem Menschen erzählt hatte.

»Das geht nicht nur dir so, Sternchen. Deshalb enthält dein Pass ja neben einer Zahlenreihe auch noch zusätzliche Angaben: dein Foto, das Geburtsdatum, die Augenfarbe, die Heimatgemeinde und auch deinen Namen. Im Cyberspace ist es ganz ähnlich. Jeder kann einen sprechenden Namen bekommen, der oft auch darüber Auskunft erteilt, aus welchem Land und welcher Gemeinde – hier nennt man sie *Domain* – er stammt. Wenn du durch das Internet surfst, tippst du diese Namen vermutlich ziemlich oft ein, die IP-Nummer aber wahrscheinlich so gut wie nie.«

Stella nickte nachdenklich.

»Siehst du. Eigentlich ist alles so einfach, weil du dir um die Auflösung der Namen keine Gedanken machen musst.«

»Einfach? Du bist gut! Was soll denn nun das schon wieder heißen: Namen *auflösen*?«

»Das sagt man nur so, Sternchen. Diesen Dienst verrichten darauf spezialisierte Namens-Server. Stell sie dir einfach wie riesige Einwohnermeldeämter vor. Sie verwalten die zusammengehörenden Paare von Namen und IP-Adresse und wandeln Erstere in Letztere um – das nennt man dann ›auflösen‹.«

Salomon hielt für einen Moment inne, als hätte er den Faden verloren. Stella nutzte sein Schweigen, um sich das eben Gehörte einzuprägen.

»Eigentlich hattest du mich ja nach etwas ganz anderem gefragt«, fuhr ihr Vater fort. »Du wolltest wissen, womit ich gestern und vorgestern die Zeit totgeschlagen habe.«

»So habe ich es nicht ausgedrückt.«

Salomon zwinkerte Stella zu. »Schon gut, Sternchen. Hab dich schon richtig verstanden. Also, mein SKULL-Tester ist dir ja inzwischen ein Begriff. Ich habe wichtige Teile davon mit dem Intruder verbunden. Wenn du jetzt in deinem Wachtraum durch die Städte und über die Datenströme reist, wirst du ständig einen virtuellen Generalschlüssel bei dir haben.«

Stella sah ihren Vater verständnislos an. »Und wie kann ich den nutzen? Ich werde ihn ja wohl nicht einfach aus der Tasche ziehen und in irgendwelche Schlüssellöcher stecken können, oder?«

»Das hängt ganz davon ab, wie du dir deine virtuelle Welt in der Fantasie zusammenzimmerst. Am besten stellst du dir diesen findigen Helfer wie ein quirliges Frettchen vor – du weißt schon, das sind diese zahmen Iltisse, die manchmal zur Kaninchenjagd abgerichtet werden. Wenn so ein Frettchen irgendwo hineinwill – vielleicht um Beute zu fangen –, dann findet es auch einen Weg. Sein schlanker Körper zwängt sich durch jede Lücke. Selbst in den weit verzweigten Höhlensystemen der Kaninchenbaue stellt diese Marderart ihrer Beute hartnäckig nach. Die Frettchen sind sogar hervorragende Schwimmer, die sich auch mal einen Fisch erjagen.« Salomon nickte bestimmt, als gefalle ihm dieser Vergleich besonders gut. »Einem Iltis entkommt wirklich so schnell nichts.«

»Und ich muss mir keine Gedanken darüber machen, wie ich diesen Generalschlüssel ... äh, ich meine, das Frettchen einzusetzen habe?«

»Das übernimmt der Intruder, du musst nur träumen. Wenn du dir in den Kopf gesetzt hast in eine Server-Stadt oder -Burg einzudringen, dann wird das Frettchen einen Weg für dich finden.«

Von Freitag auf Samstag hatte Stella nur wenig geschlafen. Das bevorstehende Abenteuer verdrängte für einige Stunden alles, was ihr bis dahin im Kopf herumgegangen war. Selbst die nächtlichen Verfolger blieben aus. Stella träumte von einer mittelalterlichen Stadt, in der sie als Frettchenverkäuferin auf dem Markt ihre quirligen Kaninchenjäger feilbot.

Als ihr Vater sie schließlich weckte, bekam sie einen gehörigen Schrecken.

»Du siehst aus wie Frankenstein.«

Salomon lächelte säuerlich. »Vielen Dank. Ich habe fast die ganze Nacht durchgearbeitet, damit du heute mit deinem *Kagee*-Frettchen einen Ausflug ins Land der Illusionen unternehmen kannst.«

»Entschuldigung, war nicht so gemeint.«

»Schon gut. Frühstücken wir zusammen? In einer knappen Stunde erwartet das Intruder-Team seine erste Cybernautin.«

»Klar. In einer Minute bin ich so weit.«

Aus der Minute wurden dann doch knapp tausend Sekunden. Aber das war Salomon schon gewohnt. Stella hatte zwei Paar Jeans mitgenommen. Sie zog die blauen an. Dazu wählte sie ihr bestes T-Shirt aus. Es war rot und trug die Aufschrift »Rettet die Wale«. Ihre glatten blonden Haare fasste sie im Nacken mit einem elastischen Stoffband zusammen.

Nach dem Frühstück in der Kantine, dem sich auch Agaf, Kimiko und Benny hinzugesellt hatten, begab man sich in den sechsten Stock hinab.

Der Rote John ließ die Cyberworm-Mitglieder in den Hochsicherheitstrakt ein.

DiCampo wartete schon auf die Cybernautin. Auch das übrige Team, bestehend aus UN- und NSA-Mitarbeitern, war fast vollzählig anwesend. Die meisten saßen bereits im Beobachtungsraum hinter der getönten Scheibe.

»Hi, Stella«, begrüßte Gwen ihre Schülerin mit unerschütterlicher Fröhlichkeit. »Wie fühlst du dich heute?«

»So, als müsste ich gleich auf den elektrischen Stuhl steigen.«

Gwen stieß ein trompetendes Lachen aus. »Na, ›elektrisch‹ ist der Stuhl ja wirklich, Kindchen. Aber die Stromstärke wird wohl nicht reichen, um dich zu rösten.«

»Das ist sehr tröstlich«, entgegnete Stella leise.

Gwen schien das schüchterne blasse Mädchen vor ihrer Nase sehr erheiternd zu finden. Kopfschüttelnd bemerkte sie: »So kenne ich dich noch gar nicht, Stella. Wo hast du nur dein vorlautes Mundwerk gelassen?«

»Wird es wehtun?«, fragte Stella ohne weiter auf die ihrer Meinung nach ziemlich überflüssige Bemerkung der Ingenieurin einzugehen.

»Unsinn! Das habe ich dir doch alles schon erklärt. Komm her.« Gwen half Stella auf den Stuhl, den Traum eines jeden Zahnarztes, und schnallte sie um die Taille herum fest. Dies solle verhindern, dass Stella unversehens von ihrem Stuhl »absteige«, wenn sie einmal gar zu heftig träume. Alsdann bettete Gwen die Arme der Cybernautin auf die seitlich angebrachten Lehnen. Der Joystick lag nun in Stellas rechter Hand und ihre Linke konnte bequem die schwenkbare Konsole erreichen, auf der eine Computertastatur befestigt war. Dann – Stella atmete tief durch, um die aufkommende Übelkeit zu vertreiben – wurde es ernst.

»Dieses Fläschchen hier verwendet man wie ein ganz normales Nasenspray«, erläuterte Gwen, immer noch lächelnd. »Darin befindet sich der Wirkstoff, durch den du in den Wachtraum versetzt wirst. Keine Angst: Es tut *nicht* weh, brennt nicht oder stellt sonst irgendwelche ekligen Sachen mit dir an. Du wirst dich anschließend nur etwas müde fühlen ...«

»Werde ich denn einschlafen?«, fragte Stella dazwischen.

Gwen bewegte den Kopf, als wisse sie nicht, ob sie ihn schütteln oder damit doch besser nicken sollte. »Sagen wir, du wirst dich so fühlen, als würdest du es tun. Aber nur ein Teil von deinem Bewusstsein schläft wirklich ein. Die Leistung deiner Sinnesorgane und deine Reaktionsfähigkeit werden sogar eher noch verstärkt.«

»Und was passiert, wenn ich in dem Wachtraum drin bin?«

»Das hängt ganz von dir ab. Von den bisherigen Cybernauten wissen wir, dass sie am Anfang nur Dunkelheit wahrnahmen. Erst allmählich schuf ihre Vorstellungskraft Bilder, die den Cyberspace mit Leben erfüllten ...«

»Alles klar, Mrs Shoemaker?«, knarrte DiCampos Stimme aus einem Lautsprecher. Dem Projektleiter im Zuschauerraum schien die Vorstellung nicht schnell genug beginnen zu können.

»Sie werden sich schön gedulden, bis wir hier fertig sind«, donnerte Gwen über die Schulter. Im Labor waren mehrere Mikrofone angebracht, die ihren drohenden Ton in High-Fidelity-Qualität ins Auditorium übertrugen. Eine Antwort von DiCampo blieb aus.

»Der Italiener kann einem mit seiner Ungeduld manchmal ganz schön auf die Nerven gehen«, raunte Gwen ihrer Anvertrauten zu.

Stella zwang sich zu einem Lächeln.

»Kann's jetzt losgehen, Kindchen?«

Stella schluckte. Dann nickte sie.

»Also gut. Sobald du dein Nasenspray inhaliert hast, setze

ich dir den VR-Helm auf. Heute werden wir zum ersten Mal die NAR-Sonde benutzen, um deine Neuronenaktivität zu stimulieren. Keine Sorge, auch *das* ist völlig schmerzfrei. So, und jetzt bist *du* dran.«

Stella ließ ihren Blick noch einmal durch den Raum schweifen. Sie sah die Techniker an den Kontrollpulten, die Computeranlage zu ihrer Rechten und links die dunkle Glasscheibe mit den schemenhaften Zuschauern dahinter. Auch Salomon war dort, obwohl er viel lieber hier neben ihr gestanden hätte. Aber in diesem Punkt hatte DiCampo nicht mit sich handeln lassen.

Während sie langsam das wie eine Tülle geformte Ende des braunen Glasfläschchens in ihr linkes Nasenloch einführte, blickte sie Hilfe suchend in die braunen Augen der athletischen Ingenieurin an ihrer Seite. Gwen lächelte ihr ermutigend zu. Stella drückte den Sprühmechanismus zusammen und spürte, wie sich unmittelbar darauf der feine Nebel des Wirkstoffs auf ihre Schleimhäute legte. Sie wiederholte den Vorgang am anderen Nasenloch.

Gwen nickte zufrieden, nahm Stella den Flakon aus der Hand und sagte wie zum Abschied: »Alle bisherigen Cybernauten waren Männer. Du bist das erste Mädchen. Ich wünschte, ich könnte an deiner Stelle sein. Ich bin stolz auf dich, Stella.«

Dann stülpte sie Stella den VR-Helm über – und es wurde dunkel um sie herum.

Illúsion

Es war ein eigenartiges Gefühl. Schwer zu beschreiben, weil es jeder Erfahrung hohnsprach, die Stella bisher gemacht hatte. Manchmal fürchtete sie sich, wenn sie des Nachts allzu bewusst merkte, wie der Schlaf sie übermannte. Ein wenig von dieser Angst fühlte sie auch jetzt.

Doch nun zog ein leises Rauschen wie von einem fernen Ozean ihre Aufmerksamkeit auf sich. Sie wusste, dass der im VR-Helm eingebaute Kopfhörer praktisch sämtliche Laborgeräusche aussperrte – wahrscheinlich hörte sie nur ihr eigenes Blut durch die Adern strömen. Eine wohlige Wärme stieg in ihr auf, ein durchaus angenehmer Zustand ...

Stella hatte ihre anfängliche Furcht vergessen. Aber die Finsternis störte. Sie hatte das Gefühl, in einer großen Höhle zu stehen, spürte, wie gewaltig dieser Felsendom sein musste, obwohl sie nicht einmal die Hand vor Augen sah.

»Ist da jemand?«, rief sie, nur so zum Test. Ihre Stimme hallte mehrmals wider.

Und prompt kam eine Antwort: »Wir sind bei dir, Stella. Habe keine Angst.«

»Hab ich ja gar nicht. Ich kann nur nichts sehen.«

»Du bist jetzt in der virtuellen Welt. Sie existiert nur in dir selbst. Alles dort ist nur Illusion, *deine* Fantasie. Lass ihr freien Lauf und die Dunkelheit wird verschwinden.«

Nur *Illusion*?, dachte Stella. Sie musste daran denken, was ihr Salomon über das Internet erzählt hatte, über die Städte, die Webmaster, die Wasserstraßen.

Ganz leise nur, zuerst kaum wahrnehmbar, vernahm sie ein Geräusch. Es hörte sich an wie das Durcheinander vieler Stimmen: Menschen auf einem Marktplatz! Noch immer war es dunkel um Stella herum und deshalb tastete sie nach einem Vorhang oder einer Tür, um in die selbst geschaffene Welt, das Reich ihrer eigenen Vorstellung, zu gelangen.

Plötzlich fühlte sie – ganz deutlich – einen kühlen metallischen Griff in ihrer Hand. Er war rund, wie die Knäufe an jenem Ort, den sie zuletzt besucht hatte (der Name war ihr seltsamerweise entfallen). Sie drehte ihn und – siehe da! – eine Tür schwang auf.

Stella blickte auf einen belebten Platz. Im Hintergrund befanden sich Fachwerkhäuser. Etwas weiter vorn stand ein steinerner Brunnen mit einer Neptunfigur obenauf. Der Meeresgott wurde von einer Schar Wassergeister umringt, die den Brunnen aus ihren Füllhörnern mit Nachschub versorgten.

Überall waren Marktstände aufgebaut, angefüllt mit Waren, so vielfältig und bunt wie alle Reichtümer des Orients zusammen. Verunsichert drehte sich Stella um. Sie vermisste etwas. War sie nicht eben durch eine Tür getreten? Aber hier war weit und breit keine. Sie befand sich mitten im Getümmel des Marktes und unmittelbar vor einem nur hüfthohen Tisch, auf dem mehrere hölzerne Käfige zur gefälligen Begutachtung durch die Kundschaft aufgereiht waren.

Interessiert musterte Stella den Inhalt der vergitterten Holzkästen. In jedem befand sich ein Iltis. Die meisten waren braun, einige rötlich, einer aber – nur ein einziger – schneeweiß.

»Na, schönes Mädchen, schon was verkauft?«, fragte plötzlich eine Stimme in Stellas Rücken.

Sie fuhr erschrocken herum. Vor ihr stand ein grobschlächtiger Kerl mit schütterem schwarzem Haar. Er trug ein fleckiges, halb zerrissenes Hemd und eine mehrfach geflickte Hose, die ihm kaum bis über die Knie reichte. Der Mann grinste sie in einer Weise an, die bestimmt nicht schicklich war. Er sah nicht eben wie jemand aus, der Geld hatte, nicht einmal ein vollständiger Satz Zähne stand ihm zur Verfügung.

»Scher dich weg«, entgegnete Stella barsch, und als der Fiesling mit einer geknurrten Bemerkung das Weite suchte, wunderte sie sich über die eigene Courage.

Schon näherte sich ein weiterer Kunde. Diesmal jedoch handelte es sich um einen wesentlich angenehmeren Zeitgenossen. Der Mann ritt zu Pferde. Er war ebenfalls dunkelhaarig, eher kurz geraten, schien aber von vornehmer Geburt zu sein, denn sein tiefgrünes samtenes Wams und seine eng anliegenden Beinkleider, beide aus kostbarem Tuch, waren nicht nur erstaunlich sauber, sondern auch ohne jede Flickstelle. Auch die stolze Haltung des Fremden wies auf eine Person gehobenen Standes hin, genauso wie seine gepflegte Ausdrucksweise.

»Seid mir gegrüßt, holde Maid. An diesem goldenen Morgen glaubte ich schon, das Licht der Sonne sei das Schönste, was mir widerfahren könnte. Doch jetzt sehe ich Euch. Welch Narr ich doch war!«

Stella schlug beschämt die Augen nieder. Und warf zum ersten Mal einen Blick auf sich selbst. Sie trug eine weite Bluse aus weißem Leinen und ein dunkelgraues wollenes Wams, das unter ihrer merkwürdig fülligen Brust geknöpft war. Auch die Hüften, von denen ein gleichfalls schieferfarbener Rock fast bis auf den Boden fiel, erschienen ihr seltsam rund und weiblich. Erstaunt, ja geradezu erschrocken, fuhr sie sich mit der Hand über das Gesicht. Wo sie hässliche Erhebungen von Pickeln vermutet hatte, ertastete sie nur glatte, pfirsichweiche Haut.

Es dauerte einen langen Atemzug, bis Stella diese erfreulichen Veränderungen verdaut hatte. Dann hob sie wieder das Kinn und sagte höflich, aber selbstbewusst: »Ihr wollt mir nur schmeicheln, edler Herr, um meinen Preis zu drücken. Doch täuscht Euch nicht: Ich bin nur jung, nicht dumm.«

Da lachte der Fremde und stieg von seinem Pferd. »Ihr gefallt mir, Mädchen. Sagt mir Euren Namen.«

»Alle hier nennen mich Stella.«

»Als hätt ich's nicht gewusst!«, jubilierte der edle Herr. »Wer nur kann schöner als die Sonne sein, natürlich ein anderer, noch prächtigerer Stern!«

»Darf ich auch erfahren, mit wem ich die Ehre habe?«

»Das dürft Ihr durchaus. Mein Name ist Lorenzo della Valle. Ich bin der persönliche Sekretär des Statthalters von Enesa, dieser schönsten aller Städte Illúsions. Er ist es auch, der mich zu Euch gesandt hat, schöne Maid.«

»Dann seid Ihr also hier, um einen Iltis zu kaufen«, eröffnete Stella den geschäftlichen Teil der Unterhaltung.

Der Fremde sah, dass er sich bei dem anmutigen Mädchen nicht mehr als einen Korb holen konnte, und reduzierte seinen Überschwang auf ein freundliches Lächeln. »Fürwahr, das ist mein Ansinnen«, erwiderte er. »Ich glaube, ich habe auch schon meine Wahl getroffen. Dieses Tier dort, weiß wie der erste Schnee im November, ist es, das mein Herz höher schlagen lässt. Mein Herr würde Euch einen redlichen Preis dafür zahlen.«

Stella blickte verunsichert auf den weißen Iltis. Und mit einem Mal hatte sie das Gefühl, das Tier erwidere ihren Blick auf seltsam verständige Art. Von einer plötzlichen Eingebung getrieben antwortete sie dem feinen Herrn: »Dieses Frettchen ist nicht zu verkaufen.«

Der dunkelhaarige Mann schob verwundert das Kinn vor. Seine buschigen Augenbrauen rückten zusammen. »Aber warum denn nicht?«, fragte er konsterniert. »Der Käfig dieses Tieres steht doch ebenso auf Eurem Verkaufstisch wie all die anderen. Habt Ihr es etwa schon einem Käufer versprochen? Egal wer es sei, ich zahle einen höheren Preis.«

»Ich sagte Euch doch, das Frettchen ist unverkäuflich«, beharrte Stella.

»Ihr tut gerade so, als ob dieser Marder aller Hermeline König sei. Dabei handelt es sich doch nur um ein einfaches *Frettchen.* Doch gut, Ihr sollt das Doppelte von dem bekommen, was der andere Euch geboten hat. Ihr *könnt* mein Angebot einfach nicht ausschlagen.«

Stella gefiel die Art nicht, wie dieser aufgeblasene Mensch das Wort »Frettchen« ausgesprochen hatte. Warum redete er so despektierlich über den Weißpelz, wenn er andererseits so versessen auf ihn war? Ohne recht zu wissen, woher sie diese Erkenntnis nahm, antwortete sie forsch: »Dieses Tier ist wie ein Teil von mir selbst. Ich würde es niemals hergeben.«

»So?«, argwöhnte der hohe Herr. »Dann besitzt es wohl sicher auch einen Namen.«

»Einen Namen?« Stella zögerte. »Natürlich hat es den. Es heißt ... sein Name ist ...«

»Ich bin ganz Ohr«, sagte della Valle spöttisch.

»Sesa Mina!«, stieß Stella hervor, als wolle sie den Edelmann mit dem Namen erstechen.

»Sesa Mina? Ein seltsamer Name.«

»Es ist nicht meine Schuld, wenn er Euch nicht gefällt«, antwortete Stella dreist.

Della Valle schien noch immer nicht zufrieden. Das Frettchen hatte es ihm offenkundig angetan. »Wenn das Tier wirklich Euer Eigen ist, dann lasst es aus dem Käfig. Iltisse können ziemlich zänkisch sein. Dann werden wir sehen, ob Eurer Euch auch wirklich erkennt.«

Stella war von dieser Forderung nicht sehr erbaut. Ihre Weigerung, das schneeweiße Tier zu verkaufen, war eher dem Gefühl entsprungen als einem klaren Gedanken. Doch den persönlichen Sekretär des Statthalters konnte man nicht so einfach vor den Kopf stoßen.

Nervös nestelte sie am Verschluss des Käfigs herum.

»Nur zu«, neckte der nun gar nicht mehr so feine Herr. »Vielleicht beißt es Euch ja in den Finger.«

Endlich gelang es Stella, den kleinen Haken zu lösen. Das Frettchen hatte schon ungeduldig hinter der Gittertür gewartet. Sobald die Pforte geöffnet war, schoss das schlanke Wesen ins Freie. Doch nicht, um zu fliehen, auch nicht, um sie anzugreifen, was dem hohen Herrn vielleicht gefallen hätte. Nein, Sesa Mina erklomm mit schnellen Schritten ihrer kurzen Beinchen Stellas Arm und legte sich um deren Schultern.

Für einen Moment war sie wie erstarrt. Sie wusste ja nicht, was das Tier vorhatte. Immerhin war der Iltis fast eine Elle lang, allein der Schwanz maß annähernd zwei Handspannen. Nachdem es einigermaßen sicher schien, dass Sesa Mina ihr nicht an die Kehle gehen würde, fasste Stella neuen Mut. Sie wurde nun sogar kess.

»Glaubt Ihr mir nun, was das Frettchen anbetrifft? Und nun schert Euch fort von meinem Stand! Sagt Eurem Herrn, heute gäbe es keine Frettchen mehr für ihn. Heute nicht und auch nicht in den nächsten Tagen. Ich werde seinem Ansinnen erst dann ein offenes Ohr schenken, wenn er sich für die Dreistigkeit seines Untergebenen bei mir entschuldigt hat.«

Damit wandte sich Stella von dem feurigen Sekretär ab, dessen Augen zuletzt immer größer geworden waren.

»Darauf könnt Ihr lange warten«, hörte sie den gekränkten Edelmann noch in ihrem Rücken sagen. Gleich darauf verriet Hufeklappern seinen eiligen Rückzug.

Stella atmete erleichtert auf. Mit einem Mal spürte sie ein

Kitzeln an ihrem linken Ohrläppchen. Es war das Frettchen, das daran schnupperte.

»Hör schon auf, du kleiner Frechdachs«, ermahnte sie ihren neuen Freund.

»Dich sticht wohl die Sonne, mich einen Dachs zu nennen«, antwortete Sesa Mina empört. »Diese plumpen Geschöpfe vermögen doch nichts weiter als Löcher in die Erde zu bohren und sich darin herumzuwälzen.«

Stella staunte nicht schlecht, als sie ihren Iltis sprechen hörte. »Du scheinst mir ja ein besonders schlauer Bursche zu sein!«

»Du nanntest mich Sesa Mina, also bin ich ein Weibchen so wie du«, entgegnete das Frettchen ein wenig pikiert.

»Und hast du noch andere Begabungen – abgesehen von deinem Sprachtalent –, die es dir gestatten, so abschätzig über Dachse zu sprechen?«

»Das wirst du bald merken«, antwortete Sesa Mina vergnügt. »Bald schon, wart's nur ab.«

Noch bevor das allgemeine Aufräumen einsetzte und der Markt für diesen Tag abgebrochen wurde, baute Stella ihren Stand ab und machte sich auf den Weg nach Hause. Wie so vieles, was sie in den letzten Stunden getan hatte, erschien ihr jeder Handgriff und jeder Schritt zugleich neu und doch vertraut.

Eingangs des Marktes, an der Färbergasse, saß der Unterstadtkämmerer Cassata an einem dunklen Holztisch. Auf selbigem befand sich ein glitzernder Apparat aus Messing, welcher der wöchentlichen Abrechnung der verpachteten Standflächen diente. Stella förderte aus ihrem Beutel ein Kärtchen aus Horn zu Tage, in das mehrere Zeichen geprägt waren. Sie steckte die kleine Karte in den kompliziert aussehenden Messingkasten, worauf eine Glocke erklang. Zugleich rutschte eine schmale Pergamentzunge, die schon mindestens anderthalb Ellen lang war, einen Fingerbreit weiter aus der Maschine.

»Danke, die Rechnung kommt am Montag«, leierte Cassata, als wäre er selbst Teil seiner Maschine.

Stella schlug mit ihrem Karren den kürzesten Weg nach Hause ein. Sesa Mina, ihr Frettchen, hatte es sich auf einem der Käfige bequem gemacht und genoss ihre neu gewonnene Freiheit ebenso wie die Sonne auf dem Pelz.

Gerade als Stella die Krumme Gasse passierte, bemerkte sie aus den Augenwinkeln eine Bewegung. Sie drehte den Kopf nach rechts und sah gerade noch ebenjenen Fiesling, der ihr auf dem Markt so schmierige Komplimente gemacht hatte. Er gaffte ihr nach, halb versteckt hinter einem der Häuser in der Gasse.

Stella setzte ihren Karren ab. Warum beobachtete sie dieser Kerl? Wollte er vielleicht ausspionieren, wo sie wohnte? Selbst in einer großen Stadt wie Enesa war es keine Sache, den Wohnsitz eines Einwohners in Erfahrung zu bringen. Im Großen Registeramt stand alles verzeichnet und konnte gegen eine geringe Summe von jedermann eingesehen werden. Allerdings nur, wenn man sich selbst zuvor in einer großen Kladde verewigt hatte. Vielleicht wollte dieser widerliche Mensch anonym bleiben.

Stella zog den Knüppel hervor, den sie für einschlägige Zwecke ständig auf ihrem Karren mitführte, und grübelte, ob sie dem Mann folgen sollte.

Aber noch bevor sie zu einem Entschluss gekommen war, sprang Sesa Mina von dem Gefährt und lief in die Krumme Gasse hinein.

»Warte!«, rief Stella dem Frettchen nach, das dieser Aufforderung allerdings keine Beachtung schenkte. Stella seufzte und lief dem Tier hinterher. Sie war zwar ein Mädchen, aber weder zaghaft noch wehrlos. Wenn der Kerl sie hinter der Biegung erwartete, würde er mit ihrem Knüttel Bekanntschaft machen. Sie hatte damit schon so manchen übereifrigen Verehrer in die Flucht geschlagen.

Als sie den Knick erreichte, den die Krumme Gasse gerade an der Stelle machte, an der sie ihren heimlichen Beobachter zuletzt gesehen hatte, war dieser natürlich längst verschwunden. Doch Sesa Mina dachte noch lange nicht an Umkehr. Ihr weißes Fell schimmerte am Fuß eines großen Hauses weiter unten in der Gasse. Da gewahrte Stella wieder eine Bewegung, nicht viel mehr als das Zucken eines Schattenrandes. »Warte, Bürschchen, dich kriege ich«, flüsterte sie und rannte los.

Als sie an das verdächtige Gebäude herangekommen war, meinte sie tatsächlich einen Schatten vor dessen Tür zu sehen (seltsam, vorher war ihr der Eingang überhaupt nicht aufgefallen). Sesa Mina saß auf der untersten der beiden Stufen, die zu der schmalen schwarzen Tür hinaufführten, unmittelbar unter dem Schemen. Stella schauderte. Der Schatten schien »herrenlos« zu sein, nur ein unstetes dunkles Gebilde ohne passenden Körper.

Stellas Schritte verlangsamten sich. Ohne Hast ging sie auf das große blau getünchte Haus zu. Für einen Moment huschten ihre Augen zu einem kleinen Schild, das sich neben dem Eingang befand. »Geheimes Stadtarchiv«, stand darauf.

»Habe gar nicht gewusst, dass es so was in Enesa gibt«, murmelte Stella mehr zu sich selbst, um sich dann mit erhobenem Knüppel dem Schatten zu widmen.

»Ihr habt hier nichts zu suchen«, fuhr der Stella so unvermittelt an, dass ihr der Prügel aus der Hand rutschte. Zugleich schien der Schemen an Volumen zu gewinnen. Sesa Mina zog sich fluchtartig auf die Schulter ihrer Herrin zurück.

Die konnte nur stammeln: »W-Was ... Wer seid Ihr?«

»Nur ein Wachtposten, der darauf Acht gibt, dass sich kein lichtscheues Gesindel an unseren Dokumenten vergreift.«

Während der Posten noch sprach, nahm er vor Stellas Augen vollends Gestalt an. Sie erblickte nun einen blonden Mann mit breiten Schultern und einem Helm auf dem Kopf. In den Händen hielt er eine Hellebarde. Er schien unentschlossen, ob Stella wirklich der von ihm genannten Gattung Mensch zuzuordnen war.

Das Mädchen bückte sich betont langsam und hob den Knüppel auf. »Keine Angst, Kleiner«, sagte sie zu dem fast einen Kopf größeren Wachmann. »Ich will dir deine geheimen Schriften nicht wegtragen. War nur einem vor Schmutz starrenden Burschen auf der Spur, der *dich* allerdings mehr interessieren sollte als mich. Seltsam nur, wie er so schnell verschwinden konnte.«

»Ich habe niemanden gesehen«, antwortete der Posten. Seine Augen musterten Stella noch immer, aber die frühere Strenge darin war einer gewissen Begehrlichkeit gewichen.

Stella kannte diese Blicke. Sie ließ ihren Knüppel in die geöffnete Handfläche klatschen, was das Interesse des Türstehers sofort merklich abkühlte.

Im Gehen rief sie ihm dann noch über die Schulter zu: »Einen schönen Tag auch, Wachmann. Wenn Ihr den Schmutzfink sehen solltet, bestellt ihm doch viele Grüße von mir. Er hat bei mir ein paar schöne Beulen gut. Bei Bedarf stehe ich gern bereit.«

Sollte der unangenehme Mensch sich doch in einem versteckten Winkel aufgehalten und dem Gespräch zugehört haben, würde er nach dieser kaum misszuverstehenden Drohung hoffentlich von ihr ablassen. Dennoch strebte Stella nun schneller als sonst ihrem Heim entgegen. Während sie an windschiefen Hauswänden und den Fassaden metallisch glänzender Türme vorübereilte, ging ihr der junge Wachmann nicht aus dem Kopf, weniger ob seines anziehenden Äußeren als vielmehr wegen dieser geheimnisvollen Verwandlung, mit der er in Erscheinung getreten war.

Eingeklemmt zwischen zwei anderen, wesentlich größeren Fachwerkgebäuden stand ihr Haus. Stella ging zielstrebig darauf zu, als kenne sie es seit Jahr und Tag – dabei hätte sie noch auf dem Markt nicht einmal den Weg dorthin beschreiben können.

Sie verstaute den einachsigen Karren mit dem Verkaufstisch im Hof und stellte die Käfige mit den lebhaften, aber im Gegensatz zu Sesa Mina sehr wortkargen Iltissen in einem kleinen Schuppen unter, der sich hinter ihrem Haus befand. Nachdem sie die Tiere gefüttert hatte, begab sie sich in ihr Heim.

Immerhin hatte das schmale Anwesen drei Räume: eine Küche im Erdgeschoss, ein kleines Wohnzimmer im ersten Stock und eine noch winzigere Schlafkammer unter dem Dach.

Stella begann wie selbstverständlich mit Stein und Stahl ein Kochfeuer zu entzünden, und bald hing an einem Galgen über der offenen Feuerstelle ein Topf, aus dem es verführerisch duftete.

Jede ihrer Bewegungen wurde aufmerksam von Sesa Mina verfolgt. Während das Mädchen den Speck für den Bohneneintopf klein schnitt, reckte das Frettchen interessiert seine Nase vor. Stella warf ihrer weißen Freundin einen Brocken zu und Sesa Mina schnappte ihn sicher aus der Luft.

»Was wollen wir heute Abend tun?«, fragte Stella nach einer Weile, als folgte sie damit einer alten Angewohnheit.

»Das wirst du bald erfahren«, entgegnete das weiße Tier geheimnisvoll. Es hatte kaum den Satz vollendet, als es laut an der Tür klopfte.

Stella sah fragend zu Sesa Mina hin, die auf dem Tisch saß. Das Frettchen erwiderte ihren Blick, blieb jedoch stumm.

»Wer kann das sein? Ich kenne niemanden hier, der mich besuchen könnte.« Während Stella noch laut über den Urheber des Klopfens nachdachte, war sie bereits an der Haustür angelangt. Sie wischte sich die Hände an der Schürze ab, schob den hölzernen Riegel zurück und stellte sich dem Besucher.

Vor ihr stand ein wohlbeleibter Jüngling mit rotblondem Haar, das als Pagenschnitt sein Gesicht umrahmte. Der Junge hatte ein gefüttertes, leuchtend blaues Wams mit senkrecht verlaufenden, breiten grünen Steppnähten und einem Stehkragen an, wie es die Diener hoher Herren zu tragen pflegten. Ein strahlend grünes, eng anliegendes Beinkleid und Stoffschuhe, deren lange Spitzen in alberner Weise nach oben gebogen waren, vervollständigten das Bild des eitlen Pfaus. Das geckenhafte Äußere des Burschen stand im auffälligen Kontrast zu seiner ernsten Miene. Er gab sich alle Mühe, wichtig zu wirken, wie jemand, der eilige Nachricht bringt. Die Eile war ihm denn auch an seiner schweißbedeckten Stirn und dem hechelnden Atem deutlich anzumerken.

»Guten Tag, mein Fräulein«, grüßte der Fremde. »Ich komme in dringender Angelegenheit. Darf ich eintreten?« Schon machte er Anstalten, seiner Frage die Tat folgen zu lassen.

»Nein«, fuhr ihm Stella in die Parade. »Wie komme ich denn dazu, jeden schwitzenden Jüngling in mein Haus zu bitten?«

Der Bote fuhr verstört zurück. »Aber das, was ich zu sagen habe, ist von großer Bedeutung. Außerdem sollte es nicht vor jedermanns Ohren ausgerufen werden.«

Stellas Neugierde war geweckt. Vielleicht ein neuer Versuch

des Statthalters, ihr Sesa Mina abzujagen? »Wer schickt Euch denn eigentlich?«

Der beleibte Jüngling beugte sich vor und flüsterte hinter vorgehaltener Hand: »Ich komme im Auftrag des Lindwurmbundes.«

»*Lindwurmbund?* Nie gehört«, versetzte Stella ohne allerdings ihre Stimme nur im Geringsten zu senken.

»Pscht!«, machte der Bote erschocken und blickte ängstlich die Gasse hinauf und hinab. Dann beugte er sich wieder vor: »Ich habe hier«, er klopfte auf seine Brust, »ein Schreiben an Euch. Es enthält alles, was Ihr wissen müsst.«

»Dann zeigt mir doch einfach dieses Schreiben«, sagte Stella ohne allzu große Herzlichkeit.

Widerstrebend zog der Jüngling ein gerolltes Pergament aus seinem Wams und reichte es Stella. Die zog ihm die geheimnisvolle Botschaft aus der Hand, und ehe er sich's noch versah, hatte sie ihm die Tür vor der Nase zugeschlagen.

Stella begab sich zu dem kleinen Fenster ihrer Küche, dem einzigen Platz, an dem es hell genug zum Lesen war. Als der Geck verschwommen hinter dem Fenster auftauchte, schüttelte sie nur verständnislos den Kopf. Das Gesicht des Burschen schob sich so nahe an die Butzenscheiben heran, dass alsbald seine Nase das schlierige Glas berührte. Gleichwohl würde er von ihr nicht mehr als einen Schemen sehen; Stella gönnte sich ein schadenfrohes Grinsen.

Als sie das rote Siegel des Pergaments näher betrachtete, wich die Heiterkeit. In das Wachs war ein vierbeiniger Lindwurm mit Fledermausflügeln geprägt.

»Der Lindwurmbund«, murmelte sie. Was für ein geheimnisvoller Zirkel mochte das sein?

Da ihr das bloße Betrachten des Siegels kaum Antwort auf diese Frage liefern konnte, erbrach sie es ohne viel Federlesens und entrollte den Brief. Ihre Augen wurden groß, als sie die einleitenden Worte las. Der Schreiber wandte sich ja direkt an sie!

Hochverehrtes Fräulein Stella!

Wie wir es nicht anders erwarteten, habt Ihr Eure Prüfung aufs Trefflichste bestanden. Ja, wir dürfen Euch versichern, Ihr habt unsere kühnsten Erwartungen sogar übertroffen. Wir beglückwünschen Euch dazu!

Leider müssen wir die Bitte an Euch richten, von jeder Feierlichkeit abzusehen, die Eurer Leistung mit Sicherheit gebührte. Die Zeit drängt! Unser Reich schwebt in großer Gefahr. Illúsion braucht Euch!

Deshalb richten wir das Ansinnen an Euch – nein, nennt es vielmehr ein Flehen! –, nicht länger als nötig zu zaudern und umgehend nach Amico aufzubrechen. Ihr müsst unbedingt das »Kagee« finden! Leider wissen wir weder, wo Ihr dieses Schattenwort in der Stadt aufspüren könnt, noch können wir Euch empfehlen Euer Vertrauen einem der Einwohner Amicos zu schenken, um Euch auf diese Weise Hilfe zu verschaffen. Im Gegenteil raten wir Euch die Lippen zu versiegeln, was den Zweck der Reise anbelangt, vielleicht sogar heimlich den betreffenden Ort zu betreten. Ihr seid also auf Euch gestellt, Stella.

Selbst wir besitzen nur wenig von dem Wissen, das uns vor dem Kommen des Wurmes bewahren kann. Nur das, was wir Euch bereits anvertraut haben: Sucht nach dem Kagee. Das Schattenwort – es mag ein Rätsel sein oder nur wenige Buchstaben – wird Euch den Weg zum geheimen Nest des Lindwurmes weisen. Dieses müsst Ihr aufspüren und zuletzt das unheilvolle Getier unschädlich machen. Nur so könnt Ihr Illúsion retten. Denn erwacht erst der Wurm zu seiner vollen Kraft, wird er unser Reich in eine Wüstenei verwandeln, in der niemand mehr zu leben wünscht, es womöglich nicht einmal mehr vermag.

Nehmt unsere Glücks- und Segenswünsche mit Euch.

X vom Bund des Lindwurmes

Stellas Brust hob und senkte sich in schnellem Wechsel. Die Worte aus dem Brief hatten sie in höchste Erregung versetzt. Was für eine Prüfung hatte sie bestanden? Was sollte dieser Unsinn mit dem Kagee? Und was war der Bund des Lindwurmes? Sie schaute von ihrem Pergament auf und entdeckte die platt gedrückte Nase des blau-grünen Jünglings an der Fensterscheibe. Entschlossen fuhr sie von ihrer Bank auf und stapfte zur Tür. Als sie selbige mit Schwung aufzog, stand der Bote schon mit herausgestreckter Brust da, die Hände hinter dem Rücken, gerade so, als sei er hier geboren, aufgewachsen und würde auch irgendwann hier, vor ihrer Küchentür, das Zeitliche segnen.

Stella packte den Gecken am Wams und zog ihn mit

einem Ruck ins Haus. Dann warf sie die Tür wieder hinter ihm zu.

»So, und jetzt sagst du mir, wer dich schickt!«, forderte sie.

»Das ... das darf ich nicht verraten«, stotterte der feiste Junge.

»Hier in diesem Brief werde ich aufgefordert eine Reise in eine Stadt anzutreten, wo meine Person wahrscheinlich auf wenig Gegenliebe treffen wird. So jedenfalls deute ich die Worte deines Herrn oder wer immer diese Zeilen verfasst hat. Ich habe also ein Recht zu erfahren, wer dein Auftraggeber ist oder was sich hinter diesem ominösen Bund des Lindwurmes verbirgt!«

Der Jüngling atmete nun wieder ebenso heftig wie bei seiner Ankunft, doch dieses Mal aus Angst vor dem wütenden Mädchen. »Ich *darf* Euch den Namen meines Herrn nicht nennen«, wiederholte er, und weil er – zu Recht – befürchten musste mit dieser Antwort auf wenig Verständnis bei der erregten Frettchenhändlerin zu stoßen, fügte er schnell hinzu: »Doch zum Lindwurmbund kann ich Euch einiges erzählen.«

Stella stützte die Fäuste in die Seiten. »Ich höre.«

»Alle tausend Jahre, so lautet eine alte Weissagung, kehrt der Lindwurm nach Illúsion zurück. Die Gelehrten führen endlose Dispute darüber, ob es jedes Mal derselbe Drache ist oder doch nur eine neue Generation – eine Dynastie gewissermaßen –, die im Wechsel eines Millenniums dem Ei entschlüpft. Jedenfalls heißt es, der Millenniums-Drache werde, sobald er zu vollem Wuchs gekommen sei, über das Reich Illúsion herfallen und es nachhaltig verwüsten. Wer die Zerstörungen überlebt, muss sich ihm unterwerfen und hinfort ein beklagenswertes Dasein fristen.«

Stella sah den Jüngling mit gerunzelter Stirn an. »Nicht gerade eine verlockende Aussicht.«

»Da kann ich Euch nur Recht geben, holdes Fräulein.«

»Keine Schmeicheleien, hört Ihr? Sagt mir lieber, was nun dieser Lindwurmbund ist. Bisher habt Ihr es trefflich verstanden, mir diese Information vorzuenthalten. Ihr könnt Euch aber sicher sein, dass ich mich keinen Gefahren aussetze, solange ich nicht weiß, wer mein Auftraggeber ist.«

»Das kann niemand sagen«, antwortete der Jüngling nun freiheraus.

»Wollt Ihr mich für dumm verkaufen?«

»Nein«, ereiferte sich der Bote, während er mit den Händen vor Stella in der Luft herumfuchtelte, als wolle er den bösen Blick abwehren. »Nein, ich sage Euch die Wahrheit. Der Bund des Lindwurmes ist ein Geheimzirkel. Niemand kennt alle seine Mitglieder, wie es heißt, nicht einmal der Großmeister …«

»Der Großmeister?«, wiederholte Stella. »Hat *er* Euch zu mir gesandt?«

Der Jüngling errötete.

»Aha, also war er es«, sagte Stella, der die Gesichtsfarbe des Boten Antwort genug war. »Kennt Ihr die Satzung dieses Geheimbundes, wozu ist er da?«

Der Pagenschnitt wippte im Nicken des jungen Mannes. »Der Lindwurmbund hat sich – wie Ihr an seinem Namen unschwer erkennen könnt – der Aufgabe verschrieben, das Kommen des Wurmes genau vorauszuberechnen und dem dräuenden Unheil Paroli zu bieten.«

»Der Name könnte auch genau das Gegenteil besagen. Woher soll ich wissen, dass dieser Lindwurm nicht in Wirklichkeit ein gewissenloser Kerl ist, der die Macht über Illúsion an sich reißen will, und Euer Herr sein willfähriger Parteigänger? Ich habe nicht die geringste Lust, Zuträgerin eines solchen Komplottes zu werden.«

Der Jüngling rang hilflos die Hände. »So glaubt mir doch! Niemand im Lindwurmbund kennt mehr als zwei oder drei andere Mitglieder. Und den Namen meines Herrn zu verraten würde mich den Kopf kosten. Ist *das* etwa Euer Ansinnen?«

Stella musterte den feinen Burschen argwöhnisch. »Ein wirklich gütiger Herr, Euer Auftraggeber. Will unser Reich vor Schaden bewahren, aber enthauptet die eigene Dienerschaft.«

»Es gibt auch Anhänger des Lindwurmes, die sich nach dem Kahlschlag durch das Ungeheuer Vorteile versprechen«, flüsterte der Jüngling, obwohl sie sich doch in einem geschlossenen Raum befanden. »Würde das geheime Trachten des Lindwurmbundes den falschen Personen kund, wäre dem Chaos Tür und Tor geöffnet. Daher die strenge Geheimhaltung. Ich kann Euch jedoch versichern, sobald Ihr das Kagee in Amico gefunden habt, werdet Ihr darin auch eine Bestätigung meiner Worte und der meines Herrn finden. Bitte, vertraut mir.«

»Es fällt mir schwer«, versetzte Stella, der das verzweifelte Mondgesicht vor ihrer Nase mit einem Mal Leid tat. »Warum hat der Bund gerade mich ausgesucht?«

»Fragt mich nicht nach den Gründen dieser Wahl! Ich bin nur ein Diener. Aber so viel ist mir bekannt: In jedem Jahrtausend wählt der Bund des Lindwurmes einen Menschen mit einer besonderen Gabe aus. Es soll Helden gegeben haben, die fliegen konnten. Andere beherrschten gar die Sprache der Tiere.« Der Jüngling lachte bei seiner letzten Bemerkung, als sei diese Vorstellung nun doch allzu absurd.

Stella warf ihm einen verächtlichen Blick zu, dann wanderten ihre Augen zu dem schneeweißen Iltis hinüber, der wie ausgestopft auf dem Tellerregal hockte und die Unterhaltung verfolgte (der Bursche hatte Sesa Mina offenbar gar nicht bemerkt).

»Also gut«, sagte Stella unvermittelt.

Der Bote schien an ihrem plötzlichen Sinneswandel zu zweifeln. »Ihr wollt die Reise nach Amico wirklich unternehmen?«

»Ja doch! Warum fragt Ihr?«

»Ich ... äh ...«

»Schon gut.« Stella wurde mit einem Mal sehr geschäftig und schob den Burschen vor sich her. »Jetzt schert Euch hinaus. Ihr habt Eure Botschaft überbracht und ich werde den Auftrag annehmen. Richtet das Eurem Herrn aus.«

Ehe er es sich versah, fand sich der blau-grüne Jüngling auf der Gasse wieder und blickte auf die verschlossene Pforte. Das Knallen der massiven Holztür gellte ihm noch lange in den Ohren.

Das Kagee-Fragment

Die Nacht war kurz gewesen. Stella streckte ihre Glieder und sah aus dem Fenster im Dachgeschoss. Die nahende Morgendämmerung konnte man bestenfalls erahnen. Sie schwang die Beine aus dem Bett, wusch sich, nicht allzu gründlich, in der Schüssel, die auf einem kleinen Hocker stand, und zog sich an.

Die Kleidung für ihre Reise hatte sie schon am Vorabend hergerichtet, ebenso wie alles andere, was sie mitnehmen wollte. Obwohl das Packen des Ledersacks viel Zeit in Anspruch genommen hatte, war er nicht einmal voll. Eine Bluse zum Wechseln, einen Mantel für den Regen, einige wenige andere Wäschestücke, etwas Proviant für sich und Sesa Mina und

Kleinigkeiten wie Messer, Feuerstein und Stahl, Nadel und Faden – mehr brachte sie nicht zusammen.

Nachdenklich blickte sie auf den Sack mit den zwei Riemen, an denen man ihn auf den Rücken nehmen konnte. Auch jetzt am Morgen wollte ihr nichts mehr einfallen, was es wert gewesen wäre, sich damit zu belasten.

»Willst du Wurzeln schlagen?«, fragte das Frettchen mit einem Mal.

»Was? ... Ach«, Stella lachte, »ich habe nur überlegt, was noch fehlt. Irgendwas vergesse ich immer.«

»Wie wär's denn mit Schuhen?«

Stella sah an sich hinab, wie sie es tags zuvor auf dem Markt getan hatte. Nun trug sie derbe Reisetracht: über dem ungefärbten Leinenhemd eine hirschlederne Weste, Beinkleider aus demselben Material und – Wollsocken.

»So kann ich wirklich nicht gehen«, pflichtete sie ihrem zahmen Iltis bei. Sie bückte sich und zog unter dem Bett ein Paar braune Stiefel mit kurzem, aber dafür weitem Schaft hervor. Sie waren alt, doch in gutem Zustand. Als sie ihre Füße in das Schuhwerk gesteckt hatte, sagte sie: »Jetzt kann's wohl losgehen.«

»Auf was wartest du dann noch?«, fragte Sesa Mina ungeduldig.

Das Frettchen suchte sich seinen Platz auf Stellas Schulter, diese blickte sich noch einmal in der Stube um, dann verließen beide das Haus.

Stella marschierte mit weiten Schritten durch die Gasse, die – ja, wie lange eigentlich? – ihre Heimat gewesen war. Ihre anderen Iltisse hatte sie am Abend zuvor der Nachbarin anvertraut, der Wäscherin Wilhelmine. Sie solle zusehen, ob einige ihrer Kunden nicht einen Iltis erwerben wollten, hatte Stella gesagt, denn es sei ungewiss, wann sie von ihrer Reise zurückkehre. Vielleicht niemals, dachte Stella, aber das hatte sie Wilhelmine nicht verraten.

Die Straßen von Enesa waren um diese Zeit noch wenig bevölkert. Selbst als sie den Markt überquerte, entdeckte sie dort erst zwei Händler beim Aufbau ihrer Stände.

Von dem weiten Platz aus konnte man viele der riesigen Bauwerke Enesas sehen. Sie überragten die Fachwerkhäuser wie Riesen ein Volk von Zwergen. Doch die Stadt hatte weit mehr zu bieten als nur diese Gebäude. Weil die Landschaft vor den Mauern nur aus öder Wüste bestand, musste alles zum Leben Notwendige, ebenso wie auch das weniger Wichtige, *innerhalb* der weit gesteckten Stadtgrenzen an- und abgebaut, her- und aufgestellt werden. Zum Herrschaftsbereich Enesas gehörten Felder, Plantagen, große Wälder, Bergwerke, Porzellanmanufakturen, Spinnereien, Exerzierplätze, Orte der Muße, Friedhöfe, Sammelplätze für Unrat – eben alles, was Sinn machte oder zumindest den Anspruch darauf erhob.

Schon von weitem mussten aber jedem, der sich der Stadt näherte, ihre imposanten Türme auffallen. Größer als selbst die mächtigsten Häuser schraubten sie sich mit ihren außen angebrachten Rampen in luftige Höhen hinauf. Oben liefen sie alle spitz zu, wie kolossale, auf die Wolken gerichtete Speere. Nicht nur Stein und Holz waren in den monumentalen Gebäuden verbaut, sondern auch Gold und Silber, Perlmutt und Elfenbein, Kupfer und Stahl. Wenn die Sonne ihr Antlitz auf die Stadt herabsenkte, dann glitzerte deren atemberaubende Silhouette wie der Schatz eines gewaltigen Riesen.

Im Moment jedoch befand sich das Himmelsgestirn noch in Wartestellung hinter dem Horizont. Stella wollte Enesa verlassen haben, bevor das hektische Treiben des Tages einsetzte und damit dessen ganze Unwägbarkeiten. Das geheimnisvolle Verhalten des blau-grünen Boten hatte ihre Vorsicht ebenso geweckt wie die in der Botschaft enthaltenen Warnungen.

»Hast du eine Patrone im Hafen?«, fragte Sesa Mina, als sei die Schifffahrt für ein Frettchen das Natürlichste von der Welt.

»Selbstverständlich«, entgegnete Stella und wusste auch diesmal nicht, woher sie diese Sicherheit nahm. Jedenfalls sollte sie Recht behalten. Schon bald erreichten sie den Hafen. Er lag mitten in der Stadt, am Fuße der gewaltigen Mauer.

Stella schauderte beim Anblick dieses so gut wie unüberwindlichen Walls. Die Stadtmauer von Enesa brannte. Dies war durchaus nichts Ungewöhnliches, kein Anlass zur Panik – nicht einmal die Brandwehr interessierte sich dafür. Die Mauer Enesas stand immer in Flammen, Tag und Nacht – ein sehr probates Mittel, um unerwünschte Elemente von der Stadt fern zu halten und den Fluss der Handelsgüter allein durch das gut bewachte Wassertor zu lenken.

Bald hatte Stella ihre Patrone am Kai gefunden. Das sehr kleine Gefährt war gerade geräumig genug, um sie, ihr Frettchen und das Gepäck aufzunehmen. Patronen waren Wasserfahrzeuge, die größtenteils aus Glas bestanden. Vorne liefen sie beinahe spitz zu, ähnlich der Schnauze eines Delfins. Das Heck dagegen besaß fast denselben Durchmesser wie das Mittelteil. Fünf nietenbesetzte Bänder aus Messing umspannten den Glaskörper und gaben ihm Festigkeit. Achtern waren an Steuer- und Backbord aus Gründen der Stabilität je zwei Flossen angebracht.

In die Patrone selbst gelangte man durch eine Luke, die, einmal geschlossen, vollständig mit dem Rumpf verschmolz. Innen befand sich ein Sitz, auf dem man sich festschnallen konnte, nein, *musste*. Denn hatte die Patrone erst einmal eine Stadt verlassen, schoss sie mit so ungeheurer Geschwindigkeit über die Wasserstraßen Illúsions, dass einem Hören und Sehen verging. Tatsächlich wusste man meist erst am Zielort, dass man die Reise gut überstanden hatte.

Stella legte ihre Hand auf die Patronenluke und diese öffnete sich wie von Geisterhand. »Rein da«, sagte sie energisch zu Sesa Mina, der das gläserne Ding offenbar nicht recht geheuer war. Das Frettchen sprang dann aber doch von ihrem Arm auf den Sitz und suchte sich im Heck ein sicheres Plätzchen. Stella warf ihren Rucksack in das Wasserfahrzeug und stieg hinterher.

Nachdem ihr Gepäck verstaut und sie selbst sicher angeschnallt war, zog Stella einen kleinen Zettel aus der Tasche, auf dem nur ein einziges Wort geschrieben stand: *Amico.*

Neben ihrem Sitz befanden sich mehrere kleine mit einer klaren Flüssigkeit gefüllte Glaszylinder. Die Röhrchen waren allesamt mit Stopfen verschlossen, die gleichfalls aus Glas bestanden. Stella rollte den Zettel mit dem Namen ihres Reiseziels zusammen, öffnete den ersten Zylinder und steckte das Blatt hinein.

Sie konnte zusehen, wie sich das Papier in der klaren Flüssigkeit auflöste. Zugleich wurde der Inhalt des Röhrchens so strahlend blau, wie es die Tinte des Namenszuges allein niemals hätte bewirken können. Das war alles. Die Patrone würde nun sicher und ganz von selbst vor die Mauern des Zielortes gelangen. Ein einziger Gedanke reichte schon aus, um das Gefährt in Bewegung zu setzen. Wie Stella nach ihrer Ankunft allerdings in die Stadt Amico hineinkam, stand auf einem anderen Blatt.

Zunächst musste sie jedoch erst einmal Enesa *verlassen.* Das erwies sich als nicht unbedingt leichte Aufgabe. Nachdem sich ihr Gefährt nämlich gemächlich wie ein Schwan dem großen Wassertor genähert hatte, musste sie sich in die Schlange der Ausreisewilligen einreihen – Patronen der verschiedensten

Größen und Bauarten. Weiter vorne auf einem Kai befanden sich die Wachhäuschen. Und davor standen die Kontrolleure.

Diese Berufsgattung zog offenbar ausnahmslos unfreundliche Gesellen an, deren einziger Lebenszweck in der Zurückweisung Reisender zu bestehen schien. Kontrolleure bewachten die Mauern so gut wie jeder Stadt. Sie lauerten außerhalb des Stadtgebietes, um Ankommende wegzuschicken, und sie standen drinnen, um den Abreisenden ihre Pläne auszureden. Wenn sie einmal doch keinen Grund fanden, jemandem das Reisen zu versagen, dann empfanden sie das als persönliche Schmach. Es gehörte zum Berufsethos eines Kontrolleurs, niemals zu lächeln.

»Wo wollt Ihr hin?«, blaffte ein Klotz von Mann Stella an, als sie nach einiger Wartezeit endlich an der Reihe war. Er steckte in einer Blechrüstung, die sich durch eine Vielzahl von Dellen auszeichnete. Anscheinend kommt es hier öfter zu gewissen »Zwischenfällen«, dachte Stella. An seinem breiten Gürtel baumelte ein Schwert, das sie allein schon durch seine Breite beeindruckte. Der kraftstrotzende Mann stand oben auf dem gemauerten Kai, Stella saß in der geöffneten Luke ihrer Patrone. Eine schlechte Verteidigungsposition. Die Frage des Blechmannes hatte sie wie ein Schwall kalten Wassers getroffen.

Zögernd antwortete sie: »Ich ... So richtig bin ich mir selbst noch nicht darüber im Klaren.«

»Ohne Zielort keine Ausreise«, entgegnete der Kontrolleur ebenso barsch wie wortkarg.

»Nun, mein nächstes Ziel ist Amico, aber dann ...«

»Amico also«, unterbrach sie der Blecherne. Sein stählerner Helm umrahmte eine ausdruckslose Miene. Der Kontrolleur begann nun in seiner Liste zu suchen, die aus zwei papierummantelten Stöcken bestand. Zum Lesen musste er von einem

Stab etwas Papier abrollen. Hatte er den Streifen geprüft, wickelte er ihn mit Hilfe des anderen Stockes wieder auf und die ganze Prozedur begann von vorne. Endlich hatte der Kontrolleur das Ende seines umfangreichen Dokuments erreicht und sah sie streng an.

»Was ist?«, fragte Stella ahnungsvoll.

»Amico steht hier nicht drauf«, blaffte der Blechmann zurück.

»Ist das gut oder schlecht für mich?«

Anstatt zu antworten rollte der Kontrolleur seine Liste einfach wieder langsam und gründlich ganz bis auf den ersten Stab zurück. Doch am Ergebnis änderte sich dadurch nichts.

»Ich kann hier keine Stadt mit Namen Amico finden.«

»Seht Ihr«, sagte da Stella forsch, denn sie hatte für sich beschlossen, dieser Umstand könne nur von Vorteil sein.

»Also gut«, meinte der Kontrolleur nach reiflichem Zögern. »Ich finde keinen Grund, Euch zurückzuhalten ...«

Stella wollte schon aufatmen.

»... falls Ihr ein gültiges Reisevisum besitzt. Zeigt es einmal her.«

Für einen Moment war Stella wie versteinert. So vertraut ihr das Reisen in Illúsion erschien, als sie in die Patrone eingestiegen war, so unüberwindlich kamen ihr nun die Hindernisse vor. War das schon immer so gewesen?

»Ich ...«

»Nun zeigt mir endlich Euren rechten Unterarm«, herrschte sie der Blecherne an.

»Meinen Unterarm?« Stella schob langsam den Ärmel ihres Hemdes hoch. Und entdeckte voller Erstaunen eine in mehrere Abschnitte unterteilte Ziffernfolge.

197.23.111.215

Das unergründliche Zahlenwerk leuchtete auf Stellas Unterarm wie eine gelbe Kerzenflamme ohne ihr allerdings in irgendeiner Weise Schmerz zu bereiten. Nie war es ihr bisher aufgefallen.

Während sie noch staunend darüber nachdachte, wann ihr diese flammende Tätowierung – oder worum es sich auch immer handelte – beigebracht worden war, sah der Kontrolleur schon wieder in einer anderen Liste nach. Diesmal dauerte es nicht ganz so lange, offenbar ließen sich die gestaffelten und geordneten Zahlen schneller nachprüfen.

Der Blecherne stieß die Luft durch die Nase aus, als habe er gerade eine schwere Niederlage erlitten. Stella wurde es bange. Welche Schikane würde sich der strenge Stadtbeamte wohl nun für sie ausdenken?

»Ihr könnt reisen.«

Stella blickte überrascht in das ausdruckslose Gesicht des Beamten.

»Habt Ihr nicht gehört?«, wiederholte der Blecherne gereizt. »Ihr dürft jetzt ablegen und Euch auf den Weg machen.«

Endlich begriff Stella. Eilig klappte sie die Luke ihrer Patrone zu und steuerte das Gefährt allein durch Gedankenkraft dem großen Wassertor entgegen.

Der Kontrolleur hatte den Torwächtern bereits mit erhobenem Arm einen Wink gegeben. Daraufhin setzten sie in den zwei eckigen Türmen beiderseits der Durchfahrt eine verwirrende Mechanik aus großen Zahnrädern in Gang. Während Stellas Patrone langsam auf das Tor in der brennenden Mauer zuschaukelte, konnte sie sehen, wie hinter den Schießscharten der wuchtigen Türme das überdimensionale Räderwerk seinen Dienst verrichtete. Die beiden Eisentore der Feuermauer schwangen langsam auf. Dadurch öffnete sich eine bogenförmige Passage, die vom Wasserspiegel aus ungefähr fünfundzwanzig Fuß hoch reichte. Weil die ganze Toranlage innerhalb der Stadt und außen noch über die Stadtmauer hinausragte, sah es beinahe so aus, als würde man sich einem Tunnel nähern.

»Bist du noch da?«, rief Stella nach hinten.

Sogleich kam Sesa Mina nach vorne getippelt. Sie sprang auf Stellas Schoß und ringelte sich dort zusammen. »Das war vielleicht ein Blechkopf. Ich dachte schon, deine Patrone würde im Hafenbecken Wurzeln treiben.«

»Die Grenzer von Enesa sollen mit die strengsten sein«, antwortete Stella. Ihre Hände schlossen sich schützend um das Frettchen. »Und jetzt krieg keinen Schreck. Gleich wird hier alles drunter und drüber gehen.«

»Wie meinst du das?«

»Bist du noch nie in einer Patrone gereist?«

»Nein. Du etwa?«

Stella zögerte. »Mir ist so, aber ehrlich gesagt weiß ich es nicht genau. Mein Gefühl sagt mir jedenfalls ...«

Zu mehr kam Stella nicht. Noch als sie sich unter dem geöffneten Hafentor befanden, ging ein fürchterlicher Ruck durch die Patrone. Dann jagte sie wie von einer Kanone geschossen davon. Stella wurde in den Sitz gepresst und das Frettchen an ihren Bauch.

»Uuiii! Das macht Spaß!«, quietschte Sesa Mina ausgelassen.

»Für einen Iltis hast du ziemlich ausgefallene Leidenschaften«, gab Stella gepresst zurück.

Nun glaubte sie tatsächlich, ihr würde Hören und Sehen vergehen. Die Patrone wirbelte ein paar Mal um die eigene Achse. Gurgelnde Blasen wechselten mit Streifen blauen Himmels. Schließlich beruhigte sich das wild gewordene Gefährt wieder und Stella konnte zu beiden Seiten der Wasserstraße karge Uferböschungen vorüberfliegen sehen. Dahinter befanden sich Berge, sonnenbeschienene, lebensfeindliche Felsriesen. Stella schenkte dieser Wüstenlandschaft wenig Aufmerksamkeit. Selbst wenn die Patrone nicht mit so atemberaubender Geschwindigkeit dahingeschossen wäre, hätte sie dort draußen weder Mensch noch Tier, weder Pflanze noch irgendetwas anderes entdecken können, das lebendig war.

Die Flüsse Illúsions waren tatsächlich die einzige Möglichkeit, um von einem Ort zum nächsten zu gelangen. Sollte ein Bewohner sich weiter als einen Bogenschuss von der Mauer seiner Stadt entfernen, war er in der Wüste unweigerlich dem Tode ausgeliefert. Es hieß, die Sonne würde einen solchen Unglücklichen innerhalb kürzester Zeit verdampfen. Dasselbe Schicksal erwartete jene, die mit ihrer Patrone von der Wasserstraße abkamen. Zum Glück galt das als beinahe ausgeschlossen. Selbst bei einem Zusammenstoß zweier Patronen drohte den Insassen gewöhnlich nur eine Rückführung in ihre Ursprungsstadt, von wo aus sie die Reise erneut antreten mussten.

Der gesamte Verkehr auf dem weit verzweigten Netz aus Flüssen und Kanälen, das ganz Illúsion überzog, basierte auf einem geheimnisvollen Phänomen, das niemand erklären konnte und sich doch jeder Reisende zu Nutze machte: den Strömungen.

Natürlich floss auch in Illúsion das Wasser gewöhnlich eine Steigung hinunter oder verharrte auf ebenem Grund. Bei den Wasserstraßen verhielt sich das jedoch ein wenig anders. Sobald sich der Name einer Zielstadt im Navigationsröhrchen der Patrone aufgelöst hatte, wurden winzige Mengen der blauen Flüssigkeit in den Kanal abgegeben. Nun genügte schon allein der Gedanke des Steuermanns (oder der Steuerfrau), um das Wasser unter der Patrone in Bewegung zu bringen. Wie auf einer starken Strömung ritt das Gefährt dann in die eine Richtung, während ein anderes Fahrzeug auf derselben Wasserstraße gleichzeitig einem entgegengesetzten Ziel zustreben konnte.

Stella kam auf ihrem Weg nach Amico durch mehrere Städte. Das war unvermeidbar, weil sich die Wasserstraßen nie – aber auch *niemals* – in freier Landschaft kreuzten. Vielmehr musste so gut wie jeder Reisende eine Reihe von Relaisstationen passieren, wo er auf einen anderen Wasserweg überwechseln und so seine Richtung ändern konnte. Manchmal handelte es sich hierbei nur um kleine, schwach bemannte Festungswerke, die mit dicken Mauern der unbarmherzigen Öde trotzten. Niemand hielt sich länger als nötig in diesen wenig anheimelnden Orten auf.

Auch Stella passierte die verschiedenen Knotenpunkte im weitläufigen Wasserstraßennetz Illúsions ohne längere Pausen. Die Kontrolleure der Relaisstationen waren gegenüber Durchreisenden erheblich großzügiger als die der großen Städte. Dem eigenen Berufsethos entsprechend versagten zwar auch sie sich jede Form der Freundlichkeit, doch versorgten sie die Reisenden wenigstens mit kleinen Zettelchen, auf welchen die Namen der nächstgelegenen Zwischenstopps standen. Auf diese Weise konnte man sich in dem labyrinthischen Straßennetz Illúsions praktisch nicht verirren.

Schließlich erreichte auch Stella sicher ihren Zielort. Die ganze Fahrt bis unter die Stadtmauern Amicos schien ihr nur wenige Augenblicke gedauert zu haben. Jetzt musste sie nur noch *in* den Ort gelangen. Sie erinnerte sich an das Pergament in ihrem Gepäck. Der sich hinter einem nichts sagenden X verbergende Schreiber vom Bund des Lindwurmes hatte ihr geraten die Stadt besser heimlich zu betreten.

Amico besaß wenig von dem Glanz Enesas. Es gab nur drei Bauwerke, die man überhaupt aus der Ferne erkennen konnte. Am auffälligsten waren noch die beiden Zwillingstürme. Sie glitzerten in einem vielfarbigen Schimmer, als bestünden sie aus Edelsteinen. Ihre Silhouette wirkte auf Stella fremdartig, ja geradezu exotisch. Die funkelnden Türme glichen aufgespießten, grotesk in die Länge gezogenen Zwiebeln. Neben den Zwillingsbauten, gerade noch zu erahnen, erhob sich ein dritter Turm. Im Schatten der beiden Riesen wirkte er beinahe wie ein Zwerg. Dennoch überragte auch er die übrigen Gebäude der Stadt um ein Vielfaches, wirkte sonst aber so breit und plump, dass man bald uninteressiert den Blick von ihm abwandte. Ansonsten mutete Amico fast so trostlos und trutzig an wie die Wüstenfestungen der Relaisstationen.

Stella hatte inzwischen ihre Patrone in den breiten Wassergraben gelenkt, der Amico wie ein glitzernder Reif umspannte. Sie hoffte, dass dieses Manöver unbemerkt geblieben war, denn vor den drei Wassertoren der Stadt hatte sich eine lange Reihe von Patronen gebildet, deren Insassen ihre ganze Aufmerksamkeit dem Treiben der Kontrolleure widmeten.

Die ähnlich wie in Enesa geharnischten Männer schienen ihrer Pflicht hier sogar mit noch mehr Hingabe nachzugehen. Ein beängstigender Gedanke zuckte durch Stellas Kopf: War man etwa bereits auf der Suche nach ihr? Oder – wenn schon nicht sie selbst es war, der dieser »aufmerksame« Empfang galt – hatte man eine Warnung vor möglichen Spionen erhalten?

»Jetzt ist guter Rat teuer«, murmelte Stella vor sich hin. Doch, als habe sie nur darauf gewartet, meldete sich Sesa Mina von ihrem Schoß zu Wort.

»Wozu hast du denn mich?«

»Was …? Wie meinst du das?«

»Ein Frettchen findet überall einen Spalt, durch den es schlüpfen kann!«

»Und wie stellst du dir vor, soll ich dann hinterherkommen?« Stella blickte an sich hinab. »Schließlich bin ich kein Iltis! Wenn es irgendwo eine Hintertür gäbe oder ... oder ...«

»Einen Tunnel?«, schlug Sesa Mina vor.

»Ja. Etwas Ähnliches eben.«

»Das dürfte kein Problem sein. Zuvor müsstest du mich allerdings rauslassen.«

Stella steuerte ihre Patrone ganz dicht an die Stadtmauer heran und öffnete durch einen sanften Druck mit der Hand die noch eben unsichtbare Luke.

Die Stadtmauer war umgeben von einer felsigen Böschung, Sesa Mina kam also nicht in Kontakt mit dem glühenden Wall. Das Frettchen sprang aus der Patrone und eilte mit fließenden Bewegungen davon, ein in der Sonne glänzender Quecksilbertropfen.

Stella wartete. Die Zeit verging und allmählich wurde sie unruhig. Je länger sie in ihrer geöffneten Patrone unter der rot glühenden Mauer dümpelte, desto größer erschien ihr die Gefahr der Entdeckung. Nur einen Bogenschuss entfernt ragte ein Wachturm auf, dessen obere Stockwerke frei von Feuer waren. Es musste nur irgendein Posten auf die Idee kommen, von dort aus herunterzuschauen ...

Endlich! Nach scheinbar endlosem Warten kehrte Sesa Mina zurück. Ihr Fell war nass und das Frettchen wirkte dadurch noch dünner als gewöhnlich.

»Ich dachte schon, du willst mich hier verrotten lassen«, rief Stella, in ihrer Aufregung etwas heftiger als beabsichtigt.

»War nicht so leicht, einen Zugang zu finden«, antwortete Sesa Mina gekränkt. »Sieht so aus, als hätten die hier erst kürzlich alle Ritzen zugekittet.«

»Und?«

»Sesa Mina findet immer einen Weg!«

Stella atmete erleichtert auf. »Nun spann mich nicht auf die Folter. Wie kommen wir rein in dieses Provinznest?«

Das Frettchen sprang auf die Patrone, kletterte jedoch nicht hinein. Stella stieg ein fauliger Geruch in die Nase.

»Puh, du alter Stinkmarder, hast du in Gülle gebadet?«

»Nun hab dich nicht so! Du wirst gleich sehen, weshalb ich das machen musste.« Sesa Mina schien Stellas etwas barsche Begrüßung noch nicht ganz überwunden zu haben. Mit aufreizender Langsamkeit stolzierte sie nun auf dem Bug der Patrone nach vorn und nahm dort mit vorgereckten Schnurrhaaren die Haltung einer Galionsfigur ein. Gebieterisch verkündete sie dann: »Da entlang, Steuermann.«

Stellas Gedanken erzeugten eine schwache Strömung unter der Patrone und sogleich begann sich das gläserne Gefährt mit offener Luke langsam in Bewegung zu setzen. Von der einstmals kräftigen Farbe in dem Navigationsröhrchen war inzwischen nur noch ein Hauch von Blau zurückgeblieben. Sobald sie sich erst in der Stadt befanden, würde die Flüssigkeit wieder so klar wie reines Wasser sein.

Einige Minuten lang glitt das Glasboot unter der Mauer entlang. Büsche boten hier und da Deckung. Sie waren die letzten Vorposten des Lebens außerhalb der Stadt. Nur wenige Ellen weiter hätte sie die Sonnenglut wie Zunder verbrannt.

»Dort ist es«, rief Sesa Mina mit einem Mal.

Stella reckte den Hals, aber sie konnte nichts sehen. Dafür kroch in ihre Nase ein unangenehmer Duft, gerade wie jener, der aus Sesa Minas nassem Fell aufstieg. Sie musste erst ihren Ekel hinunterschlucken, bevor sie wieder etwas sagen konnte.

»Wo denn?«

»Da, unter dem Busch.«

Nun glaubte auch Stella einen schwarzen Halbkreis auszumachen, nur unmerklich dunkler als die Schatten unter dem Astwerk.

»Du musst dich vorsehen. Der Busch hat dolchartige Dornen«, warnte Sesa Mina ihre Herrin und hüpfte, selbst Schutz suchend, durch die Lukenöffnung ins Patronenboot.

Schnell ließ Stella den Ausstieg zuklappen, schon allein deshalb, weil der Gestank inzwischen so gut wie unerträglich geworden war. Langsam trieb die Patrone weiter auf den Busch zu. Als die ersten Zweige an der glatten Außenhaut entlang- und über die metallenen Verstärkungsbänder hinwegschabten, ertönte ein durch Mark und Bein gehendes Quietschen. Die Patrone jedoch bekam nicht den geringsten Kratzer ab, sie war für weitaus derbere Beanspruchungen konstruiert.

Dann wurde es dunkel um Stella und ihre schneeweiße Lotsin.

»Der Abwasserkanal tritt in der Stadt wieder zu Tage«, kommentierte Sesa Mina die nachtschwarze Tunnelfahrt.

»Ein Abfluss! Ach deshalb dieser Gestank. Bist du sicher, dass der Ausgang auch nicht bewacht wird?«

Ein helles Kichern drang durch die Dunkelheit. »Wahrscheinlich hält man es für unmöglich, dass jemand in diese Brühe steigt. Ich jedenfalls konnte auf der anderen Seite niemanden entdecken.«

Stella misstraute allem, was ihr fremd war, menschliche Wesen eingeschlossen. Deshalb fühlte sie sich trotz der Versicherung Sesa Minas alles andere als wohl, als die halbkreisförmige Lichtöffnung am jenseitigen Ende immer näher kam. Unbearbeitete Steine formten hier einen Bogen, weder Gitterstäbe noch Wachposten waren zu entdecken.

»Siehst du. Keiner da, der sich für uns interessiert«, verkündete das Frettchen, nachdem die Patrone ins Freie geglitten war – Stella hatte diesen Augenblick mit angehaltenem Atem erlebt. »In der Nähe gibt es ein paar Lagerhäuser«, fügte Sesa Mina hinzu. »Um diese Zeit ist dort nicht viel los, ein ideales Plätzchen für deine Patrone. Niemand wird sie beachten, während wir uns in der Stadt aufhalten.«

»Anscheinend hast du alles schon gründlich ausgekundschaftet.«

»Du warst vorhin so stinkig. Hättest mir sowieso nicht zugehört.«

»Wer war hier stinkig?«, antwortete Stella und musste lachen. »*Du* hast schließlich gerochen wie ein Skunk.«

Auch Sesa Mina fand an diesem Thema Freude. Der Schöpfer hatte die Iltisse nämlich mit einer besonderen Drüse gesegnet, deren übel riechendes Sekret auch den hartgesottensten Feind in die Flucht schlagen konnte. Gestank war für die kleinen vierbeinigen Jäger daher mindestens ebenso interessant wie strategische Kriegsführung für die großen Zweibeiner. Stolz verwies man in Iltiskreisen darauf, dass sich selbst die Menschen mit ihren Stinkbomben der mardererprobten Verteidigungstaktik bedienten. Obwohl Stella derart tiefe Einblicke in die Lebensgewohnheiten der Iltisse bisher versagt geblieben waren, hatte sie doch instinktiv genau den richtigen Ton angeschlagen. So war die kurzzeitige Verstimmung zwischen ihr und Sesa Mina schneller verflogen als des Frettchens penetranter Körpergeruch.

Unbehelligt gelangten die illegalen Besucher Amicos in das alte Hafenviertel, das Sesa Mina als geeigneten Landeplatz auserkoren hatte. Stella versteckte ihr Gefährt in einer finsteren Unterführung, deren dräuende Schatten höchstens eine Fledermaus zu durchdringen vermochte. Von dort gelangte sie, von Sesa Mina geführt, über eine Treppe in den eigentlichen Hafenbezirk. Die Lagerhäuser hier waren schon teilweise zerfallen. Stella marschierte forschen Schrittes an den Giebelseiten der Gebäude entlang, als ginge sie gerade irgendwelchen dringenden Geschäften nach. Am Ende der Mole tat sich ein breiteres Hafenbecken auf, von dem zahlreiche andere Kanäle abzweigten. Hier tauchten die beiden in der Menschenmenge unter.

Am Kai herrschte eine geradezu tumultuöse Betriebsamkeit. Von Patronen aller Größenordnungen wurden Güter entladen – Lebensmittel, Holz, Werkzeuge und Waren des täglichen Bedarfs –, während man gleich daneben andere Wassertransporter mit den Reichtümern der Stadt belud: Edelsteine.

Stella blieb staunend vor einer der großen Transportpatronen stehen, deren zwölf oder mehr Luken alle zur Wasserseite hin hochgeklappt waren. Ungläubig blickte sie in den Laderaum – und dann zu den Zwillingstürmen hinüber, die von jeder Stelle der Stadt aus zu sehen waren. Mit einem Mal wurde ihr klar, was da so glitzerte: Es waren tatsächlich alle möglichen kostbaren Pretiosen, die diese Wahrzeichen Amicos schmückten.

Jemand rempelte Stella von hinten an und setzte damit ihrem Staunen unsanft ein Ende. Sie schreckte zusammen, aber es war nur ein Träger mit einem Stoffballen gewesen, der sich für seine Unachtsamkeit nicht einmal entschuldigt hatte, sondern bereits zielstrebig auf eine der Hafengassen zusteuerte. Stella ging ihm einfach hinterher.

»Wo läufst du eigentlich hin?«, fragte Sesa Mina, nachdem sie sich von Stella eine Zeit lang hatte herumtragen lassen.

»Ich suche dieses Kagee.«

»Was du nicht sagst. Und wie gedenkst du es zu finden? Etwa indem du alle siebenhundertsiebenundsiebzig Straßen dieser Stadt in voller Länge abschreitest?«

Stella blieb unverwandt stehen. »Hast du etwa eine bessere Idee?«

»Ja, die habe ich. Schließlich bin ich ein Frettchen.«

Stella warf den Kopf zurück und die Arme in die Luft. »Jetzt geht *das* schon wieder los! Willst du mich etwa wieder in irgendein stinkendes Loch locken?«

»Was hast du gegen stinkende Löcher?«

»Jetzt mal ehrlich, Mina. Wenn dein Frettchenverstand einen Weg kennt, uns möglichst schnell wieder samt Schattenwort aus dieser Stadt, die mir ganz und gar nicht geheuer ist, herauszubringen, dann ...«

»Warte einen Moment da drüben unter dem Baum. Ich bin bald wieder da.«

Stella seufzte. Ihre quirlige Freundin hatte ihr nicht einmal Zeit gelassen, Ja zu sagen. Sie war einfach wie ein Blitz davongeschossen.

Zumindest hatte Sesa Mina einen angemessenen Ruheplatz für sie ausgesucht. Der besagte Baum war nämlich ein hohes, wohl schon mehrere Hundert Jahre altes Lorbeergewächs, das einen weiten Schatten warf und an ein niedriges Mäuerchen gelehnt stand. Stella ließ sich auf dieser Brüstung nieder, krempelte die Ärmel ihres Leinenhemdes hoch und dachte darüber nach, wie lange sie das Frettchen diesmal wohl würde warten lassen.

Unerwartet bald jedoch kehrte Sesa Mina zurück.

»Sag bloß, du hast das Kagee schon gefunden?«

»Du solltest nicht unverschämt werden«, antwortete Sesa Mina. »Ich bin zwar ein außergewöhnliches Frettchen, aber noch lange keine Hellseherin.«

»Und warum bist du dann so schnell zurückgekommen?«

»Weil mir mein Instinkt sagt, wo wir suchen müssen. Ich bin mir sogar fast sicher, dass wir dort fündig werden.«

»Ach.«

»Das Kagee ist die Stecknadel und der Ort, den ich entdeckt habe, der passende Heuhaufen dazu.«

Der »Heuhaufen« entpuppte sich dann doch als ein etwas solideres Gebilde. Das Frettchen hatte sich als Ort der Schatzsuche den gedrungenen Turm ausgewählt, der Stella schon vor der Stadt aufgefallen, aber im Vergleich zu den glitzernden Zwillingstürmen eher wie ein hässlicher Gnom vorgekommen war. Nun ließ sich eine intensivere Auseinandersetzung mit dem Gebäude nicht mehr vermeiden.

Das Bauwerk musste zu den ältesten der Stadt gehören. Es war aus unregelmäßig geformten Steinen errichtet, auf denen hier und da orangefarbene Flechten wuchsen. Die Fassade sah verwittert aus. Um den Turm herum erstreckten sich kleinere Anbauten, längliche ziegelgedeckte Häuser mit vergitterten Fenstern, die an dem großen Burgfried hingen wie säugende Junge an den Zitzen des Muttertiers. Nachdenklich betrachtete Stella das Schild neben dem breiten Eingangsportal:

KATASTERAMT DER STADT AMICO

Ganz langsam bemächtigte sich Stellas ein Gefühl der Hilflosigkeit. Sie legte den Kopf in den Nacken und blickte an der mit einem Mal gar nicht mehr so langweiligen trutzigen Fassade empor. Sie bestand aus Felsbrocken, die man der Erde unter dieser Stadt entrissen hatte. Amico war nämlich eine Juwelensucherstadt. Glücksritter und seriöse Minengesellschaften hatten sich hier nebeneinander angesiedelt. Die meisten Schürfer waren im Besitz eines mehr oder weniger großen Claims, durften also allein oder in Zweckgemeinschaften einen ausgewählten Bereich der Stadt durchwühlen.

Da es außerhalb von Illúsions Ortschaften kein Leben gab, musste alles und jedes in den Städten hergestellt, angebaut und gefördert werden. In Enesas weitläufigem Stadtgebiet gab es Felder und Wälder und hier erstreckte sich ein nicht zu ermessendes Labyrinth aus Stollen und Gängen durch die geduldige Erde.

»Weißt du eigentlich, dass diese Stadt der reinste Kaninchenbau ist?«, schwärmte das Frettchen.

Stella konnte noch immer nicht den Blick von dem Schild neben der Tür nehmen. »Das scheint dir auch noch zu gefallen.«

»Ich bin schließlich ein Iltis!«

»Gut, dass du mich daran erinnerst.«

»Was soll *das* nun schon wieder heißen?«

»Iltisse sprechen nicht, kein Marder tut so etwas. Halt also bitte mal einen Moment deine Schnauze. Ich muss nachdenken.«

Ohne Frage – zu diesem Schluss gelangte Stella gleich zu Beginn ihrer Überlegungen – wurden wohl in diesem Katasteramt nicht nur die Verzeichnisse für Gebäude und Grundstücke über der Erde geführt. In einer Edelsteinsucherstadt musste sich hier auch die Claim-Verwaltung befinden. Allmählich begriff Stella das ganze schreckliche Ausmaß ihrer Aufgabe und mit einem Aufseufzen verschaffte sie ihrer Verzweiflung Luft.

»Wie sollen wir jemals in diesem hässlichen Stummel von Turm ein einzelnes Wort finden? Oder auch einen Spruch?« Sie warf die Hände in die Luft und ließ sie sofort wieder wie Sandsäcke herabfallen.

Eine Zeit lang herrschte Stille. Zweimal gingen Männer in den Turm hinein, wild aussehende Gesellen, deren Kleidung nur aus verschiedenen übereinander gelagerten Staubschichten zu bestehen schien. Einmal kam einer wieder heraus. Sonst passierte nichts.

Schließlich platzte es aus Stella heraus. »Kannst du denn nicht auch mal was sagen, Mina? Ich denke, *du* bist die Spürnase von uns beiden.«

»Du hast mir ja die Schnauze verboten.«

Stella schloss die Augen und stöhnte. »Ich wusste nicht, dass du so empfindlich bist. Entschuldige bitte.«

Sesa Mina antwortete nicht.

»Was ist denn noch?«

»Ruhe, ich denke nach.«

Stella ignorierte die Retourkutsche. Sie ließ das Frettchen einfach auf der Treppeneinfassung sitzen und marschierte in den Turm hinein.

Von innen wirkte das Bauwerk noch größer, was Stella nun fast auch den letzten Rest an Mut nahm. Hinzu kam ein beängstigendes Zwielicht, das einem Kerker nicht schlecht zu Gesicht gestanden hätte. Allmählich gewöhnten sich ihre Augen aber an die dämmrige Umgebung und sie bemerkte zu ihrer Linken einen hölzernen Verschlag, aus dem ein menschliches Antlitz hervorleuchtete.

Wieder hallten die Worte aus dem Brief des Lindwurmbund-Großmeisters durch Stellas Geist ... *noch vermögen wir Euch zu empfehlen Euer Vertrauen einem der Einwohner Amicos zu schenken, um Euch auf diese Weise Hilfe zu verschaffen.* Stella seufzte. Was sollte sie tun? In ihrer Verzweiflung fasste sie einen Entschluss, den sie – und wenn auch nur, um ihr Gewissen zu beruhigen – als einen strategisch motivierten Kompromiss ansah. Im Schach opferte man schließlich auch hin und wieder einen Bauern für einen taktischen Vorteil.

Sie straffte die Schultern und ging erhobenen Hauptes auf das Gesicht im Verschlag zu. Mehr aus den Augenwinkeln las sie das Schild, das über dem bleichen Antlitz angebracht war. »*Wunderlich*«, stand da. War das nun ein Name oder eine Warnung?

»Guten Tag. Frau ... Wunderlich, nehme ich an ...? Ich hätte gerne eine Auskunft«, brachte sie ihr Anliegen mit mühsam beherrschter Stimme vor.

Die angesprochene Dame lächelte in höchst sparsamer Weise und erwiderte ohne auf Stellas anfängliche Frage einzugehen: »Um was für eine Auskunft handelt es sich denn, Fräulein? Sucht Ihr Grundbucheinträge, Claim-Einträge, Steuereinträge, Besitzerwechseleinträge, Gesellschaftseinträge, Einträge über Offenbarungseide, solche, die eine alsbaldige Versteigerung betreffen, oder eher jene, die mit Anwartschaften bei Erbangelegenheiten zu tun haben? Ferner hätten wir noch ...«

»Das weiß ich nicht so genau«, unterbrach Stella die Pförtnerdame, die daraufhin ihr rudimentäres Lächeln ganz einstellte.

»Was wollt Ihr damit sagen, Ihr wisst es nicht so genau?«

»Nun ...« Stella rang verzweifelt nach Worten. Ihre Idee war wohl doch nicht so gut gewesen. »Ich suche nach einem ... einem Namen.«

»Einem Namen«, wiederholte die Dame im Kasten. Noch einmal versuchte sie sich in einem Lächeln, leider erfolglos. »Na, da hätten wir doch wenigstens schon etwas. Namensauskünfte gibt es in den Verzeichnissen für ...«

Stella ließ widerstandslos die nächste Aufzählung über sich ergehen. Im Stillen fragte sie sich, ob das Schild über dem bleichen Gesicht nicht doch eine Warnung war, in der Art von »Vorsicht! Bissiger Hund!« oder »Achtung! Kamel spuckt!«.

Als der Katasterdame keine weiteren Namensquellen mehr einfielen, sagte die Auskunftsuchende: »Ich bin mir nicht sicher, wo ich diesen Namen finden kann.«

Für die Dauer eines langen Atemzuges sah die Dame Wunderlich aus ihrem Verschlag verständnislos auf Stella herab. Erst nachdem sie das Mädchen gebührend lange ihren strafenden Blicken ausgesetzt hatte, sagte sie, als gewähre sie einen beispiellosen Gnadenakt: »Für nicht näher spezifizierte Namensauskünfte haben wir noch das Register der kumulierten Namenseinträge. Dritter Stock, erste Tür rechts.«

Stella glaubte ihren Ohren nicht zu trauen. Ein Stein fiel ihr vom Herzen und sie rief: »Danke!« Schon war sie in Richtung der großzügig dimensionierten Wendeltreppe entschwunden. Nur noch aus der Ferne hörte sie die strenge Stimme der Pförtnerin: »Aber macht Euch auf eine längere Wartezeit gefasst.«

Abgesehen von der großen Eingangshalle im Erdgeschoss waren alle Etagen des Turmes ähnlich angelegt: Verließ man die Wendeltreppe, gelangte man auf einen ringförmigen Gang, von dem beiderseits die Stuben der hier tätigen Beamten abgingen.

Als Stella das dritte Stockwerk erreichte, sah sie sich einer unüberschaubaren Menschenmenge gegenüber. Sie versuchte zunächst in Erfahrung zu bringen, nach welcher Reihenfolge die Wartenden in das entsprechende Auskunftsantragszimmer vorgelassen wurden. Dessen Tür hatte sich eben kurz geöffnet und den Blick auf zwei ernst dreinschauende Beamte mit krausen Bärten freigegeben. Aber irgendein System war nicht auszumachen.

Zu dieser ernüchternden Einsicht gesellte sich noch der Umstand, dass alle Antragsteller ausnahmslos männlich und ziemlich staubig waren. Stella stach unter ihnen hervor wie ein schneeweißes Einhorn in einem Rudel Wölfe. Einen ähnlichen Eindruck gewannen wohl auch die anderen Wartenden, denn kaum war sie am Treppenabsatz erschienen und unklugerweise durch ein freundliches »Guten Tag« aufgefallen, hatten sich ihr schon alle Gesichter zugewandt. Und so sollte es dann auch bleiben. Die Köpfe schienen wie eingerastet.

»Wo bitte ist hier das Ende der Schlange?«, fragte Stella.

Niemand in dem wirren Haufen schien überhaupt zu wissen, was sie damit meinte. Aber dann, es grenzte an ein Wunder, meldete sich doch aus einem fernen Winkel zu Stellas Rechten ein Knurren: »Auf der anderen Seite des Turmes ist's weniger eng als hier.«

Diese Auskunft stammte von einem Juwelengräber, der Stella noch nicht zu Gesicht bekommen hatte. Jetzt erntete er dafür einige derbe Kommentare. Die rauen Gesellen hätten viel lieber die verbleibende Wartezeit in größtmöglicher Enge verbracht, solange sie dadurch einem so wohlgewachsenen Mädchen wie Stella nur hinreichend nahe kamen. Die schenkte den bärtigen Gesichtern ein bezauberndes Lächeln und zwängte sich dann, so schnell es ging, in die besagte Richtung.

Glücklicherweise erwies sich der Wink des Unbekannten als zutreffend. Nachdem Stella sich an vielen Kerlen mit wild wuchernden Bärten vorbeigeschoben und dabei einiges von deren Staub abbekommen hatte, lichtete sich das Gedränge allmählich. Als sie den vom Auskunftsantragszimmer aus am weitesten entfernten Punkt erreicht hatte, war der Flur so gut wie leer. Endlich konnte sie verschnaufen und ihre Situation noch einmal überdenken.

Hatte es wirklich einen Sinn, sich hier anzustellen? Würde sie eine Auskunft bekommen und wenn ja, wann? Stella erkundigte sich bei einem schmalschultrigen Katasterbeamten, der gerade an ihr vorbei zu seinem heimeligen Büro eilen wollte, ob man irgendwelche Papiere benötige, um in den Genuss einer Auskunft zu gelangen. Der blasse junge Mann zeigte sich von der Störung wenig erbaut, antwortete dann aber doch, es sei nur der übliche Identitätsnachweis erforderlich. Jeder Antrag auf Erteilung einer Auskunft werde im Register mit den Anfrageneinträgen vermerkt. Sonst sei nichts erforderlich. Nach einer amtlich geregelten Wartezeit werde der nun aktenkundige Antragsteller »beauskunftet«. Stella bedankte sich und ließ den ungeduldigen Beamten wieder frei.

Das hätte sie sich eigentlich denken können! Warum sollten die Ämter in Amico anders arbeiten als in Enesa? Jede Amtshandlung wurde protokolliert. Kein Einwohner konnte sich von der Stelle bewegen, ohne dass es einen amtlichen Eintrag darüber gab. Wenn sie sich erst als die Iltishändlerin Stella aus Enesa zu erkennen gab, dann war ihr Auftrag die längste Zeit geheim gewesen. Sie wollte sich schon wieder verzweifelt zur Treppe nach unten aufmachen, als sie plötzlich eine leise Stimme vernahm.

»Pst, pst!«

Stella stutzte. Sie sah sich um, konnte jedoch nur einige bärtige Gesellen sehen, die ihr mehr oder weniger verstohlene Blicke zuwarfen.

»Pst, pst!«

Da! Wieder dieses Zischen, zu dem sich keiner der Umstehenden bekennen wollte.

»Stella, hier bin ich«, wisperte es noch einmal.

Endlich entdeckte Stella die heimliche Ruferin. Es war Sesa Mina. Das Frettchen saß im Schatten eines breiten Türsturzes ganz in der Nähe.

Langsam schlendernd, wie um ihren vom langen Warten müden Beinen etwas Bewegung zu verschaffen, näherte sich Stella der Tür. Als sie sich lässig gegen den hölzernen, oben in einem Bogen endenden Rahmen lehnte und Sesa Mina ihren Arm hinstreckte, machte das Frettchen einen Satz und saß im nächsten Moment auf ihrer Schulter.

»Ich habe etwas gefunden, was dich interessieren könnte«, flüsterte die Marderdame in Stellas Ohr.

»Etwa das Kagee?«, gab diese ebenso leise zurück.

Sesa Mina seufzte. »Wann legst du endlich einmal deine Ungeduld ab? Ich rede von einem Ort, der sich vorzüglich dazu eignet, geheime Botschaften zu verstecken.«

Stella hob interessiert die rechte Augenbraue. »Spann mich nicht auf die Folter, Mina!«

»Es gibt hier einen Keller, in dem alte Bücher und Schriftrollen vor sich hin modern. Komm, ich zeig ihn dir. Du musst nur die Tür öffnen, vor der wir gerade stehen.«

Stella blickte verwundert auf die schwere Holztür. »Wie bist du denn da durchgekommen?«

»Bin ich gar nicht«, kicherte das Frettchen leise. »Als ich vor der Tür stand und feststellte, dass sie verschlossen ist, habe ich mir einen anderen Weg gesucht. Und nun los, bevor diese lüsternen Kerle wieder große Augen machen.«

So kam es, dass sich zwischen zwei verstohlenen Blicken des nächststehenden Minenarbeiters das hübsche blonde Mädchen jäh in Luft auflöste.

»Puh, das ist aber finster hier!« Stella tastete sich vorsichtig die enge Wendeltreppe hinab, auf die sie hinter der besagten Tür am Ende eines schmalen Ganges gestoßen war. »Muss wohl so eine Art geheimer Fluchtweg sein, um sich vor allzu hartnäckigen Antragstellern in Sicherheit zu bringen.«

»Die Treppe befindet sich mitten in der dicken Mauer des Turmes«, erklärte Sesa Mina. »Über sie kannst du alle Stockwerke erreichen, einschließlich desjenigen, das man auf der Haupttreppe vergeblich sucht.«

Auf Höhe der Eingangshalle befand sich, wie in den übrigen Geschossen auch, eine massive Holztür. Stella sah einen Lichtschimmer durch ein Astloch fallen. Vielleicht war es absichtlich durchgestoßen worden. Jedenfalls befand es sich – wie vorteilhaft! – genau in Höhe ihrer Augen, wie Stella nach leisem Nähertreten feststellte. In fast vierzig Schritten Entfernung entdeckte sie die Behausung der wunderlichen Dame. Wie ein Käse schimmerte deren Gesicht, leicht zur Seite geneigt, durch das weite Rund der Halle. Von dem Andrang im dritten Stock war hier nichts zu bemerken. Kein Besucher streifte durch das Revier der Pförtnerdame, obwohl die Gelegenheit dazu nicht besser hätte sein können – denn selbige schlief.

Sesa Mina sprang wieder von Stellas Schulter. »Jetzt komm endlich. Das Kagee ist noch nicht gefunden. Du willst doch bestimmt nicht die Nacht in diesem Turm verbringen, oder?«

Dazu hatte Stella wirklich keine Lust. Sie folgte dem Frettchen weiter in die dunkle Tiefe.

Zum Glück, und durchaus auch zu Stellas Beruhigung, war es im Keller des Katasteramtes nicht völlig finster. Bald hatte sie auch die Quellen des zarten Lichteinfalls entdeckt. In größeren Abständen war die Decke des Untergeschosses durchbrochen, von oben konnte Helligkeit herabdringen. Allerdings nur wenig, vermutlich reichten die Lichtschlitze in die Anbauten hinauf, die Stella neben dem Turm aufgefallen waren. Da entdeckte sie ein Öllämpchen, das sie ohne lange nachzudenken anzündete. Das gelbe Licht der kleinen Flamme bescherte ihr jedoch zunächst mehr Verwirrung, als dass es für Klarheit sorgte. Im Keller unter dem Katasteramt herrschte nämlich ein heilloses Durcheinander!

Zahllose Räume, alle angefüllt mit Büchern, Kladden, Folianten, Verzeichnissen – gebunden und gerollt –, Plänen – geheftet und auf Holz geleimt – und nicht enden wollenden Regalwänden voller Dokumente jedweder Form und Größe, waren wie zufällig im Fundament des Turmes verbaut. Keine andere Formulierung beschrieb das Chaos besser. Anders als in den Stockwerken oben fehlte hier der kreisförmig verlaufende Gang und die davon außen wie Strahlen, innen wie Speichen abgehenden Zimmer. Vielmehr schien sich der Baumeister dieses Turmes seinen Traum eines steinernen Irrgartens erfüllt zu haben.

Um die Orientierung noch zu erschweren, waren nicht wenige der Regalböden unter ihrer Last zusammengebrochen und hatten das Schriftgut in die Gänge ergossen. Stella stieg eine Zeit lang über aufgeblätterte Bücher und verstaubte Manuskripte, bis sie schließlich die Arme ausbreitete und an Sesa Mina die verzweifelte Frage richtete: »Wie sollen wir *hier* irgendetwas finden?«

»Ich würde *da* anfangen«, antwortete das Frettchen auf dem Fuße und reckte die Nase zu einem Raum hin, der durch eine vergitterte Tür gesichert war. Neben dem gemauerten Türbogen hing ein verstaubtes Schild.

Stella kletterte über weitere Stapel von Papier und Pergament und erreichte wohlbehalten das von Sesa Mina favorisierte Kabinett. Die lange Tafel neben der Tür war von einer dicken Staubschicht bedeckt, aber sanfte Erhebungen ließen einen Schriftzug erahnen. Stella befreite, die Öllampe dicht vor ihr Arbeitsgebiet haltend, die erhabenen Lettern mit den Fingern von ihrem grauen Belag. Die sichtbar werdende Inschrift allerdings gab ihr Rätsel auf.

EGE INSTU GEFA ESCHL SENE LAIMS

Es verstrich eine kleine Ewigkeit und das Kellerarchiv des Katasteramtes versank wieder in gewohnter Stille. Stella versuchte leise lesend den Messingbuchstaben auf der Tafel Sinn zu geben. Wieder und wieder. Aber es wollte ihr einfach nicht gelingen.

»Bist du sicher, dass wir da drinnen etwas finden?«, fragte sie nach langem vergeblichem Grübeln.

»Ich würde fast mein Fell darauf verwetten.«

»Aber ich meine, ›ege instu gefa eschl sene laims‹, das ist entweder völliger Schwachsinn oder eine geheime Amtssprache, deren Bedeutung ich *niemals* verstehen werde. Was soll sich da drin schon befinden?«

Jetzt begann Sesa Mina zu lachen, und zwar so laut und lange, dass Stella nur hoffte, die Dame Wunderlich im Stockwerk über ihnen ruhte weiterhin fest in den Armen des Beamtenschlafs. Stella war angesichts dieses ihr doch ziemlich unangemessen erscheinenden Heiterkeitsausbruches ratlos.

Erbost fragte sie: »Kannst du mir vielleicht sagen, was du so lustig findest?«

Sesa Mina lag auf dem Rücken und wälzte sich vor Lachen im Staub, bis sie es schließlich herausbrachte: »Deine geheime Botschaft ist gar nicht so rätselhaft. Es fehlen doch nur ein paar von den Messingbuchstaben. Wenn du sie dir wieder hindenkst, dann sollte dir der wahre Sinn des Schildes nicht länger verborgen bleiben.«

Stella starrte noch einmal auf die Tafel. Nun, unter Zuhilfenahme von Sesa Minas »Schlüssel«, gelang es ihr innerhalb weniger Herzschläge, den Schriftzug zu entziffern.

WEGEN EINSTURZGEFAHR GESCHLOSSENE CLAIMS

Nachdem dieses Rätsel gelöst war, ergab sich schon das nächste Problem.

»Wie kommen wir da nur rein?«

Sesa Mina, die sich inzwischen wieder gefasst hatte und gerade mit dem Reinigen ihres Fells beschäftigt war, hielt kurz inne und erwiderte: »Lies das Schild vor.«

»Das Schild?« Stella blickte zweifelnd auf den verstümmelten Text. »Wie soll ›ege instu gefa eschl …‹«

»Ich meine natürlich den ganzen Satz«, unterbrach sie das Frettchen, schon wieder einem neuen Anfall nahe.

Stella wusste zwar nicht, wohin sie dieses absurde Spiel noch führen würde, aber sie tat Mina den Gefallen. Sobald sie den ursprünglichen Text des Schildes laut ausgesprochen hatte, hörte sie zuerst ein leises Klicken, dann sprang die Tür etwa drei Fingerbreit auf.

Ein kalter Schauer lief Stella über den Rücken. »Komische Schlösser haben die hier«, sagte sie, hauptsächlich um sich selbst Mut zu machen.

»Lass uns doch mal sehen, was sich hinter der Tür verbirgt.«

Sesa Mina war schon in dem Kabinett, ehe Stella die Tür überhaupt zu fassen bekam. Unter lautem Knarren zog sie selbige an einem Eisenring weit genug auf, um dem Frettchen zu folgen.

In dem Archiv herrschte beinahe ein ebensolches Durcheinander wie auf den Fluren und in den übrigen Räumen draußen. In der Lichtkugel der Öllampe sah Stella weitere Bücher, Rollen, gebündelte Manuskripte und immer wieder eingebrochene Regalböden.

»Wegen Einsturzgefahr geschlossene Claims«, murmelte sie vor sich hin. »Man hätte lieber die letzten sieben Buchstaben weglassen sollen: *Wegen Einsturzgefahr geschlossen.* Selbst wenn das Kagee hier irgendwo ist, brauchen wir Wochen, um es zu finden.«

»Deine Ungeduld ist ja nicht zum Aushalten«, tadelte Sesa Mina ihre Herrin. »Sieh mir einfach eine Weile zu. Ich werde für dich suchen.«

Stella seufzte, und weil sie nicht wusste, wo sie zuerst hätte anfangen sollen, zog sie sich eine kleine Trittleiter heran, befreite sie vom ärgsten Staub und ließ sich darauf nieder.

Zum ersten Mal konnte sie Sesa Mina bei ihrer Lieblingsbeschäftigung, der Jagd nach verborgenen Wegen und Worten, aus nächster Nähe beobachten. Dabei machte Stella eine erstaunliche Entdeckung. Das Frettchen beschäftigte sich nicht etwa mit dem Inhalt der Folianten und Rollen, der Aktendeckel und Loseblattsammlungen, sondern strich nur mit seinen Tasthaaren über deren Einbände und Titelblätter hinweg. Mehr nicht.

»Aber wie willst du denn wissen, ob sich das Kagee in einem der Dokumente befindet?«, fragte Stella nach einer Weile sprachlosen Staunens. Ihr waren inzwischen ernste Zweifel am Sinn von Minas Vorgehen gekommen.

»Instinkt«, war alles, was Sesa Mina antwortete. Dann tastete sie sich weiter.

Wieder musste Stella längere Zeit warten und erneut wurde sie von heftigen Zweifeln heimgesucht. »Aber das führt doch zu nichts, Mina! Du schlägst doch nicht mal die Bücher auf, über die du hinwegstreichst.«

Das Frettchen hielt inne und blickte von einem der oberen Regalbretter tadelnd auf Stella herab. »Kannst du mir vielleicht sagen, wie ich das machen soll? Die dicken Folianten zu deinen Füßen da wiegen so viel wie zwanzig Iltisse zusammen.« Dann setzte sie ihre Suche fort.

Stella seufzte einmal mehr und widmete sich der Pflege ihrer Fingernägel, was sie aber bald wieder wegen des schwachen Lichts der Ölfunzel aufgab. Notgedrungen verfolgte sie weiter Sesa Minas Erkundungsgang durch die Regale.

Inzwischen – Stella hielt es nicht für abwegig, dass sie allmählich Spinnweben ansetzte – hatte das Frettchen das vierte Regal im Raum erreicht. Sesa Mina begann wie immer von unten. Hier waren wieder einmal zwei Regalböden durchgebrochen und die dicken Wälzer mit amtlichen Einträgen über Grubenunglücke, Wassereinbrüche und instabile Gesteinsschichten lagen zuhauf auf dem Boden herum. Sesa Minas Barthaare schienen die Folianten kaum zu berühren. Fast schon hatte sie die Papierruine zur Gänze erkundet, als sie plötzlich verharrte.

Der jähe Stillstand des Frettchens ließ Stella aus ihrem Dämmerzustand erwachen. »Was ist? Hast du ein Staubkorn in die Nase bekommen?«

»Hier«, sagte Sesa Mina nur. »Komm und sieh selbst.«

Stella sprang von ihrer aus nur zwei Stufen bestehenden Leiter und kniete sich zu Sesa Mina. Der weiße Iltis saß auf einem Wälzer, der just an der Stelle aufgeschlagen lag, an dem sich ein einzelnes zerrissenes Blatt befand, von dem kaum mehr als die Hälfte übrig geblieben war.

Sofort bemerkte Stella, dass dieser Bogen nicht zu dem Buch gehörte. Die strenge Tabellenform der Eintragungen dort stand in krassem Gegensatz zu dem massiven Block aus Buchstaben, der das beschädigte Blatt bedeckte. Vorsichtig nahm sie das Fragment in die Hand, um es eingehender zu begutachten.

»Aber das ist ja schon wieder«, Stella hatte die Erkenntnis wie der Schlag getroffen, »nichts als *Unsinn*!«

»Du bist immer viel zu schnell«, sagte Sesa Mina tadelnd. »Sieh noch einmal genau hin.«

Stella tat ihr den Gefallen. Sie ließ ihre Augen über die verbliebenen Zeilen wandern, was sich als gar nicht so leicht erwies, weil es in der scheinbar widersinnigen Anhäufung von Buchstaben keine Zwischenräume gab. Doch plötzlich blieb ihr Blick hängen.

»Wie hast du das bemerkt?« Stella konnte es nicht fassen.

Mitten aus den Zeichenbändern, die ihr wie die geheimnisvolle Runenschrift einer längst ausgestorbenen Sprache erschienen, ragte ein einzelnes Wort heraus. Jetzt, wo sie es entdeckt hatte, sprang es ihr geradezu in die Augen. Aber wie nur konnte das Frettchen es gefunden haben?

»Sagte ich doch bereits«, antwortete Sesa Mina. Die Befriedigung über den Erfolg war nicht zu überhören. »Nicht wahr, das ist es, wonach wir gesucht haben?«

Stella nickte und las noch einmal die wohl vertrauten Buchstaben: *Kagee*.

Sie war aufgeregt und verärgert zugleich. Zwar hatte sie endlich die erste Spur gefunden, aber jetzt war diese völlig wertlos. Was nutzte ihr das Schattenwort, wenn der Text, auf den es hinwies, unleserlich und obendrein auch noch unvollständig war? Verärgert knüllte sie den Fetzen zusammen.

In diesem Moment hörte sie ein Geräusch. Stellas Kopf fuhr hoch. Schnell blies sie die Öllampe aus und lauschte dann. Da! Wieder der gleiche Laut: ein leises Klicken, gefolgt von einem kurzen Schaben. In Stellas Nacken stellten sich die Haare auf. Sie blickte zu Sesa Mina hin und hielt den ausgestreckten Zeigefinger vor die Lippen: Jetzt nur keinen Laut, sonst sind wir verloren.

Auch das Frettchen hatte das Geräusch vernommen. Es blieb bewegungslos sitzen, die Vorderpfoten noch auf dem Folianten, der das geheimnisvolle Manuskript geborgen hatte, und schnupperte in Richtung Tür.

Noch ein drittes Mal hörte Stella das helle Klacken und anschließende Kratzen, das wie Metall auf hartem Stein klang. Ein Schauer lief ihr von den Haarwurzeln den Rücken hinab. Was war das nur? Hatte die Dame Wunderlich etwa doch Sesa Minas Gelächter gehört? Wenn ja, dann hatte sie wohl einen Stock mit Eisenspitze dabei, mit dem sie sich hier unten vorwärts tastete und dieses seltsame Geräusch machte. Aber warum nur?

Instinktiv wusste Stella, dass es nicht die strenge Dame aus dem Pförtnerverschlag sein konnte, die hier durch die Dunkelheit strich. Die hätte sich ohne Licht gewiss nicht in dieses dämmerige Chaos aus Kammern, Gängen und eingestürzten Regalen gewagt. Nein, es musste jemand anderer da draußen durch die Schatten streifen, jemand, der genauso wie Stella unentdeckt bleiben wollte. Diese Erkenntnis jagte ihr einen neuen Schauer über den Rücken. Ängstlich blickte sie zur Tür.

Wie bereits erwähnt, war es in dem unterirdischen Archiv nicht völlig dunkel. Aus vereinzelten Deckenöffnungen sickerte hier und da etwas Tageslicht herab. Diesem Umstand verdankte Stella schließlich die Entdeckung.

Ein herzförmiger Gegenstand – so schien es – tauchte vor der offen stehenden Kabinettstür auf und verschwand sogleich wieder. Stellas Herz setzte für einen Moment aus. Obwohl diese unheimliche Erscheinung nur kurz gewesen war, hatte sie doch in ihr eine Erinnerung wachgerufen. Stella kannte den Umriss, der einem Spielkartenzeichen so ähnlich sah, dieses Pik mit seinem unverhältnismäßig langen »Stiel« …

»Draggy, bleib stehen!«, rief sie ohne recht zu wissen, wen sie eigentlich meinte. »Mina, komm!«, forderte sie dann ihr Frettchen auf und ließ den nun nutzlosen zerknüllten Manuskriptfetzen fallen und sprang dem Drachenschwanz hinterher.

Ja, es war ein Drache, den sie da gesehen hatte, ein Lindwurm, aber … Warum konnte sie sich einfach nicht richtig erinnern?

Jedenfalls brauchte sie weder Schattenworte noch Rätselspiele, wenn sie das Schuppentier gleich hier stellen konnte.

Stella ließ ihren Blick durch das Zwielicht außerhalb des Kabinetts streifen. Dabei zermarterte sie sich über diesen Drachen den Kopf. Er war ihr vertraut, aber sie wusste weder weshalb noch woher.

Plötzlich hörte sie ein neues Kratzen. Es kam von links. Stella stürzte hin. Da war ein riesiger Schatten, viel größer als sie selbst. Doch obwohl diese Beobachtung beklemmend genug war, blieb sie dem Schemen weiter auf den Fersen.

Stella stieg über einen Haufen Pergamentrollen hinweg und trat leise in einen anderen Raum. Er war viel geräumiger als das Archiv für die geschlossenen Claims. Regale reihten sich an den Wänden zu beiden Seiten und breiteten sich in die Mitte aus, bis dort nur noch ein schmaler Gang blieb. Diesen nahm Stella.

Leise und sehr langsam schritt sie ein Regal nach dem anderen ab, spähte in einen büchergesäumten Quergang und ging weiter vor. Auch hier gab es in der Decke eine vergitterte Öffnung, durch die mattes Tageslicht fiel. Genug, um einen Drachen entdecken zu können.

Je weiter sich Stella in den Raum vorarbeitete, desto unruhiger wurde sie. Jeden Moment musste sie diesem Wesen begegnen, das vor ihr die Flucht ergriffen hatte. Langsam, ganz langsam nur, schlichen sich unangenehme Fragen in ihren Kopf. Was machte sie eigentlich hier? Hieß es nicht in dem Brief des geheimnisvollen Herrn X, sie solle das »unheilvolle Getier unschädlich machen«? Wie oder womit sollte sie das anfangen? Sie hatte nicht einmal ihren Knüppel dabei, geschweige denn eine Lanze oder eine andere traditionelle Drachentötungswaffe. Gewiss würde auch ein junger Millenniums-Drache, wie der Bote des Großmeisters dieses unheimliche Geschöpf bezeichnet hatte, sich zu wehren wissen. Stella zweifelte daran, ihn so einfach mit einem

Folianten erschlagen zu können. Dennoch rückte sie weiter vor.

Aus einem Regal ragte eine besonders lange Schriftrolle, deren beide Enden an zwei langen Hölzern befestigt waren. Stella zog das Dokument leise heraus und erwählte es sich zu ihrer Lindwurmwaffe. Was hatte der blau-grüne Geck noch über diesen Wurm gesagt? Wenn er erst zu vollem Wuchs gekommen sei, würde er über das Reich Illúsion herfallen und es nachhaltig verwüsten. Stella war nicht verzärtelt und schreckhaft wie die Mädchen der feinen Gesellschaft. Sie hatte sich schon oft aufdringliche Gesellen mit schlagkräftigen Argumenten vom Hals geschafft. Irgendwie würde sie auch diesem Jungdrachen das Handwerk legen!

Es blieben nur noch zwei Quergänge. Stellas Herz klopfte irgendwo in ihrem Hals. Zweifel überkamen sie. Warum hatte sie den Lindwurm »Draggy« genannt? Woher kam diese Erinnerung? War es wirklich richtig, den Drachen zu töten? Vielleicht gab es auch noch eine andere Lösung.

Als Stella die letzte Regalreihe erreichte – Sesa Mina war die ganze Zeit dicht hinter ihr –, erhob sie ihre Pergamentrolle wie einen Dreschflegel hoch über den Kopf.

»Komm heraus, Draggy«, rief sie in gebieterischem Ton. Wenn es nötig war, würde sie mit dem Drachen kämpfen, aber …

Der Angriff erfolgte mit so überwältigender Heftigkeit, dass Stella zu keiner Gegenwehr fähig war. Mit einem Riesensatz war der Lindwurm über ihr – und auch schon wieder verschwunden.

Stella hatte sich instinktiv geduckt. Der Drache, für sie nur ein formloser Schatten, war mit ausgebreiteten Flügeln einfach über sie hinweggesprungen und jagte jetzt durch die Regalreihen davon. Sie wirbelte herum und blickte ihm hinterher. Dabei bemerkte sie einen hellen rechteckigen Fleck auf dem Rücken des Schemens ... Und schon war der Drache wieder aus ihren Augen verschwunden.

Anstatt nun aufzugeben, wie es vielleicht ein anderer getan hätte, setzte Stella dem Untier nach. Jetzt war sie in ihrer Ehre verletzt. So schnell, so *einfach* wollte sie sich nicht geschlagen geben.

Draußen auf dem Flur sah sie zu ihrer Rechten noch einmal den herzförmigen Drachenschwanz aufblitzen, bevor er hinter einer Biegung des Ganges verschwand. Sie stürzte hinterher.

Nun entspann sich eine Verfolgungsjagd, in deren Verlauf Stella unfreiwillig die meisten Räume des Kellerarchivs kennen lernte. Dabei hatte sie nur den einen Gedanken: Sie musste den Drachen fassen!

Noch einmal sah sie das Schwanzende Draggys hinter einer Biegung verschwinden und setzte ihm nach. Durch eine offen stehende Gittertür gelangte sie in einen großen Raum, jenem ähnlich, in welchem sie der Drache beinahe überrannt hatte. Schon glaubte sich Stella am Ziel. Diesmal würde sie das Tier nicht entkommen lassen.

Sie schloss die Tür hinter sich.

»Bist du dir auch sicher, dass du das Richtige tust?«, fragte Sesa Mina, die inzwischen wieder auf Stellas Schulter saß.

»Absolut sicher«, antwortete diese und riss einen der Griffstäbe von ihrer Schriftrolle. Ungepolstert war das Holz eine wesentlich wirkungsvollere Waffe. Fast schon so gut wie ihr Knüttel daheim.

Wieder schlich sie durch Regalreihen. Als sie die dritte erreichte, sah sie plötzlich einen Schatten. Stella zögerte. Der längliche dunkle Schemen war erheblich kleiner als derjenige Draggys. Er waberte wie eine Qualmwolke ohne dabei jedoch auseinander zu treiben oder an Masse zu verlieren.

»Wer bist du?«, fragte der Schatten mit einem Mal.

Stella spürte, wie sich erneut ihre Nackenhaare aufrichteten. »Ich ... ich muss dem Drachen folgen«, stotterte sie und deutete zum Ende des Raumes.

Die Wolke wurde ein wenig beständiger, glich nun fast jenem Schatten, der Stella vor dem Geheimen Stadtarchiv in Enesa aufgehalten hatte. War sie etwa einem Bewacher dieser fast vergessenen Dokumentensammlung in die Hände gelaufen?

So unauffällig es ging, sah sich Stella nach einer Fluchtmöglichkeit um. Sie bemerkte, wie der Schatten auf ihren Unterarm blickte, dorthin, wo sich ihre Identifikationsnummer befand. Als sie selbst nach dem unschönen Zahlenwerk auf ihrer Haut suchte, stellte sie erschrocken fest, dass es strahlte wie ein Leuchtfeuer in der Nacht.

»Sage mir, wer du bist!«, wiederholte der Schatten. In seiner Stimme lag nun mehr Nachdruck, als hätten die Flammenziffern ihm etwas verraten.

Stellas natürliches Misstrauen, noch verstärkt durch die Warnung aus dem Schreiben des Großmeisters, ließ sie jedoch schweigen. Was sollte sie tun? Ob sie den Schatten mit ihrem Behelfsknüppel in die Flucht schlagen konnte? Nein. Sie verwarf diesen Gedanken wieder. Dieser Unbekannte war nicht mehr als eine dunkle Wolke und ließ sich wohl gar nicht verprügeln.

»Bist du freiwillig hier?«, hakte der Schemen nach. Und als sie darauf noch immer nichts sagte, sprach er geheimnisvolle Worte: »Hüte dich vor dem Herrn des Feldes. Und meide die Stadt Alba.«

Stella war völlig verwirrt. Warum nahm dieser Schatten nicht endlich Gestalt an wie jener in Enesa? Und was sollte diese rätselhafte Warnung? Sie fühlte, wie die Angst von ihr

Besitz ergriff. Diesem unheimlichen Schemen war nicht zu trauen, denn so viel stand fest: Wer sich hinter dunklen Schatten versteckt, der führt etwas im Schilde. Erschreckt quietschend stürzte Sesa Mina zu Boden, als ihre Herrin plötzlich voller Furcht losrannte.

Zu spät bemerkte Stella ihren Fehler: Sie hatte die verkehrte Richtung eingeschlagen, lief genau auf das falsche Ende des Raumes zu! Aus einer Deckenöffnung strömte mattes Dämmerlicht herab und verriet: Hier gab es keine Tür. Sie steckte in der Falle!

Während sie stolpernd zum Stehen kam, drehte sie sich nach dem Schemen um. Er hatte seinen Standort nicht verändert, aber jetzt, offenbar durch Stellas Zaudern ermutigt, setzte er sich in Bewegung und kam langsam näher. Sie war nahe daran, in Panik zu geraten. Ihre Finger umklammerten den Haltestab der Schriftrolle so fest, dass die Knöchel weiß hervortraten. Jeden Moment rechnete sie mit einem Angriff. Doch plötzlich verharrte die dunkle Wolkensäule.

Für einen Moment wusste Stella nicht, was sie davon halten sollte. Aber dann nutzte sie die Gunst der Stunde, wirbelte herum und rannte weiter. Vielleicht gab es ja hier doch einen zweiten Ausgang oder irgendeine andere Fluchtmöglichkeit.

Fast hatte sie schon die letzte Regalreihe erreicht, als zu allem Übel auch noch der zweite, wesentlich größere Schatten erschien, der nur dem Lindwurm gehören konnte. Wie von einem Katapult geschossen jagte er auf Stella zu. Diese bremste ihren Lauf und kam schlitternd zum Stehen. Keinen Augenblick zu spät, denn der Drache schnellte nur vier Schritt von ihr entfernt nach oben. Von der Decke her ertönte ein lautes Krachen, gefolgt von dem Klirren metallener Stäbe, die auf den Steinboden hagelten. Um ein Haar wäre Stella getroffen worden.

Für die Dauer eines Wimpernschlages sah sie den Lindwurm noch von hinten ... Und ihr wurde heiß und kalt zugleich. In der Lichtöffnung erkannte sie nämlich deutlich, was da am Rückenkamm des Drachen so hell leuchtete. Der rechteckige Fleck war nichts anderes als die obere Hälfte des Schattenwortblattes!

Schon war der Drache durch das Loch geflohen. Zuletzt sah Stella seine pikförmige Schwanzspitze entschwinden. Und dann – das Blut stockte ihr in den Adern – hörte sie ein Lachen. Der Laut ließ ihre Glieder erstarren. Das Lachen eines Kindes, nein, nicht *eines* Kindes, sondern der Klang vieler Kehlen. Dann war es still.

Es dauerte eine geraume Zeit, bis Stella sich wieder gefasst hatte. Die Begegnung mit dem Drachen, die Entdeckung des fehlenden Fragmentes aus dem Schattenworttext und vor allem das unheimliche Gelächter – all das hatte sie schachmatt gesetzt.

Draggy. Warum nur hatte sie den Lindwurm Draggy genannt? Diese Frage ging ihr nicht aus dem Sinn. Schlummerte in ihrem Unterbewusstsein etwa ein Wissen über dieses gefährliche Wesen, das nur sie besaß? Ja, war dies vielleicht sogar der Grund, weshalb der Bund des Lindwurmes sie und niemanden anderen auserwählt hatte?

Allmählich konnte Stella ihre Arme und Beine wieder bewegen. Noch immer wirbelten ihre Gedanken durcheinander. Zu sehr hatten sie die letzten Ereignisse in ihren Bann geschlagen. Mit einem Mal erinnerte sie sich an jene zweite unheimliche Begegnung ... Was war mit dem *anderen* Schatten geschehen?

Langsam drehte sie sich um, jeden Moment damit rechnend, von dem kleineren, aber in seiner wabernden Unstetheit kaum weniger furchterregenden Schemen angefallen zu werden. Doch der war verschwunden! Die Gittertür zu dem unterirdischen Archivraum, die Stella selbst verschlossen hatte, stand jetzt sperrangelweit offen. Der sprechende Schatten musste geflohen sein.

»Geht es dir gut?«, erkundigte sich Sesa Mina, nachdem sie wieder ihren angestammten Platz auf Stellas Schulter eingenommen hatte.

Diese schien die Frage zunächst gar nicht zu hören. Ohne den Blick von der offenen Tür zu nehmen murmelte sie: »Warum fliehen alle Schatten vor mir?«

»Vielleicht hast du etwas Furchtbares an dir.«

Stella ließ das Frettchen auf ihren Arm klettern, damit sie ihm besser in die Knopfaugen sehen konnte. »Was sollte an mir schon so schrecklich sein? Ich habe selbst doch die meiste Angst gehabt.«

»Ich finde, wir sollten das herausbekommen. Möglicherweise ist die Antwort auf diese Frage auch der Schlüssel zu deinem Problem!«

»Von welchem Problem redest du eigentlich, Mina?«

»Ist dir etwa schon entfallen, dass du den Lindwurm unschädlich machen musst?«

Nein. Wie hätte Stella das vergessen können? Aber die Freude darüber, einer mehr als bedrohlichen Situation noch einmal mit heiler Haut entkommen zu sein, war eine angenehm betäubende Droge, die Vorstellung, sich bald wieder in eine ähnliche Lage begeben zu müssen, dagegen eine bittere Pille. Jetzt, da sich das Gedankengestöber in Stellas Kopf beruhigt hatte, kam es ihr.

»Warum ist mir das denn nicht früher aufgefallen?«, zischte sie verärgert.

»Wovon redest du eigentlich?«

»Die andere Hälfte des Blattes! Sie hat sich irgendwie am Kamm des Drachen verfangen. Vielleicht ist er hierher gekommen, um den verräterischen Hinweis ganz zu vernichten, und wir haben ihn dabei gestört.«

»Wenn du Recht hast, dann ist der Schattenworttext wertvoller, als du zuerst geglaubt hast.« Sesa Mina keckerte belustigt und korrigierte sich. »Wäre wertvoller gewesen, denn das Biest ist ja mit einem Teil durchgebrannt.«

Erneut wurde Stella unruhig. Ihre Augen weiteten sich, während sie sich in Gedanken das Bild des Lindwurms zurückrief. »Der Fetzen hing nur ganz lose am Rücken des Schatten! Würde mich gar nicht wundern, wenn er ihn auf seiner Flucht verloren hat. Ist deine Nase fein genug, um das Papier aufzustöbern, Sesa Mina?«

»Willst du mich beleidigen? Natürlich ist sie das! Die Witterung des Drachen hängt doch noch dran. Wenn wir nicht länger hier herumstehen und Zeit vertrödeln, dann könnten wir sogar den Wurm selbst erwischen.«

»Wirklich? Na, worauf warten wir dann noch?«

Im Geiste hatte Stella dem Keller des Katasteramtes schon den Rücken gekehrt. Von neuer Hoffnung beflügelt rannte sie – auf ihrer Schulter das Frettchen – die Treppe zum Foyer hinauf. Dort spähte sie durch das Türloch zur Pförtnerin hinüber. Die Dame Wunderlich schlief noch immer (oder schon wieder). Mit der Behutsamkeit einer Marderjägerin öffnete Stella die Tür und tippelte auf Zehenspitzen zum Ausgang hin. Beinahe hatte sie ihn schon erreicht, als es hinter ihr krachte. Schlagartig – im wahrsten Sinne des Wortes – kam ihr die Erkenntnis, dass sie die Tür zur Geheimtreppe auch wieder hätte schließen sollen. Die Katasterdame unter dem Schild »*Wunderlich*« erwachte.

»Was war das?«, fauchte sie in Stellas Richtung.

Die stand auf Zehenspitzen und wusste zuerst nicht, was sie sagen sollte. Schließlich meinte sie: »Ihr habt geschlafen. Das muss wohl Euer Kopf gewesen sein, der da gegen die Wand der Pförtnerloge schlug.« Stella hob die Schultern und grinste. »Holz gegen Holz – das macht eben einen ziemlichen Radau.«

Noch im Wegdrehen sah Stella die unheimliche Veränderung im Gesicht der Dame Wunderlich: Die amtliche Kinnlade klappte herunter, die Augen nahmen einen starren – zunächst entsetzten, dann erzürnten – Ausdruck an, die Gesichtsfarbe tendierte zu einem satten Rot …

Stella rannte, so schnell sie konnte. Hinter ihr ergoss sich ein Schwall von Schimpfworten aus dem Katasteramt. Sie hoffte nur, die Pförtnerin würde keine Wachen alarmieren. Die Gassen Amicos flogen nur so an ihr vorbei. Einige Minenarbeiter blickten dem jungen Mädchen verdutzt hinterher, zu dessen wenig damenhafter Kleidung der schneeweiße Marderkragen so gar nicht harmonieren wollte.

Stellas Augen suchten die ganze Zeit nach einem rechteckigen Stück Papier. Aber weder auf der Straße noch in Büschen und Kakteen oder sonst wo auf dem Weg konnte sie das wertvolle Fragment ausmachen.

Sesa Mina versicherte ihr, dass der Lindwurm das Blatt noch habe. Wie ihre Nase das feststellen konnte, war für Stella ein Rätsel. Aber als sie diesbezüglich einmal leichte Zweifel anmeldete, handelte sie sich von ihrer schneeweißen Fährtensucherin nur eine rüde Antwort ein.

Sie erreichten unbehelligt die einsame Hafenmole mit den verfallenen Lagerhäusern. Während Stella den letzten Schuppen umrundete, schlug ihr schon der unangenehme Geruch vom Abwasserkanal entgegen. Ihre Patrone lag unangetastet an ihrem Platz. Stella bestieg das gläserne Gefährt und sperrte den Gestank durch das Schließen der Klappe aus.

Sesa Mina lotste sie wieder zu dem geheimen Durchlass in der Stadtmauer. Obgleich selbst die Reste des penetranten Geruchs in der Kabine Stella noch fast die Sinne raubten, wollte das Frettchen doch die Witterung des Lindwurms behalten haben. Es behauptete sogar, das Schuppentier habe mit dem Schnipsel am Rücken genau denselben Weg aus der Stadt genommen wie sie. Ja, mehr noch, es nannte Stella sogar den Namen eines Ortes, den diese für das Navigationsröhrchen auf einem Zettel festhalten sollte. Stella tat, wie von Sesa Mina geheißen, und sobald das Papier mit dem Zielort in blauer Flüssigkeit aufgegangen war, setzte sich die Patrone in Bewegung. Unbemerkt verließen sie die trostlose Stadt Amico.

Die Patrone schoss wieder über das Wasserstraßennetz Illúsions. Mehrmals machte Stellas Fahrzeug in kleinen Wüstenstationen Halt und jedes Mal sprang Sesa Mina an Land, um schon nach kurzer Zeit wieder zurückzukehren.

»Was machst du eigentlich immer da draußen?«, fragte Stella, nachdem sie bereits drei- oder viermal das seltsame Ritual des Frettchens mitverfolgt hatte.

»Ich vergewissere mich nur, ob wir noch auf der richtigen Fährte sind.«

»Und?«

»Verlass dich auf mich. Meine Spürnase kannst du mit Gold aufwiegen.«

»Das glaub ich langsam auch. Ich hoffe nur, der Fetzen auf dem Rücken des Drachen fällt nicht in irgendeinen der Kanäle. Wir könnten dort unmöglich anhalten und ihn herausfischen. Der Text wäre für uns unwiederbringlich verloren.«

»Keine Sorge, bis jetzt hat er ihn noch.«

Die Patrone passierte noch acht oder zehn weitere Relaisstationen. Sesa Mina wurde immer zuversichtlicher, Stella dagegen immer ratloser. Woher nur hatte dieses Frettchen all seine Fähigkeiten? Es sprach wie ein Mensch und fand so gut wie alles, wonach man suchen mochte.

Bald flog vom Horizont die Schattenlinie einer riesigen Stadt heran, hinter der gerade die Sonne unterging. Die Metropole war größer als alles, was Stella je gesehen hatte, aber ihre Mauern schienen vergleichsweise niedrig und glühten kaum stärker als diejenigen Amicos.

»*Amon*«, flüsterte Stella ehrfurchtsvoll. »Sieh nur die vielen hohen Türme, Mina! Genau wie auf den Bildern, die man überall von der Stadt zu sehen bekommt.«

»Ja, ein herrliches Versteck für einen Babywurm«, entgegnete das Frettchen unbeeindruckt.

Amon war für seine Weltoffenheit bekannt. Hier tummelten sich Reisende aus ganz Illúsion. Manche kamen als Touristen in diese Stadt, andere zu Studienzwecken, wieder andere, um ihren Geschäften nachzugehen. Es hieß, kaum ein Gebäude dieses riesigen Gemeinwesens sei für die Öffentlichkeit gesperrt. Einer normalen Einreise stand also nichts im Wege.

Unter dem steinernen Bogen des Wassertores entdeckte Stella nur zwei Kontrolleure. Sie konnte es nicht fassen. Die in Blech gehüllten Männer saßen in ihrer Wachstube, durch ein geöffnetes Fenster deutlich zu sehen. Der eine winkte die Reisenden gelangweilt vorüber, der andere schlief.

»Und wohin jetzt?«, fragte Stella.

»Such dir einen Platz im Hafen«, antwortete das Frettchen. »Wir müssen dem Drachen zu Fuß folgen.«

Stella gähnte. »Es wird bald dunkel. Bist du dir sicher, dass er hier gewesen ist?«

»Bei meinen Barthaaren: ja! Und nun beeil dich endlich. Ich kann ihn kaum noch wittern.«

Am Pier Nummer neunzehn gab es noch freie Liegeplätze. Stella steuerte einen an. Sobald sie die Luke geöffnet hatte, sprang Sesa Mina auf die Mole hinaus. Stella verschloss die Patrone und folgte dem schon ungeduldig wartenden Frettchen.

Bald saß Sesa Mina wieder auf ihrer Schulter, denn das Gedränge in Amons Straßen war noch chaotischer als das geschäftige Durcheinander am Hafen von Amico. Für Stella wäre es unmöglich gewesen, hier noch nach einem einzelnen Fetzen Papier Ausschau zu halten, aber das Frettchen blieb weiter zuversichtlich. Über den Dächern sah Stella die riesigen Türme der Stadt aufragen. Manche waren unten breit und verjüngten sich zur Spitze hin wie die Stoßzähne eines Walrosses. Andere sahen aus wie aufeinander gestapelte Riesenäpfel. Wieder andere wirkten klobig, monumentale Kopien des Katasteramtes von Amico. Während Erstere durch ihre in der Abendsonne glänzenden metallischen Flächen, durch kunstvolle Malereien und ineinander verschlungene Ornamente bestachen, beeindruckten Letztere mehr durch ihre pure Masse. Die Schatten der Turmriesen schienen ganze Straßenzüge in Dunkelheit zu tauchen.

Das Frettchen dirigierte seine Trägerin am Rande eines Stadtwaldes entlang und von dort in ein Labyrinth immer enger werdender Gassen, in dem Stella bald die Orientierung verlor. Ein paar Mal meinte sie an Straßenecken vorbeizukommen, die sie bereits zu kennen glaubte. Dagegen sprach jedoch, dass sie dann wieder Häuser entdeckte, deren eigenwilliger Fassadenschmuck aus geschwungenen Stuckornamenten und grellen Farben ihr gewiss schon früher aufgefallen wäre.

Mit einem Mal war es um Stella herum völlig still geworden. An einer Wegkreuzung blieb sie stehen und blickte sich nach allen Seiten um. Direkt vor ihr strebte eine gepflasterte Gasse dem Gipfel eines Hügels entgegen, der noch in das orangegelbe Licht der Sonne getaucht war. Links und rechts gab es einen Weg aus festgetretenem Lehm. Nirgendwo war eine Menschenseele zu sehen.

Stella fühlte sich ausgelaugt und müde. »Meinst du wirklich, der Drache ist denselben Weg gegangen wie wir?«, murrte sie.

»Ja«, antwortete das Frettchen mit hörbarem Missfallen in der Stimme. »Aber es ist schon länger her. Der Wurm ist geschickter, als ich dachte. Er hat uns eine Weile im Kreis laufen lassen.«

Stella stöhnte. Obwohl sie so etwas ja schon geahnt hatte, fragte sie nörgelnd: »Hättest du das nicht für dich behalten können? Ich kann auch so kaum mehr laufen.«

»Jetzt sind wir ihm ja wieder auf den Fersen.«

»Du meinst ...?« Mit einem Mal war Stella wieder hellwach.

Sesa Minas Barthaare zitterten. »Er ist hier ganz in der Nähe.«

In Ermangelung einer geeigneten Waffe bückte sich Stella nach einem faustgroßen Stein. »Ich glaube nicht, dass ich ihm hier gewachsen bin«, flüsterte sie, während ihre Blicke suchend hin und her wanderten. »Mir wäre es am liebsten, wir könnten ihn bis zu seinem Nest verfolgen. Dort wäre es ein Leichtes, ihm aufzulauern. Zuvor müsste ich allerdings noch wissen, wie man einen Lindwurm unschädlich macht.«

»Ich würde ihm die Kehle durchbeißen«, schlug Sesa Mina vor.

Stella bedachte das Frettchen mit einem strafenden Blick. »Wohin ist er gelaufen?«

»Dort die Gasse hinauf. Ich vermute, er versteckt sich in einem der Häuser und ...«

Sesa Minas Stimme erstarb. Mit gesträubten Nackenhaaren sah sie die Gasse hinauf. Stellas Augen folgten dem Blick des Frettchens und sofort verhärteten sich auch ihre Muskeln. Eine grausige Kälte durchflutete ihren Körper, als sie den Schatten wiedererkannte.

Der Schemen, groß wie zwei Ochsen, aber wesentlich länger, näherte sich ihnen mit beunruhigender Geschwindigkeit. Flach und beinahe formlos floss er regelrecht den abschüssigen Weg herab. Diesmal, so schien es, würde Stella dem Lindwurm nicht entkommen können. Er war nur noch zwei Giebelbreiten von ihr entfernt. Erst in diesem Augenblick begriff sie es.

Der Drache flog über die Häuser hinweg! Stella hatte nur seinen Schatten gesehen. Und doch: Wie konnte es diesen Schatten am Boden geben, wenn doch keine Sonne mehr am Himmel stand?

Stella fehlte die Muße, um über dieses Phänomen nachzudenken. Der Lindwurm war es, der sie interessierte, nicht sein Schatten. Doch die Gelegenheit war vertan. Nur für den Bruchteil eines Augenblicks sah sie das fliegende Wesen noch auf Höhe der Dächer; mehr eine Ahnung als ein klares Bild. Dann krachte es plötzlich.

Das herzförmige Schwanzende hatte noch das Dach eines Hauses gestreift. Scheppernd landeten die Bruchstücke der Ziegel auf der Straße. Einige der feinen roten Splitter trafen Stellas Beine, was dank ihrer dicken Hosen jedoch folgenlos blieb.

»Wir müssen ihm hinterher«, rief Sesa Mina. Der Jagdinstinkt hatte sie gepackt, die Größe des Wildes spielte offenbar überhaupt keine Rolle.

»Nein«, widersprach Stella. »Zweimal habe ich dem Lindwurm jetzt schon gegenübergestanden und jedes Mal hätte er mich ohne weiteres in den Boden stampfen können. Ich muss mir erst eine geeignete Waffe suchen, mit der ich ihm trotzen kann. Ehrlich gesagt, ich kann auch nicht mehr. Ich bin so müde wie ...«

In diesem Augenblick sah sie schemenhaft etwas zu Boden trudeln. Zuerst dachte sie an ein Blatt, das vielleicht der Wind von einem Baum gezupft hatte, aber dann bemerkte sie die sonderbare Form. Kein Baum besaß rechteckige Blätter.

Mit bleischweren Gliedern schlurfte Stella zu den Ziegeltrümmern, in deren Mitte das Blatt gelandet war. Sie bückte sich danach und hob es auf. Nachdenklich betrachtete sie das Papier in ihrer Hand. Wie sie erwartet hatte: Auch die erste Hälfte des Schattenworttextes war unleserlich. Immerhin, vielleicht ließ sich jemand finden, der diese fremdartigen Runen entziffern konnte ...

Schlagartig wurde ihr bewusst, welchen Fehler sie begangen hatte! Sie besaß ja nur die *eine* Hälfte der geheimnisvollen Inschrift. Die andere lag noch im Katasteramt von Amico!

Diese deprimierende Erkenntnis raubte Stella die letzten Kräfte. Während sie noch den Fetzen achtlos in ihre Bluse stopfte, begann sie einfach loszugehen.

»Wo willst du denn hin?«, rief ihr Sesa Mina nach.

»Weiß nicht. Am besten nach Hause. Ich brauche Schlaf.«

»Und der Lindwurm?«

»Morgen ist auch noch ein Tag.«

Inzwischen hatte Sesa Mina ihre Herrin wieder eingeholt, war mit einem Satz auf ihren Rücken gesprungen und machte es sich nun auf Stellas Schulter bequem. Stella bog gerade in eine etwas breitere gepflasterte Straße ein und stapfte ziellos weiter. Sie fühlte sich völlig entkräftet und – was vielleicht schlimmer war – entmutigt.

Mehr noch als die Suche nach dem Schattenwort und die

Verfolgungsjagden mit dem Drachen hatten sie wohl die Misserfolge dieses Tages zermürbt. Der Wurm war weg und der zerteilte Text so gut wie unbrauchbar. Und darüber hinaus war dann noch dieser zweite Schemen im Katasteramt von Amico aufgetaucht, der Stella nicht aus dem Kopf gehen wollte. Woher war er gekommen? Hatte er sie womöglich beobachtet? Der Gedanke an ihn wirkte nicht gerade belebend auf sie. Planlos bog sie in eine Quergasse ein und bald darauf wieder in einen breiteren Weg. Weiter unten konnte Stella den Stadtwald sehen.

Sesa Mina fasste sich ein Herz und beschloss ihre stumm vor sich hin brütende Herrin aus deren Versenkung zu reißen. »Sollten wir nicht einfach hier übernachten? Dann könnte ich gleich morgen früh die Spur wieder aufnehmen.«

»Wäre das eine Hilfe für dich?«

»Je frischer die Witterung, desto zarter die Beute, sagt ein altes Frettchensprichwort.«

Stella blieb unvermittelt stehen, überlegte und erwiderte schließlich: »Also gut. Dann suchen wir uns ein Gasthaus. Du kannst mir nicht zufällig dabei helfen?«

»O wenn Ihr doch endlich meine Fähigkeiten zu schätzen wüsstet, Herrin!«

»Mir ist jetzt nicht zum Spaßen zu Mute, Mina. Wenn es hier in der Nähe eine Herberge gibt, dann bring mich einfach hin.«

Das Frettchen keckerte belustigt. »Nichts leichter als das. Du stehst schon so gut wie davor.«

Der Gasthof *Zum Nussknacker* schien nicht eben ein Etablissement der gehobenen Klasse zu sein. Der Ausdruck Spelunke kam da der Wahrheit schon näher. Das Schild über dem Eingang zeigte einen hölzernen Nussknacker, einen Gardesoldaten in roter Jacke, weißen Hosen und schwarzen Stiefeln. Auf dem Kopf trug er eine hohe schwarze Mütze. Stella betrachtete die sacht im Wind schaukelnde Tafel mit Beklemmung. Sie konnte sich auf dieses Gefühl aber keinen Reim machen und war außerdem viel zu müde, um noch lange nach einem anderen Schlafplatz zu suchen. Also trat sie ein.

Das Innere der Schankstube hielt, was die schäbige Fassade versprochen hatte. Es roch nach abgestandenem Bier. Auf dem Boden lagen Binsen, die dringend der Erneuerung bedurften. Obwohl die Dämmerung schon weit fortgeschritten war, hatte der Wirt keine Kerzen angezündet, abgesehen von einem Öllicht beim Tresen.

»Ein Bett für eine Nacht?«, wiederholte der feiste Mann mit dem schütteren Haar Stellas Wunsch. Der Wirt musterte seinen weiblichen Gast vom Kopf bis zu den Zehenspitzen. Stellas Reisekleidung war ein wenig staubig von dem Abenteuer im amiconischen Katasteramt, doch sie machte alles andere als einen heruntergekommenen Eindruck. Der Hermelinkragen – nichts anderes konnte dieses schneeweiße Prachtstück sein – verlieh ihr sogar einen Hauch von Noblesse.

»Was hat eine hübsche Maid wie Ihr allein in dieser Stadt zu suchen?«

»Bekommt man bei Euch nur eine Kammer, wenn man zuvor seinen Lebenslauf einreicht?«

Stella hatte wegen ihrer niedergedrückten Stimmung heftiger als üblich geantwortet. Normalerweise war sie ein sehr umgängliches Mädchen. Aber offenbar hatte sie damit genau den richtigen Ton getroffen bei dem wohlgenährten kleinen Wirt mit dem lichten Haarkranz auf dem Kopf.

»In der Gegend streunt hin und wieder lichtscheues Gesindel herum«, sagte er begütigend. »Nie würde ich Euch dazu zählen, holdes Fräulein, es war nur die Sorge, die mich zu meiner Frage trieb. Ich habe eine Kammer für Euch, aber gut Ding will Weile haben. Meine Magd muss sie erst für Euch herrichten. Einige unserer Zimmer stehen oft über längere Zeit leer, und damit das Bettzeug nicht schimmelt, ziehen wir es immer erst kurz vor Gebrauch auf.«

»Das ist schon in Ordnung«, antwortete Stella, im Stillen aufatmend, nicht die angestockte Wäsche irgendeines Vorgängers benutzen zu müssen. »Könnte ich in der Zwischenzeit von Euch etwas zu essen bekommen?«

»Das dürfte sich ganz sicher einrichten lassen. Der *Nussknacker* ist für seine Küche weit über die Grenzen Amons hinaus bekannt. Was haltet Ihr von einem gebackenen Schinken im Brotteig?«

»Klingt viel versprechend. Den nehme ich.«

»Und einen Krug Bier?«

»Etwas verdünnter Wein würde mir genügen.«

»Sollt Ihr bekommen. Sucht Euch einen Platz.«

Stella wollte sich schon vom Wirt abwenden, als dieser noch hinzufügte: »Wir haben hier nicht unbedingt das erlesenste Publikum. Sollte Euch ein Gast mit ungebührlichen Anträgen kommen, dann gebt mir Bescheid. Ich werde ihm dann den Ausgang weisen.«

»Seht Ihr nur nach Eurem Schinken«, sagte Stella müde lächelnd. »Ich weiß mich schon zu wehren.«

Sie suchte sich einen Tisch und eine Bank im hinteren Bereich des Schankraumes. Dieser besaß die Form eines Winkels, man konnte also nur vom Tresen aus sämtliche Gäste im Auge behalten. Zurzeit war nur ein Tisch besetzt. Die drei Männer – ihrer Kleidung nach Zimmerleute – hatten an ihren Bierkrügen erheblich mehr Interesse als an Stella.

Schon nach kurzer Wartezeit brachte der Wirt einen kleinen Tonkrug und einen Becher. Er schenkte Stella etwas von dem verdünnten Wein in das Trinkgefäß und bat noch um etwas Geduld für das Essen. In Kürze werde er es servieren.

Sie nickte und zwang sich zu einem Lächeln. Hoffentlich war sie noch wach, wenn der Wirt sein Versprechen einlöste. Stella ließ ihr Frettchen, das bis dahin wie ein lebloser Pelzkragen um ihren Hals gelegen hatte, auf die Bank herab.

»Magst du Schinken, Mina?«

»Am liebsten, wenn ich ihn noch eine Weile jagen kann.«

Das Knarren der Eingangstür erregte Stellas Aufmerksamkeit. Dort, im matten Licht des schwindenden Tages, stand ein hagerer Mann, sich suchend umblickend. Der Fremde war nicht sehr groß. Er hatte einen braunen Vollbart, eine schmale Nase, die in einer breiten gespaltenen Spitze endete, und eine Wollmütze, die schon Generationen von Motten Nahrung und Obdach geboten haben musste. Seine lederne Tracht ließ vermuten, dass er die meiste Zeit seines Lebens in den Wäldern Amons oder denen einer anderen großen Stadt zugebracht hatte. Über der Schulter trug er einen Bogen und einen Köcher, aus dem die gefiederten Schäfte von zwei oder drei Dutzend Pfeilen ragten. Er stützte sich auf einen schmalen Speer aus dunklem Ebenholz, dessen messingfarbene Spitze ihn um fast eine Elle überragte.

Erst blickte der Waldläufer in die Richtung der drei Zimmerleute, dann entdeckte er Stella. Seine dunklen Augen blitzten ähnlich wie die Sesa Minas, wenn sie Witterung aufgenommen hatte. Er ließ die Tür hinter sich ins Schloss fallen und kam direkt auf den Tisch des Mädchens zu.

Die Zielstrebigkeit des Fremden hätte bei Stella normalerweise sofort Alarm ausgelöst. Zu oft schon hatte sie die Annäherungsversuche einsamer »Helden« über sich ergehen lassen müssen, die angesichts eines hübschen Mädchens den Platzhirsch markierten. Doch etwas an diesem Naturburschen war anders, der nun – überhaupt nicht überraschend – fragte: »Noch ein Platz frei an diesem Tisch?«

Stella blickte erst auf den leeren Schankraum im Rücken des Mannes, dann in sein Gesicht. Sie lächelte. »Ihr habt Glück. Meine sonstigen Tischnachbarn sind noch nicht erschienen. Für ein Weilchen könnt Ihr Euch also niederlassen.«

»Das mag genügen«, antwortete der Waldläufer, während er seinen Bogen und das Pfeilfutteral auf die gegenüberliegende Bank legte und sich den Stuhl an der Stirnseite des Tisches zurechtschob. Seinen Speer behielt er, den Schaft auf den Boden gestützt, in der Hand.

»Mein Name ist Jutwald«, stellte sich der Fremde vor, während er einen nicht allzu erstaunten Blick auf das Frettchen neben dem Mädchen warf.

»Ich bin Stella«, antwortete diese knapp. Ihre Augen ruhten auf Jutwalds Speer.

»Seid Ihr aus Amon?«, fragten Stella und der Fremde im selben Augenblick wie aus einem Munde.

Das entspannte die Atmosphäre, beide mussten lachen. Dabei fiel Stella auf, dass im Gesicht des bestimmt schon fast Fünfzigjährigen ein Ausdruck lag, der an einen großen Jungen erinnerte. Vielleicht war dieser an Einsamkeit gewöhnte Waldläufer ja wirklich nur auf der Suche nach einem anregenden Gespräch.

»Ich bin nur auf der Durchreise«, antwortete Stella ausweichend. »Und Ihr?«

»Streife hier seit fünfundzwanzig Jahren durch die Wälder, stelle Fallen auf und verkaufe Felle auf den Marktplätzen. Amon ist sehr ausgedehnt. Von einem Ende unseres größten Stadtforstes bis zum anderen sind es fast fünfzehn Meilen.«

»Das ist wirklich groß!«, antwortete Stella staunend.

»Seid Ihr auch Jägerin, Fräulein Stella?«

Obwohl der Blick Jutwalds auf das andächtig lauschende Frettchen gerichtet war, musste Stella an eine ganz andere Jagd denken, als sie antwortete: »Das habt Ihr gut geraten.«

»Ihr seid auf Iltisse spezialisiert?«

»Ich stelle kleinen und großen Tieren nach.«

»Für ein so anmutiges Mädchen ein wahrhaft ungewöhnliches Handwerk!«

Das Kompliment aus dem Mund des bärtigen Jutwald klang aufrichtig. Deshalb ersparte sich Stella eine schroffe Antwort und verwickelte den Waldläufer stattdessen in ein Gespräch über sein Leben in den Wäldern von Amon. Sesa Mina kuschelte sich an ihre Herrin und schlief schon bald ein.

Zwischendurch kam der Wirt vorbei und warf angesichts des Fremden Stella einen fragenden Blick zu. Als diese jedoch lächelnd den Kopf schüttelte, nahm er bereitwillig die Bestellung Jutwalds auf.

Da es im Schankraum nun zu dunkel geworden war, um noch eine Fliege im Bier zu erkennen, entzündete der Wirt Kerzen und verteilte diese auf den Tischen. Nach und nach stellten sich weitere Gäste ein und langsam schwoll der Geräuschpegel in dem großen Raum immer mehr an. Dann endlich kam der Schinken. Jutwald hatte sich Stellas Bestellung angeschlossen und so erhielt jeder einen großen Teller mit je zwei dampfenden daumendicken Scheiben. Von dem viel versprechenden Duft war Sesa Mina augenblicklich erwacht. Der Anblick des rosafarbenen Schinkens und des braunen Blätterteigmantels ließ nicht nur Stella das Wasser im Munde zusammenlaufen. Erst jetzt merkte sie, wie hungrig sie wirklich war.

Nachdem sie sich noch einen Krug gespritzten Weines, Jutwald sich dagegen die dritte Maß Bier bestellt hatte, setzten sie ihre Unterhaltung fort. Endlich – Stella schob ihren mit Hilfe

Sesa Minas geleerten Teller auf die Seite – sah sie den Augenblick für gekommen, das auszusprechen, was sie seit dem Eintreten des Waldläufers in der Schänke beschäftigt hatte.

»Eine feine Waffe habt Ihr da, Jutwald.«

Der Waldläufer folgte ihrem Blick. Die Lanze lehnte an der Tischkante neben ihm. »Nicht wahr? Der Speer ist etwas ganz Besonderes.«

»Würdet Ihr ihn mir verkaufen?«

Für einen Moment zeichnete sich Verwunderung auf Jutwalds Gesicht ab, aber dann lächelte er. »Ist wohl für das größere Wild gedacht, von dem Ihr vorhin gesprochen habt.«

»Ich würde lügen, wenn ich mit Nein antwortete. Könnt Ihr Euch von ihm trennen?«

»Der Speer scheint es Euch ja wirklich angetan zu haben.«

»Sagen wir, ich brauche ihn dringend.« Eine Preisverhandlung so zu beginnen war mehr als töricht, aber Stella war zu müde, um das ganze Ritual des althergebrachten Feilschens durchzuspielen.

»Ich hänge sehr an ihm.«

Natürlich! Das hätte Stella auch gesagt. »Ich denke, Ihr könnt Euch einen anderen besorgen. Und ich weiß, dass es dumm ist, so etwas zu sagen: Mir fehlt die Zeit, um lange nach einer geeigneten Waffe Ausschau zu halten. Also gebt mir eine offene Antwort. Wollt Ihr Euer Herzensstück an mich abtreten? Ihr bekommt vier Kronen dafür. Das ist ein faires Angebot.«

»Ihr hättet Recht, wäre dies ein normaler Speer. Aber der hier ... Nein, für vier Kronen kann ich ihn unmöglich hergeben. Ich könnte Euch meinen Bogen und die Pfeile ...«

»Nein«, fiel Stella dem Waldläufer ins Wort. Die Pfeile würden den Lindwurm höchstens kitzeln. »Ich möchte das lange Ding da haben.«

Die Augen des hageren Mannes wanderten hinauf zur scharfen Klinge des Speers, als suche er den Nordstern am Himmel. »Ihr wollt also wirklich *ihn* haben? Ich meine, er ist ziemlich groß für Euch, Fräulein Stella.«

»Ich brauche den Speer *dringend*«, wiederholte sie. »Ich gebe Euch fünf Kronen. Aber das ist mein letztes Angebot.«

Der Waldläufer schien jeden Moment in Tränen auszubrechen. »Eine so prachtvolle Waffe!«, begann er erneut zu schachern. Stella wusste, dass er sich längst mit dem Verkauf abgefunden hatte, nun aber den Preis in die Höhe treiben wollte. »Ausgewogen wie der Leib eines Falken, scharf wie die Kralle eines Adlers. Richte ich ihn gegen ein Ziel, dann trifft er es. Selbst wenn meine Beute in irgendeinem Schlupfwinkel Zuflucht sucht.«

»Ihr braucht mir keine Wundermärchen zu erzählen, Jutwald. Ihr habt da einen feinen Spieß. Und fünf Kronen sind mehr als genug dafür.«

»Spieß?«, entsetzte sich der Bärtige in schrillem Ton. »Was ich hier halte, ist kein Kochgerät, sondern die Waffe eines Jägers. Geschmiedet von Meisterhand, geschaffen, um Leben zu retten, aber es auch zu nehmen. Allein die Spitze – sie kann selbst einen Baum durchdringen, so dick wie Eure ...«

»Fünf Kronen und keinen Kreuzer mehr.«

Ein tragisches Seufzen entwand sich dem Waldmann. »Nun gut. Ich sehe, mit Jagdkunst kann ich Euch nicht beeindrucken. Es wird mir wohl möglich sein, einen neuen Speer wie diesen zu beschaffen, wenn ich nur lange genug danach suche. So will ich denn Euer Geld nehmen, nicht weil es ein angemessener Preis für diese edle Waffe wäre, sondern weil ich spüre, dass Ihr sie wirklich dringender benötigt als ich. Sagt, es ist doch wohl kein lästiger Gatte, den Ihr damit ...?«

Stella drückte dem Hageren die fünf Münzen in die Linke und entzog den Fingern der anderen Hand das Objekt der Begierde. »Hätte ich einen Mann zum Gemahl, wie Ihr es seid, dann würde ein Käsedolch wohl reichen, ihn zu durchbohren«, sagte sie lachend und verschwand – gefolgt von Sesa Mina – zwischen Tischen und Gästen, noch während der Jäger sein Geld zählte.

Die schwarze Sonne

Das Bett gehörte bestimmt nicht zu den Meisterwerken amonesischer Möbelbaukunst. Es bestand aus einem einfachen Kasten mit Strohmatratze. Wenigstens roch das Heu nicht muffig und die Bettdecke war sogar frisch gewaschen – alles in allem ausreichend, um eine Nacht in dem ansonsten eher karg eingerichteten Zimmer zu überstehen.

Den tiefen Schlaf, aus dem sie am nächsten Morgen ausgeruht erwachte, hatte Stella wohl hauptsächlich ihrer Erschöpfung zu verdanken. Nur noch eine leichte Mattigkeit haftete an ihren Gliedern. Vielleicht hatte sie sich irgendwo erkältet.

Kurz nach dem Aufstehen begann Sesa Mina ihr wieder mit einem Thema auf die Nerven zu gehen, das Stella am Vorabend noch mit Hinweis auf ihre Erschöpfung hatte abbiegen können.

»Du hast dich übers Ohr hauen lassen«, beharrte das Frettchen.

»Also, jetzt gib schon endlich Ruhe, Mina. Ich weiß, dass ich dem alten Schacherer für seinen Spieß zu viel in den Rachen geworfen habe, aber ich hatte einfach nicht die Muße für längere Verhandlungen. Dieser Jutwald war doch auch ganz nett. Ich gönne ihm die paar Kronen.«

»Noch ein paar von solchen Großzügigkeiten und du bist pleite.«

»Die Macht des Wortes in allen Ehren, aber wenn wir das nächste Mal dem Lindwurm gegenüberstehen, dann will ich nicht nur mit einer Schriftrolle bewaffnet sein, Mina. Lass es gut sein. Wir haben jetzt eine ordentliche Waffe. Nun können wir wieder nach dem Lindwurm jagen. Ich finde, jetzt wäre ein passender Augenblick, um mir ein paar Vorschläge zu unterbreiten.«

Sesa Mina stieß ein Geräusch aus, das man wohl nur als Frettchenlachen interpretieren konnte. »So ist es immer. Die Großen schieben alles auf die Kleinen ab. Wir machen natürlich da weiter, wo wir gestern aufgehört haben. Ein Problem gibt es allerdings: Der Drache ist durch die Luft geflohen.«

Stella nickte. »Ich verstehe. Du hättest gern ein paar Flügel, um ihm nachzusetzen.«

»Pfui Spinne! Sehe ich aus wie eine Fledermaus?«

»Eigentlich nicht. Wenn wir also Pech haben, dann sind wir keinen Schritt weiter als gestern früh.«

»Nicht ganz. Du hast immer noch das halbe Manuskript. Wenn's sein muss, können wir noch einmal nach Amico zurückkehren und uns auch noch die andere Hälfte holen.«

»Aber dieser Schattenworttext ist doch ... Ach, ich weiß auch nicht. Was soll ich damit anfangen, wenn ich ihn nicht lesen kann?«

»Wie wär's, wenn du dir jemanden dafür suchst?«

Stella hatte das Fragment am vergangenen Abend in ihrem Rucksack verstaut. Nun zog sie es wieder hervor und betrachtete die fremdartigen Runen. »Ich glaube, der Letzte, der so etwas lesen konnte, ist bestimmt schon vor tausend Jahren gestorben.«

»Die Welt ist voller Wunder, Stella. Doch zu ihrer Entdeckung braucht es mehr als nur den Willen. Man muss auch an sie glauben, dann wird man sie nicht übersehen.«

Stella blickte ihr Frettchen nachdenklich an. Sesa Mina war der lebende Beweis für den Wahrheitsgehalt ihrer eigenen Worte. »Du hast Recht, Mina. Lass es uns versuchen. Irgendwo finde ich eine vertrauenswürdige Person, der ich das Manuskript zeigen und die uns helfen kann.«

»So gefällst du mir schon wieder viel besser.«

»Wenn ich es mir recht überlege«, sagte Stella aufgeräumt, »dann war es vielleicht gar kein Zufall, dass wir den jungen Wurm im Keller des Katasteramtes von Amico aufgespürt haben. Könnte doch sein, er *wollte* sich sogar von uns finden lassen. Was meinst du?«

»Manchmal kannst du ganz schön sprunghaft sein, Stella. Erst zutiefst niedergedrückt und dann himmelhoch jauchzend. Ich mag Drachen nicht besonders. Aber man muss ihm wohl zugute halten, dass er uns nicht gefressen hat.«

»Im Gegenteil, er ist sogar vor uns geflohen.«

Sesa Mina keckerte. »Ich sagte ja bereits, du musst irgendetwas Furcht Erregendes an dir haben.«

»Ach, Unsinn. Ich kenne den Lindwurm. Woher wüsste ich sonst seinen Namen? Es gibt da ein Geheimnis, das mich mit ihm verbindet ...«

»Dann lass uns nicht länger grübeln, sondern endlich handeln. Die Fährte wird sonst doch noch kalt.«

Nach einem kurzen Frühstück, das aus Brot, Käse und Wasser bestand, bezahlte Stella den freundlichen Wirt, bedankte sich für die Gastfreundschaft und verließ das Wirtshaus *Zum Nussknacker*. Während sie sich an Sesa Minas Schwanzende heftete, den neu erworbenen Speer fest in ihrer Faust, sann sie darüber nach, weshalb ihr der Name der Schänke anfangs ein solches Unbehagen bereitet hatte. Schließlich gab sie es auf. Manche Dinge waren und blieben eben ein Geheimnis.

Der Schattenworttext aus Amico würde hoffentlich nicht zu dieser Kategorie von Rätseln gehören. Unwillkürlich musste sie wieder an das vom Drachenrücken gefallene Fragment denken. Wenn sie nur nicht so dumm gewesen wäre und die andere Hälfte in ...

Stellas Gedanken stockten. Mit einem Mal stand die Szene in dem dämmrigen Keller von Amico wieder deutlich vor ihrem inneren Auge. Ja, mehr noch, sie sah die untere Hälfte des Manuskripts und in ihrem Kopf fügte diese sich mit dem oberen Teil, der nun in ihrem Rucksack steckte, zu einem Ganzen zusammen. So als hielte jemand ihr das unversehrte Blatt vor die Nase, erkannte sie jedes einzelne Schriftzeichen. Sie konnte es kaum fassen, denn die meisten der Runen waren ihr doch völlig fremd und der lückenlose, absolut unverständliche Text hatte alles andere, nur kein einprägsames Versmaß. Noch ehe sie sich gebührend über ihr erstaunlich bildhaftes Gedächtnis wundern konnte, drang Sesa Minas Stimme an ihre Ohren.

»Da wären wir.«

Stella blickte sich um. Seit gestern hatte sich nichts verändert. Sogar die zerspellten Tonziegel lagen noch auf der Straße.

»Und jetzt?«, fragte das Frettchen.

»Wir warten«, war Stellas einsilbige Antwort.

»Wozu soll das gut sein?«

»Du hast doch selbst gesagt, durch die Luft kannst du die Witterung des Lindwurms nicht verfolgen. Vielleicht kehrt er ja wieder an diesen Ort zurück.«

»Ich habe schon von besseren Plänen gehört.«

»Wenn du einen Moment mal deinen Mund halten könntest, käme ich vielleicht auf einen klaren Gedanken.«

»Schnauze.«

Stella schnappte nach Luft. »Also hör mal ...!«

»Frettchen haben keinen Mund, sondern eine Schnauze«, präzisierte Sesa Mina.

Stella verkniff sich eine Antwort. Zweifellos würde Mina auch darauf wieder eine unverschämte Erwiderung einfallen. Das Schlimmste an ihren kecken Einwürfen war, dass sie damit meistens Recht behielt.

Es verging eine geraume Zeit, ohne dass Erwähnenswertes geschah. Stella erhielt die Gelegenheit, um gründlich nachzudenken. Ihr von Sesa Mina so abschätzig kommentierter Vorschlag, auf den Lindwurm zu warten, entsprang nämlich einer durchaus tiefsinnigen Überlegung: Ganz offensichtlich hatte der Drache sie nicht angreifen wollen, andererseits aber auch nicht die Flucht ergriffen, sondern sie hier an dieser Wegkreuzung erwartet. Für diesen Widerspruch hatte Stella nur eine einzige Erklärung: Nicht sie hatte Draggy gefunden, sondern er *sie*. Zumindest *wollte* er sich von ihr entdecken lassen.

An diesem Gedankengang gab es die eine oder andere Schwachstelle, dessen war sich Stella durchaus bewusst. Warum floh der Lindwurm immer wieder vor ihr? Was versprach er sich von diesem Katz-und-Maus-Spiel?

Sesa Mina hatte in der Zwischenzeit damit begonnen, die umliegenden Gassen zu durchsuchen. Sie schlüpfte sogar in einige Häuser, aber weder ihre Nase noch einer ihrer anderen empfindlichen Sinne fanden einen Hinweis auf den Verbleib des Drachen.

Stellas Geduld schwand im gleichen Maße, wie die Fragen in ihrem Kopf zunahmen. Missmutig blickte sie den wenigen

Menschen nach, die an ihr vorübergingen. Die Stadtbewohner ihrerseits musterten sie argwöhnisch und manchmal sogar scheu, wenn sie erst Stellas grimmigen Blick bemerkten. Ein hübsches blondes Mädchen mit einem langen Speer – das war selbst in Amon ein sehr exotischer Anblick.

Was tat sie eigentlich hier? Diese Frage stellten sich nicht nur die Passanten, sondern auch Stella selbst. Ihr sorgsam errichtetes Gedankengebäude geriet durch ihren brodelnden Unmut wieder ins Wanken. Hier stand sie nun, in einer einsamen Gegend Amons, und wartete auf ein Wunder. Es war doch unsinnig, zu glauben, ihre Beute würde vorbeikommen und sich damit gewissermaßen selbst dem Spieß ausliefern, den sie bei sich trug ... *Speer!*, korrigierte sich Stella, wobei ihr wieder die Worte Jutwalds, des verschrobenen Waldläufers, in den Sinn kamen. Was hatte er doch gleich über seine famose Waffe gesagt? Auf welches Ziel man den Speer auch richte, man könne es praktisch gar nicht verfehlen.

Stella blickte skeptisch zur Spitze der Waffe empor, deren stumpfes Ende auf der Straße ruhte. Wahrscheinlich war das alles nur »Waldläuferlatein«.

»Was machst du denn da?«, fragte Sesa Mina beunruhigt. Sie war gerade zu Stella zurückgekehrt und sah ihre Herrin den Speer in der Hand wiegen.

»Ich weiß nicht, was ich tun soll, um diesen Lindwurm zu finden. Also werfe ich ein Los.«

»Du meinst einen Speer?«

»Das ist doch dasselbe.«

»Na, ich weiß nicht.«

»Es gibt weder in Enesa noch sonst irgendwo eine amtliche Konstruktionsvorschrift für Lose. Meines hat eben die Form einer Lanze. Sie kann alles treffen, was man will, aber ich will jetzt sehen, was sie trifft, wenn ich nichts treffen will.«

»Kannst du das für mich bitte noch einmal wiederholen? Ganz langsam, wenn's geht.«

»Du hast mich sehr gut verstanden, Mina. Ich werfe den Speer jetzt diesen Berg hinauf und irgendwo wird er stecken bleiben. Das gibt uns dann die Antwort, wie es weitergeht.«

»Hoffentlich landet er nicht im Körper eines Amoniters.«

»Die Gegend hier ist doch so tot wie ein Fisch, der mit dem Bauch nach oben schwimmt.«

Stella bemerkte aus Sesa Minas ganzer Körperhaltung, dass ihr der Plan nicht gefiel. Er war ja auch albern, aber in ihrer Verzweiflung wusste sich Stella nicht anders zu helfen. So hielt sie also den Speer waagerecht in der Rechten, balancierte ihn noch einmal aus und schleuderte ihn dann mit aller Kraft die Gasse hinauf.

Mit einem Zischen rauschte das Wurfgeschoss davon. Stella blickte ihm entgeistert nach. Nun gut, sie war wahrscheinlich kräftiger, als es sich für ein Mädchen ihrer Statur ziemte, aber so stark dann doch wieder nicht. Die Lanze flog wie vom Katapult geschossen in weitem Bogen hangaufwärts und entschwand hinter der Kuppe ihrem Blick.

»Toller Einfall!«, kommentierte Sesa Mina lakonisch. »Wenn du jetzt zu mir sagst: ›Hol's Stöckchen‹, dann kündige ich dir die Freundschaft auf. Nein, besser noch: Ich beiß dir die Nase ab.«

Stella sah einen Moment lang verunsichert auf ihr Frettchen herab, nicht sicher, ob Sesa Mina dazu wohl fähig wäre. Aber dann wandte sie sich wieder der ansteigenden Gasse zu.

»Wollen doch mal sehen, wo das Ding nun wirklich runtergekommen ist.«

Sie setzte sich in Bewegung und ging mit weiten Schritten die Gasse hinauf, die der Speer in nur einem Augenblick hinter sich gebracht hatte. Kaum richtig in Fahrt gekommen spürte sie Sesa Minas Gewicht auf ihrer Schulter landen. Unwillkürlich zuckte sie zusammen.

»Keine Angst, das mit der Nase war nur ein Scherz!«, beruhigte sie das Frettchen.

»Dein Humor lässt in letzter Zeit sehr zu wünschen übrig, Mina.«

Bald erreichten Stella und ihr lebender Pelzkragen den höchsten Punkt der Straße. Anders als erwartet fiel die Gasse hier nicht einfach wieder in ein neues Straßengewirr ab, sondern die ganze weitläufige Kuppe des Hügels war ein einziger großer grüner Park ... Kein Park, musste sich Stella korrigieren, als sie die aufrecht stehenden Steinplatten sah. Ein Friedhof.

Langsam schritt sie an den Grabsteinen vorbei, die großzügig über das Areal verstreut waren, wie die letzten Trümmer einer vor langem geplünderten Stadt. Irgendwo anders hatte sie so einen Friedhof schon einmal besucht. Sie versuchte sich zu erinnern, aber ihr Gedächtnis gab sich zugeknöpft.

Die Steine waren ausnahmslos alt. So alt wie die Namen, die darauf standen: Gwenhwyfar, Accolon, Guntram und Adalrich reihten sich hier in stummer Eintracht mit Merlin, Pellinores, Mechthild und Petronilla. Wer mochten diese Bewohner Amons gewesen sein, deren Namen hier im Kampf gegen Witterung, Moos und trockene Flechten auf verlorenem Posten standen? Bald würde niemand sie mehr lesen können. Stella ließ nachdenklich den Blick über das von Wachholder und anderem immergrünen Gewächs bestandene Gebiet schweifen. Hier und da gab es auch einige mächtige Laubbäume, die so ehrwürdig anmuteten wie uralte Weise. Stella hatte in ihrem Leben nur wenige Orte kennen gelernt, die ihr ein ähnliches Gefühl der Ruhe und Besinnlichkeit vermittelten.

Etliche der Grabtafeln ragten schief aus dem grünen Rasen, wenige waren sogar umgestürzt oder zerbrochen. Viele der steinernen Rechtecke besaßen eine bogenförmige Oberkante. In diesem stilisierten Firmament befand sich immer dasselbe Motiv: eine Scheibe mit je einem Flügel an der Seite. Hier und da zierten auch Totenköpfe die grauen Steinplatten, aber dieser makabre Schmuck war eher Ausnahme als Regel.

Stella versuchte sich die Flugbahn vorzustellen, die der Speer über dem Friedhof genommen haben musste, doch so großzügig sie diese Schneise auch bemaß, von der Waffe fehlte einfach jede Spur.

»Das gibt es doch nicht! Der Spieß muss doch hier irgendwo sein …«

Plötzlich hatte sie ihn entdeckt. Es war purer Zufall! Der fast schwarze Ebenholzschaft ragte unter einer tief hängenden Weide hervor. Hätte der Wind nicht gerade die Zweige des Baumes bewegt, wäre ihr der Speer niemals aufgefallen. Stella eilte auf den Baum zu.

Je näher sie dem Speer kam, desto rätselhafter erschien ihr dessen Einschlagsort.

Die vom Alter gebeugte Weide lag so weit von der verlängerten Linie der Straße entfernt, dass die Lanze schon einen ziemlich scharfen Bogen hätte schlagen müssen, um hier niedergehen zu können. Aber das war doch unmöglich! Oder hatte der Waldläufer mit den wundersamen Eigenschaften des Speeres doch nicht übertrieben?

Stella schob die Zweige der Weide wie einen Vorhang zur Seite und blieb staunend stehen. So etwas hatte sie noch nicht gesehen! Unter dem Dach des Baumes stand ein einzelner schwarzer Grabstein, mindestens eine Handbreit dick, und mittendurch hatte sich der Speer gebohrt.

»Du bist heute ganz schön *spitzfindig*«, kicherte Sesa Mina.

Stella blinzelte ihr Frettchen verwirrt an. Weil sie mit der Bemerkung nicht viel anfangen konnte, fragte sie: »Kannst du mir sagen, wie die Lanze durch den Stein dringen konnte? Sie hätte doch daran zerbrechen müssen und nicht durch ihn hindurchgehen, als wäre er nur aus Butter.« Tatsächlich steckte die Speerspitze hinter dem Stein in der Erde, während der lange Schaft noch in der durchstoßenen Platte hing.

»Du hast doch nach einem Hinweis für die Lindwurmjagd gesucht«, sagte Sesa Mina. »Ist dir schon aufgefallen, was der Speer eigentlich getroffen hat?«

»Einen Grabstein wie alle anderen ... Nein, halt. Er ist schwarz wie sonst keiner hier. Aber was soll daran besonders sein?«

»Sieh noch einmal genauer hin.«

Stella beugte sich zu der Steinplatte hinab, die ihr nur knapp bis zur Hüfte reichte. Jetzt erkannte sie, was das Frettchen meinte. Auf der verwitterten Oberfläche, dicht unter dem oberen Abschlussbogen des Quaders, befand sich ebenfalls eine runde Scheibe. Merkwürdigerweise besaß sie aber keine Flügel wie all die anderen, die Stella bisher aufgefallen waren.

»Eine schwarze Sonne«, murmelte sie. Nun, da ihre Aufmerksamkeit auf den Stein und nicht mehr auf die Lanze gerichtet war, stach ihr noch etwas ins Auge: die Inschrift.

»R. I. P.«, stand da. *Requiescat in pace*, ruhe in Frieden. Nicht gerade ungewöhnlich für einen Grabstein. Aber unter den drei Buchstaben gab es noch eine weitere Zeile: »Der Dunkle Lauscher«.

Stella las die drei Wörter mehrmals, erst in Gedanken, dann formten auch ihre Lippen den Namen, der eher wie ein Titel klang. Oder wie eine Berufsbezeichnung.

»Vielleicht war er Spion«, sagte sie, nur, weil ihr gerade nichts Besseres einfiel. »Ein Spion unter einer schwarzen Sonne. Was fangen wir nun damit an?«

»Blaxxun!«, zischte das Frettchen.

»Gesundheit.«

»Das ist ein Name«, erklärte Sesa Mina verärgert. »Die schwarze Sonne ist das Wahrzeichen der Stadt Blaxxun. Dorthin müssen wir reisen.«

Stella starrte zuerst ihr Frettchen und dann den pechschwarzen Grabstein an. Schon wieder hatte Sesa Mina ihr einen Weg gewiesen. Oder war es jemand anderer gewesen? Warum hatte der Speer gerade diesen Stein getroffen, weit ab von jeder normalen Flugbahn? Und weshalb hatte er genau das Herz dieser schwarzen Sonne durchbohrt? Es gab nur eine Möglichkeit, das herauszufinden. Sie mussten die Suche nach dem Lindwurm unterbrechen und nach Blaxxun reisen.

Der Speer lag neben Stella in der Patrone. Seltsam, wie leicht sie ihn aus dem Grabstein hatte ziehen können. Langsam löste sich das Zettelchen mit dem geheimnisvollen Ortsnamen in der Navigationsröhre auf und färbte die Flüssigkeit darin tiefblau.

Auf dem Weg zum Hafen war Stella wieder einiges von dem in den Sinn gekommen, was sie von Blaxxun wusste. Im Grunde genommen herzlich wenig. Der Ort lag an den Grenzen Illúsions. Manche behaupteten sogar, es gäbe ihn überhaupt nicht. Sesa Mina hatte Stella einen anderen Namen genannt, den sie auf den Zettel schreiben sollte. Mit »Blaxxun« werde die Patrone genauso wenig in Fahrt kommen wie ein Karren mit vorgespannter Maus. Dies sei eben nur die Bezeichnung, die der Volksmund benutze. Stella hatte keine Ahnung, woher das Frettchen den wahren Namen Blaxxuns kannte, aber dieses hatte glaubhaft versichert, die geheime Folge von Schriftzeichen würde ihnen den richtigen Weg weisen.

Stella begab sich klaglos in Sesa Minas Pfoten. Es hatte sowieso keinen Zweck, dem Frettchen zu widersprechen. Wenn es darum ging, einen Weg zu finden, dann besaß Mina einen sechsten Sinn – und vermutlich noch einen siebten und achten dazu. Jedenfalls schoss die Patrone bald ihrem fernen Ziel entgegen.

Die Mauern von Blaxxun waren nicht besonders hoch, aber sie schimmerten vor Weißglut. Da die Stadt in einer weiten Ebene lag, konnte Stella von erhöhter Warte aus erkennen, dass sich hinter dem Außenwall noch eine zweite Mauer befand, die Blaxxun in zwei Hälften teilte. Das war nichts Ungewöhnliches in Illúsion. Viele Städte besaßen einen verbotenen Bezirk, der nur wenigen Personen zugänglich war.

Während die gläserne Patrone auf Blaxxun zuschoss, hingen Stellas Augen an dem großen schwarzen Gebäude im Herzen der Stadt. Die innere Mauer schien mitten durch den Bau hindurchzugehen, dessen polierte Fassade in der Sonne glänzte wie der Panzer eines riesigen Käfers.

»Das ist *The Black Sun*«, sagte Sesa Mina. Sie hatte es sich entgegen aller Sicherheitsbedenken auf Stellas Schulter bequem gemacht, um besser ins Freie sehen zu können.

»Die Schwarze Sonne«, murmelte Stella. »Ein komischer Name für ein Haus. Klingt fast nach einem Wirtshaus. Aber eine so monströse Schänke habe ich noch nie gesehen.« Stella betrachtete nachdenklich das riesige Bauwerk. Über einer quadratischen Grundfläche erhob sich eine Pyramide, der man mit einem Schwertstreich die Spitze gekappt hatte.

Unvermittelt versank die *Schwarze Sonne* hinter dem Horizont der Stadtmauer. Die Patrone hatte die Ebene erreicht und glitt nun mit abnehmender Geschwindigkeit auf eines der drei Wassertore zu.

»Werden sie uns reinlassen?«, fragte Stella.

»In den öffentlichen Bereich auf alle Fälle. Wenn wir allerdings auch in den verbotenen Bezirk hineinwollen, werden wir von meiner Nase Gebrauch machen müssen.«

Stella wusste, was das Frettchen meinte. Mina würde überall einen Weg finden, zu jedem Ort in Illúsion. Stella musste nur eine vage Andeutung machen und schon trat die geradezu unheimliche Iltisspürnase in Aktion.

Die Kontrolleure an dem breiten Stadttor bereiteten ihnen keine Schwierigkeiten. Mit der nun schon bekannten Unfreundlichkeit, die ihren Berufsstand auszeichnete, fertigten sie die Reisenden ab. Dabei waren sie nur wenig gründlicher als die schläfrigen Posten von Amon.

Blaxxun war ein kleiner Ort. In vielem glich er der Bergarbeiterstadt Amico. Es gab nur wenige hohe Gebäude. Die meisten Straßen in den Außenbezirken waren nicht einmal gepflastert. Allerdings wirkte alles sehr sauber, fast schon steril. Als sich Stella und Sesa Mina dem Zentrum der Ansiedlung näherten, wurden dann die Straßen zusehends belebter.

»Hast du eine Ahnung, Mina, warum so viele glauben, Blaxxun sei nur eine Legende?«

»Ihr Menschen habt manchmal einfach komische Ansichten.«

»Ich verstehe nicht ganz, was du meinst.«

»Ist doch ganz einfach. Ihr habt von vielem eine fest gefügte Meinung. Sie ist nicht immer logisch oder von jener natürlichen Gesetzmäßigkeit wie der Wechsel der Jahreszeiten. Ich würde sie eher mit einem Kaninchenbau vergleichen, mit einer von euch *selbst* entworfenen Ordnung, in der ihr euch sicher und damit wohl fühlt. Sobald etwas von diesem Denkmuster abweicht, seid ihr verwirrt und lehnt es rundweg ab anstatt es erst einmal zu beschnüffeln. Bei Städten wie dieser hier ist das nicht anders. Blaxxun ist nicht gerade das, was ihr unter einem anständigen Gemeinwesen versteht, also ignoriert ihr es eben.«

»Wieso? Ist Blaxxun denn etwa *unanständig*?« Stellas Mund und Augen weiteten sich. »Dies hier ist doch nicht etwa eine dieser berüchtigten Vergnügungsstätten für kranke Hirne, um sich ...«

»Reg dich nicht auf«, unterbrach sie das Frettchen. »Vergnügen kann man sich hier zwar auch, aber nicht auf so schmutzige Art, wie du jetzt denken magst. Wer Befriedigung sucht, tut es eher auf eine höchst vergeistigte Weise.«

»Wie ist *das* nun wieder gemeint?«

»*The Black Sun* ist ein Ort, der von Gelehrten aufgesucht wird und von solchen, die sich dafür halten. Auch Künstler und alle möglichen Querdenker findest du hier. Wer anderswo wegen seiner Gedanken oder seinem Verhalten unbequem ist, der kommt hierher.«

Stella blickte einem Mann nach, der alle zehn Schritte stehen blieb und wie ein Hahn krähte. »Was du nicht sagst!«

»Doch. Die Leute treffen sich hier, um in der *Schwarzen Sonne* miteinander zu reden. Das ganze Gebäude ist gewissermaßen eine riesige Plaudertasche.«

»Du meinst Plauderstätte.«

Um nicht ständig den immer zahlreicher werdenden Passanten ausweichen zu müssen, hüpfte Sesa Mina auf Stellas Schulter. »Meinetwegen auch das. Ist dir vorhin aufgefallen, dass ein Teil der angenagten Pyramide in den verbotenen Bezirk hineinragt?«

Stella nickte.

»Dorthin gelangen nur Auserwählte. Die Klügsten der

Klugen oder die Reichsten der Reichen. Das werden wir schon noch rauskriegen.«

»*Wir?*«, entfuhr es Stella.

»Ich hab mir gerade überlegt, dass wir nirgendwo so viel Neues erfahren können wie an einem Ort, an dem Personen aus allen Regionen Illúsions zusammenkommen.«

»Verstehe. Und je erlesener der Teilnehmerkreis, desto exklusiver auch die Nachrichten, die man vielleicht erhält.«

»Du lernst schnell, Stella. Wir müssten übrigens gleich ...«

»Warte mal«, schnitt Stella ihrem Frettchen das Wort ab. Die Straßen ins Zentrum der Stadt waren immer voller geworden. Und gerade eben hatte Stella jemanden gesehen, den sie kannte.

»Was hast du?«, fragte Sesa Mina, die spürte, wie sich Stellas Schultermuskulatur verhärtete.

»Mist! Ich kann ihn nicht mehr sehen.«

»Wen denn?«

»Ich bin mir nicht ganz sicher, aber ich glaube, ich habe eben della Valle gesehen.«

»Etwa diesen geschniegelten Pfau, der mich dir abluchsen wollte?«

Stella nickte. »Genau den. Möchte wissen, was der persönliche Sekretär des Statthalters von Enesa in Blaxxun zu suchen hat.«

Sesa Mina kuschelte sich eng um Stellas Hals. »Vielleicht ist er immer noch hinter mir her.«

»Keine Angst.« Stella kraulte ihr Frettchen hinter dem Kopf. »Wenn der Kerl dich mir wegnehmen will, dann bekommt er meinen Speer zu spüren. Komm, lass uns weitergehen. Zwischen all den Menschen hier können wir ihm vielleicht entkommen.«

Von nun an bewegte sich Stella mit jener Vorsicht und Wachsamkeit durch die Menge, die sie sonst nur beim Aufstellen der Marderfallen im Wald an den Tag legte. Im Grunde genommen waren die dicht bevölkerten Straßen von Blaxxun einem Stadtwald gar nicht so unähnlich, sah man einmal davon ab, dass die Bäume dort nicht hektisch durch die Gegend liefen. Doch hier wie da nahm niemand von Stella Notiz – so schien es jedenfalls.

Ein Wald hatte viele Augen. Das wusste sie. Und eine Stadt wie Blaxxun sicherlich auch. Sesa Mina zeigte ihr eine schmale Gasse als Abkürzung, und Stella wollte gerade in diese einbiegen, als sie sich unvermittelt einem skurrilen Wesen gegenübersah. Ein großer haariger Affe mit Menschenkopf kam auf sie zu.

Sie blieb abrupt stehen, was man von dem Affenmenschen nicht behaupten konnte. Gerade wollte sie das wohl in Gedanken versunkene Wesen warnen – als es auch schon durch sie hindurchging.

Verwirrt drehte sich Stella nach der haarigen Kreatur um, die weiterlief, als wäre überhaupt nichts geschehen. »Was war denn *das*?«

»Ich glaube, ihr nennt es Affe«, antwortete Sesa Mina.

»Aber«, Stella konnte nicht fassen, dass ihr Frettchen diese unheimliche Begegnung so leicht nahm, »er ist mitten durch mich *hindurchgegangen*!«

»Das war ein Avatar. Die sind zu dumm, um außen herum zu laufen.«

Stella ließ Sesa Mina auf ihre Hand klettern, um ihr leichter in die Augen sehen zu können. »Seit wann marschieren Dummköpfe durch Menschen hindurch?«

»Avatare sind nur Stellvertreterpersönlichkeiten. Das ist einer der Gründe, weshalb viele auch glauben, Blaxxun gebe es eigentlich gar nicht.«

»Du meinst, wir befinden uns hier in einer Geisterstadt?«

»Unsinn. Die Herren der Avatare sind richtige Wesen wie du und ich. Doch sie sind nicht hier. Nicht persönlich, meine ich. Sie sitzen irgendwo in Illúsion, blicken in einen Avatarspiegel und überlassen ihren Stellvertretern das Reisen. Sie können alles sehen, was auch ihr Avatar wahrnimmt.«

»Und warum hat mich dieser Affe dann wie Luft behandelt?«

»Was weiß ich. Schlechte Reflexe, Faulheit oder ein beschlagener Spiegel. Aus der Gestalt des Avatars kannst du viel über seinen Besitzer erfahren, manchmal jedenfalls.«

»Dann dürfte der Affe mit dem Menschenkopf wohl ein recht eigenartiger Zeitgenosse sein.«

»Oder jemand, der sich nur hinter einer absonderlichen Maske verbirgt.«

Stella schauderte noch immer bei dem Gedanken an die gerade gemachte Erfahrung. »Komm, lass uns die Abkürzung nehmen und so schnell wie möglich von hier verschwinden.«

Die schmale Gasse schnitt zwei breitere Straßen. Gerade als Stella auf eine dritte Kreuzung zulief, tauchte dort hinter der Hausecke die Gestalt eines kleinen Mannes auf. Er war dunkelhaarig und trug edle Kleider. Diesmal gab es keinen Zweifel. Stella erkannte ihn sofort, obwohl das harte Gesicht kaum noch jener freundlichen Maske glich, die Lorenzo della Valle auf dem Markt von Enesa zur Schau getragen hatte.

»Halt dich fest!«, rief sie Sesa Mina zu, drehte sich um und rannte in die entgegengesetzte Richtung davon. Als sie kurz über die Schulter zurückblickte, sah sie, dass der Sekretär die Verfolgung aufgenommen hatte.

Was wollte della Valle wirklich? Allein wegen des Frettchens würde er sich bestimmt nicht die Mühe machen und sie durch halb Illúsion verfolgen.

»Wohin?«, rief Stella atemlos an der nächsten Wegkreuzung.

»Wenn wir immer noch zur *Schwarzen Sonne* wollen, dann nach links.«

Stella lief in die angegebene Richtung. Della Valle blieb ihr weiter auf den Fersen. Oder ging es gar nicht so sehr um sie selbst? Wollte er vielleicht nur verhindern, dass sie den schwarzen Pyramidenstumpf betrat?

Körperertüchtigung gehörte offenbar nicht zu den Hobbys des persönlichen Sekretärs des Statthalters von Enesa. Vielleicht lag es auch einfach daran, dass er gewöhnlich zu Pferde seinem Wild nachstellte. Jedenfalls wurde der Abstand zwischen Stella und ihrem Verfolger immer größer. Unter der Führung Sesa Minas schlug sie mehrere Haken und nutzte wo immer möglich die Deckung durch Passanten, die in allen möglichen Gestalten die Straßen Blaxxuns bevölkerten.

»Ich glaube, wir haben ihn abgehängt«, sagte Stella schließlich schwer atmend. Sie hatte della Valle schon seit einiger Zeit nicht mehr gesehen.

»Sei dir da nicht so sicher«, antwortete Sesa Mina. »Hast du dich noch nicht gefragt, wie er dir überhaupt hierher, nach Blaxxun, folgen konnte?«

Das hatte Stella allerdings nicht. Sesa Minas feine Nase – auch für unbequeme Wahrheiten – konnte manchmal ziemlich lästig sein. In Stellas Kopf schwirrte alles durcheinander. Eigentlich wollte sie sich gar nicht mit diesem neuen Problem auseinander setzen. Aber die Umstände zwangen sie dazu.

Konnte es sein, dass della Valle oder sogar der Statthalter von Enesa zu den Feinden des Lindwurmbundes gehörten? Wollte man sie, Stella, davon abhalten, das Geheimnis des Drachen zu ergründen?

»Da drüben ist der Eingang.«

Die Bemerkung des Frettchens ließ Stella befreit aufatmen. Sie folgte mit den Augen Sesa Minas Nasenspitze. Eine kurze Gasse zweigte hier im rechten Winkel von der Straße ab, der sie eben noch gefolgt waren. Stella bog in die Passage ein und lief direkt auf eine schwarze Fassade zu. Wenig später stand sie auf der anderen Seite einer enorm breiten Straße und blickte staunend auf die *Schwarze Sonne*. Das klobige Haus besaß nur einen einzigen Eingang. Über der Tür schimmerte eine mattschwarze Halbkugel von gut zwei Ellen Durchmesser. Bis auf den eingravierten Namen darunter war dies der einzige Schmuck des Bauwerks.

Vor dem Gebäude drängten sich Hunderte, vielleicht sogar Tausende von Leuten auf der Straße. Einige von ihnen glichen eher wandelnden Einrichtungsgegenständen als Wesen aus Fleisch und Blut. Stella konnte mit ihnen nicht viel anfangen, ebenso wenig mit den seltsamen, aus einer anderen Zeit stammenden Gewändern der Passanten. Sie hatte auch nicht die Muße, sich diesen Gestalten eingehender zu widmen, denn immer noch musste sie an ihren Verfolger denken. Wenn della Valle irgendwo in dieser Meute steckte, war er nahezu unmöglich zu entdecken.

Stella bahnte sich einen Weg durch die Menge, dabei blickte sie sich unablässig nach allen Seiten um. »Warum ist hier so viel los?«, erkundigte sie sich bei Sesa Mina.

»Sie wollen alle hinein.«

»Und weshalb gehen sie nicht einfach rein?«

»Weil nicht jeder zugelassen wird.«

»Aber dann wird man uns doch genauso zurückweisen.«

Sesa Mina stieß ein amüsiertes Keckern aus. »Das sollen sie nur versuchen.«

Als Stella das wuchtige Portal der *Schwarzen Sonne* erreichte, stellte sich ihr ein schwarzer Schatten in den Weg. Unwillkürlich verspannten sich ihre Muskeln und sie starrte den Schemen erschrocken an. Er war nicht so unstet wie jener aus dem Turm von Amico, sondern glich eher dem Schatten vor dem Geheimen Stadtarchiv von Enesa.

»Unter welchem Namen begehrt Ihr Einlass?«, blaffte das Schattengebilde Stella an.

»Warum wollt Ihr das wissen?«, gab diese trotzig zurück. Dabei stieß sie den Schaft ihres Speers demonstrativ auf den Boden.

»Ich bin Oper Ator und bestimme hier, wer *Black Sun* betreten darf. Also, wie wollt Ihr Euch nennen?«

Tatsächlich wieder ein Wachtposten, dachte Stella. Und sofort wurde die diffuse Gestalt plastischer und gewann an Farbe. Aus einer dunklen Wolke schälte sich ein in blaue Beinkleider gehüllter Türsteher von beachtlicher Körperfülle.

»Nun macht schon!«, drängte der Schrank von Mann, der seine besten Jahre deutlich hinter sich hatte. Den Kopf zierte eine Glatze und auch sein tonnenförmiger Oberkörper war nackt. Er trug eine knallrote Bauchbinde und erfreute sich einer Muskulatur, die wohl jedem aufdringlichen Besucher allein durch ihr Volumen Respekt lehrte.

»Du musst ihm deinen Spitznamen verraten«, flüsterte der lebende Pelzkragen seiner Herrin unauffällig ins Ohr.

»Was denn für einen?«

»In der *Schwarzen Sonne* tritt niemand unter seinem richtigen Namen auf. Denk dir einfach irgendwas aus, was zu dir passt.«

Stella blickte irritiert in die stahlblauen Augen des massigen Türstehers. Wie sollte sie sich nennen? Der Hüne wurde allmählich ungeduldig. Schon ließ er von ihr ab, um sich dem nächsten Ankömmling zuzuwenden …

»Schnuppe.«

Das Wort war ihr einfach entglitten wie ein nasses Stück Seife. Schnuppe! Das klang einigermaßen unsinnig. Genauso wie »Kötel« oder »Wabbel«.

»Schnuppe?«, wiederholte Oper Ator langsam. Das hörte sich schon höflicher, aber auch ein wenig ungläubig an.

Stella wusste nicht, ob sie nun Ja oder Nein sagen sollte. Mit beidem konnte sie sich eine Zurückweisung einhandeln. Irgendwo in den unergründlichen Windungen ihres Gehirns hatte dieser törichte Name gesteckt und war ihr im entscheidenden Moment entwischt. Ihn zurückzunehmen konnte von diesem Fleischberg als Unsicherheit, womöglich sogar als Täuschungsmanöver gedeutet werden. Stella nickte zwei-, dreimal schnell hintereinander.

Die Augen des Türstehers ruhten einige Herzschläge lang auf Stellas Gesicht. Sie schienen geradezu aus Gletschereis zu bestehen: kalt und ausdruckslos. Dann hob sich der baumlange Arm des Hünen, die Hand ergriff den Türknauf und öffnete das Portal.

»Seid uns willkommen, schöne Maid. Und lasst es uns wissen, wenn Ihr irgendetwas benötigt.«

Der Posten lächelte zwar nicht (vermutlich ein pensionierter Kontrolleur), doch seine Worte hörten sich mit einem Mal ausgesprochen gewählt an.

Stella trat mit bedächtigen Schritten ein.

Neben der Tür begrüßte sie sogleich ein rot livrierter Diener, der in vollendeter Höflichkeit die Eingangsfrage Oper Ators wiederholte. Als Stella ihm ihren Spitznamen verriet, bannte er diesen mit Hilfe eines Pinsels auf eine glatt polierte Goldbrosche. Dabei spiegelte sein Gesicht einen Ausdruck höchster Verzückung wider, als brächte er eben ein ihm von seiner Muse zugeflüstertes Gedicht zu Papier. Mit einer geschmeidigen Handbewegung reichte er ihr sodann das

Namensschild und bat sie, es immerfort gut sichtbar zu tragen. Leider müsse die Geschäftsleitung auf dieses winzige Zeichen von Uniformität bestehen. Oper Ator würde jeden mit einem Tritt ins Freie befördern, der gegen diesen Punkt der Hausordnung verstieße.

Stella blickte ein wenig verstört auf das Schild an ihrer Bluse, dann wieder in das vor Herzlichkeit strahlende Antlitz des gepuderten Dieners. Sie staunte, mit wie viel Liebenswürdigkeit man seinen Gästen einen Rausschmiss androhen konnte. Der ausgestreckte Arm des Livrierten deutete auf das Innere des Gebäudes. Die edle Dame Schnuppe möge ruhig eintreten, säuselte er und wünschte ihr zahlreiche anregende Plaudereien.

Zunächst erschlug sie fast die schiere Größe des Innenraums. Dann die Lautstärke. In *Black Sun* herrschte ein Chaos aus Tönen. Aus unergründlichen Sphären erklang Musik, aber den weitaus größten Anteil an der Geräuschkulisse hatten die Stimmen der Besucher.

Diese befleißigten sich auch sonst keiner Zurückhaltung. Einige der Gäste sahen wirklich aus wie Schweine, und das nicht im übertragenen Sinn. Nur an ihrer saloppen Kleidung konnte man erkennen, dass man es nicht mit gewöhnlichen Borstentieren zu tun hatte. Andere gefielen sich als Zauberer. Stella konnte von ihrer gegenwärtigen Position aus mindestens ein Dutzend der für diese Berufssparte obligatorischen Spitzhüte ausmachen.

»Sind das alles Avatare?«

»So ziemlich«, antwortete Sesa Mina.

Staunend versuchte Stella die vielen neuen Eindrücke zu verarbeiten. Die Halle war mehrere Morgen groß; der Stadtpark von Enesa hätte hier vermutlich bequem Platz gefunden. Verborgene Lampen verbreiteten ein gedämpftes grünes

Licht. Die Einrichtung des Gebäudes konnte nur als schlicht bezeichnet werden. Alles war in Schwarz gehalten. Auch die Tische. Sie waren quadratisch und schwebten in passender Höhe über dem Boden – Tischbeine gab es nicht. Aufgrund unterschiedlicher Lichtreflexionen wirkte die ganze Grundfläche wie ein überdimensionales Schachbrett aus grünen und schwarzen Feldern. In der Mitte des riesigen Saales gab es einen kreisrunden Schanktisch, hinter dem mehrere Bedienstete die zahlreichen Gäste mit flüssigem Nachschub versorgten.

Langsam tauchte Stella in das Gewimmel aus plaudernden oder umherflanierenden Wesen ein. Mit ihrem langen Speer und dem weißen Iltis auf der Schulter passte sie durchaus in diese bizarre Gesellschaft. Aber niemand schien von ihr Notiz zu nehmen.

Allmählich gelang es ihr, Ordnung in das Chaos zu bringen. Die Gäste von *Black Sun* gehörten offenbar unterschiedlichen Gruppen an, die mehr als nur die goldenen Namensschilder miteinander gemeinsam hatten. Da gab es die völlig Extravaganten, vermutlich Künstler – einige sahen aus wie ihre eigenen Erstlingswerke. Andere, zumeist in Schwarz gekleidet, legten ein vergleichsweise gesittetes Verhalten an den Tag. Sie diskutierten, manchmal sogar ziemlich angeregt, und nur selten flogen Gläser oder Flaschen. Stella rechnete diese Besucher der Spezies der Wissenschaftler zu. Einige Grüppchen waren einfach nur undefinierbar bunt, manchmal auch so einfallslos verkleidet wie ein Gespensterdarsteller mit einem Bettlaken. Sie hatten sich wohl mit Geld oder anderen Schmiermitteln den Zugang in das Gebäude erkauft.

Dann zog ein einzelner Tisch Stellas Aufmerksamkeit auf sich. Sie durchstreifte gerade einen etwas abgelegeneren Bereich des Saales. Nur zwei Gäste saßen an dem schwebenden

Quadrat, aber Gläser für drei Personen standen darauf. Einer der Zecher war ein merkwürdiger alter Mann, dessen graue Haare von seinem Kopf abstanden, als habe ihn gerade der Blitz getroffen. An den Füßen trug der Alte sonderbare, mit Rädern versehene Schuhe. Der zweite Gast war definitiv eine Vogelscheuche. In den Augen-, Mund- und Nasenlöchern ihres Kürbiskopfes brannten unstete Lichter. Das lumpenbehangene dürre Gestell redete wie ein Wasserfall und zappelte dabei, als müsse es eine Schar Krähen bereits im Anflug vertreiben.

Stella wollte sich gerade in die Betrachtung einer anderen Gruppe vertiefen, als ihr Blick an einem Gesicht hängen blieb. Es blitzte nur kurz aus der Menge auf, gerade lange genug, um ihr einen gehörigen Schrecken einzujagen.

»Della Valle! Er ist hier«, hauchte sie.

»Wo?«, fragte Sesa Mina.

»Da drüben.« Stella deutete unauffällig mit dem Kopf in die Richtung. »Jetzt kann ich ihn nicht mehr sehen.«

Bevor noch das Frettchen etwas antworten konnte, sprach Stella von der Seite her eine fremde Stimme an.

»Schnuppe? *Schnuppe!* Ich fasse es nicht. Du bist wirklich gekommen! Du ahnst ja nicht, wie ich mich freue!«

Stella wandte sich um und staunte nicht schlecht. Vor ihr schwebte ein Mädchen in der Luft – etwa eine Handbreit über den schwarzen Fliesen – und lächelte sie an. Das hübsche Wesen hatte grüne Haare und verfügte über ein Paar schwirrender Flügel auf dem Rücken. Das blaue Gewand des Mädchens entsprach nicht eben dem, was in Illúsion als schicklich galt. Es trug eine Art zweiter Haut aus einem glänzenden Material, garantiert wasserdicht. Um die Schultern der flatternden Schönheit wanden sich gepolsterte Wülste.

»Erkennst du mich etwa nicht?«, fragte das elfengleiche Wesen die immer noch verdutzte Stella. »Ich habe etwas an meinem Outfit gefeilt. Der Anzug wirkt jetzt nicht mehr so plump. Gefällt er dir?«

Stella schloss die Augen und versuchte sich zu sammeln. Dieses geflügelte Mädchen sah nicht nur merkwürdig aus, man konnte ihm auch nur schwer folgen. Aber noch etwas anderes verwirrte sie. Soeben hatte sie das Namensschild der Elfe gelesen.

Das grünhaarige Mädchen hieß *Elektra.* Wie alles an dieser Person war auch der Name nicht eben alltäglich. Und trotzdem erinnerte sich Stella an ihn. In den letzten beiden Tagen war ihr das nun schon mehrere Male passiert. Sie sah etwas und wusste, dass sie es kannte. Genau das Gleiche war ihr im Keller des Turmes von Amico widerfahren, als sie das herzförmige Schwanzende Draggys entdeckt hatte. Woher hatte sie den Namen des Lindwurms gekannt? Und woher wusste sie den dieser flatternden Elfe?

»He, bist du etwa gar nicht die Schnuppe, für die ich dich halte?«, sagte Elektra zweifelnd zu ihrem immer noch stummen Gegenüber.

»Das wüsste ich selbst gerne«, antwortete Stella zögernd. In diesem Moment fiel ihr etwas ein. Der Gedanke kam wie die Namen Draggy, Schnuppe und Elektra aus einem Bereich ihres Gedächtnisses, der ihr wie durch einen Vorhang verborgen schien. Ab und zu drang zwar etwas hinter dieser Barriere hervor, aber der Blick auf das große Ganze blieb ihr verwehrt.

»Ickhicklefick musshusslefuss drinhinlefin-gendhendlefend mithitlefit dirhirlefir sprehelefe-chenhenlefen.«

Es trat eine längere Pause ein, die bei jedem der beiden Gesprächspartner unterschiedliche Ursachen hatte. Stella fragte sich, woher sie nur diese verrückte Sprechweise nahm, und

Elektra überlegte, ob Schnuppe ihr nur so verschüchtert vorkam oder ob sie es wirklich war.

»Komm mit«, sagte die Elfe unvermittelt. »Wir gehen in einen Privatraum, da sind wir ungestörter.«

Stella nickte. Auf diese Weise konnte sie vielleicht auch della Valle abhängen.

Während sie Elektra folgte, die federleicht durch die Menge voranschwebte, versuchte sie zu begreifen, was da eben geschehen war. Elektra hatte ihre letzten Worte in eine Sprache gekleidet, die noch eigenwilliger gewesen war als ihr eigenes Kauderwelsch zuvor. Und trotzdem hatte Stella sie ohne Schwierigkeiten verstanden. Etwas sagte ihr, dass sie Elektra trauen durfte, obwohl da auch eine vage Unsicherheit war, schleierhaft und unfassbar, genauso wie diese flatternde Elfe selbst.

»Hier herein«, sagte Elektra in ihrem geheimnisvollen Idiom und deutete auf eine offen stehende Tür, die sich an der Peripherie des Gästesaals befand.

Stella folgte ihr in den kleinen Raum, der bis auf ein ausladendes Ledersofa keinerlei Ausstattung besaß. Die Glieder waren ihr schwer geworden und ein unangenehmer Druck machte sich hinter den Augäpfeln bemerkbar. Müde sank sie in das weiche Möbel. Den Speer legte sie sich quer über die Oberschenkel. Sesa Mina auf ihrer Schulter war reglos wie ein ganz normaler Pelzkragen.

Elektra blieb in der Luft hängen. »Hier sind wir einigermaßen sicher. Rede weiter in unserer Geheimsprache. Das schützt uns zusätzlich. Was ist mit dir, Schnuppe?«

»Ich weiß nicht, was Ihr … was du meinst.«

»Du machst mir irgendwie einen verwirrten Eindruck.«

»Ich glaube, ich werde verfolgt.«

»Verfolgt? Hier in Blaxxun?«

»Warum denn nicht? Der Kerl stellt mir schon seit einiger Zeit nach.«

»Ist das der Grund, warum du mich aufgesucht hast?«

»Habe ich das?«

»Hast du Drogen genommen oder was? Irgendwie kommt mir dein Gerede so ... *schräg* vor. Ich habe dir doch die Adresse hier gegeben. Erinnerst du dich etwa nicht mehr?«

»Ehrlich gesagt, nein.« Stella musste an den schwarzen Grabstein des Dunklen Lauschers denken. »Ich bin eigentlich hierher gekommen, weil ich die Antwort auf ein Rätsel suche.«

Elektras Flügel flirrten etwas schneller und brachten sie damit dicht unter die Decke. »Klingt aufregend! Lass mal hören.«

In Stellas Kopf drehte sich alles. »Ich habe gestern in Amico, das heißt in Amon ... Ach, vergiss, was ich eben gesagt habe. Da gibt es einen Text, den ich nicht verstehe. Eigentlich darf ich nicht darüber reden, aber ich weiß nicht, wie ich allein weiterkommen soll.«

»Worüber sollst du nicht sprechen?«

»Über den Wurm. Er bedroht unsere ganze Welt.«

»Du ... du sprichst doch nicht etwa von dem Ding, das eine Stadt nach der anderen zum Einstürzen bringt?«

Stella sog erschrocken die Luft ein. »Er hat ...?«

»Sag bloß, du hast noch nicht davon gehört?«

Nachdenklich murmelte Stella: »Jetzt, wo du mich fragst ... Es ist mir, als hätte ich davon reden hören, aber ich bin mir nicht sicher.«

»Ist mit dir wirklich alles in Ordnung, Schnuppe?«

Stella fühlte sich mit einem Mal tatsächlich unwohl. Ein seltsames Schwindelgefühl hatte sich in ihrem Kopf breit gemacht. Sie versuchte es ebenso zu ignorieren wie Elektras Frage. »Ich muss unbedingt das Nest dieses Wurmes finden! Nur ich kann verhindern, dass noch größeres Unglück geschieht.«

Elektra sank wieder dem Boden entgegen. Sie blickte Stella ernst an. »Du hast doch nicht etwa mit Salomons Pandora-Büchse gespielt?« Dann schüttelte sie den Kopf. »Ach was, selbst die könnte ein solches Monster nicht erwecken.«

»Frag nicht weiter«, bat Stella. Sie spürte, dass Elektra an der Oberfläche einer Wahrheit kratzte, die zu ungeheuerlich war, um sie ganz bloßzulegen. »Ich werde dir jetzt den Text zeigen.«

Stella zog das Schattenwortfragment und den Brief des Lindwurmbundes aus dem Rucksack. Letzteren legte sie mit der Rückseite nach oben auf den Fußboden und begann mit einem Stück Schreibkohle die Runen von oben rechts nach unten links Reihe für Reihe aufzuschreiben. Mittlerweile wunderte sie sich schon gar nicht mehr darüber, wie leicht es ihr fiel, die fremdartigen Schriftzeichen auch jenes Teils zu rekonstruieren, den sie nur im Gedächtnis hatte.

»*Kagee?*«, hauchte Elektra, als sie den ganzen Text vor Augen hatte. »Und das hast du in Amico gefunden?«

»Im Katasteramt, ja.«

»Ich kann's nicht fassen! Wie kann das *Kagee* etwas mit dem Wurm zu tun haben? Das ist doch unmöglich.«

»Du kennst es?«

»Das System der Schattenworte? Natürlich.«

Innerlich atmete Stella auf. Sie hatte wohl keinen Fehler begangen, als sie Elektra ins Vertrauen zog. »Kannst du den Text entziffern?«

Elektra antwortete nicht sofort, doch ihr Gesicht spiegelte Zweifel wider. »Jedenfalls nicht so aus dem Stegreif. Ich brauche dafür mindestens zwei, eher drei Tage. Diese Zeit ist einfach notwendig, um so ein verzwicktes Kryptogramm zu knacken.«

Stella warf verzweifelt die Arme in die Luft. »Zeit ist das, was ich am wenigsten habe. Der Wurm gewinnt mit jedem Tag an Macht. Du selbst hast mir das eben bestätigt. Das Manuskript mit dem Schattenwort war meine einzige Hoffnung …«

Elektra landete vor Stellas Füßen. »Bitte beruhige dich wieder, Schnuppe. Ich habe ja nicht gesagt, dass ich den Text nicht entschlüsseln kann. Es wird nur etwas dauern. Können wir uns in zwei Tagen um dieselbe Zeit wieder hier treffen?«

»Ich denke …« Stella schüttelte den Kopf, weil sich mit einem Mal alles um sie herum drehte. Die dunklen Wände des Raumes schienen seltsamerweise zu verblassen. »Ich denke schon. Ich komme, wann immer du willst – Hauptsache, bald.«

Elektra lächelte verhalten. »Gut, dass ich dir den Namen von Blaxxun gegeben habe und du gekommen bist. Allerdings hast du Glück, mich um diese Zeit hier zu treffen. Ein paar Freunde hatten mich um ein Treffen gebeten. Zwei von ihnen sind schon draußen. Der alte Einstein und die Vogelscheuche Haeresia – vielleicht hast du sie ja gesehen.«

Stella nickte abwesend. Warum sagte Elektra immer, sie hätte dieses Treffen in Blaxxun eingefädelt? Wieder musste Stella die Augen zusammenkneifen, weil sie bemerkte, wie ihre Hände durchsichtig wurden.

»Elektra?«

»Was ist?«

»Hast du schon einmal etwas von einem Dunklen Lauscher gehört?«

Die geflügelte Elfengestalt schwirrte wie ein wild gewordener Moskito durch den Raum und lachte höchst befremdlich. »Der Dunkle Lauscher? *The Dark Listener?*«, quietschte sie wie angestochen. »Ob ich den kenne? Natürlich kenne ich die alte Schwarzbacke. Er ist der dritte Freund, auf den ich noch warte.«

»Du …?« Stella fehlten die Worte. Sie war entsetzt.

»Sag bloß, du kennst ihn auch?«

»Ich bin ihm einmal begegnet.«

»Ist schon ein richtiger Weltenbummler, unser Lauscher.«

»Mir kam er unheimlich vor.«

»Lauscher?« Elektra kicherte. »Das gehört zu seinem Geschäftsprinzip. Er tut stets geheimnisvoll und ist nie zu finden, wenn man ihn sucht. Dafür taucht er dann an anderer Stelle auf, nicht immer erwünscht.«

»Ich muss jetzt gehen.«

Stella war abrupt aufgestanden. Weil das Zimmer jedoch heftig zu schwanken begann, ließ sie sich gleich wieder in das Sofa zurückfallen. Sie sammelte noch einmal ihre Kräfte und nahm einen neuen Anlauf. Diesmal kam sie auf die Beine.

»Komm, ich bringe dich raus«, erbot sich Elektra. »Dann kann ich Oper Ator gleich Bescheid sagen, dass er dich beim nächsten Mal auch wieder hereinlässt.«

»Heißt das, du hast ihm vorher schon meinen Spitznamen verraten?«

»Schnuppe? Damit hab ich doch richtig gelegen, oder nicht?«

»Aber woher wusstest du …?«

»Ich kenne dich zwar noch nicht lange, Stella, aber durch Salomon länger, als du denkst.«

Der Name Salomon hatte eine seltsame Wirkung auf Stella. Es war beinahe so, als habe ihn Elektra aus jener verbotenen Ecke ihres Bewusstseins hervorgezerrt. Eben noch schien er nicht einmal existiert zu haben und nun wusste sie, Salomon war ihr Vater.

Benommen taumelte sie hinter Elektra durch die große und

laute Empfangshalle der *Schwarzen Sonne*. Sie hatten schon fast den Ausgang erreicht, als Elektras Flügel plötzlich aufgeregt zu brummen begannen.

»Schnuppe, sieh nur dort!«

»Was meinst du?«, stammelte Stella. Um sich einen klaren Blick zu verschaffen, drückte sie die Augen zu und öffnete sie wieder. Ihr Magen brannte, als hätte sie Schwefelsäure geschluckt. Sie hatte wirklich das Gefühl, ihre Eingeweide würden sich jeden Moment auflösen. »Ich kann ... kann niemanden ...«

»Irgendetwas stimmt doch mit dir nicht. Komm, sag es mir! Vielleicht kann ich dir helfen.«

»Nein! Nein, es geht schon. Was wolltest du mir zeigen?«

»Dahinten«, sagte Elektra vergnügt und deutete in das Getümmel aus Schweinen, sprechenden Kleiderständern, Zauberern und anderem Volk.

Ein Schrecken fuhr Stella in die Glieder, als sie bemerkte, auf wen sie Elektra da hingewiesen hatte. Die jäh aufsteigende Furcht schwächte ihre Selbstkontrolle und so wurde sie von einem neuen Schwindelgefühl geschüttelt wie ein Baum vom Wind. Ihre Hand tastete nach einem der schwebenden Tischplatten, dabei stieß sie ein Glas um. Den Protest der blonden Besucherin in ihrem kurzen, nun befleckten Tüllröckchen nahm sie kaum noch wahr. Um die Übelkeit zu vertreiben, schloss sie die Augen und schüttelte den Kopf. Doch als sie wieder einigermaßen sehen konnte und auf ihren eigenen Arm blickte, wirkte dieser beängstigend durchsichtig. Erst glaubte Stella, sie selbst begänne sich in Luft aufzulösen, doch dann bemerkte sie, dass auch die Einrichtung und die Gäste des schwarzen Etablissements vor ihren Augen durchscheinend wurden. Hinter allem schien sich eine schwarze Leere aufzutun. Stella kniff noch einmal die Augen zusammen und schüttelte sich wie ein nasses Frettchen. Diesmal half die seltsame Prozedur. Sie konnte wieder klar sehen.

Dafür kehrte der Anblick des unsteten Schemens zurück, und mit ihm die Angst. Die finstere, säulengleiche Wolke – mehr war diese Erscheinung ja nicht, die Elektra so begeistert herbeifieberte – befand sich nur noch drei oder vier Tische von Stella entfernt. Panik ergriff sie. Und sie rannte davon.

Bevor noch Elektra etwas hatte sagen können, war Stella schon auf die Straße hinausgelaufen. Ihre goldene Plakette hatte sie dem massigen Oper Ator einfach vor die Füße geworfen. Sie nahm gleich die Gasse, die dem Eingang der *Schwarzen Sonne* gegenüberlag. Stella fühlte sich verraten, verletzt. Warum hatte Elektra sie nicht wenigstens vorgewarnt? Na gut, sie kannte den Dunklen Lauscher. Möglicherweise wusste sie auch Dinge über ihn, die mehr Licht in seine finstere Erscheinung bringen konnten. Aber dafür war es nun zu spät.

Während Stella noch gleichermaßen gegen ihre im Widerstreit liegenden Gefühle wie auch gegen die beunruhigende Übelkeit ankämpfte, machte sie eine schlimme Entdeckung. Lorenzo della Valle war wieder da.

Jetzt gab es keinen Zweifel mehr: Der schwarzhaarige persönliche Sekretär des Statthalters von Enesa suchte sie und niemand anderen. In ebenjener leicht ansteigenden Gasse, die Stella so unbedacht genommen hatte, lehnte er lässig an einer Hauswand und beobachtete das Geschehen vor der *Schwarzen Sonne.* Aus seiner Position konnte er den Eingang des großen Gebäudes im Auge behalten ohne selbst zu früh gesehen zu werden. Seine Taktik schien aufzugehen. Er stieß sich von der Wand ab und kam geradewegs auf Stella zu.

Diese blickte sich verängstigt um. »Der Kerl ist wieder da. Was soll ich machen, Mina? Zurück zur *Schwarzen Sonne* laufen?«

»Ja, aber nur ein Stück«, antwortete das Frettchen.

»Was? Wieso?«

»Tu, was ich sage!«

Stella gehorchte. Schon nach etwa zwanzig schnellen Schritten – sie hörte wie della Valles Stiefel hinter ihr auf das Pflaster knallten – rief Sesa Mina: »Da links. In den Hauseingang mit den goldenen Löwenklopfern.«

Ohne weiter zu fragen stürzte Stella in das besagte Haus.

»Den Riegel!«, rief das Frettchen.

Stella sah den wuchtigen Verschluss, eine Art fest montierter Schlüssel. Sie drehte ihn mit aller Kraft herum. Kaum war das Schloss mit einem metallischen Geräusch eingerastet, da rüttelte auch schon jemand an der Tür.

»Lauf nach hinten durch«, sagte Sesa Mina hastig.

Stella rannte. Sie kam durch eine kleine Eingangshalle und platzte mitten in ein Kammerkonzert hinein. An diesem Ort, in unmittelbarer Nachbarschaft zur *Schwarzen Sonne*, waren die Leute einiges gewohnt. Ein Mädchen mit einem langen Speer und einem sprechenden Pelzkragen hätte ihnen normalerweise nicht einmal ein müdes Heben der Augenbrauen abgenötigt. Hier aber, im eigenen Musikzimmer, mitten im dritten Satz der Sonate, war ein solches Auftreten mehr als ungehörig.

Ehe noch der Hausherr – ein ziemlich großer Mann, dessen wenige Haare eine beträchtliche Länge besaßen und wie ein Vogelnest um seinen Kopf drapiert waren – seinem Unmut und damit dem der versammelten Gesellschaft Ausdruck verleihen konnte, war Stella auch schon quer durch das Musikzimmer geeilt. Ihr Speerschaft streifte dabei die Saiten einer großen Konzertharfe und verliehen ihrem Auftritt eine sphärische Note. Dann war sie im Garten verschwunden.

»Da vorne ist eine Lücke in der Hecke«, dirigierte sie Sesa Mina. »Und dahinter wieder eine Gasse.«

Stella schlug die besagte Richtung ein. Als sie das Grundstück der Musikliebhaber verlassen hatte, blieb sie kurz stehen, um sich zu orientieren. Erneut wurde vor ihren Augen alles durchsichtig. Sie atmete tief, nahm die letzte Kraft zusammen und wirklich – noch einmal erlangte sie den klaren Blick zurück.

»Jetzt nach Hause, Mina. Auf dem schnellsten Weg.«

»Aber dieser della Valle ist immer noch hinter uns her. Warum bleibst du nicht stehen und stellst dich ihm gleich hier und jetzt? Gegen deinen neuen Speer wird er wenig ausrichten können.«

»Nein«, presste Stella angestrengt hervor. »Es geht nicht ... geht nicht mehr.« Wieder löste sich die Umgebung vor ihren Augen auf. »Ich habe nicht mehr die Kraft dazu. Wir müssen zurück ... zum Hafen ... nach Enesa ...«

Ein erneuter Schwindelanfall packte sie. Und wieder wurden Häuser und Straße auf beunruhigende Weise durchsichtig. Später hatte sich Stella nie erinnern können, wie es ihrem kleinen Frettchen gelungen war, sie zur Patrone zurückzuführen. Die Anfälle häuften sich: Alles um sie herum schien aus Glas zu bestehen und hinter den durchscheinenden Häusern und Menschen sah sie eine große grauschwarze Fläche, undurchdringlich wie ein dunkler Ozean, aber doch von unermesslicher Tiefe.

Auf dem Weg nach Enesa kreisten Stellas Gedanken fast ununterbrochen um die zurückliegenden Ereignisse. Sie hatte so viel verkehrt gemacht, so vieles falsch eingeschätzt. Das plötzliche Erscheinen des Lindwurms, die Jagd durch die Kellerräume und das Auftauchen des wabernden Schemens hatten sie überstürzt handeln lassen. Genauso hier in Blaxxun. Sie hätte Elektra wenigstens die Möglichkeit geben sollen, ihre Bekanntschaft mit dem Dunklen Lauscher zu erklären.

Und dann dieser Lorenzo della Valle! Was wollte dieser Kerl nur von ihr? Sein Benehmen deutete nicht gerade auf vornehme Absichten hin. Sonst hätte er sie anrufen können, sie bitten, stehen zu bleiben. Aber nein, er stellte ihr nach wie ein Strauchdieb! Auf der Suche nach einer Erklärung für dieses seltsame Benehmen musste sie wieder an den blau-grünen Boten des Lindwurmbund-Großmeisters denken. Es gebe auch Anhänger des Lindwurms, die sich von einem Vernichtungsfeldzug des Ungeheuers Vorteile versprächen, hatte er geraunt. Konnte es sein, dass della Valle und sein Herr zu diesen irregeleiteten Drachenfreunden gehörten? Ließ der Statthalter Stella deshalb beschatten? Ja, gab es vielleicht sogar den Plan, mit allen Mitteln zu verhindern, dass sie das Nest des Lindwurms entdeckte und dem Treiben dieses Schuppenwesens ein Ende setzte?

Angesichts ihres desolaten Zustands konzentrierte sich Stellas ganze Wut nun auf den persönlichen Sekretär des Statthalters von Enesa. Sie war beileibe nicht jähzornig, aber sie hätte in diesem Augenblick aus ihrer Patrone springen und irgendetwas Törichtes anstellen können, um ihrem Ärger ein Ventil zu verschaffen. Das wäre natürlich reiner Selbstmord gewesen. Also sann sie auf eine andere Möglichkeit, um es dem enesaischen Statthalter und seinem Zuträger della Valle heimzuzahlen. Und die sollte sich schneller als erwartet bieten.

In der Ferne tauchten gerade die lodernden Mauern Enesas auf. Stella bekämpfte einen weiteren Anfall, der sich, wie sie inzwischen gelernt hatte, jedes Mal durch ein Schwindelgefühl ankündigte. Als es ihr wieder besser ging, sagte sie zu dem Frettchen in ihrem Schoß: »Ich habe keine Kraft mehr, mich jetzt noch stundenlang von diesen Kontrolleuren vorführen zu lassen. Kannst du mir das irgendwie ersparen, Mina?«

Das Frettchen hob interessiert den Kopf. »Enesa ist besser geschützt als jede andere Stadt, aber mir wird schon was einfallen.«

Stella lenkte ihre Patrone in den Graben, der hier wie in fast allen Ansiedlungen Illúsions die Stadt umgab. Nachdem sie die Luke ihres Gefährts geöffnet hatte, sprang Sesa Mina ins Freie. Sie versprach bald wieder zurück zu sein.

Das Frettchen hatte bemerkt, wie es um seine Herrin stand. Deshalb kehrte es wirklich schon nach kurzer Zeit wieder zurück. Stella war währenddessen wiederholt einer Ohnmacht nahe gewesen. Jedes Mal verschwamm die brennende Stadtmauer vor ihren Augen und das Meer der dunklen Tiefe dahinter kam immer näher.

»Ich habe auf die Schnelle keine Hintertür gefunden, die groß genug für dich wäre, aber ich habe eine andere Idee«, berichtete das Frettchen.

»Lass hören, Mina. Ich halte nicht mehr lange durch.«

»Wir können die Stadtmauer löschen.«

»*Was* willst du tun?«

»Wenn die Mauer nicht mehr brennt, wird es ein schönes Durcheinander geben ...«

»Und kein Kontrolleur kümmert sich mehr um die Wassertore«, vollendete Stella den Gedanken ihres Frettchens. »Aber wie willst du das anstellen?«

»Ganz einfach. Indem ich dem Feuer den Nachschub abschneide. Alle Feuerwälle Illúsions sind aus einem seltenen, porösen Mineral errichtet, das seinen flüssigen Brennstoff aufsaugt wie ein Kerzendocht. Sobald jedoch der Nachschub ausgeht, erlischt das Feuer.«

»Für ein Frettchen bist du wirklich gescheit, aber für diese

Aufgabe viel zu klein. Den Hahn, den du bei einer so gewaltigen Mauer zudrehen musst, stelle ich mir riesig vor. Und selbst wenn dir das gelingt – bis aller Saft im voll gesogenen Mauerwerk aufgebraucht ist, werden bestimmt Stunden vergehen.«

»Das lass nur meine Sorge sein«, sagte Sesa Mina so selbstsicher, als spräche sie von der Kaninchenjagd. Mit einer weiteren Aufforderung an Stella, zu warten und sich nicht von der Stelle zu rühren, entschwand das Frettchen erneut.

Die Wartezeit wurde für Stella zu einer Tortur. Zweimal noch überkam sie der Schwindel und jedes Mal wurde es schlimmer. Als Sesa Mina endlich wieder erschien, drang deren Stimme wie durch einen Ballen Watte an Stellas Ohr.

»Geschafft. Nun lass uns schnell zum Wassertor fahren. Es kann nämlich gut sein, dass sie alle Stadttore schließen, sobald die Mauer erlischt.«

Stella gehorchte. Sie konnte kaum noch klar denken. Das Schwindelgefühl hatte sich in ihrem Kopf mittlerweile häuslich eingerichtet. Noch konnte sie gegen die Auflösungserscheinungen ihrer Umwelt angehen, allerdings nur unter Aufbietung der ganzen Willenskraft. Aber wie lange noch?

Die Patrone reihte sich gerade in die Warteschlange vor dem Wassertor ein, als unter dem runden Bogen der Durchfahrt Unruhe ausbrach. Die normale Geschäftigkeit auf den Molen des Binnenhafens, die man schon von außen beobachten konnte, verwandelte sich innerhalb kürzester Zeit in einen wahren Hexenkessel. Die Veränderung im Umfeld der Stadtmauer war nun für jedermann sichtbar. Die Flammen wurden kleiner und das helle gelbe Glühen der Steinquader wandelte sich zu einem schnell dunkler werdenden Rot.

Die Nachricht breitete sich wie ein Lauffeuer aus, fraß sich in Windeseile durch Enesas Straßen und Gassen. Menschen rannten durcheinander. Sie schrien, als schicke sich eine feindliche Armee an, die Stadt zu stürmen. Andere ließen Gegenstände fallen, die sie eben noch mit großer Umsicht getragen hatten: Tuchballen aus Seide, Kisten voll teuren Porzellans, Dokumente mit verräterischem Gedankengut ...

»Jetzt!«, rief Sesa Mina, als auch die in Blech gekleideten Wachen von dem ganzen Tohuwabohu abgelenkt waren.

Stella sammelte ihre letzten Kräfte und zwang sich zu einem Gedanken, der ihre Patrone nach vorne schießen ließ. Noch bevor die anderen Wartenden ihre Chance begriffen hatten, glitt sie durch das Wassertor und steuerte den nächstgelegenen Ankerplatz an.

Nach Hause. Nur dieser eine Gedanke beschäftigte sie noch. Sie wollte raus aus all dem Geschrei, der Panik und sich ausschlafen. Mit Mühe gelang es ihr, sich aus der Patrone zu befreien, und benommen stolperte sie durch die Gassen Enesas. Wie von weit her hörte sie Sesa Minas fortwährendes Rufen – »Hier, Stella! Du musst einen Fuß vor den anderen setzen! Komm, ich bin bei dir!« –, aber es fiel ihr immer schwerer, diesen Anfeuerungen Folge zu leisten.

An der Einmündung zum Marktplatz blieb Stella stehen, die Hand an eine Hausecke gestützt. Ihr Hals wollte den Kopf nicht mehr tragen, er hing schwer nach vorn. Sie atmete wie eine alte Frau nach einem Dauerlauf. Gleichzeitig fühlte sie eine lähmende Kälte in ihre Glieder kriechen. Alles um sie herum schien zu Eis gefroren zu sein.

Verzweifelt kniff sie die Augen zu, öffnete, schloss sie erneut und riss sie wieder auf. Der Brunnen in der Mitte des Platzes war kaum noch zu erkennen und die Häuser dahinter versanken endgültig in der dunklen Tiefe eines Ozeans, der auch sie zu verschlingen drohte.

Noch einmal bäumte Stella sich gegen die Ohnmacht auf. Sie löste ihre Hand von dem Mauerwerk und stolperte ein, zwei Schritte vorwärts. Doch vergeblich. Sie konnte ihr Haus nicht mehr erreichen. Unvermittelt schwoll in ihren Ohren ein Rauschen an, so laut wie das einer sturmgepeitschten Meereswoge. Dann verlor sie die Besinnung.

Beobachtungen

Alban Cesare DiCampo verfolgte Stellas erste Reise durch den Cyberspace mit sichtlicher Genugtuung, Mark dagegen immer noch mit Skepsis. Von dem Augenblick an, da ihr Kopf unter dem VR-Helm verschwunden und bald darauf ihr Körper merklich erschlafft war, hatte er seine Tochter keinen Moment mehr aus den Augen gelassen. Selbst wenn Agaf, Kimiko oder ein anderer im Raum ihn ansprachen, antwortete er dem Betreffenden ohne ihn dabei anzusehen. Als dann Stellas Glieder sich wieder anspannten und sie hin und wieder am Joystick zog, einmal sogar eilig nach der Tastatur griff und mit fliegenden Fingern eine kurze Eingabe darauf machte, wurde er immer nervöser.

Als Stellas Finger nun erneut nach dem Joystick schnappten, fuhr er so erschrocken zusammen, dass Kimiko seine Hand nahm und sie drückte. Viviane spendete nicht selten auf diese Weise Trost – mit einem kurzen, aber ehrlichen Händedruck – und für einen Augenblick meinte er wirklich sie an seiner Seite zu haben. Davon berührt drehte er nun doch den Kopf zur Seite.

»Es wird alles gut gehen«, sagte die Japanerin und lächelte ihm aufmunternd zu. Mark fühlte sich irgendwie ertappt. Seine Verlegenheit drückte er in einem schiefen Grinsen aus.

Kimiko wollte nicht, dass er ihre Geste falsch verstand, zog deshalb ihre Hand wieder zurück und sagte mit verständnisvoller Stimme: »Sie brauchen Ihre Sorge um Stella nicht zu verbergen, Mark. Nichts anderes würde ich von einem guten Vater erwarten.«

»Ich bin mir nicht so sicher, ob ich dieses Prädikat verdiene. Aber ich arbeite daran, Stella ein guter Vater zu *werden* ...« Hilflos hob er die Schultern.

Kimikos dunkle Augen funkelten. »Das ist mir nicht entgangen, Mark. Und ich bin sicher, Stella weiß es auch.«

Etwas entspannter widmete sich Mark nun wieder dem Geschehen im Intruder-Labor. Ohne Stella auf ihrem hohen, in Liegeposition zurückgeklappten Sessel wirklich aus den Augen zu lassen kontrollierte er regelmäßig die Anzeigen, die auf diversen Monitoren beiderseits der Cybernautin zu sehen waren. Sie standen dicht bei der getönten Scheibe, da sie vor allem den Zuschauern im Raum dahinter Informationen geben sollten. DiCampo hatte die Funktion dieser Kontrollinstrumente gleich zu Beginn von Stellas Reise erläutert.

Auf einem riesigen Fünfzigzollfarbmonitor wurden die Anzeigen übertragen, die der Cybernaut auch in seinem Helm sehen konnte. Ein rotes Oval bezeichnete dessen Gesichtsfeld, das er durch Drehen oder Neigen des Kopfes oder auch durch Geisteskraft beliebig verändern konnte. Ein weiteres relativ kleines Display oberhalb des Großmonitors zeigte den Namen und die IP-Adresse des Servers, auf dem sich der Cybernaut gerade befand. Rechts vom großen Hauptschirm befand sich ein kleinerer, der das so genannte »Reiselogbuch« darstellte.

Bei diesem Protokoll handelte es sich, wie DiCampo erklärt hatte, um ein detailliertes »Tagebuch«, in dem alles gespeichert wurde, was der Cybernaut während seines Aufenthalts im Cyberspace wahrnahm. Zu diesen Angaben gehörten hauptsächlich Textinformationen, Grafiken, gelegentlich sogar bewegte Bilder und Audiodaten. Leider, so hatte der Italiener bedauernd angemerkt, könne man nicht aufzeichnen, was der Reisende wirklich sehe oder erlebe, weil sich das ja nur in seiner Fantasie abspiele. DiCampo veranschaulichte diesen Schwachpunkt des Reiselogbuchs anhand eines Beispiels: Selbst wenn die Augen des Cybernauten auf einem fremden Rechner die Nachricht sahen »Möchten Sie die Datei README.TXT lesen?«, konnte das Gehirn des Wachträumers daraus womöglich den futuristischen Hinweis konstruieren: »Ich habe hier ein dreidimensionales Einführungshologramm für unsere Bibliothek. Legen Sie's in den Demodulator ein, wenn es Sie interessiert.«

DiCampo hatte das Beobachterzimmer nach Stellas Reisebeginn einmal kurz verlassen. Ansonsten verfolgte er den ersten Ausflug einer Cybernautin genauso gebannt wie alle anderen. Dank seiner Vorkenntnisse sah er sich jedoch veranlasst, alle Vorgänge ausgiebig zu kommentieren. Dabei setzte er sein südländisches Temperament verschwenderisch und unter vollem Körpereinsatz ein. Die letzten Anmerkungen hatte er sogar im Rahmen eines Rollenspiels vorgetragen, wobei er selbst sämtliche Charaktere verkörperte, allein durch die Verstellung seiner Stimme. Einige der Cyberworm-Mitglieder fanden das durchaus komisch, doch Mark war nur halb bei der Sache. Er fragte sich, in was für einer Welt seine Tochter wohl gerade sein mochte.

Der Bildschirm mit dem Reiseprotokoll verriet ihm wenig darüber. Niemand konnte ja ahnen, wie Stellas Gehirn das Wechselspiel aus kargen Texten und verwirrend bunten Bildern des Internets umsetzte. Mark erinnerte sich, wie er selbst oft Abkürzungen fließend vorlas, als stünden diese tatsächlich im Klartext auf einem Schriftstück. Oftmals nahm er nicht einmal wahr, dass er nur ein Akronym vor Augen hatte. In ungefähr derselben Weise – nur im Wachtraum um vieles fantasievoller – musste Stellas Unterbewusstsein die Reize verarbeiten, welche ihr die Sinnesorgane übermittelten.

Um die Mittagszeit erstarrten plötzlich alle Anzeigen und mit ihnen Mark.

»Was ist passiert?«, fragte er erschrocken DiCampo.

Der Projektleiter lächelte ihm beruhigend zu. »Keine Sorge, Professor. Stella schläft nur.«

»Sie schläft?« Mark war sich nicht sicher, was DiCampo damit meinte. Wohin auf der Skala zwischen Wachen und Träumen hatte sich Stella gerade bewegt?

»Nun, genau genommen *träumt* sie nur, dass sie schläft. Ein völlig normaler Vorgang. Wir haben ihn auch schon bei anderen Cybernauten beobachtet.«

»Und wie lange kann so etwas dauern?«

»Erfahrungsgemäß fünfzehn bis dreißig Minuten.«

»Nicht sehr viel, um sich zu erholen.«

»Für Stella wird es wie eine ganze Nacht sein.«

Mark erinnerte sich und nickte. »Stimmt, über dieses Phänomen habe ich ja letztens mit Agaf gesprochen.«

DiCampos Lippen umspielte ein zufriedenes Lächeln. »Für den Fall, dass Stella ihre neue Umgebung sicher beherrscht, habe ich ein Ergänzungsprogramm entworfen. Sie hat ihren ersten Test wirklich bravourös gemeistert! Bin gespannt, wie sie jetzt unsere kleine Zusatzaufgabe anpacken wird.«

Mark runzelte die Stirn. »Ich möchte auf keinen Fall, dass Sie ihr in ihrem ersten Wachtraum zu viel aufbürden.«

»Sie unterschätzen Ihre Tochter, Professor. Wir haben sie gebeten sich einmal im Netzwerk der Australian Mining Company umzusehen.«

»Der Minengesellschaft, bei der letzte Woche die Abraumtransporter Amok gefahren sind?«

»Genau die. Unsere Spezialisten konnten in den Überresten der Computerprogramme nicht mehr finden als Ihre *Kagee*-Identifikation, Professor. Inzwischen wurde in Australien ein großer Teil der Daten auf einem Ersatzsystem rekonstruiert. Ich bin gespannt, ob Stella mehr findet als wir.«

»Wissen die Australier von diesem Besuch?«

Ein hinterhältiges Grinsen stahl sich auf DiCampos Lippen. »Selbstverständlich nicht. Ich wollte doch sehen, wie gut Ihr ›Generalschlüssel‹ ist.«

Der Übereifer DiCampos gefiel Mark nicht. Der Italiener erinnerte ihn an einen Porzellanverkäufer, der zwar die Kinder seines Kunden wegen ihrer Lebhaftigkeit in den Himmel lobt, aber dann dennoch heilfroh ist, sie endlich aus dem Geschäft zu haben. Vielleicht hegte ja der Intruder-Projektleiter wegen der ihm aufgezwungenen »Öffentlichkeit« gegen jedes UN-Teammitglied einen persönlichen Groll, bestimmt aber gegen die unbequemen Kalders. Das wäre eine Erklärung, weshalb er Stella so durch das Testprogramm peitschte.

Mark wollte DiCampo gerade eine passende Antwort geben, als sich ihm von hinten eine Hand auf die Schulter legte. Er zuckte zusammen und fuhr herum.

Agafs zernarbtes Gesicht strahlte ihn an. »Entschuldigung, Mark. Eigentlich wollte ich Sie zu einem Kaffee einladen ... Stella schläft doch gerade. Wie wär's?«

Mark zögerte.

»Kommen Sie.« Agafs Hand klopfte auf den Rücken des zaudernden Vaters. »Sie machen mir einen ziemlich verkrampften Eindruck. Etwas Ablenkung wird Ihnen gut tun, und bis Stella aufwacht, sind wir wieder zurück.«

Um das jähe Ende der Unterhaltung mit DiCampo tat es

Mark nicht Leid, aber sollte er Stella wirklich allein lassen? Unsicher blickte er nach links, wo Kimiko saß. »Würden Sie mich hier bitte eine Weile vertreten?«, fragte er spontan.

Kimiko nickte lächelnd. »Kein Problem, Mark. Wenn sich irgendetwas ergibt, lasse ich Sie rufen.«

»Danke, Kimiko. Vielen Dank!«

Mark erhob sich von seinem Stuhl und folgte Agaf auf den Flur. »Kimiko ist schwer in Ordnung«, sagte er, sobald sie außer Hörweite waren.

Der Nigerianer hob beide Hände und wedelte wie ein Varieteetänzer mit den Fingern. »Sie besitzt eine schillernde Persönlichkeit, ist manchmal schwer zu durchschauen. Aber sind das Frauen nicht immer? Ich habe mit Kimiko schon bei früheren Projekten zusammengearbeitet und kann sagen, dass sich hinter ihrer asiatischen Verschlossenheit eine Menge Qualitäten verbergen: Sie ist eine exzellente Spezialistin für Computerkriminalität, versteht es, Menschen richtig anzupacken, und hat, kurz gesagt, auch das Herz am rechten Fleck.«

»Ich glaube, Sie haben Recht, Agaf. Meinen Sie, wir können bei der Recherche nach einigen geheimen Informationen zu DiCampos Intruder-Projekt auf Kimikos Mithilfe zählen?«

Inzwischen hatten beide die kleine Kaffeeküche am Ende des Flures erreicht und der Afrikaner füllte gerade zwei Styroporbecher. »Vergessen Sie doch einmal für ein paar Tage Ihr Misstrauen gegen den Doktor, Mark. Er ist einfach nur übereifrig, vielleicht sogar karrieresüchtig, sonst nichts.«

»Sie haben leicht reden, Agaf. Es ist *meine* Tochter, die an dieser Apparatur dort vorne angeschlossen ist. Allein der Gedanke daran verursacht mir schon Magendrücken. Ich werde das Gefühl nicht los, DiCampo verschweigt uns irgendetwas.«

»Sollte es einen berechtigten Anlass zur Kritik am Intruder oder an seinem Projektleiter geben, dann bin ich der Erste, der für Ihr Anliegen eintritt, Mark. Aber bis dahin wäre ich Ihnen dankbar, wenn Sie unser Team weiter unterstützten.«

Der Nigerianer nahm mit halb zugekniffenem rechtem Auge den ersten Schluck des heißen Getränks. Dabei musterte er Mark über den Rand seines Bechers hinweg. Es war dem besorgten Vater anzusehen, dass ihm die Unterstützung Agafs noch nicht weit genug ging, daher fügte Nbugu mit einem Lächeln hinzu: »Solange Sie mich nicht in Schwierigkeiten bringen, können Sie gerne auf Kimikos Fähigkeiten zurückgreifen – vorausgesetzt, sie selbst ist damit einverstanden.«

»Werden Sie bei ihr ein gutes Wort für mich einlegen?«

»Unter einer Bedingung.«

Mark zog verwundert die Stirn in Falten.

Agaf lächelte. »Erklären Sie mir, warum Ihr SKULL-Tester ein so unübertreffliches Werkzeug ist, dass selbst dieser gewiss nicht dumme DiCampo dahinter her ist wie der Teufel hinter der armen Seele.«

Mark entspannte sich. Seine Mundwinkel verzogen sich zu einem Grinsen. Er versuchte an seinem Kaffee zu nippen, verbrannte sich jedoch die Zunge.

»Also gut«, raunte er verschwörerisch. »Ich werde Ihnen mein Geheimnis verraten. Spitzen Sie die Ohren, Agaf: Achtzig Prozent des SKULL-Testers, der nun teilweise auch im Intruder steckt, basiert auf der Dummheit oder sagen wir besser, dem Leichtsinn der Leute.«

Agafs Augen weiteten sich. »Was wollen Sie damit sagen, Mark?«

»Nun, viele sind zwar stolz auf die Leistungsfähigkeit ihres Computers, aber sie können sie gar nicht ausnutzen oder sind zu faul es zu tun. Mit dem Thema Sicherung von Rechnern und Daten verhält es sich ganz ähnlich. Nehmen wir nur das Betriebssystem *Windows* von Microsoft. Was diese Software, die ja die Basis fast aller PCs dieses Planeten darstellt, an Sicherheitsfunktionen zu bieten hat, ist schlichtweg ein Witz. Wäre Microsoft-Chef Bill Gates nicht der reichste Mann der Welt, könnte man fast glauben, er stünde auf der Gehaltsliste der NSA. Aber selbst die wenigen Schutzfunktionen von Windows werden kaum genutzt. Da gibt es so genannte ›Freigabedienste‹, mit denen man den Zugriff auf die Festplatten unterbinden kann. Auf vielen PCs sind diese jedoch gar nicht oder nur unzureichend definiert. Allein das wirkt schon wie ein offenes Scheunentor, Agaf, durch das – vorausgesetzt, der PC arbeitet in einem Netzwerk – jeder Hacker hereinschneien und sich nach Herzenslust bedienen kann. Ich glaube, Leute wie Bill Gates denken zuallererst an ihr *eigenes* Geld. Das Prinzip ist ganz einfach: Je mehr Sicherheit, desto weniger Funktionen. Ein Maximum an Sicherheit stünde einem Minimum an Optionen gegenüber. Aber Computersysteme, die einen nicht mit Funktionen überschütten, lassen sich in einem hart umkämpften Markt nicht verkaufen – jedenfalls ist das eine weit verbreitete Ansicht.«

»Ich finde, man sollte die Sicherheit seiner Kunden trotzdem stärker berücksichtigen«, widersprach Agaf.

»Natürlich haben Sie Recht. Aber wo wollen Sie die Grenze ziehen? Nehmen wir ein Beispiel aus dem RL ...«

»Wie bitte?«

»Dem *Real Life*, dem ›richtigen Leben‹ eben. Der amerikanische Präsident wäre vor Attentätern ziemlich gut geschützt, wenn man ihn in eine Raumkapsel steckte und in die Erdumlaufbahn schösse. Auf die Wahrnehmung seiner Amtsgeschäfte hätte eine Existenz als lebender Satellit dagegen fatale Folgen. Die Konsequenz daraus ist ein Kompromiss, einer, der auf Kosten der Sicherheit des Präsidenten geht.«

»Das leuchtet mir ein. Allerdings hat der Präsident seine Bodyguards vom Secret Service. Wenn ich aber über Ihre Bemerkungen zur Sicherheit von Standardsoftware nachdenke, dann muss ich mich doch sehr wundern. Mir wird erst jetzt so richtig bewusst, wie selbstverständlich man hier den Schutz der eigenen Klientel vernachlässigt.«

»Ihr Wort in Billy Boys Gehörgang, Agaf! Ich finde, er hätte seine Firma besser *Microzoff* nennen sollen – da wüssten die Leute wenigstens, woran sie sind. Wenn Sie jedenfalls das nächste Mal im UN-Gebäude ihr Windows-Betriebssystem aus dem Netz starten, dann achten Sie doch einmal darauf, ob es da nicht auch irgendwo ein offenes Scheunentor gibt. Aber fühlen Sie sich nicht zu sicher, wenn Sie dieses zuschlagen.«

»Was wollen Sie denn damit schon wieder sagen?«

»Nun, möglicherweise hat jemand in der Zwischenzeit einen Hintereingang benutzt, um einen Trojaner zu installieren. Das sind nun wirklich ganz gemeine Dinger. Sie wirken wie völlig harmlose Programmchen, können aber, ohne dass Sie es merken, körbeweise Daten aus Ihrem Rechner herausschaffen. Es gibt bei den heutigen Computern einfach noch viel zu viele unverschlossene Hintertürchen, hakelige Schlösser, offene Fenster, um den Wortschatz eines Einbrechers zu verwenden.«

»Und an diesen Schwachstellen setzen Sie Ihren Hebel an«, kombinierte Agaf.

Mark nickte. Diesmal gelang es ihm sogar, einen Schluck Kaffee zu trinken ohne sich gleich die Zunge zu verbrennen. »Das Standardrepertoire des Hackers ist vielfältig. An Einbruchsvarianten in einen Rechner gibt es zum Beispiel den IMAP-Angriff, das *IP Spoofing*, das *Ping Sweep* oder das *TCP/IP Hijacking*, um nur einige zu nennen. Für einen Denial-of-Service-Angriff – also ein Eindringen mit dem Ziel, den fremden Rechner zum Absturz zu bringen – reicht heute sogar oft noch eine simple *Sync Attack* oder ein schnöder *Ping of Death*. Was soll ich Ihnen näher erklären?«

»Schon gut, schon gut«, wehrte Agaf mit erhobenen Händen ab. »Sie haben mich in meine Grenzen verwiesen. Ich kapituliere. Was ich nur nicht verstehe: Wenn all dieses unverständliche Zeug, das Sie da eben aufgezählt haben, für einen Hacker schon überholt ist, weshalb schielt die NSA dann so begehrlich auf *Ihr* Programm?«

Mark lächelte geheimnisvoll. »Es ist leicht, an einer Orgel alle Register zu ziehen, aber deshalb gibt es noch lange keinen harmonischen Klang.«

»Verstehe. Es kommt also auf den Spieler an. Na, Sie, Mark, scheinen jedenfalls zu wissen, wie man mit der Klaviatur eines Hackers umgeht.«

»Sagen wir, ich übe schon eine ganze Weile daran.«

Bevor Agaf noch etwas erwidern konnte, kam Benjamin Bernstein den Flur heruntergelaufen.

»Was ist, Benny?«, erkundigte sich Mark besorgt.

»Keine Panik, Professor, nichts geschehen. Jedenfalls *noch* nicht. Kimiko schickt mich. Ich soll Ihnen ausrichten, die Monitore zeigen wieder neue Daten – Stella ist erwacht.«

Wenn man nur schnell genug lesen konnte, dann verriet das über den Monitor huschende Reiseprotokoll einiges über Stellas Aktivitäten im Cyberspace. Sie setzte ihre Reise dort fort, wo sie sie etwa zwanzig Minuten zuvor unterbrochen hatte, im Server von America Online, besser bekannt unter dem Kürzel AOL.

DiCampo hatte sich noch nicht wieder im Beobachterzimmer eingefunden. Für ihn musste das Mitverfolgen von Cyberreisen fast schon zur Routine gehören. Mark konnte es dem Projektleiter nicht verübeln, wenn er sich mit seiner Rückkehr hinter die getönte Glasscheibe des Intruder-Labors Zeit ließ.

Als Stella wenig später den Server der kalifornischen Softwarefirma Blaxxun aufsuchte, wurde es am Bildschirm lebendig. Offenbar war sie in einen grafischen Chat hineingeraten. Mark konnte verschiedene, teilweise ziemlich bizarre Avatare sehen. Dann traf sie auf ein geflügeltes Mädchen in einer Art Weltraumanzug. Der Dialog zwischen den beiden ging schon nach wenigen Sätzen in ein unverständliches Kauderwelsch über. Mark erinnerte sich dunkel an Stellas Kindheit. Damals hatte sie manchmal in ähnlicher Weise gesprochen und sich immer diebisch gefreut, wenn sie niemand verstehen konnte.

Mehrere Minuten lang zeichnete nun das Reiselogbuch nur kryptische Wortfolgen auf. Dann verließ Stella den Blaxxun-Server wieder, beinahe überstürzt, hatte Mark den Eindruck.

In diesem Moment betrat DiCampo wieder das Beobachterzimmer und setzte sich auf einen freien Platz hinter Stellas Vater. »Wie ich höre, hat sie noch nichts Nennenswertes erreicht.«

»Dann wissen Sie mehr als ich«, antwortete Mark.

»Ein Mitarbeiter hat mir eben berichtet, dass sich Ihre Tochter im Server von Blaxxun einer Art Geheimsprache bedient hat. Ich finde das nicht sehr kooperativ, Professor!«

»Wie wär's, wenn Sie das meiner Tochter sagten? *Ich* stecke doch nicht unter diesem Helm da.«

Während er noch mit der Hand zu dem Intruder-Stuhl hinter der Scheibe deutete, kam Leben ins Labor. Mehrere Monitore waren plötzlich schwarz geworden. Die Techniker klimperten hektisch auf ihren Computertastaturen herum, lasen Anzeigen ab und machten neue Eingaben. Gwen schob sich, auf einem rollenbewehrten Bürostuhl sitzend, mit den Füßen neben die Cybernautin.

Aus dem Lautsprecher des Beobachterraums dröhnte ihre kräftige Stimme. Für Mark klang es fast wie Engelsgesang.

»Unserer Cybernautin geht's gut. Stella wird jeden Moment aufwachen. *Wir* allerdings haben hier ein kleines Problem.«

Das Protokoll

Geräusche drangen wie durch dicke Watte an Stellas Ohr. Da waren Stimmen, die geschäftig unverständliche Worte wie Pingpongbälle hin und her schossen. Dazwischen einzelne Pieptöne. Jemand machte sich an ihrem Kopf zu schaffen. Im nächsten Moment spürte sie, wie frische Luft ihr Gesicht umfächelte.

»Endstation, alles aussteigen«, rief eine kräftige Frauenstimme. »Komm schon, Kindchen. Deine Reise ist hier zu Ende. Zeit für einen Hot Dog.«

Stella hielt die Augen noch immer geschlossen. Sie fühlte sich unendlich müde. Eine andere Stimme drang an ihr Ohr. Sie gehörte einem Mann.

»Versuchen Sie es einmal mit Pizza.«

»Wie bitte?«

»Stella würde für eine Pizza einen Krieg anzetteln.«

»Professor Kalder, ich glaube nicht ...«

»Sternchen«, unterbrach Salomons Stimme die von Gwen, »ich bestelle dir die dickste Pizza Frutti di Mare von ganz Maryland, aber *bitte* mach jetzt die Augen auf.«

Stella war der besorgte Unterton in der Stimme ihres Vaters nicht entgangen und deshalb tat sie ihm den Gefallen. Mühsam, als müsse sie bleierne Schotte bewegen, öffnete sie die Augen. Alles war verschwommen. Den Versuch, ihren Kopf anzuheben, gab sie gleich wieder auf. Ein heftiges Schwindelgefühl ließ ungute Erinnerungen an erst kürzlich durchlebte Unbilden in ihr aufsteigen.

»Sie ist wach!«, rief Gwen verzückt. Sie schlug ihre Hände vor der Brust zusammen und beugte ihr stark geschminktes Gesicht zu Stella hinab.

»Gab es denn einen Grund, daran zu zweifeln?«, fragte Salomon misstrauisch.

»Unsinn, Professorchen. Es ist nur immer eine Frage der Zeit. Sie wird jetzt sehr erschöpft sein und vermutlich gleich wieder einschlafen. Aber das ist völlig normal.«

Jetzt konnte Stella das Make-up-Testfeld an der Vorderseite von Gwens Kopf deutlich erkennen. Sie lächelte, obwohl es ihr noch schwer fiel. Dann drehte sie den Kopf nach rechts, streifte kurz die unzufrieden wirkende Miene DiCampos, um gleich darauf das sorgenvolle Gesicht ihres Vaters zu entdecken.

Für einen Moment schien es ihr, als trüge er einen altertümlichen Hut mit einer langen Feder, aber nach einem kurzen Schließen der Augen und einem Kopfschütteln sah er aus wie immer.

»Wie geht's dir, Sternchen?«

»War ziemlich anstrengend«, antwortete Stella und zwang sich zu einem Lächeln.

»Mir wäre wohler, du würdest Fußball spielen und dich dabei verausgaben. Ich wünschte, wir hätten diese Geschichte schon hinter uns.«

»Es geht schon«, beruhigte Stella ihren Vater. Sie musste an die vielen Unglücksfälle in aller Welt denken. Salomon hatte ihr zwar erklärt, dass sie keine Schuld daran trage, aber das

Gefühl sagte ihr etwas anderes. Ein bisschen Übelkeit war da der geringste Einsatz in diesem Katastrophenspiel.

Wenig später trat ein Arzt an den Cybernautenstuhl heran. Stella hatte ihn schon früher gesehen, war sich aber über seine Funktion nicht im Klaren gewesen. Er stellte sich schmunzelnd als Gerry Gerrit vor und gratulierte Stella zu ihrer ersten, immerhin fast fünfstündigen Cyberspace-Reise. Er wolle sie untersuchen. Reine Routinesache. Völlig schmerzlos.

Mit tief gefurchter Stirn ließ Salomon den Arzt gewähren. Dr. Gerrit maß Stellas Blutdruck, nahm ihren Puls, testete ihre Reflexe und stellte noch einige andere Untersuchungen an, allesamt harmlos und allesamt begleitet von seinem leicht künstlich wirkenden Lächeln. Ob sie sich irgendwie unwohl fühle, wollte der Arzt wissen. Stella wies ihn auf die Dumpfheit in ihrem Kopf während der Aufwachphase hin. Auch auf das Schwindelgefühl. Gerrit nickte. Kein Anlass zur Sorge. Eine harmlose Nebenerscheinung der Droge.

»Siehst du«, sagte Stella zu Salomon und dabei wirkte sie weniger besorgt als er. »Jetzt mache ich noch ein kleines Nickerchen und dann musst du dein Versprechen einhalten.«

Salomon blickte sie fragend an.

»Den Spaziergang. Etwa schon vergessen? Heute Abend wolltest du mich für mindestens eine Stunde aus diesem Kerker hier befreien.«

Salomon lächelte erleichtert. »Wenn du schon wieder daran denken kannst, dann bin ich ja beruhigt. Ich hatte mir schon ernstlich Sorgen um dich gemacht.«

»Wirklich?« Stella hatte sich noch immer nicht daran gewöhnt, ihren Vater über die eigenen Gefühle sprechen zu hören. Aber offenbar lag ihm tatsächlich etwas an ihr und das tat ihr gut. Sie schloss wieder die Augen und sagte: »Ich bin wahnsinnig müde! Bringst du mich ins Bett?«

Salomon ließ es sich nicht nehmen, seine Tochter eigenhändig auf eine fahrbare Liege zu betten und sie in den höher gelegenen Wohntrakt des Laborbunkers zu schieben. Mit geschlossenen Augen hörte sie, wie DiCampo ihren Vater aufforderte schnellstens in sein Büro zu kommen. Die Stimme des Italieners klang angespannt. War irgendwas schief gelaufen?

Bis zur Tür ihres Quartiers wurden Salomon und Stella von Agaf und Kimiko begleitet. Für die beiden öffnete Stella sogar noch einmal ihre Augen.

»Nett, dass ihr euch um mich sorgt«, sagte sie, ganz jede Förmlichkeit vergessend.

»Wir wollen genauso wenig wie dein Vater, dass dir etwas passiert«, antwortete Agaf und legte seine schwarze Hand auf diejenige Stellas.

»Du hast dich tapfer gehalten«, fügte Kimiko hinzu. »Ich glaube, deine erste Reise in den Cyberspace war ein voller Erfolg.«

Stellas eigene Einschätzung deckte sich zwar nicht ganz mit der Kimikos, aber das ließ sich später immer noch klären. Im Augenblick war sie viel zu erschöpft.

Sobald Salomon sie in ihr Bett gelegt und zugedeckt hatte, fiel sie in einen traumlosen Schlaf.

»Diese erste Reise besagt noch gar nichts. Sie war mehr ein Test, als dass sie uns brauchbare Ergebnisse geliefert hätte.«

DiCampo schritt in seinem Büro auf und ab, als wolle er für den nächsten Marathonlauf trainieren. Sein Gesicht war rot vor Wut und seine Hände waren zu Fäusten geballt.

»Ich verstehe überhaupt nicht, warum Sie das so aus der Fassung gebracht hat, Dr. DiCampo«, meinte Agaf gelassen. »Immerhin hat Stella einen kodierten Text aufgespürt, an dem sich unsere Analytiker jetzt die Zähne ausbeißen dürfen.

Wenn Sie mich fragen, dann war Stellas erste Mission sehr erfolgreich, und das, obwohl Sie das Mädchen mehr oder weniger unvorbereitet auf die Reise in den Cyberspace geschickt haben. Mich würde übrigens interessieren, was Sie zu dieser Eile getrieben hat.«

»Ich habe mich sehr wohl im Griff«, knurrte der Projektleiter hinter zusammengebissenen Zähnen. Agafs letzte Bemerkung überhörte er geflissentlich. »Aber immerhin hat dieses ... *Kind* unser gesamtes Labornetz zum Absturz gebracht.«

Mark gab sich alle Mühe, sein Vergnügen über diesen Vorfall nicht allzu offenkundig werden zu lassen. Tatsächlich hatte Stella kurz vor Ende ihrer Reise den Intruder-Rechner und das gesamte Netzwerk des Baus 203 zusammenbrechen lassen. Das lag nun über eine Stunde zurück. Im Augenblick – es war jetzt bald vier Uhr – schlief sie noch, Mark wusste also genauso wenig wie DiCampo, was hinter dieser Attacke steckte. Kimiko würde im Büro des Intruder-Projektleiters anrufen, sobald Stella aus dem Schlaf erwachte.

Das Reiselogbuch enthielt nach erster Prüfung keine Hinweise auf den Grund ihres Handelns, dafür aber umso mehr unverständliche Chat-Dialoge. Letzteres war für DiCampo ein zusätzliches Ärgernis, aber er musste sich wie alle anderen gedulden, bis Stella erwacht war. Mark hatte gerade noch einmal seine Funktion als Mittler zwischen dem Team und seiner Tochter unterstrichen. Erst wenn Stella ihm die eigenen Traumeindrücke geschildert hatte, würde sich aus ihnen und den Logbucheintragungen ein brauchbares Bild zusammensetzen lassen, über das sich wiederum die Analytiker die Köpfe zerbrechen konnten.

Mark gefiel es nicht, wie DiCampo das Wort »Kind« betont hatte, deshalb schaltete er sich nun seinerseits ein. Seine Stimme klang schneidend, als er sagte: »Darf ich Sie daran erinnern, es war Ihre Idee, dieses *Kind* an den Intruder anzustöpseln. Ich war von Anfang an dagegen. Wenn Sie dieses Unternehmen abbrechen wollen – bitte schön.«

Zu Marks Erstaunen gab der Italiener nun nicht wie bei früheren Gelegenheiten klein bei, sondern kam im Gegenteil erst richtig in Fahrt. »Sie, Professor Kalder, haben doch Ihr SKULL in unser Netzwerk eingebaut, um die Cyberterroristen abzuwehren. Und nun versagt Ihr Sicherheitssystem schon bei seiner ersten Bewährungsprobe. Ich fühle mich versucht diesen Vorfall als Sabotage aufzufassen.«

»Erstens«, antwortete Mark bedrohlich ruhig, »sind Sie keineswegs nun im Besitz meines SKULL-Systems, Doktor. Ich weiß, wie gerne Sie meine gesamte Software eingehend unter die Lupe nehmen würden, aber die Gelegenheit dazu werden Sie von mir nicht bekommen. Sie wollten, dass der *Kagee*-Mutant nicht in Ihr System einbrechen kann, und dafür habe ich gesorgt …«

»Und was hat dann Ihre Tochter vorhin veranstaltet?«

»Da sie am Intruder hing, befand sie sich bereits *in* Ihrem System. Sie musste also nicht erst dort einbrechen. Das ist der zweite Punkt, der Ihren Sabotagevorwurf ad absurdum führt. Was da vor wenigen Minuten Ihrem Labornetz widerfahren ist, nennt man einen Denial-of-Service-Angriff. Dabei werden keine Daten gestohlen und meist auch nicht zerstört. Lediglich der Server wird zum Absturz gebracht …«

»Lediglich?«, wiederholte DiCampo erbost. »Ihr reizendes Töchterchen hat soeben das Rechnernetz einer streng geheimen US-Behörde mit noch geheimeren Forschungsdaten gegen den Baum gefahren. Sie sollten das nicht verharmlosen, Professor Kalder!«

»Unterbrechen Sie mich bitte nicht ständig«, erwiderte Mark beherrscht. »Soweit ich in der Kürze der Zeit in Erfahrung bringen konnte, hat der SKULL-Tester Ihrem Server ein *Ping of Death* mit einem ungewöhnlich großen Datenpaket geschickt.« Ein Anflug von Schadenfreude stahl sich auf Marks Gesicht. »Ihr Rechner hat sich einfach daran verschluckt und dann ist ihm die Luft ausgegangen.«

»Ihre Vergleiche können Sie sich sparen. Mir ist ganz und gar nicht zum Spaßen zu Mute, Professor. Sorgen Sie dafür, dass so etwas nicht mehr vorkommt.«

Mark erhob sich demonstrativ aus seinem Sessel. »Ich bin keiner Ihrer Zuarbeiter oder Schnüffler, Dr. DiCampo. Denen können Sie Kommandos hinwerfen und Rapport verlangen. Ich jedenfalls werde nicht Ihr Computersystem gegen solch simple Angriffe schützen. Ihr ehrenwertes Unternehmen benutzt doch selbst diese Techniken, um den ›Feinden‹, wie Sie sie nennen, ins Handwerk zu pfuschen. Stella hat eine eklatante Sicherheitslücke in Ihrem Netzwerk aufgedeckt. Na und? Sie müssten ihr dafür danken anstatt sie zu beschimpfen. Und jetzt gehe ich.«

»*Mark!* Mark, bitte nicht«, fuhr Agaf dazwischen. Er war aufgesprungen und versuchte die beiden Streithähne zu beschwichtigen. »Bitte bedenken Sie doch die Folgen. Während wir uns hier die Köpfe einschlagen, könnte der Cyberwurm schon wieder aktiv werden. Solange er nur Messen des Papstes oder jüdische Gebetstexte für die Klagemauer sabotiert, mag das noch vergleichsweise harmlos sein, aber was wird, wenn morgen in New York der gesamte Strom ausfällt oder noch Schlimmeres passiert?«

Mark sah zu DiCampo hin, der sich allmählich zu beruhigen schien. Dann blickte er in das Gesicht des Teamleiters. Er hatte den Afrikaner schätzen gelernt. Um Agafs willen lenkte er ein.

»Gut, dann haben Sie sicher nichts dagegen, wenn wir uns jetzt endlich den drängenderen Fragen widmen«, sagte Di-

Campo. Er ging zu seinem Schreibtisch, griff sich einen Packen Papier und ließ ihn gleich darauf auf den runden Besprechungstisch vor Mark und Nbugu klatschen.

»Dies hier«, sagte er dramatisch, »ist ein Auszug aus Stellas Reiseprotokoll. Ich habe einen meiner Spezialisten gebeten nur die Dialoge herauszufiltern, die Ihre Tochter im Chat von Blaxxun geführt hat. Wie Sie selbst sehen, Professor, ist das, was dort steht, kein Englisch. Mein Sicherheitschef Walter Friedman hat mir erzählt, es sei auch kein Deutsch. Aber was, um Himmels willen, ist es dann, Professor?«

Mark zog die Blätter zu sich heran und warf nur einen kurzen Blick darauf. Im Gegensatz zu DiCampo war er diesem Dialog ja schon online gefolgt, vorhin, als Stella noch unter dem Intruder-Helm gesteckt hatte. Abgesehen von der Gesprächseröffnung in jener kindlichen »Geheimsprache«, mit der Stella ihren Eltern vor Jahren auf die Nerven gefallen war, konnte er damit auch nichts anfangen. Er schob die Papiere zu Agaf weiter und schüttelte den Kopf.

»Tut mir Leid, Doktor. Ich kann das ebenso wenig lesen wie Sie.« Das war zwar nur die halbe Wahrheit, aber Stella musste das Kauderwelsch mit voller Absicht eingesetzt haben. Bevor er nicht den Grund für ihr Handeln kannte, dachte er überhaupt nicht daran, dem Italiener irgendetwas zu verraten.

DiCampo stützte sich mit beiden Händen auf den Besprechungstisch. Er hatte kurz die Augen geschlossen. Als er sie wieder öffnete, sagte er bewusst ruhig: »Professor, bis zu einem gewissen Grad habe ich sogar Verständnis für Ihre Aversion gegen meine Person. Aber bedenken Sie bitte, was eben Mr Nbugu schon zu Ihnen gesagt hat – Sie scheinen seinen Worten ja ein größeres Gewicht beizumessen als den meinen. Dies ist der denkbar schlechteste Augenblick für einen Eklat in unserem Team. Der Cyberwurm muss unschädlich gemacht werden. Deshalb darf Ihre Tochter – ein unerfahrenes Mädchen! – in diesem Fall nicht einfach auf eigene Faust ermitteln und das übrige Team aus hochkarätigen Spezialisten durch die Verwendung einer albernen Geheimsprache aussperren. Wenn Sie uns also helfen können diesen Dialog zu enträtseln, dann, *bitte*, tun Sie es.«

Am liebsten hätte Mark erwidert, diese geheime Sprache könne doch, wenn sie wirklich so »albern« sei, für die Spitzenanalytiker der NSA kein Problem darstellen. Aber er sah Agafs flehentliche Blicke und verkniff sich die Bemerkung.

Um DiCampo zufrieden zu stellen, studierte er nachdenklich noch einmal das Logbuch von Stellas Reise. Was vorhin so schnell über den Kontrollbildschirm geflogen war, konnte er nun in aller Ruhe durchgehen. Stella hatte tatsächlich im Server der kalifornischen Softwarefirma Blaxxun einen Avatar getroffen, dessen Besitzer er kannte. Er ließ sich jedoch nicht anmerken, was oder wie viel er über den Nickname Elektra wusste. Stella hatte unbewusst schon das Richtige getan. Während sich die NSA-Analytiker mit Hightech und wenig Fantasie um die Dekodierung des verschlüsselten Textes aus dem Server der Australian Mining Company bemühten, würden Elektra und ihre Freunde das Problem vor allem mit Kreativität und Intelligenz angehen. Und dass sie über beides verfügte, das hatte die Person hinter der Figur des grünhaarigen Mädchens schon mehr als einmal bewiesen.

Agaf schüttelte nur den Kopf. Selbst die Klartextpassagen des Blaxxun-Chats verlangten ihm einige gedankliche Verrenkungen ab. DiCampo machte deutlich, dass der seltsame Cyberjargon nicht das eigentliche Problem darstelle. Die Rechtschreibung beim Chatten folge keinen allgemein gültigen Regeln. Im Grunde sei das, was die Chatter da von sich gäben, nur geschriebener Slang. Kopfschmerzen bereite ihm einzig und allein die Unterhaltung Stellas mit dieser Elektra.

»Ich muss Sie einfach bitten sich noch bis zu Stellas Erwachen zu gedulden«, sagte Mark freiheraus, nachdem er den Text seines Erachtens nach lange genug angestarrt hatte.

»Sie sind Stellas Vater«, sagte DiCampo. »Wenn sie da irgendeine infantile Sprache benutzt, dann müssten Sie sie doch kennen.«

»Kinder sind geheimnisvolle Wesen, Doktor. Haben Sie schon einmal dem Gebrabbel zugehört, mit dem ein Säugling sein Sprachvermögen trainiert? Für den Kleinen hat das einen Sinn, für die Eltern ist es einfach nur niedlich.«

»Sie lenken ab, Professor.«

»Richtig. Ich will Ihnen zeigen, dass Sie in einer Sackgasse stecken. Später, nachdem ich mit Stella gesprochen habe, bekommen Sie von mir ihren Reisebericht. Bis dahin können Sie ja schon mal versuchen herauszufinden, wer diese Elektra ist. Es dürfte der NSA doch nicht schwer fallen, die Teilnehmer eines simplen Chats zu ermitteln.« In Wirklichkeit kannte Mark das Geschick der grünhaarigen Weltraumschönheit im Versteckspielen nur allzu gut.

DiCampo machte eine säuerliche Miene. »Normalerweise gibt es dabei keine Probleme. Aber diese Elektra scheint ein sehr vorsichtiges Mädchen zu sein – wenn es denn wirklich eines ist. Sie hat ihre IP-Adressen gefälscht und benutzt außerdem einen anonymisierten Proxy. Es würde mich nicht wundern, wenn sie auch noch mit einem ›ausgeliehenen‹ Internetzugang arbeitet.«

»Mich allerdings auch nicht«, sagte Mark mit stiller Genugtuung. Als er Agafs ratloses Gesicht bemerkte, fügte er an den Afrikaner gewandt hinzu: »Unsere Elektra benutzt einen Server, der zwischen ihrem eigentlichen Zugangs- und dem

Blaxxun-Rechner steht. Dieser Proxy setzt ihre Internetadressen so um, dass man sie nicht einfach wie bei einer Telefonschaltung zurückverfolgen kann. Es wäre zwar möglich, durch einen Gerichtsbeschluss die Herausgabe der Logbücher des Proxybetreibers zu erzwingen, aber so etwas dauert gewöhnlich sehr, sehr lange.«

»Und diese Zeit haben wir nicht«, drängte sich DiCampo wieder in das Gespräch. »Professor Kalder, ich sage es noch einmal: Es geht einfach um zu viel, Sie dürfen uns nichts verschweigen. Sie sollten ehrlich sein.«

Mark lächelte geheimnisvoll. »Das gilt doch wohl für uns alle.«

Es entstand eine unangenehme Pause, in der sich Marks und DiCampos Blicke wie scharfe Klingen kreuzten. Zornesröte stieg dem Projektleiter ins Gesicht, doch seine Stimme klang beherrscht, als er schließlich fragte: »Was wollen Sie damit andeuten, Professor?«

Mark zeigte ein unschuldiges Lächeln und hob die Schultern. »Sie sind dem Cyberworm-Leiter noch eine Antwort schuldig. Schon vergessen? Mr Nbugu wollte von Ihnen wissen, warum Sie meine Tochter heute Vormittag so überstürzt in das Netz hinausgescheucht haben.«

DiCampos rote Gesichtsfarbe verschwand so schnell wie flüchtiges Gas. Jetzt wirkte er sogar ungewöhnlich blass. Er erwiderte Marks fordernden Blick, allerdings ohne etwas hervorbringen zu können.

»Ich steige aus dem Projekt aus, wenn Sie nicht Ihre Karten offen auf den Tisch legen«, beharrte Mark.

DiCampo sah unwillig zu Agaf hinüber.

Der Afrikaner plädierte zu Gunsten des Deutschen. »Stellas Einsätze betreffen das ganze Cyberworm-Team. Ich finde, Sie sollten uns nichts verheimlichen, Doktor.«

DiCampo schloss die Augen und stieß hörbar die Luft durch die Nase aus. Als er erneut in die erwartungsvollen Gesichter seiner beiden Zuhörer sah, schien er sich gefasst zu haben. Dennoch klang seine Stimme gepresst und seine ersten, an Mark gerichteten Worte wie der Auftakt zu einem neuen Scharmützel.

»Ihr verdammtes *Kagee*-Frettchen hat mein gesamtes Intruder-Projekt in Gefahr gebracht.«

Mark stutzte. Irgendetwas an diesem Vorwurf gefiel ihm nicht. Doch die Erregung DiCampos war echt. Er musste sich wirklich überwinden das auszusprechen, was er nun von sich gab.

»Während Stellas Testreise ist sie auf einen geheimen Datenbereich unseres Servers gestoßen ...«

»Ich denke, alles hier ist geheim ...«

»Lassen Sie mich bitte ausreden!«, zischte DiCampo.

Agaf nickte Mark beruhigend zu.

»Es handelt sich um ein geheimes Archiv«, fuhr der Italiener fort. Sein Blick war auf die Tischplatte gerichtet. »Wir bewahren darin sämtliche Konstruktionspläne des Intruder-Projektes auf. Diese Daten sind zwar verschlüsselt und auch sonst vielfach gesichert, aber als Stella unseren NSA-Server erkundete, ist sie irgendwie trotzdem darauf gestoßen. Einer unserer Sicherheitstechniker hat sie gerade noch davon abhalten können, in das Geheimarchiv einzudringen.« Als DiCampo nun den Blick hob, lag Verbitterung in seinen Augen. »Wenn bekannt würde, dass Konstruktionsdetails über den Intruder an die Öffentlichkeit gelangt sind, könnte mich das den Kopf kosten.«

Noch bevor Mark – mit einer wohl wenig freundlichen Bemerkung – antworten konnte, erwiderte Agaf: »Aber dieses Thema haben wir doch schon einmal diskutiert, Dr. DiCampo. Das Cyberworm-Team ist nicht die *Öffentlichkeit*. Wir alle haben uns ebenso zur Verschwiegenheit verpflichten müssen wie Ihre Leute. Ihre Besorgnis und vor allem die Szene, die Sie uns da eben gemacht haben, halte ich gelinde gesagt für übertrieben.«

Ein beinahe schüchternes Lächeln huschte über DiCampos Lippen. »Ich bin italienischer Abstammung. Sie müssen schon entschuldigen, aber für mein Temperament kann ich nichts. Und was ich von der Anwesenheit Außenstehender in meinem Labor halte, habe ich Ihnen auch offen und ehrlich gesagt. Ich kann aus meinem Herzen eben keine Mördergrube machen.«

Agaf nickte zufrieden und fragte die beiden Streithähne: »Können wir uns darauf einigen, diesen Vorfall zu vergessen?«

DiCampo deutete erleichtert mit dem Kopf Zustimmung an. »Von mir aus. Ich möchte diesen Einsatz genauso erfolgreich zum Abschluss bringen wie Sie, Mr Nbugu.«

»Und Sie, Mark?«, fragte der Afrikaner.

Es dauerte einige Sekunden, bis Stellas Vater antwortete. »Dem letzten Satz Dr. DiCampos kann ich beistimmen. Allerdings habe ich ein sehr gutes Gedächtnis und kann Ihnen nicht versprechen, ob ich so schnell vergessen werde, was ich heute in diesem Büro vernommen habe. Aber Sie wollen wohl etwas anderes von mir hören, Agaf: Ja, ich bin einverstanden damit, weiterzumachen. Unter einer Bedingung: *Niemals* darf Stella ein Leid geschehen.«

Der Herr des Feldes

»Illusion?« Salomon legte seinen Arm um Stellas Schulter und blickte über die Landschaft am Rande des NSA-Areals. »Das ist wirklich ein passender Name, Sternchen.«

»Es heißt nicht Illusion, sondern Illúsion. Die Betonung liegt auf der zweiten Silbe; den Schluss spricht man kurz, genauso wie im Wort ›Pentagon‹.«

»Entschuldige bitte. Sesa Mina gefällt mir allerdings noch besser. Ist dir schon aufgefallen, dass in den ersten fünf Buchstaben das Wort ›Sesam‹ steckt, Alibabas Schlüssel für die Schatzhöhle der vierzig Räuber? Ich bewundere deinen Einfallsreichtum!«

Das Mädchen zuckte mit den Schultern. »Also, darüber habe ich mir ehrlich gesagt noch gar keine Gedanken gemacht. Aber Mina ist wirklich niedlich! Ein bisschen frech vielleicht, aber echt süß.«

Stella wunderte sich, wie genau sie sich an alles erinnern konnte, was sie in ihrem Wachtraum erlebt hatte. Zwar vergaß sie niemals ihre Träume, aber noch nie waren diese Erinnerungen so farbig, so real gewesen. Obwohl sie ihrem Vater von den Erlebnissen im Cyberspace schon in allen Einzelheiten berichtet hatte, drängte es sie, ihn weiter an ihren Gedanken teilhaben zu lassen. Sie genoss seine uneingeschränkte Aufmerksamkeit.

»Es kommt mir fast so vor, als hätte ich mich wirklich auf eine Reise in eine fremde Welt begeben. Ich meine, Illúsion war nicht wie ein Film. Ich steckte *mittendrin* ... Ach, ich weiß nicht, wie ich dir das begreiflich machen kann.«

»Ich verstehe dich sehr gut, Sternchen. Es gibt mehr als nur *eine* Wirklichkeit. Du hast heute eine neue kennen gelernt. Kein Wunder, dass du aufgeregt bist.«

»Mehr als *eine* Wirklichkeit? Es gibt doch nur diese eine Welt, in der wir leben. Oder etwa nicht?«

Salomon lächelte. »Jede Kreatur auf diesem Planeten lebt im Grunde in einer eigenen Welt. Von Hunden sagt man, sie sähen nur schwarz-weiß, dafür haben sie aber einen ausgeprägten Geruchssinn – ihre Welt muss also in mancher Hinsicht von der unsrigen verschieden sein. Bei einer Fliege oder einem Regenwurm dürfte der Unterschied noch viel größer sein.«

Stella schüttelte angewidert den Kopf, dass ihre blonden Haare flogen. »Lass mich bloß mit Würmern in Ruhe. Allerdings«, sie hob nachdenklich die Hand ans Kinn, »wenn jeder die Welt anders *sieht*, ist sie doch deshalb noch lange nicht unterschiedlich.«

»Bist du dir da so sicher? Für dich ist doch das Realität, was dir dein Gehirn und dein Körper als solche anbieten. Du weißt ja, ich habe mich lange Zeit mit der Arbeitsweise unserer *Wetware*, dem Gehirn, beschäftigt. Zum Beispiel mein Gesicht. In ihm siehst du nichts Absolutes. Mein Aussehen stellt weder eine kosmische Konstante wie die Lichtgeschwindigkeit noch ein mathematisches Faktum dar wie die Gleichung ›eins und eins gibt zwei‹. Was du erblickst, ist nichts weiter als eine mentale Darstellung von mir. Deine Nervenzellen, die Neuronen, werden in bestimmten Gruppen so stimuliert, dass daraus ein ganz spezifisches Muster entsteht ...«

»Du meinst diese Daten, die auch von der Intruder-Sonde gemessen werden?«

»So in etwa, ja. Diese mentale oder neuronale Abbildung steht in deinem hübschen Kopf also fortan für mein Gesicht. Auch wenn du dich an mich erinnerst oder von mir träumst, werden dieselben Nervenzellen angeregt elektrochemische Signale abzufeuern – du siehst mich, obwohl ich gar nicht anwesend bin. Heißt das, ich existiere dann auch nicht mehr?«

»Untersteh dich! Ich will, dass du mindestens genauso lange existierst wie ich.«

Salomon zog Stellas Kopf zu sich heran und küsste sie auf ihre Haare. »Keine Sorge, ich tue mein Bestes. Worauf es mir aber ankommt, ist, dir zu erklären, was deine Welt ausmacht. Sie besteht nicht aus der Summe der Atome, die mein Gesicht bilden. Mit Infrarotaugen würdest du etwas völlig anderes darin sehen. Und das wiederum hätte einen nicht unerheblichen Einfluss auf dein Weltbild. Die Welt, die du für die einzig reale hältst, ist nichts weiter als ein äußerst kompliziertes Netzwerk in deinem Kopf. Ja, mehr noch, mit diesem Netzwerk – deinem Gehirn – *erschaffst* du deine Welt.«

»Jetzt übertreibst du aber! Wie sollte das funktionieren?«

»Nehmen wir ein einfaches Beispiel, einen Hammer.«

»Ich hasse alles, womit man die Form seiner Finger verändern kann.«

»Na, umso besser. Ein Hammer ist – genauso wie mein Gesicht – für sich allein betrachtet nur eine mehr oder weniger geordnete Anhäufung unterschiedlicher Atome und Moleküle. Er hat als solcher weder einen Zweck noch einen Namen. Würde es nur einen einzigen Hammer geben, der durch das weite Universum streift, hätte dies keine Bedeutung. Der Hammer wäre eigentlich kein Hammer, sondern ein Asteroid. Erst wenn du seine Funktion erkennst, dass du mit ihm einen Nagel in die Wand schlagen kannst …«

»… oder mir auf den Daumen hauen …«

»… dann wird er ein sinnvoller, unterscheidbarer, wesentlicher Baustein deiner Welt.«

»Ob ein schwarzer Fingernagel so sinnvoll ist …? Für mich klingt das alles ziemlich abgehoben.«

»Diese Interpretation stammt nicht von mir. Du kannst sie bei den Philosophen Martin Heidegger und Maurice Merleau-Ponty nachlesen.«

»Und was haben die mit meinen Träumen zu tun?«

»Ganz einfach. Dein Illúsion ist keine *falsche* Welt, sondern genauso wirklich wie die, welche du im Wachzustand wahrnimmst. Du siehst sie nur mit anderen, mit nach innen gerichteten Augen. Ich habe deine Neuronen-Aktivierungsmuster beobachtet, während du durch den Cyberspace gereist bist, Sternchen. Ich sage dir, das war ein wahres Feuerwerk! Eine Welt, die es nicht gibt, kann so etwas nicht bewirken.«

Stella schmiegte sich enger an ihren Vater. Sie spürte ein Frösteln. »Ich finde das irgendwie unheimlich. Die Welt, in der du und Viviane seid, ist mir, glaube ich, lieber.«

Salomon lachte. »*Das* ist eine Frage des persönlichen Geschmacks. Ich möchte genauso wenig auf dich verzichten wie auf Viviane. Wenn du heute beschließen würdest, für immer nach Illúsion auszuwandern, dann wäre ich ziemlich erschüttert.«

»Also da kann ich dich beruhigen. Mir ...« Stella hielt abrupt inne. »Es sind dort so viele Dinge passiert, die ich nicht begreife. Zum Beispiel dieser Schatten, der sich später in einen Wachposten verwandelt hat. Warum träume ich solche Dinge?«

»DiCampo hat sich ziemlich darüber aufgeregt, dass du beinahe in einen geschützten Datenbereich eingedrungen bist. Ich werde ihm das nachher erklären müssen, aber keine Angst: Er erfährt von mir nicht mehr als unbedingt nötig.«

»Du wirst das schon machen, Paps. Was war das übrigens für ein geheimnisvoller Datenbereich, in den ich da fast geraten wäre?«

»Angeblich Konstruktionspläne des Intruders. Du weißt ja, wie hysterisch DiCampo werden kann, wenn er seine kostbaren Geheimnisse gefährdet sieht. Aber es ist ja auch nichts passiert. Ein Sicherheitsmann hat dich zurückgehalten. Ich nehme an, dein Unterbewusstsein konnte mit ihm nicht viel anfangen, als er plötzlich von dir wahrgenommen wurde. Deshalb war er zunächst nur ein nichts sagender Schatten. Erst als er mehr über sich und seine Funktion verriet, hat dein Gehirn daraus das Bild eines Wächters erschaffen.«

Stella nickte. Das leuchtete ihr ein. »Aber der andere Schemen. Er hat zwar auch zu mir gesprochen, aber er blieb trotzdem völlig diffus, einfach eine dunkle Wolke. Genauso war es später, als ich ihn in Blaxxun wiedergesehen habe.«

»Ich werde noch einmal dein Reiselogbuch durchsehen. Anscheinend ist da außer dir noch jemand heimlich in den Server der Minengesellschaft eingedrungen. Natürlich hat die betreffende Person versucht sich zu tarnen. Deshalb hast du sie nur als Schatten ...«

»Der Minengesellschaft?«, unterbrach Stella, der erst jetzt richtig bewusst geworden war, was ihr Vater gesagt hatte.

Salomon nickte. »Amico ist deine recht fantasievolle mentale Übersetzung von Australian Mining Company, kurz Amico. Du erinnerst dich? Das ist die Firma, deren Riesenlastwagen vergangene Woche verrückt gespielt haben. Dorthin bist du von DiCampo geschickt worden.«

»Vom Bund des Lindwurms, meinst du.«

»Das ist deine ...«

»... mentale Übersetzung. Jetzt hab ich's verstanden. Trotzdem würde mich interessieren, wer hinter dem Schemen steckt, und noch viel mehr, wer dieser Lindwurm ist – komisch, dass sie alle vor mir geflohen sind. Und dann dieser Kinderchor mit seinem garstigen Lachen. Ich sage dir, das war vielleicht unheimlich!«

»Das Gehirn kann uns allerlei Streiche spielen. Während dein Reiseprotokoll über den Bildschirm flitzte, habe ich mehrmals einige scheinbar völlig sinnlose Übertragungen beobachtet, vielleicht Füllzeichen oder so etwas. Es könnte durchaus sein, dass deine Wetware aus solchem ›Datenrauschen‹ ein Gelächter gemacht hat.«

»Und die beiden Typen, die mir am Anfang das Frettchen abjagen wollten? Dieser della Valle hat mich sogar bis zum Schluss verfolgt. Sind die auch nur Einbildung?«

»Ich behaupte ja nicht, dass du dir das alles nur vormachst, Sternchen. Es gibt durchaus einige Dinge in deinem Traum, denen ich unbedingt nachgehen muss. Mir ist aufgefallen, dass unser Italiener kurz nach deinem Reiseantritt aus dem Beobachterzimmer verschwunden ist. Später, vor und nach deinem Treffen mit Jessica, bist du diesem della Valle noch einmal begegnet, und da befand sich DiCampo auch nicht im Raum.«

»Was willst du damit sagen?«, hauchte Stella.

»Nichts. Noch nichts«, verbesserte sich Salomon. »Diese seltsamen Parallelen zwischen DiCampos Abwesenheit und dem Auftauchen della Valles sollten wir jedenfalls genau untersuchen. Dein Unterbewusstsein verbindet mit dem Auftauchen des persönlichen Sekretärs immer eine Gefahrensituation. Es wäre unklug, dieses Warnzeichen zu ignorieren.«

»Und was soll ich deiner Meinung nach tun, wenn er wieder in meinen Wachträumen auftaucht?«

»Sollte ich noch einmal zulassen, dass man dir den Intruder-Helm überstülpt – ich muss mir das erst gründlich überlegen –, dann wäre es doch zunächst einmal wichtig, dich an das zu erinnern, was du bereits über dieses Projekt weißt. Nur so kannst du mögliche Gefahren wie diesen della Valle vorausahnen und dich davor schützen. Versuche einfach, bevor du deine nächste Cyberspace-Reise beginnst, ganz intensiv daran zu denken, was dir alles im Traum einfallen muss. Ich kann nicht sagen, ob das funktionieren wird, aber ich erinnere mich, als Junge öfter von einem bestimmten Albtraum heimgesucht worden zu sein. Dann habe ich mir einfach eingetrichtert, wenn diese und jene Szene wiederkehrt, dann *musst* du unbedingt aufwachen. Mit einem Mal begann ich mir das auch im Traum zu sagen und bin dann tatsächlich erwacht, bevor der Löwe mich verspeiste.«

»Der Löwe?«

»Na ja, es war ein ziemlich blutiger Traum.«

Stella nickte mit glasigem Blick. »Ich werd's ausprobieren. Die Angst vor dem Dunklen Lauscher wird mir das allerdings nicht nehmen können. Nach allem, was du mir erzählt hast, haben wir ja nicht einmal einen Verdacht, wer sich hinter dem Schemen verbergen könnte.«

»Vielleicht lässt sich das Geheimnis lüften, wenn wir seine seltsame Warnung entschlüsseln. Wie lautete sie doch gleich?«

»Hüte dich vor dem Herrn des Feldes. Und meide die Stadt Alba.«

»Ja, richtig. Klingt wie ein Rätsel. Als ob der dunkle Schatten dir etwas sagen und gleichzeitig verhindern wollte, dass andere Zuhörer es verstehen.«

»Das hieße ja, er wusste von der Apparatur, an die ich angeschlossen war, und von all den Kontrollmonitoren, auf die das Cyberworm-Team gestarrt hat.«

Salomon nickte ganz langsam. »Du hast Recht. Das wäre eine mögliche Erklärung für seine Heimlichtuerei. Doch warum und vor allem *wovor* hat er dich dann gewarnt? Ich wüsste nur allzu gern, wer dieser ominöse ›Herr des Feldes‹ ist.«

»Mir wird langsam klar, warum DiCampo nicht allzu begeistert von meiner Reise ist. Ich habe damit wohl mehr Fragen aufgeworfen als beantwortet. Vielleicht kann uns ja wenigstens Jessica dabei helfen, das Blatt mit dem Schattenwort zu entschlüsseln. Komisch, wie ich mich mit einem Mal wieder an den Text erinnern konnte, obwohl ich doch die Hälfte davon im Katasteramt liegen gelassen hatte.«

»Daran ist überhaupt nichts sonderbar. Jeder Buchstabe von dem Kagee-Text steht in deinem Reiseprotokoll. Als du dich an die Runen des Manuskripts erinnern wolltest, hast du dir die Tastatur geschnappt und die betreffende Passage einfach noch einmal aus dem Logbuch gezogen. Deine Finger sind ziemlich schnell, Sternchen!«

Die Kommandos zum Durchblättern des Reiseprotokolls waren Stella natürlich geläufig, aber sie hätte nie gedacht, einen so schnöden technischen Vorgang in ihren Träumen als Erinnerung wiederzufinden. »Was sagen denn die Cyberworm-Leute? Können sie mit dem Text etwas anfangen?«

Salomon schüttelte den Kopf. »Die Kryptoanalytiker brüten darüber, aber bis jetzt ohne Ergebnis. Es muss ein ziemlich harter Code sein, weil alle schnellen Standardverfahren zur Entschlüsselung versagt haben. War übrigens goldrichtig von dir, diese Nuss unserer Elektra anzubieten. In bin zuversichtlich, sie wird von ihr geknackt werden.«

»Dann war meine Reise ja doch nicht umsonst.« Stella atmete auf.

»Nein, das war sie nicht. Umso mehr wundert mich, weshalb DiCampo so unzufrieden ist anstatt sich über den Erfolg seines einsamen Unternehmens zu freuen.«

Stella bemerkte den seltsamen Unterton in der Stimme ihres Vaters. »Hast du irgendeinen Verdacht, was den Italiener betrifft?«

Mark war sich nicht sicher, ob er aussprechen sollte, was ihn bis zu Stellas Erwachen so sehr beschäftigt hatte. Auch später – während er seiner Tochter fasziniert beim Dezimieren einer Riesenpizza zugesehen hatte – waren seine Gedanken immer wieder zu demselben Punkt zurückgekehrt. Als sie dann anschließend zu ihrem allabendlichen Spaziergang aus dem Bunker unter Bau 203 gestiegen waren, hatten Stellas Erzählungen seine ganze Aufmerksamkeit in Anspruch genommen. Doch nun ... Mark seufzte. Er hatte sich entschieden. Stella sollte sich auf sein Vertrauen verlassen können.

»Es ist wirklich nur ein Verdacht«, sagte er zaghaft. »Und

ich erzähle es dir nur, weil ich keine Geheimnisse vor dir habe.«

Wenn Salomon nur wüsste, wie gut Stella seine Worte taten! »Ich kann den Italiener sowieso nicht ausstehen. Hat er dich wieder geärgert?«

»Es war mehr als das, Sternchen. Er hat sich ziemlich darüber aufgeregt, dass du sein schönes Sicherheitssystem umgangen hast (eigentlich war es ja der von mir modifizierte SKULL-Tester). Als er alle Register seines südländischen Temperaments gezogen hatte, ist ihm etwas herausgerutscht, was mich stutzig machte. Er sagte: ›Ihr verdammtes *Kagee*-Frettchen hat mein gesamtes Intruder-Projekt in Gefahr gebracht.‹ Ich kann mich noch an jedes Wort erinnern. Vor allem aber an das eine: *Kagee-Frettchen.*«

»Das hast du, glaube ich, irgendwann mal zu mir gesagt.«

»Stimmt. Ich musste lange darüber nachdenken, bis mir wieder einfiel, wann. Es war jedenfalls nicht hier oben, als ich dir während unseres Spaziergangs die Veranschaulichung mit dem Frettchen erklärte.« Salomon blieb stehen und sah Stella fest in die Augen. »Korrigiere mich, falls ich mich irre. Ich habe dieses Wort nur *einmal* gebraucht: Heute früh, als ich dich geweckt habe.«

Stella blickte in das Gesicht ihres Vaters, zuerst fragend, dann grübelnd und zuletzt ungläubig. »Aber das hieße ja …!«

Salomon nickte. »Dass DiCampo tatsächlich unser Privatquartier abhören lässt. Entweder hat er selbst gelauscht oder er hat das Abhörprotokoll gelesen. Da aber die Weckzeremonie eines Vaters wohl kaum ein besonders wichtiges Ereignis ist, mit dem ein Abhörspezialist seinen Auftraggeber langweilen würde, denke ich, hat er persönlich am Kopfhörer gehangen. Verstehst du jetzt, warum ich bei deinem Traum-della-Valle zuerst an DiCampo gedacht habe?«

»Ich fass es nicht!«

»Im Grunde hatte ich ihn ja schon von Anfang an unter Verdacht. Es gibt da einige Ungereimtheiten, die mir in den letzten vier Tagen aufgefallen sind. Ich glaube, es wird Zeit, der Sache auf den Grund zu gehen.«

»Wie meinst du das?«

»Hast du mir nicht zu Hause beim Packen meiner Aluminiumkoffer zugesehen? Ich habe neben den Notebooks noch ein paar nette Kleinigkeiten mitgebracht. Du kennst ja meine Vorsicht. Falls sich eine drahtlose Wanze in unserem Quartier befindet, dann kann ich diese aufspüren und mit einem Störsender funktionsunfähig machen.«

»Du hast eine ganze Radiostation mitgebracht?«, fragte Stella ungläubig.

Salomon musste grinsen. »Weißt du eigentlich, wie sehr du, was Übertreibungen anbelangt, deiner Mutter ähnelst? Nein, es ist kein Radiosender im herkömmlichen Sinne. Solche Apparaturen gehören durchaus zu der normalen Ausrüstung von Computeranwendern in sicherheitssensiblen Bereichen. Allerdings, wenn ich es mir recht überlege, werde ich in einem Bunker mit meterdicken Wänden wohl auf keine funkgestützte Abhöranlage stoßen. Tippe eher auf das gute alte Kabel. Ich werde mich mal etwas tiefer in das Netzwerk unseres undurchsichtigen Freundes einklinken. Glaube mir, wenn er uns belauscht, kriege ich es raus.«

Stella saß mit untergeschlagenen Beinen auf ihrem Bett und sah wie gebannt ihrem Vater beim Herumhantieren mit diversen Kabeln, Klemmen, Plastikboxen und seinen Notebooks zu. Salomon hatte ihr eingeschärft seine Tätigkeit in keiner Weise zu kommentieren. Sie sollte vielmehr »ganz normale Wohngeräusche« machen – was man auch immer darunter verstand.

Nach der Rückkehr vom Spaziergang hatte sie zunächst geduscht. Es war ungefähr neun Uhr abends. Sie fühlte sich noch immer zerschlagen wie nach einem langen, schlimmen Albtraum. Aber die Erfrischung unter der Brause hatte die Nachwirkungen ihrer Cyberspacereise wenigstens erträglicher gemacht. Später marschierte sie, einen Turban aus einem weißen Frotteehandtuch auf dem Kopf, durch das Zimmer, setzte sich einmal auf das Bett, erhob sich wieder, blätterte eine Weile in ihrem Schmöker, um die Black-Sun-Passagen mit ihren Traumerinnerungen zu vergleichen, oder saß nur da und atmete.

Salomon zeichnete alle diese »Wohngeräusche« auf. Er benutzte dazu ein Mikrofon, das sich ebenfalls in einem seiner Aluminiumkoffer gefunden hatte. Als Recorder verwendete er ein Notebook. Anschließend legte er noch einmal den Zeigefinger auf die Lippen, als wolle er sie erinnern: Auch jetzt nur nichts Verräterisches sagen. Dann tat er Dinge, denen Stella nur noch zum Teil folgen konnte. Während der Rückkehr zum Bau 203 hatte Salomon ihr zumindest einige dieser Maßnahmen im Vorhinein beschrieben.

Zunächst stöpselte er eine Mehrfachsteckdose neben dem Schreibtisch ein. Hier fand der Störsender Anschluss. Zwar hatte er keine hochfrequenten Signale entdecken können, die auf versteckte Funkmikrofone hindeuteten, doch seine elektromagnetische Strahlenquelle verhinderte auch das Abhören der eigenen Notebooks. Anschließend steckte er das Kabel eines weiteren, ganz besonderen Kästchens in den Netzanschluss.

Salomon hatte seiner staunenden Tochter die verblüffenden Fähigkeiten des kleinen schwarzen Kastens erklärt, der nun an zwei Kabeln zwischen der Mehrfachsteckdose und einem Notebook-Computer hing. Wenn Telefon- oder Datenkabel dicht gepackt mit Stromleitungen verlegt werden, dann kommt es zu einem Effekt, den man »Übersprechen« nennt. Hierbei werden zwangsläufig die elektronischen Informationen des einen Kabels in schwacher Form auf das andere übertragen. Mit einem entsprechenden Verstärker und einigem zusätzlichen elektronischen Aufwand ist es kein Problem, aus der ganz normalen Netzsteckdose diese Daten wie Bier aus einem Hahn abzuzapfen.

Genau das tat Salomon nun. Er setzte sich einen Kopfhörer auf, startete zwei Programme auf seinem Notebook, veränderte einige Einstellungen, und als in einem der Bildschirmfenster ein grünes hektisch zitterndes Zickzackmuster auf schwarzem Grund erschien, nickte er zufrieden. Wortlos winkte er Stella heran und setzte ihr den Kopfhörer auf. Bis zu diesem Augenblick war das »Übersprechen« für sie nur ein physikalisches Phänomen gewesen. Aber nun hörte sie selbst, wie leicht sich ein Spion dieses »Leck« für einen Lauschangriff zu Nutze machen konnte. Stella war mitten in ein Telefonat zwischen DiCampo und dem Roten John geraten.

Es ging um unverständliche Dinge. Der Italiener forderte einige Unterlagen an, deren Bezeichnungen wohl nur Eingeweihten etwas verrieten. Stella erinnerte sich an Salomons Bericht über das am Nachmittag stattgefundene Gespräch in DiCampos Büro; sie selbst hatte zu dieser Zeit noch geschlafen. Der Projektleiter war wohl bestrebt die streckenweise sehr hitzig geführte Unterredung wenigstens positiv enden zu lassen. Beim Abschied merkte er deshalb an, dass ihm das gespannte Verhältnis zwischen John McMulin und den Kalders nicht entgangen sei. Als ein Zeichen des guten Willens habe er daher seinen Mitarbeiter mit Aufgaben betraut, die ihn von den deutschen Gästen fern halten sollten. Agaf hatte diese Maßnahme begrüßt, aber Salomon war sie irgendwie merkwürdig vorgekommen.

Stella reichte den Kopfhörer an ihren Vater zurück und nickte ihm mit vorgeschobener Unterlippe anerkennend zu.

Salomon veränderte erneut die Einstellung des Programmes, das die Daten aus der Black Box auswertete und in unterschiedliche Sprach- und Datenkanäle aufteilte. Mit einem Mal hoben sich seine Augenbrauen.

Stella zuckte fragend die Schultern. Was hatte er entdeckt?

Salomon zog demonstrativ den Stecker seines Kopfhörers aus dem Notebook und rief: »Ha!«

Dieses eine Wort genügte, um aus den eingebauten Lautsprechern des Computers ein schrilles Pfeifen ertönen zu lassen. Als sich Stella die Ohren zuhielt, weil sie das penetrante Piepen nicht mehr ertragen konnte, stöpselte Salomon den Kopfhörer wieder ein.

Stella wiederholte ihre fragende Geste. Sie konnte mit dem Geräusch nichts anfangen.

Ihr Vater legte die Hände auf die Tastatur seines Computers, öffnete am Bildschirm ein Fenster und tippte hinein, was er wegen des Abhörmikrofons nicht laut sagen wollte.

```
Das Pfeifen war eine Rückkopplung. Mein *HA*
wurde von der Wanze aufgenommen, dann aus dem
Lautsprecher meines Notebooks geschickt,
wieder von dem versteckten Mikrofon auf-
gefangen, erneut vom Lautsprecher wiederge-
geben...
```

Stella nickte. Sie hatte verstanden. Salomon war es tatsächlich gelungen, den Sprachkanal zu finden, auf dem die Wanze ihre Geheimnisse übertrug.

Salomon rückte nun leise den Schreibtisch von der Wand und kniete sich auf den Boden. Da das Verlegen von Kabeln in dem armierten Spezialbeton des Bunkers viel zu aufwändig gewesen wäre und man zudem wohl nie damit gerechnet hatte, dass ein Spion *innerhalb* des Labortraktes aktiv werden könnte, hatte man einfach den ganzen Bereich mit Kabelschächten durchzogen. Auch in den Privatquartieren waren diese eckigen grauen Kunststoffröhren zu finden, die sämtliche Leitungen für den elektrischen Strom, die Telefone und das Computernetzwerk bargen.

Stella beobachtete fasziniert, wie routiniert ihr Vater die Abdeckung des Schachtes dicht über dem Boden öffnete, aus den vielen unterschiedlichen Kabelsträngen gezielt einen herausgriff und sich mit seinem Schweizermesser daran zu schaffen machte. Bald hatte er sich einen »Nebenanschluss« gelegt, mit dem er direkt auf das so genannte *Backbone*, also den Hauptstrang des Labornetzes, zugreifen konnte. Dies, so hatte er Stella vorher erklärt, sei notwendig, weil die normalen Anschlussbuchsen über Filter arbeiteten, die von vornherein den Zugriff auf die gesamte Bandbreite des Netzwerkes einschränkten.

Nachdem Salomon den Schacht wieder verschlossen und seinen »Nebenanschluss« sorgfältig hinter dem Schreibtisch getarnt hatte, verband er den neuen Zugang mit dem Computer. Wieder sah ihn Stella mehrere Programme starten. In einem der Bildschirmfenster zitterte eine neue grüne »Fieberkurve«, genauso unruhig wie diejenige aus der Black Box, jedoch mit einem völlig anderen Muster. Parameter wurden geändert, Regler betätigt, neue Eingaben gemacht, bis mit einem Mal die beiden Zickzackkurven identisch aussahen.

Ein triumphierendes Lächeln umspielte Salomons Lippen. Noch einmal nickte er. Dann drückte er mit dem Mauszeiger einen Knopf am Bildschirm und die grüne Berg-und-Tal-Linie aus der Black Box veränderte sich abrupt.

»Was du hier siehst«, sagte er nun offen und in normaler Lautstärke, »ist das Tonsignal aus dem Netzwerk und hier«, dabei klickte er auf einen anderen Knopf am Bildschirm, »ist das echte Raumsignal, das die Wanze liefert. Ich habe sie vorhin nicht orten können, weil sie nur ganz normal verkabelt ist.«

Stella bekam große Augen. »Dann hast du also wirklich Recht gehabt. Und jetzt schwindelst du DiCampo einfach andere Geräusche vor?«

Salomon verzog wie unter Schmerzen das Gesicht. »Unter Schwindeln verstehe ich wirklich etwas anderes, Sternchen. Erstens war es ja DiCampo, der durch seinen Lauschangriff höchst unmoralisch gehandelt hat, und zweitens ist das, was er hört, ja echt. Es handelt sich um ganz normale Wohngeräusche.«

»Etwa um die, die du vorhin aufgenommen hast?«

Salomon grinste. »Das Duschen habe ich rausgeschnitten. Wäre vielleicht doch zu auffällig, wenn alle zehn Minuten das Wasser läuft.«

»Du bist ein Gauner, Salomon.«

»Nicht wahr!«

»Und was fangen wir jetzt mit unserer neu gewonnenen Redefreiheit an?«

»Es gibt einiges zu tun. Mich interessiert, was DiCampo im Schilde führt. Immerhin könnte dieser Abhörversuch nur seinem krankhaften Misstrauen gegen jede Form der ›Öffentlichkeit‹ entspringen. Ich glaube, ich rede mal mit Agaf darüber.«

Stella sagte nichts dazu. Sie hatte bis vor kurzem allen Menschen hier misstraut und gewöhnte sich erst allmählich daran, dass ihr Vater feine Unterschiede zwischen den einzelnen Teammitgliedern machte.

»Und außerdem haben wir da noch dieses Rätsel«, fuhr Salomon in Anbetracht von Stellas Schweigen fort. »Wer ist der ›Herr des Feldes‹? Ich werde das unbestimmte Gefühl nicht los, dass dein dunkler Schatten dir hier eine Information von großer Bedeutung zugespielt hat.«

»Sie sehen Gespenster, Mark.«

Agaf erhob sich erbost aus seinem Sessel. Er blickte kurz zu Stella hinüber, die schon in ihrem Bett lag, aber hellwach jedes Wort zwischen dem Cyberworm-Leiter und ihrem Vater verfolgte.

»Und wie erklären Sie sich dann die Wanze?«, fragte Salomon.

Der Afrikaner musterte die zuckenden grünen Linien auf Salomons Notebook und schüttelte den Kopf. »Ich gebe zu, was DiCampo mit Ihnen und wahrscheinlich auch mit uns allen anderen da macht, ist nicht gerade fair, um nicht zu sagen, verwerflich. Aber vergessen Sie bitte nicht: Wir sind hier bei der NSA. Hier gehört Lauschen zum guten Ton. Ein Unrechtsbewusstsein, was die Verletzung der Privatsphäre anderer Leute betrifft, werden Sie in der Agency vergeblich suchen.«

»Hört, hört.«

»Ich weiß, Mark. Sie haben diese Auffassung schon immer vertreten und ich gebe Ihnen sogar Recht. Wenn ich Sie schon mehrmals in Ihre Schranken verwiesen habe, dann nur deshalb, weil wir auf diesen verdammten Laden hier *angewiesen* sind. Ohne die technische Ausstattung der NSA könnten wir die Jagd auf den Cyberwurm von vornherein abblasen. Und Sie, Mark, sind nicht ganz unschuldig an der technischen Überlegenheit unserer Gegner.«

»Vielen Dank, Agaf. Das hat mir gerade noch gefehlt.«

Der Nigerianer neigte den Kopf zur Seite und verzog das Gesicht zu einer schmerzlichen Grimasse. »Mark, das war kein Angriff auf Sie oder Stella. Der Verursacher einer Katastrophe muss nicht immer aus Bosheit oder grober Fahrlässigkeit handeln. Zeit und Umstände können jeden irgendwann zum Anlass eines Unglücks machen. Sie und Stella haben einfach Pech gehabt.«

»Warum werde ich nur das Gefühl nicht los, Sie machen sich in Bezug auf Dr. DiCampo etwas vor, Agaf? Ich habe ihm nie getraut, aber jetzt, nachdem ich annehmen muss, dass er mich und Stella höchstpersönlich noch *heute früh* belauscht hat, kann ich es erst recht nicht mehr.«

»Ich möchte ja nur, dass Sie sich nicht zu sehr auf *eine* Möglichkeit fixieren, Mark. Es könnte auch Fakten geben, die den Doktor entlasten und die uns bisher nicht bekannt sind.«

»Das funktioniert auch umgekehrt.«

»Was wollen Sie damit sagen?«

»Erinnern Sie sich noch daran, wen DiCampo wegen der Computeranschläge verdächtigt hat?«

Agaf hob mit den Händen die Hosenbeine über seinen Knien an und ließ sich wieder in den Sessel der kleinen Sitzgruppe sinken. »Natürlich. Als Kimiko ihn danach fragte, sagte er sinngemäß, die Iraner hätten sich ein paar Computerfreaks gemietet, um die westliche Welt aus den Angeln zu heben.«

Salomon nickte bedeutungsvoll. »Vor einigen Jahren hat die US-Regierung eine Studie bei der RAND Corporation in Auftrag gegeben. Die Leute von RAND haben dann einen illustren Kreis hochrangiger Vertreter aus Regierung, Wirtschaft und Militär zusammengerufen und ein bemerkenswertes Szenario durchgespielt. Es ging um einen Informationskrieg. Der Abschlussbericht trug den Titel: *Strategic Information Warfare: A New Face of War*. Der Gegner der Vereinigten Staaten in dem darin beschriebenen Konflikt war niemand anderer als der *Iran*, ebenjenes Land, das DiCampo uns als Hauptverdächtigen präsentiert hat.«

»Der Iran gehört wirklich nicht gerade zu den Busenfreunden der Amerikaner.«

»Da haben Sie Recht. Aber die Parallelen zwischen dem Information-Warfare-Report und DiCampos Äußerungen sind trotzdem frappierend. Während der im RAND-Bericht dokumentierten fiktiven Krise versuchten Iran-gesteuerte Oppositionsgruppen Saudi-Arabien in ihre Gewalt zu bekommen. Natürlich sehen die USA einen Angriff auf ihren wichtigsten Öllieferanten als Bedrohung der nationalen Sicherheit an. Also wiederholen sie ihre Taktik vom Golfkrieg. Diesmal jedoch ändert der Iran seine Strategie. Er dingt eine Hand voll Hacker, die das amerikanische Computernetz attackieren.« Salomon beugte sich zu Agaf vor. »Jetzt sollte es eigentlich bei Ihnen klingeln.«

Der Afrikaner blickte finster. »Das hört sich nun wirklich so an, als hätte DiCampo den Text seines Begrüßungsvortrages vom Mittwoch aus dem Bericht der RAND-Corporation abgeschrieben. Was für eine Lehre hat man denn aus diesem hypothetischen Waffengang im Cyberspace gezogen?«

»Dass die USA verletzlicher seien als je zuvor. Die RAND-Leute haben sich hierfür ein ›hübsches‹ Beispiel ausgedacht: Die iranischen Hacker bringen auf dem Höhepunkt der Auseinandersetzung durch informationsterroristische Manipulationen an der Bordcomputersoftware einen Airbus zum Absturz, genau über dem Flughafen von Chicago.«

»Und das wäre möglich?«, hauchte Agaf entsetzt.

Mark nickte ernst. »Katastrophen von noch viel größerem Ausmaß sind denkbar. Ich kann DiCampos Sorge insofern verstehen, nicht aber seine Maßnahmen. Je mehr ich über all das nachdenke, was in dieser Woche geschehen ist, desto mehr drängt sich mir der Verdacht auf, DiCampo nutzt die Computervorhölle zur Verfolgung eines ganz persönlichen Ziels.«

»Und an was haben Sie dabei gedacht?«

»Ich vermute, er will an meinen SKULL-Tester herankommen. Wenn er diesen Generalschlüssel mit seinem Intruder verbindet, kann die NSA in praktisch jedes Computersystem eindringen und sich alle Informationen stehlen, die sie nur haben will.«

Agaf schüttelte den Kopf. »Ich weiß nicht, Mark. Gehen Sie da nicht ein bisschen zu weit?«

»Das glaube ich nicht. Wussten Sie übrigens, dass DiCampo Walter Friedman hauptsächlich deswegen engagiert hat, weil er perfekt Deutsch spricht?«

Der Nigerianer streckte die Arme mit nach oben gedrehten Handflächen aus. »Ich habe keine Ahnung, worauf Sie hinauswollen.«

»Friedman sollte mich aus Berlin abholen, damit ich der NSA mit meiner Software behilflich bin, die vermeintlichen Cyberterroristen zu fangen.«

»Und?«

»Von Friedman habe ich am Tage unserer Ankunft in Fort Meade erfahren, dass er selbst erst seit acht Tagen zu DiCampos Projektteam gehört. Jetzt sagen Sie mir eines, Agaf: Ist es nicht seltsam, dass DiCampo just an dem Tag, da der *erste* Computeranschlag passiert – also noch ehe die Medien darüber berichten können! –, einen Mann anheuert, der mich aus Deutschland abholen soll? Woher wusste oder weshalb vermutete DiCampo zu diesem frühen Zeitpunkt, dass aus jenem einen Vorfall sich Tage später so etwas wie eine globale Krise entwickeln würde?«

Agafs Gesicht war zu einer Maske aus schwarzem Basalt erstarrt. »Haben Sie noch mehr solche überraschenden Informationen für mich, Mark?«

Endlich war es Salomon gelungen, auch bei dem Cyberworm-Leiter Zweifel zu wecken. Er ließ seine gerade geäußerten Bedenken noch eine Weile wirken, bevor er antwortete: »Die habe ich tatsächlich. Sie erinnern sich, wie ich in der Nacht zum Donnerstag den *Kagee*-Fingerabdruck in DiCampos Labornetz fand? Was mich überraschte, war die Tatsache, dass diese Identifikation im Klartext vorlag, obwohl doch nach dem vierten Computervorfall keine entsprechenden Kagees mehr gefunden wurden.«

Nun öffnete sich Agafs Mund in ungläubigem Staunen. »Aber das hieße ja …«

Mark nickte bedeutungsschwer. »Die NSA kennt den Klartextfingerabdruck meines SKULL-Testers, wusste aber anscheinend nichts von der Existenz der Permutationen. Es hätte also für DiCampo kein Problem bedeutet, eine Infizierung seines Labornetzes durch den *Kagee*-Mutanten nur *vorzutäuschen*. Und jetzt lassen Sie uns den Gedanken zu Ende führen, Agaf.« Mark beugte sich in seinem Sessel weit vor und sprach unwillkürlich leise und eindringlich. »DiCampo hat mir die Verbindung meines SKULL mit der Sicherheitssoftware seines Labornetzes mehr oder weniger abgenötigt. Ebenso den Einbau des SKULL-Testers in seinen Intruder. Auf Stella und mich wurde ein Mordanschlag verübt. Das benutzte er als ein willkommenes Druckmittel. Die Terroristen hätten ihr Attentat nur planen können, weil sein Labornetz ihnen schutzlos ausgeliefert gewesen sei und sie dadurch an wichtige Planungsdetails herangekommen wären. Wenn er aber selbst den Fingerabdruck, das Kagee, in sein System hat schmuggeln lassen, wer plante dann den Truck-Anschlag in New York?«

Agaf blickte fassungslos in Salomons Gesicht. Vermutlich suchte er nach Argumenten, um dessen Gedankengänge zu entkräften, aber ihm wollte nichts einfallen, was sich gegen die bestechende Logik des Professors einwenden ließ. Nach einer Weile schließlich schüttelte er den Kopf und murmelte: »Ein Mordanschlag ...! Ich kann mir nicht vorstellen ...«

»Natürlich wollte er uns nicht umbringen«, fuhr Salomon ruhig fort. Er setzte sich wieder bequemer in den Sessel. »DiCampo brauchte mich ja – genauer gesagt, meine Software. Ist es nicht auffällig, dass Stella in ihrem Wachtraum gleich zu Beginn zwei Männern begegnete, die ihr Sesa Mina abjagen wollten?«

»Wen?«

»Das *Kagee*-Frettchen, von dem ich Ihnen vorhin erzählt habe.«

»Ach so, von Ihrem SKULL-Tester reden Sie.« Agaf sah zu Stella hinüber, die in ihre Decke eingewickelt bäuchlings auf dem Bett lag und der Unterhaltung schweigend folgte. Jetzt sah sie die Gelegenheit gekommen, Agafs Bild von dem hingebungsvollen Intruder-Chef endgültig ins Wanken zu bringen.

»Der eine war ein Typ, der mir Angst einjagte, und der andere schmeichelte mir, ich wäre so hübsch und lauter so zuckersüßes Zeug. Am Ende wollten beide wohl nur mein weißes Frettchen haben und der Oberheuchler della Valle hat mich durch die Straßen von Blaxxun gejagt.«

»Du bist aber wirklich ein sehr hübsches Mädchen«, sagte Agaf mit einem großväterlichen Lächeln, bevor er sich, deutlich ernster, wieder Salomon zuwandte. »Sie meinen, DiCampo hat diese Figuren nur geschickt, um Stella ihren Generalschlüssel abzuluchsen?«

Salomon nickte. »Genau das. Vielleicht steckte er sogar selbst hinter einer der Traumgestalten. Erinnern Sie sich noch, wie DiCampo einmal für kurze Zeit den Raum verließ? Es war, gleich nachdem Stella ihre Reise angetreten hatte. Ich habe mir nichts dabei gedacht, weil ich viel zu sehr mit meiner Tochter beschäftigt war. Selbst später, als er sich für längere Zeit ausklinkte, habe ich das nicht für so wichtig gehalten. Aber jetzt – wenn ich an ihren Traum von diesem della Valle und seinem auffälligen Interesse an dem Frettchen denke – frage ich mich, ob nicht DiCampo selbst dieser Avatar gewesen ist und ...«

»Dieser *was*?«, unterbrach ihn der Afrikaner.

Salomon lächelte. »Avatare sind Stellvertreter eines Menschen im Internet. Der Begriff entstammt dem Sanskrit und steht für das Überwechseln eines höheren Wesens in den Körper einer anderen Person.«

»Sie meinen, Avatare seien nichts weiter als die Puppen von Bauchrednern im Internet?«

Jetzt musste Salomon laut lachen. »Ein amüsanter Vergleich, Agaf. Aber ich sehe, Sie haben's verstanden. Nicht jeder, der im Internet kommuniziert, benötigt einen Avatar. Stella ist, wenn man so will, im Wachtraum sogar ihre eigene Stellvertreterperson und die meisten anderen Bewohner ihres Illúsions dürften wohl reine Produkte der Fantasie sein. Aber die beiden Avatare, die ihr auf dem Marktplatz von Enesa begegnet sind, halte ich nicht dafür. Überlegen Sie doch einmal: Der zweite, dieser Sekretär von Enesa, hatte sogar wie DiCampo einen italienischen Namen, und so wie ihn mir Stella beschrieben hat, besaß er auch äußerlich sehr viel Ähnlichkeit mit unserem Projektleiter. Je länger ich darüber nachdenke, desto überzeugter bin ich, dass der Doktor hinter allem steckt. Er wollte, dass Stella ihm den isolierten Code des SKULL-Testers aushändigt, weil er ihm in der von mir für den Intruder angepassten Fassung nichts nützt.«

»Und hätte sie das wirklich tun können?«

»Nein, aber das konnte DiCampo ja nicht mit Sicherheit wissen. Die Versuchung war für ihn wohl einfach zu groß. Leider hat sich seine heimtückische Aktion letztlich gegen ihn selbst gewandt. Ich bin überzeugt, dass Stella, als sie einen der beiden Schurken bis vor die Tür des Geheimen Stadtarchivs verfolgte, fast an brisante Informationen gelangt wäre. Ja, ich behaupte sogar, *das* war der eigentliche Grund, weshalb DiCampo sie so schnell wie möglich loswerden wollte und ihr den Auftrag gab, den Server der Australian Mining Company zu besuchen.«

Der Cyberworm-Leiter und Stellas Vater saßen zwei oder drei Minuten lang schweigend in ihren Sesseln. Zu viele Dinge waren gesagt worden, die Agafs bisheriges Weltbild auf den Kopf stellten. Offenbar überlegte er nun, welche Konsequenzen er aus seinem neuen Wissen ziehen sollte.

»Solange wir nicht wissen, welches Ziel DiCampo wirklich verfolgt, sollten wir die Sache für uns behalten«, sagte er schließlich.

»Sie glauben immer noch, er sei nicht mehr als ein karrieresüchtiger NSA-Beamter, nicht wahr?«

»Haben Sie eine andere Erklärung für sein sonderbares Verhalten? Mit Ihrer Software könnte er seinen Intruder zu einer absoluten Superwaffe im Informationskrieg machen. Sie haben ja selbst gesagt, die USA seien Angriffen aus dem Cyberspace so gut wie schutzlos ausgesetzt. Man könnte sein unkonventionelles Vorgehen also durchaus als patriotische Tat interpretieren. DiCampo scheint mir durchaus der Mann zu sein, der für ein bisschen Heldentum, verbunden mit einer steilen Karriere und einem fürstlichen Einkommen, eine Menge Tabus brechen würde.«

Salomon hob staunend die Augenbrauen. »Welche neuen Töne höre ich da aus Ihrem Mund, Agaf?«

»In meiner Einheit habe ich hauptsächlich Einzelkämpfer, manchmal sogar ziemlich verschrobene Spezialisten. Für sie alle muss ich die Integrationsfigur sein. Das zwingt mich oft zu Worten und Taten, die nicht unbedingt meine Empfindungen widerspiegeln. Aber jetzt habe ich ein wirklich ungutes Gefühl im Bauch, Mark. Wir müssen Ihrem Verdacht nachgehen ...«

»Wir?«, fiel Salomon dem Teamleiter ins Wort.

»Sie wissen schon, was ich damit meine. Kimiko wird uns unterstützen. Wenn Sie nach weiteren Beweisen suchen, werden Sie mindestens noch einen zusätzlichen Spezialisten benötigen. Keine Angst, *ich* bin nicht der zweite Mann. Mir ist nicht entgangen, dass sich Ihre Begeisterung in Grenzen hält, wenn ich Ihnen immer wieder Löcher in den Bauch frage.«

»Jetzt übertreiben Sie aber, Agaf. Ich sehe ja ein, dass Sie wissen müssen, was in Ihrem Team vorgeht. Was den ›zweiten Mann‹ betrifft – ich vermute, Sie haben da schon jemand Bestimmten im Auge. Kann man ihm denn trauen?«

Agaf nickte bekräftigend. »Was halten Sie von Benjamin Bernstein? Benny ist ebenso verlässlich wie Kimiko Shirakaba und fachlich sogar noch beschlagener als sie. Für die beiden würde ich meine Hand ins Feuer legen.«

»Wenn Kimiko und Benny Ihr Vertrauen genießen, dann habe ich auch keine Einwände.« Salomon nickte zufrieden. »Dann hätten wir also unser kleines Verschwörerteam beisammen. DiCampo möchte, dass Stella nach einer Ruhepause übermorgen früh wieder auf Reisen geht. Ich werde versuchen ihren nächsten Einsatz noch um weitere vierundzwanzig Stunden hinauszuschieben, aber trotzdem dürfte die Zeit bis Dienstag äußerst knapp werden.«

Agaf blickte Salomon erstaunt an. »Knapp *wofür*?«

»Um die Identität dieses ominösen ›Herrn des Feldes‹ herauszufinden. Der Dunkle Lauscher hat Stella vor ihm gewarnt, Agaf! Als ihr Vater muss ich natürlich vom schlimmsten aller Fälle ausgehen.«

»Und das bedeutet?«

»Solange wir nicht wissen, wer der ›Herr des Feldes‹ ist, schwebt Stella in großer Gefahr.«

Die Nacht war ruhig. Doch der Schlaf für viele fern.

Da gab es einmal die kleine Gruppe aus vier Personen, die im Quartier der Kalders einem Kinderrätsel nachjagten. So jedenfalls hörte es sich an: »Hüte dich vor dem Herrn des Feldes. Und meide die Stadt Alba.«

Stella hatte den vieren nur eine Zeit lang zugesehen, hauptsächlich weil der dunkelhaarige Lockenkopf Benny sie nicht schlafen ließ. Nicht dass er in irgendeiner Weise laut geworden wäre. Der Amerikaner jüdischer Abstammung war sogar ruhiger und zurückhaltender als jeder andere aus dem Cyberworm-Team. Er sagte selten etwas, aber was er dann von sich gab, hatte Hand und Fuß. Doch seine Augen …!

Als Benjamin Bernstein in Begleitung von Agaf Nbugu und Kimiko Shirakaba die Privaträume der Kalders betreten hatte, wäre Stella am liebsten im Erdboden versunken. Sie trug einen marineblauen Schlafanzug mit einer Mickymaus auf der Brust, der ihr mit einem Mal wahnsinnig kindisch vorkam. Es hatte ihr nichts ausgemacht, sich dergestalt vor Agaf zu zeigen. Schließlich hätte er ihr Großvater sein können. Aber unter den neugierigen schwarzen Augen Bennys kam sich Stella irgendwie albern vor. Sie zog die Bettdecke bis unter das Kinn und verzog keine Miene.

So verbrachte sie ungefähr zwei schlaflose Stunden mit interessanten Beobachtungen. Sie hörte, wie ihr Vater für die beiden neuen Verbündeten alle Argumente zusammenfasste, die er zuvor schon Agaf dargelegt und dabei Stella gehörig beunruhigt hatte. Und sie sah, wie Kimiko und Benny ihre Notebooks auspackten und mit denjenigen Salomons verbanden. So schufen sie ihr eigenes kleines Netzwerk, von dem aus sie über Salomons »Nebeneingang« und über das Intruder-Labornetz so gut wie jeden Ort im Cyberspace erreichen konnten. Nur die flachen Notebook-Tastaturen klapperten leise, als sich die drei Fährtensucher unter den aufmerksamen Augen Agafs in ihr Cyberrevier begaben, um den »Herrn des Feldes« zu finden.

Salomons Bemerkungen zu diesem geheimnisvollen Unbekannten hatten Stella innerlich aufgewühlt, ihr sogar Angst gemacht. Aber hier opferten Menschen ihre wohlverdiente Nachtruhe, um sie zu beschützen. Die stille Geschäftigkeit im Zimmer wirkte beruhigend, nicht nur auf sie, sondern auch auf Agaf. Kurz nachdem der Afrikaner im Sessel eingenickt war, überwältigte auch Stella der Schlaf.

Die Nacht war ruhig. Denn kein neuer Computervorfall wurde gemeldet. Der Cyberwurm schien zu schlafen, nachdem er die religiöse Welt schockiert hatte. Oder war es nur die Ruhe vor dem Sturm?

Einschläfernde Stille. Die Sprachsensoren der Tonaufzeichnungsgeräte im sechsten Untergeschoss des Labors schlugen kein einziges Mal an. Nur ganz normale Geräusche aus dem Quartier der Kalders waren zu hören. Nichts, das sich aufzunehmen lohnte.

»Die Nacht war ruhig«, berichtete DiCampo am Sonntagmorgen, nachdem Agaf das tägliche Briefing im Konferenzsaal des Bunkers eröffnet hatte. Das Cyberworm-Team war fast vollzählig angetreten. Auch Walter Friedman stand aufmerksam lauschend an der Rückwand des Raumes; er hatte sich in der letzten Zeit rar gemacht. Nur der Rote John fehlte.

»Die Angriffe gegen die katholische Kirche und gegen den jüdischen Gebets-E-Mail-Server waren die letzten Vorfälle, die unsere Beobachter gemeldet haben«, erläuterte der Intruder-Projektleiter zufrieden. »Unsere Analytiker bieten zwei verschiedene Interpretationen für das Ausbleiben von Aktionen am gestrigen Tag und in der Nacht an. Entweder war das ein tiefer Atemzug vor dem nächsten, dafür dann umso lauteren Posaunenstoß, oder die Cyberterroristen haben Wind davon bekommen, dass wir ihnen auf den Fersen sind. Einige Anzeichen aus dem mittleren Drittel von Stellas Reiseprotokoll lassen uns die zweite Möglichkeit favorisieren.«

»Vielleicht haben Sie die Möglichkeit drei vergessen«, meldete sich Kimiko müde zu Wort. »Die Terroristen wollten auch einmal ein ruhiges Wochenende haben.«

Alle im Konferenzraum lachten, nur DiCampo nicht.

»Ich habe gestern Nachmittag die Ergebnisse der ersten Reise von Stella Kalder als nicht sehr ergiebig bezeichnet. Inzwischen muss ich mich korrigieren. Wenn unsere Analytiker Recht haben, dann könnte sie die Aufmerksamkeit der Terroristen auf sich gezogen haben. Und das wiederum erlaubt es uns, die Verbrecher zurückzuverfolgen. Deshalb plädiere ich dafür, sie so schnell wie möglich wieder auf Reisen zu schicken.«

»Ohne konkretes Ziel?«, fragte eine junge Frau dazwischen, deren Haut noch schwärzer war als diejenige Agafs.

»Stella hat im Server der Australian Mining Company einen verschlüsselten Text entdeckt, den wir leider noch nicht dekodieren konnten. Sobald uns das gelungen ist, dürften wir genügend Anhaltspunkte für eine neue Reise haben.«

»Und wie lange wird das dauern?«

DiCampo wusste darauf keine befriedigende Antwort zu geben und das ärgerte ihn. Mit einem unwilligen Seitenblick auf

Salomon erklärte er schließlich: »Professor Kalder hat für mich einen Bericht von Stellas Wachtraum erstellt. Seine Tochter hat den Kagee-Text in Blaxxun einer außen stehenden Person übergeben, deren Identität die Kalders uns gegenüber nicht aufdecken wollen. Ich halte das zwar für einen eklatanten Verstoß gegen unsere Sicherheitsbestimmungen, aber vielleicht können wir von dieser Seite morgen schon Neues erfahren.«

»Eher am Dienstag«, warf Salomon ein.

DiCampos Kopf fuhr nun ganz herum. »Aber das wäre ja erst übermorgen! Sie haben doch gesagt ...«

»Ich bat um Bedenkzeit«, unterbrach Salomon den Projektleiter. Er legte den Arm um die Schulter seiner neben ihm sitzenden Tochter und erklärte: »Stella ist nach der gestrigen Reise noch ziemlich erschöpft. Ich bin mir momentan nicht einmal sicher, ob ich überhaupt einer weiteren Cyberspace-Reise zustimmen kann. Bevor meine Tochter keine echte Chance auf Erfolg hat, werde ich sie jedenfalls nicht mehr einer solchen Belastung aussetzen. Aus meiner eigenen Erfahrung halte ich einen Zeitraum von drei Tagen für die Entschlüsselung des Schattenworttextes für realistisch.«

»Dann muss ich den Dienstag wohl schlucken«, sagte DiCampo, halb enttäuscht wegen der Verzögerung, halb erleichtert wegen der in Aussicht gestellten Zustimmung des Professors.

Salomon nickte. »Sofern Stellas Informantin ihr am Dienstag die Lösung des Rätsels liefert, wird meine Tochter auch ihre Suche nach dem Cyberwurm fortsetzen können. Wenn überhaupt, dann halte ich diesen Zeitplan noch für den besten Kompromiss.«

DiCampo versuchte erst gar nicht, den besorgten Vater zu einer schnelleren Gangart anzutreiben. Unter den Augen des versammelten Cyberworm-Teams hätte ihm dies gewiss nur

Negativpunkte eingebracht. Stattdessen fuhr er damit fort, die Resultate der NSA-Analytiker vorzutragen. Diese hielten es nämlich durchaus für möglich, dass Stella von den Terroristen beobachtet worden war – die zweimalige Begegnung mit dem virtuellen Wesen, das Stella als Lindwurm bezeichnet hatte, verlieh dieser Theorie ebenso Gewicht wie der reale Mordanschlag auf die deutschen Teamkollegen. Sollten die Vermutungen der Analytiker auf Tatsachen beruhen, dann könne es schon ausreichen, dass Stella sich wieder online zeige. Möglicherweise ließen sich die Terroristen dann aus ihrem Versteck locken.

Stella, die wie fast immer den Teambesprechungen schweigend folgte, sah, wie sich ihrem Vater die Nackenhaare aufstellten. Er machte DiCampo selbst für das Attentat verantwortlich, ein filmreifes Täuschungsmanöver, das einzig dem Zweck gedient hatte, Mark Kalder möglichst umfangreiche Zugeständnisse abzuringen. Sie selbst hatte den Intruder-Projektleiter nie leiden können, auch wenn er noch so viele Versöhnungsgesten machte. Eine davon war das Zurückpfeifen des Roten Johns gewesen. Aber was hieß das schon? DiCampo vertraute eben auf seine Mikrofone.

Leider hatte Stella mit Salomon seit dem Aufstehen noch nicht sprechen können. Ihr Vater war offenbar in dringenden Angelegenheiten unterwegs gewesen, denn erst hier im Konferenzsaal hatte sie ihn getroffen und ihm demonstrativ vor aller Augen den Gutenmorgenkuss auf die Wange gedrückt. Irgendetwas beunruhigte ihren Vater, das war ihr sofort aufgefallen. Sie hoffte, die Sitzung würde nicht länger dauern als an den Tagen davor. Doch schon kündigten sich Komplikationen an, und zwar aus dem Munde des Italieners.

»Vielleicht müssen wir unsere Einschätzung zur Strategie der Cyberterroristen revidieren. Bisher sind wir von einem kleinen, durch den Iran gedungenen Kreis gut ausgebildeter

Extremisten ausgegangen. Die verheerendsten Angriffe entsprachen einem Muster, das wir auch von konventionellen Terroranschlägen solcher Gruppierungen kennen: Es wurden hauptsächlich staatliche Einrichtungen oder Repräsentanten des westlichen Kapitals angegriffen. Aber da Bombenanschläge gegen Kirchen und Altäre selten sind, haben die jüngsten Aktionen gegen das Judentum und die katholische Kirche im Cyberspace unsere Analytiker irritiert.«

»Im Golfkrieg hat Saddam Hussein auch Raketen auf Israel abgefeuert«, gab Benny zu bedenken.

»Das ist richtig. Aber sie zielten nicht auf die Klagemauer.«

»Vielleicht weil sie sich am Tempelberg, genau unterhalb des Felsendoms befindet«, warf Salomon ein. »Im Cyberspace kann man wesentlich genauer zielen.«

»Damit haben Sie natürlich Recht, Professor. Aber so einfach dürfen wir es uns wohl nicht machen.«

»Das sehe ich auch so, Doktor. Vielleicht müssen Sie Ihr schönes RAND-Szenario begraben und anhand der Fakten noch einmal ganz von vorn beginnen.«

Stella sah, wie DiCampo verwirrt blinzelte. Die Bemerkung ihres Vaters hatte ihn völlig überrascht. Offenbar war Salomons Schuss ins Blaue ein Volltreffer gewesen. Es dauerte einige Sekunden, bis DiCampo seine Beherrschung zurückgewonnen hatte und scheinbar ungerührt erwiderte: »Ich meine, es wäre zu früh, unsere bisherigen Schlüsse über den Haufen zu werfen, Professor. Dennoch gebe ich Ihnen Recht, die neuen Aspekte müssen berücksichtigt werden. Wir ...«

DiCampo hielt inne, weil plötzlich Charles Townsend den Saal betrat und allein schon durch seine beträchtliche Körperfülle die Aufmerksamkeit auf sich zog. Der NSA-Mann schlich wie ein Großwildjäger auf Zehenspitzen durch den Raum und schob seinem Chef einen Zettel zu.

Der Italiener dankte Townsend und überflog die Notiz. Sein Gesicht wurde ausdruckslos. Als er das Blatt in die Brusttasche seines blauen Anzugs steckte, wirkte er blass.

»Die Nacht war doch nicht so ruhig«, sagte er ernst. »Soeben bekomme ich die Meldung, dass durch eine Computermanipulation vor knapp vier Stunden ein Kommunikationssatellit außer Funktion gesetzt wurde.« DiCampo zog noch einmal den Zettel hervor und las den Inhalt zum zweiten Mal. Dann schüttelte er ungläubig den Kopf, bevor er wieder in die Runde blickte. »Im gesamten Nordosten der Vereinigten Staaten sind die unterschiedlichsten satellitengestützten Systeme zusammengebrochen: Bankautomaten, Kreditkartengeräte, Pager, sogar ganze Fernsehnetzwerke sind ausgefallen. Kaum auszudenken, was geschehen wäre, wenn es einen unserer militärischen Satelliten erwischt hätte!«

Agaf Nbugu richtete sich plötzlich kerzengerade in seinem Stuhl auf. »Was haben Sie da eben gesagt?«

»Ich meinte, der Satellit hätte ebenso gut eine Navigationseinheit für Interkontinentalraketen oder ...«

»Das ist es!«, schnitt der Afrikaner dem Italiener das Wort ab. »Sie haben sich doch Gedanken über die Cyberterroristen und die Wahl ihrer Angriffsziele gemacht. Also, der Stromausfall in London oder die Attacke gegen das Krankenhaus richteten sich gegen das staatliche Gemeinwesen; die Anschläge gegen die Australian Mining Company oder die First National Bank of Chicago galten eindeutig der Wirtschaft beziehungsweise der Finanzwelt; und vor zwei Tagen waren dann zwei der großen Weltreligionen an der Reihe. – Fällt Ihnen nichts auf?«

Alle sahen den Cyberworm-Leiter nachdenklich an, doch niemand, auch nicht der Gefragte, schien eine Antwort zu wissen.

»Spannen Sie uns nicht auf die Folter«, drängte DiCampo. »Woran denken Sie, Mr Nbugu?«

»Politik, Wirtschaft und Religion sind drei der Säulen, auf denen unsere moderne Welt beruht. Unser aller Leben ist tief geprägt davon. Aber welche Säule der Macht haben die Terroristen bisher verschont?« Agaf blickte fragend um sich. Doch obwohl einige nun zu ahnen schienen, worauf er hinauswollte, wagte doch niemand der eigenen Besorgnis Worte zu verleihen.

Der Afrikaner nickte bedeutungsvoll. »Sie kennen die Antwort: Das vierte Machtelement ist das Militär. Ich glaube, der nächste große Angriff wird sich gegen ein militärisches Ziel richten.«

Betroffenes Schweigen erfüllte den Raum. Stella fragte sich, was Agaf unter einem »militärischen Ziel« verstand, und mit ihr wahrscheinlich auch noch andere am Konferenztisch.

»Ich denke, Agaf hat genau ins Schwarze getroffen«, brach schließlich Salomon das Schweigen. Er sah DiCampo ernst in die Augen und forderte: »Sie müssen unverzüglich alle nuklearen Waffensysteme oder sonstigen Militäreinrichtungen, deren Einsatz in irgendeiner Weise von Computern kontrolliert wird, deaktivieren lassen. Sonst wird ein furchtbares Unglück geschehen.«

Widerstreitende Gefühle zeichneten sich nun auf DiCampos Gesicht ab: Angst, Ratlosigkeit, Zorn und vielleicht sogar Panik.

»Was glauben Sie eigentlich, wen Sie vor sich haben?«, brach es endlich aus ihm hervor. »Etwa den Verteidigungsminister? Als Leiter eines Forschungsprojektes in der Agency bin ich nicht in der Position ...«

»Dr. DiCampo«, unterbrach Salomon den aufgebrachten Italiener. Seine Stimme klang hart. »Es geht hier nicht um Kompetenzrangeleien, sondern um Tausende, vielleicht sogar Millionen von Menschenleben. Sie waren doch so stolz darauf, dass Ihnen der Präsident höchste Priorität für Ihr Projekt eingeräumt hat. Jetzt rufen Sie Ihren Boss an und sagen ihm, er soll seine Raketensilos zusperren. Ansonsten wird ein schreckliches Unglück passieren.«

DiCampo schickte sich tatsächlich an, den Raum zu verlassen. Aber seine Bewegungen wirkten schleppend. Nur ganz langsam konnte er sich vom Kopfende des Konferenztisches lösen, festgehalten von Salomons unerbittlichen Augen.

Bevor er die Tür ganz erreicht hatte, rief Stellas Vater noch: »Und informieren Sie auch die Russen. Nein, am besten gleich den UN-Sicherheitsrat. Der Cyberwurm wird sich das schwächste Wild schnappen, egal in welchem Wald er es findet.«

»Wir haben heute Nacht das Rätsel geknackt.«

Sie befanden sich wieder in ihrem Privatquartier. Salomon gaukelte den Abhöreinrichtungen die üblichen »normalen Wohngeräusche« vor. Zuerst wusste Stella gar nicht, was er mit seiner stolzen Ankündigung gemeint hatte. Verständnislos blickte sie in sein müdes Gesicht.

»›Der Herr des Feldes‹«, präzisierte Salomon. »Wir wissen jetzt ... *glauben* zu wissen, wer sich dahinter verbirgt.«

Stellas Herz begann schneller zu schlagen. Unwillkürlich musste sie wieder an den unheimlichen Schemen denken. »Und?«

»Es war gar nicht so leicht. Kimiko, Benny und ich haben alle möglichen Online-Medien durchgeackert. Um es kurz zu machen: Ich glaube, dein Schatten hat von Alban Cesare DiCampo gesprochen.«

Stella war wie gelähmt. Obwohl diese Eröffnung sie eigentlich nicht hätte überraschen dürfen, überfiel sie doch ein eisiger Schauer. »Wie ... Ich meine, warum gerade er?«

»Ganz einfach. Sein erster Vorname, Alban, kommt aus

dem Lateinischen und bedeutet so viel wie ›der aus der Stadt Alba Stammende‹. Der Schatten sagte zu dir: ›Meide die Stadt Alba.‹ Erinnerst du dich noch?«

»Natürlich. Und warum hat er ihn den ›Herrn des Feldes‹ genannt?«

»Weil *campo* das italienische Wort für Feld ist. Die Vorsilbe ›di‹ wird gelegentlich auch in Anreden erlauchter Herren verwendet, daher der *Herr* des Feldes. DiCampo ist Italoamerikaner. Alles passt zusammen.«

Stella griff unsicher nach der Hand ihres Vaters. »Ich habe Angst.«

Salomon zog seine Tochter ganz zu sich heran und nahm sie in die Arme. »Solltest du wieder in den Cyberspace reisen müssen, dann werde ich noch aufmerksamer über dich wachen als gestern. Wenn es nur die geringsten Komplikationen gibt oder ich irgendetwas Verdächtiges entdecke, werde ich sofort den Abbruch der Aktion einleiten. Du weißt, Gwen hat ein Gegenmittel, das dich innerhalb kürzester Zeit aus dem Cyberspace zurückholen kann.«

»Ich habe ja nicht mal eine Ahnung, wonach ich suchen soll, selbst wenn mir Elektra die Bedeutung des verschlüsselten Textes sagen könnte.«

»Denk an das Netz der Schattenspiele, das *Kagee*. Das Blatt aus Amico ist ein Hinweis auf die nächste Spur. Es ist *dein* Spiel, Stella. Du hast den Lindwurm geprägt. Vertrau einfach auf deine Intuition.«

»Ist wohl besser, ich vertraue auf Sesa Mina.«

»Die kann dir zwar helfen, aber am Ende wirst du allein das große Rätsel lösen müssen, dem wir alle nachjagen.«

Das heimliche Wirken der Verschwörergruppe um Salomon war insofern schwierig, weil die Cyberworm-Mitglieder ihr übliches Tagesprogramm nicht ändern durften. Sie mussten jene Nischen im Stundenplan nutzen, an denen sie offiziell nicht gefordert waren, also die Arbeitspausen, vor allem aber die Abende.

Stella erholte sich an diesem Sonntag ausgiebig von den Strapazen ihrer zurückliegenden Reise. Sie vertrieb sich die Zeit mit Belanglosigkeiten. Eine Zeit lang blätterte sie sogar, eher belustigt, in einem Stapel von Klatschmagazinen, die aus dem persönlichen Bestand Gwen Shoemakers stammten. Die Lektüre ihres Cyberspace-Romans hatte Stella eingestellt, weil die Handlung nach ihrem Geschmack zu blutig wurde. Ihr Bedarf an Schreckensszenarien war fürs Erste gestillt.

Salomon saß im Quartier an der Programmierung eines Cyberworm-Scanners, einer Art Virensuchprogramm, das andere Computer noch umfassender vor dem *Kagee*-Mutanten schützen sollte, als es sein derzeitiges Provisorium mit dem Intruder-Netz bereits tat. Wie er selbst meinte, war dies ein gefährlicher Drahtseilakt. Das Wissen über den SKULL-Tester stellte seine Balancierstange dar. Aber das Seil, auf dem er sich bewegte, war dünn und der Abgrund der Unkenntnis über die wahren Fähigkeiten des mutierten Spieles tief.

Erst am Abend konnte sich die Verschwörergruppe einen Spaziergang jenseits der im Bunker installierten Abhörsysteme genehmigen ohne dadurch in Verdacht zu geraten. Selbst DiCampo war wohl nicht dreist genug, ihnen auf dem weitläufigen NSA-Areal mit Richtmikrofonen nachzustellen.

Stella ging neben ihrem Vater. Sie unterhielten sich wieder über den Wachtraum vom Vortag. Agaf, Kimiko und Benny befanden sich etwa dreißig Meter hinter ihnen. In Anbetracht der neuen Erkenntnisse über die zwielichtige Person des Intruder-Projektleiters stellte sich für Stella nun vieles anders dar.

»Also, hätte ich in Enesa schon gewusst, dass es DiCampo oder der Herr des Feldes oder welche Namen er sonst noch tragen mag, auf mich abgesehen hat, dann wäre ich gleich von Anfang an vorsichtiger gewesen.«

»›Hätte‹ und ›wäre‹ sind schlechte Ratgeber. Versuch einfach zu tun, was ich dir gestern schon geraten habe. Zwinge dich dazu, dein Wissen über DiCampo und unser Unternehmen nach Illúsion mit hinüberzunehmen.«

Stellas Hand tastete nach der ihres Vaters. »Hoffentlich gelingt mir das. Dort ist alles so real! In Illúsion bin ich wie ein anderer Mensch. Die dortige Stella hat nur wenig mit der zu tun, die gerade neben dir geht.«

»Als ich deine Reise am Kontrollmonitor mitverfolgt habe, kamst du mir gar nicht so fremd vor.«

»Wie sah für dich denn Blaxxun aus?«

»Ziemlich bunt. Wieso?«

»Da war doch dieser dicke Oper Ator. Ist er nur eine Traumfigur von mir oder erschien er auch auf den Monitoren?«

»Du meinst, ob es sich bei seiner Person um einen Avatar handelte? Sicher. Er ist kein anderer als der *Operator* von Blaxxun. Er sorgt dafür, dass die Besucher des Chats sich an die Regeln halten. Wer dagegen verstößt, wird einfach rausgekickt. Warum fragst du gerade nach ihm?«

»Ach, ich mein nur so. Er hat mich eine ›schöne Maid‹ genannt. Komisch, nicht?«

»Ist dir eigentlich schon einmal aufgefallen, dass du immer wieder auf dein Aussehen zu sprechen kommst, Sternchen? Du tust so, als stimme damit etwas nicht.«

Stellas Hand drückte Salomons Finger, so fest sie konnte. »In meinen Träumen ... ich meine, im Wachtraum, da ... da ...« Sie druckste herum ohne die richtigen Worte zu finden.

»Du hast mir gestern bereits erzählt, dass manche Kerle in deinen Träumen dich mit Komplimenten zuschütten. Ist es das, was dich beschäftigt?«

»Na ja, eigentlich schon. In Illúsion muss ich ziemlich hübsch sein. Das sagen jedenfalls alle. Ich habe mir auch mal meinen Körper angesehen – nicht im Spiegel, nur so, ganz kurz. Ich hatte richtige ... du weißt schon.«

Salomon legte seinen Arm um sie und flüsterte ihr ins Ohr: »Du willst sagen, dass du alles hattest, was Männer gemeinhin an einem gut aussehenden Mädchen schätzen.«

»So ungefähr.«

»Nur ungefähr?«

»Ach, Paps! Du bist gemein. Ich ... ich ...«

»Du bist ein *ziemlich* hübsches Mädchen«, erklärte Salomon. In seiner Stimme lag alle Überzeugungskraft, die er nur aufbringen konnte. »Es ist also nur recht und billig, wenn dir das die Männer auch sagen. Aber lass dich davon nicht blenden, Sternchen. Schöne Komplimente können gefährlich sein.«

»Wenn du mir jetzt schonend beibringen willst, dass es Männer gibt, die einem Mädchen nur an die Wäsche wollen, dann ...«

»Nein«, unterbrach Salomon seine Tochter. »Nein. Jedenfalls nicht nur.« Er verdrehte scherzhaft die Augen zum Himmel. »O wenn doch nur Viviane hier wäre! Solche Gespräche gehören eigentlich in ihr Ressort. Natürlich hast du Recht, Sternchen, und es ist gut, dass ich dir das nicht erst heute erklären muss. Was ich aber meinte, ist etwas ganz anderes.«

»Und das wäre?«

»Auch wenn du dich einmal über einen Pickel ärgerst oder wenn du meinst, dein T-Shirt könnte vorne ... Na, du weißt schon. Darauf kommt es überhaupt nicht an. Jedenfalls nicht so sehr. Viel wichtiger ist, was du bist. In dir steckt so viel

Gutes! Manchmal geht dein Temperament zwar mit dir durch, ab und an bist du unerträglich, aber gar nicht so tief in dir drin steckt ein guter Kern. Lass ihn strahlen, dann wird man dir das auch ansehen.«

»Du sprichst von mir wie von einem radioaktiven Brennstab.«

Salomon konnte nun sein Lachen nicht mehr zurückhalten. »Jetzt bist du wieder die Alte. Glaub mir, wenn du mit dir selbst zufriedener bist, werden auch andere gut mit dir auskommen.«

Stella nickte bedächtig. »Ich verstehe, was du meinst.«

In diesem Moment stießen die drei anderen Cyberworm-Mitglieder wieder zu Vater und Tochter.

»Nach deinem Lachen zu urteilen geht es Stella wieder besser«, sagte Agaf. Er hatte Salomon vor dem Spaziergang zu einem weniger förmlichen Umgangston ermuntert und dabei gleich auch die anderen beiden Mitglieder der verschworenen Gemeinschaft einbezogen.

»Ja, allerdings«, antwortete Salomon erleichtert. »Die Reise gestern hat sie zwar angestrengt, aber sie erholt sich gut davon.«

»Dann sollten wir jetzt besprechen, wie wir weiter vorgehen wollen. Kimiko und Benny haben heute schon über deinen ›Geheimausgang‹ einige Nachforschungen angestellt. Du kannst dir ja denken, wie schwer es ist, über ein geheimes NSA-Projekt etwas in Erfahrung zu bringen.«

»Zumindest haben wir in der vergangenen Nacht einen neuen Ansatzpunkt gefunden«, sagte Benny in seiner nüchternen Art.

Alle sahen ihn fragend an. Der dunkelhaarige Lockenkopf schob mit dem Mittelfinger seine Brille auf die Nasenwurzel zurück und zuckte verlegen mit den Schultern. »Nun ja, ich meine, wir müssen diesem Schemen aus Stellas Träumen auf die Spur kommen. Er hat uns eine wichtige Information über DiCampo übermittelt. Aus irgendeinem Grund will er sich nicht zu erkennen geben, aber er könnte einiges über das Intruder-Projekt und seinen Leiter wissen, Dinge, die für uns sehr wichtig sind. Vor allem für Stella! Überlegt doch einmal: So ziemlich das Erste, was er zu ihr sagte, war diese Warnung vor DiCampo. Ich glaube, wenn wir den Dunklen Lauscher finden und ihm einige Fragen stellen, dann werden wir auch die Wahrheit über den Italiener erfahren.«

Die meiste Zeit bewegten sich die Kalders in dem Bewusstsein durch ihr Quartier, abgehört zu werden. Sie mussten den verborgenen Ohren einfach das liefern, wofür Salomon den Begriff »normale Wohngeräusche«, kurz *No-wo-ge*, geprägt hatte.

Über Bau 203 war schon der Mond aufgegangen, als es an der Tür klopfte.

»Ich mach auf«, rief Stella. Salomon war gerade im Bad.

Wie verabredet standen Agaf, Kimiko und Benny auf dem Flur. Stella ließ sie sogleich ein.

»Wie steht's mit den *Nowoges*?«, begrüßte der Afrikaner Salomon, der gerade aus dem Badezimmer kam.

»Das Täuschungsprogramm für die Wanzen ist aktiviert. Wir können frei reden. Unser stiller Zuhörer wird sich zu Tode langweilen, weil er nur alle Minute einmal das Umblättern einer Buchseite hört.«

»Vermutlich werdet ihr beide sehr in seiner Achtung steigen.« Kimiko lachte.

»Es geht nichts über eine gute Allgemeinbildung«, bemerkte Benny mit ernstem Gesicht und machte sich daran, sein Notebook neben dem von Salomon aufzubauen.

Wenig später waren er, Kimiko und Stellas Vater damit beschäftigt, das Internet nach dem Dark Listener zu durchforsten. Dieser Name erinnere ihn an etwas, sagte Salomon, aber bisher wisse er leider noch nicht recht, an was.

Agaf und Stella spielten Canasta. Gerade waren sie bei der dritten Runde, als plötzlich ein hässliches lautes Schnarren durch den Raum schallte.

»Das ist ein Alarm!«, stieß Kimiko hervor.

»Feuer?«, fragte Stella besorgt.

»Nein«, entgegnete Agaf ruhig. »Der Signaltakt für einen Feueralarm hört sich anders an. Lasst uns sofort in den Konferenzraum gehen. Da muss etwas ziemlich Ernstes passiert sein.«

Stella konnte sich später nur noch erinnern, dass sie sofort alles stehen und liegen gelassen hatte und zum Fahrstuhl gelaufen war. Erst als sie mit Agaf, Kimiko und Benny im Lift stand, fiel ihr auf, dass ihr Vater fehlte. Da sich auch andere Mitglieder des Cyberworm-Teams im Aufzug befanden, wollte sie aber nicht nach ihm fragen.

Im Konferenzraum herrschte schon nervöse Betriebsamkeit. Überall standen Teammitglieder herum und spekulierten, was wohl geschehen sein mochte. Es war zwanzig Minuten nach zehn. Einige wenige hatten sogar schon geschlafen.

Stella wollte sich gerade Kimiko zuwenden und sie nach ihrem Vater fragen, als sie ihn den Raum betreten sah.

»Da bist du ja!«, entfuhr es ihr. Sie wusste auch nicht, warum sie sein Erscheinen so erleichterte.

»Alles in Ordnung«, antwortete er. Dann kam auch schon DiCampo in den Saal.

»Bitte setzen Sie sich«, rief er, noch während er sich zum Kopfende des langen Konferenztisches durcharbeitete. Dabei gestikulierte der Italiener wild mit seinen Armen, als wolle er einen Düsenjet einweisen. Er sah sehr blass aus.

Als im Raum Ruhe eingekehrt war, sagte DiCampo mit versteinerter Miene: »Der Cyberworm hat wieder zugeschlagen.«

Obwohl diese Nachricht allein wenig Erschreckendes an sich hatte – immerhin war ja damit zu rechnen gewesen –, konnte doch jeder an dem Ton des Projektleiters hören, dass Außergewöhnliches geschehen sein musste. DiCampo holte tief Luft. Erstaunt bemerkte Stella das Zittern in seiner Stimme, als er fortfuhr: »Das Gespenst des *Information Warfare*, des Informationskrieges in seiner schlimmsten Ausprägung, ist heute Abend erwacht: Wir sind soeben mit knapper Not einer nuklearen Katastrophe entgangen.«

Ein Raunen und vielstimmiges Getuschel ging durch den Raum, und erst als Agaf den Projektleiter fragte, was denn nun passiert sei, erfuhren sie das ganze schreckliche Ausmaß des jüngsten Angriffs aus dem Cyberspace.

Exakt zur gleichen Zeit waren in einem Atombunker bei Salt Lake City und in einem anderen unweit des russischen Nowosibirsk zwei Interkontinentalraketen mit nuklearen Sprengköpfen aufgestiegen. Niemand hatte ihnen hierzu den Befehl gegeben. Kein Verantwortlicher aus der US-Army beziehungsweise vom russischen Militär, korrigierte sich DiCampo. Atomraketen konnten nicht so einfach gestartet werden. Ein mehrstufiges Sicherheitssystem verhinderte, dass ein Verrückter einfach den Knopf drückte, um die Raketen aufsteigen zu lassen. Aber irgendwo musste es den Terroristen doch gelungen sein, ihren Hebel anzusetzen.

»Ist es nicht so, dass Ihr Land einen Gegner immer noch ausschalten kann, selbst wenn dieser erfolgreich einen atomaren Erstschlag geführt hat?«, fragte Salomon sichtlich erschüttert.

»Das ist richtig«, antwortete DiCampo. »Auf diesem Prinzip beruht ja die ganze nukleare Abschreckung.«

Salomon nickte. »Da haben Sie Ihren Ansatzpunkt für den Cyberwurm. Er hat Ihrem Verteidigungssystem vorgegaukelt, die Russen hätten die USA mit ICBMs beschossen. Seien Sie froh, dass er nur *eine* Rakete aufsteigen ließ.«

DiCampos Gesicht spiegelte unverhohlenes Entsetzen wider. »Zum Glück waren beide Seiten geistesgegenwärtig genug, die Selbstzerstörungsmechanismen der Raketen zu aktivieren. Abgesehen von einer radioaktiven Verseuchung des jeweiligen Aufschlagsgebietes durch die Trümmerteile ist nichts passiert.«

Einige im Raum stöhnten, manche erleichtert, viele aber entsetzt über den Zynismus in DiCampos »Glücksmeldung«.

»Es war gut, uns dies mitzuteilen«, sagte Agaf und setzte damit dem betroffenen Schweigen ein Ende. »Ich wünschte nur, sie hätten heute Morgen auf mich gehört, Dr. DiCampo.«

»Das habe ich«, beteuerte der Projektleiter. »Ich habe unseren ... Verzeihung ... *Ihren* Verdacht weitergegeben, aber wie ich vermutete, haben es die Vereinigten Stabschefs einmütig abgelehnt, unsere Verteidigungsfähigkeit einzuschränken.« Und als würde das etwas entschuldigen, fügte er noch eilig hinzu: »Die Kommandantur im Kreml hat sich genauso verhalten.«

»Womit beide Seiten genau das Gegenteil von dem erreicht haben, was sie eigentlich wollten«, sagte Salomon. »Ich denke, wir sollten das als einen Warnschuss betrachten.«

DiCampo nickte. »Wir müssen unsere Anstrengungen unbedingt vergrößern. Meinen Sie, es wäre machbar, Professor Kalder, in kürzester Zeit eine Art Virenscanner zu programmieren, der möglichst jeden Computer auf diesem Planeten vor dem Cyberwurm ebenso schützt, wie Ihr SKULL unser Labornetz abschottet?«

»Daran habe ich auch schon gedacht«, antwortete Salomon. »Ich habe sogar bereits mit den Arbeiten begonnen. Aber bedenken Sie bitte, dass dieses Immunisierungsprogramm für die verschiedensten ›Organismen‹, sprich Betriebssysteme, entwickelt werden muss. Das wird einige Tage in Anspruch nehmen.«

»Tun Sie, was Sie können, Professor. Wenn Sie die Arbeit auf mehrere Teammitglieder aufteilen können, dann werden Sie diese bekommen. Ich …« DiCampo warf Agaf einen fragenden Blick zu, und als dieser nickte, fuhr er fort: »Der Cyberworm-Leiter gibt diesem Vorhaben die oberste Priorität. Wenn es uns nicht gelingt, rechtzeitig eine globale ›Impfaktion‹ durchzuführen, bleibt uns nur noch ein Weg, um unsere Informationen zu retten.«

Salomon hob fragend die Augenbrauen.

DiCampo stieß hörbar die Luft aus. »Wir müssten sämtliche Computer dieses Planeten abschalten, bevor es der Wurm tut.«

Die Gestalt war nur für einen kurzen Moment zu erkennen gewesen. Als Stella aus dem Lift im zweiten Untergeschoss des Bunkers stieg, sah sie die breiten Schultern und den roten Haarschopf in einer Tür am Ende des Wohntraktes verschwinden.

»Paps, da war er wieder«, rief sie aufgeregt.

Salomon, der hinter ihr den Fahrstuhl verließ, bekam nur noch mit, wie sich langsam die Tür zum Treppenhaus schloss. »Wer?«, fragte er.

Auch Agaf, Kimiko, Benny und noch zwei weitere Cyberworm-Leute traten nun auf den Flur hinaus.

»Der Rote John! Ich bin mir ganz sicher.«

»DiCampo hat doch gesagt, dass er ihn uns vom Hals halten will.«

»Sprichst du von John McMulin, DiCampos Bodyguard?«, erkundigte sich Kimiko bei Stella.

»Genau dem. Oben im Konferenzsaal war er jedenfalls nicht.«

»Möchte wissen, was er hier bei unseren Quartieren zu suchen hatte«, brummte Salomon ahnungsvoll. Mit zielstrebigen Schritten machte er sich auf den Weg zu seinem und Stellas Zimmer.

Die Tür war verschlossen. Salomon betätigte den elektronischen Türöffner. Mit leisem Klicken sprang das Schloss auf. Schnell betrat er den Raum.

Als die anderen in der geöffneten Tür standen, sahen sie, wie Salomon mit wütender Miene nach einem Zettel suchte, sich einen Stift griff und schnell etwas auf das Papier kritzelte. Er kam zur Tür zurück und hielt den sprachlosen Mitverbündeten das Blatt entgegen.

Stella spürte eine gefährliche Wut in ihrem Bauch hochkochen, als sie las, was auf dem Zettel stand.

Still! Nicht laut sprechen!!! McMulin hat unser Zimmer durchsucht – vielleicht auch wieder neu verwanzt!

Die Verbündeten tauschten viel sagende Blicke. Benny nahm Salomon das Blatt aus der Hand und schrieb nun selbst darauf:

Die Notebooks! Ich habe meines im Zimmer gelassen. Jetzt wissen sie, dass wir ihre Mikrofone entdeckt haben.

Salomon kräuselte die Lippen zu einem spitzbübischen Lächeln. Er nahm Benny wieder den Block ab und warf drei Sätze darauf.

Wissen sie nicht.
Habe die Computer abgebaut, bevor ich
in den Konferenzsaal nachkam.
Deiner liegt auf deinem Bett.

Während Salomon das Zimmer durchsucht hatte, war es für Stella unmöglich gewesen, Ruhe zu finden. Erst als er einigermaßen sicher schien, dass der Rote John keine neuen Mikrofone installiert hatte, wurde sie ruhiger. Aber sie fühlte sich noch lange nicht wohl. Das Bewusstsein, in einem verwanzten Zimmer wohnen zu müssen, war eine Sache, aber zu wissen, dass ein Fremder die eigene Privatsphäre verletzt hatte, eine ganz andere.

Stella hatte immer noch eine Stinkwut im Bauch. DiCampo sollte sich besser vor ihr in Acht nehmen. Und auch dieser Rote John. Sie wusste zwar noch nicht, wie sie den beiden ihre schändliche Tat heimzahlen konnte, aber die NSA-Männer hatten Strafe verdient.

Es war schon lange nach Mitternacht, als sie endlich einschlief. Salomons Tarnanlage erzeugte wieder *Nowoges*, »normale Wohngeräusche«. Wenn es da noch jemanden gab, der zuhörte, dann würde er selbst bald vor Langeweile einnicken.

Salomon war noch weit von jeder Ruhe entfernt. Stellas regelmäßige Atemzüge untermalten seine nächtliche Suche im Internet. Es gab da nämlich noch einige Fragen, die ihre Reise nach Illúsion aufgeworfen hatte, gewisse Punkte, deren Aufklärung keinen Aufschub duldete.

Der Speer blieb ihm ein Rätsel. Stella hatte ausführlich von dieser seltsamen Waffe erzählt. Er war mitten durch den schwarzen Grabstein gedrungen – ein ziemlich spektakulärer Effekt. Das Reiseprotokoll enthielt einige Hinweise auf diesen Vorfall, aber es erwies sich als ziemlich schwierig, Stellas Erlebnisse mit den schwer verständlichen Zeichenfolgen aus dem Internet in Verbindung zu bringen.

Was stellte dieser Speer dar? Mark hatte das Gefühl, es hier mit mehr als nur einer Manifestation von Stellas Schutzbedürfnis zu tun zu haben. Der Name Blaxxun fand sich nämlich wirklich in jenem Abschnitt des Reiselogbuches, der Stellas Aufenthalt in Amon – dem Server von America Online – dokumentierte. Irgendjemand musste sie also dorthin gelotst haben.

Gegen drei Uhr am Montagmorgen hatte er das Geheimnis des Speers entschlüsselt. Was zunächst nur wie ein Produkt der Fantasie Stellas erschienen war, existierte im AOL-Server wirklich, und zwar in Form von Software! Die Lanze war ein Traumbild für ein Programm, ebenso wie auch das Frettchen Sesa Mina. Jemand hatte Stella einen Virus angehängt.

Zuerst hatte Mark es nicht glauben wollen, aber als er sich die Konstruktion seines SKULL-Testers ins Gedächtnis rief, war ihm klar, wo dessen Schwachpunkt lag. Der Tester war nicht als Verteidigungs-, sondern als Angriffswaffe entwickelt worden. Unter den Laborbedingungen der Universität war es nicht notwendig, ja nicht einmal erwünscht gewesen, zu verhindern, was der Entwickler des Speer-Virus mit dem Intruder angestellt hatte. In dem Moment nämlich, als der im Intruder wirkende aktive Teil des SKULL-Testers auf den Blaxxun-Namen gestoßen war, hatte der Virus die dabei entstehende Kommunikationsverbindung genutzt, um seinerseits in den NSA-Rechner einzudringen. Das war von der Firewall nicht einmal bemerkt worden, weil sich alles über Marks geheimen »Seiteneingang« abgespielt hatte.

Raffinierter Bursche!, dachte Mark. Er selbst benutzte zwar mit der so genannten ADI, der »aktiven digitalen Immunisierung«, in SKULL genau das gleiche Verfahren, aber bisher beherrschten nur wenige Hacker diese aufwändige Methode.

Der Speer hatte Stella nach Blaxxun und damit auch zu Jessica geführt. Steckte *sie* etwa hinter diesem virtuellen Wurfgeschoss, das alles traf, was man nur anvisierte?

Zunächst schrieb Mark eine verschlüsselte E-Mail, in der er Jessica gerade diese Frage stellte und ihr einige weitere Dinge erklärte. Stella hatte die Studentin als Verbündete gewählt. Mark setzte nur fort, was seine Tochter begonnen hatte. Anschließend machte er sich daran, den Virus abzukapseln. Er hätte ihn auch entfernen können, aber das wollte er nicht. Wer immer den »Speer« mit Stella und ihrem Frettchen verbunden hatte, mochte damit vielleicht das Ziel verfolgen, ihr bei der Suche nach dem *Kagee*-Mutanten zu helfen. Selbst wenn der Virus aggressiv sein sollte, konnte er, einmal aktiviert, einen Hinweis auf den Cyberwurm liefern.

Bis um fünf Uhr morgens baute Mark aus Komponenten, die teilweise schon vorgefertigt waren, einen halbdurchlässigen Softwarepanzer, der dem Speer-Virus größtmögliche Bewegungsfreiheit gewährte, aber jeden zerstörerischen oder verräterischen Zugriff auf den Intruder verhinderte. Die Java-Programmierer nannten so etwas einen »Sandkasten«: Das Baby durfte darin nach Herzenslust spielen und herumtollen – nur über die Begrenzung des Buddelkastens kam es nicht hinaus.

Müde, aber auf eine ihm vertraute Weise auch aufgekratzt begab sich Mark ins Bett, während über dem Bau 203 schon die Sonne aufgegangen war. Der Vorfall mit den Interkontinentalraketen hatte ihm vor Augen geführt, dass er seine Zustimmung zu Stellas neuer Reise nicht verweigern durfte. Aber nun hatte er wenigstens alles getan, um ihr das nötige Rüstzeug mit auf den Weg zu geben: Der Speer war nicht mehr länger gefährlich für Stella; es gab einen neuen »Schleichpfad« aus dem Intruder-Netzwerk und sie wusste, vor wem sie sich in Acht nehmen musste. Marks letzter Gedanke, bevor er einschlief, war: »Hüte dich vor dem Herrn des Feldes, Stella. Er ist gefährlich. Denk an ihn.«

Sie durfte es nicht vergessen! Sie durfte es nicht vergessen! Immer wieder hämmerte sich Stella die wichtigsten Punkte ihres Auftrages ein. Warum sollte das, was ihrem Vater als Junge in einem richtigen Traum gelungen war, nicht auch ihr möglich sein? Bisher hatte sie sich einfach im Meer ihrer Fantasie treiben lassen. Das altertümliche Illúsion speiste sich zum größten Teil aus den Welten der Bücher, die sie während ihrer Kindheit gelesen hatte. Hin und wieder gab es da auch Versatzstücke neueren Datums, etwa diese sonderbare Registriermaschine des Unterstadtkämmerers Cassata, aber sonst ...

Sie durfte es nicht vergessen. Irgendwie musste es ihr gelingen, mehr Kontrolle über ihre Wachträume zu erlangen. Sonst blieb sie der Spielball solch finsterer Gestalten wie della Valles und des Dunklen Lauschers.

Elektra hatte gesagt, er sei ihr Freund. Na gut. Aber weshalb zeigte er sich dann nicht? Sein Avatar – so es denn einer war – besaß die Beständigkeit einer dunklen Rauchfahne. Für Stella hieß das, er wollte nichts von sich preisgeben. Das machte sie misstrauisch. Aber sie hatte beschlossen der flatternden Elfe und ihrem finsteren Freund eine Chance zu geben.

Gut, dass Salomon ihr gestern von dem Spieß-, nein, dem *Speer*-Virus erzählt hatte. Das Ding war bestimmt nicht zufällig in einem Stein gelandet, der so schwarz schien wie der Schemen des Dunklen Lauschers. Und die Buchstaben R.I.P. konnten alles Mögliche bedeuten, nur nicht *Requiescat in pace*! Vielleicht standen sie für »Ruhelos im Provozieren!« oder »Rache ist prima!« oder ... Ach, sie wusste auch nicht, für was.

Stella machte sich auch Sorgen um ihren Vater. In der vorletzten Nacht hatte er kaum geschlafen. Gestern, am Montag, war er bereits um neun aufgestanden und hatte ihr mit blutunterlaufenen Augen von dem Speer-Virus erzählt. Danach hatte er sich wieder ganz der Programmierung seines Cyberworm-Scanners gewidmet, nur kurz abgelenkt durch gelegentliche Besuche bei den anderen Cyberworm-Mitgliedern, denen er wie schon an den Tagen zuvor in fachlichen Fragen mit Rat und Tat zur Seite stand.

Für Stella selbst hatte der Montag hauptsächlich aus Langeweile bestanden. Lesen war noch die angenehmste Tätigkeit während dieser Stunden. Es erwies sich also als überflüssig, *Nowoges* vorzutäuschen. Sie tat ja nichts anderes, als diese live zu produzieren. Ab und zu warf sie ihrem Vater besorgte Blicke zu. Sonst immer auf die eigene Gesundheit bedacht, nahm er nun keine Rücksicht mehr auf sich. Selbst beim Frühstück musste sie mit ansehen, wie er Sandwiches mit nitrathaltiger Wurst und gefärbtem Käse in sich hineinstopfte. Sein Zustand war mehr als ernst.

Als sie an diesem Dienstagmorgen kurz vor halb elf ihren Cybernautensessel bestieg und aus Gwens Hand das Fläschchen mit dem Nasenspray entgegennahm, hing DiCampos ausdrucksloses Gesicht dicht hinter der getönten Scheibe des Beobachterraums. Die Angst und der Schrecken, die er noch am Sonntag angesichts der gerade noch abgewendeten Nuklearkatastrophe gezeigt hatte, waren ganz aus seinem Antlitz verschwunden. Aber auch von der Begeisterung, mit der er einen weiteren Tag vorher ihren ersten Ausflug in den Cyberspace begleitet hatte, fehlte jede Spur. Was ging in diesem Mann vor? War es nur Übereifer, der ihn zu einem Spitzel und Intriganten machte, oder steckte mehr dahinter?

Stella atmete gleichmäßig. Das Abdriften in den Wachtraum schien ihr nun schon vertraut. Sie wusste, was sie erwartete. Jedenfalls glaubte sie das. *Sie durfte es nicht vergessen*. Die ganze Zeit wiederholte Stella diesen Satz in Gedanken. Auch ihr Auftrag kam ihr immer wieder in den Sinn. *Sie durfte es nicht vergessen ...*

Der Dunkle Lauscher

Eine geraume Zeit lang wollte die Dunkelheit um sie herum nicht weichen. Das Gefühl sagte ihr, sie müsse irgendwo am Marktplatz sein, aber da war diese dunkle Stille, die absolut nicht zu dem belebten Handelsplatz Enesas passen wollte.

»Hast du es etwa schon vergessen?«

Sie schlug die Augen auf. Mit bestechendem Erfolg. Aber sofort kniff sie die Lider wieder zusammen, denn das Licht, das durch das kleine Schlafzimmerfenster hereinfiel, hatte sie geblendet.

»Was?«, fragte sie das Frettchen auf ihrer Brust – sie hatte die Silhouette mehr erahnt als wahrgenommen.

»Du hast gesagt, wir würden so früh wie möglich nach Blaxxun zurückkehren.«

Zaghaft hob Stella noch einmal die Augenlider, diesmal langsamer. War das wirklich ihr eigenes Haus, in dem sie sich befand, ihr eigenes Bett, in dem sie schlief? Es sah jedenfalls so aus.

Draußen klopfte die Morgensonne an das Fenster, aber die kleinen Butzenscheiben ließen das Licht nur in Raten ein. Trotzdem hatte es Stellas schlaftrunkene Augen völlig überrascht.

»Wie bin ich hierher gekommen?«

Sesa Mina hockte immer noch auf ihrer Brust und übte sich in der menschlichen Geste des Kopfschüttelns. »Das frage ich mich auch. Ich weiß es nicht. Bin auch vor kurzem erst aufgewacht und habe dann draußen einen kleinen Spaziergang gemacht.«

Stella blickte sich argwöhnisch um. Sie lag in ihrem Bett. Zu Hause. In Enesa. »Bist du denn sicher, dass wir uns hier nicht in irgendeiner Theaterkulisse befinden?«

»Bist du denn sicher, dass mit dir alles in Ordnung ist?«

Stella richtete sich auf. Hinter ihrer Stirn klopfte ein Schmerz, ein aufdringlicher Bote, der sich nicht abwimmeln ließ. Was hatte sie noch gleich in Blaxxun gewollt? Ja, es war um das Manuskript aus dem Katasteramt gegangen, den geheimnisvollen Runentext. Jetzt kam die Erinnerung wieder. Elektra hatte ihr helfen wollen das unbegreifliche Schriftstück zu entschlüsseln.

»Hat dich die Nachbarin gesehen?«

»Nein. Die Wäscherin Wilhelmine hat draußen die Marder gefüttert. Sie weiß anscheinend gar nicht, dass wir zurück sind.«

»Dann wird es wohl auch besser sein, wir belassen es dabei.«

»Heißt das nun, wir gehen wieder nach Blaxxun, oder heißt es das nicht?«

»Natürlich gehen wir, besser gesagt, wir fahren. Ich mache mich nur schnell frisch. Kannst dir ja schon mal überlegen, wie wir unauffällig aus der Stadt herauskommen.«

Stella brauchte nicht lange, um sich herzurichten. Wie schon während ihrer letzten Reise wählte sie wieder die lederne Tracht und schnallte sich den Rucksack um. Als sie nach dem Speer greifen wollte, zögerte sie.

Die Waffe war ihr unheimlich. Sie musste daran denken, wie das Wurfgeschoss geflogen war und den schwarzen Grabstein durchbohrt hatte. Konnte es sein, dass in dieser Lanze eine Gefahr lauerte? Wenn sie denn Kräfte barg, die über das normale Begriffsvermögen hinausgingen, konnten sich dann diese Gaben nicht auch zu ihrem Schaden entfalten?

Stella schüttelte den Kopf. Der Gedanke war wohl nur ein Hirngespinst. Immerhin hatte der Spieß sie zu Elektra geführt. Sie packte den schwarzen Ebenholzschaft und eilte dem Ausgang entgegen.

»Und? Hast du schon überlegt, wie wir an den Kontrolleuren vorbeikommen?«, fragte sie, während ihre langen Beine sie über das Pflaster dem Hafen entgegentrugen.

»Wie imposant willst du's denn heute haben?«

»Möglichst unauffällig. Ich habe nur keine Lust, mit den Wachen unnötig Zeit zu vertrödeln.«

Sesa Mina seufzte enttäuscht. »Also gut. Ich habe da eine Idee, aber dazu muss ich mich ein wenig umsehen. Geh schon einmal zum Liegeplatz der Patrone und warte dort auf mich. Es könnte sein, dass wir ziemlich überstürzt aufbrechen müssen.«

Inzwischen waren Stellas Kopfschmerzen verflogen. Sie fühlte sich ausgeschlafen und erfrischt. Daher ertrug sie Sesa Minas Kommandoton mit Fassung. Das Frettchen verschwand so schnell und unauffällig, dass Stella nicht einmal sagen konnte, wohin es entwischt war. Allein schlug sie den Weg zum Hafen ein.

Während sie mit schnellen Schritten einer abschüssigen Straße folgte, betrachtete sie nachdenklich die vielen großartigen Turmbauten der Stadt. Mit einem Mal zögerte sie. Unvermittelt wuchs ein Gedanke aus dem Grund ihres Bewusstseins empor, der sie im ersten Augenblick erschreckte: Es gab noch eine andere Welt neben diesem farbenprächtigen Illúsion und in dieser eine zweite Stella, die mit ihr verbunden war, ja, der sie ihr eigentliches Dasein verdankte.

Nicht alles war deutlich auszumachen, was ihr die Erinnerung da so unerwartet preisgegeben hatte, aber das, was Stella »erblickte«, verblüffte sie. Einen Moment lang blieb sie sogar stehen, um herauszufinden, weshalb ihr gerade beim Anblick der hohen Türme diese Einsicht gekommen war. Lag es an der Silhouette der Bauwerke vor dem Himmel? Für kurze Zeit hatte sie einen hohen Zaun darin gesehen, wie die Umfriedung eines Areals, in dem sie gefangen war.

Für den Rest des Weges zum Hafen betrachtete Stella ihre Umgebung mit anderen Augen. Das, was ihr da eben widerfahren war, ließ sich wohl noch am besten mit dem Wort »Erleuchtung« beschreiben. Der Gedanke war erregend. Umso mehr, da sie nicht wusste, woher er kam.

Dann überlegte sie, weshalb der Großmeister des Lindwurmbundes gerade sie für diesen Auftrag ausgewählt hatte. Ob es mit diesem verborgenen Wissen, dieser geheimnisvollen anderen Stella zu tun hatte, die sich ihr in den letzten Tagen Stück für Stück offenbart hatte? Erst waren es nur Erinnerungen gewesen, die sich visionenhaft einstellten, und nun diese plötzliche Erkenntnis, dass es da noch eine andere Wirklichkeit neben derjenigen Illúsions gab. Zumindest – und das beruhigte Stella ungemein – blieb ihre jetzige Welt für sie greifbar real. Sie konnte das Pflaster unter ihren Füßen spüren und die Gerüche vom nahen Markt mit der Nase aufnehmen.

Im Hafenviertel angelangt, machte sich Stella sogleich auf die Suche nach ihrer Patrone. Beim letzten Mal war sie zu erschöpft gewesen, um sich den Liegeplatz ihres Gefährtes einzuprägen. Wie lange lag das nun eigentlich zurück? Einen Tag, zwei oder vielleicht sogar drei? Sie hatte das Gefühl, dass die letzte Zahl der Wahrheit wohl am nächsten kam. Nach kurzer Zeit hatte sie ihre Patrone gefunden. Sie entriegelte die Luke, kritzelte den geheimen Namen Blaxxuns auf ein Zettelchen und ließ es in das Navigationsröhrchen gleiten. Dann wartete sie.

Es dauerte nicht lange und das Frettchen kehrte zurück. Wie ein weißer Blitz schoss es über die Hafenmole. Mit einem weiten Satz sprang Sesa Mina in die Patrone und rief: »Schnell! Fahr zum östlichen Wassertor.«

»Aber was soll ich denn da? Ich habe dir doch gesagt, dass wir die Kontrolleure ...«

»Red nicht immer so viel, sondern handle!«, schnitt ihr Sesa Mina das Wort ab.

Stella ließ die Luke zuklappen und formte den Gedanken, der das Fahrzeug in Bewegung setzte. Während sich die kleine Patrone ihren Weg durch den dichten Verkehr im Hafen bahnte, machte Stella ihrem Unmut Luft.

»Ich würde aber doch ganz gerne erfahren, was du vorhast, Mina. Immerhin bin ich *deine* Herrin und nicht umgekehrt.«

Das Frettchen lachte piepsend. »Keine Sorge, ich werde dir deine Stellung schon nicht streitig machen. Sonst müsste ich mir mein Futter ja wieder selber suchen.«

»Sehr witzig!«

»Ich dachte eigentlich, wir wären Freundinnen.«

»Warum sollen ein Meister und sein Geselle nicht auch befreundet sein?«

»Fragt sich nur, wer hier der Meister ist!«

Noch ehe Stella auf diese vorlaute Bemerkung eine passende Antwort eingefallen war, gelangte die Patrone in die Nähe des Osttores. Gerade verließ eine längere Karawane aus Wasserfahrzeugen unterschiedlichster Größe die Stadt.

»Beeil dich, die sind gleich draußen«, drängte Sesa Mina.

»Ich verstehe immer noch nicht, was ...«

»Häng dich einfach ans Ende des Zuges. Die Kontrolleure haben ihn bereits überprüft. Es wird gar nicht auffallen, wenn wir sozusagen huckepack mit den Händlern reisen. Die Grenzposten schikanieren eh längst schon wieder die nächsten Reisenden.«

Stella hoffte nur, dass Sesa Minas Plan funktionierte. Selbst wenn ihre Identifikation in Ordnung war, würde der Versuch, heimlich die Stadt zu verlassen, unweigerlich den Argwohn der Kontrolleure wecken. Die Blechgesellen wären sicherlich hocherfreut, Stella mit ihren Niederträchtigkeiten überhäufen zu können.

Anders als befürchtet bemerkte jedoch niemand die unscheinbare Patrone im langen Zug der Frachtfahrzeuge. Sobald die Karawane außerhalb der Stadt war, setzte sich Stella ab.

Die Einreise nach Blaxxun verlief ohne Komplikationen. Über Umwege bahnten sich Stella und ihre kleine Lotsin einen Weg zur *Schwarzen Sonne.* Auch an diesem Tag war es wieder sehr voll in der Stadt. Alle möglichen schillernden Figuren kreuzten Stellas Weg, angefangen von mannsgroßen Fröschen mit roten Rüschenkrägen bis hin zu muskelbepackten Exotinnen, deren spärliche Bekleidung Stella die Schamesröte ins Gesicht trieb.

Von della Valle war allerdings nichts zu sehen. Entweder hatte er seine Nachstellungen aufgegeben oder er verhielt sich nun geschickter. Stella verschwendete nicht allzu viele Gedanken auf ihn. Sie hatte immer noch den Speer. Und was für Drachen gut war, konnte auch einen aufdringlichen Schergen in die Schranken weisen.

Unbehelligt gelangte sie vor die Tür der *Schwarzen Sonne.*

»Wie geht es Euch heute, Oper Ator?«, begrüßte sie den Türsteher, der an diesem Tag gleich seine ganze Pracht zur Schau stellte. Er wirkte ein wenig irritiert ob der guten Laune der Besucherin.

»Wie soll ich Euch nennen?«, brummte er.

»Wohl schlecht geschlafen, was?«, fragte Stella, fügte dann aber schnell hinzu: »Schnuppe. Das ist mein Name.«

Wieder verwandelte sich das anfänglich ablehnende Verhalten des Wächters in reservierte Höflichkeit. Er öffnete das Portal und Stella trat in den großen Saal der *Schwarzen Sonne* mit all seinem Tohuwabohu.

Nachdem sie von dem affigen Rotrock ihr Namensschild in Empfang genommen hatte, stürzte sie sich ins Getümmel. Es dauerte nicht lange und sie hatte Elektra ausfindig gemacht. Sie sprach gerade mit der Vogelscheuche und dem Alten, dessen Frisur der Blitz geformt hatte.

»Elektra!«, rief Stella in Geheimsprache und sofort wandte sich die grünhaarige Elfe zu ihr um. Auch sie bediente sich nun der für Außenstehende unsinnig erscheinenden Worte.

»Schnuppe! Du bist pünktlich. Darf ich dir meine Freunde vorstellen? Das hier ist Haeresia«, dabei deutete sie auf die Vogelscheuche, »und der da nennt sich Einstein.«

Einstein, dachte Stella. So kann doch nur ein Trottel heißen, aber sie nickte den beiden merkwürdigen Gestalten freundlich zu.

»Und dort«, sagte Elektra enthusiastisch. »Ta-ta-ta-taaa! Dort ist auch schon unser Lauscher.«

Stella war wie gelähmt. Sie schaffte es kaum, sich umzudrehen und in die von Elektra gezeigte Richtung zu blicken. Als es ihr doch gelang, entdeckte sie tatsächlich den unsteten Schemen. Obwohl eine Rauchfahne nicht gerade viele Anhaltspunkte bot, erkannte sie das schattenhafte Gebilde sogleich wieder.

»Ich finde es nicht gut, dass er hier ist«, presste sie zwischen den Zähnen hervor. »Ich traue ihm nicht. Warum versteckt er sich hinter diesem Schatten?«

»Das ist sein Markenzeichen. Er ist eben der Dunkle Lauscher. Nicht nur hier in Blaxxun trägt er diesen Spitznamen, sondern überall in unserer Welt.«

»Das ist wahr«, pflichtete ihr der Lauscher bei. »The Dark Listener geistert durch das ganze Netz.«

Stella erkannte die Stimme sofort wieder. Ein Schauer lief ihr wie ein Heer von Ameisen über den Rücken. Der Dunkle Lauscher hatte sich derselben Geheimsprache bedient, in der sie sich auch mit Elektra verständigte. Einerseits fühlte Stella sich verraten, andererseits sagte eine Stimme in ihr, sie müsse Lauscher eine Chance einräumen. Elektra vertraute ihm offenbar. War das nicht Sicherheit genug?

Unerwartet begann sich der Schemen vor Stellas Augen zu verändern. Er gewann an Kontur. Schließlich erschien er ihr wie der Schatten eines Mannes vor einer Wand, bekleidet mit einem langen Umhang und einem nach oben spitz zulaufenden Hut.

»Wir sind uns schon einmal begegnet, nicht wahr?«

Obwohl die Stimme des Dunklen Lauschers alles andere als unfreundlich klang, gelang es Stella nicht, das Frösteln aus ihren Gliedern zu vertreiben. Sie sah den Schatten argwöhnisch an, erwiderte jedoch nichts.

»Es war in Amico«, fuhr der daher fort.

»Elektra, wie kannst du ihm nur vertrauen?«, zischte Stella ihrer Verbündeten zu, doch diese lachte nur.

»Lauscher ist in Ordnung, Schnuppe. Das kannst du mir glauben. Er steckt zwar überall seine Nase rein, aber dafür ist er auch der größte Hacker auf Gottes weiter Erde.«

Stella überlegte, was Elektra wohl mit dem Begriff »Hacker« meinte. Das klang irgendwie nach Bergarbeiter. Doch sonderbarerweise stellte sich bei ihr schnell der Gedanke ein, es könne sich dabei um einen Gattungbegriff mit ähnlicher Bedeutung wie das Wort »Frettchen« handeln. Sesa Mina war eine Spürnase sondergleichen und sie hatte Stella in den Keller des Katasteramtes geführt, wo sie das geheimnisvolle Manuskriptfragment fand. Und genau dort war sie auch zum ersten Mal dem Dunklen Lauscher begegnet.

Als wäre Elektra ihren Gedanken gefolgt, sagte diese nun: »Lasst uns in den privaten Raum gehen. Wir müssen über den Kagee-Text sprechen.«

Am liebsten hätte Stella genau das Gegenteil getan und wäre einfach davongelaufen, aber um Elektras willen zügelte sie ihr Misstrauen. Irgendetwas in ihr mahnte sie abzuwarten. Vielleicht hatte sie der Speer, den sie keinen Moment aus der Hand legte, ja nicht einfach nur nach Blaxxun geführt, sondern ganz bewusst mit dem unheimlichen Schemen zusammengebracht.

Sobald die Tür des Plauderraumes hinter ihnen ins Schloss gefallen war, sagte Stella zu dem Schatten: »Hast du etwas mit dem Speer hier zu tun?« Dabei zeigte sie ihm die Waffe in ihrer Hand.

»Du hast die Botschaft also verstanden«, antwortete Lauscher vieldeutig.

Stella war nicht nach Rätseln zu Mute. Ärgerlich fragte sie: »Hast du oder hast du nicht?«

»Du meinst, ob ich dich nach Blaxxun gelockt habe? Ja, ich wollte dich sprechen.«

Wieder spürte Stella ein Schaudern. »Mich sprechen? Warum?«

»Sagt dir das Wort *Intruder* etwas?«

Ein Zittern ging durch Stellas Körper. Der vom Dunklen Lauscher erwähnte Name *sagte* ihr nicht nur etwas, er *veränderte* sie. Wie zuvor die Silhouette der Türme von Enesa war das Wort Intruder wie ein Schlüssel, den der Schemen in das Schloss ihres Unterbewusstseins gesteckt hatte, um damit Erinnerungen zu wecken. Für einen Moment war sie völlig durcheinander. Intruder! Natürlich erinnerte sie sich. Es handelte sich dabei um eine unglaubliche Apparatur. Eine Traummaschine. Das Tor zu einer anderen Welt. Und diese Welt hieß Illúsion.

»Warum antwortest du nicht?«, fragte der Schatten des Lauschers. »Kannst du nicht oder *willst* du nicht?«

Stella gewann nur mit Mühe ihre Fassung zurück. Sie stand noch in demselben karg eingerichteten Zimmer, doch jetzt sah und verstand sie mit einem Mal Dinge, die ihr vor kurzem noch völlig fremd, ja absolut unmöglich erschienen wären. Der Dunkle Lauscher hatte mit seiner Frage eine weitere Schicht ihres verdeckten Gedächtnisses bloßgelegt. Mit zitternder Stimme stammelte sie: »Die ... die *Traummaschine*?«

»Also kennst du sie. Das habe ich mir gedacht.«

»Warum ... ich meine, wie hast du es bemerkt?«

»Du bist nicht wie die anderen Avatare hier. Ich glaube, du verdankst dem Intruder deine Repräsentation im Netz.«

»Aber die Traummaschine ist ein Geheimnis! Nur der Bund des Lindwurmes weiß von ihr ...«

»Ich kann dir im Moment nicht alles sagen«, unterbrach der Dunkle Lauscher das verstörte Mädchen. »Selbst hier in diesem Privatraum haben die Wände Ohren. Aber glaube mir, ich kenne deine Identitätsnummer. Die Herren von Enesa haben sie schon früher benutzt, um ihre geheimen Umtriebe zu tarnen.«

Stella blickte auf ihren Unterarm hinab. Jedes Mal, wenn diese Nummer erwähnt wurde, begann sie wie von innen her zu leuchten. Auch jetzt wieder. Plötzlich war es ihr klar. »*Das* hier ist der eigentliche Grund, warum du und der Wurm vor mir geflohen seid, stimmt's?«

»Ja. Ich war mir nicht sicher, ob ich dir trauen konnte. Daher mein Rätsel vom Herrn des Feldes. Ich ...« Lauscher zögerte für einen Moment. »Hast du eben gesagt, der Wurm wäre auch vor dir geflohen?«

»Ja, Sesa Mina meinte schon, ich hätte irgendwas Furcht Erregendes an mir, weil alle Schatten vor mir das Weite suchen.«

»Sesa Mina?«

Stella hatte sich schon beim letzten Mal gewundert, weshalb niemand von ihrem Frettchen Notiz nahm. Um die Angelegenheit nicht noch komplizierter zu machen, sagte sie nur: »Eine Freundin. Sie hilft mir, mich in der Welt zurechtzufinden. Du scheinst den Wurm auch zu kennen?«

»Der Cyberwurm ist der eigentliche Grund für mein Hiersein, er und der Intruder, genau genommen. Vor Letzterem wollte ich dich warnen. Das soll im Moment genügen. Der Herr des Feldes darf auf keinen Fall meine wahre Identität zu früh erkennen. Wenn das geschähe, könnte selbst ich ihn nicht mehr aufhalten.«

»Aufhalten, was zu tun?«

»Alles zu seiner Zeit, Schnuppe. Du musst mir vertrauen. Ich bin nicht dein Feind wie der Herr des Feldes. Lass dich von ihm nicht mehr an den Intruder anschließen. Die Traummaschine, wie du sie nennst, ist *gefährlich*!«

Stella starrte den Dunklen Lauscher entsetzt an. Sie wusste nicht, was sie von seinen Andeutungen halten sollte. Ihr Argwohn war vielleicht gemildert, aber noch nicht ganz verflogen.

»Ich kann den Lindwurm nur hier in Illúsion finden«, sagte sie daher. »Oder willst du etwa behaupten, er wäre keine Gefahr für diese Welt?«

»Für Illúsion?« Lauscher schmunzelte, was Stella nur noch mehr verwirrte. »Doch, der Wurm ist eine Gefahr. Aber es ist besser, du und Salomon suchen ihn ohne diese Traummaschine.«

»Besser für wen? Etwa für dich, weil ich dir eins, zwei, drei auf die Schliche gekommen bin?«

Wieder umspielte ein geheimnisvolles Lächeln die Lippen des Dunklen Lauschers. »Du hast mein Geheimnis noch lange nicht ergründet. Ich könnte sogar Nutzen daraus ziehen, wenn du dich weiterhin mit dem Intruder beschäftigst – denk an deinen Speer! Meine Warnung gilt ganz allein dir. Ich möchte dich retten, Schnuppe.«

»Retten? Mich?« Stellas Stimme überschlug sich fast. »Wenn du wirklich ein so findiger Bursche bist, wie Elektra behauptet, warum kannst du dann die Ränke der Herrscher von Enesa nicht einfach aufdecken? Sie mögen zwar hohe Herren sein, aber wenn sie offenkundig zum Schaden des Volkes handeln, dann müsste man sie doch ihres Amtes entheben und festnehmen können.«

Lauscher lachte. »Du verkennst die Lage, Schnuppe. Enesas Herren sind direkt dem obersten Kriegsrat von Illúsion unterstellt, ihre wichtigsten Beamten bekleiden dort hohe militärische Ränge. Selbst der Kongress von Illúsion ist nicht im Stande, sie zu kontrollieren. Wenn ihnen überhaupt jemand auf die Finger klopfen kann, dann nur eine Person in allerhöchster Position. Aber selbst dann wäre der Erfolg noch nicht garantiert. Die Machthaber in Illúsion mögen kommen und gehen, aber Enesas finstere Herren bleiben bestehen.«

Stella musste die Worte des Lauschers erst einmal verkraften. Sie glichen einem Rätsel, bei dem jeder Vers für etwas anderes stand, als er auszudrücken schien. Schwer ließ sie sich in das Ledersofa sinken. Allmählich wurde ihr klar, dass sie jene fremde, wie durch einen duftigen Vorhang verhüllte Seite ihres Bewusstseins befragen musste, um die Lösung dieses Rätsels zu finden. Doch je mehr ihr klar wurde, worauf die Schilderung des Dunklen Lauschers hinauslief, desto unruhiger wurde sie.

Verzweifelt blickte sie den spitzhütigen Schatten an, dann wieder Elektra.

»Was ist, Schnuppe? Weißt du eine Möglichkeit, wie wir den Herren von Enesa das Handwerk legen können?«

»Lauscher hat gesagt, nur ›eine Person in allerhöchster Position‹ kann ihnen Einhalt gebieten. Ich glaube, es gibt einen Weg zu ihr.«

»Du meinst, bis zum *obersten* Machthaber?«, fragte Lauscher erstaunt.

Stella bedachte ihn mit einem argwöhnischen Blick.

Elektra deutete das Zögern ganz richtig. »Du kannst Lauscher vertrauen, Schnuppe. Er ist ein Freund.«

Stella seufzte. Das, was sie nun tat, erschien ihr wie der schwerste Schritt ihres Lebens. »Ich werde dir sagen, Lauscher, wie du meine Mutter erreichen kannst. Ihr Vater, mein Großvater, war ein angesehener Ratgeber der Herren von Illúsion. Sie wird dir also wahrscheinlich helfen können. Allerdings will ich dir nicht ihren Wohnort verraten – du musst dir mein und ihr Vertrauen erst noch verdienen. Ich sage dir, wie du ihr eine Lichtbotschaft schicken kannst. Darin magst du ihr berichten, was du von ihr willst, und deine Bitte begründen.«

»Ich danke dir, Schnuppe. Dein Misstrauen kann ich verstehen – bin ja selbst nur ein Schatten, weil ich nicht mehr als nötig von mir preisgeben will –, aber glaube mir, du wirst es nicht bereuen. Gibt es ein geheimes Schlüsselwort, damit deine Mutter meine Nachricht als echt erkennt?«

Widerstrebend verriet Stella dem Dunklen Lauscher auch das. Sie vergaß jedoch nicht, ihn darauf hinzuweisen, dass sie selbst ihre Mutter von der Unterredung in Blaxxun informieren wolle. Es sei für Viviane also ein Leichtes, das Schlüsselwort jederzeit zu ändern. Wenn er mit ihr in Kontakt trete, solle er es unauffällig anstellen, warnte sie Lauscher dann noch, vielleicht würden die Botschaften ihrer Mutter unterwegs abgefangen. Lauscher versprach vorsichtig zu sein. Er kenne den Herrn des Feldes und wisse, welcher Schliche er sich bediene. Wenn Viviane ihm wirklich helfen könne, dann wolle er ein Treffen mir ihr vereinbaren.

»Hoffentlich tut mir das nicht irgendwann einmal Leid«, murmelte Stella.

»Verlass dich auf Lauscher«, sagte Elektra. »Er hat dir schon mehr geholfen, als du vielleicht ahnst.«

Stella strich sich die Haare aus dem Gesicht und sah Elektra prüfend an. »Wie meinst du das?«

»Meine Freunde und ich sind vor allem durch einen Hinweis Lauschers hinter das Rätsel des Kagee-Textes gekommen.«

Erstaunt blickte Stella erst den Schatten, dann wieder die vor ihr schwirrende Elfe an. »Du meinst ...?«

Elektra nickte bedeutungsschwer. »Wie wir vermutet haben, war der Text verschlüsselt. Ein sehr seltener Code, eher von akademischer als von praktischer Bedeutung. Vermutlich war deshalb bis jetzt noch niemand im Stande, ihn zu entschlüsseln. Aber dank Lauschers Inspiration haben meine Freunde und ich ihn knacken können.«

Die Nachricht versetzte Stella in Hochstimmung. Sie vergaß darüber sogar ihr schwelendes Misstrauen gegen den Dunklen

Lauscher und sprach nun drängend auf ihre grünhaarige Freundin ein. »Jetzt spann mich nicht auf die Folter, Elektra. Was bedeutet der Text?«

»Das meiste davon ist Müll ...«

»Wie bitte?«

»Ganz ruhig, Schnuppe. Ich sagte, das *meiste.* Zwischen all dem Abfall haben wir etwas gefunden, was einen Sinn ergibt, zumindest syntaktisch.«

»Ich verstehe kein Wort. *Was* habt ihr denn nun entdeckt?«

»Der Kagee-Text enthält einen einzigen verständlichen Satz. Er lautet: ›Wirklichkeiten werden heute gemacht, nicht entdeckt.‹«

»Das ist alles?«

Elektra nickte lächelnd. »Mehr habe ich nicht. Tut mir Leid.«

»Ich bin völlig durcheinander«, gab Stella zu. »Ich hatte gehofft, in dem Manuskript stehe so etwas wie ›Suche den Wurm in der Stadt Soundso in der Höhle mit dem Schild ›Familie Drache‹. Aber *das* ... Was soll ich damit anfangen?«

»Es hört sich an wie ein Rätsel. Über Rätsel muss man nachdenken«, bemerkte Lauscher.

Stella erinnerte sich an Lauschers Denkaufgabe über den Herrn des Feldes und stöhnte: »So etwas musste ja kommen. Aber wenn du so klug bist, dann hast du dies doch gewiss auch schon getan, nachgedacht, meine ich.«

»Hab ich tatsächlich. Anscheinend will der Urheber dieses Textes uns etwas über die Wirklichkeit erzählen ...«

»Das ist mir auch klar«, sagte Stella deprimiert. »Aber entweder ist etwas wahr und wirklich oder eben falsch und nicht existent. Etwas Reales kann man zwar entdecken, vielleicht auch vollendete Tatsachen schaffen, aber ist das die Art und Weise, in der man Wirklichkeiten *macht*?«

»Denk an den Intruder, Schnuppe. Schaffst du dir im Augenblick nicht gerade deine eigene Wirklichkeit? Wie hast du sie doch gleich genannt? Illúsion, wenn mich nicht alles täuscht.«

»Du glaubst, der Text sagt etwas über mich und diese Welt hier aus?«

»Nein. Das brächte dich nicht weiter. Es würde dir nichts Neues verraten. Das Rätsel muss eine andere Lösung haben.«

»Überleg doch einmal«, übernahm Elektra wieder das Wort, so als habe Lauscher ihr einen Ball zugeworfen. »Die Zeitungen, die Nachrichten im Fernsehen und Radio ... Wie oft ist es schon vorgekommen, dass zu einem Bild oder Ereignis Texte verfasst wurden, welche die Tatsachen in ganz anderem Licht erscheinen ließen! Die Medien pflanzen den Menschen nicht selten Ideen in den Kopf, die diese dann später für ihre eigenen halten. Hier werden Wirklichkeiten *gemacht*, Schnuppe! Vielleicht künstlich, aber den Menschen erscheinen sie als echt.«

»Moment mal, Moment«, erwiderte Stella verwirrt. »Ich komme da nicht ganz mit. Sprecht ihr beiden von Postillen und den Botschaften, die Herolde verkünden? Haltet ihr *das* für die ›künstlichen Wirklichkeiten‹?«

Elektra musste kichern. »Wenn du es so nennen willst. Offenbar bist du etwas verwirrt, aber Lauscher hat mich ja vorgewarnt.« Die geflügelte Gestalt flirrte dicht zu dem Sofa hin, auf dem Stella Platz genommen hatte, und sagte verbindlich: »Pass auf, Schnuppe. Ich gebe dir jetzt einige Adressen von Orten, wo Wirklichkeiten gemacht werden. Ich weiß, dass du viel schneller und besser dorthin gelangen kannst als Lauscher und ich – vor allem dann, wenn man einen Hintereingang finden muss. Das wird zwar nur selten notwendig sein, aber trotzdem. Sieh dich an diesen Plätzen ein bisschen um. Du hast schon einmal ein Kagee entdeckt. Wenn es in den Wirklichkeitsfabriken irgendwo ein weiteres Schattenwort gibt, dann wird es dir auffallen.«

Stella nickte mit glasigem Blick. Irgendwie fühlte sie sich überfordert von Elektras Vorschlag. Aber dann musste sie wieder an ihren kleinen Pelzkragen denken, der in diesem schwarzen Gebäude immer so auffällig stumm blieb. Sesa Mina würde ihr schon helfen.

Beim Abschied druckste Stella noch ein wenig herum, bis sie gegenüber dem Dunklen Lauscher dann doch die richtigen Worte fand. An diesem Tag sei sie über ihren eigenen Schatten gesprungen, um einem anderen Vertrauen zu schenken. In jedem Fall sei das für sie eine heilsame Erfahrung gewesen – sie hoffe nur, eine positive.

Zuletzt dankte sie ihm für seine Hilfe beim Entschlüsseln des Schattenworttextes und versprach seine Warnung vor dem Herrn des Feldes ernst zu nehmen.

Elektra wiederum kündigte an, sie werde die *Schwarze Sonne* nun jeden Tag um die gleiche Zeit aufsuchen. Das sei zwar ein großes Opfer, weil es ihren Nachtschlaf in ungebührlichem Maße verkürze, aber für eine Freundin wolle sie das gerne in Kauf nehmen.

Vom Vertrauen Elektras beflügelt machte sich Stella sogleich auf den Weg. In ihrem Rucksack trug sie mehrere Zettelchen, beschriftet mit den Namen jener Orte, die Elektra ihr genannt hatte. Nun begann das Spiel also von neuem. Ein Schattenwort war gefunden und enträtselt worden, nicht zuletzt mit Hilfe von Menschen, denen sie früher misstraut hatte. Was würde sie an den Plätzen erwarten, die sie nun ansteuerte? So viel stand fest: Der Lindwurm spielte sein eigenes Spiel und die Herren von Enesa ebenso. Irgendwo dazwischen befand sich Stella und jagte der Erfüllung eines geheimnisvollen, gefährlichen und vielleicht sogar unerfüllbaren Auftrags nach.

Die Wirklichkeitsmacher

Emesen-Beecee war ein Gemeinwesen – weltoffen wie Amon, klein wie Amico und vergeistigt wie Blaxxun. Ohne Schwierigkeiten konnte Stella ihre Patrone an den Kontrolleuren vorbeilenken und im Hafen einen Liegeplatz ansteuern. Als sie die Straßen von Emesen-Beecee betrat, wurde ihr schnell klar, dass hier nicht das Handwerk den Rhythmus des Tages bestimmte, sondern die Nachrichten.

Überall gab es Stuben, in denen Leute saßen, die sich mit anderen Leuten unterhielten. Die einen schrieben die Neuigkeiten auf, welche die anderen aus den entlegensten Winkeln Illúsions zusammengetragen hatten. Nicht selten waren die Türen zur Straße hin geöffnet und Stella schnappte hier und da Wortfetzen auf. Einer erzählte zum Beispiel von einem Mann, der mit Vorliebe arglosen Hunden nachstellte, um ihnen in den Schwanz zu beißen. Aus einer anderen »Nachrichtenbörse« schwappte die Neuigkeit, ein Stern sei vom Himmel gefallen, mitten auf eine Stadt, man habe nur noch nicht ihren Namen herausgefunden. Es war nicht zu überhören, dass einige der Berichterstatter ziemlich dick auftrugen – vielleicht wurden sie danach bezahlt, wie aufregend ihre Geschichte klang. Da Stella die eine oder andere Nachricht bekannt vorkam, konnte sie zumindest ahnen, wie viel hier geflunkert wurde.

War das die Wirklichkeitsfabrik, von der Elektra gesprochen hatte? Obwohl Emesen-Beecee für sie bisher nicht mehr als ein Name unter vielen gewesen war, wusste sie zumindest von dem Hauptexportgut dieser Stadt. Es waren Gazetten und so genannte Blitznachrichten, die durch Lichtzeichen zwischen nahe gelegenen Relaisstationen hin und her übertragen werden konnten. Dieses auf einem raffinierten Spiegelsystem beruhende Verfahren ermöglichte die Übermittlung wichtiger Neuigkeiten ebenso wie persönlicher Botschaften über weite Strecken und in allerkürzester Zeit. Die bevorzugten Empfangsstationen für derlei Mitteilungen waren die Spitzen der großen Türme, die es in fast jedem Ort Illúsions gab.

»Hast du eine Idee, wo wir hier nach dem Schattenwort suchen sollen?«, fragte Stella, nachdem sie eine Weile mehr oder weniger ziellos durch die Straßen und Gassen geschlendert war.

»Wie wär's mit dem Zentralen Botendienst? Die ordnen und verteilen sämtliche Nachrichten, die in den einzelnen Stuben der Stadt gesammelt werden.«

Stella blieb so abrupt stehen, dass ein an der Hauswand lümmelnder Laufbursche interessiert die Ohren spitzte. Sie warf dem Jungen einen finsteren Blick zu und flüsterte: »Warum hast du das nicht gleich gesagt?«

»Du hast mich nicht danach gefragt.«

»Aber …« Stella schnappte nach Luft. Doch dann fiel ihr ein, dass Sesa Mina, so verblüffend ihre Spürnase auch war, immer erst in Aktion trat, wenn sie dazu aufgefordert wurde. In – den Umständen entsprechend – freundlichem Ton bat sie das Frettchen: »Wärst du bitte so liebenswürdig und bringst mich zu diesem Zentralen Botendienst? Und wenn es dir nicht allzu viel ausmacht: Könntest du dich auch gleich einmal nach dem Schattenwort umsehen?«

»Nichts lieber als das«, flötete Sesa Mina und dirigierte sie von nun an zielstrebig durch die Straßen der Stadt.

Auf dem Weg zum Botendienst kramte Stella in ihrem Gedächtnis. Zwar war der dunkle Vorhang, der die andere Hälfte ihres Bewusstseins so lange in Finsternis gehüllt hatte, nun verschwunden, aber immer noch gab es da einen zarten

Schleier, der einiges aus der Welt hinter ihrer Welt nur verschwommen erkennen ließ.

Soweit Stella sich erinnerte, arbeiteten die Botendienste nach vorbereiteten Verteilerlisten. Die Städte Illúsions wurden also nicht wahllos mit Neuigkeiten bombardiert. Vielmehr konnten Behörden, Stände und auch Einzelpersonen gewissermaßen Wunschlisten einreichen. Wenn jemand sich bevorzugt für Borstenvieh-Schlankheitsdiäten interessierte, dann wurde das vermerkt. Ebenso die Goldpreise an den wichtigsten Handelsplätzen Illúsions oder aktuelle Nachrichten über den Adel und andere hoch gestellte Persönlichkeiten.

Diese Verteilerlisten waren, so erinnerte sich Stella, hervorragende Verstecke für geheime Nachrichten. Ein Schattenwort konnte sich also durchaus in einem Wunschprogramm verbergen. Doch wie sollte sie unter den Hunderten oder gar Tausenden von Listen die richtige herausfinden?

Stella dachte einige Straßenzüge lang über diese Frage nach, bis sie sich an Sesa Minas jüngste Äußerung erinnerte. Also bat sie das Frettchen um einen Rat.

»Jede Liste trägt einen Namen«, antwortete Sesa Mina, »gewöhnlich den des Listenempfängers. Frage nach der Liste ›Kagee‹. Das dürfte dich zum Erfolg führen.«

Diese Hoffnung bestätigte sich zunächst nicht. Als die beiden Reisenden nämlich den Zentralen Botendienst erreicht hatten – ein roter, zwölf Stockwerke hoher Ziegelbau, klobig wie ein Stück Butter –, erhielten sie von dem ungewöhnlich freundlichen Verteilungsbeamten einen abschlägigen Bescheid. Eine Liste für Kagee gebe es nicht, erklärte er nach längerem Suchen in einem dicken Folianten. Dabei machte er ein Gesicht, als wolle er Stella zum Hinscheiden eines geliebten Angehörigen kondolieren.

Stella bedankte sich und verließ den Ziegelbau wieder. »Das war Nummer eins«, sagte sie. Im Geist zerriss sie den Namenszettel, der sich in Illúsions Wirklichkeit schon längst in blaue Tinte verwandelt hatte.

»Elektra hat uns noch einige Städte genannt«, tröstete sie Sesa Mina. »Es wäre ja wirklich zu einfach, wenn wir gleich in der ersten fündig würden.«

Stella nickte. Mina hatte natürlich Recht. Sie gingen zum Hafen zurück und lösten den zweiten Namen auf.

Cienen vermittelte Stella den Eindruck einer typischen Nachrichtenstadt. Der Ort war etwas größer als Emesen-Beecee, aber im Wesentlichen befanden sich hier dieselben Wirklichkeitshandwerker an der Arbeit wie dort, derselbe Schlag von Menschen: Ein jeder lief auch noch der albernsten Nachricht hinterher, wenn sie nur den Geruch des Absonderlichen, Spektakulären oder schlicht des Neuen an sich hatte. Stella staunte nicht wenig, wie vielen dieses Gewerbe Arbeit und Brot versprach. Da musste es wohl unzählige andere Menschen geben, die nicht genug bekommen konnten von deren schillernden, kunstvoll modellierten Wirklichkeitsgebilden.

Auch in Cienen gab es einen Zentralen Botendienst. Hier reichte das Gebäude nur drei Stockwerke hoch, in seiner Ausdehnung schien es dafür aber beinahe so weitläufig zu sein wie die *Schwarze Sonne*. Schon an dem mit prachtvollen Steinmetzarbeiten verzierten Portal hielt sie ein Posten auf. Er hatte das typische Kontrolleursgesicht.

»Parole!«, blaffte er Stella an.

Die war für einen Augenblick konsterniert.

»Er will den Listennamen hören«, flüsterte Sesa Mina ihr zu.

»Kagee«, sagte Stella schüchtern.

Der Wachmann drehte den Oberkörper zur offen stehenden Tür hin und brüllte: »Kagee!« Das Wort wurde in den rätselhaften Tiefen des Gebäudes noch mehrere Male wiederholt. Dann trat Stille ein.

»Hast du eine Ahnung, was das soll?«, fragte Stella leise ihren Pelzkragen.

»Sie stöbern jetzt ein Zentralverzeichnis durch. Gleich wird die Antwort kommen.«

Kaum hatte das Frettchen seine Erklärung ausgesprochen, drang aus den Tiefen des Botendienstbaus auch schon ein ferner Laut, der sich allmählich als ein Wort herauskristallisierte. Die letzten drei immer lauter werdenden Wiederholungen konnte dann auch Stella deutlich verstehen.

»Negativ«, beendete der Posten die Kette.

»Was?«

»Die Parole ist falsch.«

Stellas Hand fuhr zum Weißpelz auf ihrer Schulter.

»Du hast noch viele Zettel«, flüsterte Sesa Mina.

Stella zuckte mit der Schulter und kehrte dem einsilbigen Türsteher den Rücken.

»Wo geht's jetzt hin?«, erkundigte sich Sesa Mina, der dieser Spießrutenlauf auch noch Spaß zu machen schien.

»Nach ... Moment mal.« Stella drehte den Zettel in ihrer Hand. »Nach Wallstrejo – noch nie davon gehört.«

»Die sind spezialisiert auf alles, was Kaufleute interessiert. Wenn du für deinen Marderhandel ein Verteilernetz gründen willst, dann solltest du zuerst die Nachrichten von Wallstrejo lesen.«

Stella staunte immer wieder, was dieses Frettchen alles wusste. Mit gewohnter Sicherheit erreichten die beiden den neuen Zielpunkt. Wallstrejos Stadtmauern hätten bequem innerhalb von Cienen Platz gefunden, schienen andererseits aber lang genug zu sein, um ganz Emesen-Beecee zu umfassen. Ansonsten war der Ort wie die anderen. Einzig die Häuser, aus denen das laute Nachrichtengeschrei auf die Straßen drang, machten einen etwas nobleren Eindruck. Hier gab es schon einmal Marmorfassaden, große Fensterscheiben und Wirklichkeitshandwerker in kostbarem Tuch. Die Gesichter der überwiegend männlichen Bevölkerung spiegelten die Wichtigkeit ihrer Nachrichten wider. In Wallstrejo wurde wenig gelacht, dafür umso mehr mit Zahlen jongliert.

Der Zentrale Botendienst war ein Bau in Form eines sechseckigen Sterns. Wenn man sich ihm wie Stella von der Anhöhe im Süden her näherte, konnte man erkennen, dass seine sechs dreieckigen Grundelemente ebenso wie der sechseckige Mittelbau nicht verbunden waren. Zwar nah beieinander, stand doch jeder Gebäudeteil für sich. Der ganze Komplex war in orangefarbenem Sandstein gehalten – sehr seriös!

Stella konnte ohne Parole eine große Eingangshalle betreten, deren Fußboden ein farbenfrohes Mosaik zierte, eine Szene aus dem Märchen von Alibaba und den vierzig Räubern. Warum gerade dieses Motiv ausgewählt worden war – es zeigte neben dem Helden der Geschichte auch einen umfangreichen Schatz sowie die vierzig Eigentümer desselben –, das entzog sich Stellas Vorstellungskraft.

Sie trat an einen hohen Tresen, der aus braungelbem, auf Hochglanz poliertem Stein bestand. Oben auf dem Rand reihten sich wie Perlen an einer Kette kleine rote Glaskuppeln, eingelassen in Messingfassungen. Darüber lächelten drei Gesichter. Das mittlere widmete sich Stella und nahm die Parole entgegen.

»Einen kleinen Moment bitte.« Das Antlitz – trotz des streng zurückgebundenen Haars gehörte es zweifelsfrei einer jüngeren Dame – setzte für kurze Zeit einen nachdenklichen Ausdruck auf. Die Augen waren nach unten gerichtet. Gewiss arbeiteten sich unsichtbare Hände gerade durch die Seiten eines umfangreichen Namensregisters.

»Ah, hier ist es ja!«, sagte das Gesicht und unterstrich diese Bemerkung mit einem herzlichen Lächeln.

Stella glaubte sich verhört zu haben. »Ihr meint, Ihr habt die Kagee-Liste gefunden?«

»Selbstverständlich.« Ein Anflug von Unwillen. Aber dann jovial: »Bei uns kommt nie etwas weg. Ich werde sogleich ein Lesezimmer für Euch herrichten lassen. Wenn Ihr Euch derweilen setzen mögt?« Diese Frage, eher schon eine Aufforderung, unterstrich das jugendliche Gesicht mit einer feingliedrigen weißen Hand, die nach links deutete.

Stella wandte den Kopf und erst jetzt fielen ihr die Reihen dick gepolsterter Diwane auf, die etwas abseits des Empfangstisches standen. Sie bedachte das hilfsbereite Gesicht mit einem dankenden Nicken und zog sich auf eines der freien Möbel zurück.

Diese verwöhnten die mit ihnen Kontakt aufnehmenden Körperteile mit einem weichen, wohligen Gefühl, das der Versuchung Vorschub leistete, sich einfach gehen zu lassen, was zweifelsohne innerhalb kürzester Zeit aus einem Wartenden einen Schlafenden machen konnte. Stella blieb aufrecht sitzen und beobachtete das Geschehen im Foyer.

In allernächster Nähe saßen oder lagen weitere Besucher und harrten der Dinge. Einige der Wartenden schliefen tatsächlich. Auf einem entfernteren Diwan schnarchte sogar einer, der nicht nur aussah wie ein Holzfäller, sondern auch die passenden Geräusche dazu lieferte.

Von der Tür her strömten unentwegt Menschen in die Halle, andere verließen das Gebäude wieder. Dennoch herrschten weder Hast noch Gedränge oder gar ungebührlicher Lärm in diesen heiligen Hallen des Wissens, dafür würdevolle Zurückhaltung, respektvolles Auftreten und fast unheimliches Raunen.

Einige Besucher, und das fesselte Stella nun wirklich, gingen nach ihrem Aufruf in Begleitung livrierter Pagen auf die Rückwand der wie ein Dreieck geformten Halle zu und verschwanden kurz darauf in einem der zahlreichen Durchgänge, die hier ähnlich pedantisch aneinander gereiht waren wie die winzigen Glaskuppeln auf dem Empfangstresen. »Verschwinden« war in diesem Zusammenhang durchaus wörtlich zu verstehen, denn sobald ein Page seinen Gast gestenreich in einen der türlosen Durchlässe expediert hatte, löste dieser sich in Luft auf.

Stella verfolgte das verblüffende Schauspiel vier- oder fünfmal hintereinander und verstand dennoch nicht, was da geschah. Hinter den Durchgängen war absolut nichts zu erkennen, offenbar wurden sowohl das einfallende Licht als auch die abwechselnd Eintretenden einfach verschluckt. Sobald nur ein Besucher seinen Fuß auf die Schwelle gesetzt hatte, war er auch schon weg.

Dieser auf Stella nicht eben einladend wirkende Vorgang wurde jeweils von einem dezenten Klingelton angekündigt, der exakt mit dem Aufleuchten eines roten Lämpchens in der Mitte über dem Türbogen zusammenfiel. Ehe sie sich noch darüber klar werden konnte, ob sie und Sesa Mina sich dem Risiko einer Auflösung aussetzen sollten, schwebte eine weibliche Stimme durch die Halle: »Die Dame Stella bitte.«

Diese atmete tief durch. »Jetzt wird's spannend, Mina«, flüsterte sie. Ihr Frettchen hielt sich dezent mit einer Erwiderung zurück, wie es sich für einen vornehmen Pelzkragen gehörte.

Noch bevor Stella den Tresen erreichte, traf sie auf einen

Pagen. Er trug eine Livree in demselben orangefarbenen Ton, der für dieses Gebäude offenbar charakteristisch war.

»Wenn Ihr mir bitte folgen wollt?«, sagte er mit einer leichten Verbeugung.

Eine Antwort erübrigte sich. Der Page hatte sich schon in Bewegung gesetzt und Stella blieb hinter ihm. Es ging, wie nicht anders zu erwarten, auf die rückwärtige Wand des Foyers zu. Mit einem unguten Gefühl in der Magengrube beäugte Stella die zahlreichen Türbogen. Der Page führte seinen Gast zu dem allerletzten. Über dem Bogen, aber unter dem roten Lämpchen, befand sich ein Schild mit der Nummer achtundvierzig.

»Euer Lesezimmer ist für Euch hergerichtet«, säuselte der Page und deutete mit beiden Händen auf den dunklen Eingang. »Wenn Ihr bitte eintreten wollt?«

Eigentlich wollte Stella nicht. Dieser Eingang, Durchgang oder was auch immer kam ihr unheimlich vor. Aber dann machte sie sich bewusst, weshalb sie hier war. Es gab ein Netz aus Schattenworten. Bisher hatte sie erst ein Kagee gefunden. Und hier wartete offensichtlich das zweite auf sie. Nur wenn sie dieses Netz von Knoten zu Knoten weiterverfolgte, konnte sie den Auftrag des Lindwurmbundes erfüllen. Sie atmete noch einmal tief ein, blickte auf den ermutigend lächelnden Pagen und trat unter den Bogen.

Es war fast, als schreite man durch einen haarfeinen Vorhang warmen Wassers, aber Stella wurde nicht nass. Sie blickte sich verunsichert um. Vor ihr lag ein kleiner dreieckiger Raum, in seiner Schlichtheit kaum zu überbieten. Die glatte Decke bestand aus hellrotem Holz, die Wände waren cremefarben gestrichen und auf dem Parkettboden standen gerade zwei Möbelstücke: ein großer dreieckiger Tisch, der in seiner Ausrichtung exakt der Form des Raumes entsprach, und ein gepolsterter Holzstuhl.

Sofort bemerkte Stella den säuberlichen Stapel von Schriftstücken auf dem Tisch. Schnell ging sie zum Stuhl, setzte sich, lehnte ihren Speer an die Tischkante und machte sich über die Dokumente her. Sie waren aus Papyrus, ein kaum noch gebräuchliches Schreibmaterial. Auf jedem Manuskript stand oben das jeweilige Fachgebiet. Es gab Bogen für »Börsennachrichten«, »Energiewirtschaft«, »Reisen und Verkehr«, allesamt Themenfelder, die ihr nicht viel sagten. Aber kam es darauf wirklich an?

Während Stella mit den Augen eher ziellos die verschiedenen Nachrichtenartikel überflog, fiel ihr wieder etwas ein. Eine Spielregel, auch sie stammte aus dem anderen Teil ihres Gedächtnisses. *Das Spiel könnte die Anfangsbuchstaben aus den abonnierten Themen nutzen, um daraus ein Schattenwort zusammenzusetzen.* Wer hatte das nur zu ihr gesagt?

Stella verdrängte die Frage, erhob sich wieder vom Stuhl und begann nun aufgeregt die verschiedenen Blätter auf dem Tisch hin und her zu schieben. Sesa Mina hatte sich auf der dreieckigen Platte eine freie Ecke gesucht und verfolgte schweigend das hektische Treiben. Um den Überblick nicht völlig zu verlieren, legte Stella die Papyrusbogen bald gestaffelt übereinander, so dass von den jeweils unteren nur die Sachgebiete zu sehen waren. Niedergeschlagen stellte sie fest, es gab, wenn schon nicht unzählige, so doch viel zu viele Buchstabenkombinationen, die *irgendein* Wort ergeben konnten. Aber welches war das richtige?

»Hast *du* eine Ahnung, Mina, in welcher Reihenfolge man diese Blätter anordnen muss, damit unser Schattenwort herauskommt?«, fragte sie schließlich ratlos.

»Vielleicht so, wie sie am Anfang lagen?«, antwortete Sesa Mina.

Stellas Mund öffnete sich, sie brachte jedoch keinen Laut hervor. Entgeistert blickte sie auf das Frettchen. Das weiße Pelzgesicht schien sie spöttisch anzugrinsen. Verärgert klappte sie wieder den Mund zu und sah auf den Tisch hinab. Nach einer ganzen Weile erst wandte sie sich wieder ihrem Frettchen zu. In Stellas Augen standen Tränen.

»Ich habe die ursprüngliche Reihenfolge vergessen!«

»Dazu hast du doch mich«, antwortete Sesa Mina sofort und tippelte auf die Papyrusbogen zu. »Fang mit den Börsennachrichten an.«

Stella nahm das Blatt.

»Als Nächstes die Energiewirtschaft.«

Gehorsam schob Stella den Bogen so hinter den ersten, dass beide Sachgebiete zu lesen waren.

»Jetzt Reisen und Verkehr.«

Blatt drei folgte.

»Edelmetalle.«

Blatt vier.

Und so ging es weiter: Sport, Halsabschneider, Internet, Theater.

»*Halsabschneider?*«, fragte Stella ungläubig.

»Das hier ist eine Nachrichtenstadt für das Geschäftswesen«, antwortete Sesa Mina, als wäre das eine ausreichende Erklärung.

Stella schüttelte den Kopf, aber dann zogen die gestaffelten Bogen doch ihre Aufmerksamkeit auf sich.

»BERESHIT.«

Einige Augenblicke lang war es völlig still im Raum. Stella schaute ratlos auf.

»Bereshit?«, wiederholte sie noch einmal den aus den Anfangsbuchstaben der Themengebiete gebildeten Namen. »Was soll denn *das* bedeuten?«

»Es ist unser neues Kagee«, antwortete Sesa Mina gleichmütig.

»Schönes Kagee! Was soll ich damit anfangen, wenn ich es nicht verstehen kann?«

»Mit dem Manuskript aus dem Katasteramt konntest du erst auch nichts anfangen. Wir werden den Sinn des Schattenwortes schon enträtseln.«

Stella blickte auf die Papyrusbogen in ihrer Hand, als könne sie durch diese hindurch die wahre Bedeutung des Rätsels erkennen. Schließlich seufzte sie. »Du hast Recht. Also, lass uns hier verschwinden ...«

Erst in diesem Moment fiel ihr wieder der dunkle Durchgang ein. Erschrocken fuhr sie herum. In ihrem Rücken gab es nur einen großen Spiegel an der Wand. Er befand sich genau hinter der Stuhllehne, ohne dass ihn Stella bisher bemerkt hätte.

»Müssen wir *da* hindurch?«, fragte sie zweifelnd.

»Also mir fällt kein anderer Weg ein.«

»Ich verstehe überhaupt nicht, warum sie hier keine normalen Türen einbauen können«, ereiferte sich Stella.

Sesa Mina keckerte amüsiert und hüpfte wieder auf Stellas Schulter. »Sind dir vorhin nicht die verschiedenen Gebäudeteile aufgefallen? Sie waren nicht miteinander verbunden. Wir befinden uns schon lange nicht mehr im Dreieck der Eingangshalle.«

»Willst du damit sagen, wir wurden aufgelöst und in einem anderen Flügel des Gebäudes wieder zusammengesetzt?«

»So ungefähr.«

Stella packte ihren Speer und sah angewidert auf den großen goldgerahmten Spiegel. »Ich hätte nie gedacht, dass ich mich mal freiwillig in Luft auflösen würde ...«

Plötzlich erstarrte sie. Hinter ihrem Spiegelbild hatte sie

eine Bewegung gesehen. Sie wirbelte so heftig herum, dass Sesa Mina auf ihrer Schulter fast den Halt verloren hätte, aber da war nichts. Als sie sich wieder dem Spiegel zuwandte, konnte sie an dessen Rand gerade noch das herzförmige Ende eines Drachenschwanzes verschwinden sehen.

Ein Schauer rann Stella über den Rücken. »Der Lindwurm!« Nur stockend brachte sie die Worte heraus. »Wir müssen ihn verfolgen.« Im nächsten Moment sprang sie in den Spiegel.

Diesmal spürte sie während des »Ortswechsels« nichts, sie konnte nur an den Lindwurm denken. Mit polternden Schritten rannte Stella durch das prachtvolle Foyer des Zentralen Botendienstes. Brüskierte Mienen folgten ihrem ungebührlichen Auftritt. Die Pagen schüttelten die Köpfe. Fassungslosigkeit übermannte die freundlichen Gesichter am Empfangstresen.

Unter dem Torbogen des Ausganges sah Stella noch einmal kurz das Pikass des Lindwurms wippen, ein spöttischer Abschiedsgruß: Nun habe ich meinen zweiten Trumpf ausgespielt! Und dann – sie strauchelte vor Schreck und wäre beinahe hingefallen – hörte sie wieder das vielstimmige schadenfrohe Kinderlachen.

Auf der breiten Eingangstreppe angelangt, blieb Stella nur der Blick auf leere Gassen, die auf den jetzt wenig belebten Platz vor dem Zentralen Botendienst einmündeten. Von dem Drachen aber fehlte jede Spur.

Sie war der Verzweiflung nahe. Dieser Wurm tauchte wie der Schatten eines vorüberziehenden Vogels auf und verschwand genauso schnell wieder. Wie hatte sie nur glauben können ihn jemals zu fassen?

»Hast du eine Ahnung, wohin der Drache geflogen ist, Mina?«

»Ist das ein offizieller Suchauftrag?«

»Ja doch! Das Kagee hat uns zu ihm geführt. Wenn er uns jetzt wieder abhängt, werden wir vielleicht nie sein Nest finden.«

»Wohin er *geflogen* ist, kann ich dir nicht sagen ...«

»Das wäre ja das erste Mal ...«

»... aber in welche Richtung er *gelaufen* ist, das kann ich wittern.«

»Du bist unmöglich, Mina!«

»Da hast du Recht.«

So schnell sie nur konnte, lief Stella zum Hafen zurück. Sesa Mina navigierte sie durch das Gassenlabyrinth der Stadt. Beim Liegeplatz angekommen, schwang sich das Mädchen in das Wasserfahrzeug, und nachdem der Namen des Zielortes sich in einem der Glasröhrchen aufgelöst hatte, nahm die Patrone Fahrt auf.

»Das ist nur eine Relaisstation«, erläuterte das Frettchen den nichts sagenden Ortsnamen. »Aber dort laufen viele Wasserstraßen zusammen.«

»Heißt das, du weißt nicht genau, wohin sich der Lindwurm abgesetzt hat?«

»Heute scheint er seine Spur gründlicher verwischen zu wollen.«

»Na, vielleicht heißt das ja, dass wir unserem Ziel, dem Drachennest, ganz nahe sind!«, sagte Stella aufgeregt.

»Freu dich nicht zu früh. Dieses Biest hat uns schon oft an der Nase herumgeführt.«

Der Knotenpunkt war beinahe so groß wie eine richtige Stadt. Hier verließ Sesa Mina für kurze Zeit die Patrone, um ihre Witterung zu überprüfen. Dann kam sie zurück und nannte Stella einen neuen Namen.

»Ist das wieder eine Relaisstation?«

»Ja. Und zwar eine ganz am anderen Ende von Illúsion. Der Wurm spielt Fangen mit uns.«

»Und du scheinst das auch noch lustig zu finden!«

»Du etwa nicht?«

Mit griesgrämiger Miene kritzelte Stella den betreffenden Namen auf ein kleines Stück Papier und steckte es in das Navigationsröhrchen.

Der nächste Zielort erwies sich wieder nur als Finte. Stella wurde immer aufgeregter. Bestimmt war sie dem Wurm dicht auf den Fersen! Er schlug Haken, um sie abzuschütteln. Mit ungutem Gefühl erinnerte sie sich ihrer Schwindelanfälle. Wann würde diese Übelkeit zurückkehren, die ihre erste Reise hatte scheitern lassen? Wenn erst wieder alles um sie herum durchscheinend wie Glas wurde, dann konnte sie unmöglich den Lindwurm weiter verfolgen, geschweige denn ihn zum Kampf herausfordern.

Es folgten weitere Relaisstationen. Die Jagd in der Patrone wurde immer hektischer, Stella dagegen langsam, aber sicher müde. Die ewigen Ablenkungsmanöver des Drachen zermürbten sie. Sie hatte ja immer noch das neue Schattenwort. Vielleicht war der Tag einfach noch nicht gekommen, den Lindwurm zu stellen ...

Da sagte Sesa Mina: »Masinof.«

»Das ist doch ...?«

»Ja, eine *richtige* Stadt.«

»Leben da nicht fast ausschließlich Gelehrte?«

»Jedenfalls das, was ihr Menschen dafür haltet.«

Stellas Feder huschte über den Zettel. Sie versenkte das Blatt in der klaren Flüssigkeit der Navigationsröhre. Und schon zischte die Patrone davon.

Getragen von einer reißenden Strömung schoss das Gefährt auf Masinof zu. Die Stadt wurde von einem gewaltigen runden Kuppelbau beherrscht. Aus der Ferne konnte man erkennen, dass es hier ebenso wie in Blaxxun eine innere

Trennmauer gab. Dieser deutlich sichtbare Wall brannte lichterloh.

Wie sich schon bald nach der ungehinderten Einreise herausstellte, war der verbotene Bezirk in Masinof ungleich größer als in der Stadt der *Schwarzen Sonne*. Im Grunde genommen bestand der öffentlich zugängliche Teil nur aus einem kleinen Stadtbezirk am Hafen, einer Exklave, einer Freihandelszone, in der sich Wissende und Wissensdurstige aus allen Regionen Illúsions begegneten und mehr oder weniger weltbewegende Weisheiten austauschten.

Diese Erkenntnis musste Stella nicht erst durch die bloße Beobachtung gewinnen. Masinof war für jeden, dem etwas an technischem Wissen lag, ein Begriff. Selbst eine Konstrukteurin von Marderfallen konnte sich hier noch wertvolle Anregungen holen. Im Augenblick hatte sie jedoch andere Dinge im Kopf.

Sesa Mina folgte weiterhin der Fährte des Lindwurms. »Er ist in den verbotenen Bezirk entwischt«, sagte das Frettchen, als es seine Herrin in eine Gasse dirigierte, die unmittelbar auf die flammende Trennmauer zuführte.

Stella blickte zweifelnd auf den lodernden Wall. »Da kommen wir doch niemals durch!«

»Sag niemals nie«, keckerte Sesa Mina und forderte dann Stella auf, in einem Hauseingang auf sie zu warten. Im nächsten Moment war sie verschwunden – wieder einmal.

Schon nach kurzer Zeit kehrte sie jedoch zurück. »Ein Tunnel.«

Eine derartige Äußerung hätte Stella vor drei Tagen noch ziemlich ratlos gemacht. Jetzt nahm sie die Nachricht fast schon gelassen auf. Stella folgte dem Frettchen durch mehrere Gassen.

Die Häuser in Masinof waren nach strengen geometrischen

Mustern geformt. Hier gab es Kuben, Kugeln und Kegel, Quader, Pyramiden und Zylinder. Fachwerk schien wenig beliebt zu sein, dafür umso mehr Metall und andere kühl wirkende Baustoffe.

»Hier ist es«, sagte das Frettchen nach einiger Zeit.

»Ich sehe nichts.« Stellas Augen studierten eine Hauswand, die ihr Sesa Mina gezeigt hatte. Aber sie konnte keinen Tunnel oder irgendeinen anderen Durchlass entdecken. Das dazugehörige Gebäude befand sich unmittelbar an der Mauer des verbotenen Bezirks. Es unterschied sich von anderen Bauwerken durch seine – gemessen an hiesigen Verhältnissen – altertümliche Architektur. Riesige unregelmäßig zugehauene Steine waren hier, mit schwarzem Mörtel verbunden, zu ansehnlicher Höhe getürmt. Erst weit oben konnte Stella kleine weiße Sprossenfenster erkennen, darüber dann ein rotes Ziegeldach.

»Du musst genau hinsehen«, drängte Sesa Mina. »Da, links von dir.«

Noch einmal ließ Stella ihren Blick forschend über die verschiedenfarbigen Steinbrocken schweifen. Die Wand wirkte solide wie ein Granitblock. »Tut mir Leid, ich kann keinen Tunneleingang entdecken.«

»Na, dann eben nicht«, antwortete Sesa Mina schnippisch. »Komm einfach hinter mir her.«

Unter den staunenden Augen Stellas tippelte das Frettchen nun auf die Hauswand zu. Es nahm einfach Kurs auf einen großen dunklen Stein, dessen Umriss an eine Schildkröte erinnerte.

Wenn Sesa Mina so weitergeht, wird sie sich ihre empfindliche Nase gewaltig anstoßen, dachte das Mädchen noch, doch dann tauchte der Kopf des Frettchens und bald sein ganzer Körper in den besagten Stein ein, als bestünde der nur aus warmer Butter.

Stella wollte ihren Augen nicht trauen, erst recht nicht, als Sesa Minas Kopf noch einmal aus dem so massiv wirkenden Brocken auftauchte und sie rief: »Was ist, willst du nicht nachkommen?«

Ungläubig nickte Stella. Sie trat nun selbst an die Wand heran. Auch aus allernächster Nähe wirkte der Block völlig solide. Kleine Poren waren zu erkennen wie bei Lavagestein. Stella nahm all ihren Mut zusammen und setzte ihren rechten Fuß an die Mauer. Jedenfalls *wollte* sie ihn dagegen stemmen. Sobald sie nämlich den vermeintlichen Felsen berührte, tauchte der Fuß einfach in die Wand. Es folgte das Bein. Gleich darauf war das ganze Mädchen verschwunden.

»Das war ja furchtbar!« Stella schüttelte sich. Sie stand in einem dunklen Gewölbe. Das Durchschreiten einer Mauer unterschied sich doch drastisch von dem Gang durch einen Spiegel. Für Sekundenbruchteile hatte sie das Gefühl gehabt, selbst zu Stein zu erstarren, eine Erfahrung, die sie kein zweites Mal machen wollte.

»Wir müssen hier entlang«, sagte Sesa Mina und lief einen Tunnel hinab, den ein matter Lichtschimmer erhellte.

Stella folgte dem Frettchen mit ungutem Gefühl. Wahrscheinlich war der Drache sowieso schon längst über alle Berge.

Bald wurde offenkundig, woher das Licht in dem Tunnel kam. Es stammte von der Trennmauer. Selbst deren Fundament glühte noch so stark, dass es den Tunnel schwach erhellen konnte. Unmittelbar unter der Mauer spürte Stella die Hitze des Walls. Dennoch war die Temperatur erträglich, was sie angesichts des glühenden Steins mehr als nur verwunderte. Nach ungefähr einhundertfünfzig Schritten gelangte sie an eine weitere Mauer. Erschrocken blickte sie auf den porösen schwarzen Stein.

»Nicht schon wieder, Mina!«

»Wenn du den Lindwurm nicht verlieren willst, dann muss es sein.«

Stella seufzte. Sie kniff die Augen zu, hielt die Luft an und tauchte durch die Wand.

Als sie frische Luft spürte, wagte sie die Lider zu öffnen. Sie stand wieder im Freien und Sesa Mina sprang gerade auf ihre Schulter.

»Jetzt rechts lang«, befahl das Frettchen.

Der verbotene Bezirk schien sich durch nichts von der den Besuchern vorbehaltenen Zone zu unterscheiden. Erst als Stella die ersten Menschen über den Weg liefen, musste sie ihre Ansicht etwas revidieren. Offenbar wurden hier die Tagesgeschäfte mit mehr Ernsthaftigkeit und Würde abgewickelt. Die zahlreich auftretenden Gelehrten bevorzugten schwarze Kleidung. Manche hatten wirre Frisuren, trugen eigenartig geformte Augengläser und manchmal noch seltsamere Apparaturen. Aber über allem und jedem schwebte der Nimbus der Wissenschaft. Die Last eines gewaltigen Wissens schien auf die Bewohner dieses Bezirks zu drücken und sie gaben sich alle Mühe, dies auch zu zeigen.

Gerade blickte Stella einem schwarz gewandeten Herrn hinterher, der eine aus Röhren, Spiralen und Gläsern bestehende Maschine trug, die entweder zur Messung irgendwelcher geheimnisvoller Naturphänomene oder zum Schnapsbrennen taugen mochte, als sie wieder das Kinderlachen hörte.

Ihr Kopf fuhr herum. Mit knapper Not sah sie noch etwas hinter einer Hausecke verschwinden. »Da ist er, komm!«, rief sie ohne daran zu denken, dass dem Frettchen auf ihrer Schulter ohnehin keine andere Wahl blieb.

Sie rannte auf die Gasse zu, in die der Wurm verschwunden war. Wie im Fluge passierte sie den Gelehrten, der alle Mühe hatte, seine ausladende Apparatur vor Stellas Speer in Sicherheit zu bringen. An der Hausecke angekommen, konnte sie gerade noch den Drachen in eine andere Straße abbiegen sehen.

Nun setzte sich das, was im Großen auf den Wasserstraßen Illúsions begonnen hatte, im Kleinen auf den Gassen und Plätzen Masinofs fort. Stella rannte, so schnell sie nur konnte, aber immer schien Draggy ihr um eine Schwanzspitze voraus zu sein. Sie bekam ihn nie ganz zu sehen. Nur dieses herzförmige Körperteil lockte sie weiter, fast so, als machte er sich einen Spaß daraus, mit ihr Fangen zu spielen.

Langsam schwanden Stellas Kräfte. Das Pflaster unter ihren Füßen schien in bestimmten Augenblicken weich zu werden wie Gummi. Nur mit Mühe konnte sie dann ihr Gleichgewicht halten. Die glatten Fassaden der Gebäude wirkten blass, als hätten sie jede Farbe verloren. Stella hielt das zunächst für eine Folge ihrer Erschöpfung, aber bald schon wurde ihr bewusst, was wirklich dahinter steckte. Bald würde wieder alles um sie herum durchsichtig werden und dann musste sie zwangsläufig nach Enesa zurückkehren! Ihre Zeit in Illúsion wurde allmählich knapp.

Der Zorn gab ihr noch einmal neue Kraft. Der Drache durfte ihr nicht wieder entwischen! Gerade betrat sie eine breite Straße, die an einem runden Gebäude entlangführte. Weit vor ihr verschwand der Drachenschwanz gerade hinter der gebogenen Hauswand.

Es war der Kuppelbau! Mit einem Mal war ihr das klar geworden. Dieses riesige Bauwerk hatte sie schon von außerhalb der Stadt entdeckt. Wollte der Lindwurm sie etwa hierher locken? Befand sich in diesem Rundbau vielleicht sein Nest?

Plötzlich war der Drache weg. Stella lief noch eine ganze Weile, bis sie an ein Portal gelangte, vor dem zwei Wachtposten standen.

»Ist hier eben ein …?« Sie stockte. Man würde sie für verrückt erklären, wenn sie nach einem Lindwurm fragte. Sie machte Anstalten, einfach zwischen den Wachen hindurch in das Gebäude zu gehen, aber da versperrten ihr zwei gekreuzte Hellebarden den Weg.

»Was wollt Ihr?«, herrschte einer der beiden Posten sie an.

»Ich möchte in Euren Tempel«, antwortete Stella schlicht.

Damit hatte sie offenbar den Zweck des Bauwerkes richtig erraten, denn der waffenstarrende Wachmann erwiderte: »Der Tempel der Wissenschaft ist nur den Priestern zugänglich.« Er ließ seinen Blick verächtlich an Stella auf und ab wandern. »Ihr seid doch wohl höchstens eine Studentin.«

Stella machte der herablassende Ton des Postens wütend. So schnell wollte sie sich nicht geschlagen geben. Auf den »Familiennamen« der Marder anspielend sagte sie daher: »Ich bin eine Gelehrte in der Wissenschaft der *Mustelidae* und weile als Gast in Masinof.«

»Eine solche Fakultät gibt es hier nicht. Und nun verschwindet!«, bellte der Wachmann. Und mit einem abschätzigen Blick auf Stellas Frettchen meinte er noch: »Übergebt Euer Opfer den Priestern. Sie werden es für Euch auf dem Altar in Rauch aufgehen lassen.«

Stella begriff: Hier gab es kein Durchkommen. »Vermutlich macht Euer Kleinhirn seinem Namen alle Ehre. Deshalb kennt Ihr die Wunder der *Mustelidae* nicht«, rief sie und machte sich schleunigst aus dem Staub, bevor der Posten hinter den Sinn des Gesagten kommen konnte.

»Und was nun?«, fragte sie Sesa Mina, als das Portal außer Sichtweite war.

»Nichts weiter. Ich suche eben einen Nebeneingang.«

»Natürlich! Hätt ich mir denken können.«

Wenig später hatte Sesa Mina einen hohlen Baum gefunden.

Das Ganze war eine ziemlich merkwürdige Angelegenheit. Stella musste erst einmal weit hinaufklettern, um anschließend im Inneren des Stammes tief in das Erdreich hinabzusteigen. Bei der Wurzel stieß sie auf einen Tunnel aus Lehm, der schließlich in eine gemauerte Röhre mündete. Eine ganze Weile lang konnte sie sich nur an Sesa Minas Stimme orientieren, weil es in dem Gang absolut finster war. Doch nachdem sie das Kellergeschoss des Kuppelbaus betreten hatte – sie merkte es am Hall ihrer Schritte –, stolperte sie auch schon über eine Fackel.

Mit Hilfe von Stahl und Stein aus ihrer Tasche entzündete Stella etwas Zunder und brachte die Fackel zum Brennen. In der Rechten das Licht, links den Speer, bahnte sie sich ihren Weg durch das Kellergewölbe. Doch der Drache blieb unauffindbar.

Immer häufiger schüttelten Stella nun die Schwindelanfälle. Eigentlich hätte sie längst den Heimweg antreten sollen. Wider besseres Wissen beschloss sie aber, auch noch das über ihr gelegene Geschoss zu durchsuchen. Sesa Mina zeigte ihr eine Treppe nach oben.

Der Tempel der Wissenschaft war ein wirklich atemberaubendes Bauwerk. In seinem Zentrum befand sich ein riesiger runder Raum, den ein sternförmiges Mosaik zierte. Stella entdeckte mehrere goldene Altäre. Von einem kräuselte eine weiße Rauchfahne der fernen Kuppeldecke entgegen. Der zentrale Altarbereich wurde von unzähligen Stuhlreihen eingeschlossen wie das Herz einer Zwiebel von den Schalen. Zum Außenrand hin gab es einen Säulengang, den eine Vielzahl kleinerer Räume säumten.

Der monumentale Bau war völlig verlassen. Anscheinend hielt es kein einziger Priester um diese Tageszeit für nötig, ein neues Opfer in Brand zu stecken. Stella ging unter der äußeren Säulenarkade entlang und studierte nacheinander die verschiedenen Räume. Sie sah Kammern mit Gerätschaften für den Tempeldienst, Zellen mit Betten, Archivräume, in denen Schriftrollen und Bücher lagerten, aber nirgendwo entdeckte sie auch nur die Schwanzspitze eines Drachen.

Umso mehr machte ihr das Schwindelgefühl zu schaffen. Als dann ein erneuter schwerer Anfall sie überkam, brach Stella die Suche ab. Sie hatte immer noch das Schattenwort. Enttäuscht, sogar ein wenig verbittert, bat sie Sesa Mina, ihr nach Hause zu helfen.

Nach einer ihr ewig erscheinenden Fahrt endlich vor den Mauern Enesas angekommen, war Stella zu erschöpft, um sich noch den Schikanen der Kontrolleure aussetzen zu können. Sie wollte nur nach Hause, nur noch ins Bett und lange, lange schlafen. Sesa Mina hörte mit Freuden diese Bitte ihrer Herrin und versprach, ihr diesen Wunsch so schnell wie möglich zu erfüllen.

Während Stella noch mit schwindenden Sinnen über die Bedeutung des Wortes »Bereshit« rätselte, brachte das Frettchen zum zweiten Mal die Mauern Enesas zum Erlöschen.

Verdachtsmomente

Stellas Augenlider flatterten wie die Flügel eines Schmetterlings. Ihre Glieder waren unendlich schwer. Schon ein einziger Atemzug schien ihre ganze Kraft zu fordern. Alles um sie herum drehte sich, befand sich in Bewegung: Menschen, Tische, Gegenstände. Sie hörte eine ferne hohe Stimme, die sie aus dem Wachtraum zu locken suchte. Doch Stella hatte keine

Eile, verspürte nur diese bleierne Trägheit, die es ihr so schwer machte, die Augen offen zu halten. Als ihr das dennoch einigermaßen gelungen war, tauchte aus dem Durcheinander ein Gesicht auf.

Es gehörte einem Mann in einem mittelalterlichen Kostüm. Das sonderbare Gewand kam Stella irgendwie vertraut vor. Überwiegend in der Farbe Grün gehalten, bestand es aus einem ledernen Wams, eng anliegenden Hosen und einem dreieckigen Hut mit spitzer Feder. Langsam schien sich das Gesicht zu verändern – oder wurde es einfach nur klarer? Jedenfalls nahm es die Züge ihres Vaters an.

Keine Frage, Salomon musste in einen Robin-Hood-Fanklub eingetreten sein. Jetzt bemerkte Stella auch das Burggemach, in dem sie sich befand. Es war spartanisch eingerichtet. Da gab es an der Wand eine lange Tafel mit vielen brennenden Kerzen darauf, und noch andere Personen standen herum, ebenfalls in Robin-Hood-Kostüme gekleidet, die interessiert – oder besorgt? – zu ihr hinblickten.

Sie öffnete den unangenehm trockenen Mund. Ihre Zunge wollte sich zunächst kaum vom Gaumen lösen.

»Ist das hier 'n Maskenball, oder was?«, lallte sie.

»Alles in Ordnung?«, fragte der Robin Hood, der Stellas Vater war.

»Nein.«

Ein weiterer Retter von Witwen und Waisen schob sich in Stellas Gesichtsfeld. »Hi, Stella. Ich bin's, Dr. Gerrit. Ich werde einmal deinen Puls und Blutdruck messen. Du siehst mir ziemlich blass aus, aber das kriegen wir schon wieder hin.«

Stella bemerkte den grimmigen Blick, mit dem Salomon jede Bewegung des Arztes verfolgte.

»Ich habe Mist gebaut«, sagte sie schwerzüngig.

»Du hast alles wunderbar gemacht«, widersprach Gwen.

Deren Haar schien dreißig Zentimeter länger zu sein als noch am Morgen. Ihr ohnehin schon farbenfroh dekoriertes Gesicht wurde nun zusätzlich durch einen dukatengroßen Schönheitsfleck über der Oberlippe bereichert.

»Nein«, wehrte sich Stella vehement. »Ich hätte den Wurm beinahe erwischt, aber dann ist er mir wieder durch die Lappen gegangen.«

»Du hast ihn bis zum Server des MIT verfolgt«, sagte Salomon beschwichtigend. »Das war eine tolle Leistung, Sternchen! Vielleicht ist dies sogar der entscheidende Hinweis. Im Massachusetts Institute of Technologies gibt es genug Wissenschaftler und Apparate, um einen Cyberwurm zu konstruieren. Du hast also keinen Grund, dir etwas vorzuwerfen.«

»Wenn man davon absieht, dass sie schon wieder unser Labornetz zum Absturz gebracht hat«, meldete sich eine ziemlich unwirsche Stimme.

Im nächsten Moment erschien Alban Cesare DiCampo in der Rolle des Sheriffs von Nottingham.

Stella kniff die Augen zusammen. Das Ganze war einfach zu absurd. Als sie ihre Umgebung erneut in den Blick fassen wollte, begann alles zu verschwimmen. Nacheinander verschwanden dann die seltsamen altertümlichen Versatzstücke, bis sie sich schließlich im Intruder-Kontrollraum auf dem Cybernautenstuhl wiederfand. Sie konnte jetzt sogar die Ziffern auf DiCampos Armbanduhr erkennen: Es war kurz vor halb fünf.

»Ich habe Ihr Netz zum Absturz gebracht?«, fragte sie ungläubig, sich an den einstmaligen Sheriff wendend.

»Allerdings«, antwortete DiCampo zornig. »Mir war von Anfang an klar, dass es mit Kindern in meinem Labor nur Ärger gibt. Schließlich sind wir hier nicht in Disneyland.«

»Sie sollten sich etwas zurückhalten«, zischte Salomon den

Italiener an, »sonst verlieren Sie für diesen fragwürdigen Vergnügungspark hier auch noch Ihren einzigen Gast.«

DiCampo funkelte den erregten Vater zwar aus dunklen Augen an, beherrschte sich aber.

»Wir bringen dich jetzt erst einmal aufs Zimmer, damit du dich ausruhen kannst«, sagte Salomon zu Stella. Seine Stimme war wieder so sanft wie vorher. »Inzwischen können die Cyberworm-Analytiker sich mit deinem Reiseprotokoll beschäftigen. Vor allem das neue Schattenwort, das du gefunden hast, stimmt mich optimistisch.«

Mit Hilfe von Gwen bettete Salomon seine Tochter wie schon am Samstag auf eine fahrbare Liege. Obwohl Stella die Augen bereits wieder geschlossen hatte, blieben ihre Ohren hellwach. Irgendwo hinter ihr ertönte Dr. Gerrits Stimme. Sie war leise, aber nichtsdestoweniger drängend.

»Dr. DiCampo, ich muss Sie umgehend sprechen.«

Nach einer kurzen Pause zischte der Intruder-Chef verärgert zurück: »Nicht jetzt, Doktor. Rufen Sie mich nachher in meinem Büro an.«

Damit war das Geplänkel beendet und die Liege rollte unter der Aufsicht Salomons aus dem Kontrollraum. Jemand hielt Stellas Hand. Als sie es noch einmal schaffte, ihre Augen zu öffnen, sah sie Kimiko an ihrer Seite. Dann wurde sie in den Schlaf hinabgezogen. Ihr letzter Gedanke war bei Gerrit und DiCampo. Die Stimme des Arztes hatte auf beunruhigende Weise ernst geklungen. Hoffentlich war Salomon das nicht entgangen. Irgendetwas stimmte nicht.

Mark beschloss zum Gegenangriff überzugehen. Die letzte Bemerkung von Dr. Gerrit hatte ihn hellhörig gemacht und mehr noch DiCampos barsche Reaktion darauf.

Nachdem Stella mit Hilfe von Kimiko und Gwen zu Bett

gebracht worden war, hatte er die beiden Helferinnen dankend aus dem Zimmer hinauskomplimentiert. Die Japanerin schien zu ahnen, dass der Vater freie Bahn haben wollte, und verabschiedete sich bereitwillig. Wenn Mark Hilfe benötige, wisse er, wo sie zu finden sei. Gwen schnappte sich etwas pikiert den an Stella ausgeliehenen Stapel ihrer Klatschmagazine und entschwand ebenfalls.

Sobald die Tür geschlossen und Mark mit der schlafenden Stella allein war, machte er sich daran, den Abhörschutz in Betrieb zu nehmen. Seine Finger arbeiteten dabei wie von selbst. Was mochten nur die Gründe für die offensichtliche Besorgnis des Arztes sein? War etwa während der fast sechsstündigen Cyberspace-Reise Stellas irgendetwas schief gelaufen? Es gab so viele verschiedene Apparate im Kontrollraum und außerdem noch die komplizierten Anzeigen auf dem Logbuchmonitor. Da konnte man schnell etwas übersehen.

Vielleicht wäre es das Beste, die Zustimmung zu Stellas Reisen zurückzuziehen, bis er ein paar befriedigende Antworten erhielt. Wie gefährlich war der Intruder wirklich? Mark hatte das Ding nie für ein niedliches Technikspielzeug gehalten, aber auch nicht gerade für eine virtuelle Splitterbombe. Er würde wohl nie weiterkommen, wenn es ihm nicht endlich gelang, über den Intruder ein paar harte Fakten in Erfahrung zu bringen.

Mark kontrollierte noch einmal die Bildschirmanzeigen auf seinem Computer. Dann nickte er zufrieden. Das Kalder-Quartier sandte *Nowoges* in die Leitung der Abhöranlage. Er steckte eine SmartCard in das zweite Notebook, wodurch er unverschlüsselten Zugang zu diesem erhielt, aktivierte verschiedene Monitorprogramme und lehnte sich abwartend zurück.

»So, *amico mio*, wollen doch mal sehen, was du da vor mir geheim halten wolltest.«

Das Telefon und der Computer des Intruder-Projektleiters schienen ihm für seinen Fischzug wie geschaffen. Möglicherweise betrieb der Projektleiter seine Spielchen ja von *irgendeinem* der zahlreichen Laborräume aus ... Aber vielleicht war das Intruder-Team auch gar nicht – wie von Mark zunächst vermutet – die auf seine geheimen Machenschaften eingeschworene Gemeinschaft. Warum sonst hatte DiCampo das Drängen des Arztes in Gegenwart von so vielen anderen Teammitgliedern derart brüsk zurückgewiesen?

Mark wartete. Seine Hände waren wie zum Gebet vor dem Mund zusammengelegt. Ab und zu berührten die Finger seine Lippen. Die Überwachungsprogramme in seinem Notebook würden sofort anschlagen, wenn DiCampo telefonierte oder sich in das Intruder-Netz verirrte.

Kaum fünf Minuten später kam der Alarm. Jemand hatte DiCampos Telefonnummer angewählt. Mark setzte den Kopfhörer auf. Die Tonaufzeichnung wurde automatisch aktiviert.

Der Italiener hob den Hörer ab. »Ja?«

»Gerrit hier.«

»Sprechen Sie, Doktor. Jetzt sind wir ungestört.«

»Wir sollten das Experiment abbrechen«, sagte der Mediziner. Seine Stimme klang eindringlich, ja besorgt.

»Was reden Sie da?«, blaffte DiCampo.

»Es ist zu riskant. Ich bin mit den medizinischen Daten nicht zufrieden.«

»Nicht zufrieden? Sie sagten, Sie seien nicht *zufrieden*?«, herrschte der Projektleiter den Arzt an. »Sie wissen wohl nicht, was wir hier tun, Dr. Gerrit. Dies ist keine Erprobung irgendeines Schlafmittels, sondern ein Spezialeinsatz zur Rettung der Welt.«

»Dr. DiCampo, mir ist durchaus bewusst, dass es sich hier nicht um einen Medikamententest handelt. Sie wissen so gut wie ich, dass es schon zwei Unfälle gegeben hat. Wir können nicht so tun, als sei nichts passiert. Als medizinischer Leiter dieses Unternehmens halte ich es für unverantwortlich ...«

»Die Verantwortung für dieses Unternehmen trage *ich*«, fiel DiCampo seinem Chefmediziner wütend ins Wort und setzte schroff hinzu: »Sollte ich ein zweites Mal eine derartige Äußerung von Ihnen hören, Doktor, sähe ich mich gezwungen Sie vom Dienst zu suspendieren. Natürlich müsste ich Sie dann in Gewahrsam nehmen lassen, bis der Einsatz des Cyberworm-Teams beendet ist. Denken Sie also noch einmal in Ruhe über alles nach.«

Ein Klicken und das Gespräch war beendet. Mark hatte das kurze, aber heftige Telefonat atemlos verfolgt. Jetzt ließ er sich schwer in den Stuhl zurücksinken. Sein Blick war auf die Anzeigen des Flüssigkristallbildschirms gerichtet.

Dr. Gerrit hatte von *zwei Unfällen* gesprochen! Seine Forderung, das Experiment abzubrechen, war ohne Frage ernst gemeint. Und doch: Zu keinem Zeitpunkt hatte er DiCampo gegenüber das Wort Intruder erwähnt. Aber konnte es einen Zweifel geben, dass mit dem »Experiment« Stellas Cyberspace-Reisen gemeint waren?

Eine unbändige Wut stieg in Mark auf. Er hatte diesem Italiener nie getraut, aber dass er sogar ein Kind in Gefahr bringen würde, um irgendwelche undurchsichtigen Ziele zu verfolgen, so weit war sein Misstrauen nicht gegangen. Er klappte seine Notebooks zusammen, entfernte hastig die Anschlüsse des geheimen Netzzugangs und stürzte aus dem Zimmer.

Zwei Türen weiter donnerte er auf dem Flur an Kimikos Tür.

»Was ist?«, fragte die Japanerin verwirrt beim Öffnen.

»Später«, antwortete Mark knapp. »Kannst du bitte auf Stella aufpassen? Die Tür zu unserem Quartier steht offen.«

»Aber wo willst du hin?«, rief Kimiko Mark hinterher, der schon auf dem Weg zum Treppenhaus war.

»Ich habe mit jemandem ein Hühnchen zu rupfen. Die Haut werde ich ihm wohl auch gleich abziehen.«

»Wem denn ...?« Kimikos Frage ging im Knallen der schweren Feuerschutztür unter.

Marks Faust hämmerte gegen DiCampos Bürotür. Ohne den elektronischen Pförtner hätte er dem Projektleiter längst auf den Zehenspitzen gestanden.

Als die Tür sich öffnete, fauchte er DiCampo an: »Ich möchte jetzt die Wahrheit von Ihnen erfahren.«

Der Projektleiter wich erschrocken vor dem wutschäumenden Vater zurück. Der Mann schien zu allem fähig. »Beruhigen Sie sich doch erst einmal, Professor. Kommen Sie, nehmen Sie Platz und erzählen Sie mir, was Sie so in Rage versetzt hat.«

Mark trat zwar ins Büro, war jedoch viel zu erregt, um sich setzen zu können. Mit vorgebeugtem Oberkörper schrie er den Projektleiter an: »Ich werde Sie ins Gefängnis bringen, Doktor. Für das, was Sie da mit meiner Tochter angestellt haben, ist *Verbrechen* noch eine viel zu harmlose Bezeichnung.«

»Ich muss mich doch sehr gegen diesen Ton verwahren«, erwiderte DiCampo mit hochrotem Kopf.

In diesem Moment kam John McMulin durch die offen stehende Tür gestürzt. Der Projektleiter hielt ihn mit einer beschwichtigenden Geste davon ab, sich über den aufgebrachten Vater herzumachen.

»Professore«, sagte er dann demonstrativ ruhig, »erklären Sie mir bitte zunächst einmal, worum es überhaupt geht.«

Mark funkelte erst DiCampo, dann den Roten John an. Langsam wurde ihm bewusst, dass er zu überstürzt gehandelt hatte. Er besaß zwar noch den Mitschnitt des Telefongesprächs, aber das enthielt ja nur Andeutungen.

»Es gibt da ein Gerücht«, sagte er schließlich ausweichend, doch immer noch in scharfem Ton. »Angeblich soll Ihr Intruder gar nicht so betriebssicher sein, wie Sie uns weisgemacht haben, Doktor. Ich möchte jetzt die Wahrheit von Ihnen erfahren. Wie gefährlich ist Ihre Wunderwaffe für den Cybernauten? Nein, lassen Sie es mich anders formulieren: Wie gefährlich ist der Intruder für Stella, *meine Tochter*?«

DiCampos Gesicht zeigte keinerlei Regung. Es war erstaunlich, wie sich der Italiener in der Gewalt hatte, vor allem, wenn man wusste, zu welchen Gefühlsausbrüchen er fähig war. Die dunklen Augen des Doktors lieferten sich einen stillen Kampf mit denen des Vaters. Mark musste in diesem Moment daran denken, wie er an seine Informationen gekommen war, und fragte sich, ob DiCampo vielleicht Verdacht geschöpft hatte. Doch wenn, wären dem Italiener trotzdem die Hände gebunden. Andernfalls müsste er sich ja selbst verraten.

Endlich zwang sich DiCampo ein Lächeln ab. »Gerüchte gibt es leider überall, Professor. Ich vermute, Sie haben da etwas aufgeschnappt, was nichts mit dem Intruder zu tun hat. Sie müssen wissen, unsere Teams gehören nicht zu festen Abteilungen, sondern werden projektbezogen immer wieder neu zusammengestellt. Selbst ich habe noch andere Aufgaben neben dieser leidigen Jagd nach den Cyberterroristen zu erledigen, auch wenn Ihnen das in den vergangenen Tagen nicht aufgefallen sein mag.«

»Das sind doch nur Ausflüchte, Doktor. Ich möchte von Ihnen jetzt klipp und klar wissen, welcher Gefahr meine Tochter nun wirklich ausgesetzt ist, und ... ich will endlich die *Wahrheit* hören.«

DiCampos Telefon begann zu klingeln, aber er ignorierte es. »Bitte beruhigen Sie sich doch, Professor Kalder. Stella hat ja gerade erst zwei Reisen absolviert. Selbst wenn sie noch zehn weitere unternehmen sollte, wird ihr Organismus spielend damit fertig werden.«

»Sie behaupten also weiter, der Intruder sei absolut ungefährlich?«

Das Telefon klingelte noch immer. »Bei keinem Unternehmen, egal ob technischen oder medizinischen Charakters, werden Sie eine solche Zusicherung erhalten. Aber bedenken Sie, dass es sich hier ja um keine Langzeitanwendung handelt. Die Gefahr von Folgeschäden durch zu laute Diskomusik oder den Genuss von Coke schätze ich bei weitem höher ein. Reagieren Sie etwa immer so heftig, wenn sich Ihre Tochter einmal ein Glas von diesem braunen Gesöff genehmigt?«

Mark schluckte. Dieser kleine Italiener war glitschig wie ein Fisch. Man bekam nie einen Ansatzpunkt, um ihn richtig zu packen. In drohendem Ton sagte Mark daher: »Dr. DiCampo, ich werde meine Zustimmung zu Stellas Mitwirkung noch einmal überdenken. Aber sollte ich die geringste Bestätigung dafür erhalten, dass Ihre Intruder-Reisen doch nicht so ungefährlich sind, wie Sie immer beteuern, dann wird Sie auch Ihr wandelnder Kleiderschrank hier nicht mehr vor mir retten können.«

Zur Unterstreichung seiner Worte blitzte er den Roten John an. Der suchte etwas verunsichert den Blickkontakt zu seinem Chef, während Mark Kalder den Rückweg zum Fahrstuhl antrat.

Nachdem der aufgebrachte Vater das Büro verlassen hatte, hob DiCampo entnervt das immer noch läutende Telefon ab. Er lauschte eine Sekunde. Dann hielt er John McMulin den Hörer hin, als hafte dem irgendein Makel an, und knurrte: »Aufgelegt. Kann wohl nicht so dringend gewesen sein.«

Mark war mit sich im höchsten Maße unzufrieden. Er hatte einfach zu überstürzt gehandelt. Nicht was seine Erregung betraf – die Gefahr einer gesundheitlichen Schädigung seiner Tochter durch den Intruder war wohl Anlass genug, in Rage zu geraten. Aber leider hatte er sich selbst den Boden unter den Füßen weggezogen, als er DiCampo mit Vorwürfen überschüttete, die er durch keine hieb- und stichfesten Beweise untermauern konnte. Als Geheimagent hätte er jetzt sicher seinen Hut nehmen müssen. Aber er war doch nur ein besorgter Vater!

Wieder zurück in seinem Zimmer, erkundigte er sich bei Kimiko zunächst nach Stellas Wohlbefinden. Gleichzeitig reaktivierte er seine Tarnanlage.

»Es geht ihr gut, Mark. Sie schläft wie ein Bär im Winter.«

»Vielen Dank, dass du für mich eingesprungen bist. Ich bin wohl vorhin etwas kurz angebunden gewesen. Entschuldige bitte.«

»Ist schon gut. Was war denn los mit dir, Mark? Ich habe dich noch nie so erregt gesehen.«

»Gar nichts, lass uns ein andermal darüber sprechen.«

Kimiko verzog etwas unwillig das Gesicht. Mark drückte einen Knopf auf seinem Notebook-Monitor, dann schloss er die Augen und atmete tief durch. Die letzten Minuten hatten seinem Nervenkostüm nicht gerade gut getan. Als er Kimiko dann wieder ansah, wirkte er etwas gefasster.

»So, jetzt sind wir wieder auf *Nowoge*-Status.«

»Die Abhöranlage!«, stieß Kimiko hervor und schlug sich mit der flachen Hand an die Stirn. »Hätte ich beinahe vergessen. Was ist nun wirklich geschehen, Mark? Und vor allem: Wie geht es dir? Du siehst ziemlich mitgenommen aus.«

Mark nickte. Das war er wirklich. Er berichtete Kimiko kurz

von dem Telefongespräch zwischen Gerrit und DiCampo. Er sei daraufhin wohl einfach durchgedreht, deutete er seinen Auftritt in DiCampos Büro. Kimiko warf einen Blick auf die schlafende Stella, dann lächelte sie Mark an. Er habe genau das getan, was man von einem Vater auch erwartete, tröstete sie ihn. Allerdings hätte sie, wenn sie sich in die Lage einer Mutter versetzte, wohl DiCampo trotzdem die Augen ausgekratzt, Beweise hin oder her.

»Vielleicht brauche ich ihn gar nicht, um mir ein Bild über den Intruder zu machen«, antwortete Mark.

Kimiko sah ihn fragend an.

Dann erzählte Mark von einem Bekannten, das Wort »Freund« sei vielleicht zu hoch gegriffen. Es handelte sich um den Hirntheoretiker Valentin Braitenberg vom Tübinger Max-Planck-Institut für biologische Kybernetik. Damals, als Mark sich noch mit neuronalen Netzen beschäftigt hatte, war den beiden so manche Flasche Rotwein zum Opfer gefallen, während sie die unterschiedlichsten wissenschaftlichen Ansätze diskutierten.

»Ich werde meinen versteckten Kommunikationskanal benutzen, um Valentin eine E-Mail zu schicken.« Marks Finger klapperten schon über die Notebooktastatur und Kimiko sah ihm dabei über die Schulter.

In seiner elektronischen Nachricht bemühte sich der innerlich immer noch aufgewühlte Vater um einen sachlichen Ton. Zunächst schilderte er einige fachliche Aspekte des Projektes ohne jedoch den Intruder selbst beim Namen zu nennen. Dann formulierte er die für ihn so wichtige Frage: Waren Technik und Gehirnforschung schon weit genug fortgeschritten, um die mentalen Aktivitäten eines Menschen nicht nur aufzeichnen, sondern auch ohne Gefahr für den Probanden manipulieren zu können?

Als Mark die E-Mail auf den Weg gebracht hatte, überprüfte er auch seinen Posteingang. Sein Rücken straffte sich.

»Kimiko, es ist etwas hereingekommen.«

»Dass du dir deine Privatpost heimlich in das Labornetz nachschicken lässt, dürfte DiCampo ziemlich auf die Palme bringen.« Sie schmunzelte hintergründig. »Wenn er es nur wüsste! Wer hat dir denn geschrieben?«

Mark hatte den Text inzwischen dekodiert und öffnete nun ein Bildschirmfenster mit der Nachricht. »Jessica, meine Assistentin von der Uni in Berlin. Hier, lies selbst.«

Kimiko beugte sich noch weiter zu dem Flachbildschirm herab und las gemeinsam mit Mark die kurz gehaltenen Zeilen der Nachricht.

Jessica bestätigte Stellas Bericht über den ersten Besuch in *Black Sun*. Sie, Jessica, kenne den Dunklen Lauscher als vertrauenswürdige Person und dieser habe ausdrücklich vor DiCampo gewarnt: Der Projektleiter sei gefährlich, und sein Intruder auch, Stella solle der Maschine unbedingt fernbleiben! Mehr hatte der Dunkle Lauscher auch ihr nicht verraten wollen, weil er sie dadurch derselben Gefahr aussetzen würde, in der er sich bereits befand. Jessica zog ihre eigenen Schlüsse daraus. Sie warnte Mark und Stella eindringlich, sie sollten auf jeden Fall vorsichtig sein. Gleichzeitig versprach sie zu helfen, wie sie nur konnte. Die beiden Kalders wüssten ja, wo sie Elektra finden konnten.

Mark ließ sich schwer in die Lehne des Schreibtischstuhls zurücksinken. Dann vollzog er eine halbe Drehung und blickte sorgenvoll auf seine schlafende Tochter. »Erst Gerrits Andeutungen und nun Jessi! DiCampos Traummaschine wird mir immer unheimlicher. So bitter das für unser Unternehmen auch ist, aber ich kann nicht länger zulassen, dass Stella sich diesem Risiko aussetzt. Sobald sie erwacht ist, werde ich zu DiCampo gehen und ihm sagen ...«

Der durchdringende Klang einer Sirene schnitt ihm das Wort ab. Nervös sah er in Kimikos Augen.

»Geh schnell hinauf in den Konferenzsaal, Mark. Ich baue die Anlage ab und bleibe hier bei Stella.« Die Japanerin schüttelte unwillig den Kopf. »Ich wünschte wirklich, das wäre nur ein Feueralarm. Der Cyberwurm muss wieder zugeschlagen haben.«

Als Mark den Konferenzraum erreichte, war das Cyberworm-Team schon beinahe vollzählig versammelt. An der Tür traf er auf Friedman.

»Mit Stella alles in Ordnung, Mark?«

Der nickte. »Meine Tochter schläft. Übrigens, Sie haben sich in letzter Zeit rar gemacht, Walter.«

Friedman zuckte mit den Schultern. »Mein Boss will, dass ich mich von Ihnen fern halte. Glaubt wohl, meine Gegenwart würde Sie irgendwie irritieren.«

Bevor Mark noch antworten konnte, legte sich von hinten Agafs Hand auf seine Schulter. Benny stand gleich hinter dem Cyberworm-Leiter. Mark informierte die beiden in wenigen Sätzen über Stellas Zustand. Dann bat der Intruder-Projektleiter um Aufmerksamkeit.

DiCampo hielt sich erst gar nicht damit auf, das Erscheinen der letzten Nachzügler abzuwarten. Als Ruhe im Raum eingekehrt war, räusperte sich der Projektleiter noch einmal. Seine Hände waren auf dem Konferenztisch aufgestützt, wahrscheinlich damit sie nicht zitterten.

»Der Cyberwurm hat wieder zugeschlagen«, eröffnete er mit brüchiger Stimme. »Diesmal sind Tote und Verletzte zu beklagen. Die genaue Anzahl steht noch nicht fest.«

Nachdem das Raunen im Saal verklungen war, berichtete der Intruder-Chef, was sich ereignet hatte. In New York herrschte ein absolutes Verkehrschaos. Sämtliche Leit- und Kontrollsysteme spielten verrückt, und das mitten im Berufsverkehr. Es habe mit dem Zusammenbruch des U-Bahn-Netzes begonnen. Kurz darauf breiteten sich die Störungen auf die Nahverkehrsstrecken aus. Infolgedessen seien zwei Vorortzüge zusammengestoßen. Die Bergung der Opfer sei noch nicht abgeschlossen, doch so viel stehe schon jetzt fest: Diese Katastrophen, die auf einen »Kollaps« der computergestützten Steuerung zurückgeführt wurden, überstiegen bei weitem das Ausmaß des Londoner Stromausfalls.

Auch die Verkehrsampeln im gesamten New Yorker Stadtbezirk hätten durchgedreht, berichtete DiCampo weiter. An vielen Kreuzungen stünden alle Lichter auf Grün. Es habe diverse Unfälle und weitere Verletzte gegeben. Ähnlich wie vor anderthalb Wochen in Paris seien auch die New Yorker Flughäfen von dem massiven Angriff aus dem Cyberspace betroffen. Die Buchungscomputer seien ausgefallen, die Rechner der Flugkontrolle dagegen hätten sich zu »einem Tod bringenden Videospiel« zusammengeschaltet. Es habe mehrere Beinahezusammenstöße von Flugzeugen in der Warteschleife gegeben. Eine Maschine musste kurz vor dem Take-off eine Vollbremsung durchführen, weil ihr plötzlich ein landender Jumbojet entgegenkam. Dabei geriet das mit dreihundert Passagieren besetzte Flugzeug ins Schlingern, rutschte über das Ende des Rollfeldes und verlor sein Fahrwerk. Es grenzte an ein Wunder, dass die Düsenmaschine dabei nicht in Brand geriet und die Fluggäste mit nur wenigen Blessuren davonkamen.

DiCampo warf demonstrativ einen Stapel Papiere auf den Konferenztisch, so dass die einzelnen Blätter weit über die Platte rutschten. »Es gibt zu viele Vorfälle, um sie Ihnen alle aufzuzählen. Ich habe selbst erst vor wenigen Minuten davon erfahren – jemand hatte mich davon abgehalten, ans Telefon zu gehen.« Bei diesen Worten warf er Mark einen kurzen, wütenden Blick zu, der keinem in der Runde weiter auffiel. Die Stimme des Projektleiters wurde nun wieder sachlicher.

»Wir haben es hier mit einem kaskadierenden Phänomen zu tun. Jeder Ausfall verursacht zwei neue Probleme. Vermutlich wird es Tage dauern, bis wir das wahre Ausmaß der Katastrophe kennen. Beinahe das Schlimmste von allem aber ist das Kinderlachen.«

Mark horchte auf. Er erinnerte sich an das Lachen aus Stellas Träumen. Es gehörte zu den Informationen, die er bedenkenlos an DiCampo weitergegeben hatte. Wohl deshalb sah der Intruder-Chef ihm nun ein zweites Mal in die Augen. Wieder nur kurz. Doch diesmal lag in seinem Blick keine Verachtung, sondern eine unausgesprochene Frage: Ein Lachen aus dem Cyberspace – was hatte das zu bedeuten?

Für die Anwesenden präzisierte DiCampo seine letzte Bemerkung. »Die verschiedenen Berichte sind in diesem Punkt alle gleich lautend: Ob in Bahnhofshallen, den Greyhound-Terminals oder auf den Flughäfen – überall hallte aus den Lautsprechern ein ›hämisches vielstimmiges Kinderlachen‹. Wenn Sie mich fragen, meine Damen, meine Herren – und darin stimmen die meisten unserer Analytiker mit mir überein –, ist das ein ernst zu nehmendes Warnsignal. Ich bin überzeugt, der Cyberwurm hat seine Penetrierungsphase so gut wie abgeschlossen. Ein eindeutiges Indiz hierfür stellt der simultane Ausfall so vieler Computersysteme in New York dar. Sollte unsere Annahme zutreffen, steht der Wurm unmittelbar vor seiner letzten Metamorphose.«

DiCampo legte eine rhetorische Pause ein. Seine Stimme hatte zuletzt sehr entschlossen geklungen. Mit Hinweis auf das Kinderlachen verkündete er dann seinen Zuhörern: »Unser Gegner hat den Cyberspace verlassen. Jetzt müssen wir mit dem Schlimmsten rechnen. Sie wissen, wovon ich rede: von Phase vier, der *Zerstörungsphase*, dem letzten, alles vernichtenden Angriff.«

»Ich halte den *Kagee*-Mutanten für ein höchst komplexes Gebilde. Deshalb kann ich unmöglich voraussagen, ob Ihr Vorschlag überhaupt irgendeine Aussicht auf Erfolg hat. Eines ist sicher: Gegen die zu erwartenden Folgen einer solchen Totalabschaltung dürfte das ›Jahr-2000-Problem‹ wie ein harmloser Kinderstreich anmuten.«

Der Konferenzraum war so gut wie leer. Nur Mark, DiCampo, Agaf, Benny und sechs weitere Teammitglieder saßen beisammen und diskutierten Möglichkeiten, den verheerenden Folgen der Zerstörungsphase zu entgehen. Stella schlief immer noch in der Obhut von Kimiko. Selbst der Lärm der Alarmsirene hatte sie nicht aufwecken können. Mark war sich nicht sicher, ob er das als gutes Zeichen werten sollte.

DiCampo hatte gerade seinen schon einmal geäußerten Vorschlag wiederholt: Nur wenn sämtliche Computer weltweit abgeschaltet würden, könne die Vernichtung der darin gespeicherten Informationen verhindert werden.

Mark war der Idee mit Skepsis begegnet. In der für ihn typischen bildhaften Weise hatte er dieses Gefühl auch begründet: Einen sterbenskranken Patienten einzufrieren war nicht die Lösung seines Problems. Selbst wenn es gelänge, ihn Jahre später ohne zusätzliche Schädigungen wieder aufzutauen – was nach dem derzeitigen Stand der Technik nicht möglich war –, würde ihm das wenig helfen, wenn es dann immer noch keine wirksame Behandlungsmethode für sein Leiden gab. Auf den Cyberwurm übertragen bedeutete das, selbst wenn man die Netzstecker sämtlicher Computer auf dem Erdball zog, würde der *Kagee*-Mutant dadurch nur stillgelegt. Er steckte aber weiterhin in dem schlafenden Organismus des Internets.

»Von vielen Computerviren ist bekannt, dass sie sich im Hauptspeicher festsetzen«, gab einer der Cyberworm-Männer zu bedenken. »Ein Herunterfahren der Rechner könnte in diesem Fall also sehr wohl etwas nützen.«

Eine Mitarbeiterin mit indischen Gesichtszügen nickte und fügte hinzu: »Unsere Arbeitsgruppe hat eine erstaunliche Beobachtung gemacht. Anscheinend ist es zu einem Informationsaustausch zwischen den einzelnen wurmbefallenen Rechnern gekommen, bevor der eigentliche Kollaps erfolgte. Könnte es sein, Professor Kalder, dass der Mutant aus dem Internet so etwas wie ein riesiges Gehirn geformt hat, ein *Cyberbrain* gewissermaßen?«

Mark nickte nachdenklich. »Möglich wäre es. Wenn auch dieser ›Denkapparat‹ nicht über die Komplexität unserer menschlichen Wetware verfügt. Sie erinnern sich vielleicht, dass ich diese Überlegung in meinem Aufsatz über die I-Bombe habe anklingen lassen. Wäre jeder Rechner im Internet eine Nervenzelle, dann würde das Gesamtgehirn über einige Millionen Neuronen verfügen. Wenn aber jeweils ein Computer sogar eine *größere* Zahl der menschlichen Pyramidenzellen nachbilden könnte – sagen wir einige Tausend –, ergäbe sich global gesehen eine Zelldichte, die jener in unserem Gehirn sehr nahe käme.«

»Wäre denn ein solches gemeinsames Agieren des Netzes möglich?«, fragte Agaf ungläubig.

Nach kurzem Zögern blickte Mark in die Runde seiner Zuhörer und seufzte. »Eigentlich gehört es ja zu meinen Prinzipien, nicht über die Interna der SKULL-Software zu sprechen, aber momentan muss wohl jeder Zugeständnisse machen. Von der Grundauslegung meines Systems her liegt das zumindest theoretisch im Bereich des Möglichen. Wohlgemerkt, ich spreche von einer reinen Hypothese. Der SKULL-Tester basiert auf Komponenten, die in Fachkreisen als ›mobile Agenten‹ bezeichnet werden.«

Mark blickte lächelnd in Agafs Richtung. »Das hat nun nichts mit Spionage zu tun. Im Internet ist ein Agent ein Programm, das sich für eine bestimmte Aufgabe verantwortlich fühlt, gewissermaßen wie ein Manager für seine Schauspieler. Ein Softwareagent könnte zum Beispiel den günstigsten Preis für ein Flugticket herausbekommen oder alle Informationen zu einem historischen Ereignis sammeln. In jedem Fall verfolgt er eine eigene Strategie, um sein Ziel zu erreichen. Dabei macht er sich seine charakteristische Fähigkeit zu Nutze, sein Umfeld wahrzunehmen und entsprechende Schlüsse daraus zu ziehen. Er kann demnach selbst Entscheidungen fällen, Arbeitspläne entwerfen, in gewissem Umfang sogar aus seinen Fehlern und Erfolgen lernen. Kurz: Er ist in der Lage, seine Fähigkeiten zu optimieren. Agenten können also viele Aufgaben lösen, die sich heute überhaupt nicht oder nur mit großem Aufwand bewältigen lassen.«

»Das verstehe ich«, sagte Agaf. »Was mir nicht ganz klar wurde: Warum ist so ein Agent *mobil*? Bisher habe ich immer gedacht, ein Computer sei einfach eine Maschine, auf der ein bestimmtes Programm ausgeführt wird. Selbst wenn die Software das Internet nach irgendwelchen Theaterkarten durchstöbert, läuft sie doch immer noch auf meinem PC, oder etwa nicht?«

Mark schüttelte den Kopf. »Bei einem mobilen Agenten verhält sich das tatsächlich anders. Er kann sich selbstständig im Netz bewegen und sich sogar reproduzieren, um auf vielen Rechnern gleichzeitig zu arbeiten. Wenn sich mein SKULL-Tester zum Beispiel in einen Server einschalten will, geht er oft nach einem Zweistufenplan vor: Zunächst dringt das unauffällige kleine Agentenmodul ähnlich einem Virus oder einem Trojaner in den Zielrechner ein und dockt dort im Zentrum des Betriebssystems an. In diesem Moment hat es Gewalt über den gesamten Computer oder zumindest über seine Kommunikationsfähigkeiten. Während der zweiten Phase baut der Agent dann eine Verbindung zu einem oder sogar mehreren Kontaktrechnern auf und koordiniert so sein weiteres Vorgehen: das Ausschleusen von Informationen, das gezielte Manipulieren von Programmen im Wirtsrechner oder sogar dessen komplette Abschaltung. Stella hat uns Letzteres ja schon zweimal vorgeführt.«

DiCampo knirschte mit den Zähnen. Ohne jedoch weiter auf diese für ihn ausgesprochen ärgerlichen Vorfälle einzugehen sagte er: »Nach dem jetzigen Stand der Technik ist ein mobiler Internet-Agent im Zielrechner doch an ein Agentenmanagementsystem gebunden, sonst könnte ja jeder Hacker ein Programm in einen x-beliebigen Server einschmuggeln und dort dann eine Menge Unsinn anstellen. Wie kann Ihr SKULL-Tester nur ohne AMS auskommen?«

»Gar nicht«, antwortete Mark, und als sich bei DiCampo erwartungsgemäß Ratlosigkeit einstellte, fügte er hinzu: »Die Aufgaben des Managementsystems übernimmt der Programmcode, den der SKULL-Tester während der ersten Phase seines Angriffs einschleust. Ist schon ein schnuckliges kleines Modul, das ich in KQML programmiert habe, ganz nach den Vorschlägen des Knowledge Sharing Effort, das, wie Sie bestimmt wissen ...«

»... ein Standardisierungsprojekt mehrerer US-Universitäten ist«, verkürzte der Italiener die Ausführungen des Professors. »So genau wollte ich es gar nicht wissen, Professor Kalder. Sagen Sie mir bitte nur noch eines: Wenn mich meine marginalen Kenntnisse der Hirnforschung nicht trügen, befindet sich doch das Gehirn eines Neugeborenen in einem relativ unstrukturierten Zustand. Maßgeblich ist schließlich nicht die Anordnung der einzelnen Zellen untereinander, sondern ihre Verknüpfung. Erst im Laufe der Zeit bilden sich nämlich sinnvolle Muster heraus.«

»Das ist richtig. Im Gehirn gibt es nur wenige ›Verdrahtungen‹, die genetisch vorbestimmt sind. Der Rest entsteht in einer Art Selbstorganisierungsprozess, der in ständiger Rückkopplung mit der auf den Sinnesapparat einwirkenden Umwelt vonstatten geht. Nach dem gleichen Prinzip werden übrigens neuronale Computernetze konstruiert.«

»Wie auch Teile Ihres SKULL-Systems?«

»Das ist richtig.«

»Gut«, sagte DiCampo zufrieden. Ihm war anzusehen, dass sich in seinem neuronalen Drahtgeflecht gerade ein Gewitter von Blitzen entlud. »Das hieße also, ein Kind bliebe auf ewig ein Schwachkopf, würde man zum Zeitpunkt seiner Geburt alle Verbindungen zwischen den Nervenzellen seines Gehirns kappen?«

Mark nickte. Er ahnte, worauf DiCampo hinauswollte. »Es hätte vermutlich nicht einmal eine Chance zu überleben.«

Der Projektleiter wirkte nun so zuversichtlich wie lange nicht mehr. »Dann mache ich Ihnen einen Vorschlag, Professor, der sicher Ihre Zustimmung finden wird. Stellas Cyberspace-Reisen bringen uns im Augenblick nicht schnell genug voran. Deshalb bin ich dafür, sie einzustellen.«

Mark sah DiCampo verwundert an. Hatte seine Szene vom späten Nachmittag den Projektleiter etwa doch zur Einsicht gebracht? Noch bevor er etwas erwidern konnte, wandte sich der Italiener Agaf zu und sprach genau den Punkt an, den Mark schon viel früher erwartet hatte.

»Und Ihnen, Mr Nbugu, möchte ich etwas vorschlagen, was mir sehr viel vorteilhafter erscheint als eine dauerhafte Deaktivierung sämtlicher Computer. Die Maßnahme, an die ich denke, dürfte schon binnen kurzem zum Erfolg führen. Schalten Sie auf diesem Planeten nur für eine Stunde das Internet ab.«

Eine Ansichtskarte aus dem Cyberspace

»Du hast keinen Grund, dir irgendwelche Vorwürfe zu machen, Sternchen.«

Stella kauerte auf ihrem Lieblingsplatz, dem Bett, und blickte trübe vor sich hin. Neben sich hatte sie einen Stapel mit Papieren. Es war kurz vor zehn Uhr abends. Sie fühlte sich immer noch wie zerschlagen, viel erschöpfter als nach ihrer ersten Cyberspace-Reise. Wenigstens hatte sie einige Stunden geschlafen und auch schon etwas gegessen. Kimiko hatte sich für kurze Zeit entschuldigt, wollte aber bald mit Benny und Agaf zurückkehren.

Mark war inzwischen über Stellas jüngstes Illúsion-Abenteuer informiert und er kannte ihre Meinung dazu. Er selbst sah die Ergebnisse der Reise viel optimistischer als seine Tochter. Nach kurzem Innehalten fügte er *nowoge* hinzu: »Ich habe mich übrigens entschlossen dich nicht mehr an den Intruder zu lassen.«

Stella blickte entsetzt zu ihrem Vater auf. Sie wusste von dem Telefonat zwischen DiCampo und Dr. Gerrit. »Aber Paps, nur mit dem Intruder können wir den Cyberwurm schnappen!«

»DiCampo hat die Aussetzung deiner Cyberspace-Reisen selbst vorgeschlagen, ehe ich sie noch einfordern konnte. Mir ist das nur recht, Sternchen. Notfalls können wir dich auch an eine Tastatur setzen und dich konventionell durch das Internet surfen lassen. Dann wäre es immer noch *dein* strategisches Denken, das die Vorgehensweise bestimmt.«

»Und was ist mit der Zeit? Also, ich glaube, mir ist inzwischen einigermaßen klar, was die Vorteile des Intruders sind, Paps. Was mir in meinen Wachträumen manchmal wie Minuten oder sogar Stunden vorkommt, dauert in Wirklichkeit nur Sekunden. Ich bin mit dem Ding unheimlich schnell! Außerdem ... Warte mal ... ja, du hast gesagt, in meinen Wachträumen würde ich sehr viele Entscheidungen intuitiv fällen. Ich reagiere also ganz anders als vielleicht jetzt, wo mir meine Zweifel und Bedenken so manchen Stein in den Weg legen. Das hast du doch gemeint, oder?«

»Natürlich, aber ...« Salomon wand sich. »Du hörst dich fast wie ein adrenalinsüchtiger Drachenflieger an, der mit jeder Herausforderung ein bewusst höheres Risiko eingeht.«

»Na, lebensgefährlich wird der Intruder schon nicht sein.«

»Aber deine Halluzinationen machen mir Sorgen. Wie du sagst, scheinen sie dieses Mal länger angehalten zu haben. Auf jeden Fall hast du im Vergleich zu Samstagabend heute viel länger gebraucht, um wieder zurück auf den Teppich zu kommen. Ist dir das nicht auch aufgefallen?«

Natürlich war es das. Die merkwürdige Kostümierung der Cyberworm-Mannschaft bereitete Stella tatsächlich Kopfzerbrechen, und dass sie sich ausgelaugt wie nach einem Marathonlauf fühlte, ließ sich auch nicht ignorieren. »Es wird schon nicht so schlimm werden«, wiegelte sie ab ohne allerdings recht überzeugt zu klingen.

»Ich weiß nicht. Hat der Dunkle Lauscher wirklich gesagt, er wolle dich retten?«

»Ja, hat er. Er kennt den Intruder. Aber warum der gefährlich sein soll, das wollte er mir nicht verraten.«

Mit Unbehagen dachte Stella an ihr Erwachen aus dem letzten Traum. Eigentlich hatten die Leute in ihren Robin-Hood-Kostümen ja ganz komisch ausgesehen, aber ... Sie verdrängte das Bild. Das war vorbei und es ging ihr ja auch schon wieder ganz gut.

In emotionaler Hinsicht hatte Stella jedoch immer noch zu kämpfen. Die Vermischung von Realität und Illusion im Wachtraum gehörte wohl zu dem Verwirrendsten, was ihr jemals passiert war. Das erste Mal hatte sich diese Desorientierung bei der Betrachtung der enesaischen Turmbauten eingestellt – um nicht zu sagen, sie wie ein Dieb hinterrücks angefallen – und später just in dem Augenblick überrascht, als der Dunkle Lauscher das Wort »Intruder« ausgesprochen hatte.

Im Grunde genommen hatte sie sich ja unbedingt an ihr hiesiges Leben im Wachtraum erinnern wollen, doch die Vehemenz, mit der diese Gedanken sich dann in Illusion bemerkbar gemacht hatten, bestürzte sie doch.

Zu dieser fast schon beängstigenden Entwicklung kamen schließlich noch die Andeutungen des Lauschers. Seine Äußerungen waren stets von einer Aura des Geheimnisvollen umgeben. Stella blickte auf den Auszug des Reiseprotokolls, der neben ihr auf der Bettdecke lag. Erst vor wenigen Minuten hatte sie es gelesen. Schon seltsam, wie knapp und steril ihre farbigen Erinnerungen darin wiedergegeben wurden.

Lauschers Warnungen vor den Herren Enesas waren an die Adresse der NSA-Leitung gerichtet, galten insbesondere Alban C. DiCampo, dem Herrn des Feldes. Der oberste Kriegsrat von

Illúsion war das Pentagon, aus dessen militärischer Führungsriege auch die wichtigsten NSA-Beamten stammten. Die Operationen der Agency entzogen sich praktisch der Kontrolle des amerikanischen Kongresses. Vielleicht könne der Präsident ihr noch auf die Finger klopfen, aber selbst das sei fraglich. Die NSA habe schon viele Präsidenten der USA überlebt.

Und dann – Stella haderte noch immer mit sich selbst, ob diese Entscheidung richtig gewesen war – hatte sie dem Dunklen Lauscher die Adresse und den Verschlüsselungscode von Vivianes »E-Mail-Briefkasten« verraten. Ihre Mutter sei die Tochter des bekannten Rechtsprofessors Karl Kessler und der kenne Leute bis in höchste Regierungskreise, sogar den Präsidenten, der einmal sein Student gewesen sei. Ihre Mutter könne wahrscheinlich einen dieser alten Kontakte wiederbeleben und die Person dahinter zum Handeln bewegen. Wenigstens hatte Lauscher versprochen vorsichtig zu sein. Wenn Viviane ihm wirklich helfen könne, dann würde er sie IRL, im wirklichen Leben, aufsuchen. Stella hatte Salomon schon ihr leichtsinniges Vorgehen gebeichtet und der hatte sie beruhigt. Vivianes E-Mail-Konto lief über die Adresse in Berlin und der so genannte *Open PGP Key* zum Verschlüsseln privater Nachrichten ließ sich jederzeit ändern.

Beim Vergleich der Passagen aus dem Reiseprotokoll mit ihren Traumerinnerungen hatte Stella mehrmals ungläubig den Kopf schütteln müssen. Wenn sie die Geheimsprache, deren auch der Lauscher mächtig war, übersetzte, dann erkannte sie einzelne Dialogfetzen fast wortwörtlich wieder. Andere Gesprächsabschnitte erschienen seltsam nüchtern, wenn sie an die betreffenden, von Gefühlen beherrschten Wortwechsel zurückdachte. Drei- oder viermal hatte sie die ersten Sätze aus dem *Private Chat Room* gelesen.

Listener: Das ist wahr. The Dark Listener geistert durch das ganze Netz. -=#:-)

Schnuppe: Bin *entsetzt*. 8-o

Listener: Wir sind uns schon einmal begegnet, nicht wahr?

Schnuppe: (:-(

Listener: Es war im Server der Australian Mining Company.

Schnuppe: *Elektra*, wie kannst du ihm nur vertrauen? (:-&

Elektra: :-) Lauscher ist in Ordnung, Schnuppe. Das kannst du mir glauben. Er steckt zwar überall seine Nase rein, :>) aber dafür ist er auch der größte Hacker der Welt. ;-)

Es war erstaunlich, was ihre Fantasie aus diesen Zeilen gemacht hatte. Sie legte den Kopf schräg. Vor allem die schlichten Smileys faszinierten sie. Daraus waren im Wachtraum ernste oder heitere Gesichter geworden, ebenso Lachen oder Entsetzen in ihrer eigenen Stimme.

Nachdem dann Stella für ihren Vater und die Mitverschworenen den jüngsten Wachtraum geschildert und damit die Lücken im Reiseprotokoll gefüllt hatte, versprach Salomon, DiCampo nur »in gefilterter Form« zu informieren. Das neue Schattenwort »Bereshit« war ein Köder, nach dem der kleine dunkelhaarige Terrier dankbar schnappen würde. Andere Äußerungen des Dunklen Lauschers würde Salomon dagegen lieber für sich behalten. Dazu gehörten vor allem die Warnungen vor dem Herrn des Feldes. Sie klangen mehr als ernst! Von nun an würde die Verschwörergruppe um Mark Kalder noch vorsichtiger agieren.

Das Gespräch zwischen Stella und ihrem Vater war für einen langen Augenblick zum Erliegen gekommen. Beide dachten für sich über die Risiken ihres konspirativen Handelns nach. In dieser Stille trafen sich ihre Blicke. Beide wussten, was den anderen bewegte: Der Dunkle Lauscher hatte Stella bekniet, nicht mehr unter den Intruder-Helm zu schlüpfen. »Ich möchte dich retten«, lauteten seine eindringlichen Worte. Wovor, vor welcher Gefahr, so fragten sich Vater und Tochter gerade, hatte er sie warnen wollen?

In diesem Moment klopfte es an der Tür.

»Das werden Agaf und die anderen sein«, sagte Salomon und war schon auf dem Weg, die Verbündeten, die inzwischen längst zu Freunden geworden waren, einzulassen.

Stella nahm auf der Bettkante unwillkürlich eine geradere Sitzposition ein. Heute trug sie auch nicht den albernen Schlafanzug. Benny musste ja denken, sie sei in einer frühinfantilen Phase stecken geblieben, wenn er sie ständig in diesem »Strampler« sah.

»*Nowoge?*«, fragte Agaf als Erstes, nachdem er, Kimiko und Benny eingetreten waren. Der Afrikaner sah in seinem bunt geblümten langen Hemd aus wie ein wandelndes Blumenbeet.

Salomon nickte. »Unser Spion hört nur die üblichen Geräusche. Allerdings kann ich nicht sagen, wie lange das noch funktioniert.«

»Und wie geht es dir, Stella?«, erkundigte sich der Afrikaner bei dem Mädchen.

»Ich fühle mich, als sei gerade eine Planierraupe über mich hinweggefahren.«

Agaf lachte. »Dafür siehst du aber noch ganz gut aus, Starlet.«

»Bin froh, dass DiCampo vernünftig geworden ist und die Intruder-Einsätze abgeblasen hat«, gestand Salomon. »Auf diese Weise hat er sich ein unangenehmes Gespräch mit einem noch viel unangenehmeren Vater erspart.«

Agaf nahm in der kleinen Sitzecke Platz und Salomon setzte sich zu ihm. Benny und Kimiko begannen damit, ihre Notebook-Computer aufzubauen, hörten der Unterhaltung aber weiter zu.

Der Afrikaner nickte ernst und blickte besorgt zu Stella hinüber. »Ich kann deinen Standpunkt verstehen, Mark. Wenn es hart auf hart gekommen wäre, hätte ich natürlich zu dir gestanden.«

»Danke, dass nicht auch du mich noch zum Weitermachen drängen willst. Ich habe das unbestimmte Gefühl, das Thema Intruder ist für uns noch nicht ausgestanden. DiCampo wird jedenfalls nicht zögern mich wieder unter Druck zu setzen, sobald er es für notwendig erachtet.« Salomon seufzte. »Wenn wir nur diesen Dark Listener aus seinem Schatten locken könnten! Was weiß er über das Intruder-Projekt? Wenn wir ohne Stella auf konventionellem Weg weitersuchen müssten, käme das dem Cyberwurm nur zupass. Vielleicht ist das ja die Absicht des Lauschers.«

»Gibt es denn etwas Neues über diesen Dunkelmann?« Die Frage kam von Benny.

Mark nickte. »Eine ganze Menge. Stellas Reiseprotokoll kennt ihr ja alle. Sternchen, kannst du deine letzte Reise für uns noch einmal zusammenfassen oder soll ich ...?«

»Schon gut«, sagte sie und straffte ihren Rücken. Sie hätte zwar lieber nur zugehört, aber sie konnte sich ja nicht gut wie so ein verzärteltes Püppchen benehmen, das gleich bei der ersten Anstrengung schlappmachte – nicht hier, wo sie doch dieser dunkle Lockenkopf drüben vom Schreibtisch her beobachtete.

Also berichtete sie sogar recht ausführlich von ihrem letzten Aufenthalt in Illúsion. Sie erzählte von den Warnungen des

Dunklen Lauschers und erwähnte das von Elektra entschlüsselte Rätsel. Als sie das neue Schattenwort »Bereshit« erwähnte, glühte eine Flamme in Bennys dunklen Augen auf, doch er ließ sie weitersprechen. Zuletzt endete Stella mit dem für sie ziemlich unbefriedigenden Eingeständnis, den Lindwurm entdeckt und in Masinof gleich wieder verloren zu haben.

»Du hast hervorragende Arbeit geleistet«, tröstete Agaf die Cybernautin wie ein vollgültiges Mitglied seiner Spezialeinheit.

Salomon holte tief Luft. »Was den Dunklen Lauscher betrifft, werde ich Viviane eine verschlüsselte E-Mail schicken und sie warnen. Sie soll vorsichtig sein, wenn sich ein Unbekannter mit ihr in Verbindung setzt.«

»Bis dahin machen wir weiter wie bisher«, mischte sich Stella vom Bett aus ins Gespräch.

Die beiden Männer sahen sie verwundert an.

In ihrem müden Gesicht stand Entschlossenheit. »Wenn dieser komische Abschaltplan des Italieners scheitert, wird die Zeit wirklich knapp werden. Nur mit Maus und Tastatur kann ich den Cyberwurm niemals rechtzeitig aufspüren. Ich brauche dazu den Intruder-Helm! Außerdem wird einmal mehr oder weniger mich schon nicht umbringen.«

»Aber, Stella ...! Ich weiß wirklich nicht«, sagte Salomon zögernd. »Schließlich bin ich immer noch dein Vater ...«

»... und als Erziehungsberechtigter für meine körperliche und seelische Unversehrtheit verantwortlich«, leierte Stella herunter. Ihr Kopf wippte dabei hin und her. »Paps, es ist mir ernst. Draggy ist durch meine Dummheit ins Netz entwischt, jetzt muss ich ihn auch wieder einfangen.«

Stellas Vater und Agaf wechselten einen ernsten Blick.

»Lass uns noch einmal darüber reden, wenn sich die Frage wirklich stellt«, schlug schließlich Salomon vor. »In der

Zwischenzeit sollten wir den Andeutungen des Dunklen Lauschers über unseren Italiener nachgehen. Man meint ja fast, er spricht von einem Mafioso.«

Agaf wiegte den Kopf zweifelnd hin und her. »Was DiCampo da mit seinen heimlichen Lauschaktionen anstellt, ist ohne Frage gewissenlos und irgendwie auch unmoralisch. Aber einem ähnlichen Zweck dient ja schließlich sein Intruder auch, sozusagen höchst offiziell. Wir sind hier nun einmal in der NSA, Spionage ist eine ihrer Geschäftsaufgaben. Auf seine eigene schmutzige Weise tut unser Italiener also nur seine Pflicht.«

Alle Anwesenden im Raum sahen zu dem Mädchen auf dem Bett hinüber, als erwarteten sie aus ihrem Munde einen weisen Rat, der all ihre Zweifel zerstreute. Stella hatte sich zuletzt ihr Kopfkissen geangelt und schlang nun ihre Arme darum. Eine derartige Empfehlung konnte sie nicht geben. Sie wusste ja selbst nicht, was sie mit den geheimnisvollen Andeutungen des Dunklen Lauschers anfangen sollte.

Nach längerem Schweigen wandte sich Agaf wieder an Mark. »Kimiko hat mir von deiner heutigen Abhöraktion erzählt. Verstehe bitte das, was ich dich jetzt fragen will, nicht als Vorwurf: Glaubst du, DiCampo könnte davon Wind bekommen haben, was wir hier mit unseren Gerätschaften veranstalten?«

Marks Kiefer mahlten aufeinander. »Ich bin vorhin einfach ausgerastet. Wenn DiCampo eins und eins zusammenzählt, dann könnte er dahinter kommen, woher ich meine Informationen habe.«

»Dann müssen wir noch vorsichtiger sein«, sagte Agaf. »Jedenfalls solange wir nicht wissen, was hinter seinem anrüchigen Verhalten steckt.«

»Selbst wenn er genau wüsste, was sich in meinen Aluminiumkoffern für schlimme Apparate befinden, wird er durch die dicken Stahlbetonwände des Bunkers kaum feststellen können, ob sie auch eingeschaltet sind. Solange ich mein Equipment vor dem Verlassen unseres Quartiers immer wieder schön abbaue, kann er uns kaum etwas nachweisen.«

»Einmal wären wir schon fast aufgeflogen«, meldete sich Stella zu Wort. Für sie gehörte der Italiener längst hinter Gitter und sein feuerhaariger Bodyguard gleich mit. »Oder habt ihr etwa bereits vergessen, dass der Rote John hier herumgeschnüffelt hat? Könnten wir denn nicht die Polizei verständigen oder den Präsidenten oder sonst wen?«

Benny schüttelte den Kopf und lächelte sie an. »Agaf hat schon Recht, Stella. Wenn DiCampo in nationalem Auftrag handelt, dann wird man uns bestenfalls in einen ziemlich tiefen Kerker werfen. So tief, dass niemand unsere Hilferufe hören kann.«

»Dann lasst uns keine Zeit verlieren«, sagte Salomon voller Tatendrang. »Wir müssen alle Netze durchforsten, in die wir von hier aus hineinkommen. Wenn ihr irgendjemanden kennt, der uns – unter Wahrung der nötigen Diskretion, versteht sich – bei unserer Arbeit unterstützen kann, dann bohrt diesen Kontakt an.«

»Habt ihr nicht etwas vergessen?«

Alle sahen zu Kimiko hinüber. Sie hatte das Gespräch bisher schweigend verfolgt. Ihr Kinn ruhte auf dem Knie des angewinkelten rechten Beines. Den Fuß hatte sie dabei auf die Sitzfläche des Stuhles gestellt. Obwohl ihr Gesicht sehr ernst wirkte, sah sie immer noch bezaubernd aus. Da niemand etwas sagte, beantwortete sie die gestellte Frage gleich selbst.

»Unabhängig davon, was unsere anderen Cyberworm-Kameraden anstellen, um dem Wurm auf die Spur zu kommen, sollten wir doch zunächst klären, was oder wer *Bereshit* ist. Vermutlich werden wir wieder alle Online-Datenbanken der

Welt anzapfen müssen, um herauszufinden, was dieses Schattenwort …«

»Müssen wir nicht«, unterbrach sie Benny.

Nicht nur Stella wunderte sich über diese Bemerkung des zurückhaltenden jungen Mannes. Ihr Blick hing an seinen Lippen.

Benny lächelte schüchtern. »Entschuldigung«, sagte er an Kimikos Adresse gewandt.

»Schon in Ordnung, Benny. Weißt du etwas, das uns weiterbringen kann?«

Er nickte. »Es war immer der größte Wunsch meines Vaters, dass sein Sohn einmal am Sabbat in der Synagoge aus der Thorarolle vorlesen sollte. Das Hebräische ist mir also geläufig. Wir Juden benennen die ersten fünf Bücher der Bibel jeweils nach ihren Anfangsworten. Demzufolge trägt das erste Buch Moses, das mit der Wendung ›Am Anfang …‹ beginnt, den hebräischen Namen *Bereshit*.«

Vier Augenpaare ruhten gebannt auf Benny. Der lächelte verlegen und zuckte mit den Schultern. »Es ist eigentlich ganz einfach.«

»Im Englischen kennt man das erste Buch Moses unter dem Namen ›Genesis‹«, sagte Agaf in nachdenklichem Ton. »Das wiederum leitet sich von den griechischen Wörtern *genesis kosmou* her, was ›Entstehung des Kosmos‹ bedeutet.«

»Für einen wilden Animisten aus dem afrikanischen Urwald weißt du aber erstaunlich viel über die Bibel«, neckte Kimiko ihren väterlichen Freund.

Agaf lächelte. »Ich habe mir zum Prinzip gemacht, erst alles zu prüfen und dann zu entscheiden. Nur weil ich als Sohn eines afrikanischen Häuptlings geboren wurde, muss unsere Naturreligion nicht die endgültige Wahrheit sein. Wäre ich in Japan zur Welt gekommen, sagen wir als dein Onkel, dann hätte ich vermutlich eine shintoistische oder möglicherweise buddhistische Erziehung genossen. Ich zweifle daran, dass der Zufall der Geburt über unseren Weg zu Gott entscheidet.«

Kimiko verzog in gespielter Empörung das Gesicht. »*Du* und mein Onkel? Ich glaube, da hätte mir bei meinem Vater aber irgendwas auffallen müssen.«

Alle lachten und – seltsam, dachte Stella – niemand in dieser Runde machte sich große Gedanken darüber, welche Hautfarbe, Religion oder Herkunft der andere hatte. Hier arbeiteten einfach Menschen zusammen, die dasselbe Ziel vereinte. Das waren sie doch alle: Menschen, die gelernt hatten, einander zu vertrauen, sich auf den anderen zu verlassen.

Diese Erkenntnis erfüllte Stella mit einer Wärme, die sie lange nicht mehr gespürt hatte. Zwar genoss sie das zunehmend enger werdende Verhältnis zu ihrem Vater, vor allem die vertrauten Gespräche, die sie in den letzten Tagen mit ihm hatte führen können, doch jetzt geschah noch etwas anderes. Ihr beinahe krankhaftes Misstrauen, das über Jahre hinweg kaum eine engere Beziehung zu einem anderen Menschen zugelassen hatte, begann seine Macht über sie zu verlieren.

Stella warf Benny einen verstohlenen Blick zu. Ohne zu wissen, weshalb, war sie stolz auf ihn. Er hatte dem Schattenwort einen Sinn gegeben. In ihren Augen war das eine Leistung, die der ersten Mondlandung in nichts nachstand.

»Agafs kleiner Exkurs hat mich auf eine Idee gebracht«, meinte Salomon sinnierend. »Vor allem das, was er über sein Lebensprinzip gesagt hat – ›erst zu prüfen und dann zu entscheiden‹. Vielleicht war genau das die Absicht des Cyberwurms. Wir dürfen uns nicht an dem Wort ›Bereshit‹ festklammern. Der Begriff ›Genesis‹ ist in unserem Sprachgebrauch viel verbreiteter. Je länger ich darüber nachdenke, desto fester glaube ich daran, dass wir hier den Hebel ansetzen müssen.«

»Was ich nicht verstehe«, grübelte Kimiko, »warum machen die Cyberterroristen das? Warum geben sie uns diese Hinweise? Das alles kommt mir fast wie ein Spiel vor.«

Salomon nickte. »Wir bewegen uns in einem Netz der Schattenspiele. Der *Kagee*-Mutant hat sich ja aus meinem Spiel entwickelt. Die Theorie der Cyberterroristen hat mich übrigens nie richtig überzeugt.«

Jetzt richteten sich alle Blicke auf Mark.

»Was meinst du damit?«, fragte Agaf.

»Das bringe ich selbst noch nicht ganz auf die Reihe. Jedenfalls scheint unser Cyberwurm wirklich eine Spur gelegt zu haben, die uns zu ihm führt. Vielleicht will er das gerade.«

»Oder er treibt ein hinterhältiges Spiel mit uns. Am Ende, wenn wir ihm ganz nahe sind, lässt er die I-Bombe hochgehen. Das wäre dann wirklich *genesis kosmou*, eine neue ›Entstehung des Kosmos‹, jedenfalls des virtuellen, wie Stella ihn auf ihren Reisen erlebt ...«

Stellas Gedanken schweiften ab. Sie glaubte in dem Gesagten ein Muster zu erkennen, aber es wollte ihr nicht gelingen, es zu überblicken. In dem Brief des Großmeisters vom Lindwurmbund hatte etwas ganz Ähnliches gestanden. Der Lindwurm würde Illúsion zu einer »wüsten Einöde machen, in der niemand mehr zu leben wünscht, es womöglich nicht einmal mehr vermag«. Aber aus irgendeinem Grund fiel es ihr schwer, diese Erklärung zu akzeptieren. War es nur die Erinnerung an den kleinen süßen Draggy, den Mini-Lindwurm, der niemandem etwas zu Leide tun konnte? Machte sie sich etwas vor? Oder gab es noch andere Anhaltspunkte dafür, dass der Wurm vielleicht gar nicht so abgrundtief böse war, Informationen vielleicht, die ihr Unterbewusstsein richtig deutete, obwohl ihr Verstand sich dagegen sträubte?

Agaf schloss seinen Einwand mit der Bemerkung, es hätten immer wieder Einzelne aus Kriegen Profit geschlagen, warum nicht auch aus einem globalen Informationsverlust? Salomon schlug vor, diesen Punkt zunächst zurückzustellen und vorrangigere Themen zu verfolgen: Gab es irgendein Projekt, Unternehmen oder ein Szenario mit dem Namen Genesis, das auch nur im Entferntesten etwas mit den Computervorfällen zu tun hatte? War der Intruder bei seinem aktuellen technischen Entwicklungsgrad wirklich gefährlich? Wer war der Dunkle Lauscher? Und vor allem: Was hatte es mit dessen Andeutungen Alban C. DiCampos Machenschaften betreffend auf sich?

Bald steckten Benny, Kimiko und Salomon wieder bis über beide Ohren im Internet und einigen weniger zugänglichen Netzen. Obwohl die Nacht bereits vorgerückt war und Stellas Augenlider schwer wurden, war sie noch viel zu aufgekratzt, um schlafen zu können.

Sie verfolgte das emsige Tippen auf den Notebook-Tastaturen, sah, wie die Mauszeiger über die Bildschirme flitzten. Ab und zu blickte Benny zu ihr auf und sie schenkte ihm ein liebes Lächeln.

Salomon begab sich auf Umwegen zu seinem Mail-Server. Er musste Viviane informieren, bevor der Dunkle Lauscher sich mit ihr in Verbindung setzte. Es war gar nicht so einfach, seiner Frau etwas zu empfehlen. Deshalb schrieb er in seiner E-Mail nur, sie möge einfach ihren gesunden Menschenverstand gebrauchen, wenn sie die Argumente dieses Anonymus prüfe. Immerhin gebe es eine Vertrauensperson – seine sehr zuverlässige Assistentin an der TU –, die den Lauscher kenne und sich für ihn verbürgt habe. Er, Mark, vertraue ihr, Viviane. Sie würde gewiss richtig entscheiden.

Eine Kopie der an Viviane versandten Botschaft ging auch an Jessica. Salomon dankte ihr für die bisher geleistete Unterstützung und bat um weitere Hilfe, wenn es denn irgendetwas gebe, was Jessi für ihn und Stella tun könne. Er erwähnte die neuen Schattenworte »Bereshit« und »Genesis« als mögliche Spur zum Cyberwurm.

Nachdem die beiden E-Mails verschickt worden waren, kontrollierte Salomon den Posteingang. Und wirklich, es war eine Nachricht eingetroffen. Sie stammte von Valentin Braitenberg.

In den Worten des Wissenschaftlers schwang Besorgnis mit. Salomon hatte in seine Anfrage nur Andeutungen zur Gefährlichkeit von Gehirn-Scannern und -Manipulatoren gepackt. Er, Valentin, habe sich bei einem Kollegen vom Max-Planck-Institut für Hirnforschung nach den Risiken erkundigt. Nach den Informationen, die er besitze, stelle diese Technik keine Gefährdung dar. Es sei denn, die Droge, welche die Wachträume hervorrufe, habe irgendwelche Nebenwirkungen.

»Das ist zumindest einmal etwas«, kommentierte Agaf die E-Mail.

Salomon nickte erst, dann schüttelte er den Kopf. »Aber nicht genug. Braitenberg sieht keine akute Gefahr in dem Apparat an sich, aber wir wissen zu wenig über die Droge, die Stella nehmen muss.«

»Ob Dr. Gerrit etwas mehr zu dieser Frage beitragen könnte?«, meinte Kimiko. »Ich hatte den Eindruck, sein Gewissen setzt ihm ganz schön zu.«

»Es wäre vielleicht keine schlechte Idee, wenn du mit ihm sprichst«, sagte Agaf.

Kimiko lächelte schelmisch. »Ich soll ihn also bezirzen?«

»Das würde dir gewiss nicht schwer fallen, meine Liebe. Aber so weit musst du nicht gehen. Der Doktor dürfte Mark gegenüber die größten Hemmungen haben, weil ihm die Drohung seines Bosses im Nacken sitzt. Aber er könnte – nur um sein eigenes Gewissen zu beruhigen – ein mehr in die Tiefe gehendes Gespräch mit dir als reine Plauderei unter Kollegen auffassen.«

Kimiko nickte. »Gut. Ich mache es.«

In diesem Moment ertönte ein leiser Gong aus Salomons Notebook. Er sah auf den Bildschirm.

»Ich habe gerade *noch* eine Mail bekommen.«

Alle blickten ihn erwartungsvoll an.

Stella kam vom Bett herüber und versuchte ihrem Vater über die Schulter zu sehen.

Salomon wandte sich ihr zu. Auf seinem Gesicht zeichnete sich höchstes Erstaunen ab.

»Von wem ist sie denn?«, fragte Stella ungeduldig.

»Eine Nachricht aus Illúsion.«

Stella fühlte ein Kribbeln zwischen den Schulterblättern. »Was ... Wie meinst du das?«

»Sieh selbst. Lies den Absender.« Salomon lehnte sich im Schreibtischstuhl zurück, damit Stella den Bildschirmtext lesen konnte.

Zunächst glaubte sie, es handele sich um einen schlechten Scherz. Was da auf dem flachen Schirm stand, weckte Erinnerungen an bange Augenblicke voller Zweifel.

`DarkListener@ThePentagon.com`

Stellas erster Gedanke war: Nun bekommt der Schemen endlich ein Gesicht. Ihren zweiten kleidete sie in Worte der Verwunderung.

»Er ist beim Pentagon?«

»Nein, er ist ein Scherzbold.« Die prompte Antwort kam

von Benny. Er grinste, verkniff sich das Lächeln allerdings gleich wieder, wohl um Stella nicht zu verletzen. »Die Domain ›ThePentagon.com‹ hat nichts mit DiCampos Bossen zu tun. Sie gehört zu NetForward. Das ist ein Internetdienst, der kostenlos E-Mail-Adressen einrichtet. Ich wette, der Dunkle Lauscher lässt sich seine Post an einen Remailer weiterleiten, über den er seine Nachrichten liest oder versendet. So kann er das bleiben, als was du ihn kennen gelernt hast, Stella: ein anonymer Schatten.«

»Nicht dumm, der Knabe«, sagte Stella und blickte dabei in einer Weise Benny an, dass der nicht wusste, ob sie nun gerade vom Lauscher oder von seiner Person gesprochen hatte.

Der Amerikaner sah verunsichert auf den Bildschirm zurück.

»Ich bin gar nicht der Hauptempfänger der Mail«, sagte Salomon. »Mein Postkorb ist nur als ›bcc‹, als *blind carbon copy*, angegeben. Seht mal, wem der Lauscher da geschrieben hat.« Salomon deutete auf den Empfänger: Es war Alban C. DiCampo.

»Klick doch mal an«, sagte Kimiko. »Bin gespannt, was unser schattiger Freund dem Projektleiter mitzuteilen hat.«

Salomon wählte die Betreffzeile der eingegangenen Nachricht mit einem Doppelklick aus und ein neues Fenster öffnete sich auf dem Bildschirm.

»Eine Postkarte!«, staunte Stella. Alles stimmte: das Format, der gewellte Außenrand, der sonnige Himmel. Nur das Motiv war nicht unbedingt dazu angetan, Urlaubsgefühle zu wecken.

»Wo hat der Bursche nur das Foto von Bau 203 her?«, fragte Agaf. »Dieses Gebäude liegt so zwischen den anderen eingebettet, dass man es in diesem Winkel unmöglich mit einem Teleobjektiv aufnehmen kann. Der Fotograf muss direkt davor gestanden haben.«

»Also ich glaube nicht, dass die NSA neuerdings an ihre Abhöropfer Ansichtskarten verteilt«, sagte Salomon. Obwohl es wie ein Scherz klingen sollte, hatte seine Stimme einen bedrohlichen Klang angenommen. »Seht doch, was er unserem Italiener geschrieben hat.«

Den Text der Postkarte zu lesen fiel leicht, wie mit dickem schwarzem Filzstift waren auf der Vorderseite wenige schwungvolle Zeilen hingeworfen.

Hi, Alban!

Jetzt bist du zu weit gegangen.
Ich habe dich gewarnt.
Sieh dir meine Grußkarte genau an –
du weißt, was ich weiß.
Entweder du nimmst deine Kabel von Stella Kalder
oder die Bombe wird platzen.

Herzliche Grüße

Der Dunkle Lauscher

»Also Humor hat er wirklich«, kommentierte Kimiko den Text. »Wie wird DiCampo die Nachricht wohl aufnehmen?«

Salomon drückte sich vom Schreibtisch hoch. »Ich denke, das werden wir bald wissen.«

»Was willst du tun?«, erkundigte sich Agaf besorgt.

»Das ist doch klar. Diese Karte beweist, der Lauscher ist ein Insider. Woher sollte er sonst die Fotografie haben? Er kennt das Intruder-Projekt. Indem er DiCampo eine E-Mail schickt, setzt er sich selbst der Gefahr aus, entdeckt zu werden. Ich glaube nicht mehr an das Ammenmärchen vom harmlosen

Intruder. Das Ding ist keine Trockenhaube. Genau das werde ich DiCampo morgen früh sagen.«

Während sich die Fahrstuhltür im ersten Untergeschoss des Bunkers für Mark und Agaf öffnete, begann nicht weit entfernt davon Kimiko Shirakaba einen lockeren Plausch mit Dr. Gerry Gerrit. Jetzt, am Mittwochmorgen um kurz nach sieben, saßen viele Mitglieder des Cyberworm-Teams noch beim Frühstück. Der Zeitpunkt war bewusst gewählt. Mark wollte verhindern, dass der Mediziner sich bei seinem Chef rückversicherte.

Sekunden später klopfte Agaf an die Tür von Alban DiCampo. Der Cyberworm-Leiter hatte darauf bestanden, dem Gespräch beizuwohnen.

Bei allem, was man DiCampo vorwerfen konnte, war er sehr pflichtbewusst. Erwartungsgemäß befand er sich schon in seinem Büro. Mark war jedoch ein wenig überrascht, als der Rote John die Tür öffnete.

»Ich muss Ihren Boss sprechen«, kam er ohne Umschweife zum Thema. Dann lief er, Agaf im Schlepptau, einfach an dem Hünen vorbei in das Büro. »Es ist dringend, Doktor.«

»Was ist denn, Professor?«, erwiderte DiCampo unwillig von seinem Schreibtisch her. Vor sich hatte er einen Berg von Papieren liegen. »Sie sehen doch, ich bin sehr beschäftigt. Die Operation *Big Darkness* startet in zwei Tagen. Sie sollten übrigens auch längst hinter dem Bildschirm sitzen und an Ihrem Cyberwurm-Scanner ...«

»Es geht um die Ansichtskarte von Bau 203«, fiel Mark dem Projektleiter ins Wort. DiCampos Kinnladen sackte herab, er war sprachlos.

»Ich habe eine Blindkopie davon erhalten«, erläuterte Mark. Im Gegensatz zum vergangenen Abend hatte er sich nun voll in der Gewalt. Auf die erdrückend neben ihm aufragende Gestalt des Roten John achtete er gar nicht. Seine Stimme hatte einen gefährlichen Klang. »Vielleicht wollte es der Dunkle Lauscher mir überlassen, ob und wann ich Sie in mein Wissen einweihe. Ich tue es genau jetzt, Dr. DiCampo. Sie haben mich angelogen. *Mehrmals!* Der Intruder ist unausgereift und gefährlich. Sie haben wider besseres Wissen die Gesundheit und vielleicht sogar das Leben meiner Tochter aufs Spiel gesetzt. Dafür werden Sie büßen!«

Die Wucht von Marks Frontalangriff zeigte Wirkung auf DiCampos scheinbare Abgeklärtheit. »Bitte beruhigen Sie sich doch, Professor ...«

»Ich *bin* ruhig.«

»Dieses Foto ist ein dummer Scherz, Professor, nichts weiter. Es kursieren diverse Fotografien über die NSA in einschlägigen Magazinen, selbst im Internet. Irgendein Witzbold hat sich das ausgedacht.«

»Ein ziemlich gut informierter Witzbold, wenn er auch noch Ihre geheime E-Mail-Adresse bei der NSA kennt und über wohl nicht ganz unwichtige Details des Intruder-Projekts Bescheid weiß. Ich erinnere mich noch sehr gut daran, wie uns Ihr Mr Townsend erzählt hat, dieses Projekt sei so geheim, dass die Öffentlichkeit nicht einmal dessen Namen kenne, und nun ...«

»Professor Kalder!«, unterbrach DiCampo sein wütendes Gegenüber. »Wie oft soll ich Ihnen noch sagen, dass der Intruder keine Gefahr für Ihre Tochter darstellt. Doch wenn Sie sich unbedingt mit mir darüber streiten wollen, dann warten Sie wenigstens die nächsten drei Tage ab. Sie wissen, welch ein immenser organisatorischer Aufwand mit der Operation Big Darkness verbunden ist. Der letztliche Erfolg hängt nicht zuletzt von Ihrer Software ab, Professor. Im Übrigen habe ich doch die weiteren Intruder-Einsätze Ihrer Tochter abgeblasen!«

Mark hätte ihm gerne eine schlagende Antwort gegeben, doch da legte sich Agafs Hand schwer auf seine Schulter. In seiner ebenso ruhigen wie nachdrücklichen Art machte er dem Intruder-Chef klar, was er von dessen Verhalten hielt.

»Dr. DiCampo, ich gebe nicht viel auf Gerüchte, aber es ist doch seltsam, aus wie vielen Quellen ich in letzter Zeit ähnlich lautende Vorbehalte gegen Ihren Intruder vernehmen musste. Ich will Ihnen einmal sagen, was ich von alldem halte. Der Intruder scheint mir eine sehr bedenkliche Apparatur zu sein. Ich kann dafür zwar noch keine technische Erklärung liefern, aber glauben Sie mir, Doktor, ich habe einen Magen, der mir zuverlässig verrät, wenn etwas faul ist. Und in meinem Bauch rumort es jetzt bedenklich. Also lassen Sie einfach Ihre Unschuldsbeteuerungen und liefern Sie mir Fakten. Sie haben einen medizinischen Leiter für das Projekt. Da ich an Ihrer Gewissenhaftigkeit nicht zweifle, werden Sie diesen angewiesen haben, über die bisherigen Cybernauten und ihre Intruder-Einsätze medizinische Berichte zu erstellen. Ich gebe Ihnen drei Tage Zeit, daraus eine verständliche Zusammenfassung zu machen und mir diese zusammen mit den Originaldokumenten auszuhändigen. Sollte es dann noch die geringsten Bedenken geben, dass Sie Stella Kalder wider besseres Wissen einer ernsten Gefahr ausgesetzt haben, werde ich an höchster Stelle intervenieren. Und sollte ich nach der gesetzten Frist keine Unterlagen in Händen halten, betrachte ich das als Schuldbekenntnis und werde weitere Schritte gegen Sie einleiten. Haben wir uns verstanden, Doktor?«

Der Afrikaner besaß eine natürliche Autorität, der sich niemand entziehen konnte. Selbst DiCampo wagte nicht, die Lücken in Agafs Argumentation anzusprechen – Hörensagen und Magendrücken wurden vor keinem Gericht der Welt als Beweismittel akzeptiert. Wie ein geprügelter Hund zog der Projektleiter den Schwanz ein. Er spielte nun auf Zeit und dachte gar nicht daran, sich mit Fakten zu verteidigen.

»Was Sie verlangen, ist unmöglich, Agaf. Natürlich gibt es entsprechende medizinische Aufzeichnungen in unseren Archiven, aber die Operation *Big Darkness* hat im Augenblick absoluten Vorrang. Das müssten Sie doch selbst wissen. Ich glaube kaum, dass Sie bei Ihren Vorgesetzten auf Verständnis stoßen werden, sollten Sie dieses Unternehmen wegen eines albernen medizinischen Reports blockieren.«

Agafs Miene war ausdruckslos. Seine Obsidianaugen schienen direkt bis auf den Grund von DiCampos Seele zu blicken. »Also gut«, willigte er schließlich ein. »Die Dreitagefrist beginnt mit der Beendigung Ihrer Abschaltaktion. Spätestens am Montagabend habe ich Ihren Bericht in meinem Quartier. Andernfalls zerre ich den ganzen Fall ans Licht der Weltöffentlichkeit und Ihr Intruder ist die längste Zeit ein Geheimnis gewesen.«

»Ich *darf* Ihnen darüber nichts verraten, Kimiko.«

Die Japanerin sah den Arzt des Teams, Dr. Gerry Gerrit, über den Rand ihres Styroporbechers hinweg an. Ihre dunklen Mandelaugen machten den Mediziner nervös. Das spürte sie. Obwohl sie gewöhnlich lieber durch fachliche Kompetenz als durch weibliche Reize überzeugte, gab sie sich im Augenblick auch keine Mühe, unattraktiv zu wirken.

Kimikos Ohren filterten das Klappern der Tabletts, das Stühlerücken und das allgemeine Gemurmel in der Kantine heraus – alle Sinne waren auf ihre Beute gerichtet. Sie blies in den heißen Kaffee, lächelte geheimnisvoll und erwiderte: »Kommen Sie, Gerry. Trauen Sie mir etwa nicht? Wir spielen doch im selben Team. Außerdem bin ich die rechte Hand von unserem Coach.«

»Von DiCampo? Das wüsste ich aber.«

»Der Leiter unserer Sondereinheit ist immer noch Agaf Nbugu. Schon vergessen?« Kimiko schwächte ihre Spitze durch ein verschmitztes Lächeln ab.

»Nein, natürlich nicht. Leider ist DiCampo deshalb immer noch *mein* Boss. Wenn ich Ihnen irgendwelche medizinischen Details über unsere Intruder-Testreihen verriete, dann würde er mich in der Chesapeake Bay versenken, mit zwei Betonklötzen an jedem Fuß.«

»Gerry! Die Agency ist doch nicht die Mafia.«

»Aber DiCampo ein Italiener. Sein Temperament geht manchmal mit ihm durch.«

Gelächter. Auf beiden Seiten des Tisches klang es irgendwie gezwungen. Kimiko hatte wenige Minuten zuvor, um exakt sieben Uhr sieben, den Arzt beim Frühstück attackiert und nach einem freien Platz gefragt. Davon gab es zwar noch Dutzende andere in der Kantine, aber ihre Taktik hatte Erfolg. Allein die Ausstrahlung der Japanerin verwandelte die hartgesottensten Wissenschaftler in galante Kavaliere. Auch Mediziner wie Dr. Gerrit waren dagegen nicht immun. Er hatte Kimiko sogar den Stuhl zurechtgerückt.

Die erste Tasse Kaffee wurde nichts sagender Plauderei geopfert. Anschließend fragte Kimiko den Arzt ganz beiläufig nach seinen bisherigen Erfahrungen mit anderen Intruder-Cybernauten. Hatte es am Anfang Schwierigkeiten gegeben? Waren bei Einsätzen irgendwelche Nebenwirkungen aufgetreten?

Gerrit hatte sich zugeknöpft gegeben. Er versuchte Smalltalk zu machen, das Gespräch in ruhigeres Fahrwasser zu bringen, immer peinlich darauf bedacht, keine Interna preiszugeben.

»Sicher dürfen Sie mir aber doch erzählen, wie das Zusammenspiel zwischen Stellas ›Nasenspray‹ und dieser Neuro-Aktivitäts-Resonanz-Sonde funktioniert. Nur so im Groben, meine ich. Ich finde das alles so faszinierend! Wie kommen nur Stellas außerordentliche Wachträume zu Stande?«

Gerrit runzelte erst die Stirn, aber dann lächelte er. »Darüber hat DiCampo ja sowieso schon gesprochen. Ich denke, er wird mich am Leben lassen, wenn ich Ihnen noch ein, zwei weitere Fakten liefere.«

»Ich bin gespannt!« Kimiko nahm einen Schluck Kaffee aus ihrem Becher.

»Im Grunde ist es ganz einfach. Ihnen dürfte der ungefähre Aufbau des Gehirns ja bekannt sein. Es besteht aus etwa einhundert Milliarden Nervenzellen, den so genannten Neuronen. Jedes Neuron kann etwa eintausend oder sogar einhunderttausend Verbindungen zu anderen Neuronen herstellen. Die Gesamtanzahl möglicher Verknüpfungen in unserem Gehirn ist größer als die aller Kernteilchen im Universum. Natürlich ist das ein rein theoretischer Wert, weil selbst bei größter Vereinfachung für jede Verbindung ja mindestens drei Atome notwendig wären und somit ...«

»Oh, bitte«, unterbrach Kimiko den Mediziner und ertappte sich dabei, wie sie ausgerechnet bei diesem Thema ziemlich hirnlos lachte. »Mein Spezialgebiet ist Computerkriminalität. Ich bin nicht einmal eine Anhängerin des Konnektionismus wie Professor Kalder. Können Sie es für mich nicht noch etwas einfacher machen?«

»Natürlich, entschuldigen Sie, Kimiko. Beim Sinnieren über unseren Denkapparat gerät selbst ein so abgebrühter Mediziner wie ich immer wieder ins Schwärmen. Ich will das Zustandekommen der Wachträume anders erklären, nämlich in den Worten von Sir Charles Scott Sherrington.« Der Doktor räusperte sich und wählte für seine Rezitation eine betont feierliche Stimme. »*Das Gehirn ist ein verzauberter Webstuhl, auf dem Millionen von blitzenden Schiffchen ein verwirrendes, aber stets sinnvolles Muster weben, das freilich sehr vergänglich ist.*«

»Wie schön!«, schwärmte Kimiko, als habe Gerrit ihr soeben ein Liebesgedicht vorgetragen.

»Na ja, sagen wir, es gibt alle wesentlichen Fakten wieder: Unser Gehirn ist ein organisches Geflecht, in dem Gedanken in Form neuronaler Repräsentation von mehr oder weniger temporärer Persistenz entstehen.«

»Ihre erste Erklärung hat mir aber wesentlich besser gefallen«, meinte Kimiko verwirrt blinzelnd.

Gerrit lächelte verlegen. »Ich bin eben kein Poet. Aber ich will es Ihnen gerne noch etwas genauer erklären: Alles, was unsere Wahrnehmung und unser Denken ausmacht, beruht in Wirklichkeit auf bestimmten Verbindungsmustern im Gehirn. Die Erinnerung an eine Blume aktiviert im Wesentlichen dieselben Neuronen wie deren erster Anblick. Auch Traumbilder entstehen auf diese Weise.«

»Und diese Muster messen Sie mit der Sonde?«

Gerrit nickte. »Nicht nur das. Wir können auch die Bildung neuer Schaltungen stimulieren. Das hört sich einfacher an, als es in Wirklichkeit ist. Die Komplexität unseres neuronalen Webmusters besteht nämlich nicht allein in der Vielzahl der Verbindungen, sondern auch in deren Vielschichtigkeit. Der Informationsaustausch zwischen zwei Nervenzellen wird nicht einfach wie mit einem Lichtschalter an- und ausgeknipst. Es hängt von sehr fein abgestuften Aktivierungszuständen ab, ob ein Signal weitergeleitet wird oder nicht. Manchmal müssen viele Neuronen gleichzeitig feuern, damit der Schwellenwert erreicht wird, der das Signal auslöst. An den Verbindungsstellen der Nervenzellen, den so genannten Synapsen, laufen komplizierte chemo-elektrische Vorgänge ab, die ich Ihnen schon deshalb nicht im Detail schildern kann, weil wir sie noch immer nicht ganz verstehen.«

»Und trotzdem konnten Sie den Intruder bauen?«

»Das ist im Grunde genommen nichts Ungewöhnliches.« Gerrit lachte. Er hatte nun ganz seine Bedenken vergessen und schwelgte in dem Gefühl, sich vor einer schönen Frau produzieren zu können. »Die Menschen haben den elektrischen Strom entdeckt, lange bevor sie etwas von Elektronen wussten. Oder sie kannten den Nutzen von Medikamenten, noch ehe ihnen die Funktion unseres Immunsystems oder die Wirkung von Biokatalysatoren bekannt war. Damit wäre ich auch schon beim Kernpunkt meiner Aussage.«

»Ach wirklich?«

»Ja. Der Wirkstoff in Stellas ›Nasenspray‹, wie Sie es genannt haben, ist nichts weiter als ein synthetisches Enzym. Ich habe an seiner Entwicklung mitgewirkt.«

»Dann sind Sie bestimmt stolz darauf. Wie wirkt denn dieser Katalysator?«

»Er regt die Bildung von Nervenverbindungen im Gehirn an. Üblicherweise verstärkt er bereits vorhandene Muster, die normalerweise zu schwach sind, um im Wachzustand wahrgenommen zu werden. Wenn der Cybernaut aber mit Hilfe einiger anderer unterstützender Inhaltsstoffe des Sprays in diese besondere Art des ›Halbschlafes‹ fällt, von uns als Wachtraum bezeichnet, dann kann die NARS-Einheit seine gewissermaßen vorverdrahteten neuronalen Anschlüsse stimulieren.«

»Können dabei auch neue Muster entstehen?«

»Höchstens im begrenztem Umfang. Das Bild einer Blume zum Beispiel könnte nie das Produkt einer zufälligen Fehlschaltung sein. Dazu ist es viel zu komplex.«

»Aber Traumbilder könnten sich schon ... Wie soll ich mich ausdrücken? Könnte so ein Muster im Gehirn ähnlich stabil werden wie die Abbilder unserer Wirklichkeit?«

Das Lächeln verschwand aus Gerrits Gesicht wie ein scheues Tier. »Die Droge ist äußerst schwach dosiert«, antwortete er ausweichend. »Ihre Wirkung hält höchstens sechs Stunden an. Und die seltenen Fehlschaltungen ... wie gesagt ...«

Kimiko hatte schon in frühester Kindheit gelernt, ihre Gefühle hinter einer freundlichen Maske zu verbergen. Jetzt hatte sie den Arzt da, wo sie ihn haben wollte. Mit einem asiatischen Lächeln auf den Lippen sagte sie: »Für eine Softwarespezialistin wie mich haben Sie die Funktion des Intruders wirklich anschaulich geschildert, Gerry. Von Computern weiß ich, dass eine einzige Fehlschaltung den ganzen Rechner zum Absturz bringen kann. Aber dass so etwas auch bei Stella – einem Menschen! – möglich wäre, hätte ich nie gedacht.«

Die große Dunkelheit

»Was meinst du, Paps, wird es klappen?«

»Mir wäre wohler, wenn ich es wüsste.«

»Also, das klingt nicht gerade nach dem unerschütterlichen Optimismus des legendären Mark *Salomon Cracker* Kalder.«

Salomon seufzte müde. »Nein, wirklich nicht. Ich habe dem Vorschlag DiCampos nur zugestimmt, weil ich im Augenblick auch keine bessere Idee vorweisen kann.«

Stella und ihr Vater saßen vor halb leeren Tellern in der Kantine. Salomon hatte einen grünen Salat und einen Hamburger gegessen. Einen augenfälligeren Beweis für seinen katastrophalen Gesamtzustand gab es nicht. Stella machte sich Sorgen um ihn, weil er Tag und Nacht nur noch schuftete und sich kaum Schlaf gönnte. Sie selbst fühlte zwar noch eine bleierne Schwere in den Gliedern, aber von Stunde zu Stunde ging es ihr besser.

Gegen elf hatte es noch einmal ein Krisengespräch der kleineren Spezialistengruppe im Konferenzsaal des Bunkers gegeben. Auf der Tagesordnung gab es nur einen Punkt: die Operation *Big Darkness.* Zahllose organisatorische Details mussten abgestimmt werden. Sämtliche Elektronik auf der Erde sollte für eine Stunde abgeschaltet werden. Das hörte sich einfach an, aber es war für alle Beteiligten eine gewaltige Herausforderung. Die Differenzen der zerstrittenen Parteien am Konferenztisch waren vorübergehend begraben. Schließlich seien sie alle Profis, erklärte Salomon mit einem Anflug von Humor.

DiCampo hatte zu Beginn der Besprechung auf einen Zeitungsausschnitt hingewiesen, der seit längerem die Wand seines Büros zierte und ihm, wie er sagte, für seine Arbeit am Intruder immer wieder neuen Ansporn gegeben habe. Er hatte sogar für die anderen Mitglieder der Runde eine Kopie dieses Zeitungsartikels aus *USA Today* mitgebracht.

In dieser überregionalen Tageszeitung hatte sich am 5. Juni 1996 der frühere Direktor der Computer Crime Squad des FBI, Jim Settle, zu Wort gemeldet. Amerika könne von einer Truppe ausgesuchter Elite-Hacker problemlos binnen neunzig Tagen »in die Knie gezwungen werden«, war Settles vernichtendes Resümee gewesen. Die Gründe dafür lägen auf der Hand: Alle wesentlichen für das Funktionieren der amerikanischen Gesellschaft notwendigen Versorgungssysteme seien mittlerweile computerisiert. Das Schlagwort der *New Cyber Vulnerabilities* – also der neuen, weil technisch früher gar nicht möglichen Verletzlichkeit gegenüber Angriffen aus dem Cyberspace – machte die Runde.

Und schließlich ginge es bei seinem Aktionsplan nicht allein um die Vereinigten Staaten von Amerika, fügte DiCampo seiner Erklärung hinzu. Wenn schon diese »große Nation« – »in der Informationstechnologie fortgeschritten wie keine andere auf der Erde« – so verletzlich sei, was würde dann erst geschehen, wenn diese so genannten Elite-Hacker ihren Angriff gegen die ganze Welt richteten?

Dem hatte selbst Salomon nichts entgegenzusetzen. Dennoch plagten ihn Zweifel. Das Abschalten des Internets und aller elektronischen Geräte würde ein weltweites Chaos auslösen. War dieser Preis gerechtfertigt angesichts eines mehr als fraglichen Erfolges?

Auch die von DiCampo standhaft verfochtene NSA-Theorie von den Cyberterroristen wollte Salomon nicht schmecken. Die sich weltweit häufenden Computervorfälle schienen ein bestimmtes Muster zu besitzen. Vielleicht hatte er sich bisher zu sehr um die Details gekümmert und dadurch nie die nötige Distanz erlangt, um das ganze Bild zu erkennen.

Stella harpunierte mit der Gabel ein Möhrchen und ließ es in ihrem Mund verschwinden. Sie glaubte schon längst nicht mehr an die NSA-Pistole von einer politischen Extremistengruppe. Ihre Erfahrungen mit Draggy, ihre Abenteuer in Illúsion – das alles gab ihr ein schwer zu beschreibendes Gefühl, dem Lindwurm ganz nahe zu sein. Wenn ihr in Masinof nur nicht die Kräfte geschwunden wären! Sie hatte den Drachen im Server des MIT schon fast gestellt.

Natürlich, sie wusste, wie bedenklich diese ganze Intruder-Geschichte war. Kimiko hatte von ihrem Gespräch mit Dr. Gerrit berichtet. Salomon war daraufhin so wütend geworden, dass er sich den Projektleiter am liebsten ein zweites Mal vorgeknöpft hätte, doch Agaf und Kimiko war es mit viel gutem Zureden gelungen, ihn davon abzuhalten. Selbst mit einem bühnenreifen Tobsuchtsanfall hätte er nicht mehr erreichen können als Agaf mit seinem Ultimatum.

Bevor Salomon weitere Schritte gegen den Italiener unternahm, wollte er hieb- und stichfeste Beweise haben. Deshalb verfasste er, sobald sein Puls wieder ruhiger schlug, eine neue E-Mail an Valentin Braitenberg. Der Hirntheoretiker möge ihm doch sagen, welche Folgen eine durch Enzyme hervorgerufene Stimulierung der Nervenzellenverbindungen haben konnte. Waren gar Langzeitschäden zu befürchten? Auch wenn Stella nie mehr an den Intruder angeschlossen würde, musste Salomon die Antwort auf diese Fragen wissen.

DiCampo war in den folgenden Tagen wie ausgewechselt. Als Stella ihm am Donnerstagmorgen in der Kantine über den Weg lief, lächelte er ihr sogar zu. Offenbar war der Projektleiter glücklich, endlich etwas gegen den Cyberwurm unternehmen zu können, selbst wenn die Erfolgsaussichten des Unternehmens relativ gering schienen.

Die Totalabschaltung des Internets sollte am Freitag, dem 19. Juni stattfinden. Bis dahin war noch eine Menge Arbeit zu leisten. Die Operation *Big Darkness* hielt buchstäblich die Welt in Atem. Mancher dachte dabei wehmütig an Y2K – *Year Two Kilo*, das so genannte ›Jahr-2000-Problem‹, war ein Witz dagegen. Als Speicherplatz noch teuer war, hatte man die Computer zur Genügsamkeit erzogen, ihnen beigebracht, aus den Jahreszahlen jeden Datums nur die beiden letzten Stellen einzulagern. Dann erkannte ein kluger Kopf, dass die flinken Rechenknechte den 1. Januar 2000 unvermittelt zum Jahre Null erheben könnten und damit zum Beginn einer neuen Zeitrechnung. Die Doppelnull in der Jahreszahl würde sämtliche Elektronikfunktionen, die auf Zeitberechnungen basierten, aus der Bahn werfen. Leider wusste niemand so genau, welche Geräte und Funktionen davon betroffen waren. Panik machte sich breit. Im Cyberspace herrschte Endzeitstimmung, und zwar in des Wortes ureigenstem Sinne. Virtuelle »Wunderheiler« verdienten sich in diesen Tagen mit ihren Softwaretinkturen eine goldene Nase. Zum ersten Mal war der internationalen Benutzergemeinde so richtig klar geworden, wie abhängig sie von ihren elektronischen Helferlein waren. Und doch: Hersteller und Betreiber von Computersystemen hatten sich zum Teil jahrelang auf das Jahrtausendproblem vorbereiten können. Für die Operation *Big Darkness* blieben der Welt jedoch gerade mal *drei Tage*!

Stella flößte ein Unternehmen, das ausgerechnet »Große Dunkelheit« hieß, von vornherein wenig Vertrauen ein. Sie musste unwillkürlich wieder an den Dunklen Lauscher denken. Aber Salomon erklärte ihr, dass Militärs, egal in welchem Land, niemals eine Aktion – sobald sie nur über den Einkauf von sechs Rollen Toilettenpapier hinausging – planten ohne einen Codenamen dafür zu erfinden.

In den ersten Stunden war *Big Darkness* vor allem eine in der Geschichte beispiellose Informationskampagne. Über Fernsehen und Rundfunk, Zeitungen und Magazine, schwarze Bretter und per Lautsprecherwagen sowie über das Internet wurde die eine Nachricht verbreitet: Schalten Sie sämtliche elektronischen Geräte in Ihrem Haushalt um Punkt acht Uhr abends für eine Stunde ab (natürlich war der konkrete Zeitpunkt auf die jeweilige Zeitzone abgestimmt).

Big Darkness stieß erwartungsgemäß sofort auf Proteste und im Laufe der drei Vorbereitungstage entwickelte sich daraus ein wahrer Sturmlauf gegen die Behörden. Weltweit wurden Sorgentelefone und Internet-Hotlines eingerichtet, um verängstigten und aufgebrachten Bürgern Rede und Antwort zu stehen. Warum durfte ein Toaster mit elektronischer Bräunungssteuerung nicht benutzt werden? Weil er sich unversehens in eine Brandbombe verwandeln konnte. Weshalb war ein elektronisches Fieberthermometer für Kleinkinder plötzlich nicht mehr zu gebrauchen? Weil das zarte Ohr des Zöglings auf heftige Stromschläge empfindlich reagieren mochte. Weshalb durfte ein Kraftfahrzeug mit Automatik oder mit elektronischer Geschwindigkeitskontrolle nicht mehr benutzt werden? Das glänzende Prachtstück konnte schnell zu einem Killer werden – eine zu enge Kurve, eine zu hohe Brücke und schon würde ein plötzlich verrückt spielender Antrieb für letale Folgen sorgen. Wer konnte schon überblicken, ob nicht bereits bei der Produktion elektronischer Schaltungen Fehler eingeflossen waren, die sie zu tickenden Zeitbomben machten?

Natürlich wusste DiCampo, dass eine als Toaster getarnte Brandbombe auch durch die globale Totalausschaltung nicht zu entschärfen war. Aber lieber ein Gerät zu viel deaktivieren als eines zu wenig, lautete seine Devise.

Trotz alledem gab es noch genügend Ausnahmefälle. Die Lebenserhaltungssysteme auf Intensivstationen durften zum Beispiel nicht abgeschaltet werden. Und zurzeit befand sich ein Spaceshuttle in der Erdumlaufbahn; man konnte den Astronauten nicht zumuten ihre Gerätschaften für eine Stunde schlafen zu legen. Dann waren da einige hoch sensible Sicherheitssysteme, nicht zuletzt militärische, deren Betreiber sich jeder Einflussnahme standhaft widersetzten.

»Eine vollständige, wenn auch nur zeitweise Aufgabe aller elektronischen Einrichtungen ist heutzutage ohne gewaltsamen Eingriff – beispielsweise durch den Einsatz einer E-Bombe – nicht vorstellbar«, hatte Salomon prophezeit. Die Berichte aus aller Welt gaben ihm Recht.

Am Abend nach dem New Yorker Crash hatte Salomon seine erste Fassung des Cyberwurm-Scanners fertig gestellt. Ohne seine weise Voraussicht, die ihn mit der Arbeit daran schon einige Tage zuvor hatte beginnen lassen, wäre es nie so schnell gegangen. Die Software würde die meisten PCs der Welt vor dem schützen können, was ihm als *Kagee*-Mutanten bekannt war. Salomon hatte sich bewusst vorsichtig ausgedrückt. Bisher war der Drache Stella immer wieder entwischt. Auf die Verhältnisse des *Real Life* übertragen bedeutete dies, niemand vermochte zu sagen, wie er eindeutig identifiziert werden konnte. Auch über die Frage, wozu dieses mutierte Spiel wirklich fähig war, konnte nur spekuliert werden.

Mittlerweile waren dreißig Softwarespezialisten mit der Portierung des Cyberwurm-Scanners auf andere Plattformen beschäftigt – sie passten das Programm also für die unterschiedlichsten Computertypen und deren Betriebssysteme an. Bald war abzusehen, dass innerhalb von nur drei Tagen nicht alle Rechnerplattformen geschützt werden konnten.

Man tat, was möglich war. Bereits in der Nacht von Mittwoch auf Donnerstag konnten sich besorgte Computerbenutzer die ersten Versionen der Immunisierungssoftware aus dem Internet saugen. Bis Freitagmorgen nutzte man sämtliche denkbaren Verteilungswege. CD-ROMs wurden Tageszeitungen beigelegt, als Wurfsendungen in Briefkästen deponiert oder an diversen Ausgabestellen kostenlos verteilt. Aufgeschreckte PC-Benutzer konnten samt Rechner eigens dafür eingerichtete Beratungsstellen aufsuchen und sich »desinfizieren« lassen.

Auch andere Vorbereitungen waren nötig. Die meisten Stromnetze würden über eine Stunde lang keine Elektrizität mehr liefern – man musste also für bestimmte wichtige Aufgaben Notstromaggregate bereithalten. Kernkraftwerke würden sogar viel länger ausfallen, weil man sie nicht einfach wie eine Glühbirne aus- und wieder einschalten konnte. Die gesamte Kommunikation würde zusammenbrechen – Polizei und Militär sollten, an strategischen Punkten eingesetzt, Städte und Gemeinden vor Plünderern sichern. Das Krankenhauspersonal in den Notaufnahmen bereitete sich auf einige heiße Stunden vor. In vielen Städten würde die Frischwasserversorgung ausfallen, weil die Pumpen elektronisch gesteuert waren. Da niemand wusste, ob alle Aggregate nach einer Stunde wieder problemlos ansprangen, empfahlen die Behörden das Anlegen von Wasservorräten.

Und das waren nur einige der dringend notwendigen Maßnahmen. Der, wie viele hofften, entscheidende Schlag gegen den Cyberwurm war ein Unternehmen, das in der Menschheitsgeschichte seinesgleichen suchte. Wie so oft in Krisenzeiten wurde an diesen Tagen die Solidarität groß geschrieben, aber leider auch Egoismus und Selbstsucht. Es gab eben immer einige, die aus der Not anderer noch ihren Vorteil zu ziehen suchten.

Für Stella waren die Tage bis zum *Global Shutdown* schwer zu ertragen. Mal besuchte sie ihren Vater, mal Benny, sie schaute bei Gwen und bei Kimiko vorbei, doch alle waren so eingespannt, dass es nie zu einem längeren Gespräch kam. Ohne konkrete Beschäftigung begannen ihre Gedanken wieder zum Beginn dieser ganz und gar unglaublichen Geschichte zurückzukehren. Nur weil sie ihren Spieltrieb nicht hatte zügeln können, wurden nun weltweit alle Computer abgeschaltet und damit womöglich neue Katastrophen ausgelöst. Das *Kagee*-Spiel mochte noch so harmlos sein, trotzdem fühlte sich Stella für diesen ganzen Schlamassel verantwortlich. Hinzu gesellte sich noch das Gefühl, unter der Intruder-

Haube nicht alles Mögliche getan zu haben. Immer wieder musste sie an ihre letzte Reise durch den Cyberspace denken. Sie hätte den Lindwurm beinahe erwischt!

So harrte sie der Dinge. Rang mit ihren Gewissensbissen. War rundum unzufrieden. Selbst die Ermittlungen in Sachen DiCampo kamen zum Erliegen. Dann endlich war es so weit.

Freitag, 19. Juni, zwanzig Uhr. Bis auf eine Notbesatzung befand sich das gesamte Cyberworm-Team außerhalb von Bau 203. Die NSA-Leute, die das Labornetz und alle anderen elektronischen Geräte abschalten mussten, waren wie Taucher mit Sauerstoffflaschen ausgestattet worden, denn auch das Lüftungssystem des Bunkers würde nicht mehr arbeiten. Alle Computer wurden heruntergefahren. Schlagartig erloschen die Lichter. Nicht nur hier, weltweit breitete sich Big Darkness, die große Dunkelheit, aus. Das elektronische Herz der Erde hatte aufgehört zu schlagen.

Nach leichten Anlaufschwierigkeiten funktionierten die elektronischen Pförtner von Bau 203 wieder. Das Team fuhr in den Bunker hinab. Noch im Fahrstuhl sagte Agaf scheinbar ruhig zu DiCampo: »Nun, da Sie Ihre Operation durchgesetzt und auch verwirklicht haben, möchte ich Sie an etwas erinnern, Doktor. Ab jetzt beginnt meine Uhr zu laufen. Sie wissen, was ich meine. Am Montagabend möchte ich von Ihnen einen vollständigen medizinischen Bericht über die Intruder-Versuchsreihen haben. Sie dürfen diese Mahnung getrost als Ultimatum verstehen.«

DiCampos eben noch euphorisches Lächeln verschwand aus seinem Gesicht. »Aber Mr Nbugu, können Sie nicht vergessen, was hinter uns liegt, und sich über das freuen, was wir erreicht haben?«

»Montagabend, Doktor«, wiederholte Agaf ungerührt, um dann hinzuzufügen: »Und ob wir uns über irgendetwas freuen dürfen, das wird sich erst noch zeigen.«

Stella gefiel die Art und Weise, wie der Cyberworm-Leiter mit dem Italiener umsprang. Wieder unten im Bunker, verfolgte sie fasziniert das emsige Treiben der Kommunikations- und Computerspezialisten des Teams. Plätze wurden besetzt wie Gefechtsstationen in einem Atom-U-Boot. Viele hatten fest zugeteilte Aufgaben. Sie überprüften die ordnungsgemäße Arbeitsweise der unterschiedlichsten Systeme. Die überwiegende Zahl derjenigen, die an diesem Abend zum Dienst eingeteilt waren, sammelte jedoch Informationen.

Das Internet funktionierte noch nicht. Das lag an diversen Telefonnetzen, die den Betrieb noch nicht wieder aufgenommen hatten. Einige Computer in den Kommunikationsgesellschaften ließen sich nicht booten. Auch andere Rechner »bockten«. Erstaunlich, wie viele Systeme schon monate-, manchmal jahrelang liefen, ohne dass sich je jemand ernsthaft Gedanken über einen Funktionsausfall gemacht hatte.

Dann kamen allmählich die ersten Nachrichten herein. Zunächst nur tröpfchenweise. Hier tickerte ein Fernschreiber, dort klingelte ein Telefon. Je mehr Meldungen im Bunker eintrafen, desto klarer wurde das Bild von den Folgen der nur einstündigen Zwangspause.

Da viele die Anordnungen der Behörden einfach ignoriert hatten, war es mancherorts zu chaotischen Verkehrsverhältnissen gekommen. Eine nicht zu ermittelnde Zahl von Unfällen hatte Tote und Verletzte gefordert. Durch Fehlfunktionen blieben Aufzüge stecken, ereigneten sich Zwischenfälle in Chemiewerken, liefen zwei Frachtschiffe auf Grund, verweigerten Geldautomaten die Auszahlung der den Kunden abgebuchten Beträge, wurden Telefongespräche falsch vermittelt…

Wohl nicht alle Schwierigkeiten standen in unmittelbarem Zusammenhang mit der Totalabschaltung. Manche wären früher oder später sowieso aufgetreten. Aber jetzt erst erfuhren viele Menschen am eigenen Leibe, wie abhängig sie tatsächlich von der Elektronik geworden waren. Ja, so mancher fragte sich, wer denn nun wirklich wen beherrschte, der Mensch die Technik oder sie ihn?

Um Mitternacht wagte Alban C. DiCampo ein erstes Resümee. Im großen Konferenzsaal des Bunkers verkündete er vor versammelter Mannschaft: »Die Operation *Big Darkness* wurde von der überwältigenden Mehrheit der internationalen Staatengemeinschaft unterstützt. Obwohl es Opfer zu beklagen gibt, können wir zuversichtlich sein, dadurch eine Katastrophe von wesentlich größerem, ja ich möchte sagen, von apokalyptischem Ausmaß vermieden zu haben.«

Der Italiener verwöhnte die Zuhörer mit einer Kostprobe seines Temperaments. Zwar seien drei Stunden noch eine viel zu kurze Zeit, um von einem Erfolg des Unternehmens sprechen zu können, schwärmte er blumig, dennoch sei er so optimistisch wie lange nicht mehr.

Beinahe schon heiter berichtete er über einige noch bestehende Probleme.

Hier und da irrten Schiffe über die Weltmeere, weil die GPS-Satellitennavigation völlig unsinnige Daten lieferte. Auch waren noch immer einige Einsatzleitungen der Polizei lahm gelegt, was manchen Verbrechern Gelegenheit gab, Kassenräumen von Banken unangemeldete Besuche abzustatten. Einige Spekulanten, die bisher ihr Geld mit kurzfristigen Termingeschäften gemacht hatten, hätten Millionenverluste erlitten. In der Fertigungsstraße einer großen Automobilfabrik produzierte die Nachtschicht unter völliger Missachtung sämtlicher Kundenwünsche nur noch pinkfarbene Fahrzeuge.

Ab und an hatten sich auch die Datenbestände großer Firmen einfach verflüchtigt, was die Unternehmen vor die Herausforderung eines kompletten Neuanfangs stellte. Aber sonst lief alles reibungslos.

Eine eigens zu diesem Zweck eingerichtete Telefon-Hotline der Vereinten Nationen (nicht ganz zufällig befand auch diese sich auf dem NSA-Gelände in Fort Meade) protokollierte alle Computeranomalien, die irgendwo auf der Welt gemeldet wurden. Ein erster Zwischenbericht der Abteilung ließ Hoffnung aufkommen: Kein einziger der bisher gemeldeten Störfälle wies die Handschrift des Cyberwurms auf.

»Lassen Sie die Champagnerkorken noch eine Weile in den Flaschen«, sagte Mark gequält. Die letzten drei Tage hatten ihn ausgelaugt und er konnte die gute Laune des Italieners, der die Leiden der Opfer und ihrer Angehörigen schon vergessen zu haben schien, kaum noch ertragen. »Ich bin genauso wie Sie überzeugt, dass der Cyberwurm seine dritte Entwicklungsphase abgeschlossen hat. Aber vielleicht schläft er nur. Möglicherweise haben wir nicht genug von seinen ›Nervensträngen‹ zerstört und er erwacht wieder.«

DiCampo winkte lachend ab. »Sie sind ein unverbesserlicher Pessimist, Professore. Aber ich bin Ihnen nicht böse. Sie haben in den letzten zweiundsiebzig Stunden viel für uns alle getan. Gönnen Sie sich erst einmal eine Mütze voll Schlaf. Morgen früh sieht die Welt dann auch für Sie ganz anders aus.«

Stella schlief am Samstagmorgen bis gegen neun Uhr. Niemand drängte sie. Keiner erwartete, dass sie unter die VR-Haube des Intruders schlüpfte. Sie fühlte sich ausgeruht und entspannt wie lange nicht mehr.

Salomon aß zum Frühstück Müsli und trank grünen Tee.

Ein gutes Zeichen! Stella ermunterte ihn, sich für das Mittagessen einen grünen Salat mit Essig und Öl zu bestellen.

»Du willst dich wohl über mich lustig machen«, meinte Salomon lächelnd.

»Nur ein bisschen. Du hast in den letzten Tagen viel zu wenig gelacht.«

Salomons Gesicht wurde wieder ernst. »Gab auch wenig Anlass dazu. Ich wünschte, wir hätten die ganze Sache endlich hinter uns.«

»Du glaubst immer noch nicht an unseren Sieg, stimmt's?«

»Ich habe da so meine Zweifel.«

»Also, DiCampo sagt, wir hätten die I-Bombe entschärft. Jetzt müssten wir nur noch die Terroristen kriegen. Gibt's denn schon irgendwas Neues vom Dunklen Lauscher?«

Salomon schüttelte den Kopf und antwortete leise: »Kimiko und Benny haben alles versucht, um seine Identität zu lüften, aber bisher ohne Erfolg. In den üblichen Internet-Suchmaschinen ist er unbekannt. Auch im Usenet hat er sich nicht verewigt. Wüssten wir es durch die Reiseprotokolle und die virtuelle Ansichtskarte nicht besser, könnte man wirklich glauben, er sei nur ein Schatten aus deinen Träumen.«

In diesem Moment kamen Agaf und Kimiko in die Kantine. Salomon lud sie ein, sich mit an den Tisch zu setzen. Um sie in das Gespräch mit einzubeziehen, fasste er die Unterhaltung mit Stella kurz zusammen.

»Das Aufspüren der Terroristen ist jetzt auch unser vorrangiges Ziel«, sagte Agaf nickend und berichtete von seinem bisherigen Tag.

Er war, wie jeden Morgen, um fünf aufgestanden und hatte den zusammenfassenden Bericht über Stellas letzte Reise studiert. Die Analytiker des Teams stimmten darin überein, dass der Cyberwurm mit hoher Wahrscheinlichkeit sein Nest im

Campusnetzwerk des Massachusetts Institute of Technologies habe. Er selbst, Agaf, halte das ebenfalls für möglich. Deshalb hatte er um halb acht Kimiko zu einer Besprechung mit Alban C. DiCampo eingeladen. Eben die hätten sie gerade hinter sich gebracht.

»Und was meint der Italiener?«, erkundigte sich Salomon.

»Er hat vorgeschlagen, das MIT-Netz von der Außenwelt abzutrennen und dann gezielt die Rechner auf dem Campus nach dem Nest des Wurms – er nannte es das ›Stammhirn‹ – zu durchforsten.«

»*Stammhirn?*«, wiederholte Salomon kopfschüttelnd. »Dann scheint er ja das Großhirn inzwischen abgeschrieben zu haben.«

»Du etwa nicht?«

»Darüber hatte ich gerade mit Stella gesprochen. DiCampos ganze Selbstsicherheit beruht auf der einen Annahme, der Cyberwurm sei am Ende der Penetrierungsphase ähnlich wie das menschliche Gehirn organisiert: Wenn man also die Nervenverbindungen kappt, fällt auch die ganze Denkmaschine aus. Diese Analogie halte ich zwar für zulässig, aber wenn man sie aufstellt, dann muss man sie auch konsequent zu Ende denken.«

»Haben wir das etwa nicht?«, fragte Agaf verwundert. »Du hattest Dienstagnacht doch ebenfalls deine Zustimmung zur Operation *Big Darkness* gegeben.«

»Und seitdem habe ich viel nachgedacht. Im Internet bin ich außerdem heute früh auf eine bemerkenswerte Dokumentation von Professor Damasio gestoßen. Ich kenne Antonio persönlich, er leitet die Neurologische Abteilung des Iowa University College of Medicine. Er beschreibt in seinem Aufsatz ein Phänomen, das mir vor vier Tagen nicht mehr so geläufig war – immerhin liegen meine Forschungen im Bereich der neuronalen Netze schon einige Jährchen zurück.«

»Und was hat dich an Damasios Ausführungen speziell interessiert?«, fragte Kimiko.

»Die erstaunliche Tatsache, dass sich das Gehirn nach einer Schädigung wieder zu regenerieren vermag. Entsprechende Hirnverletzungen nennt man Läsionen. Sie können dazu führen, dass der Patient einen Teil seiner Erinnerungen verliert, den Arm nicht mehr richtig bewegen kann, blind wird oder die Fähigkeit einbüßt, sein Leben zu planen. Es gibt Hunderte von Symptomen. In zahlreichen Fällen hat man dann beobachtet, dass die Betroffenen ihre Behinderung nach einer gewissen Zeit wieder verloren. Sogar Erinnerungen, die durch die Läsion ein für alle Mal zerstört schienen, kehrten zurück. In mancher Hinsicht ist das Gehirn wie ein Hologramm: Die Einzelinformationen sind breit gestreut, nicht nur in einer Ebene, sondern gewissermaßen gestaffelt im Raum. Ein ›Kratzer‹ kann vielleicht die Oberfläche des Gesamtbildes beeinträchtigen, aber irgendwann rekonstruiert das Gehirn aus der Tiefe heraus seine Erinnerungen wieder.«

Agaf hatte erkannt, worauf Stellas Vater hinauswollte. »Du hältst also eine Rückkehr des Cyberwurms nicht nur für möglich, sondern sogar für wahrscheinlich.«

Salomon nickte.

»Du sprachst eben von ›einer gewissen Zeit‹. Weißt du es vielleicht etwas genauer?«

Stellas Vater hob die Schultern und zeigte seine geöffneten Handflächen. »Ich bin kein Prophet. Aber so viel weiß ich: Auf den Nervenbahnen in unserem Gehirn bewegen sich die Impulse mit zweihundertfünfzig Stundenkilometern. Im Internet erreichen sie dagegen – zumindest theoretisch – Lichtgeschwindigkeit.«

In diesem Moment kam Benny in die Kantine gelaufen. Er entdeckte den Tisch seiner Freunde und eilte zu ihnen.

»Draußen tut sich was«, sagte er aufgeregt.

»Inwiefern?«, fragte Agaf.

»Ich habe Townsend gesehen, auch Friedman, John McMulin und einige andere Leute aus DiCampos Team. Sie laufen durcheinander wie aufgescheuchte Hühner.«

Agaf sah Benny betroffen an. Jeder am Tisch ahnte, was hinter dieser plötzlichen Geschäftigkeit steckte. Noch bevor jemand etwas sagen konnte, schrillte die Sirene.

Von der Kantine im dritten Untergeschoss des Bunkers bis zum großen Konferenzsaal im ersten war es nicht weit. Aus sicherheitstechnischen Gründen lagen beide Räume nahe dem Treppenhaus. Da nach Ertönen des Alarms die Mitarbeiter aus den tiefer gelegenen Ebenen den Fahrstuhl mit Beschlag belegt hatten, entschied sich die Tischgemeinschaft aus dem Speisesaal für den körperlich anstrengenderen Weg. Diesem Umstand verdankten sie dann auch ihr frühes Eintreffen im Besprechungsraum.

DiCampo saß schon am Ende des langen Tisches. Sein Gesicht war aschfahl. Er hatte den Kopf auf die Hand gestützt, wirkte müde und abwesend. Als Agaf neben ihn trat und nach dem Grund des Alarms fragte, reichte der Italiener ihm nur einige Papiere. Er sah den Leiter des Einsatzteams dabei nicht einmal an.

»Es gibt einen neuen Vorfall«, eröffnete Agaf die Sitzung, nachdem das Cyberworm-Team so gut wie vollzählig angetreten war. Dann hob er DiCampos Blätter hoch, legte die Stirn in Falten und fasste die Berichte zusammen.

Kurz vor Tokio war ein Shinkansen-Express auf ein Abstellgleis gerast. Das Unglück ereignete sich während des abendlichen Berufsverkehrs. Der Hochgeschwindigkeitszug war, wie zu dieser Zeit üblich, zum Bersten voll gewesen. Die Zahl der

Opfer übersteige bei weitem jene der letzten Katastrophe in New York. Nach dem vorläufigen Schadensbericht der Experten sei das Desaster auf die Fehlschaltung zweier computergesteuerter Weichen zurückzuführen.

Agaf blickte kurz von dem Blatt auf, bevor er es nach hinten nahm und auf die zweite Meldung einging.

Dieselbe Ursache – ein Computerfehler – werde auch für das Unglück am Drei-Schluchten-Staudamm in China verantwortlich gemacht. Von der automatischen Steuerung seien ohne erkennbaren Grund sämtliche Ablassventile vollständig geöffnet worden. Die Folge davon sei ein drastischer Anstieg des Jangtsekiang, der zur Stunde noch anhielte. Derzeit bemühe man sich die Abläufe manuell zu schließen. Dabei hätten sich jedoch weitere Schwierigkeiten eingestellt, die möglicherweise darauf zurückzuführen seien, dass die Schotte unter dem immensen Wasserdruck zu schnell geöffnet worden waren. Experten gingen von Schäden in Milliardenhöhe aus, falls das Problem nicht rechtzeitig behoben werde. Der Drei-Schluchten-Damm staue das Wasser des größten Stromes Asiens auf einer Länge von nicht weniger als sechshundert Kilometern in einem Tal auf, das durchschnittlich nur einen Kilometer breit sei. Niemand könne sich wohl wirklich vorstellen, welche Gewalt eine entfesselte Flussbestie derartigen Ausmaßes entfalten würde.

»Ich habe hier noch einige andere Berichte, die weniger spektakulär sind«, schloss der Afrikaner seine Zusammenfassung mit bitterer Miene.

Er ließ die Zettel über den langen Tisch gleiten, damit sich jeder seine eigene Dosis Nervenkitzel holen konnte.

Stella schob einige der Blätter, die vor ihr liegen geblieben waren, angewidert von sich weg. Ihr war übel geworden. Was hatte sie da nur ausgelöst!

Während Agafs Augen auf DiCampo lagen, fasste er seine Eindrücke zusammen. »Damit dürften sich die Hoffnungen einiger von uns ja wohl endgültig zerschlagen haben. Offenbar hat Mark mit seinen Bedenken Recht gehabt. Der Cyberwurm hat nur geschlafen. Er hat in Tausenden von Computern geschlummert – womöglich aufgesplittert in kleinste Fragmente, die kein Virenscanner entdeckte und kein Schutzprogramm als gefährlich ansah. Doch jetzt, nach dem Einschalten der Maschinen, ist das Monstrum wieder erwacht, aggressiver und todbringender denn je.«

Zum ersten Mal meldete sich nun wieder DiCampo zu Wort. Er hob träge den Kopf und schnarrte: »Was soll das, Mr Nbugu? Sie tun ja gerade so, als hätten wir es hier nicht mit Terroristen, sondern mit einem eigenständig handelnden Wesen zu tun.«

»Vielleicht hätten wir auch von Anfang an den Cyberwurm genau als das ansehen sollen«, sprang Salomon für seinen afrikanischen Freund in die Bresche. »Kennen Sie das ›Modell der zellulären Automaten‹, Dr. DiCampo?«

»Verschonen Sie mich bitte mit Ihren theoretischen Exkursen. Danach steht mir im Moment wirklich nicht der Sinn.«

Salomon ignorierte die Bemerkung des Italieners. »John von Neumann hat sich da in den frühen fünfziger Jahren ein paar interessante Gedanken gemacht, die uns bei der Suche nach dem Cyberwurm von Nutzen sein könnten. Von Neumann war Mathematiker und Computerkonstrukteur. Er legte in seinem Modell die Grundbedingungen für die selbstständige Vermehrung von Maschinen fest. Dabei zog er interessante Parallelen zu lebenden Organismen wie Pflanzen, Tieren und eben auch Menschen. Seiner Ansicht nach muss ein künstliches Lebewesen – ebenso wie ein biologisches – seinen eigenen Konstruktionsplan ›ruhend‹ in sich tragen.

Genau wie unser genetisches Programm wird auch der Computercode so lange nicht ausgeführt, bis er in ein anderes System übertragen wurde. Dort erst wird er als Bauanleitungscode interpretiert und bringt ein neues künstliches Wesen hervor. Auf diese Weise könnte die Reproduktion bis ins Unendliche fortgesetzt werden, vorausgesetzt, ein geeignetes Milieu ist vorhanden. Die Flora und Fauna findet dieses in unserer Atmosphäre, das virtuelle Leben in der überall anzutreffenden Computerhardware und den internationalen Netzen.«

Salomon ließ den Kopf seines Kugelschreibers geräuschvoll auf den Konferenztisch niederfahren.

»Und genau da liegt der Knackpunkt. Das Abschalten des Internets konnte den Cyberwurm gar nicht töten, weil sein ›genetischer Code‹ längst in Tausenden von Rechnern rund um den Globus gespeichert war. Selbst wenn es uns gelingt, das eindeutige Muster dieses Codes, den Fingerabdruck, zu isolieren, wird mein Cyberwurm-Scanner doch nie ganze Arbeit leisten können. Es ist zwar möglich, den Code des Wurmes zu identifizieren und zu zerstören, solange aber der *Infektionsherd* nicht gefunden ist, kann das Vermehrungsprogramm immer wieder neu ausgestreut und aktiviert werden.«

»Darüber habe ich vor nicht einmal zwei Stunden mit Mr Nbugu und Mrs Shirakaba gesprochen. Sie nennen es den Infektionsherd, ich bezeichne es als das Stammhirn. In jedem Fall läuft es auf dasselbe hinaus. Nur wenn wir das Nest des Cyberwurms ausfindig machen, können wir seine weitere Vermehrung stoppen.«

»Wie ich hörte, haben Sie schon einiges in die Wege geleitet, um die Jagd im Campusnetz des MIT fortzusetzen.«

»Das ist richtig.«

»Dann sollten Sie sich beeilen, Doktor. Die Anzahl und die Härte der neuesten Angriffe aus dem Cyberspace lassen mich befürchten, dass wir nicht mehr viel Zeit haben.«

»Sie meinen …?«

Salomon nickte. »Die Phase vier steht unmittelbar bevor: Sämtliche in Computern gespeicherten Informationen unseres Planeten sind gefährdet.«

»Das heißt, die nächsten beiden Schritte müssen so schnell wie möglich unternommen werden.«

Salomon sah den Projektleiter verdutzt an. *»Zwei Schritte?«*

DiCampo nickte. »Erstens sollte unser Team nach Boston fliegen und sich in das isolierte Campusnetz des MIT einklinken, und zweitens muss ich Ihnen irgendwie die Zustimmung abringen, Ihre Tochter noch einmal mit dem Intruder auf die Reise zu schicken.«

Phase IV
Die Zerstörung

Szenenwechsel

Salomon hatte DiCampos Bitte kategorisch abgelehnt. Ja, mehr noch, er hatte den Projektleiter einen gemeingefährlichen Psychopathen genannt und war mit finsterer Miene aus dem Konferenzsaal gestürmt.

Stella hatte sich daraufhin noch mieser gefühlt. Viele Augen lagen auf ihr, als hätte sie gerade diese Szene veranstaltet. Kimiko nahm ihre Hand und Benny nickte ihr aufmunternd zu, was ihr wieder etwas Mut einflößte. Aber noch etwas anderes setzte ihr zu und dies kleidete sie jetzt in Worte.

»Agaf, was würde geschehen, wenn ich keine Reise mehr mit dem Intruder unternähme?«

Der Afrikaner lächelte ihr verständnisvoll zu. »Das wäre dein gutes Recht, Stella. Mit Sicherheit wäre es sogar das Beste für dich …«

»Wir müssten den Cyberwurm mit konventionellen Mitteln jagen«, verdrängte DiCampo unwirsch Agafs sanfte Stimme. »Das hieße mit Sicherheit, wir schnappen ihn nicht mehr, bevor …«

»*Sie* habe ich nicht gefragt«, fauchte Stella den Projektleiter an. Ihre Hand drückte die Kimikos noch fester. »Ich wollte die Meinung des Einsatzleiters hören und der sind Sie ja wohl nicht.«

DiCampos Augen verschossen Giftpfeile, aber er schwieg,

wohl wissend, dass dieses forsche Mädchen seine einzige Hoffnung war.

Agaf konnte sich nur mit Mühe ein Schmunzeln verkneifen. »Niemand kann mit Gewissheit sagen, ob wir den Wurm während der letzten Phase noch aufhalten können. Aber das Dilemma, das der Projektleiter da angeschnitten hat, ist nicht ganz von der Hand zu weisen.«

Für alle hörbar strömte die Luft durch Stellas Nase aus. Ihre Augen waren auf die Tischplatte gerichtet. Sie nickte. Im Grunde hatte DiCampo nur bestätigt, was sie ohnehin schon wusste. Endlich, etliche Sekunden waren verstrichen, hob sie wieder den Kopf und blickte in die Runde der ihr erwartungsvoll zugewandten Gesichter. »Ich werde mit meinem Vater sprechen. Irgendwie fühle ich mich für all das hier verantwortlich. Bestimmt werde ich nicht kneifen, wenn wir die Sache mit meiner Hilfe zu Ende bringen können.«

»Heißt das, du willst dich noch einmal in den Cyberspace wagen?«, fragte Kimiko. Sie konnte sich noch recht gut an das Gespräch mit Dr. Gerrit erinnern.

Stellas Gesicht war ernst. Sie sah die Japanerin an, lächelte unsicher und wandte sich dann Agaf zu. »Ich mach's. Ich gehe noch einmal nach Illúsion.«

Es erforderte einiges an Überredungskunst, um Salomon die Zustimmung für den Einsatz abzuringen. Zuerst hatte er den Plan seiner Tochter in Bausch und Bogen abgeschmettert. Aber Stella war fest entschlossen. Sie ließ nicht locker und ganz langsam gab ihr Vater seinen Widerstand auf. Zwar hatten die Halluzinationen nach der zweiten Reise auch sie verunsichert, aber …

»Ich habe mir schon immer gewünscht, die Tochter von Robin Hood zu sein.«

»Sternchen! Es ist wirklich nicht die Zeit, Späße zu machen. Nicht über dieses Thema. Valentin Braitenberg hat mir zwar noch nicht geantwortet, aber die Andeutungen des Dunklen Lauschers und das, was Kimiko aus diesem Gerrit herausgeholt hat, reichen mir schon, um dieses Unternehmen abzulehnen.«

»Und ich?«, erwiderte Stella erregt. Ihre Stimme zitterte. In den Augen glänzten Tränen. »Habe ich denn kein Recht, über mich zu entscheiden? Ich weiß genauso gut wie du, dass dieses Intruder-Dingsbums mir schadet, aber viele Medikamente haben auch ihre Nebenwirkungen. Trotzdem nimmt man sie in Kauf, in der Hoffnung, letztlich wieder gesund zu werden. Wir haben doch nur noch die eine Chance, dass ich nach Illúsion zurückkehre und den Cyberwurm erwische, bevor er Amok läuft!«

Salomon wich dem Blick seiner Tochter aus. Er wusste, sie hatte Recht. Aber das Risiko erschien ihm trotzdem zu hoch.

»Ich *muss* es einfach tun«, sagte Stella. Sie trat zu ihrem Vater an den Schreibtisch und legte ihm den Arm um die Schulter. »Bitte, Paps! Selbst wenn es das Letzte wäre, was ich anfange, darfst du es mir nicht verbieten. Ich könnte nie mehr in den Spiegel sehen, wenn ich jetzt einen Rückzieher mache.«

Salomon seufzte. »Also gut.« Er zwang sich zu einem Lächeln. Stella drückte ihrem Vater einen dicken Schmatz auf die Wange. »Hat DiCampo gesagt, wann wir nach Boston fliegen?«

»Morgen schon. Im Laufe des Vormittags. Wir nehmen wieder eine Militärmaschine. Sobald die gesamte Ausrüstung verladen ist, geht's los.«

Als der Zaun des NSA-Areals hinter dem Bus immer kleiner wurde, fühlte sich Stella seltsam erleichtert. Erst jetzt wurde ihr so richtig bewusst, dass dieses umzäunte und streng bewachte Gebiet sehr viel Ähnlichkeit mit einem Gefangenenlager besaß. Doch das alles gehörte nun der Vergangenheit an. Entweder sie würden das Nest des Cyberwurms endlich aufspüren oder ... Daran mochte sie lieber nicht denken.

Die Maschine wartete schon auf dem Rollfeld des Goddard Space Flight Center. Es war eine McDonnell Douglas C-17, ein riesiger Düsentransporter. Stella hätte nie gedacht, dass man für das Intruder-Equipment ein so großes Flugzeug benötigte.

Die schwere Maschine erhob sich mit lautem Getöse von dem Fliegerhorst östlich von Fort Meade. Aus großer Höhe konnte Stella noch einen letzten Blick auf das Gelände der NSA werfen. Sie würde hoffentlich nie mehr dorthin zurückkehren müssen. Ein tröstlicher Gedanke.

Knapp zwei Stunden später landete die C-17 auf dem Logan International Airport und rollte in einen abgesperrten Bereich abseits der Passagierterminals.

Stella, ihr Vater, Agaf und Kimiko gelangten durch den Sumner Tunnel ins Zentrum von Boston. Wegen einer Großveranstaltung – es war Sonntag – konnten sie nicht den John F. Fitzgerald Expressway hinüber nach Charlestown nehmen, sondern mussten sich durch den dichten Verkehr von Beacon Hill kämpfen. Als sie dann endlich auf dem James J. Storrow Memorial Drive waren, kamen sie wieder schneller voran. Entlang dem Charles River fuhren sie nach Westen bis zur Harvard Bridge und von dort hinüber nach Cambridge.

Obgleich dieser nach seinem englischen Vorbild benannte Ort ein selbstständiges Gemeinwesen war, sahen viele in ihm nur einen Bezirk von Boston, der Hauptstadt von Massachusetts. Viel bekannter war Cambridge jedoch durch seine beiden prominenten Hochschulen: der Harvard University und dem Massachusetts Institute of Technologies, kurz MIT.

Stella hatte zum Unwillen des Fahrers das Seitenfenster heruntergekurbelt und atmete genüsslich die Bostoner Luft, als befände sie sich in einem Kurort. Mit großen Augen hielt sie nach Sehenswürdigkeiten Ausschau und frischte dabei die Erinnerungen von zwei früheren Besuchen auf. Sie teilte die Liebe ihres Vaters zu dieser Stadt.

Hinter der Brücke fuhr die unauffällige Limousine wieder am Charles River entlang nach Osten und bog kurze Zeit später in die Massachusetts Avenue ein. Vorbei am Hauptgebäude des MIT ging es bis zur Vassar Street. Hier hielt das Fahrzeug vor einem unscheinbaren lang gestreckten Bau. Der Fahrer, ein dunkelhaariger Mann mittleren Alters mit nichts sagendem Durchschnittsgesicht, geleitete seine Gäste in das Gebäude, das von innen viel größer wirkte als von außen. Bald sollte Stella auch erfahren, warum. Der »Komplex 20« bestand aus insgesamt sechs Einzelgebäuden. Zwei davon berührten sich an ihren Stirnseiten, die übrigen standen quer dazu. Aus der Luft gesehen wirkte das Ganze wie ein Kamm mit vier Zinken. Im zweitletzten Bau, dem *Building 20 d*, war das Cyberworm-Team untergebracht.

Beim Betreten des Gebäudes fielen Stella Männer in dunklen Uniformen auf. Es handle sich um Angehörige der Campuspolizei, erklärte der Fahrer. Offiziell sei das ganze Bauwerk wegen Explosionsgefahr abgesperrt. Kleine technische Panne. Reine Vorsichtsmaßnahme. Das bisher ausdruckslose Gesicht des Fahrers verzog sich zu einem viel sagenden Grinsen.

Dem äußeren Schutzwall, er sollte Studenten und Professoren auf Distanz halten, folgte eine zweite Sicherungskette. Diese wurde vom Secret Service gebildet, Männern, deren Uniformen erst als solche erkennbar wurden, wenn sie geballt auftraten – die Beamten trugen ausnahmslos dunkle Geschäftsanzüge. Der Service war hier schon am vergangenen Abend wie ein Heuschreckenschwarm eingefallen. Die Männer hatten zunächst die Gebäude geräumt und anschließend mit einer umfassenden Überprüfung begonnen.

Zur Überraschung Stellas und ihrer Begleiter tauchte unvermittelt Walter Friedman aus einem Seitengang auf. Der Sicherheitschef des Intruder-Projekts begrüßte die Cyberworm-Mitglieder freundlich. DiCampo habe ihn als Verbindungsmann und »Interessenvertreter« der NSA hergeschickt. »Die Jungs der verschiedenen Geheimdienste sind sich untereinander nicht ganz grün«, erklärte er mit einem Augenzwinkern in Stellas Richtung. Die tat so, als habe sie diese Vertraulichkeit gar nicht bemerkt. Friedman hatte während der vergangenen Tage fast ebenso durch Abwesenheit geglänzt wie der Rote John. Was konnte sie vom Sicherheitschef des Intruder-Projekts schon anderes erwarten, als dass er genau das tat, was er eben auch ganz offen zugegeben hatte? Friedman vertrat die Interessen der NSA und diese war für Stella gleichbedeutend mit Alban C. DiCampo.

Der Beamte verabschiedete sich schon bald wieder. Er müsse die Sonntagsruhe auf dem Campus nutzen, es gebe noch jede Menge Vorbereitungen für den nächsten Tag zu treffen. Winkend verschwand er in einem Flur.

Stella blickte ihm nachdenklich hinterher. Was Friedman wohl damit gemeint hatte, es gebe noch eine Menge zu tun? Heckten DiCampo und seine Schergen etwa schon wieder eine neue Intrige gegen sie und Salomon aus?

»Kommst du?«

Die Frage stammte von ihrem Vater. Er war schon einige Schritte vorausgegangen und hielt den Griff der Tür zum Nachbarbau in der Hand. Stella verscheuchte ihren Argwohn und setzte sich wieder in Bewegung. Im Vorübergehen las sie die Tafel neben der Glastür.

Electrical Engineering and Computer Science
Humanities
Arts
Social Sciences

»Computerwissenschaften?«

Salomon nahm die Reisetasche in die Linke und legte Stella den rechten Arm über die Schulter. »Ich kenne den Bau 20 d noch von früher. Wenn wir hinterher noch Zeit haben, zeige ich dir den Campus. Einverstanden?«

Stella nickte lächelnd. Die vielen Sicherheitsbeamten waren ihr ohnehin nicht geheuer.

Der Fahrer wies den Ankömmlingen ihre Quartiere im ersten Stock des Gebäudes zu. Sie mussten mit Provisorien vorlieb nehmen: mit Abstellkammern, Büros und Arbeitsräumen für Studenten, die für ihre Zwecke umfunktioniert worden waren.

»Dagegen war ja der Bunker das reinste Luxushotel«, beschwerte sich Stella, nachdem der Chauffeur sich empfohlen hatte.

Salomon stand ein seliger Ausdruck im Gesicht. »Nicht wahr! Hier habe ich die schönsten Monate meines Lebens verbracht: bar jeden Luxus, puritanisch, wie Amerika nur hier sein kann, einzig der Erforschung der letzten Wahrheiten verpflichtet ...«

»Geht's dir auch wirklich gut, Paps?«

Salomon lachte. »War nur ein Scherz. Ich bin wirklich gerne hier gewesen. Heute ist Sonntag, aber morgen muss ich unbedingt sehen, ob ich noch ein paar Bekannte treffen kann.«

»Wenn Agaf und DiCampo dich lassen.«

»Unsinn. Es reicht ja schon, wenn man uns aus lauter Vorsicht in diesen Bau einsperrt, obwohl doch das Hyatt Regency gleich um die Ecke liegt. Außerdem dient mein Interesse nicht nur der Auffrischung alter Freundschaften. Ich möchte gerne wissen, ob hier irgendjemand ein Projekt namens *Genesis* kennt.«

»DiCampo hat gesagt, seine Leute hätten noch nichts Brauchbares gefunden.«

»Ja, weil er mit der Gieskanne herumgeht«, schnaubte Salomon. »Er meint, irgendwo wird schon ein Pflänzchen aufgehen. Mir ist auch klar, dass man von der Rockband bis zum transzendentalen Meditationszentrum alles Mögliche unter diesem Namen finden kann. Aber wenn Genesis oder das hebräische *Bereshit* ein Hinweis auf das Nest unseres Cyberwurms ist, dann müssen wir *hier* danach suchen.«

»Ich werde mir Mühe geben, daran zu denken, wenn ich erst wieder in Illúsion bin. Wann wird es denn so weit sein?«

»DiCampo meint, nicht vor morgen früh. Das Intruder-Equipment wird hier in einem Truck aufgebaut. Das wird etwa fünfzehn bis zwanzig Stunden dauern. Erst wenn alles voll funktionsfähig ist, bist du wieder an der Reihe.«

»In einem Laster? Warum denn das?«

Salomon zuckte mit den Schultern. »War ein Vorschlag von mir, den Agaf gegen DiCampo durchgedrückt hat. Der Intruder-Chef ist sich meiner Meinung nach zu sicher, *hier* das Wurmnest zu finden. Sollte er sich irren und wir müssen noch einmal umziehen, dann würden wir wieder einen ganzen Tag verlieren. Der Container des Trucks könnte notfalls sogar in ein Transportflugzeug umgeladen und innerhalb kürzester Zeit an jeden Ort der Welt verfrachtet werden.«

»Wenn wir nachher unseren Spaziergang machen«, wechselte Stella abrupt das Thema, »darf dann Benny mitkommen?«

Salomon hob die Augenbrauen. »Weshalb?«

»Ach, Paps! Einfach so eben.«

»Bist du etwa in Benny verknallt?«

Stella spürte, dass sie rot wurde. »Du schon wieder! Ich find ihn einfach nett. Du etwa nicht?«

Salomon lehnte sich mit dem Rücken gegen das Rohrgestell des Bettes und musterte Stella intensiv. Dann huschte ein Lächeln über sein Gesicht. »Ich finde, Benny ist ein prima Bursche. Er gefällt mir. Aber überleg doch einmal: Er ist, soweit ich weiß, schon fünfundzwanzig und du bist erst …«

»Paps! Jetzt hör aber auf«, fiel Stella ihrem Vater ins Wort und schlug ihn spielerisch auf die Brust. »Du bist wirklich gemein. Darf ich denn nicht mal jemanden mögen, ohne dass du gleich sonst was denkst?«

Salomon zog seine Tochter zu sich heran und gab ihr einen Kuss aufs Haar. »Doch, Sternchen, das darfst du. Ich freue mich sogar, dass du im Verlauf dieses gewiss nicht angenehmen Abenteuers gelernt hast anderen zu vertrauen. Früher wäre das für dich undenkbar gewesen.«

»Wie meinst du das?«

»Na, überleg mal: Elektra – wir beide wissen, von wem ich rede –, Agaf, Kimiko, Benny und vielleicht jetzt sogar der Dunkle Lauscher, ihnen hättest du früher niemals vertraut.«

»Du hast jemanden vergessen.«

»Ach?«

»*Dich.*« Stella stach mit dem Finger dorthin, wo sie zuvor ihren Schlag gelandet hatte. »Dem weisen Salomon vertraue ich auch.«

»Etwas Schöneres hättest du mir gar nicht sagen können, Sternchen!« Salomon strich Stella übers Haar. Mit einem Mal drückte sie sich jedoch von ihrem Vater weg und sah ihm ins Gesicht.

»Warum hast du *Elektra* gesagt und nicht …? Du weißt schon. Glaubst du etwa …?«

Salomon schob seine Lippen ganz dicht an ihr Ohr. »Möglich wäre es. DiCampo hat uns ja schon in seinem Bunker belauscht. Wer weiß, welche Wanzen er uns hier ins Nest gesetzt hat.« Lauter und betont unbekümmert fügte er hinzu: »Wie wär's jetzt mit einem kleinen Spaziergang über den Campus?«

»Au fein, Papilein!«, antwortete Stella überschwänglich. »Ich will alle Plätze sehen, an denen du früher gewesen bist.«

Gemeinsam mit Benny erkundeten Stella und ihr Vater den MIT-Campus. Salomon hatte ein Notebook und sein Iridium-Telefon mitgenommen. Mit ihren Spezialausweisen konnten sie jedes Gebäude betreten, das ihr Interesse fand. Auf dem Programm stand zunächst ein touristischer Rundgang. Stella sah den berühmten Kuppelbau des *Rogers Building*, das eigentliche Wahrzeichen des MIT. Es erinnerte sie, wohl nicht ganz zufällig, an den Tempel der Wissenschaft aus Illúsion. Sie besuchten auch das *Kresge Auditorium* und die *Kresge Chapel*, beide entworfen von Eero Saarinen, dem großen amerikanischen Architekten finnischer Abstammung.

Etwas weiter auf ihrem Weg fielen die Gebäude unscheinbarer aus. In den Grünanlagen des Campus lagen große glatte Klötze wie zufällig verteilt, verlorenem Kinderspielzeug ähnlich, manchmal so schlicht wirkend, dass wohl nur ein Anhänger des geradlinigen Bauhausstils daran Gefallen finden konnte. Doch hier befanden sich die ehemaligen Wirkungsstätten Salomons. Vor nicht allzu langer Zeit hatte er hier noch als viel versprechender Student gegolten, den so mancher Professor mit wachsamen Augen beobachtete.

Das viel zu kurze Jahr in Cambridge sollte Salomons weitere berufliche Laufbahn entscheidend prägen. Mit einem angesehenen Stipendium in der Tasche konnte er am so genannten *Harvard/MIT Cross-Registration Program* teilnehmen, das den MIT-Studenten auch die Vorlesungssäle der Harvard University erschloss. Den Kopf voller Ideen kehrte er nach Deutschland zurück, konnte aber schon ein Semester später sein Studium in den USA fortsetzen, diesmal an der University of California in Berkeley. Hier – genauer gesagt, in San Francisco – war dann kurze Zeit später auch Stella geboren worden.

Benny, der in den vergangenen Tagen zu schüchtern gewesen war, um Stella nach den Details ihrer Lebensgeschichte zu fragen, nickte still vor sich hin.

»Was ist?«, fragte Stella.

»Du hast es bestimmt nicht leicht gehabt. Diese verschiedenen Lebenssituationen meine ich: erst in den Staaten aufgewachsen, dann in Deutschland zur Schule gegangen. Das stelle ich mir nicht einfach vor.«

Stella fühlte ein angenehmes Prickeln auf ihrem Rücken. Endlich einmal jemand, der sie zu verstehen schien!

»Ich bin streng nach jüdischer Tradition erzogen worden«, fügte Benny hinzu, weil Stellas einzige Antwort nur in einem rätselhaften Blick bestanden hatte. »Später, auf dem College, als ich nicht mehr jeden Abend in den Schoß der Familie zurückkehren konnte, hat mich der *American Way of Life* regelrecht k. o. geschlagen.« Benny lächelte verlegen. »Das hört sich für euch beide jetzt vielleicht dumm an. Ich war ja in einer amerikanischen Stadt geboren, aufgewachsen und auch zur Schule gegangen. Jedenfalls habe ich einige Jahre gebraucht, um meine religiösen Wurzeln mit dem Lebensgefühl hier in Einklang zu bringen. Wie du, Stella, war ich damals auch ziemlich … äh …«

»Unausgeglichen?«, half Stella lachend nach.

»Na ja, du weißt schon, was ich meine.«

Für einige Zeit hing ein jeder den eigenen Gedanken nach.

Doch dann meldete sich wieder die Stimme des Fremdenführers.

»Da habe ich einmal eine zwanzigtausend Dollar teure Versuchsanordnung in die Luft gesprengt.« Salomon deutete auf einen Flachbau.

»Und sie haben dich dafür nicht rausgeschmissen?«, fragte Stella ungläubig.

Ihr Vater schüttelte den Kopf. »Mein Prof meinte, ich hätte ihm geholfen einen ›garstigen Fehler‹ zu entdecken. Er bat mich nur, das nächste Mal vielleicht auf eine weniger spektakuläre Weise vorzugehen.«

»Und? Hast du auf ihn gehört?«

»Danach bewegten sich meine Explosionsobjekte immer unterhalb der Zehntausend-Dollar-Marke.«

Lachend betraten die drei den Flachbau. Hier wie auch schon in den anderen Gebäuden trafen sie auf Beamte vom Secret Service, Angehörige der Campuspolizei und noch einige andere Männer und Frauen, deren geheimdienstliche Heimat nicht auf Anhieb zu bestimmen war.

»Hier ist das Büro von Tomaso, einem alten Freund«, sagte Salomon am Ende eines schmalen Flurs. Er trat ohne anzuklopfen ein und winkte seiner Tochter und Benny.

»Was hast du vor?«, erkundigte sich Stella.

Salomon zeigte ihr sein Notebook. »Ich habe noch immer keine Antwort von Viviane bekommen. Wenn es nicht unbedingt sein muss, möchte ich das hier lieber nicht im *Building 20 d* einschalten. Würde mich nicht wundern, wenn der ganze Komplex dort mit DiCampos Wanzen und elektromagnetischen Scannern durchsetzt wäre.«

Mit Bennys Hilfe schaffte Salomon an einem Besprechungstisch, der mit unzähligen Papieren übersät war, für sein Notebook ausreichend Platz. Als Nächstes verband er das Satellitentelefon per Kabel mit dem Computer. Wenige Minuten später war er im Internet.

»Ist tatsächlich 'ne Mail gekommen«, grummelte er nach einer Weile. Er klickte die Mitteilung an, betätigte per Mauszeiger einen Button, gab ein geheimes Passwort ein und augenblicklich öffnete sich ein Bildschirmfenster. Während Benny sich diskret zurückhielt, beugte sich Stella weit über Salomons Schulter und las das Schreiben ihrer Mutter.

Lieber Mark!

Ich mache mir große Sorgen um dich und um Stella. In was seid ihr da nur hineingeraten? Gestern hat sich ein gewisser Dark Listener mit mir in Verbindung gesetzt. In seiner Mail tat er sehr geheimnisvoll. Ohne deine Vorwarnung hätte ich ihn wohl für einen Spinner gehalten. Lauscher will sich mit mir IRL treffen. Heute noch. Er sagte etwas von einem Flugzeug, das er nehmen müsse, verriet aber nicht, woher er kommen wird. Du hast mir geraten ihn anzuhören und für das weitere Vorgehen meinen »gesunden Menschenverstand« zu gebrauchen. Danke für dein Vertrauen. Ich mache mir ernste Sorgen um euch, Mark! Du und Stella, ihr könnt auf mich zählen. Ich hoffe nur, dass ich die richtige Entscheidung treffe.

Viele liebe Grüße

Viviane

»Der Dunkle Lauscher trifft sich mit meiner Frau«, sagte Salomon an Benny gerichtet, während er das E-Mail-Programm beendete und seinen Rechner wieder ausschaltete.

»Wenn ich nur wüsste, was er weiß!«, entfuhr es Stella. Bei dem Gedanken, dieser geheimnisvollen Schattengestalt den Kontakt zu ihrer Mutter vermittelt zu haben, plagte sie noch immer ein ungutes Gefühl.

»Ich bin sicher, wir werden es bald erfahren. Kommt, lasst uns wieder hinausgehen. Wenn die Sicherheitsleute uns hier finden, verderben sie uns womöglich noch den ganzen Nachmittag.«

Die drei verließen das Büro von Salomons Kollegen. Er wolle Tomaso Poggio am nächsten Tag ohnehin einen Besuch abstatten, er würde ihm sein ungefragtes Eindringen bestimmt nicht übel nehmen. Bald begegneten sie wieder den geschäftsmäßig gekleideten Männern vom Secret Service und ihren eher legeren Begleitern.

»Die Leute checken alle Computer und Kommunikationswege«, erläuterte Benny für Stella. »DiCampo hat sich von höchster Ebene die Genehmigung geholt, den ganzen Campus informationstechnisch von der Außenwelt abzuschotten. Du kannst dir vorstellen, was das bei einer Universität mit achttausend Studenten bedeutet. Für die Leitung des MIT dürfte es der reinste Albtraum sein – ungefähr wie die Belagerung von Jericho.«

Stella sah Benny fragend an.

»Der Herr ließ das Volk Israel in die Widderhörner blasen und die ganze Stadtmauer brach zusammen, mit Ausnahme eines kleinen Abschnitts, an dem das Haus Rahabs stand.«

»So schlimm wird das Cyberworm-Team ja wohl nicht wüten«, meinte Stella nachdenklich.

»Vielleicht nicht unsere Leute«, murmelte Salomon, »aber möglicherweise der Cyberwurm.«

In der Nacht zum Montag hatte Stella schlecht geschlafen. Nur bruchstückhaft erinnerte sie sich noch an einen Traum, in dem sie auf der Zinne einer Mauer entlanggelaufen war, während immer gerade knapp hinter ihr ein weiteres Stück des Walles mit Getöse einstürzte. Wie und weshalb sie auf diese Steinmauer geraten war, darauf konnte sie sich keinen Reim mehr machen.

Bereits ab sieben Uhr begann der Campus sich allmählich mit Leben zu füllen. Zuerst kamen vornehmlich MIT-Mitarbeiter, später dann auch Studenten. Die Semesterferien standen kurz bevor. Viele hatten sich schon auf einige ruhige Wochen eingestellt und sahen sich nun unvermittelt aufregenden Ereignissen gegenüber.

Vor dem Komplex 20 gab es einen regelrechten Tumult. Etliche Personen wollten partout nicht einsehen, dass sie nicht an ihre Schreibtische und Versuchsaufbauten durften. Selbst der Hinweis auf eine mögliche Explosionsgefahr schreckte einige entsagungsvolle Wissenschaftler nicht ab.

Währenddessen liefen zwischen den quer stehenden Blöcken 20 d und 20 c die letzten Vorbereitungen für Stellas nächsten Ausflug in den Cyberspace. Hier war ein großer schwarzer Truck abgestellt, der zur Vassar Street hin von den Gebäuden 20 b und 20 f, auf der Campusseite aber durch eine Sichtbarriere aus weißen Kunststoffwänden vor neugierigen Blicken geschützt wurde.

Da das Equipment nicht vor elf Uhr einsatzbereit sein würde, begleitete Stella ihren Vater auf eine Stippvisite zu seinem Bekannten. Sie hätte es nicht ausgehalten, einfach nur dazusitzen und zuzusehen, wie die Checkliste zum abschließenden Funktionstest des Intruders abgearbeitet wurde.

Tomaso Poggio – von seinen Studenten liebevoll *The Head* genannt – war Spezialist für biometrische Systeme. Salomon kannte ihn noch aus der Zeit, als er an SESAM gearbeitet hatte. Eher gelangweilt hörte Stella Tomasos schwärmerischen Bericht über den Fortschritt seiner Forschungen. Er verfolge den »Ansatz der Eigenkopfanalyse, also der Gesichtserkennung durch Messung statistischer Abweichungen zu einem oder mehreren künstlich konstruierten Durchschnittsgesichtern«.

Beim letzten Stichwort musste Stella an den Fahrer denken, der sie tags zuvor im MIT abgeliefert hatte. Ansonsten verstand sie kaum ein Wort von dem, was der dunkelhaarige Wissenschaftler da eben so begeistert von sich gegeben hatte. »Ich habe auch meinen eigenen Kopf«, bemerkte sie beiläufig und brachte den temperamentvollen Forscher damit einige Sekunden lang aus dem Tritt.

»Gibt es hier am MIT ein Projekt mit Namen ›Genesis‹?«, erkundigte sich Salomon beiläufig.

Tomaso dachte einen Moment nach. Dann antwortete er kopfschüttelnd: »Nicht dass ich wüsste. Wieso? Hat es etwas mit dieser mysteriösen Sache zu tun, wegen welcher der Secret Service den gesamten Universitätsbetrieb lahm gelegt hat?«

Nach kurzem Zögern nickte Salomon. »Wir vermuten, dass dieser Begriff eine Art Schlüssel darstellt. ›Genesis‹ könnte für ein Forschungsprojekt stehen oder für eine Maschine. Aber wir haben hierzu keine weiteren Informationen.«

»Das Ameisenheer von Beamten da draußen muss den Steuerzahler doch ein Vermögen kosten. Ihr seid einem ziemlich ernsten Problem auf der Spur, stimmt's?«

Salomon hatte beschlossen seinem alten Freund reinen Wein einzuschenken. »Es geht um die Computervorfälle der vergangenen zweieinhalb Wochen.«

Tomaso nickte. »Hab ich mir schon fast gedacht. Wenn die *dich* extra aus Berlin einfliegen, dann konnte es nur irgend so was sein. Leider kann ich dir nicht helfen, aber wenn du willst, höre ich mich einmal ein bisschen um. Vielleicht bekomme ich etwas heraus.«

Salomon nickte.

Mit Blick auf Stella fügte Tomaso hinzu: »Und deine Tochter? Warum hast du sie mitgebracht?«

»Stella hilft uns beim Testen eines von mir geschriebenen Programms, sie beherrscht es wie niemand sonst. Außerdem hat es sich so ergeben. Viviane befindet sich selbst gerade in den Staaten. Mein Schwiegervater ist verstorben und sie regelt den Nachlass.« Salomon hatte bewusst ausweichend geantwortet. Er wollte Stellas Schuldgefühlen keine neue Nahrung geben, indem er Tomaso die ganze *Kagee*-Geschichte erzählte.

»Oh, das tut mir Leid, Mark.«

»Wir sind inzwischen darüber hinweg. Karl, mein Schwiegervater, war schon längere Zeit schwer krank. Der Tod hat sein Leiden verkürzt.«

Die Unterhaltung dauerte noch ungefähr eine Viertelstunde. Stella hörte kaum zu. Ihr war es wichtiger, die Nähe ihres Vaters zu spüren. Bald würde sie wieder ganz auf sich gestellt sein, und sosehr sie der Gedanke erregte, wieder nach Illúsion zurückzukehren, so belastete sie auch der Erwartungsdruck von Seiten des Teams. Man hoffte, ja man glaubte sogar, Stella würde dem Albtraum des Cyberwurms innerhalb weniger Stunden ein Ende setzen. Wovor sie aber am meisten Angst hatte, war die Ungewissheit darüber, was oder vielmehr *wer* sie sein würde, wenn sie das nächste Mal aus dem Cyberspace zurückkehrte.

Das Kind

Der Lärm ließ Stella erschrocken aus dem Bett hochfahren.

»Was ist das?«

»Ich würde sagen: Menschen. Die machen häufiger solche Geräusche.«

Stella bedachte Sesa Mina mit einem strafenden Blick. Das Frettchen saß auf der Bettkante und schien sie anzugrinsen. »Was soll *das* denn nun schon wieder heißen? Hier vor unserem Haus ist es nie so laut.«

»Vielleicht nicht an dieser Stelle, aber anderswo umso öfter.«

Weil ihr diese Unterhaltung wenig ergiebig schien, schwang Stella die Beine aus dem Bett, eilte zum Fenster und öffnete es. Als sie sich über die Fensterbank hinauslehnte, sah sie ganze Scharen von Menschen durch die enge Gasse strömen. Auffällig viele davon waren bewaffnet.

»Sieht ja ganz nach Krieg aus«, murmelte Stella vor sich hin. Dann kam plötzlich Leben in sie.

Unter Vernachlässigung der Morgenwäsche schlüpfte sie eilig in ihre Reisekleidung, schnappte sich Rucksack und Speer und stürzte die Treppe hinab.

»Was ist denn in *dich* gefahren?«, rief Sesa Mina, die kaum hinterherkam.

»Weiß nicht«, antwortete Stella über die Schulter, »hab so ein ungutes Gefühl.«

Augenblicke später war sie bereits auf der Straße. Mit ihrem langen Speer in der Hand fiel sie unter der Meute kaum auf. Dabei kam ihr auch die lederne Mütze mit der Falkenfeder zupass, unter der sie ihr langes goldenes Haar verborgen hatte – so konnte man sie leicht für einen zwar zarten, aber entschlossenen Jüngling halten.

»Was ist denn hier los?«, rief sie einige Straßen weiter einem älteren kleinwüchsigen Mann mit rot geädertem Gesicht zu, der wohl eher aus Neugierde mitlief.

»Ihr macht mir Spaß«, erwiderte dieser ohne stehen zu bleiben. »Wir ziehen in den Kampf.«

»Und gegen wen?«

»Na gegen die Stadt. Wir übernehmen sie.«

»Die Stadt?« Stella hatte nicht die geringste Ahnung, wovon der Mann sprach. »Welche Stadt denn?«

Der Rotgesichtige zuckte nur mit den Schultern. »Keine Ahnung, aber es wird bestimmt aufregend werden!«

Noch fünf Schritte lang ging Stella nachdenklich neben dem kriegslüsternen Kleinen her, dann beschleunigte sie ihr Tempo.

Es war unschwer zu erkennen, dass die freiwilligen Kämpfer und die sie begleitenden Gaffer dem östlichen Wassertor zustrebten. Als die Menge an einem der zahlreichen Türme Enesas vorbeikam, bog Stella in eine Seitengasse ab, die zum Eingang des hohen Bauwerkes führte. Die Tür stand offen. Sie stürzte hinein und lief die Wendeltreppe hinauf.

Bald hatte sie einen Absatz mit einem Fenster erreicht, von dem aus man das ganze Stadtgebiet überblicken konnte. Stella sah, was sie beinahe schon geahnt hatte: Die feurige Stadtmauer Enesas befand sich in unmittelbarer Nähe zu einem anderen Schutzwall, der ihr gar nicht so fremd erschien.

»Sie versuchen Masinof zu schlucken«, kommentierte Sesa Mina das Geschehen neben ihr auf dem Fensterbrett.

»Aber das ist doch ...« Stella konnte es nicht fassen. Kriege in Illúsion – das war eine absolute Seltenheit. Ab und zu schlossen sich Städte auf friedlichem Wege zusammen. Entweder gruben Maschinen einen direkten Verbindungskanal zwischen den Ortschaften, so dass diese beinahe wie ein einheitliches Gemeinwesen zusammenwirken konnten, oder es gab tatsächlich, wenn auch sehr selten, Städteverschmelzungen. In einem solchen Fall bewegte sich die eine Stadt wie ein Schiff auf hoher See auf die andere zu, ging längsseits und die beiden Stadtmauern vereinigten sich zu einer einzigen. Aber das hier …

»Da stecken bestimmt der Statthalter und sein Sekretär della Valle dahinter«, zischte Stella, während ihr Blick noch immer auf der lodernden Mauer lag. Der Abstand zu Masinof war weiter geschrumpft. Bald würden sich die Wälle berühren und zusammenstürzen. Dann konnte das Heer von Enesa ungehindert in Masinof einfallen.

»Meinst du, sie haben es auf den Lindwurm abgesehen?«

»Genau das denke ich, Mina. Draggy muss wirklich noch in Masinof sein. Della Valle weiß das und er scheut sogar vor dieser feindlichen Übernahme nicht zurück, um den Lindwurm in seine Gewalt zu bekommen.« Stella erinnerte sich nur zu gut an die Worte des Boten, der ihr den Auftrag des Lindwurmbundes überbracht hatte: *Würde das geheime Trachten des Lindwurmbundes den falschen Personen kund, wäre dem Chaos Tür und Tor geöffnet.* Und gerade diese »Personen« schienen nun zum Äußersten entschlossen, um vor Stella des Wurmes habhaft zu werden.

»Wir müssen nach Masinof!«, entfuhr es dem Mädchen unvermittelt.

»Das dürfte nicht ganz leicht sein mit einer ganzen Armee vor uns.«

»Du hast Recht. Aber angenommen, es gelänge uns, sie *hinter* uns zu bringen …« Stella streichelte Sesa Minas Fell und lächelte listig. »In diesem Fall könnten wir vielleicht den Lindwurm als Erste erreichen.«

»Ganz schön raffiniert!«, keckerte Sesa Mina. Sie hatte den Plan sofort verstanden.

Kurze Zeit später schob sich Stella wieder durch die Menschenmenge. Dabei setzte sie hin und wieder auch ihren Speerschaft ein, um sich in die vorderste Linie der Armee zu bringen. Die zum Kampf gerüsteten Soldaten standen ohne jede Ordnung auf einem gepflasterten Platz nahe der Stadtmauer und erwarteten ihre Einsatzbefehle.

»Gehört Ihr zur freiwilligen Reserve? Seid Ihr schon ausgehoben?«, blaffte sie mit einem Mal ein Hauptmann in eiserner Rüstung an.

»Nun, ich ...« Stella zögerte. Dann schüttelte sie den Speer in ihrer Faust vor dem Visier des Mannes und meinte: »Das hier sollte Euch als Antwort genügen.«

»Mit der Lanze werdet Ihr kaum eine ganze Stadt erobern können!« Der grobschlächtige Soldat lachte, wurde aber schnell wieder ernst. »Hier in der vordersten Linie kämpft nur die Garde des Statthalters. Schert Euch zurück in die Reihen des Fußvolkes und achtet auf unsere Befehle.«

»Das werde ich nicht tun«, antwortete Stella trotzig. »Ihr braucht mich hier vorne.«

Ihre Entschlossenheit ließ den Hauptmann stutzen. »So? Und wieso, wenn ich fragen dürfte?«

»Erstens, weil ich Masinof wie meinen eigenen Rucksack kenne, und zweitens ... zweitens ...« Stella dachte nach, was denn dieses »zweitens« nur sein könnte. »Zweitens bin ich der beste Jäger jenseits des großen Nichts. Mein Speer trifft immer. Kein Wild kann ihm widerstehen.«

Der Hauptmann klappte sein Visier hoch, damit er diesen Aufschneider, der da so große Töne spuckte, besser in Augenschein nehmen konnte. Doch was er sah, enttäuschte ihn: eine zierliche Gestalt in weiter Lederkleidung, geschmückt mit einem weibischen Pelzkragen und ausgestattet mit einem Speer, keine weitere Bewaffnung. Überdies war der Jüngling völlig ungepanzert, was erst recht das Missfallen des Kommandeurs erregte.

»Euch hat wohl die Sonne zu lang aufs Haupt gebrannt«, fasste der Geharnischte seine Zweifel endlich in Worte. »›Euer Speer trifft immer!‹ Nicht einmal unsere besten Scharfschützen würden dergleichen zu behaupten wagen.«

»Dann machen wir eben die Probe aufs Exempel.« Stella erschrak fast über ihre eigene Kühnheit.

»Also gut.« Der Hauptmann grinste. Im nächsten Moment packte er einen arglosen Soldaten, der gerade zufällig vorbeikam, an der Schulter und entwendete ihm den Helm. »Du bekommst ihn gleich wieder«, sagte er. Dann hielt er Stella die Kopfbedeckung hin. »Seht Ihr den hier? Ich werde ihn hochwerfen. Trefft Ihr ihn mit Eurem Speer, dürft Ihr mit dem Voraustrupp in Masinof einziehen und uns als Kundschafter dienen.«

Stella nickte entschlossen. Sie winkelte den Arm an und hielt den Speer mit schräg nach oben gerichteter Spitze. Doch noch ehe sie ganz bereit war, hatte der Hauptmann den Helm auch schon hinter sich in die Luft geschleudert. Der runde Blechgegenstand beschrieb eine flache Kurve und landete scheppernd hinter einem voll beladenen Ochsenkarren auf den Pflastersteinen. Das Grinsen des Soldaten erreichte nun seine maximale Ausdehnung.

»Daneben«, sagte er spöttisch.

Stella funkelte den hinterhältigen Blechmann an. »Ich habe ja noch gar nicht geworfen.«

Ohne auf eine Erwiderung zu warten schleuderte sie ihren Speer dem Helm hinterher. Ein Klappern ertönte, kaum zu hören bei all dem Lärm, den das wartende Heer machte. Jetzt war es an Stella zu lächeln.

»Warum grient Ihr so unverschämt?«, fragte der Hauptmann barsch, doch in seinen Augen lag Unsicherheit.

»Weil ich soeben als Kundschafter rekrutiert wurde.«

»Ha, dass ich nicht lache. Ihr wollt mir doch nicht weismachen, Ihr hättet den Helm getroffen ohne ihn überhaupt zu sehen?«

»Überzeugt Euch selbst.«

»Das werde ich auch.« Der Soldat stapfte in seiner Rüstung umständlich über den Platz und umrundete den Ochsenkarren. Auf der anderen Seite verwandelte er sich für Augenblicke in ein ehernes Kriegerstandbild.

Stella war dem Hauptmann gefolgt. Obwohl sie wusste, was geschehen sein musste, staunte sie doch. Der Speer hatte den Helm durch das geöffnete Visier hindurch am Boden festgenagelt. Seine messingfarbene Spitze war tief in einen Pflasterstein eingedrungen. Die Panzerkappe selbst war praktisch unbeschädigt.

»Für den Kratzer entschuldige ich mich«, sagte Stella leichthin zu dem Blechmann, der über den Zielhelm gebeugt gleichermaßen um sein inneres wie äußeres Gleichgewicht kämpfte.

»Er ist glatt in den Stein gefahren!«

»Ja, tut mir Leid.«

Schwerfällig richtete sich der Hauptmann wieder auf. Er und Stella waren von einer Schar tuschelnder, teils auch lachender Schaulustiger umgeben. »Wenn Ihr immer noch wollt, dann dürft Ihr uns beim ersten Sturm auf Masinof begleiten.«

»Gern. Warum werden Eure tapferen Recken überhaupt in diesen Krieg geführt?«

Der Hauptmann stutzte. »Es steht einem einfachen Soldaten nicht an, nach dem Sinn seiner Befehle zu fragen.«

»Ach!« Das war Stella neu. Und sie fand es eigenartig.

»Aber ich kann Euch verraten, dass unser Statthalter ein hehres Ziel mit seinem Feldzug verfolgt«, flüsterte der Hauptmann unerwartet redselig. Stellas Meisterstück hatte sie offenbar in seiner Achtung steigen lassen. »Die Wissenschaftler in Masinof sollen eine Erfindung gemacht haben, die unser aller Schicksal verändern könnte. Der Statthalter will dafür sorgen, dass sie in die richtigen Hände gelangt.«

Stella nickte langsam. »Das kann ich mir denken.«

Kaum hatte sie der Hauptmann zu einem Trupp abkommandiert, der den ersten Keil in die fremde Stadt treiben sollte, als ein furchtbares Donnern aufbrandete. Die Erde bebte. Stella wusste, was das bedeutete. Die brennende Stadtmauer von Enesa war eingestürzt und mit ihr der Schutzwall von Masinof!

Sogleich ertönte ein vielstimmiges Kampfgeschrei. Der Truppenführer, dem Stella nun unterstellt war, trieb seine Mannen zum Sturmlauf an. Das Kampfgewicht der Krieger bestimmte dabei die Art ihrer Fortbewegung. Jene, die mit dem meisten Blech behangen waren, überließen es ihren Pferden, sie dem Sieg entgegenzutragen. Die eher leicht gepanzerte Infanterie musste währenddessen darauf Acht geben, von den Schlachtrössern nicht in den Staub getrampelt zu werden.

»Und wohin jetzt?«, fragte der Anführer seine Kundschafterin, nachdem die Trümmer der Mauer überwunden waren.

»Dort lang!« Stella deutete in eine Richtung, die dem zentralen Kuppelbau von Masinof genau entgegengesetzt war.

Unter dem lauten Klappern von Hufen und Rüstungen bahnte sich die Armee ihren Weg. Die Mauern waren bei einem Stadtteil aneinander gestoßen, der dem Hafen genau gegenüberlag. Die wenigen Wissenschaftler und Studenten, denen die Eroberer begegneten, leisteten keine Gegenwehr. Sie ließen einfach nur ihre Bücher und Erfindungen fallen und suchten – dieserart erleichtert und deutlich wendiger als die schweren Krieger – das Weite.

Stella hatte ihrem Frettchen derweil einen Auftrag gegeben, und als Sesa Mina ihr das verabredete Zeichen zuflüsterte, entschwand sie in eine Seitengasse. Von dort rannte sie einen verwinkelten Straßenzug entlang, schlüpfte in ein großes Gebäude, das sie durch einen Geheimgang wieder verließ, und gelangte schließlich in einen Stadtbezirk, der dem herannahenden Heer so fern schien wie der Sommer dem Winter. Der Truppenführer bemerkte Stellas Verschwinden viel zu spät. Unversehens sah er sich mit seiner Abteilung allein gelassen in einer fremden Stadt, in der ihm wohl niemand den richtigen Weg weisen würde.

»Meinst du wirklich, wir haben sie abgehängt, Mina?«

»Für die nächsten paar Stunden bestimmt. Irgendwann werden sie natürlich auch allein den Weg zum Tempelbau finden.«

»Dann lass uns keine Zeit verlieren.«

Stella hatte beschlossen ihre Suche nach dem Lindwurm dort fortzusetzen, wo sie sie abgebrochen hatte: im Tempel der Wissenschaft. Sesa Mina führte sie durch die Straßen der Stadt. In einigen Vierteln schien die Nachricht vom herannahenden Heer sich bereits wie ein Lauffeuer verbreitet zu haben – die Menschen liefen schreiend durcheinander, sammelten Waffen und formierten Bürgerwehren –, in anderen dagegen herrschte eine Ruhe wie bei einer Klausurarbeit.

Endlich erreichte Stella das Haus mit der seltsam durchlässigen Wand. Sie schlüpfte in den Tunnel hinab, unterquerte den inneren Grenzwall zum verbotenen Bezirk. Diesen würden die Truppen Enesas nicht so schnell überwinden wie die eingestürzte Außenmauer. Damit hatte Stella einen sicheren Vorsprung gewonnen, genügend Zeit für eine gründliche Suche.

Am Tempel benutzte sie wieder den Geheimgang, der sie in den Keller des Gebäudes führte. Dort schickte sie Sesa Mina los, um nach dem Drachen zu fahnden. Sollte der Tempel nicht der Schlupfwinkel dieses scheuen Wesens sein, dann musste es hier zumindest eine Fährte geben, die das Frettchen aufnehmen und weiterverfolgen konnte. In jedem Fall würden sie, wenn die Eroberer dieses Gebäude stürmten, schon längst über alle Berge sein.

Während Sesa Mina noch durch das weitläufige Kellergeschoss streifte, schlich sich Stella nach oben. Am Ende der Treppe angekommen, spähte sie vorsichtig in die gewaltige Rotunde des Tempels. Sie war so leer wie schon bei Stellas letztem Besuch. Eigentlich hatte sie auch nichts anderes erwartet.

Auf leisen Sohlen begann sie nun die einzelnen Räume zu erkunden, die sich jenseits des Säulengangs an der Peripherie des runden Gebäudes befanden. Nachdem sie zwei Lagerräume, vier Schlafkammern und ein kleines Versammlungszimmer ohne Ergebnis durchsucht hatte, stieß wieder Sesa Mina zu ihr. Der Keller sei leer wie ein Kaninchenbau nach einer Milzbrandepidemie, berichtete das Frettchen.

Gemeinsam erkundeten sie wohl ein gutes Dutzend weiterer Räume. Jede einzelne Tür sah genauso aus wie die andere, aber man konnte nie wissen, was sich dahinter verbarg. Als Stella vorsichtig die nächste Tür aufstieß, bekam sie einen Riesenschreck.

Vor ihr stand eine dunkle Gestalt. Für den Lindwurm war sie zu klein. Es schien sich eher schon um einen der Wachleute zu handeln, denen sie schon mehrmals begegnet war.

»Wer seid Ihr?«, fragte sie, die Speerspitze auf den Schatten gerichtet.

Der ließ sich davon nicht irritieren. »Ich bin nur der Tempelarchivar.«

Sofort kam Farbe und Form in den Schemen. Vor Stella stand ein ziemlich dünner Mann mit grauem lichtem Haupthaar. Er war in ein faltenreiches Gewand gehüllt, eine Art Kutte, an der Taille mit einem Strick gegürtet. Die grau-grünen Augen des Archivars blickten unruhig. Sie weilten nie länger als einen Wimpernschlag auf Stella, um sich sogleich wieder irgendwelchen anderen Dingen hinter dem Mädchen zuzuwenden.

»Wenn dir etwas Verdächtiges auffällt, schlägst du Alarm«, raunte Stella ihrem Pelzkragen zu.

»Was habt Ihr gesagt?«

»Nichts, nur so eine Angewohnheit von mir«, entgegnete Stella.

»Seid Ihr mit den Barbaren in die Stadt gekommen?«, fragte der Archivar ängstlich. Er war sehr groß und hatte eine merkwürdig geduckte Haltung.

»Ja, ich meine, nein ... Es ist gar nicht so leicht, das zu erklären. Wenn Ihr meint, ob ich zu ihnen gehöre: nein. Ich verabscheue, was sie Eurer Stadt antun. Ich war schon früher einmal hier.«

»In Masinof?«

»In diesem Tempel.«

Die Augen des Archivars wanderten argwöhnisch über Stellas Speer. »Ihr seht nicht gerade wie eine Priesterin aus.«

»Das bin ich auch nicht. Euer Kult ist mir nicht geheuer, wenn ich das so offen sagen darf. Ich bin hier, weil ich den Lindwurm suche.«

Neue Furcht flackerte im Gesicht des Mannes auf. Noch einmal blickte er ängstlich in den großen Tempelraum hinaus. Dann forderte er Stella eilig auf: »Kommt, tretet ein, ich habe Euch schon erwartet.«

»Wie könnt Ihr ...?« Stella traute ihren Ohren nicht. Hatte er sie etwa schon bei ihrem ersten Besuch heimlich beobachtet und gehofft, sie kehre noch einmal zurück? Möglich wäre es immerhin. Und es hatte ihn offenbar gar nicht überrascht, dass sie die Jagd nach dem Drachen hierher geführt hatte. Ein weiteres Rätsel!

Der Raum, in dem sich nun Stella, ihr stummer Pelzkragen und der Archivar aufhielten, war eine große Bibliothek. Zahlreiche Regalreihen wuchsen bis in Schwindel erregende Höhe. An der Außenwand des Gebäudes befanden sich farbige Fenster, die ein zauberhaftes Licht verbreiteten.

»Wie habt Ihr das gemeint: Ihr hättet mich bereits erwartet?«, fragte Stella, nachdem der Archivar sie zu einer der hinteren Regalreihen geführt hatte.

»Einige von uns haben schon früh von der Annäherung Enesas erfahren. Zunächst waren wir verzweifelt über diese ernste Gefahr, aber dann hörte ich von einem Freund, es gebe noch Hoffnung für uns.«

»Ein Freund? Dient er auch in diesem Tempel?«

»Das darf ich Euch nicht verraten. Sein Name ist ein Geheimnis. Nennen wir ihn der Einfachheit halber ›den Kopf‹.«

»Hat ›der Kopf‹ seine Zuversicht irgendwie begründet?«

»Das hat er tatsächlich. Er nannte mir den Namen eines Mädchens, das vielleicht unsere Hilfe benötigen werde, um Masinof die Freiheit zurückzugeben und darüber hinaus eine noch viel größere Bedrohung abzuwenden. Jetzt seid Ihr hier und sprecht von dem Lindwurm aus unseren düstersten Legenden. Ihr seid doch diese Stella, oder etwa nicht?«

Doch, sie war es. Aber das beunruhigte Stella zunächst mehr, als dass sie daraus Hoffnung schöpfte. Ehe sie noch recht wusste, wie ihr geschah, hatte sie auch schon die verräterische Frage gestellt: »Gehört Ihr dem Bund des Lindwurms an?«

»Ihr wisst von dem Bund?«, hauchte der Archivar überrascht. Seine Augen waren weit aufgerissen, aber es lag nicht Furcht, sondern eher Freude darin.

Stella verwünschte sich für ihre Unvorsichtigkeit. Aber

jetzt, wo sie schon so weit gegangen war, konnte sie auch die ganze Wahrheit herauslassen. »Ich selbst handle in seinem Auftrag. Ich muss den Lindwurm finden, *bevor* es die Häscher Enesas tun. Könnt Ihr mir dabei helfen?«

Der Archivar rieb sich nachdenklich das von einem dünnen grauen Flaum bedeckte Kinn. »Ich bin mir nicht sicher«, antwortete er zögernd.

»Möglicherweise kennt Ihr ja das Schattenwort ... Ich meine, habt Ihr schon einmal etwas von ›Bereshit‹ gehört?«

Der Archivar schüttelte langsam den Kopf. »Dieses Wort sagt mir gar nichts. Tut mir Leid.«

»Und von ›Genesis‹? Geht Euch dabei irgendein Licht auf?«

Die sich weitenden Augen des Archivars waren Antwort genug. Sogleich wurde er unruhig. Er zog Stella am Ärmel noch ein wenig tiefer in die Regalschlucht hinein und flüsterte: »Ihr sprecht von einem großen Geheimnis. Habt Ihr schon einmal etwas vom ›Netz der Kinder‹ gehört?«

Gerade wollte Stella mit Nein antworten, als ihr das Kinderlachen in den Sinn kam, jener unheimliche Chor hoher Stimmen, der sie jedes Mal dann zu verhöhnen schien, wenn der Lindwurm ihr wieder einmal entkommen war. »Könnte schon sein. Warum fragt Ihr danach?«

Der Archivar wurde nun immer nervöser. Sein Adamsapfel machte einen Satz, bevor er antwortete. »Sie haben etwas Ungeheuerliches getan.«

Die Worte ließen Stella erschauern. »*Was* ist geschehen? Wenn es mir helfen kann den Drachen zu finden, dann heraus damit!«

»Ihr müsst das *Brain Array* suchen!«, flüsterte der Archivar eindringlich. »Ich bin überzeugt, Ihr werdet es finden. Ihr seid vielleicht die Einzige, welche die herannahende Katastrophe noch verhindern kann.«

»Aber ...« Stella rang verzweifelt nach Worten. »Wie kann ich eine Gefahr abwenden, wenn ich nicht einmal weiß, woher sie kommt oder worin sie besteht? Könnt Ihr Euch nicht etwas deutlicher ausdrücken?«

»Ich habe schon viel zu viel gesagt. Hier haben die Wände Ohren. Vergiss alles Blendwerk und suche nach dem Netz der Kinder, dem *wahren* Geneses. Es sollte ein neuer Anfang werden. Aber sie haben die Kontrolle über den Plan verloren. Jetzt könnte dieser Neubeginn schrecklicher werden als in unseren schlimmsten Albträumen ...«

Ein Geräusch – es kam aus nächster Nähe – ließ den Archivar zusammenfahren. Seine ängstlichen Augen lagen noch für einen Moment auf Stellas Gesicht, ein stummes Flehen, dann wirbelte er herum und verschwand hinter dem Bücherregal.

»Wartet!« Stella lief ihm hinterher. Doch als sie den Gang am Stirnende des Regals erreichte, war er leer. Sie lauschte. Nicht einmal Schritte waren zu hören. Der Archivar schien sich in Luft aufgelöst zu haben.

Plötzlich vernahm sie wieder diesen anderen Laut. Ein leises Schaben, als schleife eine Plane über den Boden. Stella huschte wieder ein Stück in den Gang hinein. Sie wagte kaum zu atmen. Da befand sich tatsächlich noch jemand in der Bibliothek! Vorsichtig spähte sie über die Buchrücken hinweg in den Nachbargang. Sie konnte nichts entdecken. Auch das schwache Kratzen war verschwunden.

Vielleicht hatte sich der unsichtbare Lauscher genauso wie der Archivar aus dem Staub gemacht. Gerade wollte sich Stella ein befreites Aufatmen gestatten, als sie eine Bewegung im übernächsten Gang wahrnahm.

Ihre Nackenhaare sträubten sich. Obwohl der freie Spalt zwischen den Regalbrettern und den aufgestellten Büchern nur sehr schmal war, glaubte sie den Schatten wiederzuerkennen: Es war der Lindwurm!

»Na warte!«, sagte Stella leise zu sich selbst. Sesa Mina hatte sich nach dem Verschwinden des Archivars kurz gerührt, doch jetzt verhielt sie sich wieder vollkommen ruhig. Stella senkte die Spitze ihres Speeres und hielt ihn schleuderbereit. Ein unbestimmtes Gefühl sagte ihr, sie dürfe nicht voreilig handeln, aber sie war auf alles gefasst.

Leise schlich sie zum Ende des Regals zurück und näherte sich dem Gang, in dem der Schatten lauern musste. Sie sah für einen Moment zur hohen Decke empor. Hier gab es keine Luken, durch die der Wurm entkommen konnte. Sie wischte noch einmal den Schweiß von der Innenfläche ihrer Wurfhand. Jetzt befand sie sich auf Höhe des nächsten Ganges. Nur noch wenige Schritte und sie würde dem Lindwurm gegenüberstehen.

In diesem Moment brach der Schemen hervor.

Trotz oder vielleicht gerade wegen ihrer Anspannung schrak Stella zusammen. Diesen Augenblick, nur einen Wimpernschlag lang, nutzte der Drache für seine Flucht. Während er den bogenförmigen Quergang entlangstürzte, von dem die Regalreihen abzweigten, begann er zum ersten Mal Farbe anzunehmen. Stella glaubte einen langen grünen Echsenkörper mit einem roten Rückenkamm zu sehen. Dann ertönte das Krachen von splitterndem Holz. Zuletzt entwischte das herzförmige Schwanzstück nach draußen.

All das hatte nur den Bruchteil eines Augenblicks gedauert. Langsam gewann Stella ihre Fassung zurück. »Jetzt oder nie!«, zischte sie und rannte dem Lindwurm hinterher.

Die vormalige Tür der Bibliothek bestand nur noch aus einem Haufen Holzspäne. Stella sprang darüber hinweg. Im selben Moment gab es ein zweites Bersten, lauter noch als das erste. Sie folgte dem Geräusch. Diesmal würde sie sich nicht abhängen lassen. Im Laufen befahl sie Sesa Mina die Fährte des Lindwurms zu verfolgen.

Als Stella den Tempel der Wissenschaft durch die zerstörten Torflügel des Hauptportals verließ, lagen zwei benommene Wachen auf dem Treppenabsatz. Sie waren völlig überraschend von den nach außen gesprengten Flügeln getroffen worden und begannen gerade erst wieder sich zu regen. Stella stürzte nach links, in die Richtung, die Sesa Mina ihr wies.

Nun begann erneut das alte Spiel: Der Drache eilte voran und sie hinterher. Sonderbarerweise benutzte er nicht seine Fledermausflügel, um fliegend über die Dächer zu entkommen. Vielleicht wusste er um die Treffsicherheit von Stellas Speer. Sie hatte schon mehrere Gelegenheiten zum Wurf ungenutzt gelassen, ganz bewusst, aber je länger das Hakenschlagen in den engen Gassen Masinofs dauerte, desto entschlossener wurde sie, ihre Beute wenigstens kampfunfähig zu machen.

Immer häufiger liefen Stella und ihre schneeweiße Fährtensucherin über Straßen und Plätze, die von aufgeregten Menschen bevölkert waren. Bewaffnete huschten an ihr vorbei, zumeist schwarz gewandete Wissenschaftler, die mit allem möglichen und unmöglichen Kampfgerät gegen die nahenden Eroberer stürmten. Offenbar verfügte Masinof gar nicht über eine reguläre Armee, sondern nur über eine kleine Sicherheitstruppe, die von der jetzigen Situation vollständig überfordert war.

Wie aufgewirbelte Blätter im Sturm flogen diese Eindrücke an Stella vorüber. Sie hatte nur die Schwanzspitze des Lindwurmes im Visier. Dort, wo das Schuppentier belebte Straßen überquerte, löste es Panik aus. Die Leute schrien, einige wenige Gelehrte machten sich Notizen. Die meisten liefen jedoch kopflos in alle Richtungen davon, was Stella die Verfolgung nicht eben erleichterte.

Wieder einmal kam sie aus einer schmalen Gasse hervor, um eine breitere Straße zu überqueren, als sie voller Schrecken die enesaischen Truppen nur wenige Häuser weiter bemerkte. Schon war Stella in der nächsten Gasse verschwunden, dem Drachen auf der Spur. Doch nun wusste sie, dass die Zeit knapp wurde. Jeden Moment konnte der Lindwurm den Soldaten des Statthalters in die Hände fallen oder – und das bereitete Stella fast noch mehr Kopfzerbrechen – sie würde wieder einen Anfall bekommen.

Sie musste sich entscheiden. Sollte sie den Speer schleudern?

»Nach rechts«, rief ihr Sesa Mina von der Schulter her ins Ohr. Stella preschte in die Gasse. Einen Steinwurf weit voraus war der Drache jetzt ganz deutlich zu erkennen. Und dahinter sah Stella den Turm.

Eine riesige Nadel, wie ein Dorn aus dem Boden ragend, gemauert aus glatten Blöcken, weiß wie Elfenbein. Am breiten Fundament des Turmes befand sich eine zweiflüglige Tür. Nach oben hin verjüngte sich das Bauwerk, bis die Spitze in den zarten Wolkenschleiern verschwand.

Mit einem Satz sprengte der Drache die eisenbeschlagene Pforte und entkam in das dunkle Gebäude.

»Er will ganz hinauf«, keuchte Stella.

»Wenn er sich von dort oben absetzt, dann verlieren wir ihn wieder«, gab Sesa Mina erstaunlich ruhig zurück.

»Das kann ich nicht zulassen.« Noch war Stella einen halben Steinwurf von dem Elfenbeinturm entfernt. Sie musste an die herannahenden Truppen Enesas denken, an den Brief des Lindwurmbundes, tausend Dinge wirbelten ihr durch den Kopf …

»Ich tu's!« Ich will dich nicht töten, sagte sie dabei in Gedanken. Sie hatte sich eine Stelle am Flügel des Drachen ausgesucht, wo sie ihn sicher nicht ernstlich verletzen würde. Dann schleuderte sie den Speer.

Der schwarze Schaft mit der glänzenden Spitze zischte davon. Stellas Schritte verlangsamten sich, während sie ihrer Waffe nachblickte. Die Lanze flog mitten in das aufgebrochene Portal hinein und verschwand ebenso in den Schatten wie zuvor der Drache.

Schwer atmend kam Stella zum Stehen. Sie lauschte, hörte aber nur das eigene Keuchen. Der Speer konnte sein Ziel nicht verfehlen …

Da erhob sich ein langer klagender Schrei. Der Laut ließ Stella das Blut in den Adern gefrieren. Er schien überhaupt nicht von einem Drachen oder einer anderen wilden Kreatur zu stammen, sondern klang wie das vielstimmige Kreischen einer verängstigten Schar von Kindern.

Entschlossen nahm Stella die Verfolgung wieder auf und sprang durch die gesprengte Tür. Im Halbdunkel des Turmes musste sie sich erst einen Augenblick lang orientieren, aber dann sah sie zu ihrer Linken die Wendeltreppe. Immer zwei Stufen auf einmal nehmend rannte sie die Stiege hinauf.

Die Windungen der Treppe wollten scheinbar kein Ende nehmen. Erstaunlich, wie weit der Drache in so kurzer Zeit gekommen war. Ab und zu erhellten enge glaslose Fensterschlitze den Weg. Dadurch herrschte ein dämmriges Licht in dem Turm, der, wie Stella im Umkreis der Öffnungen verblüfft feststellte, offenbar wirklich aus Elfenbein und nicht aus Stein bestand. Sobald sie sich ein wenig von den schmalen Lichtstreifen entfernte, gaukelten die Schatten ihr Trugbilder vor. Mehrmals glaubte sie eine Gestalt vor sich zu sehen, aber dann war es doch wieder nur eine Täuschung gewesen.

So gelangte sie immer höher in den Turm hinauf. Jeder Schritt kostete sie jetzt eine gewaltige Überwindung. Die Wände des Aufgangs rückten merklich zusammen. Und dann erblickte sie den Speer. Er stak in der Wand, umwabert von einem kleinen säulenförmigen Schatten.

»Du bist sehr hartnäckig, Stella.«

Die Stimme klang vollkommen ruhig. Sie war auch nicht bedrohlich oder in irgendeiner Weise vorwurfsvoll, sondern eher schon freundlich zu nennen. Dennoch überfiel die Jägerin ein heftiger Schauder. Stella kannte diesen kindlichen Chor, der sie schon so oft verlacht und der zuletzt so qualvoll geschrien hatte. Vor ihren Augen verwandelte sich der Schatten in einen kleinen Jungen.

Ungläubig blickte Stella auf den zerbrechlichen Körper, bedeckt von einem weiten weißen Hemd, das die zarten Glieder trotz des Dämmerlichts hindurchschimmern ließ. In der linken Achselhöhle des Knaben steckte der Speer. Er hatte das Nachthemd, oder was immer dieses spärliche Kleidungsstück war, durchbohrt. Ein roter Fleck breitete sich über den Ärmel aus. Der Kopf des Jungen war völlig kahl. Seine violetten Augen wirkten ungewöhnlich groß. In ihnen lag ein Schmerz, der älter und tiefer sein musste als jener, den die Waffe ihm gerade zufügte.

»Wer bist du?«, fragte Stella leise, als spreche sie zu einem scheuen Tier.

»Unser Name ist Brainar Chorus.«

»Brainar?« Das Wort stieß irgendetwas in ihrer Erinnerung an. »Was hast du mit dem Lindwurm zu tun, Brainar?«

Der Kleine antwortete ernst: »Wir kennen den Wurm sehr gut.«

Zu Stellas Erstaunen veränderte sich nun die Gestalt des zerbrechlichen Knirpses vor ihren Augen und sie sah sich plötzlich dem Drachen gegenüber. Erschrocken wich sie einen Schritt zurück. Doch der Lindwurm war am Flügel verletzt, der Speer hatte ihn an die Wand genagelt. Es bestand keine Gefahr.

»Der Lindwurm ist längst ein Teil von uns geworden«, sagte Draggy und verwandelte sich im nächsten Augenblick schon wieder in den Knaben Brainar zurück, der ernst hinzufügte: »Ebenso wie wir ein Teil von ihm sind. Also ist es kein Wunder, wenn wir auch dich sehr gut kennen, Stella. Wir haben dich auf deiner Suche lange beobachtet – nicht immer unentdeckt, wie du weißt.«

Eine ferne Erinnerung an eine heitere Zeit mit einem gelehrigen, niedlichen kleinen Lindwurm schwebte durch Stellas Geist. Dann folgten die dunklen Wolken schrecklicher Unglücksfälle, die sie unbewusst mit dem Drachen verband. »Warum hast du so viele furchtbare Dinge getan?«, fragte sie.

»Weil wir große Schmerzen haben. Wir möchten am liebsten alles um uns herum kaputtmachen. Etwas in uns sagt: ›Nein! Tut das nicht. Es ist unrecht.‹ Aber wir können unsere Qualen nicht länger ertragen.«

Stella wusste, dass dieser Junge, der sich wie der Sprecher einer ganzen Gruppe gab, nicht von dem Speer redete. Dennoch umfasste sie schnell den Schaft ihrer Waffe und zog sie aus der Wand.

Der Kleine rührte sich nicht. Er sah Stella nur aus großen flehenden Augen an, während das Blut aus seinem Ärmel tropfte. Mit einem Mal verspürte Stella das unbändige Bedürfnis, dem zerbrechlichen Knaben zu helfen.

»Aber es muss doch eine Möglichkeit geben, dir Linderung zu verschaffen! Dann müsstest du auch nicht mehr all diese entsetzlichen Dinge tun.«

»Deshalb haben wir dich hierher geführt, Stella.«

Bevor es ihr noch richtig klar geworden war, was der Knabe da eben gesagt hatte, spürte Stella plötzlich einen heftigen Ruck durch ihren Körper gehen. Von einem Moment zum anderen begann sich alles um sie herum zu drehen. Für kurze Zeit verblasste die Umgebung, wurde durchsichtig wie klares Eis. Die Veränderung war so überraschend gekommen, dass Stella kaum reagieren konnte.

Sie fühlte, wie eine unsichtbare Kraft an ihr zog. Gleichzeitig drehte sich der Wirbel vor ihren Augen immer schneller. Das konnte unmöglich einer jener Erschöpfungsanfälle von früher sein. Es zog sie unerbittlich nach unten. Stella taumelte Stufe um Stufe zurück. Der Körper des Jungen vor ihr begann zu verschwimmen. Aber sie wusste, sie durfte ihn noch nicht verlieren. Nicht jetzt!

In einer letzten verzweifelten Anstrengung rammte Stella ihren Speer der Länge nach quer zwischen die Wände des Aufgangs. Verbissen klammerte sie sich an dem Ebenholzschaft fest. Schon wurden ihre Füße von der geheimnisvollen Kraft weggerissen, die wie ein Sturm durch den Turm tobte, aber sie ließ den Speer nicht los.

»Komm zu uns, Stella!«, rief Brainar ihr verzweifelt zu. Er stand noch immer an seinem Platz, streckte aber Hilfe suchend seine kleine Hand nach ihr aus. »Bitte lass uns nicht im Stich. Aber du musst *allein* kommen! Sonst geschieht ein großes Unglück. Wir können es nicht länger ertragen, Stella. Wenn du uns nicht hilfst, dann werden wir uns morgen um diese Zeit von dem Schmerz befreien. Vergib uns für das, was dann geschieht ...«

In diesem Moment zerbarst der Schaft des Speeres. Während Stella in die Tiefe gerissen wurde, sah sie noch, wie der Knabe sich umwandte und zur Spitze des Elfenbeinturmes hinauflief. Gleich darauf wurde das Wirbeln um sie herum unerträglich. Sie stürzte und stürzte, fiel immer weiter hinab in einen dunklen bodenlosen Abgrund.

Und dann wurde es auf einmal ganz still.

Eine verborgene Botschaft

Weil es im Inneren des Trucks zu wenig Platz für alle Mitglieder des Cyberworm-Teams gab, hatte man im Bau 20 d einen Raum mit mehreren Videomonitoren ausgestattet, über die man die wichtigsten Details von Stellas Reise live mitverfolgen konnte. Die meisten Team-Angehörigen waren anwesend. Einer allerdings fehlte.

Mark zermarterte sich das Gehirn, worin Alban C. DiCampos nächster Schritt bestehen würde. Ungeachtet des Nachdrucks, mit dem der Projektleiter einen weiteren Ausflug Stellas in den Cyberspace durchgefochten hatte, glänzte er nun durch Abwesenheit. Mark gefiel das überhaupt nicht, obwohl es ihn kaum überraschte. Vielmehr war es eine Bestätigung dessen, was die letzten Minuten schon hatten vermuten lassen.

Vor ungefähr einer halben Stunde war Mark mit seiner Tochter am Intruder-Truck eingetroffen. Man hatte sie schon erwartet, denn kurz zuvor waren die letzten Tests der Anlage erfolgreich abgeschlossen worden.

Mark verfolgte mit unguten Gefühlen, wie Stella die Traumdroge verabreicht wurde. Gwen versicherte, man habe die geringstmögliche Dosis gewählt. Anschließend komplimentierte sie den besorgten Vater aus dem mit Technik voll gestopften Container. Hier drinnen sei es viel zu eng, meinte sie. Es würde seiner Tochter nichts nützen, wenn er der Intruder-Mannschaft im Wege stehe – ganz im Gegenteil.

Auf dem Weg ins *Building 20 d* war Mark dann Agaf begegnet. Der Teamleiter zog ihn in eine ruhige Ecke, die von dem allgegenwärtigen Sicherheitspersonal nicht eingesehen werden konnte.

»Ich habe gerade unfreiwillig ein Gespräch zwischen Di-Campo und McMulin belauscht«, flüsterte der Afrikaner.

»Der Rote John!«, hauchte Mark. »Ich dachte, der sei gar nicht mit nach Boston geflogen!«

»Offensichtlich doch. McMulin hat seinem Chef in einer ›Besorgnis erregenden Angelegenheit‹ Bericht erstattet. Es geht um die verschlüsselten Gespräche Stellas im Chatroom von *Black Sun*. Offenbar ist es den NSA-Analytikern gelungen, Stellas Geheimsprache zu entschlüsseln. Ich habe mich sowieso schon gewundert, weshalb sie so lange dafür brauchen.«

Mark fuhr sich mit den Fingern durchs Haar. »Vermutlich weil die NSA nur über wenige Mitarbeiter verfügt, die sowohl Deutsch sprechen wie auch den Berliner Dialekt einigermaßen beherrschen.« Er zischte etwas Unverständliches, um dann wütend fortzufahren: »Warum konnten sie sich nicht etwas mehr Zeit dafür lassen? Ein, zwei Tage hätten schon genügt.«

»Es kommt immer anders, als man denkt.«

»Jedenfalls wissen sie jetzt, wie lange wir schon über die Gefährlichkeit des Intruders informiert sind. Aber was noch schlimmer ist: Stellas Kontakt zum Dunklen Lauscher ist nun kein Geheimnis mehr.«

»Das Ganze wird dem Doktor überhaupt nicht gefallen.«

Mark nickte grimmig. »Die Ansichtskarte vom Dark Listener hat DiCampo einen gehörigen Schrecken eingejagt – auch wenn er es nicht zugeben wollte. Ich wünschte nur, wir wüssten endlich, was dieser ominöse Hacker mit seiner Warnung gemeint hat! Hast du vielleicht noch mitbekommen, wie der Italiener jetzt vorgehen will?«

Agafs Gesicht wirkte wie versteinert. »DiCampo sagte, sie müssten bei der nächsten Gelegenheit handeln. Mehr hat er leider nicht verraten.«

»Wir sollten das herausbekommen, unbedingt! Ich gehe jetzt in den provisorischen Beobachtungsraum. Es würde mich wundern, DiCampo dort zu sehen. Können wir uns in zwanzig Minuten irgendwo draußen auf dem Campus treffen? Hier gibt es mir zu viele aufmerksame Ohren.«

»Natürlich, was hast du vor?«

»Ich bringe mein Notebook und das Satellitentelefon mit. Und dann werde ich mich unbemerkt ins Web begeben. Ich glaube, es gibt sogar einen Weg, auf dem ich mich notfalls ins Intruder-Netz schleichen kann.«

Agaf schüttelte energisch den Kopf. »Das ist unmöglich. Das ganze Campusnetz ist von der Außenwelt abgeschnitten.«

Ein diebisches Lächeln stahl sich auf Marks Gesicht. »Habe ich dir eigentlich schon erzählt, dass man mich auch den *Cracker* nennt …?«

Das Gespräch mit Agaf lag nun exakt acht Minuten zurück. Auf dem Monitor konnte man sehen, wie Stellas Arme, manchmal sogar ihre Beine zuckten – sie musste gerade einen sehr aufregenden Abschnitt des Wachtraums durchleben. DiCampo hatte sich noch immer nicht blicken lassen. Unauffällig verdrückte sich Mark.

Unter dem Vorwand, er müsse wegen seiner Arbeit jederzeit und überall auf Programme und Daten zurückgreifen können, trug Mark ständig eine leichte Kunststofftasche mit sich herum, in der sich eines seiner Notebooks und das Iridium-

Telefon befanden. Mit dieser Ausrüstung hätte er von jedem Punkt der Welt aus tun können, was er nun vorhatte.

Wenige Minuten später betrat er Bau 14. Aus vier Einzelgebäuden bestehend besaß der ganze Komplex die Form eines Quadrats. In ihm befanden sich die Hayden Memorial Library und ein ganzes Sammelsurium anderer Bibliotheken, Archive und Dienstleistungsabteilungen des MIT. Im Zentrum des Karrees lag ein begrünter Innenhof. Hier hatte er sich mit Agaf verabredet.

»Findest du das nicht ein bisschen auffällig?«, fragte der Afrikaner, als er Mark beim Aufbau seiner Ausrüstung zusah.

»Hier trägt jeder einen Computer oder irgendwelche verrückten Gerätschaften mit sich herum. Im MIT ist das Herumspielen mit elektronischem Schnickschnack die natürlichste Sache der Welt.«

»Du willst mir doch nicht etwa weismachen, dass jeder Student ein eigenes Satellitentelefon besitzt?«

»Ein normales Handy sieht auch nicht sehr viel anders aus und die gibt's hier wie Sand am Meer. Außerdem will ich zunächst überhaupt nicht ins Web.«

»Was hast du dann vor?«

Der Gedanke war Mark seit der heimlichen Unterredung mit Agaf ununterbrochen durch den Kopf gegangen: Was wusste der Dunkle Lauscher über Agafs Projekt?

Marks Finger flogen unglaublich schnell über die flache Tastatur. Gleich darauf erschien die virtuelle Ansichtskarte des Lauschers am Bildschirm. Er las noch einmal die Botschaft. Vor allem ein Satz interessierte ihn.

»Hier«, sagte er aufgeregt und zeigte auf die betreffende Stelle im Text. »Er schreibt: ›Sieh dir meine Grußkarte genau an – du weißt, was ich weiß.‹«

»Und?« Agaf verstand nicht, worauf Mark hinauswollte. »Dieser Scherzbold tut ja gerade so, als habe er uns eines dieser Suchbilder geschickt, wie man sie in den Illustrierten findet. Unten steht immer: ›Gewinnen Sie einen Besuch in Disney World. Wo sind die drei Fehler versteckt?‹«

Marks Gesicht verzog sich zu einem breiten Grinsen. »Herzlichen Glückwunsch zum Hauptgewinn, Agaf! Genau das habe ich mir nämlich auch gedacht und bin dann zu einem interessanten Schluss gelangt. Ich glaube, Lauscher wollte uns mit seinen Worten etwas sagen.«

»Du meinst, Dr. DiCampo.«

»Nein, *uns*. Wenn er will, dass wir uns die Karte genau ansehen, dann sollten wir das auch tun.«

»Mark.« Agaf konnte seine Ungeduld nur schwer im Zaum halten. »Ich habe kein kryptoanalytisches Gehirn wie du. Ich sehe nur eine Fotografie vom Bau 203 des NSA-Areals in Fort Meade. Der Dunkle Lauscher muss ein Insider sein – das haben wir schon ausführlich diskutiert. Wenn du mich fragst, dann ist diese elektronische Postkarte ziemlich geschmacklos. Wenn du aber noch irgendetwas anderes darauf siehst als ich, dann – *bitte!* – verrate es mir endlich.«

»Einen Moment. Gleich werden wir's wissen.«

Mark begann erneut auf der Tastatur herumzuklimpern und fragte, ohne sich auf die Eingabe groß konzentrieren zu müssen: »Schon mal was von Steganografie gehört?«

»Hm, soweit ich weiß, nennt man so die Geheimschreibkunst.«

»Richtig, oder Geheimschriften schlechthin. In der Informationstechnik gibt es noch ein weiteres Anwendungsfeld für die Steganografie. Unter diesem Oberbegriff werden einige niedliche Programmchen zusammengefasst, mit denen man Dateien verstecken kann. Ehe du jetzt fragst, wo: Man kann sie in normalen Textdokumenten, in Audiodaten oder auch in *Bild*dateien einschmuggeln.«

Agafs Gesicht spiegelte ungläubiges Staunen wider. »Willst du damit sagen, jemand hat für uns eine Botschaft mit Geheimtinte auf diese Ansichtskarte geschrieben?«

»Genau das. Der Lauscher hat vorausgesehen, dass Stellas Chat-Besuche auf Dauer nicht geheim bleiben würden. Und da die NSA mit hundertprozentiger Wahrscheinlichkeit meine Mailbox angezapft hat, konnte er mir auch nicht direkt eine Nachricht zusenden. So aber hat er sie einfach an DiCampo geschickt, hochoffiziell gewissermaßen. Und ich habe nur eine Kopie bekommen. DiCampos Leute werden mit dem Foto keine Zeit verschwenden, sondern die Mails zu knacken versuchen, die ich von Viviane und meiner Berliner Studentin bekommen habe.«

»Der Bursche ist wirklich raffiniert!« Agaf blickte bewundernd auf Marks flinke Finger. Im nächsten Moment stieß der einen triumphierenden Laut aus. »Volltreffer!«

»Du hast eine versteckte Botschaft gefunden?«

»Ja, ich muss sie nur noch entschlüsseln. Ein wirklich umsichtiger Hacker.« Mark konnte an seinem Steganografieprogramm erkennen, dass im Bild noch eine Datei verborgen war. Solche Zusatzinformationen ließen sich in winzigen Farbverschiebungen kodieren, die man mit dem bloßen Augen nicht wahrnehmen konnte. Er war ganz dicht dran! »Welches Codewort könnte der Dunkle Lauscher gewählt haben?«

»Versuch es mal mit ›Starlet‹.«

Acht Tastendrücke später ein Kopfschütteln. »Fehlanzeige. Nächster Vorschlag bitte.«

»Wie wär's mit ›Alban‹?«

Mark verzog das Gesicht, versuchte es aber trotzdem. »Auch nicht.« Im Folgenden probierte er noch eine ganze Reihe weiterer Passworte aus: Stella, NSA, Schnuppe, DiCampo, Cesare, Kalder, Lauscher ... Plötzlich hatte er einen Geistesblitz. Er tippte das deutsche Wort »Sternchen« in das Schlüsselfeld. Beim nächsten Drücken der Enter-Taste öffnete sich ein Fenster.

»Du bist ein Genie, Mark!«

»Nein, Agaf, der Dunkle Lauscher verdient die Lorbeeren. Sieh nur, was er uns geschrieben hat.«

Beide lasen schweigend die Mitteilung ihres mysteriösen Komplizen.

Hi, Mark,

ich weiß über Stella Bescheid. Ich bin ein Freund und will euch helfen. Mehr kann ich im Augenblick nicht verraten. Wenn sie mich finden, dann werden sie dem Dunklen Lauscher die Ohren abschneiden.

Stella ist in großer Gefahr! Der Intruder hat schon zwei Cybernauten buchstäblich um den Verstand gebracht. Die NSA hat beide später in eine geheime Klinik gebracht, wo sie in einem ewigen Traum vor sich hin dämmern. Sie liegen einfach nur da, mit offenen Augen, sind aber nicht mehr ansprechbar. Die Welt um sie herum existiert nicht mehr. Dasselbe darf Stella auf keinen Fall passieren! Frag DiCampo nach dem »NeuroBooster«. Wenn er mit der Antwort nicht herausrücken will, dann frag ihn nach Tom Winfield und Ian McCubbin, den beiden Cybernauten. Aber sei vorsichtig, DiCampo ist äußerst gefährlich! Ich versuche alles, um seine Machenschaften aufzudecken. Deine Tochter hat mir einen wertvollen Tipp gegeben. Ich hoffe, wir sehen uns bald IRL.

Viel Glück. ;-)

Lauscher

»Dieser Schweinehund!«, fauchte Mark. Dabei musste er an die eigene Nachgiebigkeit gegenüber DiCampo denken und das regte ihn noch mehr auf. Er hatte zwar den Intruder für bedenklich gehalten – schließlich verabscheute er auch den Genuss von Rauschgiften –, aber Stellas Entschlossenheit und die eigenen Beobachtungen hatten ihn glauben lassen, es käme auf ein oder zwei Cyberspace-Reisen mehr nicht an. Aber das! Seine Tochter in einem »ewigen Traum« gefangen! Die Skrupellosigkeit des Projektleiters machte ihn beinahe rasend vor Wut.

»Du musst jetzt Ruhe bewahren«, sagte Agaf eindringlich. Seine Hand lag schwer auf Marks Schulter, als wolle er ihn am Weglaufen hindern. »Was können wir unternehmen, um Stella vom Intruder zu trennen?«

»Gar nichts!«, entfuhr es Mark. »Ich meine … Ach, ich weiß nicht. Ich kann im Moment nicht klar denken.«

»Ganz ruhig, Mark. Ich helfe dir. Dein Zorn ist verständlich, aber wir müssen jetzt einen kühlen Kopf bewahren. Sonst können wir Stella nicht helfen.«

Es dauerte noch ein paar Minuten, bis Mark sich wieder einigermaßen in der Gewalt hatte. »Wenn ich jetzt zum Truck stürme, wird man mir vielleicht nicht mal die Tür öffnen. Ich muss Stellas Reise von hier aus abbrechen. Wenn der Intruder nicht mehr läuft, werden sie ihr das Gegenmittel zum Aufwachen geben.«

»Geht denn das? Ich meine, der ganze Campus ist doch von der Außenwelt abgeschnitten.«

»Ist er auch. Niemand kann hinaus. Aber vielleicht gelingt es mir, *hinein*zukommen. Ich habe in meiner Datenbank noch ein paar Nummern, die in keinem Telefonverzeichnis des MIT stehen. Es sind ausnahmslos Anschlüsse von Versuchsaufbauten in Labors, die nicht über normale Telefonapparate laufen.«

»Sondern?«

»Über Computer.«

»Hätte ich mir denken können.«

»Lass mich jetzt bitte einen Moment ungestört arbeiten.«

»Schon verstanden.«

Nun konnte Mark wieder konzentriert an das Problem herangehen. Obwohl die Sorge um Stella und der Zorn über DiCampo noch immer in ihm rumorten, hatte er diese Gefühle in zwei weit voneinander entfernte Winkel seines Bewusstseins verbannt. Später würde er ihnen wieder mehr Platz einräumen und vielleicht sogar tun, wozu sie ihm rieten.

Bei der fünften Nummer schließlich hatte Mark Erfolg. In einem zu diesem Zeitpunkt menschenleeren Labor begannen einige unscheinbare Leuchtdioden zu flackern. Mark befand sich im Campusnetz! Von hier aus war es für ihn fast schon ein Kinderspiel, in das Labornetz des Intruder-Trucks hinüberzuwechseln. Seine Trojaner waren dort immer noch am Werk und so konnte er in den NSA-Servern ein- und ausgehen, wie es ihm beliebte.

»Sie ist noch in Illúsion.«

Agaf, der im Innenhof ungeduldig hin und her gelaufen war, kehrte zur Bank zurück und blickte auf den farbigen Flachbildschirm. Was er dort sah, sagte ihm wenig.

»Dann kapp die Leitung oder was du auch machen musst, um sie zurückzuholen.«

»Gleich.« Mark drückte einige Buttons. »Sie hat Kontakt zu jemandem aufgenommen. Das liest sich ganz sonderbar, fast wie die Geheimsprache Jessicas – und doch wieder anders. Anscheinend hat jemand ihr Idiom weiterentwickelt.«

»Darum können wir uns später kümmern. Hol sie jetzt endlich zurück, Mark.«

»Du hast Recht.«

Mark wählte mit der Maus ein weiteres, beinahe schwarzes Bildschirmfenster aus. Nur ein Cursor, eine kleine blinkende Leuchtmarke war zu sehen. Er tippte den Befehl »hitback 7« ein und drückte die Bestätigungstaste.

»Seltsame Anweisung«, murmelte Agaf.

»Damit wird die aktive Verteidigung meines SKULL-Systems gesteuert«, erläuterte Mark. »Der Hit-back-Befehl besitzt mehrere Stufen. Mit Level sieben setze ich das Zielsystem außer Kraft.«

»Das Intruder-Netzwerk wird abstürzen?«

Mark nickte und deutete auf ein anderes Bildschirmfenster, auf dem soeben die Meldung »Connection lost« erschienen war. »Es *ist* gerade abgestürzt. Von nun an schaut Stella nur noch in einen dunklen VR-Helm. Ich hoffe, sie bekommt keinen Schock.«

»Auf jeden Fall wird man die Mission für beendet erklären und sie wieder aufwecken.«

Mark nickte ernst. »Ja, das ist im Augenblick das Wichtigste. Stella muss wieder erwachen – und zwar bei klarem Verstand.«

Die Musik konnte von einem Dudelsack stammen. Aber sicher war sie sich nicht. Das quäkende Geräusch klang wie die Untermalung zu einem festlichen Gelage am Hof von König Artus. Und jetzt glaubte Stella auch andere Instrumente zu hören.

Außerdem gab es da Stimmen. Nicht viele. Dafür sprachen sie alle durcheinander. Kein Wort war zu verstehen. Sie öffnete die Augen, was ihr nicht leicht fiel, weil irgendein Witzbold Bleigewichte an ihre Lider gehängt hatte. Was sie erblickte, ließ sie sofort wieder Zuflucht in der Blindheit suchen.

Sie hatte ein seltsames düsteres Gewölbe gesehen, das durch Fackeln außerhalb ihres Gesichtsfeldes nur ungenügend erleuchtet wurde. Das flackernde Licht der Feuer hatte unruhige Schatten auf feuchtes Mauerwerk geworfen. Einige dieser Silhouetten schienen Folterwerkzeugen zu gehören, der Umriss einer Streckbank war nicht zu verkennen.

Stella hatte Angst. War sie vielleicht selbst Opfer eines dieser grausamen Verhöre, bei denen ein Mensch alles gestand, nur um von seinen Peinigern endlich in Ruhe gelassen zu werden? Allmählich kehrte die Erinnerung aus den Tiefen ihres Bewusstseins zurück.

Sie war durch Masinofs Straßen geeilt. Dem Lindwurm auf den Fersen, hatte sie zuletzt einen weißen Turm betreten und dort mit diesem Mitleid erregenden Kind gesprochen. Wie war noch sein Name gewesen? Brainar ...?

»Brainar Chorus.«

»Sie hat etwas gesagt!«

Die Stimme ließ Stella zusammenfahren. Noch einmal versuchte sie die Augen zu öffnen. »Was ... wo bin ich?«

Vor Stellas Gesicht bewegte sich eine große ovale Scheibe mit bunten Flecken darin. Nur sehr langsam verfestigten sich die unscharfen Konturen zu einem Gesicht. Gerade wollte sie mit dem Raten beginnen, um dem schillernden Antlitz einen Namen zu geben, als sich ein neues Gesicht zeigte.

»Vater?« Die Züge stimmten, aber weshalb trug er dieses fleckige lederne Wams? Hatte Salomon den Beruf gewechselt? War er unter die Schmiede gegangen oder verdiente er sein Brot jetzt gar als ... *Folterknecht*?

»So hast du mich schon lange nicht mehr genannt, Sternchen. Was ist mit dir ...? Nun komm schon, sag noch was!«

Stella antwortete mit einem Lallen, das nur der geübte Kryptologe mit viel gutem Willen in die Worte »Mir geht's gut« auflösen konnte. Schon legte sich eine Hand auf Salomons Oberarm und schob dessen Körper zur Seite. Stella bekam einen Mordsschrecken. Vor ihr stand nun ein leibhaftiger Henkersknecht.

Die Gestalt war ganz in Schwarz gekleidet. Sie trug eine Lederweste und auf dem Kopf eine hohe spitze Tütenmütze, die bis zum Halsansatz herunterreichte und nur für Augen, Nase und Mund lächerlich kleine Öffnungen frei ließ.

Stella schrie und der Henker zog sich überraschend zurück, noch ehe er sich nach dem Befinden seiner Delinquentin hatte erkundigen können.

Salomons Stimme übernahm daraufhin wieder das Regiment. Außerhalb von Stellas Gesichtsfeld überschüttete er den Henker – der wohl nicht ganz zufällig den Namen DiCampo trug – mit einer solchen Flut von Verwünschungen, dass dieser offenbar schnell das Weite suchte.

»Du hast vier Stunden gebraucht, um aufzuwachen«, sagte Salomon, als er endlich wieder vor Stellas Augen erschien. »Wir bringen dich jetzt in dein Bett und du ruhst dich aus.«

»Aber ... ich ...«

»Schon gut, Sternchen. Du hast dem Cyberworm-Team sehr geholfen. Wir wissen jetzt, was unser Schattenwort bedeutet.«

Das Gesicht Brainars schwebte wie ein Heliumballon durch

Stellas Erinnerung. Sie wusste, dass es noch etwas zu sagen gab. Aber ehe es ihr gelang, verlor sie wieder die Besinnung.

»Ich bringe Sie ins Gefängnis, Sie verantwortungsloser Dreckskerl!«

DiCampo fuhr entsetzt zurück und der Rote John stellte sich schützend vor seinen Boss. Die stechende Junisonne heizte Marks Gemüt nur noch mehr auf und Agaf hatte alle Mühe, ihn von Tätlichkeiten gegen den Intruder-Projektleiter abzuhalten. Die Konfrontation spielte sich unmittelbar vor dem Truck ab, in dem die bewusstlose Stella unter Kimikos wachsamen Augen von Gwen und Dr. Gerrit versorgt wurde.

»Das alles ist ein furchtbares Missverständnis«, beteuerte DiCampo. »So beruhigen Sie sich doch endlich. Es gibt keine Zwischenfälle beim Intruder-Programm, die zu irgendeinem Zeitpunkt die Gesundheit oder gar das Leben der Cybernauten bedroht hätten. Irgendjemand muss Ihnen da einen Floh ins Ohr gesetzt haben.«

Mark wollte sich aber nicht beruhigen. Mit dem Zeigefinger stanzte er vor DiCampos Nase Löcher in die Luft; näher kam er seinem Erzfeind nicht, weil John McMulin ihm den Weg verstellte. »Ich glaube Ihren Unschuldsbeteuerungen nicht mehr, Doktor. Meine Tochter liegt immer noch in diesem Truck, obwohl Sie schon vor über vier Stunden die Aufwachprozedur eingeleitet haben. Als Stella dann kurz zu sich kam, hatte sie offensichtlich massive Halluzinationen. Daran ist nur Ihr NeuroBooster schuld.«

»Der NeuroBooster ist ein ganz und gar …«

Mark grinste wie ein Großwildjäger beim Anblick seiner Beute. DiCampo hatte sich verplappert. »Ja? Ich höre. Wollen Sie endlich zugeben, dass der NeuroBooster ein ›ganz und gar‹ *gefährlicher* Wirkstoff ist?«

Im Gegenteil, trumpfte DiCampo trotzig auf. Bei dem NeuroBooster handele es sich um ein harmloses NMDA-Rezeptor-Enzym. Die NMDA-Rezeptoren seien Schalter auf den Membranen der Neuronen, der Nerven- oder Pyramidenzellen, und steuerten die Durchlässigkeit der Synapsen, der Zellverbindungsstellen, für elektrochemische Signale. Einfach ausgedrückt, beschleunige der NeuroBooster nur einen natürlichen Prozess, der immer dann ausgelöst werde, sobald sich ein Mensch etwas einpräge. Es gebe auch andere allgemein akzeptierte Mittel zur Konzentrationssteigerung. Der NeuroBooster sei lediglich ein noch unbekanntes Medikament. Es unterstütze die Bildung neuer neuronaler Verknüpfungen im Gehirn, wodurch sich dessen »Empfangsbereitschaft« für die Impulse der Neuro-Aktivitäts-Resonanz-Sonde erhöhe. Das sei alles.

Mark erinnerte sich sehr wohl an das, was Dr. Gerrit gegenüber Kimiko ausgeplaudert hatte. DiCampos Schilderungen stimmten in vielen Punkten damit überein. Ob er denn – hier, vor Zeugen – schwören könne, dass der Einsatz des Enzyms nicht zu einem permanenten Traumzustand führe, wollte Mark daraufhin von DiCampo wissen.

Der wand sich wie ein Aal. Mediziner gäben nicht einmal bei den simpelsten Operationen Erfolgsgarantien ab. Ein gewisses Restrisiko sei immer zu tragen, wenn man sich mit moderner Technik einlasse.

»Fragt sich nur, wie groß der Rest ist«, antwortete Mark giftig. »Tom Winfield und Ian McCubbin haben dabei ihren Verstand verloren. Mit einem Koma wären sie vermutlich besser bedient gewesen als mit dem Dämmerzustand, in dem sie sich jetzt befinden. Wollen Sie diese ›Betriebsunfälle‹ etwa auch bestreiten, Dr. DiCampo?«

Bei der Nennung der beiden Ex-Cybernauten war der Projektleiter wie zu Eis erstarrt. Er blickte Mark entgeistert an. »Woher haben Sie diese Namen?«, zischte er endlich.

»Sagen wir, von einem Insider!«, schlug Mark vor.

Nun drohten dem Italiener die dunklen Augen aus den Höhlen zu treten. Sein Gesicht wurde tiefrot und er schrie: »Dieser Spinner hat es Ihnen gesteckt, Dark Listener oder wie er sich nennt ...«

»Wir werden die Namen auf jeden Fall durch unsere Computer jagen«, sagte Agaf mit ausdrucksloser Miene. »Oder finde ich Winfield und McCubbin sowieso in dem Bericht, den Sie mir heute Abend aushändigen wollen?«

»Vergessen Sie die beiden«, lenkte DiCampo ab. »Im Augenblick jedenfalls. Wir haben wirklich Wichtigeres zu tun, als nach irgendwelchen Namen zu fahnden oder medizinische Bulletins zusammenzustellen. Stella hat vor ihrer Rückkehr aus dem Cyberspace zwei Kontakte gehabt. Der eine liegt uns im Klartext vor, aber der andere – er ist ganz und gar verwirrend. Ich verspreche Ihnen, Mister Nbugu und Professor Kalder, dass ich Ihnen, den Vereinten Nationen oder wem auch immer die kompletten Unterlagen unserer bisherigen Cybernauten aushändigen werde. Doch wir dürfen jetzt nicht die Prioritäten außer Acht lassen. Helfen Sie uns bitte bei der Auswertung von Stellas Reiseprotokoll. Sie kennen schließlich Ihre Tochter wie kein Zweiter hier. Wenn es in dem Logbuch eine heiße Spur gibt – und davon bin ich fest überzeugt –, dann dürfen wir sie nicht abkühlen lassen.«

Mark glaubte dem Italiener kein Wort. Er würde ihn ins Gefängnis bringen für das, was er seiner Tochter angetan hatte. Das stand für ihn fest. Aber er spürte auch, da gab es noch etwas anderes, Größeres. DiCampo versuchte diesen Sachverhalt zu verbergen. Daher auch das großzügige Angebot mit den Cybernautenakten.

Die kühle Ratio verdrängte nun bei Mark den überschäumenden Zorn. DiCampos Argumente entbehrten nicht einer gewissen Logik. Auch Agaf musste das einräumen. Stella mochte tatsächlich eine entscheidende Fährte entdeckt haben. Diese jetzt nicht weiterzuverfolgen konnte sich wirklich als unverzeihlicher Fehler erweisen. Sollte DiCampo ruhig glauben, er habe den wütenden Vater noch einmal täuschen können. Der Sieger in diesem Netz der Schattenspiele stand erst am Ende fest.

»Wie geht es Stella?«

»Den Umständen entsprechend gut, Benny. Sie hat allerdings noch nie so lange gebraucht, um wieder auf die Beine zu kommen. Im Augenblick ist Kimiko bei ihr, weil ich kurz mit dir und Agaf sprechen wollte.«

»Worum handelt es sich denn?«, erkundigte sich der Nigerianer. Er, Mark und Benny spazierten über den MIT-Campus. Sobald Stella erwachte, würde Kimiko Mark über einen Pager informieren.

»Zwei Dinge. Zunächst: Ich habe eine Antwort von Valentin Braitenberg erhalten. Ihr erinnert euch? Das ist ein alter Bekannter von mir, der am Tübinger Max-Planck-Institut für biologische Kybernetik arbeitet. Ich hatte ihm eine Frage zur künstlichen Stimulierung der ›Vernetzungsfähigkeit‹ des Gehirns gestellt. Braitenberg hat Erkundigungen eingeholt und warnt ausdrücklich vor entsprechenden Versuchen. Es besteht die Gefahr, dass sich völlig neue Schaltstellen im Gehirn ergeben, die sich auch nach dem Erwachen der stimulierten Person nicht mehr beseitigen lassen. Auf diese Weise könnten, so schrieb er mir, ›andere Wirklichkeitszustände für den Probanden geschaffen werden‹.«

»So etwas habe ich fast befürchtet«, sagte Agaf und blickte trüb vor sich hin.

»Braitenberg meint zwar, er könne die Konsequenzen eines solchen Experiments nicht ganz abschätzen, aber das ist eine Redewendung, die wir Wissenschaftler gerne gebrauchen, wenn wir die Verantwortung abwälzen wollen.«

»Hoffentlich steht Stella das alles unbeschadet durch«, murmelte Benny. Als er Marks Blick bemerkte, sah er verlegen zu Boden. Eine Hand legte sich auf seine Schulter.

»Danke, dass du dich so um meine Tochter sorgst.«

»Das ist doch wohl das Mindeste, oder?«

»Was wolltest du uns eigentlich noch sagen, ich meine deinen zweiten Punkt?«, fragte Agaf mitfühlend, dennoch war eine gewisse Dringlichkeit in seiner Stimme nicht zu überhören.

»Ich habe in den letzten zwei Stunden Stellas Reiseprotokoll studiert. Es gibt tatsächlich darin eine Passage, die ich genauso wenig entziffern kann wie DiCampos Analytiker. Dafür ist mir etwas anderes aufgefallen. Der angebliche Datenbankverwalter, der über das interne Nachrichtensystem des Campusnetzes mit Stella kommuniziert hat, erwähnte ein ›Netz der Kinder‹. Moment, ich habe ausgedruckt, was in dem Logbuch stand.« Mark zog ein Blatt Papier aus der Brusttasche seines karierten Hemdes. »Er sagte: ›Vergiss alles Blendwerk und suche nach dem Netz der Kinder, dem *wahren Geneses*.‹«

»Du meinst Gene*sis*«, wiederholte Agaf mit Betonung auf der letzten Silbe.

»Genau darum geht es. Zunächst habe ich an einen Tippfehler des anonymen Informanten geglaubt und vermutlich ist es uns allen so ergangen ... DiCampos Analytiker, die ganze Cyberworm-Mannschaft hat immer nur nach Projekten oder Firmen gefahndet, die das Wort Gene*sis* in ihrem Namen tragen. Aber der Datenbankverwalter – oder was immer er ist – sprach gegenüber Stella ganz offensichtlich von Gene*ses*.«

Benny schüttelte ungläubig den Kopf. »Diese Einfaltspinsel haben nicht fehlertolerant gesucht!«

Mark bemerkte Agafs fragenden Blick und erläuterte: »Bei einer fehlertoleranten Textsuche werden auch Variationen des Suchbegriffs erkannt. Man spricht dann von einer mehr oder weniger großen ›Unschärfe‹, die das Recherchesystem abdeckt.«

Agaf nickte. »Ich kenne das von den Internet-Suchmaschinen. Hast du denn unter dem Begriff ›Geneses‹ etwas finden können?«

»Im MIT-Netz nicht. Aber dann habe ich mich an meine Studienzeit in diesen heiligen Hallen des Wissens erinnert. Damals war ich auch öfters drüben in der Harvard-Universität. In ihren etwa achtzig Einzelbibliotheken befinden sich ungefähr elf Millionen Bände. Um da noch den Überblick zu behalten, wurde HOLLIS entwickelt. Der Name steht für *Harvard On-Line Library Information System* – nettes Akronym, oder? Jedenfalls bin ich in dem Bibliothekskatalog fündig geworden. Ich fand einen Aufsatz eines gewissen Professor Arthur M. Lloyd. Er hat einen Lehrstuhl am MIT und ist ganz nebenbei Inhaber eines Unternehmens für Gentechnik.«

»Jetzt geht mir ein Licht auf!«, brummte Agaf. »Die drei ersten Buchstaben im Namen Geneses stehen für ›Gen‹ oder ›Gentechnik‹.«

»Lloyds Firma heißt offiziell *Genetic Enterprises.*« Mark lächelte seine Freunde triumphierend an. »Noch ein Wortspiel. Wenn ihr euch die richtigen Buchstaben herauspickt, wird daraus ›Geneses‹.«

Agaf schüttelte ungläubig den Kopf. »Manchmal sieht man den Wald vor lauter Bäumen nicht. Was ein einziger Buchstabe einem doch für Umstände bereiten kann! Weiß Di-Campo schon davon?«

Mark nickte. »Wir haben telefoniert. Außerdem bekommen alle Cyberworm-Mitarbeiter eine E-Mail von mir.«

Benny schmunzelte. »Vorsicht ist die Mutter der Porzellankiste, was?«

»Ich möchte nur vermeiden, dass DiCampo uns hintergeht. Je mehr Mitwisser es gibt, umso weniger kann er seine Spielchen mit uns treiben.«

Stella fand nur sehr langsam wieder in die Wirklichkeit zurück oder vielmehr in das, was sie dafür hielt. Als sie am Abend die Augen aufschlug, lag sie in einer Art Burggemach. Ihr Bett stand in der Nähe eines Kamins, in dem ein munteres Feuer brannte. Dicht dabei war ein grob gezimmerter Tisch, an dem ein athletischer Mann mit dem Rücken zu ihr saß. Er trug ein braunes samtenes Wams und beschäftigte sich im Licht einer Ölfunzel mit Tinte, Feder und Pergament.

»Wo bin ich?« Stellas Worte ließen den Mann seinen Rücken strecken, dann stand er auf und näherte sich ihrem Bett.

»Vater!«

»Wie geht's dir, Sternchen? Irgendwie kommst du mir noch ein bisschen durcheinander vor.«

»Du ... Was ist das hier? Eine Theaterkulisse?«

»Na, zumindest dein Verstand scheint wieder zu arbeiten. Wir sind in unserem Quartier im Bau 20 d. Was hast du denn gedacht?«

»Also, für mich sieht's hier aus wie in einer Ritterburg.«

Salomon legte seine Finger an Stellas Wange und Stirn. »Fieber scheinst du nicht zu haben. Aber anscheinend steckst du noch voll in deinem Traum.«

»Ich verstehe kein Wort ...«

»Dann haben Gerrit und Valentin Braitenberg also Recht gehabt«, knurrte Salomon, zwang sich jedoch gleich wieder zu einem Lächeln. »Entschuldige, Sternchen, ich wollte dich nicht unterbrechen.«

»Kann ich etwas zu trinken haben?«

»Natürlich. Sofort.« Salomon ging zu seinem Tisch und goss aus einem Zinnkrug etwas Wasser in einen Becher. »Hier«, sagte er, zum Bett zurückgekehrt, und reichte Stella das Getränk, »nimm einen Schluck. Das wird dir gut tun.«

Stella hob das Glas an die Lippen und leerte es bis zur Hälfte. Plötzlich kniff sie die Augen zusammen und verzog das Gesicht. »Igitt, da ist ja gar kein Blubber drin.«

Als sie wieder aufsah, erschrak sie zunächst, denn ihre Umgebung hatte begonnen sich zu verändern. Alles um sie herum verschwamm und zunächst glaubte sie, jeden Moment wieder die Besinnung zu verlieren. Sie schloss abermals die Augen und schüttelte den Kopf. Salomons Samtwams verwandelte sich allmählich in ein kariertes Baumwollhemd und der Holztisch wurde zu einem schlichten Stahlrohrgestell mit Kunststoffplatte. Die Öllampe darauf bekam die Gestalt einer grauen Schreibtischlampe, der Zinnkrug die einer Plastikflasche und dort, wo eben noch Pergament, Tintenfass und Feder gelegen hatten, schnurrte jetzt ein Notebook vor sich hin.

»Alles in Ordnung, Sternchen?«

Stella blickte in das besorgte Gesicht ihres Vaters. Sie lächelte matt. »Ich glaube, ich habe mich gerade freigeschwommen.«

»Was ...? Ach so, du willst damit sagen, deine Halluzinationen sind verschwunden.«

»Wenn es hier wirklich so öde aussieht, wie es mir vorkommt, dann ja.«

Salomons Augen schweiften kurz durch die provisorisch hergerichtete Unterkunft. Als sie wieder zu Stella zurückkehrten, lag ein Leuchten in ihnen. »Vermutlich hast du Recht. Egal, Hauptsache, dir geht es besser.«

»Ich fühle mich, als hätte ich gerade einhundert Hundertmeterläufe hinter mir.«

»Na, jetzt bist du jedenfalls im Ziel. Du hast nun alle Zeit der Welt, um dich wieder zu erholen.«

Salomons Bemerkung löste bei Stella eine unerwartete Reaktion aus. Unvermittelt richtete sie sich kerzengerade im Bett auf.

»Was hast du eben gesagt?«

»Dass du dir jede Menge Zeit lassen kannst, dich wieder zu...«

»Nein, davor«, unterbrach Stella ihren Vater ungeduldig. »Du hast gesagt, ich wäre am Ziel oder so etwas.«

»Ja.« Salomon begriff die plötzliche Aufregung seiner Tochter nicht. »Ich meinte damit das neue Schattenwort: *Geneses.* Du hast dich während deines Wachtraumes doch darüber mit einem angeblichen Datenbankverwalter unterhalten ...«

»Du meinst, mit dem Archivar.«

Salomon stutzte, aber dann musste er lächeln. »So kann man ihn natürlich auch nennen. Also du hast mit einem Datenbank-*Archivar* gesprochen. Es dürfte übrigens nicht schwer sein herauszufinden, wer sich dahinter verbirgt. Unmittelbar nachdem wir heute früh bei Tomaso Poggio waren, muss der sich mit dem ›Archivar‹ getroffen haben. Gegenüber DiCampo habe ich davon nichts erwähnt, um Tomasos Informanten nicht zu kompromittieren. Wer auch immer diese anonyme Quelle ist, er hat dir etwas von ›dem wahren Geneses‹ erzählt. Während du schliefst, haben wir das herausbekommen. Es gibt eine Firma – gar nicht so weit von hier –, die gentechnische Produkte für die pharmazeutische Industrie herstellt. Sie nennt sich Genetic Enterprises, kurz *Geneses.*«

»Gentechnik?«, fragte Stella verwundert. Sie konnte nicht mehr ruhig bleiben und schwang die Beine aus dem Bett. »Ich *versteh* das nicht! Was hat Gentechnik mit dem Cyberwurm zu tun?«

»Das haben sich viele von uns auch gefragt. Als du eben aufgewacht bist, las ich gerade in einer wissenschaftlichen Arbeit von einem gewissen Arthur M. Lloyd, einem angesehenen MIT-Professor mit Sitz im Direktorium der Universität. Inzwischen wissen wir, dass er seit einigen Tagen unauffindbar ist. In seinem Aufsatz schrieb Lloyd, das menschliche Denkvermögen könne durch biotechnische Eingriffe um ein Vielfaches gesteigert werden. Unser Gehirn ist zwar leistungsfähiger als jeder Computer, aber seine interne Arbeitsgeschwindigkeit hinkt den Maschinen ganz schön hinterher. Lloyd behauptet, an Katzen ein Verfahren erprobt zu haben, das deren Nervenzellen durch geringfügige genetische Veränderungen sozusagen extern vernetzbar macht.«

»Extern *vernetzbar*?« Stellas Stimme klang schrill. In ihrem Kopf braute sich ein Sturm zusammen.

»Was ist mit dir, Sternchen?«

»Nichts«, wehrte Stella hastig ab. »Was meint er damit?«

»Darunter versteht er den Anschluss eines Computers an das Gehirn. Dadurch kann die Katze einerseits schneller denken und umgekehrt soll es auch möglich sein, ihre Hirnmasse als eine Art intelligenten Superspeicher für Computer zu nutzen.«

Stellas Puls raste. Ihr Atem ging immer schneller. Unruhig stieß sie sich von der Bettkante ab und ging zu Salomons Notebook hinüber, auf dessen Bildschirm noch der Aufsatz von Professor Lloyd zu sehen war. »Irgendwie erinnert mich das alles an den Intruder.«

»Genau das habe ich auch gedacht.«

»Der Archivar erwähnte ein ›Netz der Kinder‹. Und Brainar Chorus …«

»Wer?«

»Ein kleiner kahlköpfiger, kränklich aussehender Junge. Er sagte, Draggy sei ein Teil von ihm.«

Salomon nickte. »Wir konnten dieses zweite Gespräch bisher noch nicht entschlüsseln. Irgendwie muss dieser virtuelle Knabe die von dir erfundene Geheimsprache so verändert haben, dass sie sich unmittelbar an dein Unterbewusstsein richtete.«

»Das ist mir nicht aufgefallen. Das Einzige, was ich bemerkt habe, war diese komische Vielstimmigkeit, mit der er sprach. Es hörte sich immer wie ein ganzer Kinderchor an.«

Salomon nickte. »Deshalb hat deine Fantasie ihm den Namen Chorus gegeben. Und Brainar steht für das ›Brain Array‹, das der Archivar erwähnte. Du verblüffst mich immer wieder, Sternchen!«

»Also, ich glaube nicht, dass ich mir den Namen ausgedacht habe«, widersprach Stella mit glasigem Blick, um gleich darauf das Gesicht ihres Vaters fixieren. »Was hast du eigentlich vorhin damit gemeint, als du sagtest, ich wäre am Ziel?«

Salomon zuckte mit den Schultern. »Du wirst nicht mehr an den Intruder angeschlossen. Die Geräte im Truck sind schon vor Stunden für den Abtransport gesichert worden. Im Augenblick dürfte sich der Laster bereits auf der State Road 2 nach Westen …«

»*Abtransport?*«, gellte Stella entsetzt.

»Ja doch.« Salomon machte sich ernstlich Sorgen um seine Tochter. »Das Forschungszentrum der Firma Geneses befindet sich westlich von Leominster, vielleicht vierzig Meilen von hier. Das Cyberworm-Team und eine Spezialeinheit der Special Forces wollen das Unternehmen genauer unter die Lupe nehmen. Vermutlich werden sie eine Razzia durchführen. Was ist mir dir, Sternchen ...?«

Stella hatte mit einem Mal zu schwanken angefangen. Salomon war aufgesprungen, um sie zu stützen. Als er sie aufs Bett gesetzt hatte, drang er energisch in sie: »Willst du mir nicht endlich verraten, was in deinem Kopf vorgeht?«

»Sie dürfen Geneses nicht stürmen!«, hauchte Stella. Ihr war wieder schwindlig geworden, vermutlich, weil sie zu heftig geatmet hatte. Sie verdrehte die Augen, um einen klaren Blick zu bekommen.

»Was erzählst du da? Wenn in dieser Firma wirklich der Cyberwurm ausgebrütet wurde, dann muss man doch so schnell wie möglich gegen diese Leute vorgehen.«

»Schon, aber nicht so. Du musst doch im Reiseprotokoll gelesen haben, was der Archivar zu mir gesagt hat. Er sprach davon, dass das Netz der Kinder ein ›neuer Anfang werden‹ sollte. Aber sie hätten ›die Kontrolle über den Plan verloren‹.«

»Umso wichtiger, dass man unverzüglich handelt.«

Stellas Gesicht war ein Spiegel ihrer Verzweiflung. »Aber versteh doch, Paps, wenn die Leute von der Spezialeinheit da reinspazieren, wird eine Katastrophe passieren!«

Salomon hatte seine Tochter selten so aufgeregt gesehen. Litt sie etwa unter einem neuen Schub von Halluzinationen? Stella blickte ihn wie im Fieberwahn an. Ihre Stirn war schweißnass. Vorsichtig versuchte er ihre Hand zu ergreifen, doch Stella entzog sie ihm.

»Nein, Paps. Brainar hat zu mir gesagt, ich soll zu ihm kommen. Verstehst du? Er – der Knirps hat immer in der Mehrzahl von sich gesprochen – sagte zu *mir*: ›Bitte lass uns nicht im Stich. Aber du musst *allein* kommen! Sonst geschieht ein großes Unglück.‹ Es ist alles genau so eingetroffen, wie du es schon in Berlin prophezeit hast, Paps. Weißt du nicht mehr?«

Natürlich konnte sich Salomon noch erinnern. Allmählich begann er die Unruhe seiner Tochter zu begreifen. »Was für ein Unglück hat dieser Brainar denn gemeint?«, flüsterte er.

»Das kann ich nicht sagen, Paps. Aber es hörte sich nach etwas wirklich Schrecklichem an. Er meinte, er könne es nicht länger aushalten. Wortwörtlich hat er gesagt: ›Wenn du uns nicht hilfst, dann werden wir uns morgen um diese Zeit von dem Schmerz befreien. Vergib uns für das, was dann geschieht.‹«

Einige Sekunden lang stand Salomon mit vorgebeugtem Oberkörper über seiner Tochter. Seine Augen sprangen hin und her, Zeichen seiner fieberhaft arbeitenden Gedanken. Mit einem Mal richtete er sich zu seiner vollen Größe auf.

»Ich rufe sofort Agaf und DiCampo an. Wir müssen den Sturm auf Geneses verhindern, bevor alles zu spät ist.«

Der Hubschrauber landete am Dienstagmorgen auf dem Campus in unmittelbarer Nähe vom Gebäudekomplex 20.

Stella und ihr Vater warteten bereits. In geduckter Haltung näherten sie sich der geöffneten Einstiegstür. Sobald sie in den Helikopter geklettert waren, hob dieser mit ratternden Rotoren vom Boden ab.

Bei dem Fluggerät handelte es sich um einen Sikorsky UH-60 Black Hawk, eine ziemlich große Maschine. Sobald sie angeschnallt waren, gab der Copilot seinen Passagieren mit einem Wink zu verstehen, sie sollten ihre Kopfhörer aufsetzen.

»Captain Cas Lindsey«, stellte der Kommandant sich über die Bordsprechanlage vor. Sein Copilot höre auf den Namen Buck Fautley. Der nahm seinem Vorgesetzten dann auch gleich das Heft aus der Hand und übernahm die weitere Begrüßung.

»Willkommen an Bord unseres ›schwarzen Falken‹, Professor Kalder und natürlich auch Miss Kalder. Sie haben eine sehr hübsche Tochter, Professor.«

Stella konnte sich nicht vorstellen, mit ihrem Headset, bestehend aus voluminösem Kopfhörer und Mikrofon, in irgendeiner Weise attraktiv auszusehen, aber sie zwang sich trotzdem zu einem Lächeln. Salomon nickte freundlich.

»Wie lange werden wir bis zum Leominster State Forest unterwegs sein, Captain?«

»Etwa zwanzig Minuten. Genießen Sie den Flug.«

»Alles in Ordnung, Sternchen?«, fragte Salomon seine Tochter auf Deutsch, damit die Piloten ihn nicht verstehen konnten.

Stellas einzige Antwort bestand in einem Nicken, dann wandte sie sich dem Kabinenfenster zu und blickte in den trüben Himmel. Es würde Regen geben.

Salomon respektierte ihr Schweigen, was sie ihrem Vater hoch anrechnete. In den letzten zwei Wochen hatte sie eine tiefe Abneigung gegen jede Art von Mikrofonen entwickelt. Sie verspürte nicht die geringste Lust, den Piloten die Ohren voll zu säuseln.

Vor nicht einmal zwei Stunden, kurz nach dem Aufstehen um sechs, hatte sie mit Salomon einen alles andere als stillen Dialog geführt. Schon beim Erwachen war ihr erster Gedanke bei Brainar gewesen. Hatte die Erstürmung des Geneses-Geländes noch verhindert werden können? Stella verlangte, noch einmal an den Intruder angeschlossen zu werden, was Salomon auf keinen Fall zulassen wollte. Es war daraufhin zu einer heftigen Auseinandersetzung zwischen Vater und Tochter gekommen.

Stellas Aufregung legte sich etwas, als ihr Vater die letzten Neuigkeiten für sie zusammenfasste: Das Areal von Genetic Enterprises war von dem Sondereinsatzkommando der Special

Forces unauffällig umstellt worden. Sonst sei nichts passiert. Er wundere sich nur, warum eine *Militäreinheit* diese Aufgabe übernommen habe und nicht das FBI. Möglicherweise wolle das Pentagon ja einfach die Fäden in der Hand behalten. Vielleicht erwies sich das sogar als Vorteil, mutmaßte er. Die Elitekämpfer waren mit allen Wassern gewaschen. Auch unter extremen Bedingungen behielten sie noch die Nerven. Im Augenblick lautete ihr Befehl »Beobachten«, also beobachteten sie. Die Zufahrtswege blieben offen, was Stella mit einem Aufatmen zur Kenntnis nahm. Allerdings, so lautete Salomons letzte Information, hätte in den vergangenen zehn Stunden niemand das Gelände betreten oder verlassen. Im Gegenteil, es wirkte wie ausgestorben.

DiCampo hatte vorgeschlagen sich heimlich in das hausinterne Netzwerk des Unternehmens einzuschleichen. Mit Hilfe des Intruders werde das kein Problem sein, auch ohne Einsatz eines Cybernauten. Den Plan, alle Datenverbindungen von Geneses zu kappen, hatte man verworfen. Dafür gab es zwei Gründe.

Erstens hatte man den geheimen Zugang des Cyberwurms ausfindig gemacht, über den er in das isolierte MIT-Campusnetz gelangt war – ein weiterer Beweis für die Aussichtslosigkeit jedes Versuchs, ein größeres Areal von der Außenwelt abzuschneiden. Unter den zahllosen Forschungsprojekten der Universität befand sich nämlich auch eine Versuchsanordnung für ein Lasernachrichtensystem. Vom Dach des Ashdown House, unmittelbar an der Harvard Bridge gelegen, sendete diese Anlage quer über den Charles River hinweg direkt zur Spitze des John Hancock Towers in der Bostoner Innenstadt. Hier wurden die Lichtsignale in elektromagnetische Impulse umgeformt und in das Telefonnetz der Stadt eingespeist. Salomon hatte sich über diese Entdeckung nur wenig gewundert, war er ja selbst über einen ähnlichen »Geheimpfad« in das Campusnetz eingedrungen, um den Intruder lahm zu legen.

Der zweite Grund, weshalb man die Geneses-Kommunikationseinrichtungen nicht antasten wollte, bestand darin, den Cyberwurm – oder wer immer dahinter steckte – so lange wie möglich in Sicherheit zu wiegen. Aufgrund von Stellas Warnungen waren nun alle Beteiligten alarmiert, auch wenn Uneinigkeit darüber herrschte, wie sich die Schöpfer des Wurmes einer Erstürmung ihres Schlupfwinkels gegenüber verhalten würden. Stellas Bericht über den kahlköpfigen Brainar Chorus hatte ihrer Glaubwürdigkeit geschadet. Selbst die Leute aus dem Intruder-Team, allen voran der Projektleiter, wollten in dieser virtuellen Begegnung eher ein Fantasieprodukt sehen als eine reale Bedrohung. Doch wenn Stella sich bereit fände, ein allerletztes Mal mit Hilfe des Intruders in den Cyberspace vorzudringen und von dort aus das Nest des Cyberwurms auszuheben, dann wolle er, Alban C. DiCampo, sich diesem Plan nicht in den Weg stellen.

Salomon hatte den Vorschlag zunächst mit erneuten Verwünschungen DiCampos abgeschmettert. Als er Stella später von dem Telefonat erzählte, kam es dann zur bereits erwähnten Auseinandersetzung zwischen den beiden. Stella fürchtete sich vor dem, was der Intruder mit ihr anstellte, aber mehr noch grauste ihr vor dem, was Brainar angedeutet hatte.

Dieses zarte Kind aus dem Wachtraum musste über eine gewaltige Macht verfügen. Zugleich litt es aber an einem ihr nicht begreiflichen Schmerz. Brainar hatte seine bisherigen Taten ein Unrecht genannt, sie aber doch als gering im Vergleich zu dem eingestuft, was er binnen vierundzwanzig Stunden zu tun gedachte, wenn ihn niemand von seiner Qual befreite. Im Voraus hatte er Stella *dafür* um Vergebung gebeten – als wenn die zurückliegenden Katastrophen nur Streiche eines kleinen Jungen gewesen wären!

Mit Grausen erinnerte sich Stella an den Stromausfall in London, die Toten in den Krankenhäusern und das Staudammdrama in China ... Nein, Brainar durfte den letzten Schritt nicht mehr gehen. Die Zündung der I-Bombe würde in die »Infokalypse« münden, die Vernichtung alles Wissens, das Menschen jemals mit Hilfe von Computern zusammengetragen hatten.

Auch wenn Salomon sich ihr anfangs widersetzte, gab es doch für Stella keine Wahl: *Sie* hatte den Schneeball ins Rollen gebracht und nun musste *sie* auch die gewaltige, daraus entstandene Lawine aufhalten.

Schließlich geriet Salomons Widerstand ins Wanken. Er kannte seine Tochter gut genug, um zu wissen, wann er gegen ihren Dickkopf nichts mehr ausrichten konnte.

Stella hatte ihren Vater zuletzt angesehen – traurig, dass es überhaupt zu einem derart heftigen Wortwechsel gekommen war – und gesagt: »Ich verspreche dir, Paps, dass ich aus Illúsion zurückkommen werde. Vielleicht ist mein Weg weit, aber glaube mir: Ich lass dich und Viviane nicht allein.«

Salomon erwiderte ihren Blick. Sein Gesicht war schmerzvoll verzerrt, als er schließlich antwortete: »Auch wenn es mir schwer fällt, Sternchen, aber ich kann deinen Willen nicht übergehen. Wenn du noch einmal nach Illúsion musst, werde ich dich nicht aufhalten. Aber wo immer du auch sein magst, vergiss nicht, ich werde für dich kämpfen.«

»Gleich setzen wir Sie bei der Kommandoeinheit ab.«

Die Worte aus dem Kopfhörer rissen Stella brutal aus ihren Gedanken. Buck, der Copilot, grinste schief. »'tschuldigung, Miss, wollte Sie nicht erschrecken.«

Stella fühlte noch immer die Strapazen ihrer letzten Illúsionreise in den Gliedern. Die morgendliche Auseinandersetzung mit ihrem Vater hatte sie mehr Kraft gekostet, als sie sich selbst eingestehen wollte. Während des Fluges hatte sie zwar pausenlos aus dem Kabinenfenster geschaut, aber kaum etwas gesehen. Erst jetzt nahm sie die Landschaft unter sich wirklich wahr. Die Maschine näherte sich dem Zielgebiet in einer weiten Schleife von Nordwesten her. Stella erblickte mehrere kleine Seen und in einiger Entfernung einen Wald. Alles lag unter einem bleigrauen Himmel.

»Wirkt ja fast wie ein Naturschutzgebiet«, sagte sie staunend.

Über die Bordsprechanlage konnte jeder sie verstehen. Buck Fautley schüttelte ungläubig den Kopf. »Möchte nur wissen, wie die Geneses-Leute es geschafft haben, an die Genehmigung für diesen ›Industriepark‹ zu kommen.«

»Vermutlich mit 'ner Menge Kohle«, knurrte Captain Lindsey.

»Oder mit Beziehungen und einer Hand voll guter Hacker«, murmelte Salomon.

»Das da bei elf Uhr ist der Paradise Pond«, erläuterte Buck. Er zeigte in die angesprochene Richtung.

»Liegt dort das Geneses-Areal?«, fragte Salomon.

»Aye, Sir. Wir gehen allerdings nicht so nah ran. Gleich da unten im Wald, etwa dreihundert Yards neben der Straße nach Princeton, liegt unsere Kommandoeinheit.«

Die verschiedenen Fahrzeuge waren in dem Wald so gut versteckt, dass Stella sie erst bemerkte, als der Hubschrauber unmittelbar daneben auf einer Lichtung niederging. Selbst der Intruder-Truck hatte sich den Waldweg heraufgearbeitet und schlummerte nun unter einem grün-braunen Tarnnetz.

Noch bevor die Rotorblätter ganz zum Stillstand gekommen waren, eilte Agaf zum Helikopter.

»Wie geht es Stella?«, lauteten seine ersten Worte nach dem Öffnen der Schiebetür.

»Den Umständen entsprechend gut«, antwortete Salomon. Stella zwang sich zu einem Lächeln.

»DiCampo ist schon ganz ungeduldig. Er kann es kaum erwarten, sie wieder an seine Maschine anzuschließen.«

Inzwischen waren auch Kimiko und Benny hinzugekommen. Letzterer half Stella beim Aussteigen.

»Alles in Ordnung?«, fragte er besorgt.

»Mir geht's gut!« Stella übertrieb etwas. »Du hast dich ja ziemlich schnell vom Campus abgesetzt.«

Benny sah sie verwirrt an. »Agaf hat fast das ganze Team hierher beordert. Wir gingen ja davon aus, dass wir ohne deine Hilfe in das interne Netz von Geneses eindringen müssten. Da hat er jeden Hacker gebraucht.«

Stella blickte zu Boden. »So hab ich's auch wieder nicht gemeint. Entschuldige.«

»Schon okay. Glaubst du, du schaffst es?«

»Noch einmal durch den Cyberspace zu surfen?« Stella gab sich unbekümmert. »Kein Problem.«

Auf dem Weg zum Truck bekam sie ein paar alte Bekannte aus dem Bau 203 zu Gesicht. Sie sah auch Walter Friedman, der sich gerade mit einem Officer der Special Forces unterhielt. Als er sie entdeckte, winkte er. Vielleicht besprach DiCampos Sicherheitschef letzte Einzelheiten für eine mögliche Erstürmung. Auf der Lichtung befanden sich jedenfalls auffällig viele Soldaten. Die meisten trugen automatische Waffen mit sich herum. Unvermittelt drängte sich der Intruder-Projektleiter in Stellas Gesichtsfeld.

»Da kommt ja schon unsere Hauptperson! Ich freue mich«, begrüßte er seine Cybernautin überschwänglich.

Stella blieb stehen und funkelte ihn böse an. »Ich mich nicht.«

»Oh, unser Starlet ist heute Morgen verstimmt«, scherzte DiCampo, doch für Stella klang es eher spöttisch.

»Sind Sie für die Bedienung des Intruders unentbehrlich, Doktor?«, konterte sie.

DiCampo blinzelte überrascht. »Nun, ich bin wohl eher ...«

»Gut«, unterbrach Stella den kleinen Mann. »Dann können Sie ja draußen bleiben, wenn ich jetzt in den Truck steige.«

Hoch erhobenen Hauptes setzte sie sich wieder in Bewegung, gefolgt von ihrem Vater, Agaf, Kimiko und Benny, die sich alle ein Grinsen verkneifen mussten. DiCampo machte währenddessen den Bäumen Konkurrenz: Er stand unbeweglich da und war schon fast grün vor Wut.

»War das unbedingt nötig?«, flüsterte Salomon seiner Tochter ins Ohr.

Stella zwinkerte ihm zu. »Denk einfach, es sei Medizin für mich. Der Kerl hat es verdient und mir hat's gut getan.«

Bevor die Cybernautin das mobile Intruder-Kontrollzentrum betrat, machte Agaf seine deutschen Freunde mit General William Slider bekannt.

»Will leitet die Einheit der Special Forces«, erläuterte der Afrikaner. »Wir kennen uns schon von einem früheren Einsatz her. Er ist wirklich ein besonnener Mann.«

»Danke für das Lob, Agaf«, sagte der General mit tiefer Stimme und einem sympathischen Lächeln. Er mochte um die fünfzig sein, hatte kurz geschnittene blonde Haare und einen Schnurrbart. Sein Tarnanzug war auf Bauchhöhe leicht ausgebeult.

General Slider gab dem Professor und seiner Tochter einen kurzen Abriss der aktuellen Lage. Militärisch knapp und präzise schilderte er dann das Operationsgebiet. Genetic Enterprises liege in einem großzügigen parkartigen Gelände, unmittelbar am Westufer des Paradise Pond. Die Spezialeinheit habe einen lückenlosen Kordon um das Areal gelegt. Über verborgene Kameras werde jede Bewegung innerhalb des gesicherten Gebietes in das Fahrzeug der Einsatzleitung übertragen. Aber noch gebe es keine Aktivitäten. Abgesehen von einem Sicherheitsmann im Pförtnerhaus wirke das Geneses-Gelände wie ausgestorben.

»Wegen Ihres Anrufes gestern Abend haben wir bisher die Erstürmung des Geländes hinausgeschoben«, schloss der General und wandte sich direkt an Salomon. »Sollte Ihre Tochter noch irgendwelche Informationen besitzen, die uns beim Einsatz nützlich sein könnten, dann raus damit. Wir müssen bald losschlagen. Wenn man erst unsere Anwesenheit bemerkt hat, kann sich das Blatt schnell zu unseren Ungunsten wenden. Sobald ich den Befehl gebe, wird der Posten an der Zufahrt durch einen meiner Männer ersetzt und der Geneses-Komplex gestürmt.«

»Das dürfen Sie nicht!«, entfuhr es Stella. Erst jetzt, angesichts der vielen Uniformierten und ihrer Waffen, begann sie die ganze Gefährlichkeit des Einsatzes zu begreifen. Dies war kein Computerspiel, sondern tödlicher Ernst.

Der Einspruch eines Mädchens stieß bei dem kampferprobten General auf einigen Unwillen. Folgerichtig wandte er sich mit der Antwort auch nicht an seine pubertäre Opponentin, sondern direkt an den respektablen – wenn auch gleichfalls etwas jungen – Wissenschaftler. »Bei allem Respekt, Professor Kalder, aber was wir dürfen und was nicht, entscheidet immer noch die Einsatzleitung.«

Salomon versuchte beide Seiten zu beruhigen. Wie der General wohl wisse, habe seine Tochter während ihres letzten Aufenthaltes im Cyberspace eine ernst zu nehmende Warnung erhalten, die ein allzu forsches Vorgehen als unverantwortlich erscheinen lasse. Stella wies er noch einmal auf das schreckliche Ausmaß der Cyberwurmangriffe hin. Wer immer in dem Geneses-Komplex die Fäden ziehe, habe es mehr als verdient, seiner gerechten Strafe zugeführt zu werden.

Stella verstand, ihr Vater suchte zu vermitteln, aber ein unterschwelliges Gefühl sagte ihr, dass auf dem Geneses-Areal ein schreckliches Geheimnis schlummerte. Ein Geheimnis, für dessen Aufklärung die bisherige Strategie des Cyberworm-Teams nicht geeignet war. Sie wagte ihren Verdacht nicht in Worte zu kleiden, zu ungeheuerlich erschien er ihr. So blieben ihr nur vage Andeutungen. Sie erinnerte an DiCampos Bericht über die ersten Cyberterroristen, die Internet Black Tigers. Mit ihrem Terroranschlag im Cyberspace hatten sie auf ihre Ziele aufmerksam machen wollen. Auch kleine Kinder sehnten sich manchmal nach Aufmerksamkeit und seien dann eben ungezogen, um die Beachtung der Erwachsenen zu bekommen. Ein ähnliches Verhalten könne auch den globalen Computerkatastrophen zu Grunde liegen.

Nicht nur bei General Slider erntete sie für diese Mutmaßung ein ungläubiges Kopfschütteln. Kindliches Trotzverhalten als Erklärung für einen Beinaheatomkrieg sei vielleicht doch etwas *zu* weit hergeholt.

Stella dachte an den Jungen aus Illúsion. Er litt unsägliche Schmerzen. Um diesen zu entkommen, hatte er sie zu sich gelockt, und aus demselben Grund war er auch bereit Böses zu tun. *Du musst allein kommen! Sonst geschieht ein großes Unglück.* Sie konnte seine Worte nicht vergessen.

Stella atmete tief durch und meinte dann: »General Slider. Ich kann Ihnen auch nicht genau erklären, welche Gefahr Ihren Männern droht, wenn sie gewaltsam gegen Geneses vorgehen. Aber bitte glauben Sie mir: Es gibt etwas in diesem Komplex, was wir nicht einschätzen können! Möglicherweise hat ja da jemand einige Hundert Pfund Sprengstoff im Park vergraben.«

Sie hatte so eindringlich gesprochen, dass selbst der hartgesottene Kämpfer nachdenklich wurde. Er schaute Stella an, und als er nicht gleich antwortete, fügte sie kühn entschlossen hinzu: »Ich glaube, Sie können oder Sie wollen mich nicht ernst nehmen. Aber bitte, Sir, vergessen Sie eines nicht: Nur weil *ich* mit dem Intruder durch den Cyberspace gereist bin, stehen *Sie* heute hier. Ohne mich wäre die I-Bombe vielleicht längst explodiert. Ich habe meine Gesundheit für diese Sache aufs Spiel gesetzt, zuletzt gegen den Willen meines Vaters. Deshalb lassen Sie mich bitte zuerst versuchen in dieser gefährlichen Angelegenheit auf meine Weise vorzugehen. Wenn meine Mission fehlschlägt, dann können Sie Ihre Männer immer noch in die Schlacht schicken.«

Unerwartet meldete sich aus Agafs Rücken Alban DiCampo zu Wort. »Ja, General, lassen Sie Stella ihren Job tun. Sie hat uns mehr als einmal überrascht. Vielleicht gelingt ihr das ja heute wieder.«

Für einige Sekunden fochten die Augen Stellas und des Generals einen lautlosen Kampf. Dann stieß Slider die Luft durch die Nase aus, lächelte und nickte ein einziges Mal. »Also gut. Für das, was wir hier vorhaben, ist zwar das Wort ›Schlacht‹ gewaltig übertrieben, aber du bekommst deine Chance.«

Walter Friedman war nicht bester Laune. Das lag weniger an der dramatischen Entwicklung der letzten Tage als vielmehr an dem sonderbaren Verhalten seines Vorgesetzten. Erst hatte DiCampo ihn zum Sicherheitschef des Intruder-Projektteams ernannt und nun behinderte er ihn bei der Arbeit, wo er nur konnte. Er kam sich vor wie ein vorgeschobener Strohmann, der den Cyberworm-Leuten das Gefühl vermitteln sollte, beim Intruder-Projekt gehe schon alles mit rechten Dingen zu. Aber war das wirklich so?

Nach einer Folge von Demütigungen musste die Ernennung zum Verbindungsmann für General Slider am vergangenen Montagabend zwangsläufig Friedmans Misstrauen wecken. Was hatte DiCampo sich dabei nur gedacht? Seine Begründung klang fadenscheinig: Laut Beschluss der »amerikanischen Regierung« sei ein Einsatz von UN-Einheiten auf dem Territorium der Vereinigten Staaten nicht zu tolerieren. Hier mussten »die Jungs von der Army« ran. Im Leominster State Forest besäße Agaf Nbugu nur Beobachter-, bestenfalls Beraterstatus. Er, Alban Cesare DiCampo persönlich, teile sich das Kommando mit General Slider. Friedman solle den Kontakt zwischen beiden halten.

Komisch, dass der Italiener sich gerade jetzt auf die Qualitäten seines Sicherheitschefs besann. Oder wollte er ihn nur aus dem Weg haben?

Seit geraumer Zeit nun befand sich Stella Kalder wieder in dem Truck mit dem Intruder-Equipment. Friedman wünschte ihr Glück, auch wenn er ihr das nicht hatte persönlich sagen können. Die manchmal etwas kratzbürstige Kleine erinnerte ihn an seine Nichte. Er mochte Stella. Deshalb machte er sich auch Sorgen über das, was er von Mark erfahren hatte. Umgab den Intruder wirklich ein gefährliches Geheimnis?

Ganz allein für sich hatte Friedman einige Nachforschungen angestellt.

Vor gut anderthalb Jahren waren die meisten Intruder-Mitarbeiter ausgetauscht worden, was bei einem wissenschaftlichen Projekt wie diesem einen nicht gerade kleinen Einschnitt darstellte. Aus der Zeit vorher war so gut wie nichts in Erfahrung zu bringen, aber aus etlichen Gesprächen und noch zahlreicheren Andeutungen hatte er sich eine eigene Meinung gebildet: In der Zeit vor dem großen Austausch musste es einen ernsten Zwischenfall gegeben haben.

Bemüht, das Projekt zu retten, hatte DiCampo unter Vorspiegelung falscher Tatsachen einfach ein schwerwiegendes Sicherheitsproblem an die Wand gemalt und eine neue Mannschaft gefordert. DiCampo war ein Pedant. Irgendwo, so hatte ihm ein Informant verraten, bewahre der Italiener all die Dokumente aus den Anfangstagen des Intruders auf. Leider war es Friedman bis heute nicht gelungen, dieses Geheimarchiv zu finden.

Auf der Waldlichtung herrschte erwartungsvolle Spannung. Hier und da kontrollierten Soldaten ihre Ausrüstung. Andere unterhielten sich leise. Jeder tat irgendetwas, um die Nervosität zu bekämpfen, die immer vor einem wichtigen und womöglich gefährlichen Einsatz auftrat.

Friedman näherte sich DiCampos mobiler Einsatzzentrale, einem riesigen dunkelblauen Wohnmobil. Mehrere dicke Kabelbäume verbanden den Luxuscamper mit dem benachbarten Truck. DiCampo erhielt nicht nur die Kamerasignale aus der Umgebung, sondern wurde auch immer über Stellas Cyberspace-Reise auf dem Laufenden gehalten. Ja, mehr noch: Er konnte von seinem stillen Kämmerlein aus auch in die Funktionen des Intruders eingreifen.

Die technischen Innereien des Wohnmobils stammten aus DiCampos »persönlichem Kontrollraum« in Fort Meade. Diesen hatte der Projektleiter, wie Friedman inzwischen wusste, in den letzten Tagen mehr als einmal aufgesucht, um Einfluss auf Stellas Reisen zu nehmen. Schon während ihres ersten Ausflugs unter dem Intruder-Helm hatte er sie von dort hinaus ins Internet geschickt, direkt in den Server der Australian Mining Company.

Als Friedman auf dem Weg zum Truck den Camper passierte, hörte er plötzlich Stimmen. Das Fahrzeug stand unmittelbar am Rand der Lichtung, die Gesprächspartner waren durch Laubbäume verdeckt. Doch die Worte verrieten sie.

Friedman verlangsamte seine Schritte. Schließlich blieb er unter dem Tarnnetz zwischen Laster und Wohnmobil stehen. Er schaute sich unauffällig um. Obwohl oder sogar weil es gerade auf der Lichtung sehr geschäftig zuging, nahm niemand von ihm Kenntnis. Vorsichtig trat der Intruder-Sicherheitschef einen Schritt vor. Jetzt waren die Stimmen deutlicher zu verstehen. Er hatte sich nicht getäuscht. Sie gehörten Alban C. DiCampo und John McMulin, seiner rechten Hand.

»... könnten wir nicht irgendetwas übersehen haben, Sir? Miss Kalder hat uns immerhin vor Geneses gewarnt«, hörte Friedman gerade McMulin sagen.

»Unsinn, sie will sich nur wichtig machen. Ich bleibe dabei: Stella Kalder und ihr arroganter Vater sind zu einem ernsten Sicherheitsrisiko geworden. Die beiden – vor allem das Mädchen – wissen mehr über den Intruder, als für das Projekt gut ist.«

»Und für uns.«

»Fein beobachtet, McMulin. Sie wissen so gut wie ich, dass wir nicht genau nach Dienstvorschrift gehandelt haben. Es vielleicht auch nicht konnten. Und von einer moralischen Bewertung unseres Vorgehens, wie sie Außenstehenden immer so am Herzen liegt, will ich erst gar nicht sprechen. Wir – Sie und ich – könnten aber ernsthafte Schwierigkeiten bekommen, sollten die Kalders ihr Wissen ausplaudern. Und wenn wir untergehen, wird auch das Intruder-Projekt sterben. Dann wäre unser Land schutzlos solchen Cyberterroristen wie da drüben im Geneses-Areal ausgeliefert.«

»Wir handeln also nur im Interesse der nationalen Sicherheit!«, erklang McMulins Stimme selbstgefällig hinter dem Camper hervor.

»Schön, dass wir uns darin einig sind. Wir haben jetzt die einmalige Gelegenheit, unserer Nation einen zweifachen

Dienst zu erweisen: Wenn wir uns die Technologie aus dem Geneses-Labor für unseren Intruder nutzbar machen können, werden wir in den Besitz der vielleicht mächtigsten Waffe des Informationszeitalters gelangen.«

»Und worin besteht die zweite gute Tat für unser Land?«

»Sie gehen jetzt wie besprochen in den Camper und stellen die Synapsenmodulation von Stella Kalders NAR-Sonde auf Maximum. Dieses Früchtchen hat mir lange genug auf der Nase herumgetanzt. Aus diesem schönen Traum wird sie nie mehr erwachen. Und wenn wir mit ihr fertig sind, kümmern wir uns um den Vater.«

Stella atmete tief die feinen Tröpfchen ein. Das NeuroBooster-Spray war völlig geruchlos. Sie fühlte sich alles andere als wohl dabei. Um der Wahrheit die Ehre zu geben, sie hatte sogar ziemliche Angst. Welche Halluzinationen mochten sie diesmal erwarten, wenn sie aus dem Wachtraum zurückkehrte?

Eigentlich fühlte sie sich noch viel zu schwach für diese neue Strapaze, aber Zeit und Umstände waren gegen sie. Jedes Zögern hätte alles nur noch schlimmer gemacht. Sie erinnerte sich sehr gut an die Worte Brainars. Die von dem Jungen gesetzte Frist lief in nicht einmal fünf Stunden ab.

Und trotzdem, die Angst schien zunächst über den Verstand zu obsiegen. Das Gefühl der Ungewissheit blockierte sie. Obwohl sie eine bleierne Schwere in ihren Gliedern fühlte, wollte die Welt Illúsion ihr nicht die Pforten öffnen. Dann spürte sie Salomons Hand.

Den Kopf im Intruder-Helm, konnte Stella ihren Vater nicht sehen, aber sie hörte seine Stimme. »Entspann dich«, sagte er immer wieder. »Ich bleibe bei dir.«

Die Wärme seiner Hand hatte eine beruhigende Wirkung auf sie. Stella fühlte sich nicht mehr so schutzlos, so allein gelassen mit dieser Technik, die ihr zuletzt immer unheimlicher geworden war. Allmählich, ohne es recht zu bemerken, glitt sie in das Niemandsland zwischen Wachen und Schlafen.

Bereshit

Sie hörte die Stimmen von Vögeln. Auf ihrer Haut spürte sie die lebendige Wärme der Sonne. Vorsichtig öffnete Stella die Augen – und fuhr erschreckt hoch.

»Wo bin ich hier?«

»Jedenfalls nicht zu Hause«, antwortete eine vertraute Stimme aus der Nähe.

Stella wandte sich nach rechts. »Sesa Mina! Schön, dich zu sehen.« Dann schaute sie sich ausführlicher um. Sie saß auf einem hellen sandigen Boden, teilweise beschattet von einem großen Busch, unmittelbar am Fuß einer fremden Stadtmauer. Das Erstaunlichste aber war, dass sie *außerhalb* des Ortes aufgewacht war anstatt drinnen in irgendeinem gemütlichen Gasthof.

»Weißt du wirklich nicht, wo wir uns hier befinden?«, fragte Stella und erhob sich auf die Füße.

»Natürlich. Das ist Bereshit, die geheime Stadt.«

»*Bereshit?* Aber das ist ja das Schattenwort aus dem Botendienst von Wallstrejo! Warum hast du mir nicht früher verraten, dass es eine Stadt mit diesem Namen gibt?«

»Weil ich es damals selbst noch nicht wusste. Das Netz der Schattenspiele war noch nicht geknüpft. Jetzt ist das anders. Wir haben unser Ziel erreicht.«

Stella blickte die nicht sehr hohe, dafür aber umso heißer

glühende Stadtmauer empor. »Unser Ziel?«, wiederholte sie leise.

»In dieser Stadt werden sich unsere Wege trennen.«

Die Augen Stellas wanderten unwillkürlich zu ihrer schneeweißen Freundin, die vor ihr am Boden hockte. »Was willst du damit sagen?«

»Ich bin ganz allein für *dich* geboren worden. Meine Bestimmung ist und war es, dir bei deiner Suche zu helfen. Bald wird sie vollendet sein.«

Stella schluckte. Sollte diese Freundschaft, die doch gerade erst begonnen hatte, wirklich so schnell schon wieder enden? Sie erinnerte sich an ihre Überlegungen vor gar nicht allzu langer Zeit. Was hatte Sesa Mina zu dem gemacht, was sie war? Warum konnte sie sprechen und weshalb besaß sie dieses außerordentliche Talent, so gut wie alles zu finden, wonach Stella sie suchen ließ? Jetzt, völlig unerwartet, hatte sie die Antwort erhalten. Und dieses Wissen machte sie nicht glücklich.

»Werden wir uns denn nie wieder sehen?«, fragte Stella bedrückt.

»Ganz so habe ich das nicht gesagt«, entgegnete das Frettchen spitzfindig. Mit zwei, drei schnellen Sätzen saß es auf Stellas Schulter und flüsterte ihr ins Ohr: »Halte nur immer schön deine Augen offen und du wirst mich sehen, wo du mich nie erwartest.«

Es dauerte eine Weile, bis Stella die Worte ihrer Freundin verarbeitet hatte. »Sollten wir voneinander getrennt werden, dann lass mich dir jetzt schon sagen, wie sehr ich dir für alles danke, Mina. Ich werde dich nie vergessen.«

»Das will ich doch schwer hoffen.« Das Frettchen stupste Stella mit seiner kühlen Nasenspitze an die Wange. »Ich vergesse dich auch nicht. Doch nun lass uns tun, wozu wir hergekommen sind.«

Stellas Blick wanderte wieder die Mauer hinauf. »Meinst du wirklich, Draggy befindet sich in Bereshit?«

»Nicht nur er.«

»Du denkst an Brainar Chorus, nicht wahr?«

»Du etwa nicht?«

»Natürlich. Der Junge mit den traurigen Augen geht mir nicht aus dem Kopf. Obwohl ich seine Verwandlung mit eigenen Augen gesehen habe, fällt es mir allerdings immer noch schwer, ihn mir als Lindwurm vorzustellen.« Die vergangenen Ereignisse flatterten noch einmal wie ein Schmetterling durch Stellas Geist. Dann musterte sie die nähere Umgebung. Erwartungsgemäß fehlte jede Spur von ihrer Lanze. Der Speer des Dunklen Lauschers war also wirklich zerbrochen, als jene unheimliche Macht sie in die Tiefe gerissen hatte.

Plötzlich bemerkte sie die kleine hölzerne Pforte. Sie befand sich auf der anderen Seite ihres Sonnenschutzbusches und war nur teilweise zwischen den Zweigen zu erkennen.

»Sieh mal da«, sagte Stella zu ihrem Frettchen, »eine Holztür.« Sesa Mina sprang auf Stellas Schulter und ließ sich von ihr an die Pforte herantragen. »Muss sich wohl um einen Nebeneingang handeln.«

»Na, wie ein Wassertor sieht's jedenfalls nicht aus.«

Stella verzichtete auf eine passende Antwort und widmete sich stattdessen der Tür sowie der näheren Umgebung. Wie überall in Illúsion war auch hier die Stadtmauer von einem vergleichsweise schmalen Vegetationsstreifen gesäumt, in dem selbst der übliche Wassergraben nicht fehlte. Nur einen Bogenschuss vor dem glühenden Wall lag die lebensfeindliche Wüste. Kein Pfad führte zur Pforte hin. Dieser Nebeneingang schien offenbar noch nie benutzt worden zu sein.

Stella musterte das Türblatt. Es bestand aus mehreren Bohlen, die mit eisernen Bändern beschlagen waren. Obwohl dick mit Staub bedeckt, wirkte es doch makellos neu, wie frisch aus der Werkstatt des Schreiners. Eine Türklinke oder ein Knauf war nirgends zu entdecken.

»Was hast du vor?«, fragte Sesa Mina, als Stella sich zur Tür vorbeugte.

»Will nur mal nachschauen, ob jemand zu Hause ist.«

Schon hatte sie mit den Fingerknöcheln an die Pforte geklopft. Insgeheim hoffte sie, der Lindwurm werde nicht gerade hier den Torwächter spielen. Ohne Speer fühlte sie sich seltsam nackt.

»Wer klopft da?«, fragte unverwandt die Tür.

»Ich bin's ... Das heißt, Stella. So lautet mein Name.«

»Wartet«, entgegnete die Pforte.

Das tat Stella. Schließlich gab es ein leises Klicken, gefolgt von einem weniger leisen Knarren und die Tür schwang wie von Geisterhand bewegt auf. Das Mädchen nahm all seinen Mut zusammen und betrat die Stadt.

Zu Stellas Verwunderung war die Pforte im Inneren der Stadt wirklich unbewacht. Es musste wohl einen geheimen Mechanismus geben, der ihr diesen Zugang geöffnet hatte. Achselzuckend machte sie sich an die Erkundung von Bereshit.

Die Gassen der Stadt erschienen ihr ebenso unheimlich wie die sprechende Tür. Kein einziger Mensch ließ sich blicken, kein Hund oder sonst ein Haustier. Die staubigen Straßen Bereshits waren völlig verlassen.

Obwohl die Siedlung von der ganzen Anlage her nicht sehr groß wirkte, gab es hier doch beeindruckende Bauwerke. Manche waren viele Stockwerke hoch und bestanden aus Marmor, poliertem Granit oder anderem kostbaren Stein. Fachwerkhäuser wie in Enesa konnte Stella nur wenige entdecken.

»Kannst du den Wurm riechen?«, fragte Stella nach einer Weile. Sie hatte das Gefühl, beobachtet zu werden.

»Du meinst, ob ich schon seine Witterung aufgenommen habe?«

»Das ist doch dasselbe, oder?«

»Menschen!«, seufzte Sesa Mina. »Wenn es um Gerüche geht, seid ihr alle Ignoranten.«

»Danke schön. Was ist also mit dem Wurm?«

Sesa Mina deutete mit der Nasenspitze eine breite Straße hinauf. »In diese Richtung.«

Einige Minuten lang stapfte Stella mit raumgreifenden Schritten über das Pflaster. Sie hatte den dringenden Wunsch, ihren unsichtbaren Beobachtern zu entkommen. Leider wusste sie nicht, wohin. Die Straße beschrieb einen weiten Bogen, dem Stella im Uhrzeigersinn folgte. Mit einem Mal sah sie den Platz.

»Ist es dort?«, fragte sie aufgeregt.

»Wart's ab.«

Nach wenigen Metern traten die Häuser zurück und Stella befand sich auf dem oval geformten Platz. Das Pflaster bildeten hier schwarze, weiße und rote Steine, in Mustern ausgelegt. Prachtvolle Gebäude mit spiegelnden Marmorfassaden umstanden das weite Areal. Eines davon sprang Stella sofort ins Auge.

Es handelte sich um einen riesigen Bau aus rosafarbenem Granit, der nicht wie die anderen schlicht, fast wie ein Kubus, anmutete, sondern sich durch unzählige Türme, Erker, Seitenflügel und Fenster auszeichnete. Einzig bei den Türen hatten die Baumeister einen kühlen Kopf bewahrt und dem Haus – soweit Stella dies erkennen konnte – nur eine einzige spendiert. Auf diese hielt sie nun zu.

»Hast wohl doch was von den Frettchen gelernt«, neckte

Mina sie. Stella hatte von ganz allein den richtigen Weg eingeschlagen.

»Selbst ein blindes Huhn findet mal ein Korn. Wenn wir da drin sind, dann bist du wieder mein stummer Pelzkragen, verstanden?«

»Stets zu Euren Diensten, Herrin!«

»Lass das! Ich will doch nur den Jungen nicht erschrecken, falls er irgendwo da drinnen steckt.«

»Und wenn er dich in Gestalt des Lindwurms angreift?«

»Dann spring ihm halt an die Kehle.«

»Wird gemacht.«

Natürlich hatte Stella ihren Vorschlag nicht ganz ernst gemeint, aber sie hatte den Verdacht, dass ihre Freundin vor keinem Kontrahenten, gleich welcher Gewichtsklasse, zurückschrecken würde.

Als Stella an das Portal des rosafarbenen Hauses klopfen wollte, wich dieses erschrocken vor ihr zurück. Diesen Eindruck jedenfalls bekam sie, weil die Tür spontan aufgesprungen war, noch ehe ihre Knöchel das dunkle Holz berührt hatten.

»Wir werden anscheinend schon sehnsüchtig erwartet«, flüsterte sie und trat in das Haus.

Langsam schritt das Mädchen in die Mitte der großen Eingangshalle. Staunend betrachtete sie die Gemälde an den Wänden und Decken. Der ganze Raum war mit Holz ausgekleidet und ein begnadeter Künstler musste viel Zeit darauf verwandt haben, die Kassetten der Täfelung mit allerlei Motiven aus der Tier- und Pflanzenwelt zu bemalen. Den Fußboden schmückte ein Mosaik, das den Kreislauf des Lebens darstellte.

Verlassen wie die Straßen draußen wirkte auch dieses Gebäude. Stella lauschte angestrengt, aber sie konnte nicht den geringsten Laut vernehmen. Schulterzuckend setzte sie die Erkundung des Palastes fort.

Sie verließ die Halle durch einen Flur, der dem Eingang direkt gegenüberlag. Gewissenhaft machte sie sich ans Abschreiten der vielen Türen, die hier beiderseits Spalier standen wie eine Ehrengarde zu ihrem Empfang. Dabei öffnete sie eine nach der anderen.

Die Räume dahinter waren ebenso prachtvoll wie vielgestaltig. Sie dienten den unterschiedlichsten Zwecken. Da gab es Schreibstuben und Bibliotheken, Schlaf- und Ankleidezimmer, Wohn- und Warteräume, Speise- und Audienzsäle. Zur Ausgestaltung der Räume waren die verschiedensten Materialien verwendet worden: kostbare Hölzer, seidene Tapeten, kunstvoller Stuck, perfekt bearbeiteter Stein und alles in den schillerndsten Farben. In einem Punkt jedoch glichen sich die Räume ausnahmslos: Sie waren menschenleer.

»Und jetzt?«, flüsterte Stella ihrem Kragen zu. »Nach oben oder unten?«

»Ich bin für den Keller.«

»Das hatte ich befürchtet.«

Stella folgte der Empfehlung ihrer Spürnase trotzdem. Den Weg in das Kellergeschoss hatte sie schon bei der Erkundung des Flures entdeckt. Die Tür unterschied sich von außen in nichts von den anderen. Fast hätte man denken können, der Hausherr bewahre im Untergeschoss seine kostbarsten Weine auf und wolle um jeden Preis verhindern, dass sich ein Gast allzu zielstrebig dorthin verlief.

Stella stieß jedoch auf alles andere als auf Wein. Wie prächtig sich auch der rosa Palast oben zeigte, hier unten erwies er sich als muffiges, dunkles Loch. Sie fand eine Kerze und zündete sie an. Im Schutze des gelben Lichtscheins tastete sie sich dann durch die Unterwelt.

Die einzelnen Kellerräume gaben ihr Rätsel auf. Einer schien das Labor eines Alchemisten zu beherbergen. Überall gab es Kolben, Zylinder und Spiralen aus Glas. An den Wänden reihten sich Regale mit Glas- und Tonbehältern. In einigen davon konnte Stella Kräuter, Frösche und seltsam geformte Wurzeln ausmachen – alles in getrocknetem Zustand. In einer weiteren Kammer entdeckte sie Ketten an der Wand. Die Tür stand zwar offen, aber das vergitterte Fenster darin ließ keinen Zweifel aufkommen, welchem Zweck dieses Gemach einst gedient hatte. Ein eisiger Schauer lief über Stellas Rücken und sie verließ die Kerkerzelle eiligst wieder.

Auch draußen auf dem feuchten Flur wollte das Frösteln sie nicht mehr verlassen. Wieder glaubte Stella den Augen eines heimlichen Beobachters ausgesetzt zu sein, doch die Schatten außerhalb des Lichtkreises waren undurchdringlich.

Dem Kerker schlossen sich mehrere Lagerräume an, dann kamen eine Tischlerei, eine Schmiede, weitere Materialspeicher, ein Raum mit verstaubten Büchern und Aktendeckeln und zuletzt eine Speisekammer, deren ehemaliger Verwendungszweck sich nur aus den leeren Weidenkörben, Schütten und beschrifteten Tongefäßen ableiten ließ.

Auch im Keller fehlte jede Spur von dem Lindwurm, dem Knaben oder sonstigen Hausbewohnern. Stella hob noch einmal die Kerze etwas höher, um in die verlassenen Räume zu blicken, deren Türen nun alle offen standen. Die einzige Bewegung, die sie dabei wahrnahm, war das Flackern der eigenen Kerzenflamme. Stella atmete erleichtert auf. Jetzt konnte sie sich ruhigen Gewissens wieder den lichteren Gefilden zuwenden. Sie war alles andere als traurig darüber. Fast heiter drehte sie sich zur Kellertreppe um – und erschrak gewaltig.

Erst stieß sie einen Schrei aus, und als sie einigermaßen

sicher sein konnte, dass ihr Herz noch schlug, keuchte sie: »Brainar! Musste das sein?«

Der Junge stand unbeweglich wie eine Wachsfigur auf der untersten Stufe der Steintreppe. Stellas Aufkreischen hatte er ungerührt zur Kenntnis genommen. Sein Gesicht wirkte noch blasser, seine Haut noch durchsichtiger als bei der letzten Begegnung. Er trug das alte Hemd, auf dem der eingetrocknete Blutfleck unter der linken Achsel von Stellas Treffsicherheit zeugte. Als Brainar Chorus leise zu sprechen begann, konnte sie ihn anfangs kaum verstehen.

»Es ist schön, dass du gekommen bist, Stella. Wir danken dir.«

Langsam näherte sich das Mädchen dem Jungen. Seine violetten Augen leuchteten merkwürdig im Licht der Kerze. »Wie geht es deinem Arm?«

»Die Wunde, die du uns zugefügt hast, bereitet uns keinen Schmerz. Ganz im Gegenteil, sie hat uns bis jetzt am Leben erhalten.«

»Warum ...« Stella musste diese Frage unbedingt loswerden. »Warum sprichst du immer in der Mehrzahl von dir? Also, du siehst mir nicht gerade wie ein König aus, von dem man so was ja gewohnt ist.«

»Wir haben dich hierher gerufen, um dir unser Geheimnis zu verraten. Komm.«

Ehe Stella noch etwas erwidern konnte, trat Brainar von der letzten Stufe und ging auf den Archivraum zu. Sie folgte dem Jungen. Das dünne Hemdchen flatterte um seinen schmalen Körper wie um einen Besenstiel.

Im Archiv griff Brainar gezielt nach einem kleinen, aber ziemlich dicken Buch. Er kippte es leicht an und schon schwang das Regal wie eine Tür knarrend auf.

»Wohin führst du mich?«, fragte Stella staunend.

»In das Reich unserer Schmerzen«, antwortete Brainar und trat in den weiten Durchgang.

Hinter Stella schloss sich die geheime Tür wieder wie von selbst.

»Lösche jetzt dein Licht«, sagte Brainar. »Du kannst unsere Hand nehmen, damit du nicht gegen die Wände läufst.«

»Warum können wir die Kerze nicht brennen lassen?«

»Weil wir nicht allein hier unten sind. Es wäre nicht gut, wenn sie uns entdeckten.«

Stella hätte gerne noch gefragt, wen Brainar mit »sie« meinte, aber der Junge gab ihr keine Gelegenheit dazu. Sobald sie die Kerzenflamme ausgeblasen hatte, ergriff er ihre Hand und setzte seinen Weg fort.

Irgendwie hatte Stella angenommen, die Haut des Jungen müsse kalt sein, aber die knöchernen Fingerchen strahlten eine lebendige Wärme aus. Während der Knabe sie den dunklen Flur entlangführte, musste sie daran denken, dass dieses zerbrechliche Wesen für den Tod vieler Menschen verantwortlich war. Doch sie zog ihre Hand nicht zurück. Nicht etwa, weil Brainar sie so fest gehalten hätte. Der wahre Grund lag vielmehr in der dumpfen Erkenntnis, mitschuldig an diesen Unglücksfällen zu sein.

Brainar nahm mehrere Abzweigungen und bald war sich Stella sicher, dass sie aus diesem finsteren Labyrinth ohne fremde Hilfe nie wieder herausfinden würde. Sie war dem Knaben ausgeliefert, was sie aber seltsamerweise nicht einmal störte.

Aus der Ferne drangen mit einem Mal Stimmen zu ihr. Sie klangen in dem Kellergang auffallend hohl. Brainar selbst hatte seit dem Verlöschen der Kerze kein einziges Wort mehr gesagt. Stella hörte, wie er leise eine Tür öffnete. Dann zog er sie in einen dunklen Raum hinein.

Als die Tür wieder ins Schloss fiel, sagte er: »Du musst deine Kerze nicht anzünden. Wir haben ausreichend Licht.«

»Was ist das hier?«

»Wir befinden uns im Historienarchiv von Geneses.«

Erst hörte Stella ein leises Rascheln und dann flackerte vor ihr plötzlich eine Flamme auf. Jedenfalls sah es so aus. Nun konnte sie erkennen, was Brainar gerade tat. Neben der Tür hing eine gläserne Röhre an der Wand, die der Junge kräftig mit dem Ärmel seines Hemdchens bearbeitete. Und je länger er über das Glas wischte, desto weiter breitete sich das Licht in der Fassung aus. Staunend bemerkte Stella, dass die Röhre sich über Wände und Decke durch den ganzen Raum erstreckte. Sie beschrieb dabei ein verwirrendes Muster, das nur dem Zufall entsprungen sein konnte. Bald war der Raum hell wie von der Morgensonne erleuchtet. An den Wänden ragten bis zur Decke Bücherregale empor, nur durchbrochen von den gleißenden Lichtbahnen.

»Schon wieder eine Bibliothek«, bemerkte Stella stirnrunzelnd. Sie hatte sich unter dem Begriff »Historienarchiv« nicht viel vorstellen können.

»In Illúsion spielt das Wissen eine wichtige Rolle. Hier wird alles aufbewahrt, was Geneses ist und was es jemals war«, antwortete Brainar mit unbewegter Miene. Er ging zu einem Tisch, an dem zwei Stühle standen, und erklomm den einen davon.

Stella folgte seinem Beispiel und setzte sich auf den anderen. So saßen sie sich nun gegenüber und blickten sich forschend in die Augen. Stella hätte gerne den Faden ihres anfänglichen Gesprächs wieder aufgenommen, doch irgendwie wusste sie, dass Brainar den Zeitpunkt hierfür selbst bestimmen wollte.

Nach einem Schweigen, das ihr ungewöhnlich lang erschien, sagte er auf einmal: »Es ist gut, dass du allein gekommen bist, Stella.«

»Deine Worte haben mir Angst gemacht«, gab sie freiheraus zu. »Es war allerdings nicht ganz leicht, meine Begleiter zurückzulassen.«

Brainar nickte. »Unser Leiden ist nur der eine Teil der Geschichte. Du kannst uns davon befreien. Bevor wir dich dazu auffordern werden, möchten wir dir das Geheimnis dieses Ortes anvertrauen.«

Stella beugte sich gespannt vor.

»Bereshit«, sagte Brainar mit ruhiger Stimme, »ist ein Hort der Wissenschaft. Einst wurde diese Stadt gegründet, um die Not der Menschen zu lindern, inzwischen betreiben die Herren dieses Hauses aber genau das Gegenteil. Was wir dir nun erzählen, wird dich viel Kraft kosten. Nicht nur weil diese Geschichte fast zu ungeheuerlich ist, als dass sie ein normaler Verstand akzeptieren könnte, sondern vor allem auch deshalb, weil du den Schleier, der über deinen Erinnerungen jenseits von Illúsion liegt, lüften musst, um uns zu folgen. Bist du dazu bereit?«

Stella nickte. Über den Tisch hinweg nahm sie Brainars zarte Hände in die ihren und sagte mit fester Stimme: »Ich bin bereit, die Wahrheit zu hören.«

Brainars violettfarbene Augen blickten sie forschend an. Dann schien der Junge von Stellas Standhaftigkeit überzeugt zu sein, denn er begann nun leise, aber fließend zu erzählen.

»Wir haben es bereits erwähnt: Geneses hat längst das Wohl der Menschen aus den Augen verloren. Sein oberster Herr ist ein Wissenschaftler, ein Professor mit Namen Arthur Meredith Lloyd. Er begann vor vielen Jahren das Buch zu erforschen, in dem der Bauplan allen Lebens aufgezeichnet ist.«

»Du meinst unsere Erbanlagen?«

»Genau davon reden wir. Der Professor wollte mit den Erkenntnissen seiner Studien gegen Viren und andere gefährliche Krankheitserreger vorgehen. Doch bald war diese edle Absicht nur noch Blendwerk. In Geneses verbreitete sich der Glaube, die Schöpfung sei eine einzige Serie von Pannen, die der Mensch allein beheben könne, ja *müsse*. Das Unglück nahm seinen Lauf, als man durch Genmanipulation ein Bakterium schuf, das so gut wie jedes Lebewesen befallen kann, aber nur beim Menschen tödlich wirkt. Sollte dieser künstliche Erreger freigesetzt werden, dann gäbe es binnen einer Woche kein menschliches Leben mehr. Damit wir uns richtig verstehen, Stella, wir reden nicht von einer Stadt oder einem Land, sondern von deiner ganzen Welt. Binnen Tagen wäre sie entvölkert.«

Stella blickte fassungslos in das Antlitz des Knaben. Und für einen Moment gerieten ihm seine Gesichtszüge außer Kontrolle. Er musste unter unsäglichen Schmerzen leiden. Aber dann hatte er sich wieder in der Gewalt. Er lächelte sogar, wohl nur, um Stella zu beruhigen.

»Deshalb haben wir dich gebeten uns allein aufzusuchen. Lloyd hat nämlich sein Geneses-Labor durch eine biologische Bombe sichern lassen, die das gefährliche Bakterium enthält. Wenn deine Begleiter, die du vorhin erwähnt hast, gewaltsam hier eingedrungen wären, dann hätten sie ihr Leben verspielt.«

»Und damit auch das der gesamten Menschheit«, hauchte Stella erschüttert. Unvermittelt spürte sie einen starken Druck am Hinterkopf.

»Was ist?«, fragte Brainar, dem das Zucken ihrer Hände nicht entgangen war.

»Nichts. Ich dachte für einen Moment nur, meine Schwindelanfälle würden wieder einsetzen, aber ich habe mich wohl getäuscht.« Sie festigte wieder den Griff um Brainars Hände, beugte sich über den Tisch und fragte eindringlich: »Kann man denn die biologische Bombe irgendwie entschärfen?«

Brainar antwortete nicht sogleich. Er sah Stella traurig an. Mit einem Mal erhob er sich von seinem Stuhl, ging zur Tür und öffnete sie leise. Angestrengt lauschte er in den Flur hinaus. Stella konnte von ihrem Platz aus Stimmen hören. Mehrere Männer schienen sich zu streiten. Nach einer Weile schloss der Knabe die Tür und kehrte zum Tisch zurück. Als er wieder auf seinem Stuhl saß, bewegten sich seine Hände wie automatisch auf die Stellas zu.

»Ist das Professor Lloyd da draußen?«, fragte sie mit Blick auf die Tür.

Ein schalkhaftes Funkeln stahl sich in Brainars Augen. »Es sind seine Leute. Sie versuchen seit Tagen wieder die Kontrolle über uns zu bekommen, aber es gelingt ihnen nur zum Teil. Es ist zwar unwahrscheinlich, dass sie uns hier entdecken, aber wir müssen trotzdem vorsichtig sein.«

Stella erinnerte sich an etwas, was Sesa Mina einmal zu ihr gesagt hatte. »Ich war eine Zeit lang im Zweifel, ob *ich* nicht irgendetwas Furcht Erregendes an mir habe, weil du ... ich meine, Draggy ... oder vielleicht auch ihr beide immer wieder vor mir geflohen seid. Wer hat euch nun wirklich dazu getrieben, Lloyds Leute oder ich?«

»Ihr alle.«

Stella sah Brainar fragend an.

»Als wir dir zum ersten Mal begegnet sind, ist uns deine Identifikationsnummer aufgefallen. Wir kennen sie von früher. Deshalb waren wir sehr erschrocken. Wir versuchten noch unseren Kagee-Text zum Server von America Online zu übertragen, aber du warst schneller und hast den größeren Teil davon entdeckt. Du weißt ja selbst, was dann geschah: Du bist uns bis zum AOL-Server gefolgt und hast uns dort auch noch den Rest abgejagt. Heute sind wir froh darüber, aber damals haben wir befürchtet, du könntest ein Spitzel DiCampos sein.«

»Du kennst DiCampo?«

»Dieser Raum hier«, Brainar machte eine umfassende Geste, »stellt das Archiv dar, in dem die Geschichte von Geneses niedergelegt ist, von den ersten Anfängen bis heute. Professor Lloyd und DiCampo sind das, was man gemeinhin Geschäftspartner nennt, auch wenn dies dem Herrn des Intruders bis vor kurzem nicht bewusst war.«

»Das musst du mir genauer erklären.«

»Arthur Lloyd erfuhr über seine Kontaktmänner im MIT – du nennst es, glauben wir, Masinof – von einem Projekt bei der NSA – deinem Enesa. Die Grundlagen für den Intruder wurden nämlich von Forschern des MIT geschaffen, ohne dass diese damals wussten, was aus ihren Entdeckungen einmal werden würde. Schon in diesen Tagen wandelte Lloyds brillanter Verstand offenbar hin und wieder auf verbotenen Pfaden. Jedenfalls erkannte er, welche Macht er erlangen konnte, wenn er den halbfertigen Intruder in seinen Besitz brachte und ihn weiterentwickelte. Deshalb schickte Lloyd einen Strohmann zu DiCampo, der dem Intruder-Projektleiter ein unverschämt gutes Angebot machte.«

»Und DiCampo hat die Intruder-Pläne verkauft, obwohl er nicht einmal ahnen konnte, ob er dadurch zum Vaterlandsverräter oder zum Komplizen irgendeiner verbrecherischen Organisation wurde. Ich fass es nicht!«

»Das ist richtig. Bis vor wenigen Stunden war ihm nicht bekannt, von wem er seinen Judaslohn erhalten hat. Aber es kommt noch schlimmer. Später, als sowohl Lloyd wie auch das Intruder-Projekt in einer Sackgasse steckten, spielte der Herr von Geneses DiCampo eine Droge zu ...«

»Den NeuroBooster!«, entfuhr es Stella. »Aber hat denn nicht DiCampos Arzt behauptet, den Wirkstoff selbst ...?«

»Wir kennen Dr. Gerrit aus den Archiven. Er hat die Droge

nur angepasst, damit sie für die kurzen Intruder-Reisen einsetzbar ist.«

Stella nickte bedächtig. All die bruchstückhaften Informationen der letzten beiden Wochen bekamen nun einen Sinn. Wie bei einem Puzzle fügten sich die Teile ineinander.

»Wir sehen, du erkennst die Zusammenhänge«, sagte Brainar zufrieden. »Das ist wichtig, denn es obliegt dir, die Herren von Intruder und Geneses ihrer gerechten Strafe zuzuführen. Dieser Fehltritt DiCampos, den wohl hauptsächlich die Geldgier trieb, ist nicht sein einziger geblieben. Als das Projekt durch den NeuroBooster einen entscheidenden Sprung nach vorne machte, verkaufte er die geänderten Pläne ein zweites Mal. Spätestens jetzt hätte er wissen müssen, dass es eine weitere Macht gab, die an etwas Ähnlichem wie seinem Intruder arbeitete.«

»Vielleicht wusste er es und hat gehofft diese fremde Apparatur in seine Gewalt zu bekommen.«

»Zumindest ist das heute sein Ziel. Um es zu erreichen, schreckt er vor nichts zurück.«

Stella nickte langsam. »Und du dachtest, ich sei einer von DiCampos Schergen. Kein Wunder, dass du vor mir geflohen bist.«

»Es gibt noch einen zweiten Grund. Lloyds Handlanger haben uns beobachtet, in Amico, Amon, Wallstrejo, Masinof und an all den anderen Orten, denen du so wunderschöne Namen gegeben hast. Wir mussten eine Spur auslegen, die du verfolgen konntest, ohne dass sie unseren Beobachtern auffiel.«

»Und da hast du einfach *Kagee* mit mir gespielt.«

»Es war nahe liegend. Das *Kagee* deines Vaters ist Teil unseres Wesens geworden.«

»Wie bist du an das Spiel gelangt?«

Brainar lächelte noch einmal, aber Stella konnte sehen, wie schwer es ihm fiel. »Das *Kagee* kam zu uns. Wie wir heute wissen, drang es in Tausende von Städten Illúsions ein. In nur wenigen Fällen bemerkte man es. Doch in Geneses entstand aus dem, was wir damals waren, und dem *Kagee* etwas Neues. Mit einem Mal konnten wir uns frei im Netz bewegen. Unfreiwillig wurde den Herren von Geneses dadurch der Weg geebnet. Sie wollten der Menschheit mit ihrer Forschung einen *neuen Anfang* geben. Leider haben sie nicht bedacht, dass ihre ›Schöpfung‹ sich auch gegen sie wenden könnte.«

»Und damit begann der Amoklauf des *Kagee*-Mutanten!«, flüsterte Stella.

»Wir finden diesen Namen nicht besonders schmeichelhaft. Er klingt so monströs!«

»Monströs, sagst du? Verdient nicht vieles von dem, was du getan hast, genau diese Bezeichnung?« Stellas Anklage wurde durch den sanften Ton ihrer Stimme gemildert.

»Wir wollten dich nur zu uns führen, dich auf uns aufmerksam machen. Unsere Absicht war nicht, jemanden zu verletzen. Das musst du uns glauben!«

»Du hast zwei Atomraketen abgeschossen, Brainar!«

»Und wir haben dafür gesorgt, dass sie entschärft werden konnten. Oder meinst du wirklich, wir hätten diese schrecklichen Waffen nicht auch zur Explosion bringen können?«

Stella starrte erregt in das Gesicht des blassen Knaben. Brainars Erklärung klang logisch. Die violetten Augen hielten den ihren stand, und dann war sie es, die den Blick zur Tischplatte senkte. Dabei entdeckte sie an ihren Händen eine sonderbare Veränderung.

»Brainar, sieh nur!«, rief sie entsetzt. »Ich werde älter.«

Die Haut an Stellas Händen war mit einem Mal runzelig geworden. Sie wirkte wie Pergament. Und die Veränderung ging weiter! Bestürzt streifte Stella die Ärmel hoch. Auch die Arme hatte der rasante Alterungsprozess schon befallen. Stella konnte regelrecht beobachten, wie neue Falten hinzukamen und braune Altersflecken sich wie Ameisen zu den Ellenbogen hinaufarbeiteten. Fassungslos fuhren ihre Hände zum Gesicht. Hier war die Haut noch glatt wie am Tag ihres ersten Erwachens in Illúsion.

»Was geschieht nur mit mir?«, jammerte sie, der Panik nahe.

Brainar stand von seinem Stuhl auf und fing wieder Stellas Hände ein, als seien sie aufgescheuchte Vögelchen. »Beruhige dich, Stella. Es ist DiCampo. Er will verhindern, dass du Illúsion jemals wieder verlässt. Wenn du hier zu einer senilen Alten wirst, vielleicht sogar stirbst, dann ist nichts mehr übrig, was in deine Welt zurückkehren kann. Aber noch hat er sein Ziel nicht erreicht. *Wir* werden das verhindern.«

Auch Stella erhob sich nun. Nur Brainars Griff hielt sie davon zurück, aufgeregt durch die Bibliothek zu laufen. »Dann musst du die Bombe entschärfen. Kannst du das?«

»Ja, wir könnten es.«

Stella fühlte, da gab es noch etwas Unausgesprochenes, was den Jungen von diesem rettenden Schritt abhielt. Gleichzeitig konnte sie sehen, wie ihre Haut immer schneller alterte. Nicht mehr lange und sie würde hysterisch schreiend durch diesen Keller rennen. Doch noch gelang es ihr, ihre Stimme unter Kontrolle zu halten.

»Was ist mit dir, Brainar? Warum hast du diese schreckliche Waffe nicht längst unschädlich gemacht?«

»Weil noch nicht der Zweck deines Kommens erfüllt ist.«

»Was?«

»Wir haben noch nicht unsere Bitte an dich gerichtet.«

»Warum zögerst du dann noch, Brainar? Ich werde alles in meiner Macht Stehende tun, um dir zu helfen.«

Brainar sah sie traurig an. »Dann töte mich.«

»Wie bitte?« Stella war fassungslos. »*Das* werde ich bestimmt nicht tun.«

»Du musst es aber, Stella. Wir können unser Leiden nicht länger ertragen. Im Grunde sind wir wirklich monströs. Wir haben kein Recht zu existieren.«

Stella entzog dem Knaben ihre Hand, nicht weil sie sich mit einem Mal von ihm abgestoßen fühlte, sondern um sich erneut ins Gesicht zu fassen. Als sie die ersten Falten ertastete, lief ihr ein Schauer von den Haarwurzeln den Rücken hinab. Schnell nahm sie wieder Brainars Hände und beugte sich zu ihm. Unter Aufbietung all ihrer Kräfte zwang sie sich zu einem ruhigen, freundlichen Ton.

»Eines hast du mir nicht verraten, mein kleiner Bruder. Wer bist du – oder vielmehr, *was* bist du?«

»Wir sind das Netz der Kinder, das Brain Array. Du weißt es doch längst, Stella. Wir spüren es.«

Bilder von Katzen tauchten in Stellas Geist auf, geschundenen Kreaturen, in deren Köpfen Kabel steckten und die allein zu dem Zweck am Leben erhalten wurden, ihre Gehirne in den Dienst einer abscheulichen Apparatur zu stellen. Stellas Verstand weigerte sich, den Gedanken zu Ende zu führen. Deshalb tat es nun Brainar für sie.

»Wir sind die Gehirne von vierundsechzig Kindern. Kurz nach unserer Geburt wurden wir an das Brain Array angeschlossen. Keiner von uns ist älter als fünf Jahre. Aber das stört den Professor und seine Leute nicht. Das Gehirn eines Menschen ist in den ersten Lebensjahren am leistungsfähigsten. Danach kann man es durch besseres Material ersetzen. Genau das wird hier in Bereshit getan. Wir sind alle Klone, Menschen, geschaffen aus einer einzigen Keimzelle und ausgetragen von Leihmüttern. *Das* ist die wirkliche schreckliche Errungenschaft von Geneses: Anfangs vervielfältigten sie nur Bakterien und Pflanzen, später Vieh, doch zuletzt haben sie sich sogar an den Menschen gewagt, einzig um sein Gehirn mit einer Maschine zu verbinden.«

»Aber das können sie doch nicht ...!«

»Stella.« Brainar drückte ihre Hände. »Glaube uns, sie *können* es und sie haben es getan. Wir, das Netz der Kinder, sind der lebende Beweis dafür. Deine Zeit in Illúsion wird knapp. Wir können dir nicht mehr alles erzählen. Nur so viel noch: Lloyd versprach sich Macht und Reichtum von seiner Erfindung. Anfangs redete er sich ein, er könne die Leistungsfähigkeit des Brain Array stundenweise verkaufen – noch nie hat es einen Computer wie diesen gegeben, nicht nur unglaublich schnell, sondern auch in der Lage kreativ zu denken. Später dann muss Lloyds Verstand die dunklen Seiten seiner Schöpfung ausgelotet haben. Mit Hilfe des Brain Array konnte er den Informationsfluss der ganzen Welt kontrollieren, ganz nach Belieben Daten stehlen oder manipulieren. Wir sind für ihn nur Mittel zum Zweck.«

Stella ging Brainars ungeheuerliche Bitte nicht aus dem Kopf. »Aber trotzdem seid ihr doch Kinder! Selbst wenn ich es könnte, würde ich euch niemals töten.«

»Allein wären wir nichts, nur brabbelnde Ungeheuer«, widersprach Brainar. »Erst durch das Brain Array werden wir zu jenem Metahirn, das gerade mit dir spricht. Aber wir sind nie wirklich ein zusammengehöriges Ganzes gewesen. Bis das Brain Array zu dem wurde, was es heute ist, wurden Scharen von geklonten Kindern wie Kerzen verbraucht: angesteckt und abgebrannt. Was spielt es da schon für eine Rolle, ob die letzten vierundsechzig von uns auch noch erlöschen?«

Sogar ohne ihre Hände konnte Stella nun spüren, wie ihr Gesicht immer schlaffer und faltiger wurde. Unwillkürlich sprach sie schneller. »So darfst du nicht reden, Brainar! Im richtigen Leben habe ich auch einen Körper, dessen Zellen sich ständig erneuern. Trotzdem werfe ich ihn nicht einfach weg.«

»Aber wir leiden unter unserem Dasein«, entgegnete Brainar und wie auf Befehl wurde sein schwacher Körper von einem heftigen Zittern ergriffen. »Auch wenn wir künstlich erschaffen wurden, sind wir doch Kopien echter Menschen. Wir können nicht länger auf diese Weise dahinvegetieren. Wir haben Schmerzen! Wir wollen sterben!«

»Nein, Brainar! Glaube mir, der richtige Weg ist nicht immer der, den *wir* uns aussuchen mögen. Es muss noch eine andere Möglichkeit geben. Ich verspreche dir, ich ...«

»Still ...!« Brainar lauschte. »Wir glauben, jemand nähert sich uns.« Er trippelte zur Tür und öffnete sie vorsichtig. Nun konnte auch Stella die Stimmen deutlich verstehen.

»... in diesen Gang. Schneller, Leute! Er muss sich irgendwo im Historienarchiv herumtreiben. Wenn er wirklich jemanden hier eingeschleppt hat, dann dürfen wir keine Zeit verlieren.«

Einen Herzschlag lang sahen sich Stella und Brainar erschrocken an.

»Komm!«, rief Brainar ihr zu und hielt Stella gleichzeitig seine kleine Hand entgegen.

Die zögerte nicht lange, sondern lief zu dem Jungen hin. Dabei stellte sie mit Grausen fest, wie ihre Glieder sich widersetzten. Den Rücken konnte sie nicht mehr gerade halten, Schmerzen in Schultern und Beinen plagten sie, als hätte sie stundenlang auf kaltem Steinboden geschlafen. Voller Schrecken wurde ihr bewusst: Sie war eine alte Frau geworden.

Mit einem Schlag löschte Brainar das Licht in der Bibliothek. Er hieb einfach seinen so unzulänglich geschützten Arm gegen die Glasröhre an der Wand. Augenblicklich kehrte Dunkelheit ein.

»Hier entlang«, raunte der Knabe.

Stella folgte einfach dem Zug seines Arms aus dem Archiv hinaus. Als sie sich umdrehte, konnte sie am Ende des Ganges einen Lichtschimmer sehen. Ihre Verfolger waren schon ganz nah.

»Aber wenn ich jetzt fliehe, was geschieht dann mit dir?«, fragte sie leise. Sie konnte in diesem Moment einfach nicht schweigen.

»Mach dir um uns keine Sorgen. Wir sind ihr liebstes Kind. Sie werden weiter versuchen uns unter Kontrolle zu bringen. Aber das lassen wir nicht zu.«

»Dann wirst du die biologische Bombe entschärfen?«

»Erst wenn du versprichst uns zu töten.«

»Brainar!« Stella merkte, dass sie laut geworden war, deshalb senkte sie die Stimme wieder, sprach dafür aber umso eindringlicher. »Brainar, das werde ich niemals tun!«

»Dann müssen wir unserem Dasein selbst ein Ende setzen. Wenn wir alle in Computern gespeicherten Informationen deiner Welt zerstören, dann werden auch wir aufhören zu existieren.«

Mit schmerzendem Rücken bog Stella um eine weitere Ecke des dunklen Kellerflurs. »Und die gesamte menschliche Zivilisation wird mit dir untergehen.«

»Nur so können wir verhindern, dass sich unser Leiden in anderen wiederholen wird.«

»Nein, Brainar!«, keuchte Stella. Ihr wurde schwindlig. »So darfst du nicht denken. Wenn du die I-Bombe zündest, sterben viele Unschuldige. Und die Übrigen werden nicht anders sein als zuvor. Die Menschen müssen von deinem Schicksal erfahren. Nur so werden vielleicht genügend zur Besinnung kommen ...«

In diesem Moment sah Stella ein mattes Licht. Sie hatten die Rückseite der Regalwand erreicht, die in den gewöhnlichen Keller des rosa Palastes zurückführte.

Brainar zog sie auf die andere Seite des Durchlasses und schloss die Geheimtür wieder.

Stellas Augen hatten sich inzwischen ausreichend an die Dunkelheit gewöhnt, um zu bemerken, dass es auch mit Brainar rapide bergab ging. Er hatte tiefe Augenringe und auf seiner Stirn stand der kalte Schweiß.

»Also gut, wir vertrauen dir, Stella. Von diesem Augenblick an können deine Begleiter jedes unserer Worte verstehen. Was wir also jetzt zu dir sagen, gilt auch ihnen als Hinweis: Wir werden die Bakterienbombe von Geneses entschärfen. Das versprechen wir dir, Stella. In weniger als fünf Minuten kann dieses Gebäude gestürmt werden.«

»Und ich verspreche euch alles zu tun, um das Netz der Kinder zu retten. Ihr müsst erwachen! Das ist euer Ausweg und nicht der Tod. Bestimmt werdet ihr eines Tages wie alle anderen Kinder auch sein. Ihr werdet spielen, im Wasser planschen und tun, was so kleinen Stöpseln eben Spaß macht.«

»Wir kennen eure Kinderwelt nicht«, sagte Brainar mit glasigen Augen, in denen Stella doch zum ersten Mal etwas anderes als Schmerz entdeckte. »Geh für uns voran!«, drängte der Kleine, nun wieder mit fester Stimme. Auch er hatte noch einmal all seine Kräfte gesammelt. »Du musst dich beeilen, damit DiCampo nicht Gewalt über dein Bewusstsein erlangt. Wenn er das erreicht, könnte er sich des Brain Array bemächtigen und es mit dem Intruder vereinen. Dann wäre kein Mensch mehr vor seinen Lauschattacken und Manipulationen sicher. Nur du kannst das verhindern, Stella!«

»Aber wird man mir denn glauben?«

»Wenn du wieder in deiner Welt bist, dann erinnere dich an den Raum, in dem wir eben miteinander gesprochen haben. Deshalb haben wir dich hingeführt. Dort findest du genügend Beweise, um die Schuld von Lloyd und DiCampo zu belegen. Und nun lauf!«

Stella drückte noch einmal Brainars Hände. Hinter dem Regal erklangen dumpfe Stimmen. Jeden Moment konnte sich die Geheimtür öffnen und die Verfolger ausspucken. Plötzlich, einem inneren Impuls nachgebend, griff Stella nach ihrer Schulter. Sie umfasste ein weißes weiches Fell und hielt es dem Knaben hin.

»Hier, nimm das.«

»Dein Frettchen?«

»Du hast gewusst, dass es kein Pelzkragen ist?«

Brainar lächelte. »Draggy und der Iltis haben dieselbe Lehrerin!«

»Gib gut auf den Kleinen Acht«, sagte Stella an Sesa Mina gewandt.

Das Frettchen begann sich mit einem Mal zu bewegen, als sei es eben aus einem Dornröschenschlaf erwacht. »Das werde ich, Stella. Ich habe immer getan, was du dir von mir gewünscht hast.«

»Das weiß ich. Und dafür danke ich dir! Lebt wohl, ihr beiden.«

»Bis bald«, erwiderte Brainar und Sesa Mina fügte hinzu: »Vergiss mich nicht.«

Stella schüttelte den Kopf. Eine Träne rollte ihr über die faltige Wange. Noch einmal hob sie zum Abschied die Hand. Dann schlurfte sie wie eine gebrechliche alte Frau zur Treppe hinüber. Keinen Augenblick zu spät, denn schon begann sich die als Regal getarnte Geheimtür zu bewegen.

Als Stella einen letzten Blick in den Keller hinabwarf, waren

Brainar und Sesa Mina bereits verschwunden, und ehe die Verfolger noch durch die Tür stürmen konnten, hatte das alte Mädchen es ihren Freunden gleichgetan.

Oben, im Erdgeschoss des rosa Palastes, befand sich Stella noch lange nicht in Sicherheit. Über kurz oder lang würden die Verfolger auch hier heraufkommen, um nach Brainars verbotener Begleitung zu suchen. Verzweifelt blickte Stella auf ihre Hände. Sie waren von Gichtknoten durchsetzt. Die Fingerknöchel traten grotesk hervor.

Mühsam schleppte sie sich den Flur entlang. Sie hatte noch nicht einmal die große Eingangshalle erreicht, als hinter ihr schon wieder Stimmen erklangen.

»Sie müssen nach oben gelaufen sein.« Dann folgten Schritte.

Stella glaubte, ihre Kräfte würden sie jeden Moment verlassen, als sie in das Foyer stolperte. Schon flog hinter ihr die Tür auf, die sie zuvor leise geschlossen hatte. Zu ihrem größten Entsetzen schlitterten drei Gestalten, die mit menschlichen Wesen wenig gemein hatten, über den glatten Boden.

Ihre Verfolger glichen eher schon großen Insekten. Sie bewegten sich auf vier stelzenartigen Beinen vorwärts, ein weiteres Gliederpaar diente offenbar zum Greifen. Die Köpfe der Kreaturen besaßen mit scharfen Zangen bewehrte Mäuler und Augen, auf denen Tausende von Facetten schillerten. Ein brauner Chitinpanzer schützte die bizarren Körper. Stella hörte ein durchdringendes Zirpen, dann wieder ganz verständliche Worte.

»Dort! Es ist nur ein wehrloses Mütterchen. Ergreift sie, bevor sie nach draußen gelangen kann.«

Der Sprecher musste wohl der Anführer der drei sein, denn die anderen beiden schickten sich nun an, den Befehl zu befolgen. Dabei stießen sie auf unerwartete Schwierigkeiten, der glatte Mosaikboden wollte ihren harten, mit Widerhaken besetzten Füßen keinen rechten Halt geben.

Stella kämpfte sich dem Ausgang entgegen und schaute sich dabei immer wieder nach ihren Verfolgern um. Jetzt standen sie mit seltsam gespreizten Beinen im Flur, trinkenden Giraffen nicht unähnlich. Doch schon hatten sie das Gleichgewicht wiedergefunden. Behutsam, aber unaufhaltsam stakten sie los und gewannen schnell an Geschwindigkeit.

Verzweifelt schlurfte Stella weiter. Ihre Füße fühlten sich kalt an, wie fremde Wesen, die nicht mehr zu ihr gehörten. Sie schien in einen aussichtslosen Wettlauf verwickelt zu sein. Die fürchterlichen Insektenwesen flogen nun förmlich heran. Der Ausgang des rosa Palastes erschien ihr unerreichbar fern …

Da hallte ein lautes Krachen durch die Eingangshalle. Die Flügel des Portals wurden nach außen gerissen. Stella sah ungläubig, wie die schweren Holztüren, Blättern in einem Herbststurm gleich, über den großen Platz davonwirbelten. Noch bevor sie ganz aus ihren Augen verschwanden, griff eine unheimliche Kraft nach ihrem Körper.

Sie kannte diese Naturgewalt. Die gleiche unsichtbare Faust hatte sie tags zuvor in dem Elfenbeinturm gepackt. Im Herumwirbeln sah sie die erstaunten Insekten in der Halle stehen. Ihre Köpfe waren schräg gelegt. Sie verstanden nicht, welche Gewalt ihnen da ihre Beute entriss, zumal sie doch selbst nicht den geringsten Hauch verspürten.

Dann wurde Stella emporgeschleudert. Der Eingang mit den Panzerwesen stürzte unter ihr weg. Der rosa Palast schrumpfte wie ein misslungener Windbeutel zusammen. Immer höher flog sie hinauf, bis sogar das Reich Illúsion unter ihr zu einem tellergroßen Fleck im Dunkel des sternenlosen Alls geworden war.

Stellas letzter Gedanke bestand in einem ehrfürchtigen Staunen. Illúsion war wunderschön! Es erinnerte sie an ein Spinnennetz, in dem der Tau der Morgensonne glitzerte. Doch als sie den Fäden folgen wollte, die ihre Welt im Universum festhielten, verirrte sich ihr Blick in die Unendlichkeit des Nichts.

Der Zusammenbruch

Walter Friedman war hin und her gerissen zwischen Pflichtgefühl und pochendem Gewissen. Was sollte er tun? DiCampo wollte Stella Kalder in einen ewigen Dämmerzustand schicken. Auch ihren Vater wollte er aus dem Weg räumen.

Während die Minuten verrannen, kämpfte Friedman gegen seine Zweifel an. Die NSA mochte Menschen bespitzeln, ihre Daten stehlen, sie vielleicht sogar manipulieren, aber das, was DiCampo vorhatte, war eindeutig nicht mehr mit ihren Methoden vereinbar. Andererseits hatte der Intruder-Projektleiter gesagt, die nationale Sicherheit der Vereinigten Staaten stehe auf dem Spiel. Auf diesem Altar waren schon viele Menschenleben geopfert worden, erinnerte sich Friedman mit Bitterkeit.

Dann wieder dachte er an Stella, dieses widerborstige Mädchen, das ihm nicht traute und trotzdem etwas Liebenswertes an sich hatte. Nein, er durfte den Dingen nicht ihren Lauf lassen. Er musste den Kalders helfen.

Nachdem dieser Entschluss erst einmal gefasst war, begab er sich schnell zur Seitentür des Truckanhängers. Er klopfte energisch dagegen. Nichts geschah. Friedman klopfte noch einmal, und wieder und wieder.

Endlich schwang die schmale Tür nach außen auf und Gwen schüttete ihren ganzen Zorn über ihn aus.

»Bist du verrückt geworden, Walter? Wir sind mitten im Cybertrip.«

»Hol mir den Professor.«

»Nicht jetzt, Walter. Er besteht darauf, bei seiner Tochter zu sein.«

»Um die gerade geht es. Ich *muss* Professor Kalder sprechen.«

Friedmans Verzweiflung hatte gewissermaßen seiner Stimme Flügel verliehen. Mark verstand im Inneren des Anhängers jedes seiner Worte. Der Kopf von Stellas Vater erschien neben dem von Gwen.

»Was ist denn los, Walter? Warum sind Sie so aufgeregt?«

»Ich muss mit Ihnen reden, Mark. Jetzt! Es geht um Stella. Und um DiCampo.«

»Hat das nicht Zeit bis nach ihrer Reise?«

»Eben nicht!«, entfuhr es Friedman.

Endlich begriff Mark, dass es um etwas Entscheidendes ging. Er sprang aus dem Anhänger und gab Gwen ein Zeichen, zu Stella zurückzukehren. »Was ist los, Walter?«

Der Sicherheitschef fuhr sich mit der Hand über die Haare am Hinterkopf. Er setzte zu einer Antwort an, deutete dann aber mit dem Kopf zur Zugmaschine des Trucks hin. Mark folgte Friedman bis zur Lücke zwischen Sattelzug und Camper.

»Da drin stecken DiCampo und John McMulin«, flüsterte Friedman, während er mit dem Daumen über die Schulter wies.

»Das weiß ich. Es gefällt mir auch nicht, aber ich kann nichts dagegen unternehmen.«

»Ich habe zufällig ein Gespräch der beiden belauscht.«

Marks Augenbrauen hoben sich. Und seine Besorgnis wuchs mit jeder Sekunde, die er der knappen Zusammenfassung von Friedmans zufälliger Lauschaktion folgte.

»Danke«, sagte Mark leise, als der Intruder-Sicherheitschef geendet hatte. Marks Augen versprühten Entschlossenheit. »Wir müssen das Unternehmen abbrechen. *Sofort!* Können Gwen und deren Kollegen in dem Truck das tun?«

Friedman schüttelte bedauernd den Kopf. »DiCampo kann den Intruder komplett von seinem Kontrollzentrum aus steuern, wenn er will, sogar in den Simulationsmodus umschalten. In diesem Fall zeigen die Instrumente im Truck völlig verkehrte Werte an …«

»… und die Ingenieure denken, alles sei in bester Ordnung«, schlussfolgerte Mark grimmig. »Hat mich schon immer interessiert, ob ich diesem Roten John gewachsen bin.«

»Sie wollen das Wohnmobil stürmen?«

Mark grinste. »Sozusagen.«

»Selbst wenn ich dadurch zum Vaterlandsverräter werde: Ich mache mit.«

Mark ließ dankbar seine Hand auf die Schulter des NSA-Manns sinken. Dann schlichen sich beide hinter das Wohnmobil.

»Und wenn die Tür verschlossen ist?«, flüsterte Mark zu Friedman.

»Dann muss ich DiCampo unter einem Vorwand dazu bringen, sie zu öffnen. Probieren Sie's einfach aus.«

Mark nickte. Behutsam drehte er am Verschluss der Tür. Sie war offen. Stimmen drangen aus dem Inneren des Wagens. DiCampos quengelndes Organ war nicht zu verkennen.

»Können Sie nicht schneller machen, McMulin?«

»Es dauert einige Minuten, bis wir ihre neuronalen Strukturen ausreichend stark destabilisiert haben. Erst dann können wir sie mit der Maximaleinstellung festbetonieren.«

»Dann nehmen Sie weniger Wasser und dafür mehr Zement.«

»Sir?«

»*Beeilen* Sie sich, McMulin! Sie haben auf dem Monitor des Reiseprotokolls doch gesehen, dass die Kleine Kontakt aufgenommen hat.«

»Dummerweise hat ihr Gesprächspartner nach den ersten Sätzen aber wieder auf Verschlüsselung umgeschaltet. Ich werde aus dem Kauderwelsch nicht schlau, Sie etwa?«

»Was spielt das für eine Rolle? Vermutlich wird ihr dieser Brainar gerade brühwarm einige Lügen über uns auftischen.«

Mark nickte Friedman zu. Die Rollen bei ihrem Kommandounternehmen hatten sie schon vorher verteilt. Friedman sollte sich auf DiCampo stürzen, während Mark sich des Roten Johns anzunehmen gedachte. Sie holten noch einmal tief Luft – da spürten beide plötzlich etwas Kaltes, Hartes im Nacken.

»Keine Bewegung«, sagte einer der beiden Soldaten.

Mark konnte sich trotzdem nicht verkneifen den Kopf leicht zu Friedman hinzuwenden.

Hinter dem Sicherheitschef stand ein Mann von den Special Forces. Sein Gesicht war wie bei der Kriegsbemalung eines Indianers mit schwarzen Streifen dekoriert.

»Was ist da draußen los?«, ertönte auch schon aus dem Wohnmobil DiCampos Stimme. Mit wenigen Schritten war er bei der Tür und öffnete sie nun ganz. Als er die beiden Gefangenen sah, breitete sich ein schadenfrohes Lächeln über seinem Gesicht aus. »Professor Kalder und mein hoch geschätzter Sicherheitschef.« Die freundliche Miene verwandelte sich augenblicklich in eine ausdruckslose Maske. An die Soldaten gewandt befahl er: »Nennen Sie mir Ihre Namen und erstatten Sie Bericht!«

»Private Buckfist und Private Willbur, Sir. Sah ganz danach aus, als wollten die zwei in den Wagen eindringen, Sir. Hatten bereits die Tür geöffnet und lauschten hinein, Sir.«

DiCampo nickte. Er gönnte sich wieder ein triumphierendes Lächeln. »Ich werde Ihre Wachsamkeit bei General Slider lobend erwähnen, meine Herren. Bin froh, dass ich ihn um Posten gebeten habe. Unser Verdacht hat sich also bestätigt: Als Entwickler des SKULL-Systems war es nur allzu wahrscheinlich, dass Professor Kalder mit den Cyberterroristen unter einer Decke steckt. Es enttäuscht mich allerdings, dass er ausgerechnet meinen Sicherheitschef für seine Machenschaften gewonnen hat. Ich muss mich demnächst unbedingt um ein besseres Auswahlverfahren kümmern.«

Mark kämpfte gegen ein inneres Zittern an. Während DiCampo da in beispielloser Arroganz über seine Personal- und Sicherheitspolitik dozierte, arbeitete John McMulin seelenruhig an den Kontrollinstrumenten des Intruders weiter. Die Minuten verstrichen und Mark konnte nicht das Geringste für seine Tochter tun.

»Was sollen wir mit den beiden machen, Sir?«, fragte der Gefreite Buckfist, der schon die ganze Zeit über das Wort geführt hatte.

»Nehmen Sie Kalder und Friedman unter Arrest. Wenn sie versuchen zu fliehen, erschießen Sie sie.«

»Sir?«

»Die beiden sind Spione. Sie haben das Leben unzähliger Amerikaner auf dem Gewissen. Diese Terroristen sind nicht zimperlich, wenn sie einen von uns umbringen können. Denken Sie immer daran und handeln Sie entsprechend. Haben wir uns verstanden, Buckfist?«

»Jawohl, Sir«, antwortete dieser schneidig.

Mark wog seine Chancen ab, die beiden Soldaten zu entwaffnen. Aber er verwarf diesen Plan schnell wieder. Die Special Forces waren eine Eliteeinheit. Diese Männer besaßen eine exzellente Nahkampfausbildung. Sich mit ihnen anzulegen konnte nur in einem Fiasko enden. Und doch wollte er den kalten Stahl der Gewehrmündung in seinem Nacken nicht akzeptieren. Wenn er den Männern jetzt zu irgendeinem Fahrzeug folgte, würde er seine Tochter bestenfalls als Komapatientin wiedersehen, für nichts und niemanden ansprechbar, ewig gefangen in einem endlosen Traum.

Er erinnerte sich an das Versprechen, das er Stella vor ihrem Wegsacken in den Cyberspace gegeben hatte. Ich bleibe bei dir, hatte er versprochen. Marks Rückenmuskeln spannten sich. Er musste wenigstens versuchen Stella zu retten.

»Lassen Sie die Waffen fallen!«

Mark glaubte sich verhört zu haben. Verwirrt drehte er den Kopf. Was er da plötzlich aus dem Blattwerk des Waldes auftauchen sah, war einfach unglaublich. Es handelte sich um ein halbes Dutzend Männer in dunklen Kampfanzügen, bekleidet mit kugelsicheren Westen, bewaffnet mit automatischen Gewehren und beschirmt mit Baseballkappen, auf denen nur drei Buchstaben standen: FBI.

»Bringt ihr da nicht irgendwas durcheinander, Jungs?«, fragte Buckfist. Noch hatte er sein Gewehr in der Hand, wagte aber keine Bewegung.

»Dasselbe könnte ich Sie fragen«, antwortete ein siebter FBI-Mann, der nun ebenfalls wie aus dem Nichts erschienen war. »Sie bedrohen die Männer, die uns womöglich vor der größten Katastrophe dieses Jahrhunderts gerettet haben. Ich, Colonel Heyser, habe das Kommando über diese Spezialeinheit. Ich wiederhole noch einmal: Legen Sie Ihre Waffen nieder, sonst machen wir von den unseren Gebrauch. Das wäre zwar unerfreulich für beide Seiten, aber glauben Sie mir, der Befehl dazu ist schon erteilt.«

Als Buckfist und Willbur endlich vor der Übermacht kapitulierten, wandte sich der Colonel dem Intruder-Projektleiter zu, der das ganze Schauspiel mit ungläubigem Staunen verfolgt hatte.

»Dr. DiCampo, Sie sind verhaftet.«

»Was?«, gellte die schrille Stimme des Italieners. Er hatte längst begriffen, in welch auswegloser Lage er sich befand. Fliehen konnte er nicht, aber Zeit gewinnen.

Siedend heiß wurde Mark bewusst, dass der Rote John seinem Boss nicht zu Hilfe geeilt war. Ohne Frage hatte DiCampos rechte Hand eindeutige Anweisungen: Stella sollte nie mehr erwachen, denn sie war Kronzeugin für eine mögliche Anklage gegen den Intruder-Chef. Noch immer arbeitete McMulin an den Kontrollinstrumenten des Intruders. Er musste unbedingt gestoppt werden!

»Ich hab hier was für dich, Walter. Nimm's mir doch bitte ab«, sagte Mark plötzlich. Die Einstiegsöffnung des Wohnmobils befand sich gut einen halben Meter über dem Waldboden. Mark hatte einfach den in der Tür stehenden DiCampo an den Knöcheln gepackt und dessen Füße mit einem heftigen Ruck nach vorne gezogen. Sein völlig überraschter Kontrahent verlor darauf das Gleichgewicht, fiel rückwärts mit dem Kopf gegen einen Garderobenschrank und blieb benommen liegen.

Diese Aktion weckte nun doch die Beschützerinstinkte des hünenhaften NSA-Mannes. Mit vier langen Schritten kam er seinem Chef zu Hilfe. In der ganzen Hektik war ihm aber entgangen, dass Mark bereits gut versteckt hinter einer Anrichte im Wohnmobil kauerte. Als Friedman den Projektleiter wie einen nassen Sack aus dem Wagen zerrte, traf den Roten John unvermittelt ein Schlag.

Beim Erscheinen McMulins vor dem Türausschnitt war Mark wie ein Leopard emporgeschnellt und hatte seine Faust punktgenau auf der Kinnspitze des Bodyguards platziert. Der geriet daraufhin ins Taumeln, verdrehte die Augen und kippte mit etwas Nachhilfe von Seiten seines Angreifers genau aus der Tür des Campers. Unten wurde er von hilfreichen Händen empfangen und in Gewahrsam genommen.

Mark schüttelte seine schmerzende Rechte und grinste wie ein Fuchs im Hühnerstall. »Ich *hasse* Gewalt.«

»Fällt mir schwer, das zu glauben, wenn ich Ihr Gesicht sehe«, antwortete Friedman amüsiert.

»Ich bin auch nur ein Mensch, Walter. Das war schon lang einmal fällig!«

»Was denn? Dem Italiener den Boden unter den Füßen wegzuziehen oder McMulin eins auf die Mütze zu geben?«

»Beides.« Mark sah Hilfe suchend zu dem Einsatzleiter der FBI-Antiterroreinheit hin. »Haben Sie jemand mitgebracht, der sich mit den Apparaten hier drin auskennt, Colonel Heyser?«

Bevor noch der drahtige Mittdreißiger antworten konnte, meldete sich eine auffallend hohe Stimme von der Motorhaube des Campers her.

»Ja, das hat er.«

Mark beugte sich verwundert aus dem Fahrzeug, um zu sehen, wer da gesprochen hatte, und wurde gleich mit zwei Überraschungen konfrontiert.

Die erste bestand in einem schmalbrüstigen mittelgroßen Schwarzen, höchstens dreißig Jahre alt, der mit seinen weißen Turnschuhen und dem provokant bedruckten T-Shirt überhaupt nicht zu den knallharten FBI-Leuten passen wollte. Mit seinen zotteligen Rastalocken hätte er schon eher als Mitglied einer Reggaeband durchgehen können. Der Mann kam strahlend lachend auf Mark zu, als wolle er ihm einen nicht ganz astreinen Gebrauchtwagen aufschwatzen.

Obwohl ihn diese seltsame Erscheinung schon genug irritierte, war Mark erst recht wie vom Donner gerührt, als er die zweite Gestalt hinter dem Rastalockenmann hervortreten sah.

»Viviane!« Dieses eine Wort brachte er noch zu Stande. Dann übermannten ihn seine Gefühle. Er stolperte aus dem Wohnmobil und nahm gar nicht mehr wahr, dass der komische Typ an ihm vorbei in den Wagen sprang, um sich sofort hinter eine Computertastatur zu klemmen. Für Mark gab es im Augenblick nur einen Menschen, nur sie.

Viviane fiel ihrem Mann ungehemmt weinend um den Hals. »Sind wir zu spät gekommen, Mark?«

»Ich würde sagen, gerade rechtzeitig. Aber nun beruhig dich erst einmal, Schatz. Wer ist denn dieser Reggaemann, den du da mitgebracht hast?«

Viviane beugte sich zurück, um Mark in die Augen sehen zu können. Sie wischte sich mit dem Zeigefinger die Tränen aus dem Gesicht und antwortete: »Wer soll das schon sein? Stella und du habt ihn doch zu mir geschickt!«

Mark blickte verblüfft zum Wohnmobil, aus dessen Türöffnung das hektische Klappern einer Computertastatur erklang. »Das ist ...?«

Viviane nickte lächelnd. »The Dark Listener.«

Ein befreiendes Lachen entrang sich Marks Kehle. »Warum stellen wir uns das Unbekannte nur immer groß und geheimnisvoll vor, wenn das wirkliche Leben doch oft so einfach ist? Ein Schwarzer! Deshalb also *Dunkler* Lauscher.«

»Und im Lauschen ist er wirklich perfekt! Am Computer

hat er schon so manche üble Machenschaft aufgedeckt. Hat er mir jedenfalls erzählt. Wir sollten jetzt nach Stella sehen.«

Mark nickte. Denselben Gedanken hatte er auch gehabt. Doch bevor beide noch etwas unternehmen konnten, erschien Lauschers lachendes Gesicht in der Tür des Wohnmobils. Colonel Heyser hatte DiCampo im Gegensatz zu seinem Komplizen noch nicht abführen lassen, weil nicht sicher gewesen war, ob für die Abschaltung des Intruders noch einmal seine Hilfe vonnöten sein würde. Aus diesem Grund konnte der dunkle Rastalockenkopf dem Intruder-Projektleiter nun auch ein zuckersüßes Lächeln schenken.

»Hättest nicht gedacht, mich so bald wieder zu sehen, was, *amico mio*?«

DiCampo spuckte Blut – bei seinem Sturz musste er sich auf die Zunge gebissen haben. »Ich hätte mir denken können, dass Sie hinter dieser albernen Ansichtskarte stecken, Brown.«

»Na ja, jetzt können Sie ja in Ruhe über alles nachdenken.« Das Lächeln des Lauschers wurde noch breiter. »Sie haben nämlich einen längeren Urlaub auf einer schönen Insel gewonnen, Alban. Wünsche gute Erholung.«

»Sie Schwachkopf können mich mal! Sie werden gegen mich nie genug in die Hand bekommen. In spätestens drei Tagen bin ich wieder in Amt und Würden und werde *Sie* über den ganzen Globus jagen.«

»Abwarten und Tee trinken, Alban. Apropos Schwachkopf: In drei Monaten ist Welt-Organspenden-Tag. Schon mal dran gedacht, Ihr Gehirn zur Verfügung zu stellen, gleich jetzt, meine ich?«

DiCampo bäumte sich kurz gegen die vier starken Hände auf, die ihn fest hielten. Am liebsten wäre er wohl dem Lauscher an die Gurgel gegangen. Doch dem zangenartigen Griff der FBI-Beamten konnte er sich nicht entwinden. Stattdessen spuckte er ein weiteres Mal Blut.

»Können wir ihn wegschaffen?«, wandte sich Colonel Heyser an den Lauscher.

Der nickte. »Nur zu. Unser Sternchen in dem Truck da drüben wird hoffentlich bald zu sich kommen. Ich habe die Aufweckprozedur eingeleitet und die übrige Bedienmannschaft informiert.«

»Mich braucht ihr im Moment ja wohl nicht mehr«, sagte Friedman. »Ich benachrichtige die Einsatzleitung über den Stand der Dinge. Wir sehen uns später, Leute.«

Mark hob wie zum Abschied die Hand.

Und von der erhöhten Warte des Wohnmobils herab widmete der Lauscher nun sein ungeteiltes Lächeln dem erleichterten Elternpaar.

»Na, wie habe ich das gemacht?«

»Kommen Sie runter und lassen Sie sich umarmen«, antwortete Mark strahlend.

Lauscher sprang aus dem Wagen und nahm die Einladung an. »Im richtigen Leben heiße ich übrigens Barney, Barney Brown. Hab's gern einfach und informell. Geht das klar?«

»Kein Problem, Barney. Ich bin Mark. Aber das weißt du ja schon.«

»Ein heller Kopf, unser Lauscher«, sagte Viviane lächelnd.

»So helle, dass sich davon meine Haare rollen«, lachte Barney.

»Du musst mir später unbedingt ausführlich erzählen, wie ihr das hier«, Mark deutete mit einer raumgreifenden Geste auf die zahlreichen FBI-Leute, »zu Stande gebracht habt. Aber jetzt muss ich mich um Stella kümmern. Eines würde mich aber doch noch interessieren: Woher hast du deine Informationen über das Intruder-Projekt? Ich dachte, es sei so geheim, dass nicht einmal der Name nach außen dringen dürfe.«

»Ist es auch. Aber ich war mal *drinnen*. Hab zu DiCampos erster Mannschaft gehört. Als dann die Unfälle mit Tom Winfield und Ian McCubbin passierten, hatte ich ein für alle Mal von der NSA die Nase voll. Hab mich von diesem Zeitpunkt an als Ethical Hacker durchgeschlagen, also mit Erlaubnis von Firmenbossen die Sicherheit ihrer Computer und Netzwerke ausgetestet. Hin und wieder fordert mich auch die Computer Crime Squad des FBI an. War ganz nützlich, dieser Kontakt; hat ja dann auch Viviane und mir sogar den Weg zum Präsidenten geebnet.«

»Der Präsident hat höchstpersönlich diesen Einsatz befohlen?«, fragte Mark erstaunt.

Barney nickte grinsend. »Hat sofort grünes Licht gegeben, als er hörte, dass die Enkelin seines alten Juraprofessors zur Rettung der Nation ausgezogen ist und nun in der Klemme steckt.«

Mark musterte Barney von Kopf bis Fuß. Schmunzelnd registrierte er die Aufschrift seines T-Shirts. »Starke Kryptografie für alle!«, stand darauf.

»Bist schon ein echt schräger Vogel, Barney, aber du gefällst mir. Kann es sein, dass wir uns schon einmal irgendwo begegnet sind?«

Barneys Grinsen wurde wieder breiter. »Hab mich schon gefragt, ob du auch von selbst drauf kommst, Professor. Als du noch als Doktorand in Berkeley gearbeitet hast, hab ich einige Vorlesungen bei dir besucht.«

»Und hin und wieder einige ziemlich respektlose Fragen gestellt!« Mark lachte. »Jetzt erinnere ich mich! Komisch, als ich zum ersten Mal deinen Nickname in Stellas Reiseprotokoll las, kam er mir gleich irgendwie bekannt vor.«

»An der UC war ich noch *The Dark Discoverer* – dieselbe Hautfarbe, ähnliche Mission. Der Dunkle Entdecker hat schon damals eine Menge interessanter Sachen im Cyberspace ausgegraben, die andere Leute lieber unter den Datenteppich gekehrt hätten.«

Mark klopfte Barney auf die Schulter. »Alles klar, jetzt bin ich wieder auf dem Laufenden. Danke, mein Freund. Aber nun lass Viviane und mich erst einmal nach Stella sehen.«

Barney setzte sich gemeinsam mit Stellas Eltern in Bewegung. »Wenn ihr nichts dagegen habt, komme ich mit. Bin schon ganz gespannt, wie Schnuppe IRL aussieht.«

Als Antwort hakte sich Viviane links bei ihrem Mann und rechts bei Barney ein. Die drei waren kaum zehn Schritt weit gegangen, als schon Agaf, Benny und Kimiko von einem anderen Lastwagen herübergeeilt kamen. Die Japanerin warf einen Blick auf die attraktive Frau an Marks Seite und dieser glaubte für einen kurzen Moment so etwas wie Enttäuschung in ihrem Gesicht aufflammen zu sehen. Doch eine Sekunde später war dieser Anflug von Bedauern auch schon wieder verschwunden. Kimiko lächelte wie jemand, der ein widerspenstiges Puzzleteil endlich am richtigen Platz untergebracht hat.

Nachdem Mark seiner Begleitung kurz die für ihn wichtigsten Mitglieder des Cyberworm-Teams vorgestellt hatte, war Agaf nicht mehr zu bremsen. »Wir haben auf unseren Kontrollmonitoren Stellas Reise mitverfolgt«, sagte er aufgeregt. »Sie hatte einen Kontakt! Irgendjemand in Geneses hat mit ihr gesprochen. Aber nach einer kurzen Eröffnungssequenz lief die ganze Unterhaltung verschlüsselt weiter. Wir dachten schon, das war's, da wurde der Dialog plötzlich wieder verständlich – ich denke, mit voller Absicht, Mark.«

»Mach's nicht so spannend. Ich möchte endlich zu Stella in den Truck. Was hat sie denn gesagt?«

»Mir kam es vor – jetzt lach mich bitte nicht aus –, als spreche sie mit einer Schar Kinder. Da war die Rede von einer Bakterienbombe, die inzwischen aber entschärft sein müsste. Ich habe Colonel Heyser und General Slider bereits informiert. Die Erstürmung des Geneses-Areals kann jeden Augenblick losgehen.«

»Das Netz der Kinder«, flüsterte Mark mit starrem Blick. »Hat Stella noch irgendetwas über die Kinder gesagt? Versuch dich daran zu erinnern, Agaf! Es ist wichtig.«

»Moment ... Da war noch was ...«

»Sie hat versprochen das Netz der Kinder zu retten«, half Benny aus. »Sie sagte ungefähr Folgendes: ›Ihr müsst aufwachen! Das ist euer Ausweg und nicht der Tod.‹«

»Und dann erwähnte ihr Gegenüber noch etwas von Beweisen gegen Prof. Lloyd und Dr. DiCampo«, erinnerte sich Kimiko.

Mark nickte. »Agaf, sieh zu, dass du den Colonel oder den General findest, oder wer immer diese Operation jetzt leitet. Sie sollen sich im Geneses-Komplex nicht wie die Berserker aufführen. Es befinden sich wahrscheinlich Kinder dort.«

»Als Geiseln?«, fragte Agaf verwundert.

Mark schüttelte den Kopf. »Die Männer der Spezialeinheit sollen sich auf Schlimmeres gefasst machen. Ich hab da so eine Ahnung. Aber wenn sie die Kinder finden, sollen sie nichts anrühren und sofort Ärzte und Sanitäter einschalten.«

Agaf runzelte die Stirn, nickte dann aber. »Heyser hat übrigens General Slider einige eindeutige Dokumente vorgelegt. Die Special Forces und die Antiterroreinheit des FBI arbeiten jetzt zusammen. Slider will sich noch für das Verhalten seiner Leute bei dir und Friedman entschuldigen ...«

»Das hat Zeit bis später, Agaf. Jetzt muss ich mich wirklich ...«

»Prof. Kalder?«

Mark zuckte erschrocken zusammen. Er hatte Gwens Kommen überhaupt nicht bemerkt. Etwas an ihrer Stimme gefiel ihm nicht. »Was ist passiert, Gwen?«

»Stella. Sie wacht nicht auf.«

Viviane stieß einen Entsetzenslaut aus.

»Aber ...« Mark starrte die kräftige Ingenieurin ungläubig an. »Ist sie nicht ... Ich meine, das ist doch auch schon früher so gewesen. Sie ist erschöpft und braucht eben eine Weile, bis ...«

»Nein, Professor.« Gwen hatte mitfühlend ihre Hand auf den Arm der verstörten Mutter gelegt. »Bisher konnten wir an unseren Instrumenten immer genau mitverfolgen, wie sie allmählich aufwachte. Selbst gestern, als sie so lange brauchte, um zu sich zu kommen. Aber heute ...«

»Ja?«

Gwen holte tief Luft. »Es tut mir Leid, Professor Kalder. Aber ich kann keine Anzeichen dafür ausmachen, dass Ihre Tochter aus dem Traumzustand erwacht.«

Die Männer von Colonel Heyser hatten die Absicherung des Geländes übernommen. Aufgabe von General Sliders Leuten war die Erstürmung des Gebäudekomplexes. Man hatte sich auf diese Arbeitsteilung geeinigt, weil die beiden Spezialeinheiten von ihrer Ausbildung her getrennt besser agieren konnten als zusammen. Eines aber hatten alle Kämpfer gemein: Sie trugen Gasmasken – als wenn das die von Brainar erwähnten Killerbakterien hätte irgendwie beeindrucken können.

Die Überwältigung des Pförtners dauerte nur Sekunden. Bevor er noch Alarm schlagen konnte, lag er schon schwer atmend mit dem Gesicht am Boden und wartete auf den Abtransport. Ein Mann der Special Forces übernahm die Rolle des Sicherheitsbeamten. Verkleidet war er bis auf eine Entfernung von dreißig Schritt vom Original nicht zu unterscheiden.

Das Geneses-Gelände war hermetisch abgeriegelt. Die Antiterroreinheit des FBI hatte einen lückenlosen Sperrgürtel darum herumgelegt. Die schwarzen Kampfanzüge der Männer ließen sie völlig mit den Schatten des Waldes verschmelzen.

Die Tarnuniformen der Special Forces waren nur unwesentlich farbenfroher. Ein Teil der Elitekämpfer der US-Army hatte in einem schwer einsehbaren Winkel das Dach des zweigeschossigen Gebäudekomplexes erklommen. Sie würden zeitgleich mit der Einsatzgruppe vom Erdgeschoss in den Bau eindringen. Auf dem Flachdach waren bereits mehrere Luken besetzt. Andere Soldaten standen von Spezialseilen gehalten oben an der Dachkante bereit. Sobald das »Go« kam, würden sie sich in die Tiefe stürzen und durch die Fenster im ersten Stock schwingen.

Zu ebener Erde hatten sich die Kämpfer an verschiedenen Punkten des Gebäudes postiert. In der Nähe waren bereits einige Nebelgranaten gezündet worden und der Wind trieb nun ganz natürlich wirkende dicke Schwaden heran. Die allgegenwärtigen Überwachungskameras von Genetic Enterprises waren somit blind für das, was sich da zusammenbraute.

Der Einsatzbefehl von General Slider wurde gleichzeitig an etwa sechzig Helmlautsprecher übermittelt. Augenblicklich brach über Geneses das Chaos herein. Fensterscheiben zerbarsten, Blendbomben explodierten und schwer bewaffnete Männer arbeiteten sich systematisch durch jeden Winkel des Gebäudes.

Die Spezialisten von der Aufklärung hatten ganze Arbeit geleistet. Mit Infrarotkameras und hoch empfindlichen Richtmikrofonen war zuvor erkundet worden, wo man mit Widerstand zu rechnen hatte. In den überirdischen Gebäudeteilen wurden ganze sechs Personen »neutralisiert«. Weil die völlig überraschten Geneses-Mitarbeiter keinerlei Gegenwehr zeigten, ging ihre Festnahme unblutig vonstatten.

Der eigentliche »Knackpunkt«, wie die Aufklärungsspezialisten von General Slider sich ausgedrückt hatten, waren aber die unterirdischen Anlagen. Dort wurde das geheime Herzstück des Geneses-Komplexes vermutet.

Nachdem der Zugang zum unterirdischen Labortrakt entdeckt worden war, ging dann alles sehr schnell. Mit Hilfe von Blendgranaten verschafften sich die Männer der Eliteeinheit Einlass. Der Überraschungseffekt war auch hier auf ihrer Seite. Sie stürmten die zwei Untergeschosse dermaßen schnell, dass kaum Gegenwehr erfolgte. Schon waren vierzehn Geneses-Mitarbeiter außer Gefecht gesetzt, als es im Rechenzentrum doch noch zu einer brenzligen Situation kam.

»Hier Mole two. Melde fünf Personen, die sich zwischen den Computern verschanzt haben, Sir. Sie sind bewaffnet. Collins wurde am Bein getroffen, ist aber außer Gefahr, Sir«, berichtete Major John Lieberman, einer der beiden Teamleader, deren Aufgabe die Sicherung des untersten Geschosses war.

»Sind die Kinder schon gefunden?«, fragte General Sliders Stimme aus dem Helmlautsprecher.

»Negativ, Sir. Wir vermuten sie hinter dem Computerraum.«

»Wir können uns auf keine langwierigen Verhandlungen einlassen, Mole two. Nach unseren Informationen benötigen die Kinder höchstwahrscheinlich medizinische Hilfe. Räuchern Sie das Nest der Computerfreaks aus.«

»Sir?«

»Wer immer sich da im Rechenzentrum verschanzt hat,

dürfte mit großer Sicherheit zu unseren Cyberterroristen gehören. Verpassen Sie diesen Radikalen eine Dosis Betäubungsgas und dann gehen Sie mit Ihren Leuten weiter vor. Sollte noch jemand Widerstand leisten, dann handeln Sie nach eigenem Ermessen. Verstanden, Mole two?«

»Jawohl, Sir. Und die Kinder, Sir?«

»Ich schicke Ihnen die Sanitäter runter, auch für Collins. Das wär alles, Mole two. Viel Glück!«

»Danke, Sir.«

Beim ersten Erstürmungsversuch hatte Liebermans Gruppe bereits eine Sonde in dem Rechenzentrum platziert, ein hoch empfindliches Mikrofon im kurzen Schaft eines Pfeiles, der dicht unter der Decke in die Wand eingedrungen war. In dem folgenden kurzen, aber heftigen Feuergefecht hatte keiner der Geneses-Leute das Geschoss bemerkt.

Der Horchposten, der mit seinen Kopfhörern die Geräusche der Sonde verfolgte, deutete mit dem Daumen nach oben. »Sind sich nicht einig, was sie tun sollen. Einer hat vorgeschlagen, die ›Biospeicher‹ zu vernichten. Wir sollten jetzt reingehen, bevor sie sich etwas überlegen können.«

Lieberman nickte. Er hoffte, dass die Konfusion unter den Terroristen größer war als ihre Entschlossenheit zur Gegenwehr. Vom Beginn der Erstürmung des zweiten Untergeschosses bis zu diesem Zeitpunkt waren nicht einmal fünf Minuten vergangen. Der Major gab das Zeichen zum Angriff.

Beinahe lautlos rollte eine Dose über den glatten Kunststoffboden, der ein unsichtbares und geruchloses Gas entwich. Zur Ablenkung der Terroristen rief Lieberman einige laute Kommandos durch den Flur. »Nicht schießen, Leute! – Chuck, lass das! – Ja, so ist's recht. – Wollen doch jetzt keine Dummheiten machen. Wir müssen mit den Männern im Rechenzentrum verhandeln.«

Über den Helmfunk allerdings hatte er zuvor ganz anders lautende Befehle erteilt: »Ich werde jetzt ein bisschen Lärm machen, um sie irrezuführen. Das Gas braucht etwa sechzig Sekunden bis zum Eintritt der Wirkung. Überprüft noch einmal die Schutzmasken. Sollte sich da drinnen jemand früher rühren, dann gehen wir rein und machen den Gegner kampfunfähig.«

Die Sekunden flossen zäh wie Harz dahin. Es waren bereits fünfundvierzig Sekunden verstrichen, als der Horchposten unruhig wurde. »Sie haben etwas gemerkt, Jack!«

Im nächsten Moment ertönte eine Serie von hellen Pistolenschüssen, denen gleich mehrere der Glasscheiben zwischen Flur und Rechenzentrum zum Opfer fielen. Ein Regen feiner Splitter ging auf die Soldaten nieder.

»Ihr Schweine wollt uns einschläfern!«, schrie jemand aus dem Computerraum und feuerte zwei weitere Schüsse ab. Lieberman ließ seinen durchtrainierten Körper nach oben schnellen, zielte mit dem Laservisier seiner kompakten automatischen Waffe auf den Amokschützen und drückte dreimal kurz hintereinander ab. Die schallgedämpften Schüsse waren kaum zu hören, doch sie verfehlten nicht ihr Ziel. Der Angreifer aus dem Rechenzentrum, der sich zum Schießen aus seiner Deckung begeben hatte, wurde von den Treffern herumgewirbelt und sackte dann langsam zusammen.

In den wenigen Sekunden zwischen dem ersten Schuss des Teamleaders und dem Zusammenbruch seines Gegners hatten die übrigen Mitglieder der Einheit Mole two mit fast chirurgischer Präzision die vier anderen Terroristen kampfunfähig gemacht.

»Hier Mole two«, meldete sich daraufhin Lieberman über den Helmfunk. »Rechenzentrum gesichert, Sir. Fünf Gefangene, davon ein Schwerverletzter. Bei uns keine Verluste. Der

Gegner hat nur Computer durchlöchert. Wir nehmen uns jetzt den Nachbarraum vor, Sir.«

»Haben Sie Betäubungsgas eingesetzt?«

»Ja, Sir.«

»Dann warten Sie noch ein paar Minuten. Ich möchte nicht, dass den Kindern was passiert. Die Sanitäter müssten jeden Moment bei Ihnen eintreffen. Sie haben Sauerstoff ... Moment, Mole two ...« Lieberman hörte undeutlich, wie sich der Kommandeur mit einem anderen Mann unterhielt. Dann meldete sich die Stimme des Generals zurück. »Holen Sie unsere Babys da raus, Mole two. Muss mich jetzt um etwas anderes kümmern. Der Löwe ist angekommen.«

»Roger, Sir. Wir warten auf die Sanitäter. Dann gehen wir weiter vor.« Lieberman wusste, wer hinter dem Decknamen »Löwe« steckte. Professor Arthur M. Lloyd persönlich musste da oben aufgetaucht sein. Aber das war nicht sein Problem.

Sekunden später erschienen acht Sanitäter und zwei Notärzte in Begleitung von weiteren Elitekämpfern, die zwei Kisten mit Sauerstoffmasken bei sich trugen. Dann machte sich Mole two an die Erstürmung der letzten Bastion.

Das medizinische Personal war vorsichtshalber in Deckung gegangen, bevor die Tür zum Nebenraum des Rechenzentrums durch eine gezielte Sprengladung aufgerissen wurde. Eine Blendgranate verschaffte den Elitekämpfern entscheidende Sekunden, um den erstaunlich großen Saal zu stürmen. Hätte es noch einen Gegner gegeben, wäre das die richtige Taktik gewesen. Doch erstaunt, vielleicht auch erleichtert, registrierte der Teamleader, dass sein Operationsgebiet leer war – mit Ausnahme von vierundsechzig nackten Kinderleibern.

John Liebermans Bewusstsein war bis eben ganz auf Kampf eingestellt gewesen, sein Gehirn nur in der Lage, aus Tausenden von Reizen jene herauszufiltern, die eine direkte Bedrohung für ihn darstellten. Deshalb hatte er das ungewöhnliche Arrangement der Anlage zunächst gar nicht eingehender betrachtet. Dafür traf ihn nun die Erkenntnis dessen, was er da sah, mit voller Wucht.

Neben ihm musste sich einer der hartgesottenen Kämpfer übergeben. Auch Liebermans Magen rebellierte, aber noch hatte er sich in der Gewalt. Fassungslos durchwanderte er den Raum. Sein Verstand konnte, nein, *wollte* das hier einfach nicht akzeptieren.

In dem großen Saal standen vier hohe Edelstahlkegel, auf denen diverse Kontrollanzeigen leuchteten. An jedem davon waren sechzehn Liegen angebracht, was die sich nach oben hin verjüngenden Säulen wie riesige Blüten aussehen ließ, die Blätter in Sternform weit abgespreizt. Auf den einzelnen »Blütenblättern« lagen die unbekleideten Körper kleiner Kinder. Einige von ihnen schienen kaum älter als sechs Monate, bestimmt aber zählte keines der armen Wesen mehr als sechs Jahre. Die Köpfe der regungslosen Jungen und Mädchen zeigten ausnahmslos zur Mitte der konischen Säulen hin. Aus den kahlen Schädeln ragten Kabel heraus, die geradewegs in die zentralen Kontrolltürme führten. Auch an anderen Stellen der zerbrechlich wirkenden Körper waren Messsonden angebracht, die offenbar zur Überwachung der Lebensfunktionen dienten.

Ja, sie lebten! John Lieberman wusste nicht, ob er sich freuen oder diese armen Geschöpfe bedauern sollte. Er hatte selbst eine Tochter von drei Jahren. Der Gedanke, dass man Kindern so etwas antun konnte, machte ihn zornig.

Während sich schon das medizinische Personal um die kleinen Patienten kümmerte, fiel dem Major die enorme Ähnlichkeit der einzelnen Kinder auf. Da, wo Gleichaltrige dicht beieinander lagen, konnte er praktisch keine Unterschiede zwischen ihnen feststellen. Alle waren vollkommen unbehaart und hatten blassblaue Augen, die starr zur Decke blickten und auffällig selten blinzelten. Lieberman fuhr mit seiner Hand über eines der ausdruckslosen Gesichter. Die Augen reagierten nicht. Sie wirkten gläsern. Er musste gegen ein Schaudern ankämpfen. Obwohl ihm nicht alle Hintergründe dieses Unternehmens bekannt waren, wusste er doch, in was für einem Gebäude er sich befand. Geneses beschäftigte sich mit Gentechnik.

Bereits vor Jahren, als im schottischen Roslin-Institut das geklonte Schaf Dolly das Licht der Welt erblickte, hatte er das Tun der Forscher mit großer Skepsis verfolgt. Kurz darauf hatte ein stolzer Professor namens Ryuzo Yanagimachi von der Universität Hawaii seine Klonmaus vorgestellt, angeblich eine genetisch völlig identische Kopie eines auf natürliche Weise geborenen Nagers. Und wieder nur wenige Monate später meldete das japanische Ishikawa Prefectural Livestock Research Center die »Produktion« mehrerer geklonter Kälber. Die Londoner *Sunday Times* verkündete damals euphorisch, diese Fortschritte erhöhten »die Möglichkeit des kommerziellen Klonens von Tieren und Menschen«.

Lieberman sah kopfschüttelnd auf die Kinderleiber herab. »Sie haben es also wirklich getan!« Immer wieder kam dieser Satz über seine Lippen. *»Sie haben es also wirklich getan!«*

Arthur M. Lloyd hatte beschlossen sich nicht zu ergeben. Zu weit war er bereits in ein kompliziertes Netzwerk aus Intrigen, Bestechung und Betrug verstrickt. Schon mit der Auswahl seines Firmensitzes hatte es begonnen. Seine Beziehungen bis hinauf zum Senator von Massachusetts und geschickte Manipulationen hatten ihm dieses abgeschiedene Areal im Leominster State Forest, direkt am Westufer des Paradise Pond, verschafft. Die eigene exponierte Stellung am MIT war von ihm dazu missbraucht worden, seine geheimen Forschungen voranzutreiben. Und mehr als einmal hatte er sich von diesem geldgierigen Intruder-Projektleiter auch streng geheime Regierungsdokumente verschafft. Dann war das Experiment außer Kontrolle geraten.

Das Brain Array spielte plötzlich verrückt. Irgendein Virus musste den Biospeicher des Supercomputers befallen haben. Alle Versuche, die intelligente Maschine wieder unter Kontrolle zu bringen, waren fehlgeschlagen. Dafür häuften sich die weltweiten Katastrophen. Lloyd hatte zwar alles getan, um seine Spuren zu verwischen, aber das Netz um Geneses war letztlich immer enger geworden.

Der Professor startete den Motor seines Mercedes-M-Modells. Eigentlich hatte er sich in seinem Büro erschießen wollen, aber dann war ihm der Mut geschwunden. Unmittelbar bevor in dem Gebäude das Chaos losbrach, war er mit seinem persönlichen Fahrstuhl in die Tiefgarage gefahren. Dort hatte er einige Minuten lang in seinem Wagen gesessen und sein Leben Revue passieren lassen. Zu viele Fehler! Er wünschte, es gäbe für ihn eine zweite Chance! Zerknirscht blickte er zu dem Revolver auf dem Beifahrersitz hinüber. Wenn er sich jetzt die Waffe an die Schläfe setzte und abdrückte, dann mussten er und seine Familie wenigstens nicht die Schmach eines öffentlichen Gerichtsverfahrens ertragen. Die Presseleute würden über den Fall herfallen wie Geier über einen Kadaver.

Doch dann – das Gebäude oben wurde eben systematisch von den Special Forces durchkämmt – entschloss sich Arthur M. Lloyd zu kämpfen. Er konnte nichts mehr verlieren, nur noch gewinnen. Sobald das automatische Garagentor weit genug offen stand, drückte er das Gaspedal durch. Der Edelgeländewagen schoss wie ein Pfeil nach vorne. Er jagte die Rampe hinauf und nahm gefährlich schwankend die Kurve zur Haupteinfahrt.

Auf dem parkähnlichen Geneses-Gelände war es erstaunlich ruhig. Die Elitekämpfer konzentrierten sich offenbar auf die Übernahme des Forschungskomplexes. Ein diabolisches Grinsen huschte über Lloyds Gesicht. Wenn er jetzt die Nerven behielt, dann konnte er es noch schaffen.

Fünfzig Meter vor dem Pförtnerhaus entdeckte der Geneses-Chef die Männer in den Tarnanzügen. Lautlos wie Schatten waren sie aus dem Wald gekommen und hatten jenseits des Gittertores Stellung bezogen. Mindestens ein Dutzend Gewehrmündungen waren auf den heranrasenden Mercedes gerichtet. Lloyd trat auf die Bremse und riss das Steuer herum.

Mit quietschenden Reifen schwenkte der Geländewagen von der asphaltierten Straße und fegte quer über den Rasen auf den Wald zu. Dort, am Südende des Areals, gab es eine Gruppe von Hemlocktannen und einen Nebeneingang, der normalerweise nur von Gärtnern und einigen Zulieferern benutzt wurde. Das Tor würde seinem wie eine Kanonenkugel dahinschießenden Wagen nicht standhalten. Bis zur Straße, der State Road 140 nach East Princeton, war es dann nicht mehr weit. Sein Offroader würde das unebene Gelände bis dorthin ohne Probleme meistern.

Lloyd blickte starr auf das feuerverzinkte Tor. Seine feuchten Hände packten das Lenkrad fester. Noch einmal drückte er das Gaspedal durch – da sah er das Aufblitzen der Mündungsfeuer.

Als die Kugeln in sein Fahrzeug einschlugen, wusste er, dass er verloren hatte. Eines der Geschosse traf ihn am Oberarm. Seine Hand wurde vom Lenkrad gerissen. Der Geländewagen geriet ins Schlingern. Mit vollem Tempo raste er auf die

Baumgruppe neben dem Tor zu und krachte gegen eine der Tannen.

Fatalerweise war bei dem Aufprall einer der tief sitzenden Äste des Baumes entzweigebrochen. Ein Teil davon schoss wie eine Lanze durch die Windschutzscheibe und bohrte sich in die Brust des Professors. Erst dann krachte die Motorhaube des Mercedes gegen den Stamm. Der sich dabei entfaltende Airbag zerplatzte sogleich an dem im Wege stehenden Ast. Arthur M. Lloyds Kopf knallte gegen das Lenkrad und blieb darauf liegen. Die Hupe des Wagens kündete von dem Ende der Verfolgungsjagd.

Sekunden später waren die ersten Helfer bei dem Fahrzeug. Jemand tastete nach der Halsschlagader des reglosen Professors.

»Er lebt!«

Dann hallten Kommandos über das Terrain. In Windeseile wurde der Ast vom Baum getrennt und der Körper des bewusstlosen Mannes aus dem Wagen gehoben. Andere Helfer deckten das Fahrzeug währenddessen mit Feuerlöschschaum ein. Zu spät, um die Funken eines Kurzschlusses unter der verbeulten Motorhaube noch rechtzeitig zu ersticken. Während die Retter sich mit dem Verletzten eilig zurückzogen, explodierte der Wagen.

Das Erwachen

Zuerst war da nur ein Rauschen, wie von Flugwind. Irgendwo hinter ihren Ohrmuscheln kribbelte es: ein warmes, elektrisierendes Gefühl. Allmählich ließ der Wind nach und Stimmen drangen in ihr Bewusstsein. Eine stach besonders hervor. Sie war hoch, ein wenig durchdringend und schien sich ständig zu überschlagen.

»Jetzt liegt sie bereits seit acht Stunden so da. Ich kann das nicht mehr mit ansehen! Wir hätten uns mehr beeilen müssen. Es ist alles meine Schuld.«

Wer sich da so hingebungsvoll in Selbstvorwürfen erging, wusste Stella nicht zu sagen. Doch jetzt meldete sich eine Stimme, die eine warme Woge durch ihren Körper jagte.

»Sie hat immerhin vor zwei Stunden ihre Augen geschlossen, Barney. Der Neurologe meinte, das sei ein gutes Zeichen.«

»Mama?« Das Wort war einfach aus Stella herausgerutscht.

»Stella, mein Kind!«, rief Viviane, außer sich vor Freude. Ihr Gesicht erschien vor Stellas Augen. Eine Salve von Küssen traf sie auf Wangen, Stirn, Nase und Mund. Weiche, warme Hände streichelten sie. Dann war die Mutter wieder kurz verschwunden. »Seht doch, sie ist endlich aufgewacht!«

Zu Stellas Erstaunen sah Viviane aus wie Madame Pompadour. Die hellen Haare standen ihr als schiefer Turm von Pisa auf dem Kopf und sie trug ein ausladendes Brokatgewand. Hinter ihr entdeckte das Mädchen einen schwarzen Sklaven. Er trug eine mehr als merkwürdige dunkle Lockenperücke und fächelte hingebungsvoll mit einem Wedel aus Straußenfedern frische Luft in Vivianes Richtung. Salomon wandte sich gerade von einem hohen Sprossenfenster ab, um dem Erwachen seiner Tochter die gebührende Aufmerksamkeit zu schenken.

Stella versuchte angestrengt herauszufinden, wo sie sich nur befand. Alles um sie herum wirkte prunkvoll, bis hin zu dem Himmelbett, auf dem ihr müder Körper lag. Hatte man sie nach ihrem Sturz etwa irgendwo aufgelesen und in ein Schloss gebracht?

»Wo bin ich?«

»Im Massachusetts General Hospital«, antwortete Salomon, der inzwischen das Bett erreicht hatte und, selig lächelnd, mit seiner Hand einige Haare aus Stellas Gesicht strich. Er trug enge Bundhosen, dazu weiße Kniestrümpfe und eine gepuderte Perücke, die ihm nicht besonders stand.

»Im Krankenhaus?«

»Du hast sehr lange geschlafen, Sternchen – wenn man das so nennen kann. Wie fühlst du dich?«

»Ich bin so müde ... Und ihr seht alle so merkwürdig aus. Wie ... in einem Film über Ludwig XIV.«

»Wie meinst du das?«, fragte Viviane besorgt.

»Sie hat wieder Halluzinationen«, sagte Salomon, bevor Stella antworten konnte. »Ist auch bei den letzten Malen so gewesen.«

»Wer ist denn der Sklave da?«, wollte Stella wissen und deutete mit großer Mühe auf den fächelnden Schwarzen.

»Der?« Viviane lachte glockenhell und lud den dunkelhäutigen Fremden mit ausgestrecktem Arm zum Näherkommen ein. Als er scheu neben Stellas Bett getreten war, sagte sie: »Schau ihn dir einmal genau an. Kannst du dir nicht denken, wer er ist?«

Stella kniff die Augen zusammen und öffnete sie wieder. Aber das half auch nicht viel. Der Unbekannte mit den seltsamen dünnen Haarwürsten auf dem Kopf war ihr völlig fremd. Wo hatten ihre Eltern nur diesen dunklen Burschen ...?

Mit einem Mal war der Gedanke da. »Lauscher?«, fragte Stella ungläubig.

»Ebender, Gnädigste«, antwortete der Fremde. Sein Gesicht verzog sich zu einem ausladenden Grinsen.

»Bist du aus Illúsion entlaufen?«

Lauscher lachte schallend, fing sich aber sogleich wieder. »Entschuldige, wollte dich nicht auslachen, Schnuppe. Bist wirklich noch etwas durcheinander. Wir haben uns zuletzt im Chat von Blaxxun getroffen, du erinnerst dich doch?«

Stella nickte langsam. »Also, manchmal ist es ziemlich schwierig, die Personen aus meiner Fantasie und die aus dem wirklichen Leben auseinander zu halten.«

»Das kriegen wir schon wieder auf die Reihe. Ich heiße übrigens Barney Brown.«

»Warum nicht Charley?«

Der Rasta stutzte. Dann begann er wieder zu lachen. »Mark, deine Tochter hat es faustdick hinter den Ohren!«

Salomon grinste. »Sie schlägt eben ganz nach mir.«

»Wie konntest du nur so schnell Jessicas und meine Geheimsprache erlernen?«, fragte Stella den Hacker unverwandt.

Barney hatte bisher in Englisch gesprochen, doch nun antwortete er in breitestem Berliner Dialekt: »Ick bin in Balin jeborn un uffjewachsen. Meen Vadder war Offissier bei de Army.«

Stella starrte die Inkarnation des Dunklen Lauschers ungläubig an. Zu Hause hatte sie nicht oft mit Schwarzen zu tun, die das Prädikat »Berliner Schnauze« verdienten.

»Jetzt kiekste, wa?«, setzte Barney noch eins drauf.

In diesem Moment klopfte es an die Tür von Stellas Zimmer. Im Türspalt erschien ein bekanntes Gesicht, das noch schwärzer war als das des Dunklen Lauschers.

»Agaf!«, rief Stella erfreut.

Die mindestens drei Meter hohe Tür öffnete sich nun ganz und der Afrikaner lief freudestrahlend auf das Bett zu. In seinem Schlepptau befanden sich Kimiko und Benny.

»Warum hast du dir nichts Vernünftiges angezogen?«, fragte Stella den Cyberworm-Einsatzleiter verwundert.

Agaf sah ratlos an sich herab. »Ich verstehe nicht ...?«

»Na«, Stella fing an zu kichern, »warum hast du nur dieses irre Blätterzeug da an? Sieht ja fast so aus, als wolltest du Adam mit seinem Feigenblatt Konkurrenz machen.«

Agaf betastete sein beinahe knielanges buntes Blumenhemd und blickte betreten zu Mark und Viviane hinüber.

»Mach dir nichts draus«, tröstete Salomon den Afrikaner. »Im Augenblick ist erst ihr Verstand erwacht. Ihre Wahrnehmung treibt noch irgendwo zwischen Illúsion und hier.«

Stella verkniff sich denn auch eine Bemerkung über Kimikos und Bennys Garderobe. Die Japanerin hatte ein weiß geschminktes Gesicht und trug einen Kimono, der an ihren Beinen so eng war, dass sie nur kleine Tippelschritte machen konnte. Diese Art der Fortbewegung verlieh ihr das Aussehen einer schwebenden Porzellanpuppe. Benny dagegen mimte den Kapitän der königlichen Marine auf Heimaturlaub. Seine blaue Uniformhose stand ihm noch recht gut, dafür baumelte ein langer Säbel ständig zwischen den Beinen herum und hinderte ihn am Gehen. Stellas Herz hüpfte vor Freude, den schüchternen Lockenkopf zu sehen, der sich sofort galant nach ihrem Wohlbefinden erkundigte.

Bald wurde um Stellas Bett herum viel geplaudert und gelacht, aber die ganze Heiterkeit kam ihr irgendwie überzogen vor. Neben den angeblichen Halluzinationen, die sie mit stoischer Gelassenheit ertrug, stimmte noch etwas anderes nicht. Es dauerte eine geraume Weile, bis Stella darauf kam.

»Was ist mit Brainar?«

Ihre Frage ließ die gute Laune der Anwesenden schnell verfliegen. Alle sahen sie schweigend an. Keiner wagte etwas zu sagen.

»Jetzt rückt schon raus damit«, verlangte Stella.

Schließlich seufzte Agaf. »Ich habe gerade eben mit General Slider telefoniert. Er ist noch draußen im Leominster State Forest. Leider konnte er mir nicht sehr viel zum Netz der Kinder sagen. Offenbar weiß man noch nicht recht, wie man die Kleinen von den Apparaten trennen kann ohne ihre Vitalfunktionen zu stören.«

Stella hatte keine Ahnung, was das Brain Array wirklich war. Sie kannte nur die Schilderungen des kleinen Brainar. »Du meinst, die Kinder könnten sterben, wenn man sie voneinander trennt.«

»Was sie da mit den Kleinen angestellt haben, ist grauenvoll, Stella. Ich möchte dir in deinem Zustand lieber nichts davon erzählen. Es würde dich zu sehr aufregen.«

»Aber ich habe ihnen *versprochen*, dass sie einmal ganz normale Kinder sein werden!«, stieß Stella verzweifelt hervor.

»Ja, ich weiß. Wir haben es im Reiseprotokoll gelesen. Du darfst die Hoffnung nicht aufgeben. Wir ...«

Ein neuerliches Klopfen an der Tür ließ Agaf innehalten. Ein livrierter Page kam herein. Er trug ein silbernes Tablett, auf dem ein Umschlag lag. Den hielt er jetzt unter Agafs Nase.

»Eine Nachricht von General Slider, Sir. Er hat extra ausrichten lassen, es sei dringend.«

Agaf nahm das Kuvert vom Tablett, öffnete es, zog einen kleinen Zettel daraus hervor und überflog den Inhalt. Mit einem Mal hellte sich seine ernste Miene auf.

»Der General bittet mich dir diese Nachricht vorzulesen, Stella. Er schreibt: ›Die Ärzte haben vor kurzem das erste Kind aus dem Brain Array gelöst. Es handelt sich um ein etwa anderthalb Jahre altes Mädchen. Nur wenige Minuten nach der Trennung von dem Apparat erwachte die Kleine aus ihrem apathischen Zustand. Die Augen reagierten auf Bewegungen. Dann öffnete sie ihren Mund und sprach laut und erstaunlich deutlich ein Wort. Es war zwar nur ein einziges, aber die Mediziner entschieden sich spontan, das Mädchen danach zu benennen.«

»Wie lautet dieses Wort?«, flüsterte Stella mit tränenfeuchten Augen.

Agaf blickte von seinem Zettel auf. Auch er war tief bewegt, begann nun aber zu lächeln. »Es ist sehr kurz, gerade mal sechs Buchstaben lang. Das Mädchen sagte: Stella.«

Am Mittwochmorgen fühlte sich Stella schon erheblich besser. Ihre Halluzinationen waren über Nacht verschwunden. Nur Barney hatte noch seine seltsame Perücke auf. Stella wurde den Verdacht nicht los, dass der Hacker wirklich so aussah.

»Ist vielleicht nicht das nobelste Krankenhaus der Stadt, aber sie haben gute Ärzte hier«, antwortete Barney auf Stellas Bemerkung hin, das Schlafgemach im Palast habe ihr besser gefallen.

Immerhin hatte Stella ein Einzelzimmer. Sie durfte sich sogar Blumen schenken lassen, gleich mehrere Vasen standen auf dem Boden herum. Das machte die eher nüchterne Atmosphäre des Raumes erträglicher. Es gab keinen Teppich, sondern nur grau melierten Kunststoffboden. An den weiß getünchten Wänden befanden sich unansehnliche graue Kabelkanäle. Wenigstens hatte sie ein eigenes Bad.

Noch bevor Barney am Morgen zu Besuch gekommen war, hatte Stella dieses bereits erkundet. Die Natur hatte nach ihrem Recht verlangt und sie hasste es, in einen Nachttopf zu strullen. Als ihr Blick dann in den Spiegel über dem Waschbecken fiel, verzog sich ihr Gesicht zu einer plärrenden Grimasse.

Salomon und Viviane, die abwechselnd die Nacht am Bett verbracht hatten, eilten besorgt zu ihrem weinenden Kind.

»Was ist los mit dir?«, fragte Viviane. Das tränenüberströmte Gesicht ihrer Tochter machte sie ganz und gar ratlos.

»Ich habe nie in den Spiegel geschaut«, wimmerte Stella.

»Wie bitte? Aber da ist doch einer.« Viviane deutete verwirrt zur Wand über dem Waschbecken.

»Nein«, quengelte Stella. »In *Illúsion*, meine ich. Alle haben mir immer gesagt, wie toll ich aussehe. Ich bin mit Komplimenten regelrecht überschüttet worden. Und ich habe kein einziges Mal in den Spiegel gesehen!« Stellas Tränenfluss nahm wieder zu.

Viviane umarmte ihre Tochter und klopfte ihr aufmunternd den Rücken. »Du bist doch im richtigen Leben so hübsch! Wozu brauchst du da noch Schmeicheleien aus einem Traum?«

»Ist das wahr?«, schniefte Stella. »Ich hab schon wieder einen Pickel am Kinn.«

»Ungelogen, als ich in deinem Alter war, sah ich aus wie ein Streuselkuchen.«

Stella drückte sich von ihrer Mutter weg. »Stimmt ja gar nicht!«

»Doch.«

»Und wie hast du diese ekligen Eiterbeulen wegbekommen?«

»Ein Prozent Chemie, neun Wasser und Seife sowie neunzig Prozent Geduld. Im Portmonee war dann allerdings Ebbe.«

»Dann hab ich also doch noch eine Chance, irgendwann genauso wundervoll auszusehen wie du?«

»Einspruch, Euer Ehren«, meldete sich Salomons Stimme aus dem Hintergrund. Mutter und Tochter blickten ihn verwundert an. »In meinem Harem möchte ich etwas mehr Abwechslung haben, bitte schön. Wenn meine beiden Schönheiten gleich hübsch sind, ist das doch langweilig.«

Stella riss Augen und Mund auf. »Heißt das etwa, ihr ...?«

Viviane nickte. »Mark und ich haben in der vergangenen Nacht ein ziemlich langes Gespräch geführt – du hast ja geschlafen wie ein Maulwurf im Winter. Mark konnte mich überzeugen, dass unser Leben in Zukunft wirklich anders werden wird.« Sie lächelte, fast wie ein schüchternes Mädchen. »Außerdem haben mir die letzten Tage die Augen geöffnet: Ich hätte es ohne euch beide sowieso nicht mehr länger ausgehalten.«

Stella vergaß ihr kosmetisches Problem und umschlang den Hals ihrer Mutter wie eine Pythonschlange. Energisch winkte sie dann den Vater herbei, und als dieser sich in Reichweite befand, wurde er in den Würgegriff mit einbezogen. Für einen wunderschönen langen Augenblick waren sie mit ihren Freudentränen ganz allein.

Gegen neun Uhr hatte dann Barney den Schauplatz betreten. Stella lag wieder in ihrem Bett.

Von Salomon, Viviane und Barney erhielt sie nun zum ersten Mal einen umfassenden Bericht, der die letzten dunklen Punkte in ihrem Bild der vergangenen Tage erhellte.

Sie erfuhr die ganze unglaubliche Geschichte des Dunklen Lauschers Barney Brown. Erst im Alter von fünfzehn Jahren hatte er mit seinen Eltern Berlin verlassen. Seine Rückkehr in eine Heimat, die er zuvor nur aus den Ferien gekannt hatte, erinnerte Stella fatal an ihre eigene Lebensgeschichte. Barney erzählte von seinem Studium in Berkeley, von den ersten Begegnungen mit Mark Kalder und von seinem späteren Engagement bei der NSA. Sein Vater, inzwischen ein hohes Tier im Pentagon, habe ihm diesen Job verschafft, berichtete Barney wie von einem missglückten Campingausflug. Die tragischen Vorfälle in der ersten Erprobungsphase des Intruders hätten ihm dann ein für alle Mal die Augen geöffnet. Als Ethical

Hacker und freier Mitarbeiter beim Computer Crime Squad des FBI hatte er sein Auskommen und konnte sich zudem wieder vor dem Spiegel in die Augen schauen, was ihm während der Zeit bei Alban C. DiCampo schwer gefallen war.

Der Hacker aus Leidenschaft hatte seitdem so ziemlich alles geknackt, was in der Welt der Computer überhaupt knackbar war. »Und das ist erheblich mehr, als die meisten glauben«, versicherte Barney grinsend. In seinem elektronischen »Privatzoo« hielt er sich Viren wie andere Leute Fische im Aquarium. Sein Hauptinteresse galt aber weiterhin dem geheimen Intruder-Projekt.

Aufgrund seiner sporadischen Einsätze für das FBI, gelegentlich sogar für die CIA, hatte Barney auch nach dem Ausscheiden aus der NSA den Werdegang DiCampos im Auge behalten. Er wollte die Machenschaften des Italieners an die Öffentlichkeit zerren, sobald er dazu die nötigen Beweise gesammelt hatte. Als Marks *Kagee*-Programm ins Internet entkam und bald darauf in den Brain Array von Genetic Enterprises eindrang, warf dies all seine schönen Pläne über den Haufen. Das Spiel entwickelte sich zu einer virtuellen Bestie und Barney alias Dark Listener bekam eine Menge zu tun.

Mit einem eigenen Virus – Stellas schwarzem Speer – gelang es ihm, sich in den Intruder einzuklinken und ihre Wanderschaften durch den Cyberspace mitzuverfolgen. Zuletzt half dieser Virus auch, den Kontakt zu Brainar herzustellen. Stella erinnerte sich mit Bedauern an den blutigen Fleck unter der Achsel des Knaben.

Bis zum Auftauchen des *Kagee* hatte Barney bereits genügend Verdachtsmomente zusammengetragen, um sich ein Bild von DiCampos Schurkerei machen zu können: Der Italiener schien die Intruder-Geheimnisse schon vor Jahren verkauft zu haben. Der wirkliche Auftraggeber blieb bei diesem Geschäft aber im Hintergrund. Inzwischen sei ja klar, dass es sich dabei um Professor Lloyd gehandelt habe, bemerkte Barney.

»Leider fehlen uns immer noch gerichtsverwertbare Beweise«, schloss der Hacker seinen Bericht. »Wenn wir nicht innerhalb kürzester Zeit etwas vorweisen, dann kommt DiCampo wieder auf freien Fuß.«

»Und Professor Lloyd?«

Barney wechselte einen kurzen Blick mit Salomon. Der nickte. »Arthur M. Lloyd hat versucht vom Geneses-Gelände zu fliehen und ist dabei mit seinem Geländewagen gegen einen Baum gerast. Er hat schwere Verletzungen davongetragen, aber die Ärzte sind zuversichtlich, dass sich sein Zustand bald stabilisieren wird und er von der Intensivstation verlegt werden kann.«

»Der Giftmischer befindet sich hier, nur drei Stockwerke unter dir«, sagte Viviane.

Stella brauchte einen Moment, um diese Nachricht zu verdauen. Absurderweise fürchtete sie sich vor diesem Menschen, der wohl die größte Schuld an all dem Leid dieser Geschichte trug.

»Er wird übrigens von Polizisten bewacht«, fügte Barney hinzu. Offenbar konnte er nachfühlen, was in Stella vor sich ging.

»Sucht in dem Historienarchiv«, sagte Stella unvermittelt.

Plötzlich saßen drei Personen auf ihrer Bettkante. Salomon nahm ihre Hand. »Was hast du da eben gesagt, Sternchen?«

»Brainar führte mich in ein Archiv, in dem DiCampo unsere Unterhaltung wohl nicht verfolgen konnte. Der Junge hat gesagt, in diesem Raum befinde sich alles, was Geneses ist und was es je war.«

»Das sollten die Ermittler sofort überprüfen«, sagte Barney und schickte sich an, das Krankenzimmer zu verlassen.

»Halt«, rief Stella ihm hinterher.

Barney drehte sich noch einmal um und sah sie fragend an.

»Also, wenn wir schon mal bei Archiven sind: In Fort Meade wäre ich einmal fast in ein ›Geheimes Stadtarchiv‹ geraten, als ich einen von DiCampos Speichelleckern verfolgte.«

»Stimmt!«, entfuhr es Salomon. »Sag den Spezialisten, sie sollen den Server nach einem verschlüsselten Datenbestand durchforsten. Die Adresse müsste sich in Stellas allererstem Reiseprotokoll befinden. Beim Knacken des Codes bin ich euch gerne behilflich.«

Barney grinste von einem Ohr zum anderen. »Das wird nicht nötig sein. Du siehst hier den größten Cracker aller Zeiten vor dir.«

»Angeber«, versetzte Stella schmunzelnd.

Der Rastamann kratzte sich zwischen den Locken. »Na ja, zur Not habe ich immer noch Elektra. Ohne sie und ihre Freunde hätten wir die geheime Nachricht des Kindernetzes nicht so schnell enträtselt.«

»Einsicht ist der erste Schritt zur Besserung.«

Barney lachte. »Bin bald wieder zurück. Werde nur kurz deine Hinweise weitergeben. Dein Geistesblitz hört sich goldrichtig an, Stella. Jetzt dürfte es nur noch eine Frage von Stunden sein, bis wir DiCampo und den Professor ein für alle Mal festnageln können.«

»Wo viel Gefühl im Spiel ist, da ist auch viel Erinnerung«, brummte Salomon, nachdem Barney das Zimmer verlassen hatte.

Stella sah ihn fragend an. »Wie meinst du das?«

»Ach, nichts. Ist nur so eine Faustformel der Gehirnforscher. Als Barney deinen ›Geistesblitz‹ erwähnte, fiel es mir wieder ein.«

Etwas an Salomons Stimme gefiel ihr nicht. Ihm fehlte so deutlich die übersprudelnde Euphorie des gelockten Lauschers, dass sie misstrauisch wurde. »Was hast du, Paps? Ist doch gut, dass mir das mit den Archiven wieder eingefallen ist, oder?«

Salomon versuchte zu lächeln, was ihm aber nicht sehr überzeugend gelang. »Ich habe ein sonderbares Gefühl im Bauch. So, als würde diese Geschichte noch nicht zu Ende sein.«

»Was macht Brainar?« Stella klang aufgeräumt wie lange nicht mehr. Sie hatte in der Nacht von Mittwoch auf Donnerstag tief und fest geschlafen. Sogar geträumt hatte sie wieder – von kleinen Schmetterlingen, die mit Hilfe von benzingetriebenen Propellern am Himmel über Venedig Fangen spielten. Stella saß auf ihrem Krankenhausbett und trug einen leuchtend roten Jogginganzug. Gerade hatte Salomon ihr berichtet, dass man in den Servern des Intruder-Labors und von Geneses tatsächlich auf zwei geschickt versteckte Datenarchive gestoßen sei.

Zuerst hatte man befürchtet, die Informationen aus den Geneses-Rechnern könnten bei dem Schusswechsel im Rechenzentrum beschädigt worden sein, aber diese Sorge erwies sich zum Glück als unbegründet. Das Historienarchiv war nicht einmal verschlüsselt. Es enthielt interessante Einzelheiten – Termine, Geldbeträge, Abwicklungsverfahren – zu dem unerlaubten Technologietransfer mit der NSA. Leider erschien nirgendwo DiCampos Name. Es war nur mehrmals vom »Herrn des Feldes« die Rede, aber ob das vor einem Gericht Bestand haben würde, war zweifelhaft.

Das »Geheime Stadtarchiv« von Enesa – DiCampos ganz persönliche Schuldbilanz – war bisher noch nicht entschlüsselt worden. Aber Barney schien zuversichtlich auch diese Nuss in Kürze knacken zu können. Ganz unprätentiös hatte er sofort einen Auszug des Archivs per E-Mail an Jessica weitergeleitet. »Gemeinsam sind wir stark«, war sein pathetischer Kommentar zu diesem Entschluss gewesen.

»Vom Brain Array gibt's fast ausnahmslos gute Nachrichten«, antwortete Salomon auf Stellas Frage, während Viviane sich zu ihr auf die Bettkante setzte und ihre Hand nahm. »Alle vierundsechzig Kinder konnten von der Apparatur getrennt werden. Es ist noch zu früh, um sagen zu können, ob durch die Zusammenschaltung der Kleinen ernsthafte Dauerschäden entstanden sind.«

»Ist das der einzige Schönheitsfehler an deinen Neuigkeiten?«, fragte Stella argwöhnisch.

»Leider nicht. Drei der älteren Kinder sind letzte Nacht gestorben.«

Stella schluckte. Sie musste wieder an die flehenden Augen des kleinen Jungen aus Illúsion denken. Hatte sie ihm zu viel versprochen?

»Ohne dich wären bald alle diesen Weg gegangen«, tröstete Viviane sie. Sie spürte, wie sehr diese Nachricht ihre Tochter getroffen hatte.

Salomon nickte traurig. »Wir dürfen nicht vergessen, dass die Kleinen niemals echte Liebe gespürt haben. Es ist seit langem bekannt, dass allein schon dieser Mangel ein Kind töten kann. Außerdem wurden die Ärmsten ja nur von Roboterarmen bewegt, gerade genug, damit die Muskulatur nicht völlig verkümmerte. Sie haben so viele Entbehrungen erlitten, dass es zu keinem Zeitpunkt eine reelle Chance gab, alle zu retten.«

»Wie können Menschen anderen nur so etwas antun?«,

murmelte Stella kopfschüttelnd. »Sie hätten niemals einen Menschen klonen dürfen. Und dann diese Maschine – ein richtiges Teufelsding ist das!«

Salomon streichelte seiner Tochter über das blonde Haar. »Leider sind Wissenschaftler auch nur Menschen, Sternchen, mit allen Fehlern, die dazugehören. Das Brain Array war ein technisch verwegener Plan – leider ohne jede Moral. So etwas kann schnell passieren, wenn man sich in seinem Elfenbeinturm verschanzt.«

Ein leises Klopfen störte die nachdenkliche Stille, die einige Sekunden lang den Raum erfüllt hatte.

»Herein«, sagte Viviane.

»Benny!«, rief Stella erfreut, als sie den Lockenkopf im Türspalt entdeckte.

»Störe ich?«

»So 'n Quatsch! Jetzt komm schon her. Für einen Freund hast du dich in letzter Zeit ganz schön rar gemacht.«

»Du hast so viel geschlafen, Stella.«

»Dann hättest du mich eben wecken müssen!«

»Ich hab dir was mitgebracht.«

Stella drehte den Kopf nach links, dann nach rechts. »Ich kann keine Blumen sehen.«

Dieser Wink mit dem Zaunpfahl verpuffte beinahe wirkungslos. Benny rang sich ein schiefes Grinsen ab. Anstatt duftender Blüten ließ er ein dickes Bündel Papier auf die Bettdecke fallen. »Habt ihr heute schon die Zeitung gelesen?«

Stella blickte mit zusammengezogenen Augenbrauen auf das Titelblatt des *Boston Globe*. Als sie nicht sogleich die Überschrift fand, die Bennys ernste Miene gerechtfertigt hätte, tippte dieser mit dem Zeigefinger zwei-, dreimal auf einen kleineren Artikel am Rande des Blattes. Bestürzt lasen Stella und ihre Eltern erst den Titel, dann den ganzen Artikel.

Arthur M. Lloyd gestorben

Computer zerschnitt die »Lebensschnur« des MIT-Professors

Boston. Der vor zwei Tagen nach einem Verkehrsunfall mit lebensgefährlichen Verletzungen ins Bostoner Massachusetts General Hospital eingelieferte MIT-Professor Arthur Meredith Lloyd ist heute Nacht verstorben. Lloyd war zur Stützung seiner Vitalfunktionen mit einem Lebenserhaltungssystem verbunden, das von einem zentralen Überwachungscomputer gesteuert wird. Aus bisher ungeklärten Gründen hat das erst kürzlich in Betrieb genommene Computersystem die Versorgung des Patienten etwa gegen Mitternacht selbsttätig eingestellt. Die Leitung des Krankenhauses kann sich den Vorfall nicht erklären. Es konnten bisher keinerlei technische Defekte an den Apparaturen festgestellt werden. Zur gleichen Zeit befanden sich noch elf weitere Patienten auf der Intensivstation. Sie waren an identische Systeme angeschlossen. Alle anderen Geräte arbeiteten einwandfrei. Der Überwachungscomputer ist so programmiert, dass nach Auftreten des geringsten Fehlers ein Alarm ausgelöst wird. Doch auch dieser unterblieb. Professor Lloyd starb, bevor noch die tödliche Panne entdeckt werden konnte. Das MIT trauert um einen großen Wissenschaftler.

»Dafür, dass er so angesehen war, hat er sich aber ziemlich skrupellos verhalten«, kommentierte Benny die Nachricht ohne großes Bedauern.

Salomon zuckte die Schultern. »Gib's auf, dich über solche Dinge zu wundern. Ich weiß noch, wie im Juni 97 bei uns zu Hause die Zeitungen über den ›größten Wissenschaftsbetrug Deutschlands‹ berichteten. War eine seltsame Sache damals. Und hat mich zu dieser Zeit sogar ziemlich erschüttert. Im Max-Delbrück-Zentrum wurden wissenschaftliche Ergebnisse der Genforschung gefälscht und von anderen Wissenschaftlern kopiert. Die Forscher in dem Institut haben diese

Plagiate einfach als eigene Arbeitsergebnisse ausgegeben. Gerade vorher habe ich mich mit Stella darüber unterhalten: Es gibt so viele Beweggründe, die Menschen gegen alle ethischen Prinzipien handeln lassen! Beim Max-Delbrück-Zentrum war es wohl einfach der Erfolgsdruck. Die wissenschaftlichen Institute stehen heute in einem immer härter werdenden Wettstreit untereinander. Um sich die Gunst der Sponsoren zu erhalten, müssen sie Erfolge vorweisen. Nach allem, was mir Stella erzählt hat, trieben Professor Lloyd aber wohl eher die Geldgier und das Streben nach Macht.«

Benny nickte. »Das hat schon viele vom rechten Weg abgebracht.«

Stella blickte starr vor sich hin. »Komisch nur, dass ausgerechnet ein Computer das Lebenslicht des Professors ausgeknipst hat. Klingt fast nach der späten Rache Brainars.« Sie schüttelte sich, um ein Frösteln zu vertreiben. »Und ich dachte, nach der Demontage des Brain Array hätten wir endlich Ruhe.«

Epilog

Die Einladung beim Präsidenten der Vereinigten Staaten gehörte wohl zum Aufregendsten, was Stella je erlebt hatte. Gemeinsam mit ihren Eltern war sie schon am Samstag früh in Washington, D. C., eingetroffen. Seit sie das Bostoner Krankenhaus hatte verlassen dürfen, waren neun Tage vergangen, neun erholsame und wunderschöne Tage auf dem Anwesen ihres verstorbenen Großvaters in Branford, Connecticut. Viviane hatte sich entschlossen den Besitz doch nicht zu verkaufen.

Der Aufenthalt in dem großzügigen Landhaus brachte Erinnerungen an bessere Zeiten zurück und Stella erfuhr zum ersten Mal, wie sehr sogar Salomon seine Schwiegereltern vermisste. Er hatte inzwischen gelernt seine Gefühle offener auszusprechen.

In dieser neuen Freimütigkeit führten er und auch Viviane zahlreiche Gespräche mit ihrer Tochter. Sie machten Stella begreiflich, wie gering ihr Anteil an den schrecklichen Computervorfällen der letzten Wochen gewesen war: Sie hatte das *Kagee* aus dem *Chaos* »entführt«, und damit genug. Der Beitrag, den sie zur Lösung der Krise geleistet hatte, wog diese Verfehlung bei weitem auf. Ohne sie wäre aus Brainar, dem Netz der Kinder, womöglich eine Bestie geworden, die niemand mehr hätte zähmen können. Von dem Tag an, da Stella dies begriffen hatte, begannen die Narben auf ihrem Gewissen zu verheilen.

Die Tage in Branford dienten nicht nur Stellas körperlicher und seelischer Genesung. Sie bewahrten die ganze Familie auch vor dem Medienrummel, der einige Tage lang nicht nur in den Vereinigten Staaten, sondern in der ganzen Welt tobte. Man zelebrierte würdig den Abspann zu dem großen Drama, das die Menschheit in den zurückliegenden Wochen in Atem gehalten hatte. Einzig das spurlose Verschwinden der Hauptakteurin, Stella Kalder, war nicht nach dem Geschmack der Medienleute. Ja, es sorgte fast jeden Tag für neue, immer wildere Spekulationen. Ein Kabelsender verbreitete sogar das Gerücht, die deutsche Forschungsreisende in Sachen Internet sei in den Cyberspace aufgebrochen und dort einfach verschwunden.

In Washington herrschte ausgelassene Stimmung. Es war der vierte Juli, der Nationalfeiertag der Amerikaner. Stella konnte mit dem überschwänglichen Patriotismus, der auf Paraden, Volksfesten und natürlich im Fernsehen zur Schau gestellt wurde, nicht viel anfangen. Außerdem musste sie ständig an den Sonntag denken. Aus unterschiedlichen Quellen hatte sie erfahren, dass es schon zu den wirklich außergewöhnlichen Ereignissen gehörte, wenn eine Privataudienz beim mächtigsten Mann der Erde mit einem Sonntag zusammenfiel.

Als es dann endlich so weit war, kam Stella mit der ungewohnten Situation aber schnell zurecht. Im Oval Office des Präsidenten gab es zunächst leichtes Gebäck, Kaffee, Tee und Limonade. Auch Agaf Nbugu, Kimiko Shirakaba und Benjamin Bernstein – der »harte Kern der Widerständler«, wie der Präsident schmunzelnd anmerkte – waren eingeladen. Barney Brown ließ sich entschuldigen, allzu viel Publicity schade nur dem Ruf des Dunklen Lauschers.

Unter einem wahren Blitzlichtgewitter der akkreditierten Reporter bekamen alle Gäste dann einen Orden verpasst. Stella fand das zwar ziemlich merkwürdig, aber Salomon hatte ihr vorher erklärt, dass derartige Ehrenbezeigungen zu den Standardritualen bei Staatsoberhäuptern gehörten. Sie versuchten damit ihre Versäumnisse auf anderen Gebieten zu vertuschen.

Auf diese Art vorbereitet, gelang es Stella, dem Präsidenten und seiner Gattin – die im Übrigen mehr redete als ihr Mann – das rechte Bild vom braven, liebreizenden Töchterchen und zugleich unerschrockenen deutschen »Fräuleinwunder« zu vermitteln. Diese Titulierung stammte vom Präsidenten persönlich, der mächtig stolz auf sich und seine rudimentären Deutschkenntnisse war.

Unter Ausschluss der Öffentlichkeit konnte Stella dann nochmals den echten und ungeheuchelten Dank dieses mit Verantwortung so schwer beladenen Mannes entgegennehmen. Der Präsident verzieh der »Retterin der Welt« sogar, dass sie »nur eine halbe Amerikanerin« war. Mit Bezug auf das plötzliche und mysteriöse Hinscheiden von Arthur Meredith Lloyd schwang sich der Staatsmann dann noch zu einer wahrhaft großen Bemerkung auf. Später gestand er augenzwinkernd ein, dass er diese von Thomas Jefferson, dem dritten Präsidenten der USA, entliehen habe. Er sagte: »Gerechtigkeit ist instinktiv und angeboren und ebenso ein Bestandteil unseres Wesens wie das Fühlen, das Sehen und das Hören.«

Ja, dachte Stella bei sich, das passte. Brainar hatte – genauso wie sie selbst – in Illúsion fühlen, sehen und hören können. Und nun war ihm Gerechtigkeit widerfahren. Salomon munkelte, es könne vielleicht doch etwas an der Hypothese dran sein, das Internet habe sich unter dem Einfluss des *Kagee*-Mutanten und des Brain Array zu einer Art Metahirn entwickelt. Sei's drum, schloss Stella die Angelegenheit für sich ab: Wenn das Überhirn dem Recht auf diese Weise Geltung verschaffte, dann sollte es den Bösewichtern dieser Welt ruhig ein bisschen länger auf die Finger schauen.

Ob es dem Präsidenten allzu viel ausmache, wenn er dem Dunklen Lauscher seinen Orden per Post zusende, fragte Stella den mächtigsten Mann der Welt zum Abschied. Der Präsident lachte wie ein kleiner Junge. Kein Problem, antwortete er, notfalls könne er Barney Brown einen Hubschrauber schicken.

»Oh, bitte nicht«, wehrte Stella ab und wedelte mit den Händen. »Lauscher mag's gerne heimlich. Am besten, Sir, Sie stecken das Ding in eine Donut-Schachtel und lassen es von einem Imbiss-Service zustellen.«

Der Präsident zwinkerte mit dem Auge. »Gute Idee. So werden wir's machen.«

Vor dem Weißen Haus verabschiedeten sich die Kalders von den »Cyberworms«, wie Salomon das Gespann aus Agaf, Kimiko und Benny scherzhaft nannte. Schon im Herbst, wenn der Indian Summer die Blätter in Neuengland zum Glühen brachte, wollte man sich auf dem Kalder-Sitz in Connecticut wiedersehen.

Am liebsten hätte Stella Benny gar nicht gehen lassen. Salomon hatte sie schon vor Tagen durchschaut, als er ihre Gefühle für den sieben Jahre älteren Jungen analysierte. Stella heulte wie ein Schlosshund. Aber das machte Benny komischerweise überhaupt nichts aus. Sie versprachen, einander zu schreiben, um die endlosen drei Monate bis zum Herbst zu überbrücken. Mit einem scheuen Kuss, der echte Freundschaft, vielleicht auch schon etwas mehr ausdrückte, nahm Benjamin Bernstein von ihr Abschied.

Am Ende waren sie wieder zu dritt: Stella, Salomon und Viviane. Gemächlich spazierten sie am Reflecting Pool entlang, einem flachen, lang gestreckten Wasserbecken, das zwischen dem Lincoln Memorial und dem Washington Monument lag. Sie hatten es nicht eilig.

Eine Zeit lang sahen sie einem kleinen Mädchen beim Füttern der schwarz-braunen Eichhörnchen zu, die es hier in rauen Mengen gab. Stellas Eltern unterhielten sich über die Zukunft. Viviane verriet, was sie schließlich dazu bewogen hatte, sich für ihre Familie zu entscheiden. Sie meinte, der jüngste Vorfall habe ihr gezeigt, dass man vor Problemen nicht davonlaufen dürfe, sondern sich ihnen stellen müsse.

Stellas umherwandernde Augen entdeckten eine fallen gelassene Erdnuss im Gras. Sie hob ihren Fund auf und schnalzte mit der Zunge, um die Eichhörnchen anzulocken. Zu ihrem Erstaunen hüpfte mit einem Mal ein weißes Tier, offenbar ein Albino, aus den in der Nähe stehenden Bäumen und kam direkt auf sie zugelaufen. Erst in zwei Meter Entfernung blieb es zögernd stehen und musterte interessiert den Leckerbissen in Stellas ausgestreckter Hand.

»Komm!«, lockte Stella das muntere Pelzknäuel.

Flauschige Ohren wurden gespitzt. Winzige Füßchen tippelten noch ein Stück näher heran. Eine helle, freundliche Erinnerung huschte durch Stellas Geist, Worte, die sie nie vergessen würde: *Du wirst mich sehen, wo du mich nie erwartest.*

Stella musste unwillkürlich lächeln. Als das scheue Tier die Nuss aus ihrer Hand stibitzte, flüsterte sie: »Schön, dass du mich mal wieder besuchen kommst, kleine Sesa Mina.«

Schon am Montagnachmittag flog Stella in Begleitung ihrer Eltern über Frankfurt nach Berlin zurück. Während des Fluges gingen ihr noch einmal die Erlebnisse der letzten vier Wochen durch den Kopf, sowohl die virtuellen wie auch die realen. Sie erinnerte sich an jene Nacht in New York, als sie von dem riesenhaften Nussknacker geträumt hatte. Damals hatte Salomon den Cyberwurm als ein krankes Genie bezeichnet, das in seinen Aktionen die einzige Möglichkeit sah, auf sich aufmerksam zu machen. Schon seltsam, dachte Stella, in gewisser Hinsicht hatte sich genau das als Wahrheit herausgestellt. Allerdings war der Nussknacker dann am Ende kein Traumbild für Brainar, den Cyberwurm, Draggy oder wie immer man das kollektive Gehirn des Brain Arrays auch bezeichnen wollte, sondern wohl eher für DiCampo gewesen. Um ein Haar hätte er Stellas Bewusstsein wie eine Nuss zermalmt. Kein Wunder, dass sie in Illúsion den Gasthof *Zum Nussknacker* nur so widerstrebend betreten hatte.

Zum Glück waren da Salomon und viele neue Freunde gewesen, die für sie gekämpft hatten. Während Stella auf das Wolkenmeer hinausblickte, musste sie an Benny denken. Ob er wohl schon zu einem neuen gefährlichen Einsatz im Auftrag der UN unterwegs war? Wenn sie sich erst wieder sahen, würde sie ihm so lange zusetzen, bis er ihr alle seine Geheimnisse verriet. Stella freute sich schon auf den Herbst.

Die FBI-Beamten hatten um Zeugenaussagen gebeten, die in dem Prozess gegen Alban C. DiCampo Verwendung finden sollten. Salomon war gerne bereit die amerikanischen Behörden in dieser Angelegenheit uneingeschränkt zu unterstützen. Am Montagmorgen, dem Tag des Heimfluges, hatte Agaf noch einmal im Hotel angerufen.

»Barney und seine Hackerbande haben den DiCampo-Code geknackt«, berichtete der sonst immer so ausgeglichene Afrikaner überschwänglich. »Eure Elektra hat wieder den entscheidenden Tipp dazu geliefert. Eigentlich ein Witz: Der Intruder-Chef hat einen ziemlich alten und nur selten verwendeten Algorithmus benutzt. Die Ermittlungsbehörden hatten von einem NSA-Angehörigen etwas wesentlich Komplizierteres erwartet, deshalb waren sie nicht in der Lage gewesen, den Code selbst zu entschlüsseln.«

»Und?«, hatte Salomon gespannt erwidert. »Gibt es irgendwelche brauchbaren Hinweise in dem Geheimen Stadtarchiv von Enesa?«

»Eine wahre Fundgrube, Mark! Die Unterlagen aus dem Historienarchiv von Geneses und DiCampos geheime Dokumente greifen wie Zahnräder ineinander. Termine, Bestechungsgelder, Intruder-Interna, Formeln und Herstellungsverfahren des NeuroBoosters – es ist wie ein großes Puzzle, dessen Einzelteile in zwei Kartons versteckt waren. Jetzt, wo das FBI sie zusammenlegt, ergibt sich ein umfassendes Bild von der ganz großen Verschwörung. Wir haben DiCampo am Allerwertesten, Mark! Er wird vielleicht nicht gerade auf dem elektrischen Stuhl landen, weil man ihm die Unglücksfälle nicht direkt anlasten kann, aber eines steht fest: Sein Altersruhesitz hat vergitterte Fenster und ziemlich dicke Mauern. Ich wollte euch das nur noch schnell sagen, bevor ihr nach Hause fliegt.«

»Danke, Agaf. Du bist ein echter Freund.«

»Dito, Mark. Gute Reise.«

Am Dulles International Airport wurden sie dann doch noch einem Spießrutenlauf ausgesetzt. Die Presse hatte nämlich von ihrer Abreise Wind bekommen und empfing die Cyberheldin Stella Kalder und ihre Eltern unter frenetischem Applaus in der Abflughalle. Zum Glück hatte der Präsident in einer großzügigen Geste für die frisch gebackenen Ordensträger ein paar von seinen Secret-Service-Beamten abgezweigt, so dass sie vergleichsweise unbehindert das Flugzeug erreichten.

Wieder in Berlin, zögerte Stella zunächst, ob sie ihren Computer einschalten und im Internet nach neuen E-Mails forschen sollte. Aber Salomon sagte, sie solle das Kind nicht gleich mit dem Bade ausschütten. Sie mochte zwar durch die jüngsten Erfahrungen ein distanzierteres Verhältnis zur Technik bekommen haben, aber es war bestimmt auch verkehrt, alles zu verdammen, was den Hauch des Neuen und Modernen hatte. Selbst viele unserer lieb gewonnenen Gewohnheiten, so erklärte er ihr, bauten doch zum großen Teil auf Errungenschaften auf, die irgendwann einmal neu gewesen waren. Gewappnet mit gesunder Skepsis konnte sie allemal das Neue prüfen, um das Gute zu behalten.

Stella entschied, dass eine E-Mail grundsätzlich nichts Böses war. Dennoch öffnete sie seit dem Tag ihrer Rückkehr aus Washington nie mehr eine der an die Mails angehängten Dateien ohne sie vorher ihrem Virenscanner vorzuwerfen. Die Nachricht, die sie an diesem späten Dienstagmorgen in ihrer Mailbox fand, brauchte sie allerdings nicht zu beunruhigen.

```
Hi, Stella!

Habe gute Nachricht!    :-)

Es sind keine weiteren Kinder aus dem Brain
Array mehr gestorben. Sie entwickeln sich
viel versprechend, wenn auch einiges Rätsel
aufgibt. In den motorischen Fähigkeiten
liegen sie erwartungsgemäß weit hinter ih-
ren normal aufgewachsenen Altersgenossen
zurück. Erstaunlich ist aber, dass die
meisten schon kurz nach dem Erwachen
perfekt sprechen konnten. Sogar Kinder, die
kaum älter als ein Jahr sind. Sie erkundigen
sich immer wieder nach einer *Stella*. Wen
sie damit wohl meinen?    ;-)
Die Vierjährigen unter ihnen können
übrigens schon besser mit Computern umgehen
als manche Erwachsene.    %-)
```

Ich glaube, der Dunkle Lauscher bekommt in den nächsten Jahren ernste Konkurrenz. ;-)

Grüße an dich, deine Eltern und Elektra. Und außerdem ein dicker Kuss. :-X

Dein Dunkler Lauscher -=#:-)

Stella hatte gerade die letzte Zeile der Mail gelesen, als es unten an der Haustür klingelte. Der erste Besuch nach ihrer Heimkehr! Sie sprang vom Schreibtischstuhl auf und hetzte die Treppe zur Diele hinab. Dank des Vorsprungs erreichte Viviane vom Wohnzimmer her als Erste die Tür, dicht gefolgt von Salomon. Stella belegte Rang drei.

»Jessica!«, rief sie nach dem Öffnen der Tür.

»Stella hat dir eben das Leben gerettet«, sagte Viviane streng, doch mit einem Augenzwinkern zu dem rotblonden Mädchen hin. Ihre Linke auf Salomons Schulter legend, fügte sie hinzu: »Ohne dieses Codewort hätte ich dich glatt für einen Fan unseres Superprofessors hier gehalten und die werden zukünftig nur noch schriftlich betreut. Im Übrigen, ich bin Viviane«, stellte Stellas Mutter sich vor und reichte Jessica die Rechte. »Ich darf doch du zu dir sagen, oder?«

»Ist mir sowieso lieber«, antwortete diese. Ihr Schmunzeln war von zwei tiefen Grübchen untermalt. »Schön, dich kennen zu lernen, Viviane.«

»Wir haben noch nicht gefrühstückt – der Jetlag steckt uns noch in den Knochen. Wie wär's mit einem Brunch?«

»Hört sich gut an. Aber eigentlich bin ich nur gekommen, um Schnuppe zu besuchen.« Damit wandte sich Jessica Stella zu und sagte in ihrer gemeinsamen Geheimsprache: »Es ist dir doch Recht, wenn wir Freundinnen bleiben, oder?«

Stella strahlte über das ganze Gesicht und nickte eifrig. Um den Argwohn ihrer Eltern in Grenzen zu halten, antwortete sie dann für alle verständlich: »Also, zum Essen bleibst du natürlich hier. Kommst du bis dahin mit hoch auf mein Zimmer? Ich habe gerade eine Mail bekommen, die dich interessieren dürfte.«

Jessica freute sich über die Nachricht von Barney alias Dark Listener beinahe genauso wie Stella. Beide fingen sofort an zu schnattern, als wären sie seit Jahren die besten Freundinnen. Stellas fast schon pathologisches Misstrauen gehörte der Vergangenheit an. Das Wenige, was davon übrig geblieben sei, hatte Salomon auf dem Heimflug schmunzelnd gesagt, reiche immer noch aus, um nicht als Einfaltspinsel durch die Welt zu spazieren.

»Wie ist es dir nur gelungen, so schnell den kodierten Text aus dem Server der Australian Mining Company zu entschlüsseln?«, fragte Stella verblüfft, als hätte sie gerade erst von dieser kryptoanalytischen Großtat erfahren.

Jessica zuckte mit den Schultern. »War gar nicht so schlimm. Nehme an, dein Draggy wollte, dass die richtigen Personen den Schlüssel finden. Lauscher und ich haben – übrigens genauso wie bei DiCampos Geheimarchiv – nach selten verwendeten Algorithmen geforscht. Der entscheidende Tipp kam von ihm. Anschließend haben wir einen *Brute-Force-Angriff* gestartet.«

»Einen was?«

»So nennt man das sture Durchprobieren aller Kombinationsmöglichkeiten.«

»Verstehe, ein Computer kann das natürlich rasend schnell.«

»So flink nun auch wieder nicht. Bei einem längeren Schlüssel kann es sogar ziemlich lange dauern, bis man die richtige Codefolge gefunden hat. Ich habe deshalb auf ein bewährtes

Verfahren zurückgegriffen, mit dem vor einigen Jahren sogar der NSA ein Schnippchen geschlagen wurde.«

»Der Agency? Da muss ich immer an DiCampo denken. Was hat man denn damals gemacht?«

»Du weißt ja wahrscheinlich, dass die NSA ein Exportverbot für starke Kryptografie erwirkt hatte.«

Stella musste an den Text auf Barney Browns Lieblings-T-Shirt denken und nickte.

»Die US-Regierung hat geraume Zeit nur vierzig Bit lange Schlüssel zum Export freigegeben.«

»Ist das wenig oder viel?«

»Vierzig Bits, das sind vierzig Einsen oder Nullen oder eine Kombination aus beidem – für einen ernst zu nehmenden Angreifer lachhaft wenig. Im Jahr 1997 hat die US-Sicherheitsfirma RSA zu einem Brute-Force-Angriff auf unterschiedlichste Verschlüsselungsverfahren aufgerufen. Sie wollten beweisen, wie unsicher 40-Bit-Schlüssel sind.«

»Bei deinem Grinsen nehme ich an, der Beweis ist ihnen auch gelungen.«

»Absolut. Eine überwiegend europäische Internet-Initiative hat einen 48 Bit langen RC5-Code in nur 313 Stunden geknackt. Der amtlich abgesegnete 40-Bit-Schlüssel war sogar schon dreieinhalb Stunden nach Beginn des Wettbewerbs gefallen. Du musst dir einmal vorstellen, sogar einen 56-Bit-Schlüssel, der allgemein als recht sicher gilt, hatte man bis zur Jahresmitte dechiffriert. Ironischerweise handelte es sich dabei sogar um ein Datenpaket, das mit dem DES-Algorithmus verschlüsselt worden war, der vorzugsweise von Banken eingesetzt wird und an dessen Entwicklung sich die NSA sogar selbst beteiligt hatte. Komisch, was?«

»Ich weiß nicht. Ihr Kryptologen habt einen etwas schrägen

Humor, wenn du mich fragst. Was verstehst du eigentlich genau unter einer ›Internet-Initiative‹?«

»Das ist ein Haufen Gleichgesinnter, die alle nur ein Ziel haben: der NSA eins auszuwischen.«

Stella griente. »In was für eine Gesellschaft bin ich da nur geraten!«

»Ich habe übrigens damals auch meinen PC zur Verfügung gestellt, weil mir selbst einmal so eine Initiative aus der Patsche geholfen hat. Na, jedenfalls war's 'ne spannende Sache. Für den 56-Bit-DSA arbeiteten mehrere Tausend Anwender zusammen. Sie haben ihre PCs über das Internet verbunden und von Februar bis zum 18. Juni gemeinsam an der Lösung gerechnet. Okay, Glück war auch ein bisschen dabei – nur ungefähr ein Viertel der insgesamt zweiundsiebzig Billiarden Möglichkeiten musste durchprobiert werden.«

»Zweiundsiebzig Billiarden! Langsam wird mir klar, warum die NSA bestimmte Verschlüsselungsverfahren wie Waffen unter Exportverbot gestellt hat. Auf diese Weise sparen sie sich die üble Rechnerei und können viel leichter den Datenverkehr anderer abhören.«

Jessica nickte. »Was sie, wie jeder inzwischen weiß, ja immer noch tun, obwohl die Ausfuhrbestimmungen inzwischen gelockert wurden. Zum Knacken deines Amico-Manuskripts haben übrigens ein paar Hundert Krypto-Fans gereicht.«

»Du scheinst einen großen Bekanntenkreis zu haben, Jessi.«

»Bis auf Lauscher sind das alles virtuelle Bekanntschaften, einige Gesinnungsgenossen haben auch einfach spontan mitgemacht, als ich die Entschlüsselungsaktion über die Cypherpunks anleierte. Zwei von meinen ältesten Web-Kumpels kennst du übrigens schon.«

Stella zog die rechte Augenbraue hoch. »So?«

»Die Vogelscheuche Haeresia und Albert Einstein aus Blaxxun.«

»Die ...?«

Aus dem Erdgeschoss ertönte in diesem Augenblick ein verlockender Ruf.

»Das Essen ist fertig!«

»Also, ich könnte ein Radieschen verspeisen, garniert mit einem am Spieß gebratenen Ochsen«, sagte Stella und dirigierte Jessica zur Tür.

Als sie die Diele erreicht hatten, klingelte wieder die Hausglocke.

»Geht ja zu wie im Taubenschlag hier«, sagte Stella und lief zu dem Bildschirm, der die Besucher zeigte. Kaum hatte sie in den kleinen Monitor geblickt, da drehte sie sich auch schon wieder mit erschrockener Miene zu Jessica um.

»Was ist? Ein Drache, der BND oder der Gerichtsvollzieher?«

»Schlimmer: Tim Schröder.«

»Ist das der abgebrochene Zwerg, der deine Mailbox immer mit Nachrichten verstopft?«

Stella nickte.

»Prima, dann lass ihn rein.«

»Bist du verrückt? Ich kann ihn nicht ausstehen.«

»Wirklich? Du hast mir aber mal erzählt, dass du ihm hin und wieder nützliche Tipps gibst.«

»Na ja, manchmal ist er ja ganz nett.«

»So? Das interessiert mich jetzt aber. Wenn er *dir* nicht gefällt, kann *ich* ihm ja vielleicht den Kopf verdrehen.«

»Jessi, Tim ist erst *sechzehn*!«

»Der Mann meiner Träume muss sowieso etwas jünger sein als ich. Sonst hält er mein Tempo nicht durch.«

»Du bist unmöglich, Jessi! Also gut, ich lass ihn rein.«

Als Tim in der Tür stand, schüchtern lächelnd und beinahe entschuldigend darauf verweisend, dass er von der Rückkehr der Cyberwurm-Bezwinger aus der Zeitung erfahren habe, musste Stella innerlich schmunzeln. Eigentlich war er in seiner Unbeholfenheit ja doch ganz niedlich.

»Ich wollte dir nur als Erster gratulieren«, nuschelte Tim und reichte Stella linkisch die Hand.

»Danke«, antwortete diese. Aus den Augenwinkeln sah sie Jessicas Lächeln.

»Außerdem musste ich dir sagen, wie sehr wir dich vermisst haben.«

»Wir? Wer denn alles?«

»Na, ich und ... ein paar andere eben.« Tim wurde rot.

Stella fand das süß, verkniff sich aber einen diesbezüglichen Kommentar. Stattdessen begann sie auf ihrer Unterlippe herumzukauen.

»Ich hab gelesen, du hast einen Orden bekommen«, sagte Tim, hauptsächlich, um das Thema zu wechseln.

»Hässliches Ding. Willst du ihn mal sehen?«

»Au ja! Wenn ich nicht gleich wieder gehen muss.«

»Sternchen, wer ist denn da?«, hallte Vivianes Stimme aus der Küche.

»Ein Schulfreund«, antwortete Stella. Dann wurde ihr bewusst, was sie da eben gesagt hatte, und sie musste lachen. »Mama, ich glaube, wir brauchen noch einen Teller mehr.«

Danksagung

Ein Roman kann nur immer so authentisch sein wie der »Stallgeruch«, den er verströmt. Für das Einatmen desselben an der Technischen Universität Berlin danke ich herzlichst Prof. Dr. R. Rass sowie Jürgen Kirstein, dem ich auf diesem Wege alles Gute für seine Dissertation wünsche. ;-)